F. PAUL WILSON
Das Ritual

Buch

Handyman Jack, der New Yorker Privatdetektiv und Kämpfer gegen die bösen Kräfte der übersinnlichen Andersheit, gerät an die Brüder Kenton, zwei Scharlatane, die in Queens ihre Dienste als Hellseher anbieten. Sie werden von raffgierigen Kollegen bedroht, die ihrerseits mit der Okkultismusgläubigkeit der New Yorker gute Geschäfte machen und keine Konkurrenz dulden. Kaum hat Jack begonnen, die Kenton-Konkurrenten mit ihren eigenen Tricks zu schlagen, tauchen vermeintlich echte Geister auf – und mit ihnen das Geheimnis um einen ominösen Ritualmörderklub. Dessen Mitglieder haben sich an Kindern vergangen, von denen eines im Haus der Kentons zu spuken beginnt. Gleichzeitig sieht sich Jack mit der überraschenden Mitteilung konfrontiert, dass er selbst bald Vater werden soll …

Autor

F. Paul Wilson ist der preisgekrönte Autor einer Reihe internationaler Bestseller. Zu seinen bevorzugten Genres zählen Medizin-Thriller und Mystery-Schocker, u.a. seine beliebten Handyman-Jack-Romane. Er ist selbst praktizierender Arzt und lebt in New Jersey, USA.

Von F. Paul Wilson bereits erschienen:

Der Spezialist (35194)
Im Kreis der Verschwörer (35730)
Tollwütig (35567)
Todesfrequenz (35881)
Die Prüfung (36062)
Todessumpf (36247)
Der schwarze Prophet (36378)

F. Paul Wilson
Das Ritual

Thriller

Ins Deutsche übertragen
von Michael Kubiak

blanvalet

Die Originalausgabe erschien unter dem Titel
»The Haunted Air«
2002 bei Forge/Tom Doherty Associates, LLC, New York.

Umwelthinweis:
Alle bedruckten Materialien dieses Taschenbuches
sind chlorfrei und umweltschonend.

Einmalige Sonderausgabe Februar 2007 bei
Blanvalet, einem Unternehmen der Verlagsgruppe
Random House GmbH, München.
Copyright © by F. Paul Wilson 2002
Copyright © der deutschsprachigen Ausgabe 2005 by
Verlagsgruppe Random House GmbH
Published by arrangement with F. Paul Wilson.
Dieses Werk wurde vermittelt durch die Literarische Agentur
Thomas Schlück GmbH, Garbsen.
Umschlaggestaltung: Design Team München
Umschlagfoto: plainpicture/M. Pfennig
ES · Herstellung: WAG
Druck und Einband: GGP Media GmbH, Pößneck
Printed in Germany
ISBN 978-3-442-36683-5

www.blanvalet-verlag.de

Für zwei, die in der Schlacht
gefallen sind

POUL ANDERSON
RICHARD LAYMON

Freitag

1

Die Braut trug Weiß.

Nur war sie keine Braut, und das Kleid – mindestens zwei Nummern zu klein – war vergilbt und wirkte eher beige.

»Darf ich noch mal fragen«, sagte Jack und beugte sich zu Gia hinüber, »weshalb unsere Gastgeberin ihr Brautkleid trägt?«

Gia, die neben ihm auf dem ziemlich ramponierten Sperrmüllsofa saß, trank aus ihrem Plastikbecher einen Schluck Weißwein. »Du darfst.«

Ein zwangloses Beisammensein, hatte Gia ihm angekündigt. Einige ihrer Kunstfreundinnen wollten sich im Loft eines umgebauten Lagerhauses am Rand des alten Army Terminals in Brooklyn treffen und eine kleine Party für eine von ihnen veranstalten, die im Begriff war, erste große Erfolge zu verzeichnen. Komm doch mit, hatte sie gesagt. Es wird sicher ganz spaßig.

Jack war aber zu Späßen nicht aufgelegt. Das war er schon seit einer ganzen Zeit nicht. Doch er hatte sich bereit erklärt mitzugehen. Gia zuliebe.

Etwa zwanzig Personen wanderten in der Halle herum, während das neueste Album von Pavement aus einem Ghettoblaster dröhnte. Die Musik wurde als Echo von der hohen Decke, den riesigen Fenstern und den kahlen Mauern zurückgeworfen. Die Gäste hatten Haarfarben, die das gesamte sichtbare Spektrum überspannten, Haut, die entweder gepierct oder tätowiert oder beides war, sie trugen Kleider, die auf dem Bizarrometer weit im roten Bereich rangierten.

Dabei dauerte es bis Halloween noch ganze zwei Monate.

Jack trank einen Schluck aus seiner Bierflasche. Er hatte sein eigenes Bier mitgebracht und dabei entschieden, auf seine üblichen Rolling-Rock-Langhalsflaschen zugunsten eines Sechserpacks Harp zu verzichten. Das war auch gut so. Die als Braut ausstaffierte Gastgeberin hatte einen Vorrat Bud Light bereitgelegt. Jack hatte noch nie mit Wasser verdünnte Kuhpisse gekostet, aber er stellte sich vor, dass sie wahrscheinlich noch besser schmeckte als Bud Light.

»Na schön. Warum trägt unsere Gastgeberin ihr Brautkleid?«

»Gilda war nie verheiratet. Sie ist eine Künstlerin, Jack. Sie will mit dem Kleid etwas aussagen.«

»Was denn? Ich erkenne nichts anderes darin als den Ausruf *Seht mich alle an!*«

»Bestimmt würde sie dir erklären, das zu entscheiden, bleibe jedem Einzelnen überlassen.«

»Okay. Dann habe ich entschieden, dass sie Aufsehen erregen will.«

»Ist das so schlimm? Nur weil du offenbar eine regelrechte Todesangst vor Aufsehen hast, ist es für andere Leute doch nichts Schlechtes, sich darum zu bemühen.«

»Ich habe keine Todesangst davor«, brummelte Jack und wollte auf keinen Fall zugeben, dass Gias Einschätzung zumindest ansatzweise zutraf.

Eine hoch gewachsene schlanke Frau ging an ihnen vorbei. Ein fahlweißer Streifen verlief an der Seite quer durch ihr krauses, nach hinten frisiertes schwarzes Haar.

Jack deutete mit einem Kopfnicken auf sie. »Ich weiß, was sie verkünden will: Ihr Mann ist ein Monster.«

»Karyn ist nicht verheiratet.«

Ein junger Mann mit gegelten, leuchtend gelben Haaren

schwebte vorbei. Jede seiner Augenbrauen war mit mindestens einem Dutzend goldener Ringe gepierct.

»Hi, Gia«, sagte er, winkte kurz und ging weiter.

»Hi, Nick.«

»Lass mich mal raten«, murmelte Jack. »Als Kind wurde Nick immer mit einer Gardinenstange verprügelt.«

»Mein Gott, sind wir heute Abend wieder mal ungenießbar«, sagte Gia und musterte ihn ungehalten.

Ungenießbar traf es kaum. Bei ihm wechselten sich schon seit Monaten gelegentliche kaum zu bändigende Wutanfälle mit Phasen tiefster Depression ab. Und zwar seit Kates Tod. Er schien nicht darüber hinwegzukommen. Er hatte große Schwierigkeiten, morgens aufzustehen, und sobald er sich hochgekämpft hatte, schien es nichts zu geben, das er hätte tun wollen. Daher schleppte er sich zu Abe oder zu Julio oder besuchte Gia und tat so, als ginge es ihm gut. Als wäre er der alte Jack, nur mit dem Unterschied, dass er im Augenblick mal nicht arbeitete.

Die wütenden Botschaften seines Vaters in seiner Telefonmailbox, in denen er ihm die heftigsten Vorwürfe machte, dass er nicht zu Kates Totenwache oder Beerdigung erschienen war, waren auch keine Hilfe gewesen. »*Sag mir bloß nicht, du hättest was Wichtiges zu erledigen gehabt. Sie war deine* Schwester, *verdammt noch mal!*«

Jack wusste das. Nach fünfzehn Jahren der Trennung war Kate für eine Woche wieder in sein Leben zurückgekehrt. Es war eine Woche gewesen, in der er sie neu kennen gelernt und neu lieben gelernt hatte, und jetzt war sie fortgegangen. Für immer.

Die Tatsachen sagten eindeutig, dass es nicht Jacks Schuld gewesen war, aber die Tatsachen hielten Jack nicht davon ab, sich selbst die heftigsten Vorwürfe zu machen. Und einer bestimmten anderen Person …

Er hatte den Mann gesucht, von dem er annahm, dass er für

alles verantwortlich war, einen Mann, dessen richtigen Namen er nicht kannte, der sich jedoch früher Sal Roma genannt hatte, und vielleicht auch Ms. Aralo. Er erkundigte sich bei allen möglichen Stellen, gab eine Suchmeldung heraus. Aber niemand wusste irgendetwas. Niemand hatte je von ihm gehört. Jack bekam das zurück, worum er sich selbst ständig bemühte – Sal Roma schien nicht zu existieren.

Kate... sie könnte noch am Leben sein, wenn er die Dinge nur auf seine Art in Angriff genommen hätte, anstatt darauf zu hören, was...

Stopp. Es hatte keinen Sinn, erneut auf diese reichlich ausgefahrene Straße einzubiegen. Er hatte die Anrufe seines Vaters nicht erwidert. Und nach einer Weile hörten sie auf.

Er lächelte Gia verkniffen an. »Tut mir Leid, aber Pseudofreaks bringen mich in Rage.«

»Die hier können doch nicht viel schlimmer sein als die, mit denen du die meiste Zeit deines Tages verbringst.«

»Die sind aber anders. Sie sind echt. Ihre Abartigkeit kommt von innen. Sie wachen schon abartig auf. Sie kleiden sich seltsam, weil sie morgens die Hand ausstrecken und tagsüber das an Kleidung tragen, was sie als Erstes berühren. Diese Leute hier verbringen Stunden vor dem Spiegel, um sich zu einem abartigen Aussehen zu verhelfen. Meine Irren haben Frisuren, bei denen das Haar in zwanzig verschiedenen Richtungen vom Kopf absteht, weil es das schon tat, als sie sich aus dem Bett gewälzt haben. Aber diese Leute hier benutzen Kräutershampoo, eine halbe Tonne Gel und einen Spezialkamm, um auszusehen, als wären ihre Haare ungewaschen und sie gerade erst aus dem Bett aufgestanden. Meine Irren folgen keinem Trend und gehören zu keiner Clique. Diese Leute hier wollen unbedingt dazugehören, aber das soll niemand bemerken. Daher versuchen sie, sich gegenseitig darin zu übertreffen, wie Außenseiter auszusehen.«

Gias Mund verzog sich. »Und der größte Außenseiter von

allen sitzt gleich hier in einem karierten kurzärmeligen Hemd, einer Jeans und Arbeitsstiefeln.«

»Und verbringt den Abend damit, sich anzusehen, wie Ambitionen und Heucheleien aufeinander prallen. Die augenblickliche Begleitung natürlich ausgenommen.«

Eine der vielen Eigenschaften, die er an Gia liebte, war die Tatsache, dass sie keine Heuchelei kannte. Ihr Haar war von Natur aus blond und aus rein praktischen Gründen kurz geschnitten. Heute Abend trug sie eine beige lange Hose und ein ärmelloses türkisfarbenes Top, das das Blau ihrer Augen unterstrich. Ihr Make-up bestand aus einem Hauch Lippenstift. Mehr brauchte sie nicht. Sie wirkte blitzsauber und gesund, ein ganz und gar nicht im Trend liegender Look in dieser Subkultur.

Doch die Subkultur war eingesickert in die Überkultur, das Geschehen am Rand war zum Mainstream geworden. Vor Jahren hatten Bauarbeiter Langhaarige mit Ziegelsteinen beworfen und sie als Schwuchteln beschimpft, jetzt wimmelte es auf allen Baustellen von Pferdeschwänzen und Ohrringen.

»Vielleicht wird es Zeit, dass ich mich selbst auch herausputze«, sagte Jack.

Gias Augenbrauen ruckten hoch. »Du denkst an Piercen? Du dich?«

»Nun ja. Manchmal habe ich das Gefühl, dass ich schon darum auffalle, weil ich nicht geschmückt und bepinselt bin.«

»Bepinselt?«

»Du weißt schon – tätowiert.«

Alle schienen dieser Mode zu frönen, und wenn er weiterhin so gut wie unsichtbar sein wollte, würde er dem Trend der Massen wohl folgen müssen.

»Aber nichts Permanentes«, fügte er hinzu. Er wollte auf keinen Fall seine Chamäleonfähigkeiten verlieren. »Vielleicht ein Ohrclip oder ein, zwei von diesen abwaschbaren Tattoos.«

»Hast du so was nicht mal mit deinen Fingern gemacht?«

»Daran erinnerst du dich noch?« Falsche Knasttätowierungen. Mit Zeichentinte. Es war eine einmalige Sache gewesen in Zusammenhang mit einem ziemlich heiklen Auftrag, nach dessen Erledigung zwei mordgierige Angehörige einer Bande aus Brighton Beach einen Tobsuchtsanfall bekamen und die fünf Verwaltungsbezirke New Yorks nach einem Kerl mit HELL-BENT-Tätowierungen auf den Fingerknöcheln durchkämmten. Er hatte die Verzierungen damals nicht schnell genug abwaschen können. »Nein, ich glaube, ich brauche etwas Großes und Farbiges.«

»Wie wäre es mit einem Herzen, umrankt von Rosen und dem Namen GIA mittendrin?«

»Ich dachte eher in Richtung eines grünen Schädels mit orangen Flammen, die aus den Augenhöhlen schlagen.«

»Oh, wie cool«, sagte Gia und trank einen Schluck Wein.

»Ja. Das auf den einen Oberarm und vielleicht einen leuchtend roten Hot-Stuff-Satan auf den anderen, dazu ein hautenges Tanktop, und schon bin ich fertig.«

»Vergiss den Ohrring nicht.«

»Richtig. Einen von diesen langen, die am Ohrläppchen baumeln. Wenn's geht mit einem Metallica-Logo.«

»Das muss es sein. Jack, der Speedmetal-Rocker.«

Jack seufzte. »Verziert... mit Accessoires versehen... ich bin in dem Glauben großgezogen worden, dass richtige Männer mit Mode nichts im Sinn haben.«

»Ich auch«, sagte Gia. »Aber ich habe eine Entschuldigung auf Lager: Ich bin im ziemlich ländlichen Iowa groß geworden. Du aber... du kommst aus dem Nordosten.«

»Stimmt, allerdings... die erwachsenen Männer, die ich als Kind kannte – mein Vater und die Leute, die er zu seinen Bekannten und Freunden zählte –, haben sich immer schlicht und einfach gekleidet. Die meisten haben in Korea gekämpft. Sie putzten sich anlässlich von Hochzeiten und Beerdigungen besonders heraus. Aber sie trugen vorwiegend rein funktionelle Kleidung. Niemand brauchte irgendwelche Accessoires. Man blieb gerade lange genug vorm Spiegel stehen, um sich zu rasieren und sich die Haare aus der Stirn zu kämmen. Alles, was länger dauerte, hätte einen in den Augen der anderen zu einem eitlen Pfau gemacht.«

»Nun, dann willkommen im Pfauenparadies des einundzwanzigsten Jahrhunderts«, sagte Gia.

Nick schlenderte wieder vorbei.

»Was malt Nick denn?«, fragte Jack.

»Er malt nicht. Er ist ein Performancekünstler. Sein Bühnenname lautet Harry Adamski.«

»Na super.« Jack hasste Performancekunst. »Und was ist seine Performance?«

Gia biss sich auf die Unterlippe. »Er nennt es Fäkalkunst. Belassen wir es bei der Erklärung, dass es eine sehr persönliche Art von Skulpturen ist und... ach, ich glaube, das reicht.«

Jack starrte sie an. Was wollte Gia damit...?

»Ach du liebe Güte. Wirklich...?«

Sie nickte.

»Mein Gott«, sagte er und hielt sich nicht mehr im Zaum, »gibt es da draußen irgendetwas, das *nicht* für sich in Anspruch nehmen kann, Kunst zu sein? Es gibt die Kriegskunst, die Verhandlungskunst, die Schuhputzkunst, den Artist Formerly Known As Prince...«

»Ich denke, er nennt sich mittlerweile wieder Prince.«

»...die Kunst, ein Motorrad zu warten – darüber hat jemand sogar ein Buch geschrieben. Sich selbst mit Schokolade zu beschmieren ist eine Kunst, ein Klosettbecken an die Wand zu hängen ist Kunst...«

»Nun komm schon, Jack. Sei ein bisschen toleranter. Ich hatte gehofft, der heutige Abend würde dich auf andere Gedanken bringen. Du musst wieder zurück unter die Lebenden. Seit einiger Zeit besteht dein Dasein nur aus Essen,

Schlafen und Filme anschauen. Du hast nicht mehr trainiert, hast keinen Auftrag angenommen und auch keine Anrufe beantwortet. Ich bin sicher, Kate würde nicht wollen, dass du den Rest deines Lebens damit zubringst, Trübsal zu blasen.«

Jack wusste, dass Gia Recht hatte, und schaute weg. Er sah eine gertenschlanke Blondine Mitte zwanzig auf sie zuschwanken. In der Hand hielt sie ein Martiniglas, das mit einer rötlichen Flüssigkeit gefüllt war, wahrscheinlich ein Cosmopolitan. Der Saum ihrer kurzen Bluse mit Zebrastreifenmuster reichte nicht ganz bis zum Bund ihres hautengen Minirocks mit Leopardenfellmuster. In dem Zwischenraum prangte ein großer wie ein Diamant funkelnder Schmuckstein, der in ihrem Bauchnabel steckte.

»Vielleicht sollte ich mir den Bauchnabel piercen lassen«, meinte Jack.

»Schön, aber zeig ihn mir nicht, bevor du dir den Bauch rasiert hast.«

»Und wie wäre es mit einer gepiercten Zunge?«

Gia schickte ihm einen Seitenblick und ein lüsternes Grinsen. »*Das* könnte durchaus interessant sein.« Sie schaute auf und sah die Blondine. »Oh, da kommt Junie Moon, der Ehrengast.«

»Ist das ihr richtiger Name?«

»Keine Ahnung. Aber es ist der Name, den sie benutzt, seit ich sie kenne. Sie krebste dahin wie wir alle, bis Nathan Lane im vergangenen Jahr eins ihrer abstrakten Werke kaufte und anfing, von ihr zu erzählen. Jetzt ist sie ein ganz heißer Tipp, heißer geht's nicht.«

»Was muss man denn für einen echten Junie Moon auf den Tisch blättern?«

»Zwanzig und mehr.«

Jack blinzelte. »Zwanzigtausend? Ist sie so gut?«

»Es gibt einen großen Unterschied zwischen heiß und gut,

aber ich mag Junies Arbeiten. Sie kreiert diese einmalige Mischung aus heiß und kalt. Eine Art Mittelding zwischen De Kooning und Mondrian, wenn du dir so etwas vorstellen kannst.«

Jack konnte nicht, weil er von keinem der beiden irgendein Werk kannte.

»Du scheinst dich für sie zu freuen.«

»Das tue ich auch. Sie ist ein liebes Kind. Ich bin fast zehn Jahre älter als sie, und sie hat mich während der letzten Jahre irgendwie als Ersatzmutter adoptiert. Sie ruft mich zweimal die Woche an, um mit mir zu schwatzen oder sich einen Rat zu holen.«

»Und du bist nicht neidisch, dass sie den Durchbruch geschafft hat und du nicht?«

»Kein bisschen. Ich behaupte nicht, dass ich mir nicht wünsche, an ihrer Stelle zu sein, aber wenn schon jemand anders dieses Glück haben sollte, bin ich froh, dass es Junie getroffen hat. Sie ist ein wenig abgedreht, aber sie hat Talent, und ich mag sie.«

Das war typisch Gia. Die Ernährerin und Beschützerin ohne eine Spur von Neid oder Eifersucht. Ein weiterer der vielen Gründe, weshalb er sie liebte. Doch selbst wenn es sie nicht störte, Jack fuchste es, den Schrott zu sehen, der in den Galerien und Ausstellungen hing, zu denen sie ihn immer hinschleppte, während ihre eigenen Gemälde in ihrem Atelier herumstanden und verstaubten.

»Aber ihr Zeug ist nicht halb so gut wie deines.«

»Meine Arbeiten sind anders.«

Gia verdiente sich ihren Lebensunterhalt mit Werbegrafik. Sie arbeitete sehr viel für die Werbung, aber im Laufe der Jahre hatte sie sich bei den Art Directors der städtischen Buchverlage einen Ruf als talentierte und zuverlässige Künstlerin erworben. Sie war mit Jack in der vorangegangenen Woche durch das Kaufhaus Barnes and Noble geschlendert und hatte ihm ihre Arbeiten auf einem halben Dutzend Hardcoverausgaben und großformatigen Paperbacks gezeigt.

Hübsche Sachen, aber nicht mit den Bildern zu vergleichen, die Gia für sich selbst entwickelte. Die gefielen Jack ganz besonders. Er hatte wenig Ahnung von Kunst, aber bei seinen Rundgängen mit Gia hatte er einiges aufgeschnappt, und ihre städtischen Dachlandschaften erinnerten ihn an Edward Hopper, einen der wenigen Künstler, dessen Bilder anzusehen er sogar Eintritt zahlen würde.

Junie ließ sich in die enge Lücke neben Gia auf die Couch fallen und verschüttete dabei ein paar Tropfen ihres Drinks. Ihre blau geschminkten Augenlider waren ein wenig auf Halbmast gesunken. Jack fragte sich, wie viel sie wohl schon intus hatte.

»Hey«, sagte sie und gab Gia einen Kuss auf die Wange.

Gia machte sie mit Jack bekannt, und sie tauschten über Gia hinweg einen Händedruck aus. Sie sah genauso trübsinnig aus, wie Jack sich fühlte.

Gia versetzte ihr einen Rippenstoß. »Warum so niedergeschlagen. Dies hier ist deine Party. Du bist der Stargast des Abends.«

»Ja, ich glaube, ich sollte es lieber in vollen Zügen auskosten.« Sie trank einen Schluck von ihrem Cosmopolitan. »Meine Viertelstunde Ruhm dürfte sowieso schon vorbei sein.«

»Was redest du da?«

»Mein Glücksarmband. Es ist weg. Das ist der einzige Grund für meinen Erfolg.«

»Glauben Sie, es wurde gestohlen?«, fragte Jack, schaute auf ihr nacktes Handgelenk und ließ dann den Blick über die Partygäste schweifen. Dort herrschte sicherlich keinerlei Mangel an Neid, dachte er. »Wann haben Sie es zum letzten Mal gesehen?«

»Am Dienstag. Ich kann mich erinnern, dass ich es abnahm, nachdem ich ein Bild beendet hatte. Ich habe geduscht und bin danach einkaufen gegangen. Am nächsten Morgen wollte ich es anlegen, ehe ich mit einem neuen Bild anfing, und da war es verschwunden.«

»Fehlt sonst noch etwas?«, wollte Jack wissen.

»Nichts.« Sie leerte ihr Glas. »Und es ist auch nicht wertvoll. Ein altes Stück Modeschmuck, das ich in einem Trödelladen gefunden habe. Es sieht aus wie selbst gebastelt – ich meine, es hat als Stein ein Katzenauge, ausgerechnet –, aber mir gefiel es, und ich habe es geliebt. Sobald ich anfing es zu tragen, haben meine Bilder sich immer besser verkauft. Ich denke, das Armband hat das bewirkt.«

»Tatsächlich?«, sagte Jack. Er spürte, wie Gias Hand sich auf seinen Oberschenkel legte und drückte. Sie versuchte, ihn davon abzuhalten, das auszusprechen, was er sich, wie sie wusste, gerade in Gedanken zurechtlegte. Aber er achtete nicht darauf und redete weiter. »Also hat das Ganze nichts mit Talent zu tun.«

Junie schüttelte den Kopf und zuckte die Achseln. »Ich habe meinen Stil nie verändert, aber ich habe angefangen, das Armband während der Arbeit zu tragen, und das erste Gemälde, das ich damit beendete, war das Bild, das Nathan Lane gekauft hat. Danach ging es für mich richtig los. Das Armband hat mir Glück gebracht. Ich muss es unbedingt wiederfinden.«

»Ich nehme an, du hast schon danach gesucht«, sagte Gia.

»Ich habe meine ganze Wohnung und mein Atelier auf den Kopf gestellt. Aber morgen bekomme ich professionelle Hilfe.«

»Einen Bluthund?«, fragte Jack, womit er sich einen weiteren schmerzhaften Griff nach seinem Oberschenkel einhandelte.

»Nein, ich habe einen Termin bei meinem Guru.« Sie kicherte. »Ich meine, bei meinem Medium.«

Gias Finger verwandelten sich in einen Schraubstock, daher entschied Jack, ihren Wünschen nachzukommen. »Ich bin sicher, dass er Ihnen eine große Hilfe sein wird.«

»Oh, ich weiß, dass er das sein wird! Er ist wunderbar! Ich bin vor zwei Monaten wegen Ifasens von meinem alten Wahrsager weggegangen, und ich bin unendlich froh darüber. Der Mann ist absolut unglaublich.«

»Ifasen?« Jack kannte die meisten bedeutenderen Akteure der örtlichen Esoterikszene – wenn schon nicht persönlich, dann doch wenigstens vom Hörensagen. Doch der Name Ifasen ließ bei ihm keine Glocke läuten.

»Er ist neu. Er ist nach Astoria gezogen und – o mein Gott! Gerade ist es mir klar geworden! Das ist ja nur ein Stück die Straße rauf! Vielleicht kann ich ihn noch heute aufsuchen!«

»Es ist schon ziemlich spät, Junie. Wird er...?«

»Das ist ein Notfall! Er muss mich empfangen!«

Sie holte ihre Handy hervor, wählte eine Nummer, lauschte einen Moment und klappte das Handy wieder zu.

»Verdammt! Sein Auftragsdienst! Was soll's. Ich fahr sowieso hin.« Sie stemmte sich von der Couch hoch und machte einen schwankenden Schritt. »Ich brauche ein Taxi.«

Gia schaute zu Jack, die Augen voller Sorge, und dann wieder zu Junie. »Hier findest du niemals eins.«

Sie grinste und raffte sich den Minirock bis zur Hüfte hoch. »Klar finde ich eins. Genauso wie diese eine Tante im Kino. Ich weiß nicht mehr, wie sie hieß und in welchem Film es war.«

»Claudette Colbert in *Es geschah in einer Nacht*«, sagte Jack sofort, während er sich fragte, wann das letzte Mal ein Taxi um diese Uhrzeit durch die Gegend des Brooklyn Army Terminals gefahren sein mochte. »Und irgendjemand wird denken, Sie brauchten mehr als nur eine Taxifahrt, wenn Sie draußen herumirren. Wir rufen Ihnen ein Taxi.«

»Die kommen doch niemals«, sagte sie und ging zur Tür.

Erneut dieser besorgte Blick von Gia. »Jack, wir können sie

nicht so einfach gehen lassen. Sie ist nicht in dem Zustand, um...«

»Sie ist erwachsen.«

»Nur auf dem Papier. Jack?«

Sie legte den Kopf auf die Seite und sah ihn aus großen Pfadfinderinnenaugen an. Gia etwas abzuschlagen, war an sich schon schwierig, aber wenn sie die Nummer mit dem Bettelblick brachte...

»Na schön.« Einen betont gequälten Gesichtsausdruck aufsetzend, erhob er sich und reichte Gia eine Hand, um ihr beim Aufstehen zu helfen. In Wirklichkeit war er froh für eine Rechtfertigung, diese Party verlassen zu können. »Ich fahre sie. Aber es ist nicht nur ›die Straße rauf‹. Es ist am oberen Ende von Queens.«

Gia lächelte und schickte Jack einen wohligen Stromstoß durch die Wirbelsäule, indem sie ihre Hand auf eine Stelle am unteren Ende seines Rückens legte.

Irgendwie, zwischen dem Moment, als sie sich von der auf Braut getrimmten Gastgeberin verabschiedeten, und dem Erreichen des Bürgersteigs, stießen zwei weitere Fahrgäste zu ihnen: Karyn – die Braut von Frankenstein – und ihr Freund Claude, ein halb verhungert aussehender Lulatsch mit einer Frisur, oben ganz platt und wie ein Vordach über seine Stirn hinausragend, die den Kopf von der Seite wie einen Amboss aussehen ließ. Die beiden fanden, dass ein Abstecher in das Haus eines Mediums supercool sei.

Jacks Crown Vic bot ihnen allen reichlich Platz. Wenn er allein gekommen wäre, hätte er wahrscheinlich die U-Bahn benutzt. Aber Gias Anwesenheit verlangte nach der Sicherheit eines Automobils. Mit Gia auf dem Beifahrersitz und den anderen drei Mitfahrern auf der Rückbank lenkte Jack den großen schwarzen Ford über eine Rampe auf den Brooklyn-Queens-Expressway und fuhr über die Hochstraße in Richtung Norden. Er sagte, er hoffe, niemand hätte etwas dagegen, aber er wäre immer mit offenen Fenstern unterwegs. Und er öffnete sie sofort, ohne auf eine Antwort zu warten. Das war schließlich sein Wagen. Wenn es ihnen nicht passte, konnten sie ja zu Fuß gehen.

Diese ganz spezielle Art der Sommernacht, nicht zu feucht, nicht zu übertrieben heiß, erinnerte ihn wieder an seine Jugend, als er einen ramponierten alten Corvair Convertible fuhr. Er hatte ihn für 'nen Appel und 'n Ei gekriegt, weil zu viele Leute auf diesen Heini Ralph Nader gehört und eins der besten Automobile, die je gebaut worden waren, auf den Schrottplatz gefahren hatten. An Abenden wie diesen fuhr er ohne festes Ziel herum, immer mit heruntergeklapptem Verdeck, so dass ihm der Wind um die Nase wehte.

Heute Abend war von Wind allerdings nicht viel zu spüren. Sogar um diese Uhrzeit herrschte auf dem BQE dichter Verkehr. Doch Junie sorgte dafür, dass der Verkehr noch kriechender erschien, indem sie unausgesetzt von ihrem esoterischen Guru erzählte: Ifasen redete mit den Toten und brachte die Toten dazu, mit den Lebenden zu sprechen. Und Ifasen kannte deine tiefsten, dunkelsten Geheimnisse und beherrschte die erstaunlichsten, unmöglichsten, *unglaublichsten* Dinge.

Nicht erstaunlich oder unmöglich für Jack. Er kannte all die erstaunlichen, unmöglichen, *unglaublichen* Dinge, die Ifasen vollbrachte, und hatte sogar eine recht gute Vorstellung davon, wie der Mann Junies Armband wiederbeschaffen würde.

Ja, Junie war irgendwie ein Schaf, aber ein liebenswertes Schaf.

Vielleicht ließe sich ihre Ifasen-Lobhudelei ein wenig mit Musik eindämmen. Er schob eine von seinen selbst gebrannten CDs in den Player. Die Stimme John Lennons füllte das Wageninnere.

»*This happened once before…*«

»Die Beatles?«, fragte Claude auf dem Rücksitz. »Ich dachte, die hört heute niemand mehr.«

»Da sehen Sie mal, wie man sich irren kann«, erwiderte Jack. Er drehte die Lautstärke hoch. »Hören Sie sich mal diese Harmonien an.«

»... *I saw the light!* ...«

»Lennon und McCartney waren geboren, um gemeinsam zu singen.«

»Sie sollten wissen«, schaltete sich Gia ein, »dass Jack fürs Moderne nicht viel übrig hat.«

»Wie kannst du so etwas behaupten?«

»Wie?« Sie lächelte. »Sieh dir nur mal dein Apartment an oder deine Lieblingsbauten in der City oder« – sie deutete auf den CD-Player – »die Musik, die du hörst. Du besitzt in deiner Sammlung keinen Song, der nach Ende der achtziger Jahre aufgenommen wurde.«

»Das stimmt nicht.«

Karyn ergriff das Wort. »Welche aktuelle Gruppe oder welchen aktuellen Sänger hören Sie denn gern?«

Jack wollte ihr nicht verraten, dass die neueste CD von Tenacious D. in seinem Handschuhfach lag. Er wollte sich einen kleinen Spaß machen.

»Ich mag Britney Spears.«

»Ich bin sicher, dass du sie gerne *ansiehst*«, sagte Gia, »aber nenn mir doch mal den Titel eines einzigen ihrer Songs. Nur einen.«

»Nun...«

»Erwischt!«, rief Karyn lachend.

»Ich mag ein paar Sachen von Eminem.«

»Niemals«, widersprach Gia.

»Doch, wirklich. Ich mochte diesen Bewusstseinssong von ihm, wo eine gute Stimme in sein eines Ohr flüstert und eine böse Stimme in das andere. Das war doch nicht schlecht.«

»Gut genug, um die Platte zu kaufen?«

»Nun, nein...«

»Schon wieder erwischt«, stellte Karyn fest. »Wollen der Sir es mal mit den neunziger Jahren versuchen? Können Sie einen Song aus den Neunzigern nennen, den Sie gut finden?«

»Hey, ich war zwar nicht gerade der geborene Spice-Girls-Fan, aber die Neunziger fand ich ganz toll.«

»Beweisen Sie es. Eine Band aus den Neunzigern – nennen Sie eine, deren CD Sie gekauft und regelmäßig gehört haben.«

»Das ist leicht. Die Travelling Willburys.«

Claude brach in schallendes Gelächter aus, während Karyn gequält stöhnte. »Ich gebe auf!«

»Hey, die Willburys wurden in den neunziger Jahren gegründet, demnach sind sie eine Neunziger-Formation. Ich mag auch ›Goodbye Jumbo‹ von World Party.«

»Retro!«

»Und hey, die Counting Crows. Ich fand diesen ›Mr. Jones‹-Song, den sie aufnahmen, ganz toll.«

»Aber nur, weil es klang wie Van Morrison.«

»Ist doch nicht meine Schuld. Und Sie können nicht behaupten, die Counting Crows wären keine Neunziger-Band. Da sehen Sie es, ich bin ein absoluter Neunziger-Typ, durch und durch.«

»Ich kriege gleich Kopfschmerzen.«

»Die lassen sich mit einer guten Dosis Beatles vertreiben«, sagte Jack. »Auf dieser CD sind ausschließlich Titel aus der Vor-Pepper-Ära, ehe sie abdrifteten. Gute Stücke.«

Das zweispurig aufgenommene Gitarren-Intro von »And Your Bird Can Sing« erklang, während Jack dem gewundenen Kurs des BQE am Brooklyn-Ufer entlang folgte, und zwar immer ein oder zwei Etagen über oder unter dem Straßenniveau. Eine holprige Fahrt über Asphalt mit Akne im letzten Stadium. Während sie unter dem Brooklyn-Heights-Überbau weiterfuhren, kam ein prachtvolles Panorama von Manhattan in Sicht, bei strahlendster Festbeleuchtung.

»Ich komm mir vor wie in *Mondsüchtig*«, bekannte Karyn.

»Nur dass in *Mondsüchtig* die World-Trade-Türme noch standen«, fügte Claude hinzu.

Im Wagen trat Schweigen ein, während sie unter den Zufahrtsrampen für die Brooklyn und die Manhattan Bridge herrollten.

Jack hatte die Trade Towers noch nie gemocht, und er hätte nie angenommen, dass er diese seelenlosen, silbern verkleideten Twix-Riegel jemals vermissen würde. Doch so war es, und in ihm kochte immer noch die Wut hoch, wenn er das Loch in seinem Himmel bemerkte, das sie einmal ausgefüllt hatten. Ebenso wie die meisten Außenseiter in dieser Stadt hatten die Terroristen die Zwillingstürme als eine Art Krönung der Skyline betrachtet. Daher hatten sie sie aufs Korn genommen. Aber Jack fragte sich, wie die Stadt wohl reagiert hätte, wenn das Empire State oder das Chrysler Building das Ziel dieser Verrückten gewesen wäre. In ihnen steckte viel mehr Herz und Seele und Geschichte dieser Stadt. King Kong – der echte King Kong – war aufs Empire State Building geklettert.

Brooklyn ging an der Kosciusko Bridge in Queens über, und die Schnellstraße zog an Long Island City und dem genauso unspektakulären Jackson Heights vorbei.

Astoria sitzt auf der nordwestlichen Schulter von Queens und erstreckt sich entlang des East River. Jack war häufiger dort, aber nur selten mit dem Wagen. Einer seiner Briefkästen befand sich in der Steinway Street. Er zog einen kleinen Schlenker in Erwägung, um bei dieser Gelegenheit seine Post abzuholen, verwarf die Idee jedoch wieder. Seine Fahrgäste könnten irgendwelche neugierigen Fragen stellen. Lieber fuhr er in der nächsten Woche mit der U-Bahn hin.

Indem er Junies manchmal konfuser Wegbeschreibung folgte – gewöhnlich kam sie mit dem Taxi hierher und war sich ihrer Orientierungspunkte nicht immer ganz sicher –, verließ er den BQE, gelangte auf den Astoria Boulevard und fuhr nach Norden, vorbei an einer scheinbar lückenlosen Kette von Reihenhäusern.

»Wenn dieser Ifasen so gut ist«, sagte Jack, »warum verkriecht er sich dann hier in der tiefsten Provinz?«

Junie widersprach. »Queens ist nicht tiefste Provinz!«

»Für mich schon. Zu offen. Zu viel Himmel. Das macht mich nervös. Als bekäme ich gleich einen Panikanfall oder so was.« Er riss den Wagen zur Seite. »Hey!«

»Was ist los?«, kreischte Junie.

»Ich hab gerade eine Herde Büffel gesehen. Ich dachte, sie würden gleich in einer Stampede den Wagen auf die Hörner nehmen. Ich sagte Ihnen doch, es ist die tiefste Provinz.«

Als auf dem Rücksitz Gelächter aufkam, drückte Gia wieder viel sagend seinen Oberschenkel.

Sie fuhren an einer imposanten griechisch-orthodoxen Kirche vorbei, doch die Menschen auf den Bürgersteigen waren bekleidet mit weiten Pantalons und Käppchen und Saris. Astoria war früher einmal ausschließlich griechisch gewesen. Nun waren dort ansehnliche Gemeinschaften entstanden, deren Mitglieder aus Indien, Korea und Bangladesh stammten. Es hatte sich zu einer Polyglotopolis entwickelt.

Sie erreichten den Geschäftsbezirk entlang des Ditmars Boulevard, wo sie an den üblichen Boutiquen, Maniküre- und Pediküresalons, Reisebüros, Tierhandlungen und Apotheken vorbeirollten, sowie an den unausweichlichen Kentucky-Fried-Chicken-, Dunkin-Donut- und McDonald's-Restaurants. Dazwischen hatten sich Gyros-, Souvlaki- und Kebabimbisse angesiedelt. Sie sahen ein Restaurant, das Gerichte aus Pakistan und Bangladesh anbot. Seine Fassade, wie die einer beträchtlichen Anzahl anderer Restaurants, bestand aus Schildern nicht nur in fremder Sprache, sondern auch in fremder Schrift. Der griechische Einfluss war immer noch stark – es gab griechische Cafés, griechische Bäckereien, sogar die Pizzerias zeigten die Akropolis oder eine der griechischen Gottheiten auf ihren Vordächern aus Markisenstoff.

»Dort!«, rief Junie, beugte sich vor und deutete durch die Windschutzscheibe auf einen Lebensmittelladen mit gelbem Baldachin über dem Eingang, der eine englische Inschrift und eine, wie es schien, in Sanskrit besaß. »Den Laden erkenne ich wieder! Fahren Sie an der Ecke dort nach rechts.«

Jack gehorchte und bog in eine stille Wohnstraße ein. Sie war mit zweistöckigen Häusern gesäumt, eine willkommene Abwechslung nach den Reihenhäusern. Ein Zug rumpelte auf einer Eisenträgerbrücke über sie hinweg.

»Er wohnt in Nummer 735«, sagte Junie. »Sie können es nicht verfehlen. Es ist das einzige allein stehende Einfamilienhaus im ganzen Block.«

»Es könnte auch das einzige in ganz Astoria sein«, sagte Jack.

»Es muss irgendwo auf der rechten Seite stehen...« Junies Arm deutete wieder nach vorne. »Da! Da ist es! Super!« Jack hörte das Klatschen eines High-Five hinter sich. »Ich hab euch doch gesagt, dass ich uns hinführen würde!«

Jack fand eine Parklücke und lenkte den Wagen an den Bordstein.

Junie war schon ausgestiegen, ehe Jack den Schalthebel in Parkposition schieben konnte. »Kommt, Leute! Halten wir mal mit den Toten ein Schwätzchen!«

Karyn und Claude stiegen aus, doch Jack blieb sitzen. »Ich denke, wir verzichten.«

»Ach, nein«, sagte Junie und bückte sich zum Beifahrerfenster hinunter. »Gia, du musst mitkommen und ihn kennen lernen. Und du musst sehen, was er alles kann!«

Gia sah ihn fragend an. »Was meinst du?«

Jack senkte die Stimme. »Ich kenne dieses Spiel. Es ist nicht...«

»Du warst mal ein Medium?«

»Nein. Ich habe nur mal einem geholfen.«

»Fantastisch! Dann kannst du uns nachher alles erklären.« Sie lächelte und zog an seinem Arm. »Komm schon. Das kann doch sehr lustig werden.«

»So lustig wie diese Party?« Gia sah ihn viel sagend an, so dass Jack mit einem Achselzucken zustimmte. »Na schön. Mal sehen, ob dieser Typ wirklich so gut ist wie in Junies Pressemitteilung.«

Junie jubelte und geleitete Karyn und Claude zum Haus, während Jack den Wagen abschloss. Er kam zu Gia, die am Bordstein wartete. Er machte einen Schritt auf das Haus zu, blieb jedoch, als er es sah, plötzlich stehen.

»Was ist los?«, fragte Gia.

Er starrte das Haus an. »Sieh dir das doch mal an.«

Jack konnte nicht sagen, warum, aber er empfand eine spontane Abneigung gegen das Haus. Es war im Kolonialstil erbaut, hatte einen Garagenanbau. Das Baumaterial war eine Art dunkler rotbrauner Sandstein. Wahrscheinlich sah es bei Tag besser aus. Jack konnte einen gepflegten Rasen und blühendes Springkraut und Ringelblumen zwischen den Stützpfeilern der Vorderveranda erkennen. Aber in der Dunkelheit, die im Augenblick herrschte, schien das Haus auf seinem doppelt so großen Grundstück zu kauern wie eine riesengroße, lauernde Kröte, die hungrig in Richtung Bürgersteig kroch. Er konnte sich bildhaft vorstellen, wie eine schlangenähnliche Zunge aus der Haustür herauszuckte und einen ahnungslosen Passanten schnappte.

»Es sieht ganz ohne Zweifel unheimlich aus«, entschied Gia. »Wahrscheinlich liegt das an der Bauweise.«

»Gehen Sie nicht dort hinein«, sagte eine Stimme mit Akzent links von Jack.

Jack fuhr herum und gewahrte eine schlanke, dunkelhäutige Inderin in einem königsblauen Sari. Sie schlenderte auf dem Bürgersteig vorüber und hatte einen großen Deutschen Schäferhund an einer Leine.

»Wie bitte?«, fragte Jack.

»Sehr schlimmer Ort«, sagte die Frau, als sie näher gekommen war. Ihr dunkles Haar war zu einem langen dicken Zopf geflochten, der auf ihrer rechten Schulter lag. Ein dünner goldener Ring verzierte ihren rechten Nasenflügel. »Schlimme Vergangenheit. Noch schlimmere Zukunft. Bleiben Sie fort.« Sie wurde nicht langsamer, als sie auf ihrer Höhe war. Ihre dunklen Augen blickten Jack funkelnd an – »Bleiben Sie fort« – und richteten sich auf Gia –, »besonders Sie.«

Dann setzte sie ihren Weg fort. Der Hund drehte sich noch einmal zu ihnen um, aber die Frau tat es nicht.

»Also das ist wirklich unheimlich«, fand Gia, während ein unsicheres Lächeln um ihre Lippen spielte.

Jack hatte immer die Überzeugung vertreten, dass wenn man der Angst trotzt, man ihr auch die Wirkung nimmt. Kürzlich gemachte Erfahrungen hatten bei ihm allerdings gewisse Zweifel hinsichtlich der Weisheit dieser Überzeugung geweckt. Und angesichts der Tatsache, dass Gia bei ihm war …

»Vielleicht sollten wir auf sie hören.«

Gia lachte. »Ich bitte dich! Wahrscheinlich arbeitet sie für diesen Knaben. Er schickt sie raus, damit sie uns in die richtige Stimmung versetzt. Oder vielleicht ist sie auch nur eine harmlose Irre, die dieses Viertel unsicher macht. Du nimmst sie doch nicht etwa ernst, oder?«

Jack schaute der sich entfernenden Gestalt im Sari nach, die jetzt kaum noch zu sehen war. Nach dem, was er in letzter Zeit durchgemacht hatte, nahm er sehr viel mehr Dinge ernst, Dinge, über die er früher gelacht hatte.

»Ich weiß nicht.«

»Oh, lass uns gehen«, sagte sie und zog ihn auf dem Weg zum Hauseingang hinter sich her. »Junie besucht ihn schon seit zwei Monaten regelmäßig, und bisher ist ihr nichts Schlimmes zugestoßen.«

Jack legte einen Arm um Gias Schultern, und gemeinsam näherten sie sich dem Haus. Sie erreichten die anderen am Eingang, wo Junie erfolglos auf den Klingelknopf gedrückt hatte.

Sie versuchte gerade erneut ihr Glück. »Wo ist er?«

»Vielleicht ist er nicht zu Hause«, sagte Jack.

»Er muss da sein! Ich kann nicht...«

In diesem Augenblick öffnete sich die Haustür einen Spalt. Jack sah ein Auge und einen dünnen Streifen dunkelhäutiger Wange.

»Ifasen! Ich bin's! Junie! Gott sei Dank, Sie sind da!«

Die Tür öffnete sich weiter, und zu sehen war jetzt ein hoch gewachsener, hagerer schwarzer Mann um die dreißig. Er trug ein weißes T-Shirt und eine graue Hose. Sein Haar war zu ordentlichen dünnen Dreadlocks gedreht, die ihm bis auf die Schultern reichten. Ifasen erinnerte Jack an Lenny Kravitz in seiner Dreadlocks-Phase.

»Ms. Moon«, sagte er mit einem nicht genau zu lokalisierenden Akzent. »Es ist schon spät.«

Jack verkniff sich bei dieser Feststellung ein Lächeln. Dieser Typ hatte Erfahrung. Die normale Reaktion wäre gewesen: *Was haben Sie um diese Zeit hier zu suchen?* Aber wenn man jemand ist, der angeblich alles weiß – oder vielleicht nicht alles, aber doch verdammt viel mehr als normale Menschen –, dann stellt man keine Fragen. Sondern man stellt fest.

Doch Jack wunderte sich über den Gesichtsausdruck des Mannes, als er die Tür geöffnet hatte. Er hatte irgendwie... erleichtert ausgesehen. Wen hatte er erwartet?

»Ich weiß. Und ich weiß auch, dass mein Termin erst morgen ist, aber ich musste herkommen.«

»Sie konnten nicht warten«, sagte er, und seine Stimme klang ruhig, vermittelte Sicherheit und Vertrauen.

»Ja! Richtig! Ich brauche Ihre Hilfe! Ich habe mein Glücksarmband verloren! Sie müssen es für mich wiederfinden!«

Während er über ihre Bitte nachdachte, wanderte sein Blick zwischen Gia und Jack und den anderen auf dem Vorbau hin und her.

»Wie ich sehe, kommen Sie in Begleitung.«

»Ich habe ihnen von Ihnen erzählt, und sie konnten es kaum erwarten, Sie kennen zu lernen. Dürfen wir reinkommen? Bitte.«

»Na schön«, sagte Ifasen. Er trat zurück und öffnete die Tür ganz. »Aber nur für ein paar Minuten. Für meine ersten Besucher morgen früh muss ich frisch und ausgeruht sein.«

Stimmt ja, erinnerte sich Jack. An Wochenenden haben Medien und Wahrsager meistens Hochkonjunktur.

Junie ging voraus, gefolgt von Karyn und Claude. Jack und Gia traten gerade über die Schwelle, als ein tiefes Grollen die Luft erfüllte, ihre Knochen vibrieren ließ und das Haus erschütterte.

»Eine Bombe!«, brüllte Ifasen. »Raus! Alle raus!«

Dann ein anderes Geräusch, ein ohrenbetäubender, schriller, widerhallender Schrei, der die Luft durchschnitt – ob ausgelöst durch Schmerz, Angst oder Freude, konnte Jack nicht entscheiden.

Das klang für Jack zwar nicht wie eine Bombe, aber er wollte kein Risiko eingehen. Er packte Gia und zog sie über den Vorbau und hinunter auf den Rasen. Junie, Claude und die ängstlich schreiende Karyn folgten ihnen hastig.

Ifasen stand noch immer in der Haustür und rief nach jemandem namens Charlie.

Jack blieb in Bewegung, stieß Gia vor sich her über den Weg zum Auto. Dann bemerkte er etwas.

Er blieb stehen. »Moment. Spürst du das?«

Gia blickte ihm in die Augen, dann auf ihre Füße. »Der Untergrund...«

»Genau. Er zittert.«

»O mein Gott!«, schrie Junie. »Ein Erdbeben!«

Genauso plötzlich, wie das Zittern eingesetzt hatte, hörte es wieder auf.

Jack schaute sich um. Auf der anderen Straßenseite, den Block hinauf und hinunter, brannte Licht in den Häusern, und Menschen eilten hinaus in die Vorgärten und standen dort in allen Stadien des Bekleidet- oder Unbekleidetseins herum, einige weinend, andere einfach nur völlig verwirrt.

Gia starrte ihn an. »Jack. Ein Erdbeben? In New York?«

»Erinnerst du dich nicht an das Beben auf der Upper East Side, 2001?«

»Ich habe darüber gelesen, es damals aber nicht gespürt. Dies hier habe ich jedoch gespürt. Und das gefiel mir gar nicht.«

Jack auch nicht. Vielleicht konnten Menschen an Orten wie Los Angeles sich an so etwas gewöhnen, aber zu spüren, wie der solide Granituntergrund von New York City zu zittern beginnt ... das war verdammt beunruhigend.

»Was ist mit diesem anderen Geräusch? Es klang wie ein Schrei. Hast du das gehört?«

Gia nickte, während sie sich an ihn drängte und seinen Arm umklammerte. »Wie eine verdammte Seele.«

»Wahrscheinlich nur ein paar alte Nägel, die durch das Beben herausgezogen wurden.«

»Wenn du meinst. Für mich klang es eher wie eine Stimme.«

Natürlich klang es so, dachte Jack. Aber er wollte ihre Unruhe nicht noch vergrößern.

Er schaute sich um und sah Ifasen mit einem anderen, jüngeren Schwarzen näher kommen, der ihm irgendwie ähnlich sah. Beide hatten in etwa die gleiche Figur und die gleichen Gesichtszüge, doch anstelle von Dreadlocks hatte der jüngere Mann eine konventionellere Frisur. Er trug eine schwarze Hose, schwarze Turnschuhe und einen leichten langärmeligen Rollkragenpullover, ebenfalls schwarz.

»Ein Erdbeben, Ifasen!«, sagte Junie. »Ist so etwas möglich?«

»Ich wusste, dass irgendetwas geschehen würde«, sagte Ifasen. »Aber nahe bevorstehende seismische Aktivitäten wirken sich störend auf mediale Kontakte aus, daher konnte ich keine klare Botschaft empfangen.«

Jack nickte anerkennend. Der Knabe improvisierte sehr gut.

Aus der Nähe konnte Jack eine lange, horizontale Narbe auf Ifasens linker Wange erkennen. Bis auf ein paar vereinzelte Bartstoppeln am Kinn wirkte seine milchschokoladenbraune Haut makellos.

»Können wir jetzt wieder ins Haus gehen?«, fragte Junie.

Ifasen schüttelte den Kopf. »Ich weiß nicht ...«

»*Bitte?*«

Er seufzte. »Na gut. Aber nur kurz.« Er legte eine Hand auf die Schulter des jungen Mannes. »Das ist übrigens mein Bruder Kehinde. Er wohnt im Menelaus Manor mit mir zusammen.«

Menelaus Manor, dachte Jack und betrachtete das alte Haus. Dieses Gemäuer hat also einen Namen?

Kehinde ging voraus, als sie zum Haus zurückkehrten. Jack blieb mit Gia zurück, um mit Ifasen zu reden.

»Warum nahmen Sie an, dass es eine Bombe war?«

Ifasen blinzelte, aber der Ausdruck seiner onyxschwarzen Augen blieb undeutbar. »Wie kommen Sie auf die Idee?«

»Ach, ich weiß nicht. Vielleicht durch die Tatsache, dass Sie ›Eine Bombe!‹ gebrüllt haben, als das Haus zu zittern begann.«

»Ich weiß es nicht genau. Vielleicht war ich so erschrocken, dass dies der erste Gedanke war, der mir in den Sinn kam. Die prä-seismischen Vibrationen ...«

Jack hob eine Hand. »Ja. Sie haben es uns erklärt.«

Jack spürte, dass Ifasen die Wahrheit sagte, und das beunruhigte ihn. Wenn das Haus, in dem man wohnt, zu wackeln, zu schwanken und zu zittern anfängt, kann das eine Menge

Ursachen haben, aber eine *Bombe* sollte nicht an erster Stelle auf der Liste auftauchen.

Es sei denn, man rechnete damit.

»Und wo ist Charlie?«

Ifasen erstarrte. »Wer?«

»Ich habe Sie nach jemandem namens Charlie rufen hören, während wir uns in Sicherheit brachten.«

»Da müssen Sie sich verhört haben, Sir. Ich rief nach meinem Bruder Kehinde.«

Jack wandte sich an Gia. »Lass uns verschwinden. Ich glaube, das hier ist keine gute Idee.«

Ehe Gia etwas darauf erwidern konnte, sagte Ifasen: »Bitte. Sie brauchen keine Angst zu haben. Wirklich.«

»Nun komm schon, Jack.« Sie sah Ifasen fragend an. »Es dauert ... wie lange – eine halbe Stunde?«

»Höchstens.« Ifasen lächelte. »Wie ich schon sagte, ich brauche meinen Schlaf.«

Eine halbe Stunde, dachte Jack. Okay. Was konnte schon in einer halben Stunde passieren?

2

»Dies ist mein Channeling-Raum«, erklärte Ifasen mit einer ausholenden Geste.

Beeindruckend, dachte Jack, während er sich umschaute.

Ifasen hatte den hohen Raum im ersten Stock mit einer umfangreichen Kollektion spiritualistischer und aus der New-Age-Lehre stammender Utensilien sowie einigen einzigartigen Arrangements ausgestattet. Am eindrucksvollsten war die Ansammlung von Statuen – einige davon schienen sogar absolut echt zu sein – aus Kirchen und indischen Tempeln und Mayapyramiden: Maria, der heilige Josef, Kali, Shiva, ein Totempfahl, ein schlangenköpfiger Gott, Wasserspeier von Kirchen und ein drei Meter hoher Ganesh, der in seinem Elefantenrüssel ein goldenes Zepter hielt. Vorhänge verdeckten die Fenster. Die eichengetäfelten Wände waren mit Gemälden von spiritualistischen Heiligenbildern geschmückt. Jack erkannte Madame Blavatsky, die Mona Lisa in diesem Louvre der Scharlatane.

Am anderen Ende des Raums stand ein runder Tisch, der mit Stühlen umgeben war. Ein reich verziertes, kanzelähnliches Podest auf einem gut einen halben Meter hohen Podium beherrschte das Ende des Raums, in dem sie sich zur Zeit befanden. Ifasen trat dahinter, während Jack, Gia, Junie, Karyn und Claude auf den Stühlen Platz nahmen, die davor aufgestellt waren.

»Ich bin Ifasen«, begann der schwarze Okkultismus-Guru, »und ich bin mit einer Gabe gesegnet, die mir gestattet, mit der Geisterwelt zu kommunizieren. Ich kann nicht direkt mit den Toten sprechen, aber mit der Hilfe von Ogunfiditimi, einem alten nigerianischen Weisen, der seit meiner Kindheit mein Geistführer ist, kann ich Offenbarungen und Botschaften des Friedens und der Hoffnung aus dem Jenseits in unsere Welt holen.

Ms. Moons Sitzung bei mir war eigentlich für morgen angesetzt, aber auf Grund ihrer großen Not habe ich sie auf heute vorgezogen. Aus Dankbarkeit hat sie der Menelaus Manor Foundation für Sie, ihre Freunde, eine großzügige Stiftung gemacht, damit Sie an dieser Sitzung teilnehmen können.«

Karyn und Claude applaudierten. Junie, die alleine in der ersten Reihe saß, wandte sich um und winkte.

»Ich werde Ms. Moons und Ihre Fragen in Form einer Zettellese-Routine beantworten«, erklärte Ifasen. »Mein Bruder Kehinde verteilt jetzt Zettel, Briefumschläge und Schreibstifte.«

Die Zettel entpuppten sich als Karteikarten. Jack nahm von Kehinde zwei für Gia und sich selbst. Er kannte dieses Spiel schon, entschied sich aber trotzdem mitzumachen.

Ifasen sagte: »Bitte schreiben Sie Ihre Fragen auf die Karte, unterschreiben Sie, falten Sie sie zusammen, und stecken Sie sie in den Briefumschlag, und kleben Sie diesen zu. Ich werde dann Kontakt mit Ogunfiditimi aufnehmen und ihn fragen, ob er die Antworten in der Geisterwelt finden kann. Dies ist nicht der Zeitpunkt für Scherzfragen oder Versuche, die Geisterwelt zu testen. Vergeuden Sie nicht Ogunfiditimis Zeit, indem Sie Fragen stellen, auf die Sie die Antworten bereits kennen. Und seien Sie sich über eins im Klaren: Die Tatsache, dass Sie die Frage gestellt haben, verpflichtet die Geister nicht zu antworten. Sie suchen sich die Fragen aus. Je gewichtiger die Frage, desto wahrscheinlicher ist es, dass sie beantwortet wird.«

Raffiniert eingefädelt, dachte Jack. Die perfekte Ausflucht.

»Darf ich eine Frage stellen?« Gia hob die Hand und meldete sich wie ein Schulkind.

»Natürlich.«

»Warum müssen wir die Fragen in einen Briefumschlag stecken und ihn zukleben? Warum können wir Ihnen nicht einfach unsere Karten geben und die Antwort erhalten?«

Ifasen lächelte. »Eine sehr gute Frage. Die Kommunikation mit der Geisterwelt ist nicht mit einem Ferngespräch zu vergleichen. Manchmal kommen ganze Worte durch, aber sehr oft besteht die Kommunikation nur aus Andeutungen und Empfindungen. Um den klarsten Kanal zu öffnen, muss ich meinen Geist vollkommen leeren. Wenn ich an eine Frage denke, dann trübe ich sozusagen das Wasser mit meinen eigenen Auffassungen und Vorurteilen. Aber wenn ich die Frage nicht kenne, dann können sich meine eigenen Gedanken nicht störend auswirken. Was dann herauskommt, ist reine Geist-Wahrheit.«

»Raffiniert«, flüsterte Jack. »Sehr raffiniert.«

Jack schrieb *Wie geht es meiner Schwester?* auf seine Karte und zeigte sie Gia.

»Ist das fair?«, fragte sie.

»Das ist etwas, das ich wissen möchte.«

Ehe er die Karte zusammenfaltete, riss er ein kleines Stück von der linken oberen Ecke ab. Während er die Karte in den Umschlag steckte, sah er zu Gia hin und verfolgte, wie sie das Gleiche mit ihrer Karte tat.

»Was hast du gefragt?«

Sie lächelte. »Das ist ein Geheimnis zwischen mir und Ogunfiditimi.«

Er wollte schon nachhaken, als ein leiser musikalischer Klang durch den Raum schwebte. Er schaute hoch und sah, dass Ifasen so etwas wie eine große Schale aus gehämmertem Messing auf den Fingerspitzen balancierte.

»Dies ist eine Zeremonienglocke aus einem Tempel im Dschungel Thailands. Es heißt, wenn sie richtig aufgehängt wird, klingt sie einen ganzen Tag, nachdem sie nur ein einziges Mal angeschlagen wurde.« Er schnippte mit dem Fingernagel gegen die glänzende Oberfläche – und erneut erklang der weiche Ton. »Aber heute benutzen wir sie als eine Schüssel, um Ihre Fragezettel hineinzulegen.«

Er reichte die Glocke Kehinde, der zu jedem von ihnen kam und die Umschläge einsammelte. Jack behielt ihn genau im Auge und achtete sorgfältig darauf, wie der jüngere Bruder die Glocke hinter dem Sockel des Podiums absetzte. Er hantierte an etwas herum, das nicht zu sehen war. Dann breitete er ein weißes Tuch aus. Die Glocke erschien wieder, diesmal mit dem Tuch bedeckt, und wurde zu Ifasen hochgereicht.

Jack lehnte sich zurück und nickte. *Erwischt.*

Kehinde verschwand, und die Beleuchtung veränderte sich. Im Raum wurde es dunkel, während ein Spotscheinwerfer an der Decke aufflammte, so dass Ifasen – wie in ein himmlisches

Licht getaucht – über ihnen zu schweben schien. Er riss das weiße Tuch weg und blickte in die Schüssel. Nach einem kurzen Augenblick griff er hinein und zog einen Umschlag heraus. Er hielt ihn mit ausgestreckten Armen hoch.

»Ich habe hier die erste Frage«, verkündete er. Er senkte den Kopf und hob den Umschlag noch höher, so dass er im Licht des Scheinwerfers leuchtete wie ein Stern. »Ogunfiditimi, ich rufe dich. Diese Bittsteller sind zu mir gekommen auf der Suche nach Wissen. Einem Wissen, das nur du übermitteln kannst. Höre ihre Fragen, und liefere die Antworten, die sie suchen.«

Er erschauerte einmal, zweimal, dann verfiel er in einen gleichförmig düsteren Tonfall.

»Du bist noch nicht so weit. Du musst eifriger arbeiten, musst deine Fähigkeiten verfeinern, und vor allem musst du Geduld haben. Er wird kommen.«

Ifasen blickte auf und blinzelte. Er senkte den Umschlag und ergriff einen schlanken, vergoldeten Brieföffner. Er schlitzte den Briefumschlag auf und holte die Karte heraus. Dann faltete er sie auseinander und hielt sie zu Jacks Verdruss an der linken oberen Ecke hoch. Nachdem er den Text darauf gelesen hatte, lächelte er Karyn an. »Beantwortet das Ihre Frage, Karyn?«

Sie nickte begeistert.

Claude sagte: »Was hast du gefragt?«

»Ich wollte wissen, wann ich endlich genauso erfolgreich sein werde wie Junie.«

Junie wandte sich an sie. »Habe ich es nicht gesagt? Ist er nicht einfach toll?«

»Wie macht er das?«, flüsterte Gia.

»Später.«

Da er ziemlich genau wusste, wie es weitergehen würde, holte Jack eine zusammengefaltete Broschüre aus der Tasche, die er im Parterre mitgenommen hatte. Auf dem Umschlag stand

DIE MENELAUS MANOR
RESTORATION FOUNDATION

über einem grobkörnigen Foto von diesem alten Haus. Das war es also, wohin die Stiftungen gingen.

Er öffnete die gelbe, dreifach gefaltete Broschüre, und heraus rutschte eine weitere kleinere Broschüre, fast so groß wie die Karte, die er soeben ausgefüllt hatte. Der Umschlag zeigte als kunstlose Illustration eine menschliche Silhouette, die neben dem Titel – »Die Falle« – in einen Schacht stürzte. Er drehte sie um und lachte beinahe laut auf, als er die Worte »Chick Publications« las. Ein Wiedergeburts-Minicomic. Auf den ersten Seiten war ein Christ zu sehen, der einen selbst ernannten Channeler entlarvte.

Irgendein Witzbold schmuggelte offenbar Jack Chicks fundamentalistische Traktate in Ifasens Broschüren. Ziemlich dreist.

Jack achtete auf Ifasen, der einen weiteren Umschlag hochhielt, diesmal aber auf die Anrufung verzichtete. Vielleicht hatte er es eilig. Er schüttelte den Kopf, als versuchte er, seine Gedanken zu klären, kniff die Augen zusammen. Dann schüttelte er abermals den Kopf. Schließlich senkte er den Umschlag und schickte Claude einen missbilligenden Blick.

»Der Geist weigert sich, diese Frage zu beantworten. Ich darf Ihnen bestellen, dass Sie sich einen Taschenrechner kaufen sollen.«

Er schlitzte den Umschlag auf und faltete die Karte auseinander – und hielt auch diese an der linken oberen Ecke hoch. Er las: »»Wie lautet die Quadratwurzel von 2,762?«« Er musterte Claude stirnrunzelnd und machte aus seinem Missfallen keinen Hehl. »Was habe ich über lächerliche Fragen gesagt, die die Zeit des Geistes vergeuden?«

Claude grinste. »Es ist eine Frage, die mich schon seit Jahren beschäftigt.«

Junie schaute ihn wütend an und gab ihm einen Klaps aufs Knie. Jack fand, dass Claude ihm gefiel.

Er legte die Chick-Broschüre beiseite und begann Ifasens Werbetext über das Haus und seine Geschichte zu lesen, als Gia ihn anstieß.

»Pass auf. Du bist vielleicht der Nächste.«

Jack faltete die Broschüre zusammen und konzentrierte sich auf Ifasen, der einen weiteren Umschlag ergriffen hatte. Er erschauerte wieder zweimal, dann: »Ihre Schwester schickt Ihnen ihre Liebe von der Anderen Seite. Sie sagt, es gehe ihr gut, und Sie sollen weiterleben wie bisher.«

Unwillkürlich fröstelte es Jack. Er kannte das Spiel, wusste, dass Ifasen jetzt improvisierte, doch dies war genau das, was Kate sagen würde.

Ifasen faltete eine Karte auseinander und hielt sie wie üblich an der linken oberen Ecke. »Beantwortet das Ihre Frage, Jack?«

»Voll und ganz«, erwiderte Jack leise.

Gia starrte Jack mit großen Augen an und packte seinen Arm. »Jack! Wie konnte er...?«

Er neigte den Kopf in ihre Richtung und flüsterte: »Das war mehr als eine bloße Vermutung. Er ist wirklich gut.«

»Wie kannst du das als ›mehr als eine Vermutung‹ abtun?«

»Ganz einfach. Natürlich, wenn er gesagt hätte, ›*Kate* schickt Ihnen ihre Liebe‹, wäre das was ganz anderes gewesen. Dies aber als Humbug abzutun, erscheint mir ziemlich problematisch.«

Ein weiterer Umschlag wurde ins Licht des Scheinwerfers gehalten, und jetzt runzelte Ifasen abermals die Stirn.

»Damit habe ich Schwierigkeiten. Ich spüre eine Zahl, aber die seismische Spannung hat zugenommen. Ich bin mir nicht sicher, doch ich glaube, die Zahl ist eine Zwei.« Er schlug die Augen auf. »Und das ist alles.«

Ifasens Gesicht spiegelte Verwirrung wider, während er

den Umschlag öffnete, doch als er den Text las, lächelte er. »Zwei.« Er blickte auf. »Reicht Ihnen das, Gia?«

»Ich... ich glaube schon«, sagte Gia.

Jack betrachtete sie von der Seite und fand, dass sie ein wenig blass geworden war. »Was hast du gefragt?«

»Das verrate ich dir später«, sagte sie ausweichend.

»Jetzt.«

»Später. Ich will erst sehen, ob er weiß, wo Junies Armband geblieben ist.«

»Der letzte Umschlag«, verkündete Ifasen und hielt ihn ins Licht. Er schloss die Augen, zog wieder seine Nummer mit dem zweimaligen Erschauern ab und sagte dann: »Es wurde nicht gestohlen. Sie finden es in der großen blauen Blumenvase.« Er sah Junie an, die aufgesprungen war. »Besitzen Sie eine große blaue Blumenvase?«

»Ja! Ja!« Sie presste die Hände auf den Mund, so dass die Worte nur undeutlich herauskamen. »Gleich neben der Tür! Aber das kann nicht sein! Wie soll es dort hineingekommen sein?«

»Die Geister sagen nicht, *wie*, Ms. Moon«, erklärte ihr Ifasen. »Sie haben nur gesagt, *wo*.«

»Ich muss gehen! Ich muss schnellstens nach Hause und in der Vase nachschauen!« Sie rannte zum Podium und umarmte ihr Medium. »Ifasen, Sie sind der Beste, der Größte!« Sie wandte sich zu Jack, Gia, Karyn und Claude um. »Ist er nicht fantastisch! Ist er nicht unglaublich!«

Jack stimmte in den Applaus ein. An Ifasen war nichts unglaublich, aber er war gut. Sehr gut sogar.

3

»Heiliger Jesus!«, stöhnte Lyle Kenton, als ihre ungeladenen Gäste sich endlich verabschiedet hatten. Er hatte seine Ifasen-Rolle bereits abgelegt, ließ sich jetzt in den Sessel im Wohnzimmer in der oberen Etage fallen und rieb sich die Augen. »Was war denn hier los?«

Sein Bruder Charlie, nicht länger in der Rolle des unterwürfigen Kehinde, sah ihn vorwurfsvoll an. Er lehnte an der Couch und nippte hektisch an einer Flasche Pepsi Light. Das war seine Art zu trinken: keine richtigen Schlucke, sondern nur ein schnelles, kurzes Nippen.

»Ay, yo, Lyle. Ich dachte schon, du bringst uns in Teufels Küche, als du den Namen des Herrn in den Mund nahmst.«

Lyle winkte mit einer Hand entschuldigend ab, während er mit der anderen an einer seiner Dreadlocks zog und in Gedanken die vergangene Stunde durchging. Das war nicht der gemütliche Freitagabend gewesen, den er geplant hatte. Er und Charlie hatten im Wohnzimmer gesessen und hatten auf der Suche nach etwas Interessantem durch die Fernsehkanäle gezappt, als Junie Moon geklingelt hatte.

»Ich sage dir, Charlie, als ich unsere Moonie mit ihren Leuten vor der Tür stehen sah, dachte ich schon, wir wären geliefert. Ich hatte geglaubt, sie hätte etwas von deinem Besuch bemerkt und wäre mit den Bullen erschienen.«

Natürlich war ihm bei eingehender Überlegung klar geworden, dass, wenn es tatsächlich die Polizei gewesen wäre, Junie Moon sie wohl kaum begleitet hätte.

»Es hätte schlimmer kommen können«, sagte Charlie und ging vor der Couch – ein dunkelrotes Ungetüm, das zur Möblierung des Hauses gehörte – auf und ab. Alles in diesem Raum – die Möbel, das Klavier, die kitschigen Landschaftsbilder in ihren goldenen Rahmen an den Wänden – war schon vorhanden gewesen, als sie das Haus vor zehn Monaten gekauft hatten. »Es hätte auch der Kerl sein können, der auf uns geschossen hat.«

Lyle nickte und spürte, wie sich die Haut in seinem Nacken schmerzhaft zusammenzog. Erst letzten Dienstag hatte er am Fenster des Wartezimmers im Parterre gestanden, als plötzlich eine Kugel an seinem Kopf vorbeipfiff. Sie hatte die Scheibe durchschlagen, ohne sie zu zerschmettern, und ein winziges Loch hinterlassen, das von einem kleinen Spinngewebe aus Sprüngen umgeben war. Er hatte die Kugel aus der Wand gegraben, aber da er sich mit Schusswaffen nicht auskannte, hatte er das Kaliber nicht erkennen können. Er konnte nur sicher sein, dass die Kugel für ihn bestimmt gewesen war. Der Vorfall hatte ihm einen Schrecken eingejagt und ließ ihn neuerdings ein wenig paranoid reagieren. Seitdem achtete er sorgfältig darauf, dass die Fenstervorhänge stets geschlossen waren.

Der Grund war, wie er wusste, dass eine Reihe wohlhabender Kunden die Medien in Manhattan verlassen hatten und nach Astoria übergewechselt waren, seit Lyle in dem Spiel mitmischte. Keiner der anderen Spieler war darüber besonders glücklich. Eine Flut wütender, vor üblen Drohungen strotzender, anonymer Telefonanrufe während der letzten Wochen hatte das unmissverständlich klar gemacht. Aber einer von ihnen – verdammt, vielleicht sogar eine ganze Gruppe – hatte sich ausgerechnet, dass Telefonanrufe wahrscheinlich nicht ausreichten, und beschlossen, es mit der harten Gangart zu versuchen.

Dennoch hatte Lyle darauf verzichtet, die Polizei zu benachrichtigen. Es heißt zwar, dass die einzige schlechte Publicity überhaupt keine Publicity ist, aber dies war eine Ausnahme. Eine Sensationsmeldung, dass auf ihn geschossen worden war, könnte das reinste Gift sein. Die Leute würden aus Angst fernbleiben, in eine Schießerei zwischen konkurrierenden Spiritisten zu geraten. Er konnte sich die Bemerkungen dazu sehr gut vorstellen: *Ein Besuch bei diesem Medium könnte einem seinen geliebten Verstorbenen um einiges näher bringen, als einem lieb ist.*

O ja. Das würde das Geschäft bestimmt ankurbeln.

Noch schlimmer war jedoch die beunruhigende Erkenntnis, dass jemand seinen Tod wünschte.

Vielleicht nicht unbedingt seinen Tod, versuchte er sich einzureden. Vielleicht war der Schuss nur eine Warnung gewesen, ein Versuch, ihn abzuschrecken.

Das zu glauben, wäre ihm sicher leichter gefallen, wenn er sich in jenem Augenblick in einem anderen Raum aufgehalten hätte.

Seitdem war nichts mehr passiert. Die Lage würde sich beruhigen. Er müsste nur den Ball flach halten und abwarten, bis sich die Wogen glätteten.

»Aber das war er nicht«, sagte Lyle. »Es war nur Junie Moonie mit ein paar Freunden. Da stand ich nun, wollte mich gerade ein wenig entspannen, nachdem ich festgestellt hatte, dass sie nur gekommen war, weil sie nicht bis zu ihrem Termin morgen warten konnte. Ich öffne die Tür, und was passiert? *Bumms.* Die Welt fängt an zu schwanken. Ich kann dir flüstern, Bruder, ich bin fast durchgedreht.«

Charlies Grinsen fiel ein wenig säuerlich aus. »Das habe ich gemerkt, als du plötzlich deinen tollen Akzent verloren hast.«

»Habe ich das?« Lyle musste lächeln. Er benutzte den leicht ostafrikanischen Akzent schon so lange – vierundzwanzig Stunden am Tag, sieben Tage in der Woche –, dass er gemeint hatte, seine Detroiter Ghettostimme müsse längst begraben und vergessen sein. Wahrscheinlich nicht. »Das beweist nur, welche Sorgen ich mir deinetwegen gemacht habe. Du bist mein Blut. Ich wollte nicht, dass dieses Haus über deinem Kopf zusammenstürzt.«

»Das weiß ich zu würdigen, Lyle, aber Jesus war mit mir, ich hatte keine Angst.«

»Die hättest du aber haben sollen. Ein Erdbeben in New York. Wer hat schon mal von so etwas gehört?«

»Vielleicht ist das eine Warnung, Lyle«, sagte Charlie, während er weiter auf und ab ging und von seiner Pepsi nippte. »Du weißt doch, das ist die Art und Weise des Herrn, uns zu ermahnen, dass wir anständig sein sollen.«

Lyle schloss die Augen. Charlie, Charlie, Charlie. Du warst ein so lustiger Kerl, bevor du religiös wurdest.

Meine Schuld, vermutete er. Mein Pech.

Vor ein paar Jahren, als sie einen kleinen spiritistischen Laden in Dearborn hatten, war ein Gesundbeter in die Stadt gekommen, und er und Charlie waren hingegangen, um sich anzusehen, wie dieser Typ seine Nummer aufzog. Lyle hatte nur auf die Rollstühle geachtet, die der Heiler mitgebracht hatte und die sein Assistent großzügig all den gebrechlich aussehenden alten Leuten anbot, die angewackelt kamen – denselben Leuten, die »wunderbarerweise« wieder gehen konnten, sobald der Heiler seine Gebete über sie gesprochen hatte. Währenddessen hatte sein kleiner Bruder aufmerksam der Predigt zugehört.

Lyle war nach Hause gegangen und hatte sich Notizen für die Zukunft gemacht, für die Zeit, in der er seine eigene kleine Gemeinschaft gründen würde.

Charlie hatte während des Zeltgottesdienstes eine Bibel gekauft, war damit nach Hause gekommen und hatte sofort angefangen, darin zu lesen.

Jetzt war er ein Wiedergeborener. Ein wahrer Gläubiger. Ein Langweiler.

Sie waren immer gemeinsam durch die Bars gezogen, hatten gemeinsam Frauen aufgerissen und auch alles andere gemeinsam getan. Nun jedoch war das Einzige, das Charlie interessierte, in seiner Bibel zu lesen und »Zeugnis abzulegen«.

Aber ganz gleich, was er tat oder nicht tat, Charlie war

immer noch sein Bruder, und Lyle liebte ihn. Aber den alten Charlie *mochte* er viel lieber.

»Wenn dieses Erdbeben Gottes Werk war und er uns damit gemeint hat, Charlie, dann hat er außer uns aber auch eine Menge anderer Leute durchgeschüttelt.«

»Vielleicht haben außer uns viele Leute es nötig, durchgeschüttelt zu werden, yo.«

»Das ist wohl so, Amen. Aber was war mit dem Schrei? Du musst mir rechtzeitig Bescheid sagen, wenn du eine neue Nummer durchziehen willst. Das zitternde Haus und die bebende Erde waren schlimm genug, aber dann bist du auch noch mit diesem Schrei gekommen, und alle rannten los wie die Wahnsinnigen.«

»Ich hatte mit dem Schrei nichts zu tun«, sagte Charlie. »Der war absolut echt, Bruder.«

»Echt?« In seinem Innern hatte Lyle das gewusst, aber er hatte gehofft, dass Charlie ihm etwas anderes sagen würde. »Wie echt?«

»Echt insofern, als es nichts war, das ich inszeniert habe. Der Schrei kam nicht aus irgendwelchen Lautsprechern, Lyle. Er kam aus dem *Haus*.«

»Ich weiß schon. Wahrscheinlich haben sich nur ein paar Balken während des Erdbebens verschoben, oder?«

Charlie unterbrach seine Wanderung und starrte ihn an. »Willst du mich verscheißern? Willst du wirklich behaupten, dass es für dich klang wie alte Holzbalken? Mach dir lieber klar, dass es ein Schrei war. Ein menschlicher Schrei.«

Genau so hatte es auch in Lyles Ohren geklungen, aber das konnte nicht möglich sein.

»Nicht menschlich, Charlie, denn die einzigen Menschen außer uns waren unsere nicht eingeladenen Gäste, und die haben nicht geschrien. Also *klang* es nur menschlich, aber das war es nicht.«

»Doch, das war es.« Charlie setzte seine Wanderung fort,

diesmal jedoch um einiges schneller. »Es kam aus dem Keller.«
»Woher weißt du das?«
»Ich stand an der Tür, als es losging.«
»Aus dem Keller?« Lyle spürte, wie es ihm eiskalt über den Rücken rieselte. Er hasste den Keller. »Warum hast du mir das nicht gesagt?«
»Dazu war nicht genug Zeit. Wir hatten Gäste, weißt du noch?«
»Sie sind schon eine Weile weg.«
Charlie wandte den Blick ab. »Ich wusste, dass du nachschauen würdest.«
»Verdammt richtig, das will ich auch.« Er wollte es nicht, nicht wirklich, aber er würde ganz bestimmt heute Nacht kein Auge zutun, wenn er nicht vorher nachsah. »Und möchtest du dich nicht endlich hinsetzen? Du machst mich verdammt nervös.«
»Kann ich nicht. Ich bin viel zu aufgeregt. Spürst du es nicht, Lyle? Das Haus hat sich verändert, yo. Ich hab das bemerkt, als wir gestern nach dem Erdbeben wieder reingingen. Ich kann es nicht erklären, aber es fühlt sich anders an... seltsam.«
Lyle spürte es auch, wollte es aber nicht zugeben. Das wäre genauso, als würde er den übernatürlichen Quatsch glauben, den sie den Trotteln verkauften. Und das würde er niemals tun. Aber er musste zugeben, dass die Zimmerbeleuchtung nicht mehr ganz so hell wirkte wie vor dem Erdbeben. Oder waren die Schatten in den Ecken und Nischen dunkler geworden?
»Wir hatten eine nervenaufreibende Woche, und du spürst lediglich die Nachwirkungen.«
»Nein, Lyle. Es ist so, als wären nicht mehr nur wir in diesem Haus. Als wäre etwas anderes eingezogen.«
»Wer? Beelzebub?«

»Mach dich nicht über mich lustig. Du weißt, dass du es auch spürst, also mach mir nicht weis, dass es anders wäre.«

»Ich fühle nichts.«

Lyle hielt inne und schüttelte heftig den Kopf. Er hatte Jahre gebraucht, um den Straßenjargon aus seiner Sprache zu verbannen, doch ab und zu, wie Unkraut, machte er sich in dem gepflegten Sermon bemerkbar, den er im Laufe der Zeit kultiviert hatte. Ifasens Akzent war die alte Dritte Welt, seine Dreadlocks dagegen signalisierten die neue Dritte Welt. Ifasen war ein internationaler Mann, der keinerlei Grenzen akzeptierte – nicht zwischen den Rassen, nicht zwischen den Nationen, noch nicht einmal zwischen Leben und Tod.

Aber die Dritte Welt war der Schlüssel. Die wohlhabenden, weißen New-Age-Heinis, die die Kundschaft ausmachten, auf die Lyle so scharf war, glaubten, dass nur primitive und alte Zivilisationen den Zugang zu den ewigen Wahrheiten hatten, die von der Technologiehörigkeit der westlichen, post-industriellen Gesellschaft verschüttet worden waren. Sie glaubten so gut wie alles, was ihnen ein Ostafrikaner namens Ifasen auftischte, würden es aber als kompletten Unfug verwerfen, käme es aus dem Mund eines Lyle Kenton aus den Westwood-Park-Slums in Detroit.

Lyle hatte nichts gegen diese Schauspielerei, aber Charlie wollte nicht mitmachen und weigerte sich, das zu werden, was er einen »Oreo« nannte. Also spielte er bei der Nummer den stummen Partner. Wenigstens ließ er sich zu einer Verkleidung als Kehinde überreden. In der Auswahl sich selbst überlassen, staffierte er sich mit einer dicken Goldkette, offenen hohen Turnschuhen und einer nach hinten gedrehten Baseballmütze der Tigers aus. Ein wiedergeborener Hip-Hopper.

Lyle zuckte zusammen und kleckerte sich Bier auf die Hose, als das Telefon klingelte. Mann, seine Nerven waren verdammt angegriffen. Er las die Anruferidentifikation auf dem Display: Michigan. Er nahm den Hörer ab.

»Hey, Süße. Ich dachte, du sitzt längst im Flieger.«

Kareena Hawkins' samtene Stimme schlängelte sich aus der Hörmuschel. Der Klang weckte bei Lyle lustvolle Fantasien. »Ich wünschte, es wäre so. Aber die Promotionparty heute hat viel länger gedauert, und jetzt ist die letzte Maschine weg.«

Er vermisste Kareena. Sie leitete die PR-Abteilung eines Rap-Senders in Dearborn. Mit achtundzwanzig war sie zwei Jahre jünger als Lyle. Sie waren praktisch unzertrennlich gewesen, ehe er in den Osten ging, und führten seit zehn Monaten eine Telefonbeziehung. Geplant war, dass Kareena ebenfalls in den Osten kam und bei einem New Yorker Rundfunksender anfing.

»Dann nimm die Morgenmaschine.«

Er hörte sie gähnen. »Ich bin groggy, Lyle. Ich glaube, ich schlafe mich lieber aus.«

Lyle konnte seine Enttäuschung nicht verbergen. »Komm schon, Kareena. Wir haben uns drei Wochen nicht gesehen.«

»Nächstes Wochenende sieht es besser aus. Ich ruf dich morgen an.«

Lyle versuchte noch ein paar Minuten lang, sie zu überreden, aber ohne Erfolg. Schließlich beendeten sie das Gespräch. Er saß einen Moment lang da, starrte auf eins der billigen Gemälde an der Wand und fühlte sich lausig.

Charlie meinte: »Ich vermute, Kareena schafft es nicht, oder?«

»Nee. Zu müde. Ihr Job ist ...«

»Ich sage es ungern, Bruder, aber sie macht dir was vor.«

»Niemals. Red nicht solchen Quatsch.«

Charlie zuckte die Achseln und machte eine Bewegung, als würde er seine Lippen mit einem Reißverschluss verschließen.

Lyle wollte es nicht zugeben, doch ihm war schon der gleiche Verdacht gekommen. Er hatte mehr und mehr den Eindruck, dass Kareena trotz ihrer anfänglichen Begeisterung, etwas für ihre Karriere zu tun, immer weniger von der Idee hielt, ihr gemütliches Plätzchen in Dearborn zu verlassen und auf dem New Yorker Markt ihr Glück zu versuchen. Und jetzt schickte sie sich an, auch ihn von ihrer Liste zu streichen.

Da gab es nur eins zu tun: sich in der nächsten Woche ein paar Tage frei nehmen und westwärts fliegen. Sich mit ihr zusammensetzen, mit ihr reden, ihr zeigen, wie wichtig sie ihm war und dass sie ihn unmöglich verlassen durfte.

Er sah Charlie an und sagte: »Komm, wir schauen mal im Keller nach.«

Charlie nickte nur.

Lyle ging voraus ins Parterre, durch die altmodische Küche mit Linoleumfußboden und die Kellertreppe hinunter. Er knipste die Beleuchtung an, blieb stehen und riss die Augen auf.

»Heiliger...« Als ihm bewusst wurde, dass Charlie dicht hinter ihm stand, verschluckte er den Rest, dann sagte er: »...Strohsack.«

Nach den Äußerungen des Immobilienmaklers, der ihnen das Haus verkauft hatte, war der Keller von einem vorherigen Besitzer, dem vorletzten Bewohner vor Lyle, ausgebaut worden. Wer immer es gewesen war, er hatte keinerlei Geschmack bewiesen. Er hatte eine Decke mit Neonbeleuchtung eingehängt, die Wände mit Paneelen aus Plastik mit Holzdekor in einem langweiligen Braunton verkleidet und den Zementfußboden orange gestrichen. Orange! Es sah aus wie ein Partykeller in einem billigen Film aus den sechziger Jahren oder vielleicht sogar den Fünfzigern. Egal wie, er gehörte nicht ins Menelaus Manor.

Aber jetzt spaltete ein riesiger Riss den orangen Fußboden.

»Sieh dir das an!«, stieß Charlie hervor, während er sich an Lyle vorbeidrängte und sich dem Spalt näherte.

Der Riss verlief quer über den gesamten Fußboden, von

Wand zu Wand, von Ost nach West. In der Mitte verbreiterte er sich ein wenig. *Riss* war eine Untertreibung. Die Betonplatte, die den Fußboden bildete, war in der Mitte durchgebrochen.

Sein Bruder kniete bereits vor der Öffnung, als Lyle ihn erreichte.

»Das sieht verdammt tief aus«, stellte Charlie fest.

Lyles Herz übersprang einen Schlag, als er bemerkte, wie sein Bruder anfing, die Finger in den Riss zu zwängen. Er packte Charlies Handgelenk und zerrte es zurück.

»Bist du völlig bescheuert?«, brüllte er wütend und ängstlich. »Was ist, wenn der Fußboden wieder in seine alte Lage rutscht? Was tust du mit einer rechten Hand, an der keine Finger mehr sind?«

»Oh, richtig«, sagte Charlie und krümmte die Finger, als wären sie eingeklemmt worden. »Das stimmt.«

Lyle schüttelte den Kopf. Charlie war in vieler Hinsicht so clever, aber manchmal, wenn es darum ging, gesunden Menschenverstand zu beweisen...

Lyle studierte den Riss und fragte sich, wie weit die Erde darunter gespalten war. Er beugte sich vor und linste in die Öffnung. Er sah nichts als bodenlose Finsternis.

Moment... war das...?

Lyle hob ruckartig den Kopf, als er für einen kurzen Moment Benommenheit spürte. Sekundenlang hatte er geglaubt, Sterne zu sehen..., so als blickte er in einen Nachthimmel, aber einen ganz fremden Nachthimmel, einen Nachthimmel, wie man ihn von der Erde aus nicht sehen konnte... ein unendlich tiefer Abgrund voller Sterne, der drohte, ihn durch die Öffnung zu saugen und zu verschlingen.

Er wich zurück. Er hatte Angst, einen zweiten Blick zu riskieren, und während er sich rückwärts bewegte, spürte er einen Lufthauch im Gesicht. Er hielt eine Hand über die Öffnung. Eine kaum wahrnehmbare Brise fächelte über seine Handfläche.

Verdammt. Wo kam die her?

»Charlie, wirf mal einen Blick hinein und erzähl mir, was du siehst.«

»Warum?«

»Tu's einfach.«

Charlie hielt ein Auge an den Spalt. »Nichts. Nur schwarz.«

Lyle schaute abermals hinein, und diesmal sah er keine Sterne, keinen fremden Himmel. Aber was war das kurz vorher gewesen?

Er richtete sich auf. »Bring mir mal den Werkzeugkasten.«

»Ist etwas nicht in Ordnung?«

»Ich bin mir nicht sicher.«

Charlie kam nach weniger als einer Minute zurück. Lyle öffnete den Werkzeugkasten und fand zwei fünf Zentimeter lange Nägel. Er drückte ein Ohr auf den Spalt und ließ einen Nagel hineinfallen. Er lauschte auf das Klirren, sobald er auf dem Grund aufschlug, aber von einem Klirren war nichts zu hören.

Lyle winkte seinen Bruder zu sich heran. »Halt mal das Ohr hierhin, und versuch du es.«

Ein zweiter Test erbrachte für Lyle das gleiche Ergebnis. Er richtete sich auf und sah Charlie an. »Und?«

Charlie schüttelte den Kopf. »Da unten könnte weiche Erde sein. Oder Sand.«

»Schon möglich. Aber man würde doch annehmen, dass wir etwas hören.«

»Ich habe eine Idee.«

Charlie sprang auf und rannte wieder nach oben. Er kam mit einer Karaffe voll Wasser zurück.

»Das müsste funktionieren.«

Lyle hielt das Ohr an den Spalt. Charlie tat das Gleiche und begann zu schütten. Das leise Plätschern des Wassers, als es in den Spalt rann, war alles, was Lyle hören konnte. Kein Klatschen und auch sonst kein Geräusch von unten.

Lyle richtete sich auf. »Genau das, was wir jetzt brauchen können: ein grundloser Schacht unter unserem Haus.«

»Was tun wir?« Charlie starrte ihn an und erwartete offensichtlich eine Antwort von seinem großen Bruder.

Lyle hatte keine. Er wollte auf keinen Fall, dass irgendjemand in der Stadt davon erfuhr. Das könnte das Todesurteil für diesen Ort sein und ihn für immer um sein Geschäft bringen. Er war nicht den weiten Weg von Michigan hierher gekommen, um aus dem ersten Haus, das er je besessen hatte, vertrieben zu werden.

Nein, er brauchte jemanden, der diskret war und sich mit solchen Bauten auskannte und ihm erklären konnte, was hier nicht stimmte und wie es in Ordnung zu bringen war. Aber er war erst seit zehn Monaten in der Stadt und …

»Lieber Gott!«, brüllte Charlie plötzlich los und hielt sich Mund und Nase zu. »Was ist *das*?«

Lyle brauchte nicht zu fragen. Er würgte, als der Gestank ihn traf. Er riss ihn hoch auf die Füße und ließ ihn zur Treppe taumeln. Charlie war dicht hinter ihm, als er ins Parterre hochstürmte und die Tür hinter sich zuschlug.

Lyle blieb in der Küche stehen und starrte seinen Bruder keuchend an. »Wir sitzen offenbar genau über einem Abwasserkanal.«

Charlie erwiderte den Blick. »Ein Kanal, der durch einen Friedhof führt. Hast du schon mal einen so schlimmen Gestank gerochen? Auch nur annähernd?«

Lyle schüttelte den Kopf. »Niemals.« Er hätte niemals damit gerechnet, dass irgendetwas derart ekelhaft riechen konnte. »Was kommt als Nächstes? Ein Meteor, der ins Dach einschlägt?«

»Ich sage dir, Lyle, der Herr hat uns auf dem Kieker.«

»Mit einer Stinkbombe? Das glaube ich nicht.«

Obgleich der Gestank nicht bis in die Küche vorgedrungen war, wollte Lyle kein Risiko eingehen. Er und Charlie stopften nasse Papierhandtücher in die Lücke zwischen Tür und Fußboden.

Als sie das erledigt hatten, ging Lyle zum Kühlschrank und holte eine Heineken-Fassdose heraus. Eine 22-oz.-Dose Schlitz ML hätte ihm im Augenblick zwar gereicht, aber das war viel zu ordinär.

»Du willst dich doch nicht etwa besaufen?«, fragte Charlie.

Lyle reichte Charlie eine frische Pepsi. »Wann hast du mich das letzte Mal besoffen erlebt?«

»Wann hat das letzte Mal ein Erdbeben einen bodenlosen Schacht unter unserem Haus aufgebrochen?«

»Gutes Argument.« Er trank einen tiefen Schluck aus der Dose und wechselte das Thema. »Übrigens, einer der Typen in Moonies Begleitung hat heute Nacht versucht, irgendein Ding zu drehen, und ich meine nicht Mr. Quadratwurzel.«

»Dieser Bauarbeiter-Typ?«, fragte Charlie und nahm seine Wanderung wieder auf.

»Bauarbeiter Jack, wenn wir ihm tatsächlich den Namen abnehmen, den er aufgeschrieben hat – ich wusste von Anfang an, dass er Ärger bedeutet. Er hat gehört, wie ich dich mit deinem richtigen Namen rief, als wir das Haus verließen, und er wollte wissen, weshalb ich ›Bombe‹ brüllte, als das Erdbeben ausbrach. Ich habe ihn danach im Auge behalten. Ihm ist wirklich kein Trick entgangen. Er hat jede deiner Bewegungen beobachtet – und dann meine. Nur gut, dass ich ihn im Auge hatte, sonst wäre mir wahrscheinlich entgangen, wie er eine Ecke von der Karte abriss.«

»Deshalb hast du sie an der oberen Ecke festgehalten. Du hältst sie doch normalerweise am unteren Rand in der Mitte fest.« Charlie runzelte die Stirn. »Meinst du, er ist hier, um uns zu ärgern?«

Lyle schüttelte den Kopf. »Nein. Ich hatte den Eindruck, dass er noch nicht einmal hier sein *wollte*. Ich denke, er hatte bloß Langeweile und hat sich deshalb ein Späßchen mit mir erlaubt. Er wusste genau, was ich tat, aber er blieb ganz cool. Er saß nur da und ließ die Show ablaufen.«

Lyle wanderte ins Wartezimmer. Charlie folgte ihm und sagte: »Vielleicht ist er einer von uns und kommt von der Konkurrenz.«

»Das glaube ich nicht. Der treibt ein ganz anderes Spiel, aber frag mich nicht, welches.« Lyle hatte instinktiv gespürt, dass hinter den milden braunen Augen des weißen Typen irgendetwas lauerte, etwas, das sagte: *Komm mir bloß nicht in die Quere.* »Vielleicht ist er auf einem ganz eigenen Trip.«

Lyle war stolz auf seine Fähigkeit, die Menschen durchschauen zu können. Daran war nichts Übersinnliches, es hatte nichts mit Geistern zu tun, sondern es war etwas, das er beherrschte, so lange er sich erinnern konnte. Ein Talent, das er gepflegt und ständig verfeinert hatte.

Dieses Talent hatte festgestellt, dass der Besucher namens Jack nur sehr schwer einzuschätzen war. Ein durchschnittlich aussehender Knabe; keine besondere oder auffällige Kleidung, braunes Haar, freundliche braune Augen, nicht attraktiv, nicht hässlich, lediglich... anwesend. Aber er hatte sich mit verhaltener Eleganz und selbstverständlicher Selbstsicherheit innerhalb eines fast undurchdringlichen Schirms bewegt. Das Einzige, das Lyle außer der unausgesprochenen Warnung, ihn in Ruhe zu lassen, bei ihm gespürt hatte, war eine tiefe Melancholie gewesen. Als er dann seine Frage las – »Wie geht es meiner Schwester?« –, hatten sich Lyles »berufliche« Instinkte sofort gemeldet. *Besagte Schwester konnte erst kürzlich verstorben sein.*

Wenn die Reaktion der Frau in seiner Begleitung so etwas wie ein Indikator war, dann hatte Lyle einen Volltreffer gelandet.

»Aber wir sind heil rausgekommen. Wir haben vielleicht sogar ein oder zwei weitere Fische für die Zukunft an der Angel. Hinzu kommt, dass Moonie, nachdem sie ihr lange verloren geglaubtes Armband genau dort findet, wo ich es ihr beschrieben habe, mich überall in den höchsten Tönen loben wird.«

Charlie setzte sich an das Klavier, das zur Einrichtung des Hauses gehörte, und schlug auf die Tasten. »Ich wünschte, ich könnte spielen.«

»Nimm Klavierstunden«, riet ihm Lyle, während er zum vorderen Panoramafenster schlenderte.

Er zog den Vorhang gerade so weit zurück, dass man das Einschussloch mit seinem Netz aus haarfeinen Sprüngen mitten in der Scheibe sehen konnte. Ehe er es mit durchsichtigem Gummiklebstoff ausgefüllt hatte, hatte er einen Bleistift durch das Loch gesteckt. So klein und doch so tödlich. Zum tausendsten Mal fragte er sich ...

Eine Bewegung rechts von ihm fiel ihm ins Auge. Was? *Verdammt* noch mal! Jemand war da draußen!

»Hey!«, brüllte er, als auflodernde Wut ihn zur Eingangstür trieb.

»Was ist los?«, fragte Charlie.

»Wir haben Besuch!« Lyle riss die Tür auf und sprang hinaus auf die Vorderveranda. »*Hey!*«, rief er abermals, als er eine dunkle Gestalt entdeckte, die über den Rasen rannte.

Lyle sprintete hinter dem Kerl her. Irgendwo in seinem Gehirn hörte er leise Warnrufe wie *Gefahr!* und *Achtung, Schusswaffe!* Doch er ignorierte sie. Sein Blut kochte. Es bestand durchaus die Chance, dass dies der Kerl war, der auf sie geschossen hatte, doch jetzt saß er nicht in einem Auto, und er schoss nicht, nein, er rannte, und Lyle wollte ihn sich kaufen.

Der Kerl schleppte etwas. Es sah aus wie ein großer Kanister. Er blickte über die Schulter. Lyle nahm einen Schimmer bleicher Haut wahr, dann schleuderte der Kerl den Kanister in Lyles Richtung. Weit flog er nicht – nicht mehr als zwei, drei Meter – und landete mit einem metallischen Klirren auf dem Erdboden und rollte noch ein Stück. Von seiner Last befreit, konnte der Unbekannte jetzt an Tempo zulegen und erreichte den Bürgersteig weit vor Lyle, wo er in einen Wagen sprang, der sich bereits in Bewegung setzte, ehe die Tür geschlossen wurde.

Lyle gelangte zum Bürgersteig und rang nach Luft. Er war völlig außer Form. Charlie tauchte neben ihm auf. Auch er war außer Atem, aber nicht so sehr wie sein großer Bruder.

»Hast du sein Gesicht gesehen?«

»Nicht gut genug, um es zu erkennen. Aber er ist ein Weißer.«

»Hab ich mir gedacht.«

Lyle machte kehrt und ging zurück. »Mal sehen, was er uns dagelassen hat.«

Neben dem Objekt ging er in die Knie und drehte es um. Es war ein Benzinkanister.

»Scheiße!«

»Was wollte er damit? Ein Flammenkreuz anzünden? Wie zu alten Ku-Klux-Klan-Zeiten?«

»Das bezweifle ich.« Weiße waren in dieser Straße deutlich in der Minderheit. Dass ein weiterer dunkelhäutiger Nachbar einzog, wurde nicht als außergewöhnliches Ereignis betrachtet. »Hier geht es ums Geschäft und um unerwünschte Konkurrenz. Er hatte eindeutig die Absicht, uns auszuräuchern.«

Er erhob sich, versetzte dem Kanister einen Tritt, so dass er ein Stück über den Rasen rutschte. Die New Yorker Spiritistenszene hatte eine überschaubare Zahl von Mitgliedern. Einer von ihnen musste dies hier eingefädelt haben. Er brauchte nur herauszufinden, wer.

Aber wie?

4

»Na schön«, sagte Gia. »Jetzt sind wir endlich allein. Verrate mir, wie Ifasen das Ganze inszeniert hat.«

Seit sie das Haus des Spiritisten verlassen hatten, wollte sie es unbedingt wissen, doch sie mussten vorher Junie nach Hause fahren. Da Karyn und Claude ebenfalls auf der Lower East Side wohnten, waren sie mitgekommen. Jack hatte alle drei vor Junies Apartmenthaus abgesetzt und war nun mit Gia auf der First Avenue zu den Außenbezirken unterwegs.

Trotz der späten Stunde kamen sie nur langsam voran. Gia machte das nichts aus. Zeit mit Jack war nie vergeudete Zeit.

»Lass uns erst entscheiden, wo es hingehen soll«, sagte Jack. »Zu dir oder zu mir?«

Gia schaute auf die Uhr. »Ich fürchte, zu mir. Die Babysitterin hat gleich Feierabend.«

Vicky, ihre achtjährige Tochter, wäre bestimmt immer noch wach. Sie versäumte es nur selten, aus ihren Babysittern zusätzliche Stunden vor dem Fernseher herauszukitzeln.

Jack seufzte dramatisch. »Schon wieder eine Nacht im Zölibat.«

Gia lehnte sich an ihn und knabberte an seinem Ohrläppchen. »Aber es ist die letzte für die nächste Woche. Hast du vergessen, dass Vicky morgen ins Jugendlager fährt?«

Gia selbst hatte *tatsächlich* versucht, es zu vergessen. Sie hasste die Woche, die Vicky im vergangenen Sommer im Lager gewesen war – es waren die sieben einsamsten Tage des Jahres –, und fürchtete sich vor der Abfahrt am nächsten Tag.

»Das habe ich. Völlig. Mir ist klar, dass du sie schrecklich vermissen wirst, ich übrigens auch, aber ich weiß genau das Richtige, um den Trennungsschmerz zu lindern.«

Gia lächelte und wickelte sich eine von Jacks Haarsträhnen um den Finger. »Und was wäre das, wenn ich fragen darf?«

»Das ist bis morgen Abend mein Geheimnis.«

»Ich kann es kaum erwarten. Und da wir gerade von Geheimnissen sprechen, was ist Ifasens Geheimnis?«

»Nein, nein«, wehrte Jack ab. »Erst will ich die Frage hören, die du gestellt hast. Wenn ›zwei‹ die Antwort war, wie lautete dann die Frage?«

Sie schüttelte den Kopf. Jetzt schämte sie sich ein wenig. Wenn ihr doch nur erspart bliebe zu offenbaren, was sie hatte wissen wollen…

»Du zuerst. Verrat mir mal, wie dieser Mann Antworten geben kann, wenn er die Fragen gar nicht kennt.«

»Bist du sicher, dass du es wissen willst?«, fragte Jack und musterte sie mit einem skeptischen Lächeln von der Seite.

Ein Lächeln von Jack… Es war seit Kates Tod so selten geworden. Sie vermisste es schmerzlich.

»Warum sollte ich es nicht wollen?«

»Es könnte dir den ganzen Spaß verderben.«

»Ich kann die Wahrheit vertragen. Na los doch, wie macht er es?«

»Im Großen und Ganzen fast genauso, wie Johnny Carson es machte, als er seine *Karnak-der-Prächtige-Nummer* abzog.«

»Aber er hat von Texttafeln abgelesen.«

»Genau. Und genau das hat in gewisser Weise Ifasen auch getan.«

Gia schüttelte verblüfft den Kopf. »Das verstehe ich nicht. Wir haben die Umschläge zugeklebt. Wir haben gehört, wie er die Antwort gab, wir haben gesehen, wie er den Umschlag öffnete und die Frage vorlas.«

»Die Dinge sind nicht immer so, wie sie erscheinen.«

»Ich weiß aber, dass nur ich wusste und wissen konnte, was auf meiner Karte stand.«

»Aber nicht mehr, nachdem sein Bruder Kehinde sich eingeschaltet hatte.«

»Kehinde? Aber er...«

»War nicht mehr als ein Helfer, ein Faktotum? Genau das solltest du denken. Dabei hatte Kehinde sogar die Schlüsselstellung. Ifasen hat zwar die ganze Show in Szene gesetzt, aber das hätte er niemals ohne die Hilfe seines Bruders tun können. Die Methode heißt ›Eins voraus‹. Versuch, dich zu erinnern: Gleich nachdem Kehinde die verschlossenen Umschläge eingesammelt hatte, ging er mit der Schüssel zum hinteren Rand des Podiums und hat dort dramatisch mit dem Tuch herumgewedelt. Das ist der entscheidende Moment. Denn während du glaubst, dass er nur mit dem Tuch zugange ist, öffnet er einen der Umschläge und holt die Karte heraus – oder das Billett, wie die Spiritisten es nennen. Gleichzeitig legte er einen markierten Umschlag mit einer leeren Karte darin in die Schüssel.«

»Warum?«

»Denk doch nach. Wenn Ifasen – übrigens, wenn das sein richtiger Name ist, dann heiße ich Richard Nixon –, also wenn er das weiße Tuch von der Schüssel nimmt, liest er die Frage auf der Karte, die Kehinde für ihn herausgeholt hat. Dann ergreift er einen der geschlossenen Umschläge und hebt ihn hoch. Aber er beantwortet nicht die Frage in dem geschlossenen Umschlag, sondern die Frage auf der Karte in der Schüssel.«

»Jetzt verstehe ich!«, sagte Gia. Sie musste lachen, als ihr klar wurde, wie simpel der Trick im Grunde war. »Nachdem er die Frage in der Schüssel beantwortet hat, reißt er den Umschlag auf und tut so, als lese er die Frage, die er gerade beantwortet hat. Dabei sieht er schon die nächste Frage.«

»Genau. Und für den Rest der Show ist er immer einen Umschlag voraus – woher die Methode den Namen hat.«

»Und die leere Karte in dem markierten Umschlag sorgt dafür, dass Ifasen nachher kein Umschlag fehlt.« Sie schüttelte verblüfft den Kopf. »Es ist wirklich so simpel.«

»Das sind die besten Tricks immer.«

Gia konnte ihren aufkommenden Ärger, so leicht hinters Licht geführt worden zu sein, nicht verbergen. »Bin ich tatsächlich so leichtgläubig?«

»Ärgere dich nicht. Du bist in bester Gesellschaft. Ich wette, Millionen ist es schon wie dir gegangen. Dieser Trick funktioniert seit über zweihundert Jahren. Wahrscheinlich stammt er aus der Jahrmarktshow eines Gedankenlesers. Danach haben die Spiritisten ihn aufgegriffen und machen seitdem gute Geschäfte damit.«

»Also ist Ifasen ein falsches Medium.«

»Es gibt kein richtiges.«

»Wie kommt es, dass du so gut darüber Bescheid weißt?«

Jack zuckte die Achseln, vermied es jedoch, sie anzusehen. »Man schnappt gelegentlich das ein oder andere auf.«

»Du hast mir mal erzählt, du hättest früher einem Spiritisten geholfen. War das einer deiner Kunden?«

»Nein. Ich habe mal für einen gearbeitet, als Helfer. Mein Job ähnelte dem von Kehinde, und zwar auf und hinter der Bühne.«

»Tatsächlich!« Das hätte sie nie vermutet. »Wann war das?«

»Schon lange her. Ich kam damals gerade in die Stadt.«

»Das hast du mir nie erzählt.«

»Ist auch nicht gerade etwas, worauf ich besonders stolz bin.«

Gia lachte. »Jack, ich kann das kaum glauben. Nach all den Dingen, die du seitdem getan hast...«

Sie bemerkte seinen Blick, ehe er sich wieder auf den Verkehr konzentrierte. Er schwieg, doch dieser Blick sagte alles: *Du hast keine Ahnung von den Dingen, die ich mal getan habe. Aber auch nicht andeutungsweise.*

Wie wahr. Und Gia war es auch lieber so. Der Jack, den sie fast täglich sah, war ausgeglichen und gutmütig, zärtlich und zuvorkommend im Bett – und er behandelte Vicky wie seine eigene Tochter. Aber sie wusste, dass es bei ihm auch eine andere Seite gab. Sie hatte sie nur einmal erlebt. Das war damals gewesen, als ...

Lag das schon ein Jahr zurück? Ja. Es war im letzten August, als diese widerwärtige Kreatur Vicky entführt hatte. Sie sah immer noch Jacks Miene vor sich, als er davon erfuhr, wie sie sich veränderte, wie er die Zähne fletschte, wie seine sonst so sanft und freundlich blickenden Augen plötzlich ausdruckslos und hart wurden. Damals hatte sie in das kalte, harte Gesicht eines Mörders geblickt. Es war ein Gesicht, das sie nie wieder sehen wollte.

Kusum Bahkti, der Mann, dessen Fährte Jack in jener Nacht gefolgt war ... Er verschwand danach vom Antlitz der Erde, als hätte er niemals existiert.

Jack hatte ihn getötet. Gia wusste das, und, Gott helfe ihr, sie war darüber froh gewesen. Sie war noch immer froh. Jeder, der ihrem kleinen Mädchen etwas antun wollte, verdiente es zu sterben.

Kusum war nicht der Einzige, den Jack getötet hatte. Gia wusste mit Sicherheit von einem anderen: Es war der Massenmörder, den er während seines Amoklaufs in der U-Bahn damals im Juni gestoppt hatte. Für eine Weile war der geheimnisvolle »Erlöser« das gefundene Fressen für alle Medien gewesen, aber die Aufregung hatte sich mittlerweile gelegt.

Gia war überzeugt, dass es noch weitere Tote gab. Sie wusste es nicht mit letzter Sicherheit, aber es war eine einleuchtende Schlussfolgerung. Schließlich verdiente Jack seinen Lebensunterhalt damit, dass er Probleme für Menschen löste, deren herkömmliche Möglichkeiten erschöpft waren. Wenn so etwas geschah, begaben sich einige in den Untergrund, um dort nach einer Lösung zu suchen. Am Ende landeten ein paar von ihnen bei Jack.

Demnach waren Jacks Kunden – er bestand darauf, sie Kunden zu nennen, nicht Klienten – kaum die Creme der Gesellschaft. Und um ihre Probleme zu lösen, musste er sich mit einigem Abschaum herumschlagen, Leuten, die bereit waren zu töten, um Jack daran zu hindern, seinen Job zu erledigen. Da Jack immer noch am Leben war, musste sie annehmen, dass einige von seinen Widersachern es nicht mehr waren.

All dies waren keine besonders angenehmen Gedanken, und Gia zog es vor, sie weit von sich wegzuschieben, damit sie sich nicht damit auseinander setzen musste. Sie liebte Jack, aber sie hasste das, was er tat. Als sie aus dem Bus stieg, mit dem sie von Iowa hierher gekommen war, um ihren Traum, eine Künstlerin zu sein, zu verwirklichen, hatte sie keine Ahnung gehabt, dass es einen Menschen wie Jack geben konnte, geschweige denn dass sie in eine engere Beziehung zu ihm treten würde. Sie war eine Steuern zahlende, die Gesetze beachtende Bürgerin. Er war es nicht.

Und schließlich hatte sie sich der Tatsache stellen müssen: Sie liebte einen Kriminellen. Er stand nicht auf der FBI-Liste der zehn dringendst gesuchten Personen oder auf irgendeiner anderen Suchliste – denn niemand von den Listenführern wusste, dass es ihn gab. Doch er lebte eindeutig außerhalb des Gesetzes. Sie wagte kaum, sich vorzustellen, wie viele Gesetze er gebrochen hatte oder weiterhin jeden Tag brach.

Aber seltsamerweise war er der moralischste Mensch – abgesehen von ihrem Vater –, den sie je kennen gelernt hatte. Er war wie eine Naturgewalt. Sie wusste, dass er sie niemals hintergehen würde, sie niemals im Stich ließe, es nie zulassen könnte, dass ihr irgendetwas zustieß. Sie wusste, dass er, wenn es wirklich so weit kommen sollte, sein Leben für sie opfern würde. Sie fühlte sich so sicher bei Jack, als wäre sie von einem undurchdringlichen Schutzschild umgeben.

Niemand anderer konnte ihr dieses Gefühl vermitteln. Im letzten Jahr um diese Zeit waren sie getrennt gewesen, Jack hatte ihr bei ihrer ersten Begegnung erklärt, er sei ein »Sicherheitsberater«. Als Gia erfahren hatte, womit er tatsächlich seinen Lebensunterhalt verdiente, hatte sie sich von ihm getrennt. Sie hatte sich in dieser Zeit mit anderen Männern getroffen, aber alle erschienen nach Jack unbedeutend. Wie Schemen.

Und dann, trotz all des Leids und der Beschimpfungen, mit denen sie ihn überschüttet hatte – als sie und Vicky ihn am dringendsten gebraucht hatten, war er zur Stelle gewesen.

»Ich meine«, sagte sie in einem neuen Anlauf, »nach all den Gaunereien, die du im Laufe der Jahre durchgezogen hast...«

»Einen Gauner zu begaunern ist was anderes. Die Fische, die diese Medien an den Haken kriegen, wissen es nicht besser. Ich finde, die Leute sollten für ihr Geld auch was Echtes kriegen, nicht nur irgendwelchen auf geheimnisvoll getrimmten Hokuspokus.«

»Vielleicht ist dieser Hokuspokus genau das, was sie suchen. Jeder muss an irgendetwas glauben. Und trotz allem ist es immer noch ihr Geld.«

Jack musterte sie verblüfft. »Hör ich recht? Spricht da meine gute alte Gia?«

»Mal im Ernst, Jack, wo liegt dabei der Schaden? Das ist wahrscheinlich immer noch besser, als das Geld in Foxworth oder Atlantic City am Spieltisch loszuwerden. Wenigstens finden sie am Ende ein wenig Trost.«

»Du kannst in einem Kasino eine ganze Ranch verlieren, und glaub mir, das kannst du auch bei einem Spiritisten. Das Miststück, für das ich gearbeitet habe...« Er schüttelte den Kopf. »*Miststück* ist kein Begriff, den ich leichtfertig benutze. Es dauerte eine Weile, bis ich begriff, was für eine miese, rachsüchtige, *armselige* Person sie war, und als ich dahinter gekommen war...«

»Hat sie dich betrogen?«

»Nicht mich. Ich hatte sie und ihr mieses Spiel bereits durchschaut, aber dem Ganzen wurde die Krone aufgesetzt, als sie eine harmlose alte Dame dazu brachte, einen beträchtlichen Teil ihres Vermögens auf sie zu überschreiben. Sie redete ihr ein, es wäre der Wunsch ihres verstorbenen Ehemanns.«

»O nein.« Gia sah das Bild deutlich vor sich.

»In diesem Augenblick ging ich von ihr weg.«

»Aber sie sind nicht alle so.«

»Die offenen sind es.«

»Die offenen?«

»Es gibt zwei Arten von Medien. Die stillen Medien glauben an die Geisterwelt und an das, was sie tun. Sie nehmen das Ganze ernst. Gewöhnlich beschränken sie sich auf Deutungen – Tarotkarten, Handlinien, Teeblätter und so weiter. Sie inszenieren keine Show. Die offenen Medien hingegen veranstalten ausschließlich eine Show. Sie sind Betrüger, die wissen, dass alles ein Schwindel ist, die Hintergrundinformationen über ihre Opfer austauschen und stets nach noch einfacheren und besseren Möglichkeiten suchen, sie auszunehmen. Sie verkaufen Lügen und wissen es. Sie versprechen einen Blick ins Jenseits, aber sie benutzen dazu Spezialeffekte wie Ektoplasma und Stimmen und Geistschreiben, um den Leuten vorzugaukeln, sie hätten ihnen geliefert, was sie haben wollen.«

»Aber, Jack, ich wette, dass eine ganze Reihe Leute auch ein wenig Trost von ihnen erhalten. Betrachte dich doch. Wenn du nicht so gut Bescheid wüsstest – und nehmen wir an, du hättest alles wenigstens teilweise geglaubt –, hätte diese Botschaft von Kate dich dann nicht ein wenig getröstet?«

»Sicher. Aber das ist doch mein Punkt. Die Botschaft kam nicht von Kate. Wenn ich als Kunde zu ihm gekommen wäre, hätte ich für mein Geld nichts als eine Lüge gekriegt.«

»Und deinen Seelenfrieden, der, in gewisser Hinsicht, unbezahlbar ist.«

»Auch wenn er auf einer Lüge basiert?«

Gia nickte. »Wenn du ein Placebo gegen Kopfschmerzen nimmst, wirst du sie doch tatsächlich los, oder etwa nicht?«

Jack seufzte. »Ich denke schon.« Er schüttelte den Kopf. »Das Traurige bei vielen dieser offenen Medien ist, dass sie echtes Talent haben. Sie können Menschen sehr leicht durchschauen, sie haben einen hervorragenden Instinkt für Körpersprache und gewinnen ihre Informationen aus Worten, Gesten und Kleidung. Sie *kennen* die Menschen. Sie könnten hervorragende Psychologen sein und auf anständigem Weg eine Menge Geld verdienen – es ginge ihnen gut, weil sie etwas Gutes täten. Aber sie bewegen sich lieber am Rand der Legalität und spielen ihre Spielchen.«

»Hmmm«, sagte Gia. »Das klingt nach jemandem, den ich kenne, dessen Name mir aber nicht einfällt. Ich glaube, er beginnt mit J…«

»Sehr witzig. Nur spiel ich keine Spielchen. Ich halte Wort und liefere, was gewünscht wurde. Und wenn ich es nicht schaffe, dann nicht, weil ich es nicht ehrlich versucht habe.« Er lächelte versonnen. »Aber weißt du, ich glaube, dass der gute alte Ifasen heute etwas für mich getan hat. Ich weiß, dass er lediglich eine Allerweltsbotschaft von der ›Anderen Seite‹ heruntergeleiert hat, aber um ganz ehrlich zu sein, er hat zufälligerweise genau das getroffen, was Kate gesagt haben würde.«

»Du meinst, dass du dich auf dein eigenes Leben konzentrieren sollst?«

»Ja.«

»Wie oft habe ich dir gesagt, Kate würde nicht wollen, dass du den Rest deines Lebens mit Trübsalblasen verbringst? Und wann habe ich genau das zum letzten Mal erwähnt? Vor wie vielen Stunden? Vor zwei? Vielleicht drei?«

Er grinste verlegen. »Ja, ich weiß. Aber manchmal muss man es von einem Fremden hören. Wie dem auch sei, ich glaube, es wird Zeit, dass ich mich wieder in den Sattel schwinge. Ich habe gerade zwei Anfragen in meiner Mailbox gefunden. Die werd ich morgen abhören, und wenn eine davon die richtige ist, geht es wieder zurück an die Arbeit.«

»Das ist doch wunderbar.«

Was sage ich da?, dachte Gia.

Sie hasste Jacks Arbeit. Meist war sie gefährlich. Jedes Mal, wenn er engagiert wurde, um eine Situation zu »klären«, ging er das Risiko ein, irgendwelche Schäden davonzutragen. Was noch schlimmer war: Da die Polizei eine mindestens ebenso große Bedrohung für ihn darstellte wie jeder Gauner, mit dem er sich anlegte, konnte er nicht darauf zählen, dass sie ihm half, falls er mal in die Klemme geriet. Wenn Jack seine Arbeit aufnahm, dann tat er das ganz allein.

Wie oft hatte sie ihn angefleht, sich eine weniger gefährliche Tätigkeit zu suchen? Er hatte einen Kompromiss geschlossen und versprochen, nur noch Aufträge anzunehmen, die er in einem überschaubaren zeitlichen Rahmen erledigen konnte, und zwar ohne sein Gesicht zu zeigen oder persönlich involviert zu sein. Gia glaubte, dass er sich alle Mühe gab, dieses Versprechen einzuhalten, doch zu oft liefen die Jobs nicht so wie geplant.

Aber sein Interesse, seine Arbeit wieder aufzunehmen, bedeutete, dass er aus seinem Stimmungstief aufzutauchen bereit war. Das zumindest war gut.

»Vielleicht solltest du mal zu ihm gehen, zu einer privaten Sitzung«, sagte sie. »Vielleicht rät er dir, dir eine sicherere Tätigkeit zu suchen. Und vielleicht hörst du darauf, wenn *er* es dir sagt. Der Himmel weiß, dass du auf *mich* niemals hörst.«

»Ich finde zwar, wir sollten uns von Ifasen fern halten, aber nicht aus diesem Grund.«

»Heißt?«

»Ich glaube, er ist in Schwierigkeiten.«

»Du meinst, weil er von einer Bombe gesprochen hat?«

»Deswegen... und wegen anderer Dinge.«

»Welche meinst du?«

»Ein geflicktes Einschussloch in seinem Wohnzimmerfenster zum Beispiel.«

»Bist du sicher?«

Er nickte. »Es hätte schon dort sein können, als er das Haus kaufte, doch er hat das Haus offensichtlich von Grund auf renoviert und hätte sicherlich eine neue Scheibe einsetzen lassen. Das Loch ist demnach ziemlich neu, ergo... jemand macht ihm Schwierigkeiten.«

»Aber wer...?«

»Andere Spiritisten. Die Lady – ich benutze diesen Begriff ziemlich freizügig –, für die ich damals gearbeitet habe, bekam immer einen Wutanfall, wenn sie einen Kunden an ein anderes Medium verlor. Sie nannte sich Madame Ouskaya, doch in Wirklichkeit hieß sie Bertha Cantore. Ich dachte immer, sie hätte zu oft *Der Wolfsmensch* gesehen und den Namen der Schauspielerin Maria Ouspenskaya geklaut, die die alte Zigeunerin spielte. Aber das wäre viel zu viel der Ehre für sie. Ich kann mir nicht vorstellen, dass sie jemals so lange im Kino sitzen geblieben ist, um sich den Nachspann eines Films anzusehen. Eines Abends, als sie ein paar Gins zu viel intus hatte und ziemlich hart am Wind segelte, verriet sie mir, dass der Name von einem alten russischen Nachbarn stammte, der gestorben war, als Bertha gerade zehn Jahre alt war. Aber du kennst ja das Sprichwort: Ein Leopard wechselt nie sein Fell. So war Bertha. Sie mochte sich Ouskaya nennen, aber das verbarg nicht ihre wahre Natur. Ihr Vater war Sizilianer, und sie hatte das Temperament eines Berufskillers. Sie schickte mich los, Reifen aufzuschlitzen und Fenster einzuschlagen und...«

»Hast du es getan?«

Jack sah sie nicht an. »Meistens habe ich ihr nur so gesagt, ich hätte es getan, aber manchmal... manchmal, ja, da hab ich es wirklich getan.«

»Jack...« Sie konnte den missbilligenden Klang nicht aus ihrer Stimme verbannen.

»Hey, ich war hungrig, dumm und um einiges jünger. Ich

dachte: Was schlecht für sie ist, ist auch schlecht für mich. Ich hatte damals noch nicht erkannt, dass *sie* für mich schlecht war. Verdammt, wenn sie gewusst hätte, wie man Bomben baut, hätte sie wahrscheinlich von mir verlangt, dass ich sie irgendwo verstecke und sie zünde, um die Konkurrenz in die Luft zu sprengen.« Er schüttelte den Kopf. »Sie war eine Quartalsirre.«

»Könnte sie es sein, vor der Ifasen Angst hat?«

»Nein. Vor zwei Jahren hörte ich, dass sie, wie es in ihrem Gewerbe so schön heißt, auf die Andere Seite übergewechselt ist.« Ein schneller Blick zu Gia. Das Ganze schien ihm peinlich zu sein. »Reden wir nicht mehr über sie, okay? Ich kriege Zahnschmerzen, wenn ich nur an sie denke.«

Gia wusste, wenn sie diese Madame Ouskaya als Gesprächsthema fallen ließen, würden sie unweigerlich auf ihre Frage an Ifasen zu sprechen kommen. Sie suchte nach etwas Unverfänglichem und entdeckte die Broschüre, die Jack aus dem Haus des Spiritisten mitgenommen hatte. Sie griff danach.

»›Die Menelaus Manor Restauration Foundation‹. Was ist das?«

»Klingt wie ein groß angelegter Schwindel. Nimm Spenden an, um das Haus zu renovieren, in dem du lebst und arbeitest. Eine Erfolgsnummer, wie sie im Buche steht. Für Ifasen.«

»Ist das denn alles wahr?«, fragte Gia, als sie im wechselnden Licht der Straßenbeleuchtung kurze Eindrücke von der chaotischen Geschichte des Hauses aufschnappen konnte.

»Ich hatte noch keine Gelegenheit, in dem Heft zu lesen. Was steht denn da?«

Sie knipste die Lampe am Armaturenbrett an und hielt die Broschüre in den Lichtkegel. »Es heißt hier, das Haus wäre im Jahr 1952 von einem gewissen Kastor Menelaus gebaut worden. Er starb an Krebs und war der letzte Eigentümer, der auf Grund natürlicher Ursachen auf die Andere Seite gewechselt ist.«

Jack grinste. »Das klingt, als würde es richtig interessant.«

»Sein Sohn, Dimitri, der das Haus erbte, beging Anfang der neunziger Jahre Selbstmord. Die nächsten Besitzer, ein Doktor Singh und seine Frau, besaßen das Anwesen einige Jahre lang und renovierten es teilweise, bis ihnen jemand im Schlaf die Kehlen durchschnitt.« Sie schaute Jack von der Seite an. »Das ist ja schrecklich! Ich hoffe, es ist reine Fiktion.«

»Lies weiter.«

Gia gefiel das Ganze immer weniger. »Die letzten Eigentümer, diejenigen, die vor Ifasen dort wohnten, waren Herbert Lom und seine Frau...«

»Doch nicht etwa der Schauspieler – der Mann, der in der Hammer-Produktion *Das Phantom der Oper* mitgespielt hat?«

»Das steht hier nicht. Er und seine Frau Sara verschwanden nach – o Gott.« Da stand etwas von einem verstümmelten Kind. Ihr Magen drehte sich um, und sie klappte die Broschüre zu.

»Nach was?«

»Vergiss es, Jack, es ist schrecklich! Es scheint, als wär das Haus verflucht. Er muss sich das aus den Fingern gesogen haben.«

Jack schüttelte den Kopf. »Das bezweifle ich. Man kann dabei zu leicht erwischt und als Lügner entlarvt werden. Ich vermute, er hat ein paar Fakten rausgesucht und sie so weit ausgeschmückt, dass sie gerade noch den Tatsachen entsprechen. Lies weiter.«

»Lieber nicht.«

»Dann geh weiter zu einer Stelle, die nicht so blutig ist.«

Widerstrebend schlug sie die Broschüre wieder auf und sprang von der Stelle, wo sie aufgehört hatte zu lesen, einen Absatz weiter. »Hier zitiert Ifasen sich selbst: ›Ich habe mich für das Menelaus Manor entschieden, weil die gewaltsamen Todesfälle starke mediale Schwingungen hinterließen. Die

Seelen derer, die hier gestorben sind, finden keine Ruhe. Ihre ständige Präsenz schwächt die scharfe Abgrenzung zwischen unserer Welt und der Anderen Seite, wodurch das Menelaus Manor zum perfekten Standort für die Glaubensgemeinschaft wird, die ich hier gründen möchte.‹« Gia sah Jack irritiert an. »Eine Kirche?«

Jack lächelte. »Das ist der grandioseste Schwindel. Steuerfrei und völlig legal. So als hätte man eine Lizenz zum Gelddrucken. Was meinst du denn, wie die Scientologen es sich leisten können, jeden zu verklagen, der was Abfälliges über ihre Organisation verbreitet?«

»Er sagt hier, die Spenden würden darauf verwandt, dafür zu sorgen, ›dass das Manor mit dieser Welt Frieden schließt und mit der nächsten in Harmonie existiert‹. Was heißt das?«

»Es heißt, dass die Renovierungsarbeiten ewig andauern. Oder zumindest so lange, bis Ifasen selbst zur Anderen Seite überwechselt.«

»Vorsicht, Jack«, warnte sie ihn. »Red nur so weiter, und mein schlimmer Verdacht, dass du ein Zyniker bist, findet seine Bestätigung.«

»Ich?«

Jack bog in den Sutton Square ein und stoppte vor Gias Tür. Er zog seine Freundin an sich und küsste sie.

»Danke, dass du mich heute aus meiner Höhle gelockt hast. Erdbeben und Spiritisten in verfluchten Häusern... du hast wirklich den Bogen raus, jemandem die Zeit zu vertreiben.«

Sie erwiderte den Kuss. »Stets zu Diensten. Und morgen Abend zeige ich dir noch was viel Besseres.«

»Hört, hört!«

Lachend stiegen sie aus dem Wagen. Jack legte einen Arm um ihre Schultern. Er schickte sich an, sie das kurze Stück zur Tür zu geleiten, blieb aber auf halbem Weg dorthin stehen.

»Hey. Moment mal. Du hast mir deine Frage noch nicht verraten. Wie hieß sie?«

»Es war nichts. Nur ein alberner Gedanke, der mir durch den Kopf ging. Versuch nicht...«

»Du weißt doch, wie sehr ich Albernheiten liebe, Gia. Ich fahr erst nach Hause, wenn du meine Frage beantwortet hast.«

»Na schön.« Sie konnte erkennen, dass sie so einfach nicht davonkam. »Ich hab gefragt: ›Wie viele Kinder werde ich haben?‹«

»Und er hat dir geantwortet: zwei.« Jack grinste. »Ich wünschte, ich könnte an diese Dinge glauben. Das würde nämlich heißen, dass ich der Vater von Nummer zwei wäre. Zumindest nehme ich an, dass ich es wäre.«

»Er sagte das mit so viel Sicherheit.«

»Weil er ein Profi ist. Und weil er sich ausrechnete, dass er damit auf der sicheren Seite ist. Betrachte das Ganze doch mal von seiner Warte aus. Du siehst für dein Alter viel jünger aus. Ifasen geht davon aus, dass du ein Kind hast, vielleicht auch zwei. Selbst wenn du keine Kinder hättest und er von zweien oder dreien spricht, steht er gut da. Drei wäre die sicherere Aussage gewesen. Aber ich habe das Gefühl, dass dieser Typ das Risiko liebt. Er hat es gewagt und zwei geantwortet.«

»Aber wenn ich kein zweites Kind bekomme, steht er als Lügner da.«

»Sobald du das mit Sicherheit weißt, wirst du Ifasen längst vergessen haben. Oder er kann abstreiten, dass er dir so etwas jemals prophezeit hat. Er kann nicht verlieren. Also vergeude dein Gehirnschmalz nicht mit ständigem Nachdenken über diese Aussage.«

Aber das war für Gia nicht so einfach. Sie konnte sich erinnern, sich an diesem Morgen etwas unwohl gefühlt zu haben. Aber sie konnte nicht schwanger sein. Sie nahm die Pille, und sie achtete jeden Morgen darauf, sie nicht zu vergessen...

Außer im Juni, als sie und Vicky nach Iowa geflogen waren, um die Familie zu besuchen. Sie hatte vergessen, die Pillen einzupacken. Das war aber ziemlich ungewöhnlich für sie gewesen, denn ihre Pillen vergaß sie eigentlich nie. Doch es war auch nicht so schlimm gewesen, denn Jack hatte sie auf dieser Reise nicht begleitet. Und sobald sie nach Hause zurückgekehrt war, hatte sie wieder angefangen, regelmäßig die Pille zu nehmen.

Aber kurz nach ihrer Rückkehr hatten sie und Jack...

Gia verspürte erneut einen Anflug von Übelkeit. Sie konnte sich viel Schlimmeres vorstellen, aber sie wollte das nicht, nicht jetzt...

Es war nicht möglich...

Vielleicht nicht. Aber gleich morgen, sobald Vicky im Bus zum Ferienlager saß, würde sie sich auf dem Heimweg einen Schwangerschaftstest besorgen.

In der Zwischenwelt

Für lange Zeit war es nicht. Aber jetzt ist es.

Für lange Zeit hatte es kein Bewusstsein. Aber jetzt hat es eins.

Schwaches Bewusstsein nur. Es weiß nicht, was oder wer es ist oder war. Aber es weiß, dass es vor einiger Zeit mal existierte, und dann wurde diese Existenz beendet. Aber jetzt existiert es wieder.

Warum?

Es weiß nicht, wo es ist. Es tastet sich hinaus, so weit es kann, und nimmt undeutlich andere Existenzen wahr, einige wie es selbst und viele, viele ganz anders. Es kann aber keine von ihnen genau erkennen.

Die Verwirrung flößt ihm Angst ein, aber ein anderes Gefühl schiebt sich durch die Angst in den Vordergrund: Zorn. Es hat keine Ahnung, aus welcher Quelle der Zorn kommt, aber es klammert sich an diese Gefühlsregung. Die Duldung lässt den Zorn anschwellen. Es nistet sich in diesen Zorn ein und wartet darauf, ein Ziel zu erkennen, um den Zorn darauf loszulassen…

Zu nächtlicher Stunde

Lyle erwachte fröstelnd.

Was war mit der Klimaanlage nicht in Ordnung? Sie hatte kaum die Luft gekühlt, als er ins Bett gegangen war, doch jetzt machte sie fast Gefrierfleisch aus ihm. Er schlug die Augen auf. Sein Schlafzimmer im Erdgeschoss lag zur Straße, daher ließ er nachts immer die Rollladen herunter. Das Licht, das jetzt durch die Ritzen hereindrang, hatte den gelben Schein der Straßenbeleuchtung und nicht das Grau des anbrechenden Tages. Er schaute blinzelnd auf das leuchtende Uhrendisplay: *2:32*.

Er stöhnte leise. Um aufzustehen hatte er nicht genug Energie, daher zog er das Laken enger um sich und versuchte, wieder einzuschlafen. Aber Gedanken an ein verheerendes Feuer und Anschläge auf sein Leben ließen es nicht zu.

Jemand wollte seinen Tod…

Das hatte ihn für eine Weile auf den Beinen gehalten. Nach ein paar Bieren, um der Vorstellung die Schärfe zu nehmen, hatte er sich aufs Ohr gehauen, doch der Schlaf hatte sich geziert, während er wach in der Dunkelheit lag und auf ungewöhnliche Geräusche achtete. Schließlich war er eingedöst.

Im Raum wurde es noch kälter. Der Frost drang durch das Laken und schloss ihn in seine eisigen Arme. Er schob ein Bein über die Bettkante. Verdammt noch mal, er würde aufstehen müssen und…

Moment mal. Die Klimaanlage war nicht in Betrieb. Das war unverkennbar. Dieses alte Gemäuer hatte keine Zentralheizung, daher hatte er Fenstergeräte kaufen müssen, und die waren alles andere als leise.

Lyle erstarrte. Nicht von der Kälte, sondern von einem anderen Gefühl: Er war nicht allein im Raum. Er konnte eine Präsenz irgendwo in der Dunkelheit am Fußende des Bettes spüren.

»Charlie?«

Keine Antwort aus der Dunkelheit, kein Rascheln von Kleidern, kein flüsterndes Atmen, aber die aufgerichteten Haare auf seinen Armen und die straff gespannte Haut in seinem Nacken sagten ihm, dass noch jemand anderer hier war. Er wusste, dass es nicht sein Bruder war – Charlie würde sich niemals einen solchen Schabernack erlauben –, aber er musste noch einmal fragen.

»Charlie, verdammt, bist du das?« Er hörte ein Zittern in seiner Stimme, genau synchron zu seinem hämmernden Herzen.

Während die Kälte intensiver wurde, rutschte Lyle nach hinten gegen das Kopfbrett. Er schob eine Hand zwischen Matratze und Sprungrahmen und holte ein Tranchiermesser hervor, das er dort vor einiger Zeit deponiert hatte. Während er mit der einen verschwitzten Hand seinen Griff krampfhaft umklammerte, tastete er mit der freien Hand nach der Nachttischlampe und knipste sie an.

Nichts geschah. Er betätigte den Schalter einmal, zweimal, ein halbes Dutzend Mal. Noch immer kein Licht. Was ging hier vor? Die Lampe hatte vor ein paar Stunden noch einwandfrei funktioniert. War der Strom abgeschaltet worden?

Nein. Das Uhrendisplay leuchtete noch ...

Dann wurde die Uhr ausgeblendet, nur für einen winzigen Moment. Als ob ein dunkler Schatten sich davor geschoben hätte.

Lyles Herz hämmerte jetzt wie verrückt. Er spürte, wer

immer es war, jemand kam näher, kam von der einen Seite des Bettes auf ihn zu.

»Ich habe ein Messer, verdammt noch mal!« Seine heisere, trockene Stimme klang brüchig. »Bleib weg!«

Aber wer immer es war, er bewegte sich unermüdlich vorwärts, bis er über Lyle schwebte, sich zu ihm herabbeugte...

»Verdammt noch mal!«, brüllte Lyle und stieß das Messer direkt nach vorne.

Die Klinge drang in etwas ein, aber es war weder Kleiderstoff noch Fleisch. Es fühlte sich eher wie Pulverschnee an und war *kalt* – Lyle hatte noch nie eine solche Kälte gespürt. Er zog die Hand zurück und wollte das Messer fallen lassen, aber seine tauben Finger reagierten nicht.

Und dann flammte die Lampe auf. Lyle zuckte zusammen, atmete zischend ein und stieß erneut mit dem Messer zu – um anzugreifen, sich zu verteidigen, er wusste es nicht, die Klinge schien sich aus eigener Kraft zu bewegen. Aber er sah niemanden.

Weg! Verschwunden! Aber das konnte nicht sein. Und die Kälte – ebenfalls verschwunden, und zurückgelassen hatte sie widerlich stinkende, feuchte Luft. Er blickte auf das Messer und schrie auf, als er die zähe rote Flüssigkeit gewahrte, die über die Klinge rann. Er schleuderte es auf den Boden... und sah, was außerdem dort lag.

»Charlie!«

O Gott, o Jesus, es war Charlie auf dem Rücken, Beine und Arme ausgestreckt, die Brust blutend und zerfleischt, und seine glasigen Augen starrten Lyle mit einem Ausdruck geschockter Überraschung an.

Lyle hatte das Gefühl, als hätten sich seine Knochen aufgelöst. Er rutschte vom Bett und kauerte auf den Knien neben seinem toten Bruder.

»Charlie, Charlie«, murmelte er zwischen heftigen Schluchzern, während er sich über ihn beugte. »Warum hast du das getan? Warum ist dir so etwas *Dämliches* eingefallen? Du wusstest doch...«

»Lyle?«

Charlies Stimme. Lyle ruckte hoch.

»Lyle, was willst du?«

Hinter ihm. Er drehte sich um, und dort, auf der anderen Seite des Zimmers, in der Türöffnung am anderen Ende des Bettes, stand Charlie. Lyles Mund klappte auf, doch er konnte nicht reden. Das war doch nicht möglich. Es...

Er drehte sich wieder um, starrte auf den Fußboden, aber die Stelle war leer bis auf das Messer. Kein Charlie, kein Blut auf dem Teppich oder auf der Messerklinge.

Verliere ich etwa den Verstand?

»Was geht hier vor, Mann?«, fragte Charlie gähnend. »Warum rufst du mich mitten in der Nacht?«

Lyle starrte ihn wieder an. »Charlie, ich...« Seine Stimme erstarb.

»Hey, bist du okay?«, fragte Charlie mit sorgenvoller Miene und gar nicht verärgert, als er näher kam. »Du siehst ziemlich mitgenommen aus, Bruder.«

Endlich konnte Lyle wieder sprechen. »Ich hatte gerade den schlimmsten Albtraum meines Lebens. Er erschien so echt und trotzdem... Es konnte einfach nicht sein.«

»Was ist passiert? Ich meine, worum ging es in dem Traum?«

»Jemand war hier in diesem Zimmer und hatte es auf mich abgesehen...« Er entschied, Charlie nicht zu erzählen, wie der Traum geendet hatte.

Charlie nickte. »Nun, es ist kein Wunder, woher der Traum kam.«

Richtig. Kein Problem, den Traum zu deuten, aber Lyle konnte die Begleitumstände nicht ignorieren... die Kälte... und diese Präsenz.

»Aber ich war so sicher, dass jemand hier war.« Er deutete

auf das Messer auf dem Fußboden. »Ich habe sogar versucht, ihn oder sie oder es abzuwehren.«

Charlies Augen weiteten sich entsetzt, als er den Blick auf die Klinge richtete. »Du liebe Güte, ich denke, ich werde in Zukunft nachts meine Tür verriegeln, für den Fall dass du anfängst schlafzuwandeln.«

Er grinste, um anzudeuten, dass er nur einen Scherz machte. Lyle versuchte, das Lächeln zu erwidern, und hoffte, dass es nicht genauso gequält und krank aussah, wie er sich fühlte. Wenn Charlie wüsste...

Lyle hob das Messer auf und drehte es hin und her und erschauerte, als er sich an das Blut erinnerte, mit dem die Klinge beschmiert gewesen war. Er betrachtete sein verzerrtes Spiegelbild auf der glänzenden Oberfläche der Klinge, die so sauber war wie in dem Augenblick, als er sie aus der Besteckschublade genommen hatte.

Okay, demnach hatte er Charlie also nicht erstochen. Gott sei Dank. Aber gegen alle Vernunft konnte er das Gefühl nicht abschütteln, dass irgendjemand außer ihm während der Nacht in diesem Raum gewesen war.

Vielleicht sollte er sich lieber eine Pistole besorgen.

In der Zwischenwelt

Es weiß noch immer nicht, wer oder was oder wo es ist, aber Erinnerungsfragmente flitzen wie Meteoriten durch sein Bewusstsein, Furcht einflößende Eindrücke von scharfen Gegenständen und schäumender roter Flüssigkeit.
Es muss diesen Ort verlassen, muss weg von hier, RAUS!

Sonnabend

1

»Mir geht es gut, Mom«, sagte Vicky, während Gia sie ein letztes Mal innig umarmte, ehe sie sie in den Bus steigen ließ, der sie ins Ferienlager bringen würde. »Du hast nichts anderes als Trennungsangst.«

Gia musste lachen und hielt ihre Tochter auf Armeslänge von sich. »*Was* habe ich?«

»Trennungsangst. Darüber habe ich was im Lagerprospekt gelesen.«

»Aber die solltest *du* haben, nicht ich.«

»Ich hab sie auch. Ich habe Angst, dass du weinst, wenn ich verreise.«

»Das tue ich nicht. Versprochen.«

Noch ein Kuss und eine lange Umarmung – oh, wie sie diese kleine Achtjährige liebte, die sich manchmal benahm, als wäre sie vierzig – und dann trat Gia zurück in die Gruppe der anderen Eltern.

Keine Tränen, sagte sie sich, während sie zusah, wie Vicky in den wartenden Bus stieg. Es würde sie nur aufregen.

Sie und Vicky waren mit dem Taxi zum Treffpunkt in der Nähe der UN Plaza gefahren, wobei Vicky ununterbrochen geplappert hatte. Das war ganz gut so, denn Gia fühlte sich an diesem Morgen nicht so toll. Ihr war etwas übel. Wahrscheinlich die Nerven, weil Vicky alleine verreisen würde. Oder gab es vielleicht noch eine andere Ursache?

Die Nerven, sagte sie sich. Die müssen es sein.

Was immer die Ursache sein mochte, die holprige Taxifahrt war keine Hilfe gewesen. Voller Vergnügen hatte sie zugehört, wie Vicky erzählte, es kaum erwarten zu können, im Camp endlich mit Ton auf der Töpferscheibe zu arbeiten. Im vergangenen Jahr sei sie dazu noch zu jung gewesen.

Gia hatte ihre Gefühle recht gut im Griff, bis Vicky einen Fensterplatz fand und ihr zuwinkte. Gia sah das dunkle Haar, das sie an diesem Morgen zu einem French Twist geflochten hatte, sah das strahlende Lachen und die funkelnden blauen Augen und hätte ihren Gefühlen fast schon nachgegeben. Doch sie zwang sich tapfer zu einem Lächeln und blinzelte krampfhaft, um die Tränen zurückzuhalten.

Was bin ich eigentlich für eine Mutter? Sie ist erst acht, und ich schicke sie für eine Woche weg zu Fremden. Ich muss völlig verrückt sein!

Aber Vicky liebte die Kunstfreizeit im Ferienlager. Sie hatte es im vergangenen Jahr ein paar Tage lang ausprobiert und hatte diesmal richtig darum gebettelt, eine ganze Woche bleiben zu dürfen. Gia wusste, dass sie eine Menge Talent hatte, und wollte ihr jede Gelegenheit geben, es zu fördern.

Aber eine ganze Woche in den Catskills – das war eine Ewigkeit.

Die Tür schloss sich, der Motor heulte auf und der Bus fuhr los. Gia winkte, bis er nicht mehr zu sehen war, dann gestattete sie sich den Luxus einiger Tränen, die sie verstohlen wegwischte. Dabei schaute sie sich um und stellte fest, dass sie an diesem schwülen Sommervormittag nicht die Einzige war, die feuchte Augen hatte.

Sie beschloss, zu Fuß nach Hause zu gehen. Es war nicht sehr weit, und ein wenig Bewegung würde ihr sicher gut tun.

Außerdem… sie musste unterwegs noch etwas Wichtiges erledigen.

Eine halbe Stunde später stand Gia vor dem altmodischen Porzellanwaschbecken im Badezimmer im ersten Stock und starrte auf den dritten Schwangerschaftstest, den sie in der letzten Viertelstunde vorgenommen hatte.

Negativ. Genauso wie die anderen beiden.

Aber sie *fühlte* sich schwanger. Deshalb hatte sie Selbsttests von drei verschiedenen Herstellern besorgt, nur um ganz sicherzugehen.

Sie teilten ihr alle das Gleiche mit, doch das änderte nichts daran, wie sie sich fühlte.

Das Telefon klingelte. Vorstellungen von einem Verkehrsunfall mit dem Bus – Vicky schwer verletzt – zuckten durch ihren Kopf, und sie riss den Hörer von der Gabel.

»Gia!«, meldete sich eine vertraute Stimme. »Ich bin's, Junie!« Sie klang aufgeregt und voll überschäumender Freude.

»Oh, hallo. Hast du dein Armband...?«

»Genau deshalb rufe ich an! Als ich heute Nacht nach Hause kam, bin ich sofort zur der blauen Blumenvase neben der Tür gegangen und habe sie umgekippt. Möchtest du wissen, was herausgefallen ist?«

»Verrat's mir nicht – das Armband?«

»Ja!« Sie lachte. »Genauso, wie Ifasen es prophezeit hat! Ich konnte es nicht fassen! Ich bin in letzter Zeit überhaupt nicht in der Nähe dieser Vase gewesen! Ich weiß nicht, wie das Armband dort hineingelangt ist. Aber ich war so glücklich, dass ich fast geweint habe. Ist er nicht einfach sensationell?«

Gia antwortete nicht, sondern dachte an das, was Jack ihr erzählt und was er über Ifasens Zettellesetrick gesagt hatte. Schön und gut, aber wie würde er dies erklären? Gia wollte nicht glauben, dass es mehr als nur eine bloße Vermutung war, als Ifasen meinte, sie hätte...

O Gott! Er hatte prophezeit, sie würde zwei Kinder haben... Und da stand sie und fühlte sich schwanger.

»Hey, Gia«, meldete sich Junie. »Bist du noch da?«
»Was? O ja. Ich bin noch da. Ich frage mich nur, wie so etwas möglich sein kann. Wie konnte er das gewusst haben?«
»Er hat es nicht gewusst. Die Geister wussten es. Sie haben es ihm mitgeteilt, und er hat es an mich weitergegeben. Ganz schön einfach, meinst du nicht?«
»Hmmm«, sagte Gia. Sie hatte ein seltsames Gefühl im Magen, das nichts mit morgendlicher Übelkeit zu tun hatte. »Stimmt. Das ist einfach.«

Sie beendete das Gespräch so schnell wie möglich, ohne unhöflich zu erscheinen, dann ging sie zum Wohnzimmerfenster und schaute hinaus. Ihr Blick richtete sich auf die Wohnhäuser auf der gegenüberliegenden Seite des Platzes, ohne sie bewusst wahrzunehmen.

Vielleicht war das alles... reine Einbildungskraft. Sie hatte mit ihren Pillen geschlampt, ein Spiritist hatte ihr geweissagt, sie würde zwei Kinder haben, und dann hatte ihr Unterbewusstsein sich gemeldet und ihr eingeredet, sie sei schwanger.

Die Tests – und zwar gleich drei – sagten unmissverständlich das Gegenteil.

Aber diese selbst durchführbaren Tests waren im frühen Stadium einer Schwangerschaft nicht besonders genau. Das Kleingedruckte warnte vor einem möglicherweise falschen negativen Ergebnis.

Ein Bluttest... Der war angeblich außerordentlich genau, und das schon einen Tag nach der Empfängnis.

Sie suchte ihren Tagesplaner und schlug die Telefonnummer ihrer Frauenärztin nach. Gia erwartete nicht, dass sie sie an einem Sonnabend würde aufsuchen können. Aber es bestand kein Grund, weshalb sie nicht einen Test in einem Krankenhaus, zum Beispiel im Beth Israel, für sie veranlassen konnte. Gia brauchte dann nur dorthin zu gehen, sich Blut abnehmen zu lassen und auf das Ergebnis zu warten.

Ja, dachte sie und tippte die Nummer ein. Das will ich ein für alle Mal gleich klären.

So sehr Gia Jack liebte, sie wollte auf keinen Fall jetzt schwanger sein.

2

Lyle erwachte erhitzt und in Schweiß gebadet. Er konnte die Klimaanlage unter dem Fenster mit voller Kraft laufen hören, und doch kam er sich in dem Zimmer wie in einem Dampfbad vor. Das verdammte Ding war erst einen Monat alt. Es könnte wohl kaum jetzt schon über den Jordan gehen.

Er schlug die Augen auf und hob den Kopf. Jemand hatte die Rollläden hochgezogen und alle Fenster seines Zimmers geöffnet.

Lyle wälzte sich aus dem Bett. Was ging hier vor? Hatte Charlie das getan?

Er hatte nicht die Absicht, ganz Astoria zu klimatisieren, daher schloss er die Fenster und ging durch die Diele zum hinteren Zimmer. Er stürmte hinein und sah Charlie ausgestreckt auf den Laken liegen. Beide Fenster standen weit offen, und *seine* Klimaanlage lief auf vollen Touren.

»Verdammt noch mal, Charlie, was denkst du dir eigentlich?«

Charlie hob den Kopf und sah ihn blinzelnd an. »Was 'n los, Bruder?«

»Die Fenster, zum Beispiel! Was soll das, dass sie offen stehen? Es wird heute ein heißer Tag.«

»Ich habe kein Fenster geöffnet.«

»Nein? Wer soll es denn getan haben? Ice-T?«

Er knallte sie zu und ging in die Diele zurück. Er wollte in sein Zimmer zurückkehren, als er einen warmen Lufthauch spürte, der die Treppe heraufwehte. Er rannte nach unten und fand sämtliche Fenster im Wartezimmer und die Haustür weit offen vor.

»Charlie!«, brüllte er. »Komm sofort runter!«

Als Charlie hereingestolpert kam, glotzte er auf die offenen Fenster und die offene Tür. »Hey, du Weltmeister, was tust du?«

»Ich? Ich habe gestern Abend eigenhändig diese Tür abgeschlossen, mitsamt Kette und so weiter. *Ich* bin nicht aufgestanden und hab sie geöffnet. Und da in diesem Haus lediglich zwei Personen leben, bleibst nur du übrig.«

Er schloss und verriegelte die Tür, während er sprach.

»Sieh mich nicht so an, yo«, sagte Charlie und drückte die Fenster in die Rahmen. »Ich war vor Müdigkeit völlig fertig.«

Lyle musterte seinen Bruder. Charlie war ein gewiefter Bursche, der wie kein Zweiter das Blaue vom Himmel runterlügen konnte. Aber seit er wiedergeboren worden war, sagte er die Wahrheit – und zwar immer und überall, auch wenn es wehtat.

»Wer sollte dann…? Scheiße! Hier war einer drin!«

Lyle rannte in den Channeling-Raum. Wenn jemand die Ausrüstung beschädigt hatte…

Aber nein, der Raum sah unberührt aus. Keine offensichtlichen Schäden. Eine kurze Überprüfung durch ihn und Charlie ergab, dass er noch genau in dem Zustand war, in dem sie ihn verlassen hatten. Bis auf die Fenster. Im Zuge der Renovierung hatte er die Fensterscheiben schwarz gestrichen und sie mit schweren Vorhängen zugehängt, damit auch nicht der winzigste Lichtstrahl eindringen konnte. Nun waren die Vorhänge aufgezogen und die Fenster aufgerissen worden. So dass die Sonne ungehindert in den Raum scheinen konnte. Das Licht veränderte das Aussehen grundlegend und ließ all seine sorgfältig arrangierten mystischen Requisiten irgendwie… schäbig erscheinen.

Erleichtert, dass nichts beschädigt worden war, schloss Lyle die Fenster, zog die Vorhänge vor und kehrte in die Küche zurück.

»Viel Zeit haben wir nicht mehr, Charlie. Mittags findet eine Sitzung statt, also...«

Lyle stolperte beinahe, als er noch einmal durch das Wartezimmer ging: Die Fenster und die Haustür standen schon wieder offen.

Charlie prallte gegen ihn und blieb ebenfalls stehen. »Was in Gottes Namen...«

»Gott hat damit nichts zu tun, Charlie. Sie sind immer noch hier!«

Lyle stürzte in die Küche – wo die Fenster und die Tür zum Garten übrigens ebenfalls offen standen – und schnappte sich zwei Messer. Eins reichte er seinem Bruder.

»Na schön. Wir wissen, dass er nicht hier unten ist. Also stell dich an der Treppe auf und achte darauf, dass niemand runtergeschlichen kommt, während ich oben nachschaue.«

Lyles Herz ratterte bereits im höchsten Gang, während er auf dem Weg nach oben immer zwei Stufen auf einmal nahm. Der Herzschlag beschleunigte sich weiter, während er mit stoßbereit gezücktem Messer durch die Diele schritt. Er war in einer gefährlichen Gegend aufgewachsen, aber er hatte sich von den Verrückten, den Crackheads und den notorischen Schlägern immer fern gehalten. Er war auch in ein paar Kämpfe verwickelt gewesen, meistens eher harmlose Prügeleien. Doch einmal hatte er eine Schnittwunde im Gesicht abgekriegt, als jemand ein Paketmesser aus der Tasche zog. Aber das war auch schon alles. Deshalb war er nicht gerade ein Spezialist für den Kampf mit dem Messer. Er wusste noch nicht einmal, ob er fähig war, auf jemanden einzustechen, aber immerhin war er wütend genug, um das herauszufinden.

Er schaute im Wandschrank in der Diele nach – leer. Weiter in sein Zimmer. Scheiße! Die Fenster standen auch wieder sperrangelweit offen. Wie zum Teufel war das möglich? Aber die Fliegengitter waren nicht hinausgedrückt worden, demnach hatte auf diesem Weg niemand das Haus verlassen. Er sah in seinem Wandschrank nach und schloss dann die Fenster.

Das Gleiche mit Charlies Zimmer: offene Fenster, leerer Wandschrank. Wer machte sich an den Fenstern zu schaffen und riss sie immer wieder auf? Nachdem er sie geschlossen hatte, begab er sich in ihr Wohnzimmer – eigentlich ein umfunktioniertes Schlafzimmer. Das ursprüngliche Wohn- und Esszimmer im Parterre diente jetzt als Channeling-Raum.

Hier war alles in Ordnung.

Unten schaute er noch einmal in der Küche und in der Speisekammer nach und ging sogar so weit, einen Blick unter das Sofa im Wartezimmer zu werfen.

»Okay. Parterre und erster Stock sind sauber. Bleibt nur noch der Keller übrig.«

Zuerst verriegelten er und Charlie die Haustür sowie die Hintertür zum Garten, dann trafen sie sich im Hausflur vor der Kellertür.

»Wenn er sich noch im Haus aufhält, dann ist er da unten.«

Charlie schüttelte den Kopf. »Die Papierhandtücher sind immer noch an Ort und Stelle, yo.«

Richtig, dachte Lyle. Damit der Gestank im Keller bleibt. Aber vergessen wir das vorläufig.

»Wir schauen trotzdem nach.«

Er presste eine Hand auf Nase und Mund, während er die Tür aufzog. Er stieg ein paar Stufen die Treppe hinunter und wagte auf halbem Weg einen zaghaften Atemzug. Kein Gestank, nur der typische muffige Kellergeruch.

»Es ist okay«, gab er Entwarnung an Charlie, der sich dicht hinter ihm hielt. »Der Gestank ist weg.«

Den Keller zu durchsuchen war kinderleicht: keine Schränke, keine schweren Möbel, niemand, der sich versteckte. Der Spalt im Fußboden war jedoch immer noch da und auch so groß wie vorhin.

Erleichtert atmete Lyle lange und langsam aus. Wer immer sich in dem Haus aufgehalten hatte, war also weg.

Aber als sie ins Parterre zurückkehrten, wehte Lyle eine warme, feuchte Brise ins Gesicht. Unbehaglich näherte er sich dem Wartezimmer.

Jemand hatte erneut die Fenster geöffnet.

»Wie machen sie das, Charlie? Haben sie irgendwie unser Haus präpariert, während wir schliefen?«

Charlie war in ihrer Partnerschaft der Techniker und sorgte für die außerweltlichen Illusionen. Er war in der Schule nicht sonderlich erfolgreich gewesen – mehr aus Mangel an Interesse als aus Mangel an Fähigkeiten. Doch er wusste, wie die Dinge funktionierten. Er konnte wirklich jede Maschine völlig auseinander nehmen und wieder zusammenbauen. Falls jemand diese Vorkommnisse erklären konnte, dann wäre es Charlie.

»Ich sehe nichts«, sagte Charlie, während er eins der Fenster inspizierte. »Selbst wenn ich etwas fände, was meinst du denn, was alles nötig wäre, um so etwas über Nacht zu installieren? Ein ganzer Arbeitstrupp mit Bohrmaschinen und Stemmeisen und Presslufthämmern.«

»Okay, dann haben sie es vielleicht an einem Tag getan, als wir für längere Zeit außer Haus waren.«

»Ich sehe trotzdem nichts, womit die Fenster geöffnet werden könnten. Ich meine, sie müssten aufgedrückt oder aufgezogen werden, und hier ist einfach nichts, was dazu in der Lage wäre.«

»Nimm die Fenster auseinander, wenn es nötig ist. Es muss irgendeinen Servomechanismus geben, der sie öffnet.«

Er wusste zwar nicht genau, was ein Servomechanismus war, aber es klang gut.

»Vielleicht haben wir einen Dämon im Haus.«

»Das ist nicht lustig, Charlie.«

»Ich mache auch keine Witze, Bruder. In oder an diesem Fenster gibt es jedenfalls nichts, das es in irgendeiner Weise bewegt.«

»Da muss aber etwas sein. Wir beide wissen, dass die einzigen Dämonen und Geister auf dieser Welt die sind, die Leute wie du und ich erschaffen. Jemand versucht, uns Angst einzujagen. Und abzuschrecken. Aber wir lassen uns nicht ins Bockshorn jagen, oder?«

Ehe Charlie antworten konnte, hörte Lyle das Klicken des Haustürschlosses, also der Tür, die er gerade erst eigenhändig verriegelt hatte. Sein Mund war schlagartig so trocken wie altes Leder. Er musste miterleben, dass die Tür mit einen leisen, schrillen Quietschen aufschwang.

Lyle machte einen Satz durch die Türöffnung hinaus auf die Vorderveranda. Niemand. Leer. Er drehte sich schnell um die eigene Achse, hielt Ausschau nach jemandem, nach irgendetwas, womit sich die Ereignisse und die augenblickliche Situation hätten erklären lassen. Er hielt inne, als er die Pflanzen sah.

»Charlie, komm her.«

Charlie war gerade damit beschäftigt gewesen, die Haustür zu untersuchen. Er richtete sich auf und kam zu Lyle. »Ich kann nichts finden, das – lieber Gott!«

Die gesamte Sockelbepflanzung des Hauses – die Rhododendren, Azaleen und Rosmarinbüsche – war tot. Lyle war noch am Tag zuvor nichts an ihnen aufgefallen, aber jetzt waren sie nicht nur einfach verwelkt, sie waren braun und vertrocknet, als wären sie schon vor Monaten abgestorben... als ob irgendetwas jegliches Leben aus ihnen herausgesaugt hätte.

»Jemand muss sie mit Unkrautvernichter eingesprüht haben.«

»Wann hört das endlich auf, Lyle?«

Er hörte Angst in der Stimme seines Bruders und legte eine Hand aufmunternd auf seine Schulter.

»Wir kriegen das schon in den Griff, Charlie. Uns ist es niemals leicht gemacht worden, und ich vermute, dies hier ist keine Ausnahme von dieser Regel. Aber wir haben es am Ende immer wieder geschafft, oder? Irgendwie behalten die Kenton-Brüder am Ende die Nase immer oben. Wir halten zusammen, und wir werden auch mit diesem Problem fertig, Charlie.«

Charlie lächelte ihn an und hob die Hand für einen High Five. Lyle schlug mit der Hand gegen die seines Bruders.

Aber als er sich zum Vorgarten umdrehte, spürte er, wie rasende Wut sein Blut zum Kochen brachte.

Wer immer du bist, dachte er, mach nur weiter, und versuch mit mir, was du willst, aber tu bloß meinem kleinen Bruder nichts. Wenn ihm etwas zustößt, dann jage ich dich und zerquetsche dich wie ein hässliches Insekt.

Er betrachtete die abgestorbenen Pflanzen. Die Teilnehmer der ersten Sitzung des Tages würden in weniger als einer Stunde eintreffen, und Anwesen und Haus sahen erbärmlich aus. Doch er hatte für irgendwelche kosmetischen Maßnahmen keine Zeit.

Scheiße. Er hatte wirklich nicht erwartet, von der Konkurrenz mit offenen Armen empfangen zu werden, als er von Dearborn hierher umgezogen war. Aber mit so etwas wie diesem hier hatte er auch nicht gerechnet. Jemand bediente sich jedes schmutzigen Tricks unter der Sonne, um sie zu vertreiben.

Nun, sie würden nicht nachgeben. Versuch, was du willst, wer immer du bist. Die Kenton-Brüder halten die Stellung auf Gedeih und Verderb.

3

»Du hast nichts gespürt?«, wollte Jack wissen.

Abe schüttelte den Kopf. »Nicht mal ein Zittern. Tolles Erdbeben. Du solltest es lieber ein Bebchen nennen.«

Abe Grossman, wie immer in einem kurzärmeligen weißen Oberhemd und einer schwarzen Hose voller Gebäckkrümel, saß auf seinem obligatorischen Hocker, die Beine gegen die Theke gestemmt und eine Hand auf dem voluminösen Bauch, während er sich mit der anderen ein großes Stück Mürbekuchen in den Mund schob.

Jack lehnte an der anderen Seite der ramponierten Theke im hinteren Teil von Abes Laden, dem Isher Sports Shop. Zwischen ihnen lagen – auf der Theke ausgebreitet – die Morgenzeitungen. Es war zu einer unregelmäßig gepflegten Tradition geworden, ab und zu in der Woche, aber fast immer am Samstag- und am Sonntagmorgen: Abe kaufte die Zeitungen, Jack sorgte für das Frühstück.

Jack fuhr mit dem Finger an einer Kolumne auf Seite drei der *Post* entlang und hielt inne, als er fand, was er suchte. »Hier steht, das Epizentrum hätte sich in Astoria befunden. Wie findest du das? Gia und ich waren mittendrin, sozusagen auf Ground Zero.«

»Von wegen Ground Zero«, meinte Abe mit einem abfälligen Achselzucken. »Kein Feuer, keine Verletzten, kein *Tuml*. Ist so was ein Erdbeben?«

»Sie haben es bei zwei Komma fünf auf der Richterskala eingestuft – etwa genauso stark wie das Beben Anfang 2001, das die Gegend um die East Eighty-fifth Street heimgesucht hat.«

»Auch so ein Nichtereignis, wenn ich mich recht erinnere.« Er deutete auf den Mürbekuchen. »Willst du nichts davon?«

»Ich, äh, habe etwas anderes mitgebracht.«

Jack holte einen Wurst-McMuffin aus der Einkaufstasche. Ihm lief das Wasser im Munde zusammen, als er ihn aus dem Papier wickelte. Er wartete auf die Reaktion. Es dauerte etwa zwei Nanosekunden.

»Was ist *das* denn? Fleisch? Saftiges Fleisch für dich – und für deinen alten Freund Abe einen fettarmen Kuchen?«

»Du brauchst kein Fleisch, aber ich.«

»Wer sagt das?«

»Ich sage das. Und ich dachte, du wolltest deinen Cholesterinspiegel ein wenig senken.«

»*Du* versuchst, meinen Cholesterinspiegel zu senken.«

Jack musste zugeben, dass es zutraf. Aber nur weil der Knabe, wenn er so weitermachte, eine Platzkarte im Herzinfarkt-Express hatte. Und Jack wollte noch einige Jahre mit ihm verbringen – genau genommen so viele wie möglich.

»Und selbst wenn ich auf diesem Trip wäre«, sagte Abe. »Soll ich an einem Samstagmorgen mit einem Frühstück zweiter Klasse zufrieden sein?« Er streckte eine Hand aus. »Gib her. Nur ein *Bissel*. Nur ein kleines *Bisselchen*.«

»Wenn du erst mal wieder richtig in Form bist, gehe ich los und kaufe dir ein ganzes...«

»Was?« Abe klopfte sich auf den Bauch. »Eine Kugel ist keine Form?«

»Na okay, was hältst du davon: Wenn du mit den Fingerspitzen deine Zehen berühren kannst, dann spendiere ich dir einen Wurst-McMuffin.«

»Wenn Gott gewollt hätte, dass wir mit den Fingern unsere Zehen berühren können, hätte er sie uns an die Knie geklebt.«

Mit diesem Mann ließ sich einfach nicht diskutieren. »Vergiss die Gymnastik. Vergiss den Cholesterinspiegel. Ich habe mir die Wurst geholt, weil ich ein besonderes Bedürfnis habe.«

»Und das wäre?«

»Gestern Abend war ich auf einer Party. Aber vor der Party war ich noch essen, sozusagen, im Zen Palate.«

Abe verzog das Gesicht. »*Nebach*! Wo sie einem Tofu vorsetzen, der aussieht wie Puterfleisch?«

»Ich kann mich nicht erinnern, so etwas gesehen zu haben.«

»Dann geh mal zu Thanksgiving hin. Ich nehme an, es war Gias Idee.«

»Nun ja, sie isst kein Fleisch, weißt du.«

»Immer noch nicht?«

»Ja, und sie wollte es mal ausprobieren.«

»*Nu*? Und wie hattest du dein Tofu?«

»Gebraten.«

»Gebraten ist es am besten. Dann kannst du wenigstens sicher sein, dass es tot ist.«

»Aber was noch schlimmer ist: Sie servieren keinen Alkohol. Ich musste zum Imbiss an der Ecke rennen, um mir ein Bier zu kaufen.«

»Du hättest dir auch gleich ein Pastrami auf Schwarzbrot bestellen sollen, wo du schon mal da warst.«

Jack erinnerte sich an die vernichtenden Blicke des Pärchens am Nebentisch, als er seine Flasche Schlitz mit einem leisen Zischen geöffnet hatte. Er wagte kaum, sich vorzustellen, was passiert wäre, wenn er ein Pastrami- oder ein Schnitzelbaguette ausgepackt hätte. Der reinste Horror wäre ausgebrochen.

»Wem sagst du das. Ich habe seitdem einen Heißhunger auf Fleisch. Und als ich heute Morgen am McDonald's vorbeikam, konnte ich einfach nicht widerstehen.«

»In diesem Fall bestehe ich nicht auf einem Anteil. Iss nur. Nach der Tortur im Zen Palate hast du es verdient.«

Jack verputzte das Sandwich, ohne Abe anzusehen. Mit ein wenig mehr Vorausschau hätte er das Sandwich verzehren sollen, ehe er durch die Tür gekommen war. Das nächste Mal...

»Sieh hier«, sagte er mit vollem Mund, als er versuchte, die

Unterhaltung vom Thema Essen wegzusteuern. »Am East River entlang verläuft ein deutlicher Graben.«

»Tatsächlich? In New York gibt es jede Menge Gräben. Nur nennt man sie hier Baustellen.«

»Nein, ernsthaft.« Jack verfolgte die Verwerfungslinie mit der Fingerspitze. »Hier steht, dass sie Cameron's Line genannt wird. Angeblich sollen dort die Kontinentalplatten Afrikas und Nordamerikas aneinander gestoßen sein.«

»Mir erzählt niemand etwas. Wann soll das passiert sein?«

»Vor etwa 320 Millionen Jahren. Du warst damals noch ein Kind. Es heißt, die Verwerfungslinie verläuft von Staten Island hinauf nach Connecticut und Massachusetts. Aber sieh mal.« Er drehte die Zeitung auf der Theke, damit Abe besser erkennen konnte, was er ihm zeigte. »Sie bildet ein S, indem sie vom East River abschwenkt, mitten durch Astoria hindurch läuft und dann wieder zum Fluss zurückkehrt.« In seiner Stimme lag plötzlich grenzenlose Verwunderung. »Das gibt's doch nicht. Das Haus dieses Spiritisten steht genau auf der Cameron's Line.«

»Das Haus des Spiritisten?«, fragte Abe. »Du wirst doch nicht etwa...«

»Keine Chance«, sagte Jack. »Es war alles nur eine Art Jux.«

Er erzählte von Junie Moons Suche nach ihrem verlorenen Armband.

Abe schüttelte den Kopf. »Die Verdummung Amerikas. Von der Regierung anerkannte Lehrstühle oder Fakultäten für Astrologie. Schulbehörden, die entscheiden, im naturwissenschaftlichen Unterricht ausführlich den Kreatianismus zu behandeln: Menschen, die hundert Dollar für Flaschen mit Wasser bezahlen, weil jemand ihm die Bezeichnung ›Vitamin O‹ verpasst hat. Die Rückkehr homöopathischer Heilmethoden – von denen viele nicht viel mehr sind als nur Vitamin O – magische Kristalle, Fengshui... *Oy*, Jack, ich verliere wirklich jede Hoffnung.«

»Eigentlich warst du niemals eine kleine Mary Sunshine, die fröhlich singend durch die Weltgeschichte hüpft und überall nur eitel Freude sieht.«

Seit Jack ihn kannte, prophezeite Abe einen gesellschaftlichen und wirtschaftlichen Holocaust. Und nicht nur das, er war sogar ständig darauf vorbereitet, dass dieser Holocaust auch stattfand.

»Aber man sollte doch hoffen können. Ich hatte immer gedacht, dass die Leute, wenn die Breite und die Tiefe des menschlichen Wissens zunehmen, nach und nach aus der Dunkelheit der Ignoranz ans Licht der Weisheit emporsteigen. Mir scheint jedoch, als fühlten sich viele in den düsteren Niederungen der Beschränktheit wohler.«

Jack nickte. »Ich brauche mir nur diese New-Age-Bewegung anzusehen. Irgendwie ist sie zu einem allgemeinen Trend geworden. Die reinste Goldgrube für Schwindler und Bauernfänger. Aber was ich wissen möchte, ist, warum jetzt? Wir haben doch angefangen, diesen ganzen mystischen Quatsch hinter uns zu lassen. Aber seit den Siebzigern scheint es, als rutschten wir wieder in diesen Sumpf zurück. Was hat uns derart umgedreht?«

Abe zuckte die Achseln. »Vielleicht liegt die Ursache in den Naturwissenschaften.«

»Dabei hatte ich immer angenommen, dass die Naturwissenschaften die Lösungen liefern.«

»Vielleicht sollte ich eher sagen: die Reaktion auf die Naturwissenschaften. Wir alle suchen doch nach Transzendenz...«

»Transzendenz?«

»Nach einem Leben nach diesem hier. Nach einer nichtkörperlichen Existenz. Mit anderen Worten, wir wünschen uns, weiter zu existieren. Glaubst du an Transzendenz, Jack?«

»Ich wünschte, ich könnte es. Ich meine, mir würde die Vorstellung, dass irgendein Teil von mir, ein Funke oder so, für alle Ewigkeit fortdauert, ganz gut gefallen, aber...«

»Was? Du besitzt nicht genug Ego, um daran zu glauben, dass du ewig bist?«

»Um ehrlich zu sein, ich denke nicht allzu viel darüber nach. So oder so kann ich nicht erkennen, wie es mein Alltagsdasein verändern würde. Ich kenne nur eine Art zu leben. Aber was hat das mit Wissenschaft zu tun?«

»Jede Menge. Je weiter die Wissenschaft ins Unbekannte vordringt, desto unsicherer erscheint die Transzendenz. Daher neigen die Menschen zur Überreaktion. Sie finden im Rationalen keinen Trost, daher verwerfen sie es und klammern sich ans Irrationale, egal, wie verrückt es ist.«

Jack sah Abe an. »Wir wissen beide, dass es auf dieser Welt Dinge gibt, die sich nicht so einfach erklären lassen.«

»Du meinst so was wie die Rakoshi?«

»Genau. Sie sind durch wissenschaftliche Methoden nicht zu erfassen, wenn ich es richtig verstehe.«

»Aber sie waren real. Vergiss nicht, dass ich unten in der Battery war, als diese eine Bestie aus dem Hafen stieg. Ich sah sie mit eigenen Augen, sah, wie sie deine Brust aufschlitzte. Wenn jemand so etwas erlebt, wer fragt dann noch nach Glauben? Und außerdem trägst du immer noch die Narben. Für dich ist es keine Frage des Glaubens, du *weißt*.«

Jacks Hand wanderte unwillkürlich zu seiner Brust und tastete die gummiartigen Wülste durch den Stoff seines T-Shirts ab.

»Aber ein Rakoshi passt nicht zu dem, was wir von der Welt wissen.«

»Richtig. Doch das entscheidende Wort ist ›wissen‹. Ich kann es nicht erklären, aber vielleicht kann das jemand anderer. Ein Experte mit Spezialwissen, möglicherweise. Ich behaupte, dass alles erklärbar ist – das heißt, alles außer dem menschlichen Verhalten. Wenn man über hinreichendes Wissen verfügt. Dieses Wissen ist der kritische Punkt. Du und ich verfügen teilweise über dieses Wissen – du über mehr als ich, weil du schon mehr gesehen, mehr erlebt hast. Wir wissen, dass es in dieser Welt eine dunkle Macht gibt...«

»Die Andersheit«, sagte Jack und dachte daran, wie sie im vergangenen Jahr in sein Leben eingedrungen war. »Aber das ist nur ein Name, den irgendjemand ihr verpasst hat.«

»Nach dem zu urteilen, was du mir davon erzählt hast, ist sie kein Ding, eher eine Art Seinszustand. Das Wort ›Andersheit‹ verrät nicht viel darüber. Was immer sie ist, zurzeit können wir es nicht wissen. Wir wissen, dass sie durch Kristalle und Talismane abgewehrt und durch Gebete und Opfer nicht herbeigerufen werden kann. Daher ist all dieser Hokuspokus, in den die New Ager und die Ende-aller-Tage-Leute und die UFO-Typen und all ihre Gesinnungsgenossen und Mitspinner sich vertiefen, völlig nutzlos. Die wahre Dunkelheit in dieser Welt offenbart sich nicht selbst. Sie hat ihre eigenen Gesetze und folgt ihrem eigenen Plan.«

Jack ertappte sich dabei, wie er an seine Schwester dachte. Er machte die Andersheit für ihren Tod verantwortlich.

»Ich habe dir nie erzählt, was Kate zu mir sagte, kurz bevor sie starb. Es ging darum, dass die ›Dunkelheit‹ käme. Sie sagte, das Virus in ihrem Kopf lasse sie die Dunkelheit sehen. Sie sagte, die ›Dunkelheit wartet noch, aber sie kommt schon bald‹. Sie würde alles überrollen.«

»Deine Schwester in allen Ehren – und ich sollte dir vielleicht nie verzeihen, dass du mir diese feine Frau nicht vorgestellt hast –, aber sie war in höchster Not. Wahrscheinlich wusste sie nicht mehr, was sie redete.«

»Das glaube ich schon, Abe. Ich glaube, sie sprach davon, dass die Andersheit hier die Oberhand behalten wird. Es passt auch irgendwie zu gewissen Anzeichen und Informationen, zu denen ich seit dem Frühjahr gekommen bin. Die Ereignisse nach dieser Verschwörungskonferenz, Andeutungen von dem Kerl, der die Freak-Show leitete, und was diese seltsame russische Lady an Kates Grab mir erzählte, all das deutet auf dasselbe hin, nämlich, dass eine schlimme Zeit auf uns zukommt, neben der alle anderen schlimmen Zeiten sich ausnehmen wie ein Picknick im Grünen. Die schlimmste Zeit für die menschliche Rasse, schlimmer als alle Plagen und Weltkriege auf einmal.«

Abe starrte ihn mit grimmiger Miene an. Das passte zu dem gesellschaftlichen Holocaust, den er seit einer Ewigkeit prophezeite. »Hat sie auch angedeutet, was wir dagegen tun können?«

»Nein.«

Kate hatte Jack lediglich mitgeteilt, dass nur eine Hand voll Menschen der Dunkelheit im Weg stünden und dass er einer von ihnen sei. Aber das erwähnte er nicht.

Abe zuckte die Achseln. »Und was nun?«

»Deshalb habe ich nicht davon angefangen. Ich frage mich, ob die Menschen nicht möglicherweise spüren, dass diese Dunkelheit näher kommt. Nicht bewusst, aber auf einer primitiven, unterbewussten Ebene. Vielleicht erklärt das, weshalb sich so viele den Fundamentalisten und den orthodoxen Religionen zuwenden – Einrichtungen und Ideen also, die auf alles eine klare und einfache Antwort parat haben. Vielleicht sind deshalb gerade Verschwörungstheorien so populär. Diese Leute spüren, dass etwas Schreckliches auf sie, auf uns zukommt, können aber nicht genau sagen, was es ist. Daher suchen sie nach einem Glaubenssystem, das ihnen eine Antwort und eine Lösung vorgibt.«

»Was ist denn mit uns armen Teufeln, die kein solches Glaubenssystem besitzen, auf das sie sich stützen können?«

Jack seufzte. »Wir sind wahrscheinlich diejenigen, die in den Schützengräben sitzen und sich mit dem Horror herumschlagen müssen, sobald er da ist.«

»Meinst du, dieses Erdbeben hätte irgendetwas damit zu tun?«

»Ich wüsste nicht, wie, aber das heißt gar nichts. In letzter

Zeit habe ich so oft erlebt, dass harmlos erscheinende Situationen plötzlich eine abrupte Kehrtwendung erfahren und mit vollem Karacho in eine Katastrophe rauschen.«

Er dachte an die vergangene Nacht... und wie das Erdbeben in genau dem Augenblick anzufangen schien, als er und Gia die Schwelle des Menelaus Manor überschritten. Er wollte das Ganze für einen Zufall halten, aber es war kein besonders tröstlicher Gedanke, dass das Haus genau auf einem Riss in der Erdkruste stand, dem direkten Zugang zu einer Masse uralten Gesteins, das keine Ruhe geben wollte.

Er fragte sich, ob Ifasen irgendwelche Nachwirkungen spürte.

4

»Also, sobald wir alle die Hände auf den Tisch gelegt haben, die Handflächen auf die Tischplatte, genau so... Und wenn wir nun alle ganz entspannt sind, fangen wir an.«

Lyle betrachtete seine drei Kunden, die sich um den runden klauenfüßigen Eichentisch verteilt hatten. Die beiden Frauen mittleren Alters, Anya Spiegelman und Evelyn Jusko, waren schon einmal da gewesen, und er wusste alles von ihnen. Vincent McCarthy war neu. Ein unbeschriebenes Blatt. Alles, was Lyle bis zu dessen Ankunft vor ein paar Minuten kannte, war sein Name.

Aber jetzt hatte er schon einige Informationen über ihn. Und in den nächsten Minuten würde er noch mehr über ihn erfahren. Lyle liebte die Herausforderung, die ein so genanntes »Cold Reading« darstellte.

»Ich möchte, dass jeder für einen Moment die Augen schließt und ganz tief atmet... nur ein paar Atemzüge, damit Sie sich beruhigen. Innere Unruhe stört den Geistkontakt.

Wir müssen uns in einem Zustand des inneren Friedens befinden...«

Frieden... Lyle musste ganz entspannt sein, um alles richtig zu machen. Wenigstens gab das Haus im Augenblick Ruhe. Kurz bevor die Kunden eingetroffen waren, hatten die Fenster und Türen ihre seltsame Aktivität eingestellt. Sie hatten sich nicht mehr geöffnet. Jetzt musste nur noch er selbst den inneren Frieden finden.

Was nicht so einfach war, nachdem er an diesem Morgen Kareena in ihrer Wohnung angerufen hatte und ein Mann sich meldete und meinte, Kareena stünde gerade unter der Dusche, ehe er fragte, ob er – Lyle – vom Sender wäre.

Er hatte seine Wut und Verletztheit unter Kontrolle gehalten. Er hatte sogar zugelassen, dass Kareena seine Gefühle in Aufruhr brachte, doch er hatte nicht vor, sich von ihr um seinen Lebensunterhalt bringen zu lassen. Er musste alle negativen Gefühle verdrängen und positiv denken... wenigstens für diesen Augenblick. Und sich auf Vincent McCarthy konzentrieren.

Lyle öffnete die Augen und studierte ihn. Er schätzte sein Alter auf etwa vierzig, und er wusste, dass er einigermaßen wohlhabend war. Das verrieten ihm sein Golfhemd von Brooks Brothers und die teure leichte Sommerhose. Desgleichen der funkelnagelneue Lexus SC 430 Hardtop Convertible, den er in der Auffahrt geparkt hatte. Keine Tätowierungen auf den gebräunten Unterarmen, kein Ohrschmuck, nur ein schlichter goldener Ring an seinem Ringfinger. Ein Blick auf die Hände: sauber, keine Schwielen, gepflegte Fingernägel.

Demnach haben wir es mit einem verheirateten, gut situierten weißen Knaben in den Vierzigern zu tun. Er ist nach Astoria gekommen, um sich an einem Samstag, der für eine Runde Golf ideal gewesen wäre, in einen abgedunkelten Raum zu setzen. Das kann nur heißen, dass er aus irgendeinem Grund große Sorgen hat.

Geld? Nicht sehr wahrscheinlich.

Etwas Geschäftliches? Ebenfalls unwahrscheinlich. Falls Vincent in einem Unternehmen arbeitet, dann gehört es entweder ihm, oder er ist ein hochrangiger Manager. Er kennt sich mit Spreadsheets und Konferenzräumen aus. Er würde niemals die Geisterwelt wegen eines Bereichs in seinem Leben konsultieren, in dem er sich selbst als Alpha-Männchen betrachtet.

Eheprobleme? Möglich. Die Fertigkeiten, die ihn in dem Teil seines Lebens erfolgreich sein lassen, der von Geld bestimmt wird, müssen sich nicht unbedingt auch auf seine emotionale Seite erstrecken. Beziehungsmäßig könnte er durchaus ein Versager sein.

Gesundheit? Er selbst sieht absolut fit aus, aber er könnte um die Gesundheit eines anderen Menschen besorgt sein. Zum Beispiel Ehefrau, Eltern oder Kinder.

Lyle schloss die Augen und entschied, es in Richtung Gesundheit zu versuchen. Er würde zu diesem Komplex ein paar unverfängliche Bemerkungen machen und abwarten, was der Mann von sich preisgab. Falls man dort nicht fündig wurde, könnte er nach Eheproblemen forschen. Doch er bezweifelte, dass das nötig sein würde.

»Da die Geister das Licht scheuen, werden wir dafür sorgen, dass der Raum etwas einladender auf sie wirkt.«

Hinten in Charlies Kommandozentrale, einem kleinen Raum jenseits der Wand nach Süden, den er mit allem möglichen elektronischen Spielzeug voll gepackt hatte, würde sein Bruder Lyles Worte hören, die von einem winzigen Mikrofon aufgenommen wurden, das in dem Kronleuchter genau über ihnen versteckt war, und entsprechend reagieren. Und tatsächlich: Die Glühbirnen verblassten, bis nur noch der matte Schein einer einzelnen roten Birne den Tischbereich erhellte.

»Ich spüre es«, sagte Lyle. »Ich spüre, wie sich die Tore öffnen...« Charlies Stichwort, um einen leichten kalten Luftstrom auf den Tisch zu lenken »…um uns den Kontakt mit der Anderen Seite zu gestatten.« Er ließ den Kopf nach hinten sinken, öffnete den Mund und gab ein langes, leises »Aaaaaaaahhhhhh« von sich.

Der Laut war nicht nur Show. Zum Teil war er echt, Ausdruck eines sanften ekstatischen Rausches seiner Seele, wie träger, genussvoller Sex…

Den er nicht hatte.

Stopp! Verdirb nicht alles wegen einer untreuen…

Ruhig…, ganz ruhig… Er sagte sich, dass dies der Moment war, in dem er sich am lebendigsten fühlte. Dies war der Moment, in dem er alles unter Kontrolle hatte, in dem er diesen kleinen Winkel der Welt vollkommen beherrschte. Sein übriges Leben mochte im Augenblick ein einziges Chaos sein, aber zu diesem Zeitpunkt, an diesem Ort, diktierte er das Geschehen. Hier war er der Meister…

Meister der Illusion… Das war der Spitzname, den er sich als Teenager selbst gegeben hatte. Und er hatte sich damit nicht selbst gestreichelt. Das war nämlich genau das, was er geworden war, nachdem Momma gestorben war. Oder genauer: getötet worden war. Sie war auf dem Rückweg vom Markt mit vollen Einkaufstaschen durch den Westwood Park gegangen und hatte bei Grün eine Straße überquert, als zwei Autos wie aus dem Nichts auftauchten, einander ein Rennen lieferten und sich gegenseitig mit 9-mm-Kugeln beschossen, dabei die für sie rote Ampel überfuhren und die Frau zehn Meter hoch in die Luft schleuderten. Die Bastarde wurden nie gefunden.

Für die restliche Stadt war sie nur ein unschuldiges Opfer der Crack-Kriege gewesen, die in Detroit tobten. Aber für Lyle und Charlie hatte sie die Welt bedeutet. Ihr Vater war in Lyles Erinnerung nur ein undeutlicher Schatten und in Charlies Erinnerung überhaupt nicht existent. Dads Bruder, Onkel Bill, kam ab und zu vorbei, aber seit er an die Westküste umgezogen war, hatte niemand mehr etwas von ihm gehört.

Da waren sie dann, die Kenton-Brüder, Lyle sechzehn, Charlie zwölf Jahre alt, ganz allein, auf die Hilfe von Nachbarn angewiesen. Aber sehr bald tauchten die Leute von der Kinderfürsorge auf und schnüffelten herum. Er und Charlie konnten nur kurze Zeit so tun, als wäre gerade niemand zu Hause, bis sie eine Mietzahlung zu viel versäumten und auf der Straße landeten, oder, was noch schlimmer war, getrennt und in Waisenhäusern untergebracht wurden.

Also beschloss Lyle, die Rolle seines Onkels Bill zu übernehmen. Er war damals für sein Alter sehr groß gewesen, und mit Hilfe eines künstlichen Bartes und mit ein wenig Schminke schaffte er es, die Sozialarbeiterin zu täuschen. Er erinnerte sich noch immer an Maria Reyes, MSW, eine gute Frau mit dem aufrichtigen Anliegen, anderen Menschen zu helfen. Sie glaubte, dass Lyle Bill Kenton war. Sie glaubte, dass Saleem Fredericks – ein Freund eine Etage tiefer in der Mietskaserne, den er sich immer anlässlich der gelegentlichen Hausbesuche auslieh – Lyle war.

Und dabei lernte Lyle etwas kennen: die Macht des Glaubens, und die noch größere Macht des Wunsches nach Glauben, des Bedürfnisses nach Glauben. Mrs. Reyes glaubte, weil sie glauben wollte. Sie wollte die Brüder nicht trennen. Sie wünschte sich einen Blutsverwandten als Vormund, und daher hatte sie alles geglaubt, was Lyle ihr auftischte.

Aber hatte sie das wirklich? Jahre später fragte sich Lyle, ob Mrs. Reyes ihn nicht die ganze Zeit über durchschaut hatte. Er fragte sich, ob sie wohl – nicht durch seine Darbietung, sondern durch seine Entschlossenheit, die Reste der zerstörten Familie zusammenzuhalten – überzeugt worden war und dass dies auch der Grund gewesen war, weshalb sie es zugelassen hatte, dass er praktisch sein eigener Vormund wurde. Irgendwann würde er sie suchen und sie danach fragen.

Ganz gleich, wie die Wahrheit aussah, der sechzehnjährige Lyle Kenton hatte endlich seinen Beruf gefunden: den Schwindel, die Gaunerei, den Betrug, die Bauernfängerei. Wenn er es schaffte, die städtischen Behörden hinters Licht zu führen, dann würde er es auch bei jedem anderen schaffen. Sein erster bezahlter Job war der eines Ausgucks für eine Kümmelblättchen-Runde in der City. Er achtete auf der Straße auf die Polizei und hielt sich bereit, die vereinbarte Warnung zu rufen, auf Grund derer das Spiel abrupt beendet wurde. Er lernte sehr schnell, die Codeworte des Abstaubers zu verstehen, und rückte hoch in die Position des Köders, als der er am Tisch herumstand und die potenziellen Opfer ins Spiel lockte. Während seiner Freizeit aber übte er wie ein Besessener mit den Karten, damit er möglichst bald selbst als Abstauber auftreten und sein eigenes Spiel eröffnen könnte.

Doch nach einem besonders aufregenden Zwischenfall, als er es kaum geschafft hatte, einem Polizisten in Zivil zu entwischen, hielt er Ausschau nach etwas zwar genauso Profitablem, aber weitaus weniger Gefährlichem. Und er wurde fündig: eine spiritistische Telefon-Hotline. Beim Vorstellungsgespräch verschaffte ihm ein falscher jamaikanischer Akzent den Job. Und nach ein paar Stunden des Übens mit einer Liste unverfänglicher Fragen stieß er zu der Truppe aus Männern und Frauen – die Frauen waren in der Überzahl – in einem Loft, das mit Telefonen und Schalldämmplatten angefüllt war.

Alles, was man ihm beigebracht hatte, war, die Opfer so lange wie möglich in der Leitung zu halten. Zuerst einmal die Namen und die Adressen zu erfragen, damit die Opfer in eine Postversandliste für alles Mögliche, von Tarotkarten bis hin zu Würfeln, die einem sein Schicksal weissagen, aufgenommen werden konnte. Als Nächstes sollte er sie davon überzeugen, dass man einen direkten Draht zum Leben nach dem Tode und zu den Quellen der Alten Weisheiten habe, und ihnen alles erzählen, was sie hören wollen, sie dazu bringen, dass sie um mehr-mehr-mehr betteln, irgendetwas sagen, egal was, *damit sie in der verdammten Leitung bleiben*. Schließlich zahlten sie fünf oder sechs Dollar für eine Minute, um mediales Wissen zu erfragen, und Lyle war daran beteiligt. In null Komma nichts brachte er einen Riesen oder mehr pro Woche nach Hause, und zwar ohne sich einen abzubrechen.

Er – als Onkel Bill – und Charlie zogen aus der staatlich geförderten Mietskaserne aus und in ein Gartenapartment in den Vororten. Es war nichts Besonderes, aber nach Westwood Park war es wie Beverly Hills.

Das war zu der Zeit, als er sich Ifasen zu nennen – er hatte den Namen in einer Liste Yoruba-Namen gefunden – und einen westafrikanischen Akzent zu entwickeln begonnen hatte. Schon bald fragten die Hotline-Anrufer ganz gezielt nach Ifasen. Nein, ein anderer Gesprächspartner käme nicht in Frage. Das schuf ihm bei seinen Chefs natürlich keine Freunde. Die dachten nur daran, einen Service zu verkaufen und nicht irgendwelche Stars aufzubauen.

Also machte er sich in seiner Freizeit auf die Suche nach etwas Neuem. An einem sonnigen Sonntagmorgen stolperte er in Ann Arbor über die Eternal Life Spiritualist Church. Er nahm dort an einem Heilungsgottesdienst teil. Die Nadel auf seinem Unfug-Detektor sprang sofort in den roten Bereich, aber er blieb noch zur Bet- und Verkündigungsstunde. Am Ende, als er sah, wie ein Versammlungsteilnehmer nach dem anderen »Liebesgaben- und Treueschecks« auf die Kirche ausstellte, wusste er, dass dies sein nächster Schritt sein würde.

Er trat der Eternal Life Church bei, trug sich für mediale Aufbau-Workshops ein und freundete sich mit dem Pastor, James Gray, an. Schon bald diente er der Kirche als Lernmedium, was bedeutete, dass er in alle juristischen Winkelzüge eingeweiht und sogar aktiv daran beteiligt war. Nach ungefähr einem Jahr in dieser Rolle nahm der Reverend Doktor Gray, ein massiger, grobschlächtiger Weißer, der meinte, dass ein junger afrikanisch klingender Schwarzer als Assistent dem mystischen Charakter seiner Glaubensgemeinschaft nur zuträglich war, ihn beiseite und gab ihm einen unschätzbar wertvollen Rat.

»Sieh zu, dass du dich bildest, mein Sohn«, sagte er zu Lyle. »Ich meine nicht irgendeinen akademischen Grad oder einen Titel, ich meine, du sollst *lernen*. Du wirst Menschen aus allen Bereichen des Lebens und mit unterschiedlichem Bildungsgrad kennen lernen. Wenn du in diesem Geschäft Erfolg haben willst, musst du dir ein umfangreiches Wissen auf sehr vielen Gebieten aneignen. Du brauchst nirgendwo ein Experte zu sein, aber du musst zumindest so weit damit vertraut werden, dass du ein wenig mitreden kannst.«

Lyle nahm sich diesen Rat zu Herzen, schlich sich in Vorlesungssäle und Kurse und Seminare an der Universität von M., Wayne State und an der Universität von Detroit Mercy und hörte alles von Philosophie über Wirtschaftswissenschaften bis hin zu abendländischer Literatur. In dieser Zeit begann er außerdem, den Einfluss der Straße nach und nach aus seinem Vokabular zu entfernen. Damit verdiente er zwar noch keinen einzigen Cent, aber eine ganze Welt hatte sich ihm aufgetan, eine Welt, die er mitnahm, als er und Charlie Ann Arbor verließen und nach Dearborn gingen, um dort ihr Glück auf eigene Rechnung zu versuchen.

Dort ließ Lyle sich in einem ganz normalen Laden mit Schaufenster als spiritistischer Berater nieder. Sie schufteten wie die Wahnsinnigen, um ihre Auftritte und Techniken zu vervollkommnen. Das Geld floss reichlich, aber Lyle wusste, dass er noch mehr erreichen konnte. Also zogen sie weiter.

Und landeten hier, in einem der oberen Bezirke von Queens, New York.

Schaffe es, ehe du dreißig bist, hieß es. Nun, Lyle war im

vergangenen Monat dreißig geworden, und er hatte es geschafft.

Und jetzt, im ersten Immobilieneigentum sitzend, das er je besessen hatte, schob Lyle Kenton die Hände über die auf Hochglanz polierte Eichenplatte des Tisches und sorgte dafür, dass die Enden der Eisenstäbe, die in den Ärmeln seiner Jacke an seine Unterarme geschnallt waren, unter den Rand der Tischplatte rutschten. Er hob die Unterarme, und der Tisch folgte an seinem Ende dieser Bewegung.

»Es ist so weit«, flüsterte Evelyn, als sich der Tisch in ihre Richtung neigte. »Die Geister sind da!«

Lyle senkte die Arme wieder und betätigte einen der Hebel, die Charles in die Beine des klauenfüßigen Tisches eingebaut hatte, damit auch die andere Seite hochsteigen konnte, direkt unter Vincent McCarthys Händen. Lyle wagte einen Blick durch die zusammengekniffenen Augenlider und sah, wie sich McCarthys Augenbrauen zusammenzogen. Doch er verriet durch kein Zeichen, dass er übermäßig beeindruckt war.

»Autsch!« Anya kicherte, als ihr Stuhl nach einem elektronischen Signal von Charlies Kommandostelle gefährlich nach hinten kippte. »Da ist es schon wieder. Es passiert jedes Mal!«

Dann kippte Evelyns Stuhl und schließlich auch McCarthys. Diesmal zeigte seine Miene Verblüffung. Tischrücken mochte er noch als harmlos abtun, aber dass sein Stuhl sich ohne sein Zutun bewegte ...

Es wurde Zeit, ihn zu einem Gläubigen zu machen.

»Etwas kommt durch«, sagte Lyle und kniff die Augen zu. »Ich glaube, es betrifft unseren neuen Gast. Ja, Sie, Vincent. Die Geister nehmen einen inneren Aufruhr bei Ihnen wahr. Sie spüren, dass Sie sich wegen irgendetwas Sorgen machen.«

»Tun wir das nicht alle?«, fragte McCarthy.

Lyle behielt die Augen geschlossen, den Spott konnte er aber hören. Vincent wollte glauben – deshalb war er hergekommen –, doch dabei kam er sich ein wenig albern vor. Er war kein Trottel und hatte nicht vor, sich von jemandem zum Narren halten zu lassen.

»Aber es ist eine tiefe Sorge, die Sie bewegt, Vincent, und es geht nicht um so etwas Banales wie Geld.« Lyle schlug die Augen auf. Er musste anfangen, sich an den nonverbalen Hinweisen zu orientieren. »Es zerrt an Ihrem Herzen. Nicht wahr?«

McCarthy blinzelte, sagte aber nichts. Das brauchte er auch nicht. Sein Gesichtsausdruck sprach Bände.

»Ich spüre außerdem eine sehr große Verwirrung in Verbindung mit dieser Sorge.«

Abermals nickte er. Doch das hatte Lyle erwartet. Wenn McCarthy nicht verwirrt wäre, dann säße er nicht hier.

Lyle schloss halb die Augen und presste sich die Finger auf die Schläfen. Das war seine Haltung tiefster Konzentration. »Ich spüre jemanden von der Anderen Seite, der versucht Kontakt mit Ihnen aufzunehmen. Ihre Mutter vielleicht? Lebt sie noch?«

»Ja. Es geht ihr nicht gut, aber sie ist noch unter uns.«

Das konnte es sein. Aber jetzt musste er erst einmal die Bemerkung über die Mutter relativieren.

»Warum habe ich dann dieses Gefühl einer eindeutig mütterlichen Präsenz? Sehr liebevoll? Eine Großmutter, vielleicht? Sind Ihre Großmütter auf die Andere Seite hinübergewechselt?«

»Ja. Beide.«

»Ah, dann kommt dieses Gefühl von dort her. Von einer Ihrer Großmütter – obgleich ich noch nicht genau weiß, von welcher. Aber das wird sich herausstellen, ganz sicher… Es wird schon klarer…, deutlicher…«

McCarthy, dachte Lyle. Ire. War Großmutter McCarthy hier oder war sie drüben in Irland? Das wäre nicht so wichtig. Lyle wusste, wie er Iren packen und entlarven konnte. Es funktionierte immer.

»Ich spüre bei dieser Person eine große Liebe zu einem amerikanischen Präsidenten... Könnte das sein? Ja, diese Frau hatte für Präsident Kennedy einen ganz besonderen Platz in ihrem Herzen.«

Vincent McCarthy quollen die Augen fast aus dem Kopf. »Grandma Elizabeth! Sie hat Kennedy *geliebt*! Davon, dass er erschossen wurde, hat sie sich nie richtig erholt. Das ist unglaublich! Woher wissen Sie das?«

Welche irische Großmutter liebte Kennedy nicht, fragte sich Lyle.

»Oh, Sie würden niemals glauben, was er alles weiß«, flüsterte Anya.

»Ifasen ist atemberaubend«, fügte Evelyn hinzu. »Er weiß alles, wirklich alles.«

»Ich weiß nichts«, verkündete Lyle. »Es sind die Geister, die wissen. Ich bin nur ein Kanal zu ihnen und ihrer Weisheit.«

Lyle konnte den Hunger in McCarthys Augen erkennen. Er wollte mehr. Er glaubte bereits und wollte vollends in die erträumten übersinnlichen Gefilde abspringen, aber seine irisch-katholische Erziehung hielt ihn noch davon ab. Er brauchte einen kleinen Anstoß, wünschte ihn sich sogar. Und Lyle würde ihm das Gewünschte auch geben. Nur noch nicht sofort.

Besser wäre es, ihn eine Weile zappeln zu lassen.

Lyle wandte sich an Evelyn.

»Aber etwas anderes kommt durch, ein stärkeres Signal, das, wie ich glaube, auf Ms. Jusko gerichtet ist.«

Evelyn presste eine Hand auf ihren Mund. »Auf mich? Wer ist es? Oscar vielleicht? Ruft er nach mir?«

Ja, es sollte Oscar sein, aber Lyle wollte das Ganze noch ein wenig in die Länge ziehen. Oscar war ihr geliebter, vor kurzem eingegangener Hund. Vor zwei Monaten war sie zu Lyle gekommen und hatte wissen wollen, ob er Kontakt mit ihrem

Haustier auf der Anderen Seite aufnehmen könne. Natürlich könne er das. Das Problem war nur, dass sie ihm nicht verraten hatte, zu welcher Rasse Oscar gehörte oder wie er aussah, und Lyle hatte völlig vergessen, sich danach zu erkundigen.

Das brauchte er auch nicht.

Während der ersten Sitzung – auf Lyles Forderung hin einer privaten, da Haustiere auf der Anderen Seite nur unter großen Schwierigkeiten aufzuspüren waren – war Charlie hereingeschlichen, während die Beleuchtung gelöscht war, und hatte sich Evelyns Handtasche ausgeborgt. In seinem Kontrollraum hatte er sie durchsucht und einen Stapel Fotos von einem mahagonifarbenen Vizsla gefunden. Die Beschreibung hatte er dann in Lyles Ohrhörer übermittelt. Ehe er die Tasche wieder zurückgestellt hatte, war ihm noch eine Hundepfeife in die Hände gefallen, die er ganz unten in der Handtasche entdeckt hatte.

Lyle hatte Evelyn zutiefst verblüffen können, indem er ihren Oscar bis zu seinem mit Edelsteinen besetzten Halsband beschrieb. Die Frau war so glücklich gewesen, zu erfahren, dass er unbeschwert und ausgelassen Kaninchen durch das Paradies jagte, dass sie auf dem Weg zur Tür 2500 Dollar als freiwillige Liebesgabe zurückließ.

»Ja«, sagte Lyle jetzt. »Ich glaube, es ist Oscar. Und er wirkt ein wenig verärgert.«

»O nein!«, rief Evelyn. »Was ist los?«

»Ich bin mir nicht sicher. Es scheint, als hätten Sie etwas verlegt, das ihm gehört, und er fragt sich, ob Sie überhaupt noch an ihn denken.«

»Verlegt? Was soll ich verlegt haben?«

In ein paar Sekunden würde Evelyn ihren ersten Apport erhalten – einen Gegenstand, der auf magische Weise durch die Geisterwelt von einem Ort an einen anderen transportiert wurde. Auf Lyles Stichwort hin würde Charlie – ganz in Schwarz gekleidet – sich, wenn der richtige Moment gekommen war, nähern und Oscars alte Hundepfeife auf den Tisch fallen lassen.

»Ich bin mir nicht sicher. Oscar verrät es mir nicht. Nein, warten Sie, er hat etwas bei sich, hält es in seiner Schnauze. Ich kann nicht sagen, was es ist oder was er damit vorhat. Er kommt näher..., näher...«

Auch Charlie sollte jetzt näher kommen...

»Warum ist es so kalt?«, fragte Anya.

»Ja«, pflichtete Evelyn ihr bei und rieb sich die Oberarme. »Es ist eisig hier drin.«

Lyle spürte es ebenfalls. Eine Decke aus feuchter, frostiger Luft hatte sich auf den Tisch herabgesenkt. Er rieb die Hände aneinander. Seine Finger wurden allmählich taub. Doch er nahm mehr als nur ein Absinken der Temperatur wahr. Mit dem Eindringen der kalten Luft schien sich auch die Stimmung verändert zu haben. Zorn machte sich bemerkbar... Nein, mehr als nur gewöhnlicher Zorn..., eine bittere, stählerne Wut...

Lyle zuckte zusammen, als Anya aufschrie. Er sah, wie sie mitsamt ihrem Stuhl nach hinten flog und krachend gegen die Wand prallte. McCarthys Stuhl kippte ebenfalls nach hinten, so dass er auf dem Fußboden landete. Lyle spürte, wie er selbst nach vorne gedrückt wurde, wie von einem Sturmwind geschoben, so dass ihm die Tischkante schmerzhaft in den Leib schnitt, und dann kippte der Tisch selbst um und ließ ihn gegen Evelyn fallen. Während sie auf den Fußboden stürzten, hörte Lyle ringsum Glas zerschellen. Er rollte sich herum und sah, wie sich die Vorhänge bauschten und flatterten, während die geschwärzten Fensterscheiben zersprangen und als Regen silbern funkelnder Glasscherben herabprasselten. Greller, gelber Sonnenschein drang herein. Die Statuen, die er im Raum aufgestellt hatte, schwankten und kippten um, wobei einige auf dem Parkettfußboden zerbarsten.

Dann, genauso schnell, wie es begonnen hatte, legte sich

der Tumult wieder. Benommen kämpfte Lyle sich hoch und half Evelyn aufzustehen. McCarthy kümmerte sich in ähnlicher Weise um Anya. Niemand schien sich bei dem Vorfall ernsthaft verletzt zu haben, der Channeling-Raum jedoch... Er war ein einziger Trümmerhaufen. Lyle drehte sich langsam um die eigene Achse und erkannte, dass jeder gläserne Gegenstand, auf den sein Blick fiel – die Fenster und sogar zwei Spiegel an der Wand – zerstört worden war.

»Das ist allein Ihre Schuld!«, kreischte Anya und deutete mit einem zitternden Finger auf Evelyn. »Sie haben den Geist Ihres Hundes geärgert, und sehen Sie sich bloß mal an, was daraufhin passiert ist!«

Evelyn brach in Tränen aus. »Ich weiß nicht, was ich getan habe! Ich habe wirklich nicht die geringste Ahnung, worüber sich das arme, liebe Wesen aufgeregt haben könnte!«

»Wir sollten uns alle beruhigen und besonnen bleiben«, meldete sich Lyle zu Wort. »Ich glaube nicht, dass Oscar für diesen Zwischenfall verantwortlich war.«

Er wusste verdammt genau, dass kein jämmerlicher Köter irgendetwas damit zu tun hatte. Aber *wer* hatte das Ganze ausgelöst? Und wie hatte er das alles inszeniert werden können?

»Das ist unglaublich!«, staunte Vincent McCarthy. »Ich hätte niemals geglaubt, dass... Ich hatte so etwas immer für ausgemachten Schwachsinn gehalten..., aber jetzt...«

»Ich vermute, das hängt mit dem Erdbeben der vergangenen Nacht zusammen«, sagte Lyle und versuchte die Situation zu retten. »Seismische Wellen pflanzen sich in die Geisterwelt fort und verursachen...«

Wie lautete das Wort, nach dem er suchte? Er vergrub seine zitternden Hände in den Hosentaschen. Sein Herz klopfte heftig und sein Gehirn war von dem Vorfall durcheinander geschüttelt worden. Verdammt noch mal, denk nach! *Disruption* – das war das Wort.

»...und verursacht Disruptionen in der Transmission der

Informationen. Ich denke, es wäre besser, wenn wir diese Sitzung auf einen späteren Zeitpunkt verschieben. Auf den nächsten Samstag vielleicht?«

»Du liebe Güte, ich glaube nicht, dass ich so lange warten kann«, sagte Evelyn. »Wenn der arme Oscar so furchtbar aufgeregt ist...«

»Dann vielleicht morgen Abend eine private Sitzung«, schlug Lyle vor. »Bis dahin dürften sich die seismischen Störungen verlaufen haben. Ich glaube, ich kann Sie noch in meinen Terminplan einbauen. Ich schaffe das schon, und wenn ich jemand anderem absagen muss.«

»Oh, danke, Ifasen! Vielen Dank!«

Ich muss wenigstens einen kleinen Vorteil aus diesem Debakel herausholen, dachte er.

»Ich möchte auch wiederkommen«, meldete sich Vincent McCarthy.

»Ich auch!«, rief Anya.

Lyle hob beschwichtigend die Hände. »Ich werde dafür sorgen, dass Ihre Wünsche erfüllt werden. Kommen Sie am besten mit ins Wartezimmer, damit ich neue Termine für Sie suchen kann.«

5

»Sag mir, dass du das warst, Charlie«, sagte Lyle, nachdem er die drei Kunden hinauskomplimentiert hatte. »Sag mir, dass das irgendein neuer Gag war, der ein wenig schief gegangen ist.«

Charlie schüttelte den Kopf. »Nee-nee. Ich kroch gerade mit der Hundepfeife zum Tisch, als die Geister anfingen, alles durcheinander zu schmeißen.«

»Die *Geister*? Charlie, Junge, tickst du noch richtig?«

»Der Herr möge mir vergeben, ich weiß, es ist eine Sünde, an solche Dinge zu glauben, aber wie willst du sonst erklären, was hier vorgefallen ist?«

»Gestern Abend meintest du, dass Gott uns eine Warnung geschickt hätte, und jetzt sind es Geister? Entscheide dich endlich, Charlie.«

»Es geht nicht darum, mich zu entscheiden, yo. Ich *weiß* nicht, was hier im Gange ist, aber man muss schon blind oder dämlich oder beides sein, um nicht zu erkennen, dass *irgendetwas* geschieht.«

»Ja. Wir sollen in die Luft gejagt werden. Du hast gestern Abend den Typ wegrennen sehen. Und du hast den Benzinkanister gesehen. Willst du etwa behaupten, das wäre ein Geist gewesen?«

»Nein. Natürlich nicht. Aber das hier war anders. Das war...«

»Nichts war anders. Sie konnten uns nicht ausräuchern, also versuchen sie, uns einzuschüchtern, damit wir unsere Zelte abbrechen. Zuerst waren es die Türen und die Fenster, und jetzt dies. Dahinter stecken dieselben Leute.«

»Meinst du wirklich?«, sagte Charlie. »Dann haben wir es mit echten Genies zu tun. Wer Fenster und Türen öffnen und schließen und einen Raum aufmischen kann, so wie die das heute getan haben, sollte für die CIA arbeiten.«

»Vielleicht haben sie das früher auch schon gemacht. Die CIA hat in allem ihre Finger drin.« Er deutete auf die zerbrochenen Fenster. »Man kann doch mit Tönen Glas zum Zerbersten bringen, nicht wahr? Was hältst du von ultrahochfrequenten Klangwellen, die...«

Charlie schüttelte den Kopf. »Unmöglich. Wir haben Gesellschaft, Mann. Das habe ich dir schon gestern Abend gesagt. Das Erdbeben hat ein Tor geöffnet und irgendetwas geweckt. Dieses Haus ist besessen, es spukt hier drin, yo.«

»Und ich habe dir gesagt, dass ich davon nichts hören will!

Einige sehr menschliche Arschlöcher versuchen, uns einzuschüchtern und unsere Kunden abzuschrecken. Das ist es, schlicht und einfach. Aber weißt du was? Das Ganze hat sich ins Gegenteil verkehrt. Unsere Kunden glauben, sie wären Zeugen eines echten, absolut großartigen übernatürlichen Ereignisses gewesen. Sie glauben, dass Ifasen der spiritistische Superstar ist und Echtheit garantiert, und sie wollen mehr, mehr, mehr!«

Er zuckte zusammen, als das Telefon klingelte. Ohne nachzudenken – gewöhnlich warf er erst einen Blick auf die Anruferidentifikation auf dem Display oder er wartete auf das Einschalten der Mailbox und darauf, dass der Anrufer sich meldete – angelte er den Hörer von der Gabel.

»Ja, was ist?«, fauchte er gereizt.

6

»H-hallo?«, meldete sich Gia. Sie war auf eine derart barsche Reaktion nicht vorbereitet. »Ist... ist dort Ifasen?«

Eine kurze Pause, ein Räuspern, dann eine kultiviertere Stimme. »Entschuldigen Sie. Ja, ich bin es. Wer spricht dort, bitte?«

Gia hätte beinahe einem Impuls gehorcht aufzulegen. Sie wusste eigentlich gar nicht, weshalb sie die Nummer überhaupt gewählt hatte. Ein solches Verhalten war ihr völlig fremd...

Sie hatte an diesem Vormittag die Ambulanz des Beth Israel Hospitals aufgesucht, wo man ihr Blut für einen Schwangerschaftstest abgezapft hatte. Dr. Eagletons Patientenservice hatte darauf hingewiesen, dass sie ein schnelles Ergebnis wünsche, doch als Gia um zwei Uhr mittags noch immer nicht benachrichtigt worden war, hatte sie in der Praxis angerufen und erfahren, dass Dr. Eagleton nicht erreicht werden konnte. Der stellvertretende Arzt erwiderte ihre Anrufe nicht. Er hinterließ beim Service eine Nachricht, dass er das Ergebnis von Gias Test nicht kenne und keinen Grund wüsste, weshalb sie sich nicht bis Montag gedulden könne.

Also hatte sie sich direkt ans Labor des Beth Israel gewandt, doch dort hatte man sie mit der Begründung abgewimmelt, sie gäben grundsätzlich keine Testergebnisse direkt an Patienten weiter. Dies geschehe ausschließlich durch den behandelnden Arzt des jeweiligen Patienten.

Enttäuscht und niedergeschlagen war sie durch ihr Haus getigert. Normalerweise hätte sie sich eingehend mit Jack beraten, aber dies war keine normale Situation. Außerdem hatte sie keine Ahnung, wie Jack auf diese Angelegenheit reagieren würde. Daher hatte sie aus nackter Verzweiflung Ifasens Telefonnummer in seiner Werbebroschüre gesucht und ihn angerufen.

Es war verrückt, das wusste sie, aber sie konnte wirklich schwanger sein ... mit ihrem zweiten Kind ... Und Ifasen hatte ihr prophezeit, dass sie zwei Kinder haben würde. Jacks rationale Erklärungen vom Vorabend rückten in den Hintergrund und wurden bedeutungslos. Da hatte er noch nichts von Junies Armband gewusst, hatte noch nicht erfahren, dass Ifasen genau gewusst hatte, wo es geblieben war.

Was wusste Ifasen sonst noch? Sie musste ihn fragen. Sie konnte sich Jacks Reaktion gut vorstellen, wenn er erführe, dass sie sich an einen Wahrsager gewandt hatte. Aber was sollte es schaden?

Außerdem fühlte sie sich lausig, und die Vorstellung, schwanger zu sein, hatte sie völlig aus dem Gleichgewicht gebracht. Die Ärzteschaft gab sich alle Mühe, sie regelrecht verrückt zu machen, daher fand sie, dass es durchaus okay war, diesen anderen Weg einzuschlagen. Es war im Grunde nichts anderes als eine ganz spezielle Art von Alternativmedizin.

Sie schluckte und gab sich einen Ruck. »Ich war gestern Abend in Ihrem Haus. Bei dieser Zettellese-Vorstellung mit Junie Moon. Ich war es, die gefragt hat, wie viele Kinder ich haben würde.«

»Ja. Ich erinnere mich. Was kann ich für Sie tun?« Er redete schnell, seine Worte klangen abgehackt, ungeduldig.

»Ich dachte, ich könnte Ihnen vielleicht ein paar Fragen zu Ihrer Antwort stellen.«

»Zu meiner Antwort?«

»Ja. Sie teilten mir mit, ich würde zwei Kinder bekommen, und ich dachte, Sie könnten mir vielleicht verraten, woher Sie das wissen. Ich will Sie keinesfalls beleidigen, aber ich muss unbedingt Klarheit darüber haben, ob Sie lediglich drauflos geraten haben oder...«

»Es tut mir Leid, Miss, Mrs....«

»DiLauro. Gia DiLauro.«

»Nun, Gia DiLauro, ich fürchte, es ist nicht gerade der geeignete Zeitpunkt, um diese Angelegenheit zu besprechen. Vielleicht später im Laufe dieser Woche, wenn sich alles ein wenig beruhigt hat.«

Es soll sich etwas beruhigen? In seiner Stimme lag so ein seltsamer Unterton...

»Ist etwas passiert?«

»Ob etwas passiert ist?« Seine Stimme bekam schlagartig einen scharfen Klang. »Wie kommen Sie darauf, dass etwas passiert sein könnte?«

Sie erinnerte sich an Jacks Bemerkung, dass Ifasen sich vor irgendetwas fürchtete, und an seine Theorie, was es damit auf sich haben könnte.

»Hat jemand Ihnen gestern Abend, nachdem wir das Haus verlassen haben, noch irgendwelchen Ärger bereitet?«

»Wie bitte?« Die Stimme klang eine Oktave höher. »Was meinen Sie?«

»Es war einer Ihrer Konkurrenten, nicht wahr? Sie können

offensichtlich nicht ertragen, dass Sie ihnen die Kunden abspenstig machen, habe ich Recht?«

Das Schweigen am anderen Ende reichte als Antwort völlig aus.

Gia sagte: »Wahrscheinlich denken Sie jetzt: ›Hallo, *ich* bin schließlich der Hellseher‹, stimmt's? Aber das ist es nicht.«

»Falls Sie etwas mit dieser Sache zu tun haben sollten...«

»O nein. Denken Sie das bloß nicht. Bis gestern Abend hatte ich keine Ahnung, dass es Sie gibt. Aber vielleicht kann ich Ihnen helfen.«

»Das Ganze betrifft Sie doch gar nicht. Und selbst wenn, ich wüsste nicht, wie Sie...«

»Nein, nein. Nicht ich.« Sie lachte. Es klang schrill und nervös, genauso, wie sie sich fühlte. »Ich wäre Ihnen sicherlich keine Hilfe. Aber ich kenne jemanden, der über solche Dinge bestens Bescheid weiß. Ich sorge dafür, dass er sich bei Ihnen meldet.«

Ifasen druckste herum und wollte offensichtlich nicht zugeben, dass jemand mit seinen Verbindungen zur Anderen Seite fremde Hilfe brauchte. Doch als er erfuhr, dass die Angelegenheit mit äußerster Diskretion und ohne Beteiligung der Polizei bearbeitet werden würde, kapitulierte er. Allerdings wollte er sich selbst mit dem Betreffenden in Verbindung setzen. Daher gab Gia ihm Jacks Mailboxnummer.

Was habe ich jetzt getan, fragte sich Gia, nachdem sie aufgelegt hatte. Ausgerechnet ich, die sich nichts sehnlicher wünscht, als dass Jack sich endlich ein anderes Betätigungsfeld sucht, ich habe ihm möglicherweise gerade einen neuen Job besorgt.

Was um alles in der Welt hatte sie dazu gebracht, so etwas zu tun?

Sie ahnte den Grund. Sosehr sie Jacks Tätigkeit hasste, sosehr wünschte sie sich aber auch, dass er wieder so wurde wie früher. Und das würde er nur, wenn er sich von seinem faulen Hintern erhob und wieder einen seiner typischen Aufträge übernahm. Und diese Sache klang einigermaßen harmlos. Zwei konkurrierende Übersinnlichkeitsgurus, die sich gegenseitig ihre Klienten streitig machten. So etwas regelte Jack normalerweise mit der linken Hand.

Aber hatte Ifasen nicht am Abend vorher irgendetwas von einer Bombe gesagt? Das hatte sie völlig vergessen. Wie konnte sie nur so dumm gewesen sein?

Sie sollte ihn lieber noch mal anrufen. Genau. Und ihm sagen, er solle die Nummer, die sie ihm genannt hatte, vergessen. Den Zettel, falls er sie aufgeschrieben hatte, wegwerfen. Aber würde er ihrer Bitte nachkommen? Wenn er sich tatsächlich dazu entschlossen hätte, würde er auch die Nummer wählen. Vielleicht aber doch nicht. Vielleicht käme er zu dem Schluss, dass er diese Angelegenheit auch allein würde regeln können.

Ihr blieb nichts anderes übrig, als das zu hoffen.

7

Während er darüber nachdachte, welche seltsamen Wendungen das Leben manchmal nehmen konnte, schlenderte Jack in der zunehmenden Dämmerung zum zweiten Mal innerhalb von vierundzwanzig Stunden über den schmalen Weg durch den Vorgarten des Menelaus Manor.

Seinen ersten Schock hatte er bekommen, als er Ifasens Stimme in seiner Mailbox hörte. Den zweiten erlebte er, als er erfuhr, dass Gia ihm seine Nummer gegeben hatte. Sie hatte ihm ihre Gründe im Laufe des romantischen Nachmittags, den sie in ihrer Wohnung miteinander verbrachten, ausführlich erklärt. So richtig konnte er es noch immer nicht verstehen. Diese Prophezeiung, dass sie zwei Kinder haben würde, schien sich bei ihr zu einer fixen Idee entwickelt zu haben. Warum? Er ahnte irgendwie, dass sie nicht ganz offen zu ihm war, aber das passte gar nicht zu ihr. Gewöhnlich war er es, der irgendwelche Geheimnisse hatte.

Wie zum Beispiel das Einschussloch in Ifasens Wohnzimmerfenster. Er hatte es am Vorabend bemerkt, während sie das Haus verließen. Wenn es ihm schon beim Hineingehen aufgefallen wäre, hätte er auf dem Absatz kehrtgemacht und wäre mit ihr sofort wieder nach Hause gefahren. Auf keinen Fall hätte er zugelassen, dass Gia sich in einem Haus aufhielt, das jemand als Zielscheibe für seine Schießübungen benutzte.

Ifasens Nachricht in der Mailbox war nicht sonderlich aufschlussreich gewesen. Er deutete lediglich an, belästigt zu werden, nannte aber keine Einzelheiten. Als Jack ihn zurückrief, hatte der Mann gemeint, er würde die Angelegenheit am liebsten ohne Mitwirkung der Polizei regeln, da er schlechte Publicity vermeiden wolle. Ob Jack glaube, dass er ihm dabei helfen könne?

Die Vorstellung, ausgerechnet Ifasen aus der Klemme zu helfen, hatte für Jack einen besonderen Reiz. Wahrsager und selbst ernannte Medien wie er bewegten sich in einer quasilegalen Halbwelt, in der er sich schon immer wohl gefühlt hatte. Außerdem ergab sich für ihn die Möglichkeit, ein paar Betrüger auszutricksen, sie sozusagen mit ihren eigenen Waffen zu schlagen. Und so etwas machte ihm immer Spaß.

Nun war er also wieder hier. Heute brannte entschieden mehr Licht – Vorderveranda und Fenster waren hell erleuchtet. Während Jack die Stufen zur Haustür hinaufstieg, stellte er fest, dass die Fenster zu seiner Rechten mit dicken schwarzen Tüchern zugehängt waren. Wenn er sich richtig erinnerte, gehörten sie zum Channeling-Raum und waren am Vorabend nicht in dieser Weise präpariert gewesen. Irgendetwas musste seit gestern geschehen sein. Etwas, das diesen Hilferuf ausgelöst hatte.

Jack streckte die Hand nach dem Klingelknopf aus, doch die Tür wurde geöffnet, ehe er darauf drücken konnte.

Ifasen – oder genauer, der Mann, der sich Ifasen nannte – stand in der Türöffnung und starrte ihn an. »Sie?«

»Hallo, Lyle.«

Die Augen in dem dunklen Gesicht weiteten sich. »Lyle? Ich weiß nicht, wen Sie...?«

»Sie sind Lyle Kenton. Und ich bin der, den Sie angerufen haben.«

»Aber... Sie waren doch...«

»Gestern Abend hier. Ich weiß. Kann ich reinkommen?«

Lyle trat beiseite und Jack schlängelte sich an ihm vorbei ins Wartezimmer. Lyles Bruder stand dort. Er hatte sich gestern offenbar im Hintergrund gehalten.

»Hallo, ich bin Jack. Sie müssen Charles sein.«

Charles ergriff die Hand und schüttelte sie, doch dabei blickte er seinen älteren Bruder fragend an. »Wie...?«

»Das war ganz simpel. Dazu braucht man nur einen Computer. Damit lässt sich sehr schnell in Erfahrung bringen, dass dieses Haus Lyle und Charles Kenton gehört.«

Jack tat so, als hätte er selbst sich auf die Suche gemacht. Dabei hatte Abe das erledigt. Er war in solchen Dingen einfach der bessere Mann.

Jack schlenderte zum Panoramafenster und nahm das Einschussloch in Augenschein. Es war mit irgendeinem Klebstoff geflickt worden.

»Sieht aus wie eine .32er.« Er wandte sich an Lyle. »Haben Sie die Kugel noch?«

Lyle nickte. »Wollen Sie sie sehen?«

»Später vielleicht.«

»Ich habe Sie auch überprüft«, sagte Lyle. »Ich hab's jedenfalls versucht.«

»Tatsächlich.« Es hätte Jack auch überrascht, wenn er es nicht getan hätte. »Und haben Sie meine Website gefunden?«

Ein weiteres Kopfnicken. »Charlie hat nachgeschaut.«

»Handymanjack.com«, sagte Charlie und rümpfte geringschätzig die Nase. »Ziemlich armselig. Nicht mehr als ein E-Mail-Briefkasten.«

»Mir reicht's voll und ganz.«

Lyle spielte mit den Enden seiner Dreadlocks, wickelte sie sich um die Finger und zupfte daran. »Ich habe mal ein bisschen herumgefragt. Hab auch jemanden gefunden, der schon mal von Ihnen gehört hat, aber er meinte, es gebe Sie gar nicht. Er hätte Ihren Namen von jemandem gehört, der wiederum jemanden kennt, dessen Schwester Sie engagiert haben soll. So ähnlich hat er sich ausgedrückt. Als wären Sie so etwas wie eine City-Legende.«

»Bin ich, ja. Eine City-Legende.« Jack hoffte, dass es auch so blieb. Er deutete mit einem Daumen über die Schulter auf das gepiercte Fenster. »Nur ein Schuss?«

»Einer reicht völlig, meinen Sie nicht? Sie versuchten gestern Abend, uns auszuräuchern, aber ich verjagte sie, ehe sie das Haus in Brand setzen konnten.«

»Schusswaffen, Feuer... Schweres Kaliber. Sie müssen da jemanden ziemlich sauer gemacht haben.«

»Das nehme ich an.«

»Dabei erscheinen die Chick-Pamphlete wie ein Witz.«

Lyle runzelte die Stirn. »Chick? Was meinen Sie?«

Jack griff nach einer der Menelaus-Manor-Broschüren und schüttelte eine weitere Schrift der christlichen Fundamentalisten heraus, die er am Vorabend dort vorgefunden hatte.

Er sah, wie Charlie das Gesicht verzog und zur Decke hochstarrte, daher reichte er Lyle das Heft und meinte: »Sie sollten etwas besser darauf achten, wen Sie in Ihr Wartezimmer lassen.«

Lyle schüttelte ungehalten den Kopf, während er in dem Traktat blätterte. »Ja, das sollte ich wirklich.« Dann schleuderte er das Heft gegen die Brust seines Bruders. »Wie oft habe ich dir schon...?« Er brach mitten im Satz ab und musterte ihn wütend. »Später, Brüderchen.«

Jack ging innerlich ein wenig auf Distanz und versuchte, sich ein Bild von dem zu machen, was da gerade im Gange war. Das Verhältnis der Kenton-Brüder schien ein wenig gespannt zu sein. Dann bemerkte er das WWJD-Abzeichen an Charlies Oberhemd.

Ein Wiedergeborener? An einem Übersinnlichkeitstheater beteiligt? Total verrückt. Das mochte die Chick-Pamphlete erklären, aber sonst nichts.

Er fragte sich, inwieweit dies mit dem Vorfall zusammenhing, der ihn hergeführt hatte.

Jack räusperte sich. »Haben Sie vielleicht irgendeine Idee, welcher Ihrer Konkurrenten hinter dieser Attacke stehen könnte?«

Lyle schüttelte so heftig den Kopf, dass seine Dreadlocks flogen. »Ich habe nichts von einem Konkurrenten gesagt.«

Muss ich mich etwa auch noch mit irgendwelchen kindischen Eitelkeitsritualen herumschlagen, dachte Jack, während er sich prüfend umsah. Wenn er etwas erreichen wollte, müsste er ihm seine Mein-Name-ist-Ifasen-und-ich-bin-ein-echter-Wahrsager-Nummer schnellstens austreiben.

»Na schön, okay... Mit was haben diese geheimnisvollen Unbekannten Sie sonst noch genervt?«

»Sie wollten uns heute Morgen Angst einjagen, indem sie Spielchen mit den Türen und Fenstern getrieben haben, danach haben sie den Channeling-Raum demoliert.«

»Sind die Fenster deshalb von außen verdunkelt?«

Lyle nickte. »Sie wollen meine Kunden abschrecken.«

»Kunden?« Hier ergab sich eine Chance zu versuchen, Ifasen aus der Reserve zu locken. »Wahrscheinlich kommen sie sich wirklich so vor. Aber nennen wir sie lieber so, wie Sie es sicherlich tun: Trottel... Gimpel... Traumtänzer.« Während Lyle ihn irritiert musterte, grinste Jack und zuckte die

Achseln. »Ich kenne dieses Spiel. In dem Gewerbe war auch ich mal tätig.«

»Spiel?« Lyles Miene versteinerte. »Das ist kein Spiel. Das ist mein Leben.«

»Sagen wir lieber, es ist Ihr Geschäft – von dem Sie wahrscheinlich gar nicht so schlecht leben. Aber Sie wussten sicherlich längst schon, dass ich Sie durchschaut hatte. Bestimmt haben Sie gestern gesehen, wie ich meinen Zettel markiert habe.«

Keine Reaktion. Die Kenton-Brüder gaben keinen Laut von sich.

Es wurde Zeit, ihnen ein wenig heftiger auf die Pelle zu rücken.

»Aber sagen Sie mal, wer von Ihnen ist denn nun in Junie Moons Apartment eingedrungen und hat ihr Armband versteckt?« Jack deutete auf den jüngeren Bruder. »Ich wette, es war Charlie. Hab ich Recht?«

Charlies Blick irrte zu seinem Bruder und wieder zurück, und Jack wusste, dass er ins Schwarze getroffen hatte.

»Sie beschuldigen uns einer kriminellen Tat«, stellte Lyle betont förmlich fest. Er presste die Lippen zu einem dünnen Strich zusammen, und seine Augen waren nur noch ein Paar schmaler Schlitze.

»Ich habe das Gleiche früher auch getan. Das Medium, für das ich damals arbeitete, hat mich ähnliche Aufträge ausführen lassen.« Es war die übliche Praxis: Man filzt die Handtasche des Fisches, den man ausnehmen will, fertigt ein Duplikat seines Hausschlüssels an und stattet seiner Wohnung einen Besuch ab, während niemand zu Hause ist. »Wenn es klappt, ist das schon die halbe Miete, nicht wahr?«

»Ich habe keine Ahnung, wovon Sie reden«, sagte Lyle und spielte den Entrüsteten.

Jack versuchte es erneut. Er trat zurück und untersuchte die Deckenlampe.

»Haben Sie dort die Wanze versteckt? Die Lady, für die ich damals arbeitete, hatte das Wartezimmer total verwanzt und die Kunden, wie Sie sie nennen, belauscht, wenn sie dort herumsaßen. Aus diesen Gesprächen holte sie sich alle möglichen Informationen.«

Die Brüder schalteten wieder auf ahnungslos und schwiegen beharrlich.

»Hören Sie, Freunde«, sagte Jack, »wenn wir zusammenarbeiten wollen, müssen wir ganz offen und ehrlich zueinander sein.«

»Noch kann von Zusammenarbeit keine Rede sein.«

»Das stimmt allerdings. Wie wäre es also, wenn ich mir mal ansehe, was mit Ihrem Channeling-Raum angestellt wurde?«

Lyle fixierte ihn. Sein Blick war wachsam.

»Vielleicht war das Ganze keine sehr gute Idee«, sagte Jack und ging zur Tür. »Sie haben schon etliches von meiner Zeit vergeudet. Ich sehe nicht viel Sinn darin, noch mehr Zeit für Sie zu opfern.«

»Warten Sie«, bat Lyle. Er zögerte kurz, dann seufzte er. »Okay, aber nichts von dem, was Sie hier sehen und hören, gelangt aus diesen Wänden nach draußen, einverstanden?«

»Betrachten Sie mich als Priester. Mit Alzheimer im Endstadium.«

Charlie quittierte diese Bemerkung mit einem Grinsen, das er allerdings mit einem Hustenanfall kaschierte. Sogar Lyles Lippen verzogen sich zum Anflug eines Lächelns.

»Na schön.« Er ging langsam zu der Tür, die zum Channeling-Raum führte. »Sehen Sie sich um.«

Jack schob sich zwischen den Brüdern hindurch, trat über die Schwelle und ging bis zur Mitte des Raums. Er konnte erkennen, dass einige der Statuen beschädigt waren, und bemerkte auch ein paar Lücken, wo vorher Spiegel gehangen hatten, aber alles in allem sah der Raum nicht allzu schlimm aus.

»Sie müssen wissen, dass wir den ganzen Nachmittag mit Aufräumen verbracht haben«, sagte Lyle. »Alles, was hier aus Glas bestand, wurde zertrümmert.«

»In unzählige Scherben«, sagte Charlie.

»Und wie? Mit einer Schrotflinte?«

Lyle schüttelte den Kopf. »Das wissen wir noch nicht.«

»Was dagegen, wenn ich mich mal umschaue?«

»Bitte sehr. Wenn Sie irgendeine Idee haben, lassen Sie sie hören.«

Jack ging hinüber zu dem eichenen Seancetisch. Er bückte sich und untersuchte die dicken Beine und die Klauenfüße.

»Da gibt es nichts Verdächtiges«, sagte Charlie. »Sie sollten sich mal die Fenster und die Spiegel ansehen, die ...«

»Dazu komme ich noch.«

Er fand in einem der Tischbeine die Hebel. Er setzte sich und bediente die Hebel mit den Füßen, so dass der Tisch hin und her kippte. Er nickte anerkennend.

»Raffiniert.«

Er kontrollierte die Stühle und fand bei jedem einen stählernen Stab, in einem der Stuhlbeine verborgen.

»Wie funktioniert das? Im Sitz befindet sich ein kleiner Motor, der den Stab ausfahren lässt, nicht wahr? Wenn man den Motor mittels Fernbedienung einschaltet, sorgt er dafür, dass der Stuhl wackelt. Sehr schlau. Haben Sie beide diese Technik selbst entwickelt?«

Charlie sah zu Lyle, der abermals seufzte. »Das war Charlie. Von uns beiden ist er das technische Genie.«

Sieh mal an, dachte Jack. Endlich werden sie ein wenig zugänglicher. Hoffen wir, dass es so bleibt und wir endlich zu Potte kommen.

»Was tun Sie gegen die Vibrationen des Motors?«, wollte er von Charlie wissen.

»Dazu nehmen wir Dämmmaterial«, antwortete dieser. »Und zwar eine ganze Menge.«

»Clever«, sagte Jack anerkennend und stieß den Daumen nach oben. »Sehr hübsch.«

Charlies Grinsen verriet Jack, dass er einen neuen Freund gewonnen hatte.

Er ging zu den Fenstern und zog die Vorhänge beiseite. Jede Fensterscheibe war geborsten, und die Scherben waren nach innen geflogen, nicht hinaus. Aber die altmodischen Rahmen, die sie gehalten hatten, wirkten völlig unversehrt.

Er ging von Fenster zu Fenster. Ob sie nach vorn oder zur Seite oder nach hinten hinausgingen, bei allen sah es genauso aus.

Wie zum Teufel…?

Er wandte sich zu den Brüdern um und zuckte ratlos die Achseln. »Dafür hab ich keinerlei Erklärung.«

»Sie können uns nicht helfen?«, fragte Charlie.

»Das habe ich nicht gesagt. Ich habe keinerlei Erklärung für das, was passiert ist, aber ich kann versuchen, dafür zu sorgen, dass so etwas nicht noch einmal geschieht.«

»Wie?«, wollte Lyle wissen.

»Ich kann das Anwesen überwachen. Ich bin allerdings nur ein Ein-Mann-Betrieb. Ich werde mich draußen auf die Lauer legen, wenn es meine Zeit erlaubt, und für die übrige Zeit baue ich ein paar Kameras auf, die per Bewegungssensoren eingeschaltet werden.«

»Und warum nicht gleich eine Alarmanlage mit Bewegungsmelder?«, wollte Charlie wissen.

Lyle schüttelte den Kopf und knurrte: »Warum nicht gleich eine Selbstschussanlage?«

»Sie abzuschrecken, ist bei weitem nicht so wichtig, wie festzustellen, *wer* Ihre Peiniger sind. Sobald wir das wissen, hefte ich mich an ihre Fersen und mache ihnen mit Nachdruck klar, dass sie Sie in Ruhe lassen sollen.«

»Geniale Idee«, meinte Charlie in abfälligem Ton. »Angenommen, sie haben keine Lust, uns in Ruhe zu lassen?«

»Dann werde ich ziemlich drastisch dafür sorgen, dass sie Lust bekommen werden.«

»Und wie drastisch?«, fragte Lyle.

»Das ist mein Berufsgeheimnis. Dafür bezahlen Sie mich schließlich. Ich kann denen das Leben ganz schön sauer machen. Wenn ich mit diesen Leuten fertig bin, werden sie sich wünschen, Ihnen niemals in die Quere gekommen zu sein, mehr noch, sie wären froh, niemals von den Kenton-Brüdern gehört zu haben.«

Charlie grinste. »Das gefällt mir.«

Lyle runzelte die Stirn, dann sah er Jack fragend an. »Ich denke, wir sollten uns jetzt mal über Ihre Bezahlung unterhalten.«

8

Nachdem sie in die Küche umgezogen waren, wo sich Lyle und Jack ein Bier genehmigten und Charlie sich mit einer Flasche Pepsi begnügte, versuchte Lyle, Jacks Honorar runterzuhandeln, indem er von den hohen Kosten sprach, die er für die Renovierung des alten Gemäuers hatte aufbringen müssen, und von denen, die ihm nun für die neuerlichen Reparaturen entstünden. Jack nahm ihm das nicht ab, erklärte sich jedoch mit drei anstelle der sonst üblichen zwei Ratenzahlungen einverstanden: die Hälfte als Vorschuss, ein Viertel, sobald er die Übeltäter ausfindig gemacht, und den Rest, wenn er ihnen das Handwerk gelegt hätte.

Lyle erbat sich Bedenkzeit und meinte, er müsse sich erst mit Charlie beraten und ihre Finanzen überprüfen, ehe er eine Entscheidung treffen könne. Aber Jack spürte, dass die Entscheidung längst gefallen war. Er hatte den Auftrag.

Verdammt, es war ein gutes Gefühl, wieder zu arbeiten.

»Reden wir mal über den Gegner, mit dem wir es möglicherweise zu tun haben«, sagte Jack, während ihm Lyle ein frisches Heineken reichte. »Könnte jemand aus der nächsten Umgebung dahinter stecken? Irgendwelche hiesigen Leute?«

Lyle schüttelte den Kopf. »Auf der Steinway residiert eine alte Zigeunerin, die aus der Hand und aus Kaffeesatz liest und Karten legt, aber das ist auch schon alles. In Astoria wohnen eine Menge Muslime, wie Sie sicher wissen, und wenn man an den Islam glaubt, dann hat man mit Spiritismus nichts im Sinn.«

Jack vermutete, dass die Atmosphäre nach dem Terroranschlag auf das World Trade Center dort ziemlich angespannt gewesen sein musste, doch das gehörte in die Zeit vor der Ankunft der Kentons.

Was Jack auf die Frage brachte, die ihn seit dem Vortag beschäftigte. »Warum haben Sie sich ausgerechnet in Astoria niedergelassen?«

»Manhattan ist zu teuer. Alle Immobilienmakler erklärten, die Mieten wären nach dem Anschlag auf das World Trade Center in den Keller gegangen, aber für die Räumlichkeiten, die wir brauchten, waren sie noch immer zu hoch.«

»Sie meinen, für Ihre geplante Kirchengemeinde.«

Aus Charlies unbehaglichem Gesichtsausdruck und aus der Art und Weise, wie er seine WWJD-Anstecknadel nervös befingerte, schloss Jack, dass er einen wunden Punkt getroffen hatte.

»Was glauben Sie, wann Sie Ihre Glaubensgemeinschaft aufgebaut haben werden?«

»Ich hoffe, niemals«, sagte Charlie und starrte Lyle wütend an. »Denn das wäre der Augenblick, in dem ich meine Siebensachen packen und verschwinden würde.«

»Lass uns nicht jetzt wieder davon anfangen, okay?«

Jack versuchte, die plötzlich einsetzende Anspannung zu lockern, indem er mit einer ausholenden Geste auf das Hausinnere deutete. »Also sind Sie losgezogen und haben dieses Haus im Dschungel von Queens gefunden.«

»Ja. Es reizte mich wegen seiner wechselvollen Geschichte auf Anhieb. Und wegen ebendieser Geschichte war auch der Preis recht erträglich.«

»Demnach sind die Morde, die in Ihrer Broschüre beschrieben werden, tatsächlich begangen worden?«

Charlie nickte. »Ausnahmslos. Dieses Anwesen hat eine ziemlich düstere Vergangenheit.«

»Schön. Aber das dicke Geld findet man entweder in Manhattan oder im Nassau County, stattdessen sitzen Sie im Niemandsland dazwischen. Wie bringen Sie die betuchten Spiritismusfreaks dazu, den weiten Weg bis hierher zurückzulegen?«

Jack erkannte eine Mischung aus Stolz und Belustigung in Lyles Grinsen.

»Zunächst ist der Weg gar nicht so weit und beschwerlich. Wir liegen sehr günstig zur Triboro Bridge, zum Queens-Midtown Tunnel, zur 59th Street Bridge, zum BQE und zum LIE. Aber der größte Anreiz, hierher zu kommen, bestand für sie darin, dass ihnen jemand riet, sich von uns möglichst fern zu halten.«

»Erklären Sie mir das«, bat Jack.

»Bevor ich hierher kam, habe ich als Medium in einer anderen Stadt praktiziert«, berichtete Lyle und lehnte sich zurück. »Fragen Sie mich nicht, in welcher, denn das werde ich Ihnen auf keinen Fall verraten. Dort gab es auch eine ziemlich umfangreiche Adventistengemeinde.«

»Die die Auffassung vertritt, dass Spiritismus eine Sünde ist.«

»Noch schlimmer. Sie behaupten, der Spiritismus sei ein Werk des Satans und stelle eine direkte Verbindung mit dem Gehörnten dar. Sie klebten in der ganzen Stadt Plakate, auf denen die Öffentlichkeit vor mir gewarnt wurde. Sie gingen sogar so weit und demonstrierten an einem Sonntag vor meinem Haus. Ich hatte anfangs große Angst und war reichlich verunsichert...«

»Aber höchstens zehn Minuten lang«, warf Charlie ein.

»Stimmt. Bis mir die Erleuchtung kam, dass dies vielleicht das Beste war, das mir hatte passieren können. Ich benachrichtigte sofort die örtlichen Zeitungen und Fernsehstationen. Damals wünschte ich mir, sie hätten sich für ihre Protestversammlung einen Samstag ausgesucht, aber samstags feiern sie ihren Sabbat – doch die Medien erschienen trotzdem, und das Ergebnis war eine erstaunliche Publicity. Die Leute fragten: ›Was ist dran an diesem Ifasen, das die Adventisten derart aufregt und auf die Straße treibt? Er scheint wirklich etwas Besonderes zu sein.‹ Ich kann Ihnen flüstern, das Geschäft lief wie geschmiert.«

Jack nickte. »Demnach waren Sie in Boston sozusagen geächtet. Das funktioniert fast immer.«

»Nicht in Boston«, sagte Charlie. »In Dearborn.« Er sah zu Lyle und stellte fest, dass sein Bruder ihn wütend anfunkelte. »Ist was?«

Jack lehnte sich zurück und verkniff sich ein Grinsen. Demnach kamen die Kenton-Brüder aus Michigan. Im Spiritistengewerbe versuchte man, von sich selbst so viel wie möglich im Verborgenen zu halten, was vor allem dann ratsam war, wenn man unter einem Fantasienamen auftrat. Aber auch deshalb, weil zahlreiche selbst ernannte Medien bereits ein ansehnliches Vorstrafenregister aufwiesen – vor allem wegen schwerer Bauernfängerei. Andere wiederum konnten auf eine Laufbahn als Zauberer und Gedankenleser zurückblicken, ehe sie begriffen, dass, solange man kein Superstar wie David Copperfield oder Henning war, das Vorführen von irgendwelchen Zaubertricks in Seanceräumen sich weitaus besser auszahlte als Auftritte in Cocktailbars oder bei Kindergeburtstagen.

Er fragte sich, wie die Vorgeschichte der Kentons aussehen mochte.

»Okay, das mag für Dearborn gelten«, sagte Jack, »aber ich kann mich an keine Meldung erinnern, dass irgendwelche Adventisten in Astoria Theater gemacht hätten.«

»Es gibt dort keine«, sagte Lyle und wandte sich von seinem Bruder ab, »oder zumindest keine Gruppe, die für meine Zwecke groß und bedeutend genug wäre. Aber das hatte ich in meinen Plänen von Anfang an berücksichtigt. Ehe ich aus Dearborn verschwand« – er schickte Charlie einen weiteren wütenden Blick zu –, »habe ich einige Vorbereitungen getroffen und im *News-Herald* eine Anzeige aufgegeben, in der ich meine Abreise ankündigte. Ich erklärte dort, ich würde wegziehen, weil die örtliche Adventistengemeinde so viele Leute gegen mich aufgehetzt hätte, dass ich meine medialen Fähigkeiten in einer solchen Umgebung nicht mehr ausreichend entfalten könnte. Ich gäbe mich geschlagen. Sie hätten gesiegt. In Zukunft gäbe es dort keinen Ifasen mehr, den sie herumschubsen könnten. So oder ähnlich habe ich es ausgedrückt.«

»Aber ich dachte, Ihre Geschäfte florieren.«

»Das taten sie auch. Vor allem 1999. Mann, das halbe Jahr vor der Jahrtausendwende war unglaublich gut. Es war die beste Zeit.« Lyles Stimme klang richtig verträumt, als er sich erinnerte. »Ich wünschte, es wäre für immer bei 1999 geblieben.«

Jack kannte einige von Lyle Kentons »Kollegen«, die ihm genau das Gleiche erzählt hatten. Sei es die Handlesekunst, das Kartenlegen, die Astrologie und wer weiß was sonst noch auf diesem Gebiet – die Jahrtausendwende hatte sich in jeder Hinsicht als wahre Goldgrube für das Hokuspokusgewerbe erwiesen.

»Trotzdem, es wurde Zeit für einen Ortswechsel«, sagte Lyle.

Er erhob sich und lehnte sich gegen die Küchenanrichte. Je länger er sprach, desto mehr legte er seine abweisende Ifasen-Haltung ab. Der Knabe hatte wahrscheinlich niemanden außer Charlie als Gesprächspartner, und es war offensichtlich, dass er das dringende Bedürfnis hatte, sich mit jemandem über seine Tätigkeit zu unterhalten. Es sprudelte regelrecht aus ihm heraus. Jack bezweifelte, dass er ihn hätte zum Schweigen bringen können, wenn er es gewollt hätte.

»Also packten Charlie und ich unseren Kram zusammen und machten uns auf den Weg. Wir kauften vor zehn Monaten dieses Anwesen und haben fast unsere gesamten Ersparnisse in seine Renovierung gesteckt. Sobald wir alles so hergerichtet hatten, wie wir es uns vorstellten, rief ich die Adventisten an, die mich schon vorher belästigt hatten. Ich erklärte ihnen – natürlich benutzte ich einen anderen Namen –, dass ich ebenfalls Adventist sei und ihnen nur Bescheid sagen wolle, dass dieser Satan Ifasen, den sie aus Dearborn verjagt hätten, hier bei uns aufgetaucht sei und sich anschicke, die unschuldigen Seelen von Astoria in seine Gewalt zu bekommen. Sie hätten ihm doch schon einmal das Handwerk gelegt. Ob sie es nicht ein zweites Mal tun könnten?«

»Sagen Sie bloß, sie haben eine Busladung Demonstranten hierher gekarrt.«

»Das wäre ganz okay gewesen, aber ich hatte eine bessere Idee. Ich hatte bereits Anzeigen in der *Village Voice* und im *Observer* aufgegeben. Ich schickte den Adventisten Kopien der Anzeigen und äußerte den Gedanken, sie sollten doch auf denselben Seiten ebenfalls Anzeigen schalten und den Menschen darin die wahre Lehre Gottes verkünden.«

»Dazu hätten Sie doch die Adventisten nicht gebraucht«, wandte Jack ein. »Sie hätten selbst Anzeigen gegen ihr Unternehmen aufgeben können.«

»Das ist richtig. Ich wollte jedoch, dass alles korrekt zuging, für den Fall, dass die Zeitungen eine Überprüfung durchgeführt hätten. Außerdem sind solche großformatigen Anzeigen nicht gerade billig. Ich dachte, wenn ich jemand anderen fände, der die meisten Rechnungen in diesem Anzeigenkrieg bezahlen würde, dann wäre das doch ganz okay, nicht wahr?«

»Und sind sie darauf eingegangen?«

»Voll und ganz. Ich schickte ihnen per Post eine Spende von hundert Dollar, um die ganze Sache in Gang zu bringen, und sie legten tatsächlich los. Einen Monat lang erschienen wöchentlich großformatige Anzeigen der Adventisten.«

Jack lachte. »Das gefällt mir.«

Lyle grinste. Es war das erste Mal, dass er seine betont kühle, abweisende Maske ablegte, und gleich sah er aus wie ein großer Junge. Jack stellte fest, dass ihm die Person hinter dieser Maske ausgesprochen sympathisch war.

»Das geschieht ihnen nur recht«, sagte Lyle, und sein Lächeln verflog. »Sie haben versucht, mein Unternehmen zu ruinieren, nur weil ich offenbar ihre eigenen Kreise gestört habe.«

»Es gibt bloß einen kleinen Unterschied«, meldete sich Charlie mit gerunzelter Stirn zu Wort. »Sie glauben an das, was sie tun. Und das tust du nicht.«

»Trotzdem ist es nur ein Spiel«, sagte Lyle, und sein Mund verzog sich, als schmeckte er etwas Bitteres. »Nur weil wir wissen, dass das Ganze ein Schwindel ist, und sie das nicht wissen, ändert sich doch nichts. Ein Schwindel ist ein Schwindel. Am Ende liefern wir unseren Kunden die gleiche Ware.«

Ein angespanntes Schweigen setzte ein, während keiner der Brüder dem anderen in die Augen blicken wollte.

»Apropos liefern«, sagte Jack. »Ich nehme doch an, die Anzeigen haben ihren Zweck erfüllt, oder?«

»Na klar«, sagte Lyle. »Das Telefon stand nicht mehr still. Diejenigen, die zum ersten Mal hier herauskamen, sind fast alle wieder zurückgekehrt. Und sie haben dabei auch noch andere Interessenten mitgebracht.«

»Vorwiegend aus der City, nicht wahr?«

Ein zustimmendes Kopfnicken. »Ungefähr neunzig Prozent kommen von dort.«

»Ich brauche sicher nicht hervorzuheben, dass die meisten dieser Leute regelmäßig zu anderen Medien gingen, ehe Sie Ihre Zelte hier aufschlugen. Und wenn sie jetzt zu Ihren Stammkunden gehören, kann man wohl davon ausgehen, dass Ihrer Konkurrenz inzwischen ein paar Kunden fehlen. Ich wäre sehr enttäuscht, wenn Sie nicht irgendwo eine Liste von den Gurus hätten, deren Rat regelmäßig eingeholt wurde, ehe Sie hier auftauchten.«

»Eine solche Liste besitze ich tatsächlich.«

»Gut. Ich wäre allerdings ähnlich enttäuscht, wenn Sie sich nicht genau über die finanzielle Lage jedes Besuchers informiert hätten, der durch diese Tür hereingekommen ist.«

Lyles Miene wurde bleich. Er sagte nichts.

Nun komm schon, dachte Jack. Dieser Typ war ja völlig von der Rolle. Wem wollte er was vormachen? Jack kannte keinen Akteur in der Spiritistenszene, der nicht Namen oder Kennziffern amtlicher Ausweise, Kreditkarten- und Kontonummern oder sogar Sozialversicherungsnummern benutzte, sofern er an sie herankam, um sich über die finanzielle Lage seiner Kunden – oder wie immer man sie nannte – Klarheit zu verschaffen.

Schließlich verzogen sich Lyles Lippen zum Anflug eines widerstrebenden Lächelns. »Ich glaube, ich kann mit einiger Sicherheit prophezeien, dass Ihre Enttäuschung sich auch in diesem Punkt in engen Grenzen halten dürfte.«

»Hervorragend. Dann tun Sie jetzt Folgendes. Ordnen Sie Ihre Klienten nach deren früheren Gurus. Dann erstellen Sie eine Rangfolge hinsichtlich ihrer Finanzen und/oder ihrer Spendierfreudigkeit. Suchen Sie die Wahrsager, die die meisten zahlungskräftigen Kunden an Sie verloren haben, und wir legen eine Liste von Verdächtigen an.«

Lyle und Charlie sahen einander an, als wollten sie sagen: Warum sind wir nicht selbst darauf gekommen?

Jack trank sein restliches Bier und erhob sich. »Es wird spät, Freunde. Einer von Ihnen kann mich ja morgen anrufen und Bescheid sagen, ob wir miteinander ins Geschäft kommen oder nicht.«

»Okay«, sagte Lyle. »Wenn wir uns dafür entscheiden, wann möchten Sie die Anzahlung haben?«

»Da morgen Sonntag ist, kann ich sie am Montag holen. Bargeld, wohlgemerkt. Danach fange ich an.«

Obgleich es dunkel war und er noch nicht offiziell engagiert war, ließ sich Jack von Lyle noch das Grundstück zeigen. Während sie von der Vorderveranda heruntersteigen, bemerkte er die abgestorbenen Pflanzen um die Grundmauern des Hauses.

»Hey, wenn Ihnen dieser Look besonders gefällt, kann ich Ihnen in der City eine Bar empfehlen, in der Sie sich wie zu Hause fühlen werden.«

»Ich hab vergessen, das zu erwähnen. Es ist im Laufe der Nacht passiert. Offenbar wurde das Grünzeug vergiftet.«

»Ziemlich gemein.« Jack rieb ein steifes, braunes Rhododendronblatt zwischen den Fingern. Es fühlte sich an, als wäre es schon vor einem Monat abgestorben und hätte seitdem in der Mojave-Wüste gelegen. »Und billig. Ich mag keine billigen Leute.«

Etwas an den verdorrten Pflanzen störte ihn. Er hatte sich früher als Jugendlicher mit Gartenarbeit ein wenig Taschengeld verdient und dabei auch schon mal Entlaubungsmittel benutzt. Er konnte sich jedoch nicht erinnern, dass dieses Zeug derart schnell und gründlich gewirkt hatte. Die Pflanzen hier sahen aus, als wären ihnen über Nacht schlagartig sämtliche Säfte ausgesaugt worden.

Abgesehen von den Pflanzen direkt am Haus boten die restlichen Büsche und Sträucher ein paar geeignete Verstecke zum Beobachten des Geländes, doch er brauchte eine höher gelegene Aussichtsposition. Das Hausdach fiel aus, da sein Gefälle eindeutig zu steil war. Da eignete sich das Dach der Garage schon viel eher, doch dort oben befände er sich nur ein Stockwerk über Bodenniveau.

»Diese Garage sieht aus wie ein nachträglicher Einfall.«

Schlimmer als das. Eher wie eine krankhafte Geschwulst an der rechten Seite des Hauses, die dessen Symmetrie empfindlich störte.

»Der Immobilienmakler meint«, berichtete Lyle, »das Ganze habe immer so ausgesehen. So wurde es in den achtziger Jahren vom Sohn des ursprünglichen Eigentümers gebaut, nachdem er das Anwesen geerbt hatte …«

»Und ehe er seinem Leben selbst ein Ende setzte.«

»Offensichtlich. Falls ich jemals auf die Idee kommen sollte, mir ein Auto anzuschaffen, dürfte sich die Garage als ziemlich praktisch erweisen, wenn ich von einem Einkaufsbummel zurückkomme. Man geht von dort direkt in die Küche. Ein großer Vorteil, wenn es regnet.«

»Oder wenn Sie nicht wollen, dass jemand mitkriegt, was Sie ausladen.«

Lyle musterte ihn stirnrunzelnd. »Ja, ich denke, das auch. Aber warum sagen Sie das?«

»Keine Ahnung«, erwiderte Jack. »Ist mir einfach so eingefallen.« Und das stimmte. Die Idee war ihm wie aus dem Nichts in den Sinn gekommen. Er verwarf sie mit einem Kopfschütteln. »Sehen wir uns mal diesen Ahorn an«, sagte er und deutete zur Straße.

»Ahorn«, wiederholte Lyle, während sie durch die Dunkelheit zur Straße schlenderten. »Das muss ich mir merken.«

»Ich nehme an, dort wo Sie aufgewachsen sind, gab es nicht viele Bäume.«

Er spürte, wie Lyle sich innerlich spannte. »Wie kommen Sie darauf?«

»Ihr Akzent ist ja ganz gut, aber Charlie...«

»Ja, Charlie«, seufzte Lyle. »Ohne ihn kann ich diese Sache nicht durchziehen. Aber ich darf ihn nicht reden lassen, wenn ein Klient in der Nähe ist. Er rafft es einfach nicht.«

Sie erreichten den Ahorn, der dicht am Bordstein stand und mit seiner Krone den Bürgersteig und die Fahrbahn überschattete. Er machte einen gesunden und kräftigen Eindruck, doch das Astwerk war hoch oben am Stamm beschnitten worden. Die niedrigsten Äste befanden sich gut drei Meter über dem Erdboden.

»Helfen Sie mir mal«, sagte Jack.

Lyle sah ihn zweifelnd an.

»Na los doch«, sagte Jack lachend. »Ich weiß, dass ihr Scharlatane viel zu stolz seid, um euch die Hände schmutzig zu machen, aber ich brauche nur eine kleine Hilfsleiter für das erste Stück, und dann komme ich schon alleine weiter.«

Kopfschüttelnd verschränkte Lyle die Hände, ließ Jack mit einem Fuß hineintreten und hob ihn hoch, bis er einen Ast ergreifen konnte. Während er weiterkletterte, konnte er sehen, dass Lyle ein paar Schritte rückwärts machte und zwischen zwei geparkten Automobilen hindurch hinaus auf die Fahrbahn trat.

»Wo wollen Sie hin?«

»Nehmen Sie es mir nicht übel, aber ich dachte, ich sollte mich lieber in Sicherheit bringen, falls Sie oder dieser Ast herunterfallen.«

»O nein, dabei habe ich mich darauf verlassen, dass Sie mich auffangen würden, falls ich...«

Jack hörte das Aufheulen eines Automotors. Er schaute die Straße hinunter und entdeckte einen Pkw, der mit gelöschten Scheinwerfern auf Lyle zusteuerte.

»Vorsicht!«

Lyle drehte sich um, reagierte jedoch nicht sofort. Vielleicht sah er auch den Wagen nicht, weil seine Scheinwerfer nicht brannten. Als er sich schließlich rührte und einen Satz zurück zum Bordstein machte, kurvte der Wagen schon auf ihn zu und verfehlte ihn um Haaresbreite, während er den Kotflügel des rechten geparkten Fahrzeugs streifte.

»Sind sie das?«, brüllte Jack, während er eilends vom Baum herabkletterte.

Der Wagen blieb nicht stehen, verlangsamte noch nicht einmal seine Fahrt. Jack vergewisserte sich mit einem schnellen Blick, dass Lyle zwar am ganzen Leib zitterte, sonst aber unversehrt geblieben war.

»Keine Ahnung.«

Jack startete. Dabei haben die mich noch nicht mal engagiert, dachte er, während er auf dem Bürgersteig davonsprintete.

Er war rein reflexartig losgerannt, blieb aber nicht stehen. Einen Auftrag ohne Anzahlung in Angriff zu nehmen war strikt gegen Jacks Regeln, doch nach diesem Zwischenfall war er sich ziemlich sicher, dass Lyle seine Dienste in Anspruch nehmen würde. Und ein Blick auf das Nummernschild des Fahrzeugs könnte Jack ein paar Beobachtungstage ersparen.

Er hielt sich auf dem Bürgersteig in der Hoffnung, dass der Fahrer ihn nicht entdeckte. Als er durch den Lichtkegel einer Straßenlampe raste, konnte Jack wohl sehen, dass der Pkw gelb oder weiß lackiert war, erkannte aber weder Fabrikat noch Modell. Ganz sicher war es kein auffälliger Fahrzeugtyp wie ein PT Cruiser zum Beispiel. Eher handelte es sich um eine dieser 08/15-Limousinen à la Camry, Corolla, Sentra oder wie diese Modelle sonst hießen. Da er die Scheinwerfer gelöscht hatte, blieb das Nummernschild im Schatten der Stoßstange verborgen und damit unsichtbar.

Der Ditmars Boulevard war vielleicht hundert Meter entfernt. Die Verkehrsampel zeigte Rot. Würde der Wagen anhalten?

Wohl kaum. Jack sah, wie die Bremslichter aufleuchteten, aber das war auch schon alles. Der »Camrollentra« überfuhr das Rotlicht und bog nach rechts ab.

Jack setzte den Weg fort und steigerte das Tempo ein wenig. Wahrscheinlich war es vergebliche Liebesmüh, aber wer weiß? Vielleicht hätte er Glück, und der flüchtige Wagen war auf ein Taxi aufgefahren und hing an dessen Stoßstange fest. Es waren schon seltsamere Dinge passiert.

Er bog ebenfalls um die Ecke und musste bremsen – genauso wie der motorisierte Verkehr. Das vergnügungssüchtige Volk, das zwecks diverser Wochenendvergnügungen an diesem Samstag in die Stadt gekommen war, hatte erreicht, was die rote Ampel nicht geschafft hatte.

Jack setzte sich wieder in Bewegung, diesmal in gemütlichem Spaziergängertempo, und kontrollierte unauffällig die im Verkehrsstau zum vorübergehenden Stillstand verurteilten Automobile, während er an den hell erleuchteten Schaufenstern vorüberbummelte. Schon auf den ersten fünfundzwanzig Metern fand er zwei »Camrollentras«, einer weiß, der andere gelb. Super.

Aber der gelbe hatte einen verbeulten vorderen Kotflügel und seine Scheinwerfer brannten nicht. Die Frau auf dem Beifahrersitz schaute wiederholt über die Schulter nach hinten. Ihr Blick wanderte über ihn hinweg. Zweifellos hielt sie Ausschau nach jemandem mit deutlich dunklerer Hautfarbe.

Erwischt.

Sie wandte sich wieder nach vorne, schlug mit einer Faust aufs Armaturenbrett und fuchtelte aufgeregt mit der anderen Hand. Offenbar trieb sie ihren Fahrer an, Gas zu geben. Aber sowohl hinter wie auch vor ihnen standen Automobile und kamen weder vor noch zurück, und auf der Gegenfahrbahn sah es nicht viel besser aus. Sie kämen erst weiter, wenn auch all ihre Leidensgenossen weiterkämen.

Als er fast auf gleicher Höhe mit dem gesuchten Wagen war,

machte sich Jack unsichtbar, indem er sich duckte und so tat, als schnürte er sich die Schuhe zu. Er überzeugte sich, dass niemand ihn beachtete, und schob sich im Krebsgang zwischen zwei Automobilen hindurch. Er gelangte zum Heck des gesuchten Wagens und verharrte knapp zwei Schritte hinter seinem rechten Hinterrad. Nun war er auch nahe genug heran, um zu erkennen, dass er es mit einem Corolla älteren Baujahrs zu tun hatte. Er zog sein Spyderco-Endura-Lightweight-Messer mit schwarzem glasfaserverstärktem Kautschukgriff aus der Tasche, ließ mit einer knappen Handbewegung die zehn Zentimeter lange mit Wellenschliff versehene Klinge herausspringen und rammte sie in die Seitenwand des Autoreifens. Dann kehrte er – weiterhin geduckt – auf den Bürgersteig zurück, tat so, als würde er sich auch den anderen Schuh zubinden, und richtete sich auf.

Ohne sich um den verfolgten Wagen zu kümmern, suchte er die Ladenfronten ab und fand eine Duane-Reade-Filiale. Damit musste er sich wohl oder übel begnügen. Er konnte nur hoffen, dass er dort auch fand, was er brauchte.

Er hatte Glück. Ein Hoch auf Duane Reade. Die Filialen galten gemeinhin als Apotheken, doch man konnte auch noch vieles andere dort kaufen. Praktisch alles, was sich einer auszudenken imstande war.

Wie Klebeband.

Und Damenstrumpfhosen.

Jack wanderte weiter und stellte fest, dass der Verkehr wieder zu fließen begonnen hatte. Er blieb an einem Abfallbehälter stehen und öffnete die Verpackung der Strumpfhose. Er schnitt ein Bein ab und warf den Rest in den Behälter. Dann begab er sich auf die Suche nach dem gelben Corolla. Er ging drei Straßen weit, ohne ihn zu sehen. Waren sie etwa trotz des platten Reifens weitergefahren? Das hatte er eigentlich nicht erwartet, denn damit würden sie todsicher auffallen. Vielleicht würden sie sogar von der Polizei angehalten, und das war etwas, das sie bestimmt um jeden Preis vermeiden wollten.

Während er eine Seitenstraße überquerte – es war mittlerweile schon die dritte –, hörte er rechts von sich ein metallisches Klirren. Er blieb stehen, lauschte. Eine Männerstimme fluchte wütend. Nicht allzu weit vor ihm sah er einen Mann und eine Frau in der Nähe einer Straßenlaterne. Der Mann kniete vor dem Hinterrad eines hellen Corolla, der neben einem Feuerhydranten parkte. Die Frau stand am Wagen und ließ den Blick umherschweifen, als hielte sie Wache.

»Nun mach schon, dalli, dalli!«, trieb die Frau zur Eile. »Geht das nicht schneller?«

»Die verdammten Schrauben sind verrostet. Ich...« Es klirrte erneut. »Scheiße!«

Jack trat auf die Fahrbahn des Ditmars Boulevard und schlich sich auf der anderen Straßenseite an. Dabei nutzte er die Deckung mehrerer geparkter Automobile aus. Als er sich mit dem Corolla auf gleicher Höhe befand, fand er eine in tiefem Schatten liegende Nische und beobachtete von dort aus das weitere Geschehen.

Der Mann war mittelgroß, um die vierzig Jahre alt, hatte eine beginnende Glatze und einen ansehnlichen Bauch. Die Frau dagegen wirkte geradezu winzig, nicht viel größer als höchstens eins fünfzig, und hatte eine Figur wie ein Feuerhydrant. Bei ihrem Mundwerk wäre sogar Eminem errötet.

Offenbar hatte der Mann noch nicht viele Reifen gewechselt, und das ständige Nörgeln seiner Begleiterin war ihm keine große Hilfe. Am Ende aber hatte er das Reserverad montiert. Nachdem er den Wagen heruntergelassen und den Wagenheber eingepackt hatte, kehrte die Frau auf den Beifahrersitz zurück.

Während der Mann sein Werkzeug einsammelte, zog sich Jack das abgeschnittene Bein der Strumpfhose über den Kopf, schob die linke Hand durch die Rolle Klebeband und riss ein etwa fünfzehn Zentimeter langes Stück davon ab. Ein Ende klebte er sich auf den linken Unterarm und wartete darauf, dass der Mann den platten Reifen aufhob.

Als er es tat, sprintete Jack quer über die Straße direkt auf ihn zu. Der Mann sah Jack nicht, bis er genau vor ihm erschien. Sein Mund öffnete sich zu einem erschreckten O, während er den Kopf hob, aber seine beiden Hände hielten den schweren Reifen, so dass er sich nicht wehren konnte, als eine Faust auf seine Nase krachte. Der Reifen rutschte ihm aus den Fingern, während der Kopf nach hinten schnappte. Jack packte ihn vorne am Hemd, riss ihn zu sich und wuchtete ihn in den Kofferraum des Wagens. Der Mann war völlig benommen und wehrte sich nicht, während Jack seine Beine über den Rand schob und den Deckel zuklappte.

Ohne einen Deut langsamer zu werden, wechselte Jack zur Beifahrerseite, zückte sein Messer und ließ die Klinge herausschnellen. Der offene Kofferraumdeckel hatte ihn vor der Beifahrerin verborgen. Jetzt riss er ihre Tür auf und presste eine Hand auf ihren überraschten Mund.

Er fuchtelte mit der Messerklinge vor ihren weit aufgerissenen Augen herum und sagte etwas. Dabei wählte er einen schwerfälligen deutschen Akzent, als spielte er den Lagerkommandanten Klink in *Ein Käfig voller Helden*.

»Ein Piepser und du bist tot!«

Sie starrte ihm in das vom Nylonstrumpf verzerrte Gesicht, gab einen leisen Laut von sich, der wie »*Gakk*« klang, und klappte dann den Mund zu.

»So ist es gut.«

Jack ersetzte die Hand auf ihrem Mund durch den Streifen Klebeband. Dann zerrte er sie vom Beifahrersitz und legte sie auf die Rückbank, wo er ihr in Windeseile Hände und Füße fesselte.

Dann kam die Krönung: Er drehte ihr Gesicht herum und verklebte ihr die Augen – auf jedes einen Streifen Klebeband und ein langes Ende zweimal um den Kopf. Er rollte sie vor die Rückbank auf den Wagenboden, holte ihren Begleiter aus dem Kofferraum und verarztete ihn genauso.

Insgesamt dauerte die ganze Aktion zwei Minuten. Vielleicht sogar weniger.

Dann schwang er sich in den Fahrersitz, ließ den Motor an, und schon waren sie unterwegs. Gleichzeitig zog er sich den Strumpf vom Kopf und massierte das juckende Gesicht. Danach wandte er sich an seine wimmernden Opfer.

»Sicher fragt ihr euch, warum ich es ausgerechnet auf euch abgesehen habe. Ist eine reine Geldangelegenheit. Ich brauche es, ihr habt es. Daher fahren wir jetzt irgendwohin, wo wir ungestört sind und die Transaktion vornehmen können. Das ist nichts Persönliches. Die Gelegenheit ergab sich, und ich hab sie ergriffen. Macht mir keine Schwierigkeiten, und ihr kommt heil aus der Sache raus. Ist das klar?«

Im Grunde war ihm egal, ob sie ihm seinen Akzent abnahmen. Er wollte lediglich, dass sie seine normale Stimme nicht erkannten, falls sie sie später mal hören sollten. Denn falls sein Plan gelang, würden sie sie schon sehr bald zu hören bekommen.

9

Nachdem er rund zwanzig Minuten ziellos herumgefahren war, dabei unnötigerweise mehrmals rechts und links abgebogen war und sogar gewendet hatte, wusste er nicht mehr, wo er war. Er dachte sich, wenn er selbst sogar derart durcheinander gebracht war, müssten seine Fahrgäste erst recht verwirrt sein.

Er fand zum Ditmars Boulevard zurück. Orientierte sich und suchte sich dann einen kurvenreichen Weg zum Haus der

Kentons. Während er in die Einfahrt einbog, eilten Lyle und Charlie über den Rasen im Vorgarten auf ihn zu. Jack sprang aus dem Wagen und bedeutete ihnen gestenreich, sich still zu verhalten. Er zog sie mit sich zum Wagen und wies durch das Heckfenster. Die Brüder erschraken sichtlich, als sie die beiden gefesselten Gestalten auf und vor der Rückbank sahen, und wandten sich ihm mit großen Augen zu. Jack forderte sie per Zeichensprache auf, das Garagentor zu öffnen.

Als der Wagen hineingefahren und das Tor wieder geschlossen worden war, winkte Jack seine beiden Auftraggeber ins Haus.

»Sind sie das?«, fragte Lyle. Er flüsterte und war kaum zu verstehen, obgleich der Wagen außer Hörweite war.

Jack nickte.

»Die Leute, die es auf mich abgesehen hatten?«

»Genau die.«

»Aber wie kommt es, dass sie jetzt hier…?«

»Das gehört zum Service.«

»Und wer sind sie?«

»Das erfahren wir in ein paar Minuten. Übrigens hoffe ich doch, dass ich mich als engagiert betrachten kann. Anderenfalls müsste ich nämlich zusehen, dass ich die beiden schnellstens wieder loswerde.«

»Keine Sorge«, beruhigte ihn Lyle. »Und wie Sie engagiert sind! Es ist alles okay. Müssen wir so etwas wie einen Vertrag unterschreiben?«

»Ja«, sagte Jack und streckte ihm die Hand entgegen. »Hier ist er.«

Lyle ergriff und drückte die Hand, danach tat Charlie das Gleiche.

»Das war's schon?«, wunderte sich Lyle.

»Ja, das war's.«

»Ah, klar, Sie haben sie gekidnappt!«, sagte Charlie.

»Wenn man es genau nimmt, ja. Macht Ihnen das was aus?«

»Nein, aber den Cops, dem FBI...«

»Die werden nie was davon erfahren. Diese Leute haben mich nie gesehen, und sie haben keine Ahnung, dass ihr Wagen in Ihrer Garage steht.« Jack rieb sich die Hände. Es wurde Zeit, einiges über die Kenton-Brüder in Erfahrung zu bringen. »Die Frage ist jetzt, was Sie mit ihnen anfangen wollen. Wir können ihnen die Arme oder die Beine brechen oder die Schädel einschlagen...«

Er beobachtete die Gesichter der beiden Brüder und nahm zufrieden die Abscheu zur Kenntnis, die sich darauf ausbreitete.

»O Mann«, seufzte Lyle. »Heute Nachmittag wollte ich Blut sehen. Ich hätte sie am liebsten umgebracht. Aber jetzt...«

»Ja«, pflichtete ihm Jack bei. »Irgendwie sehen sie richtig jämmerlich aus. Ich für meinen Teil würde ihnen lieber einen Denkzettel verpassen, anstatt ihnen ein paar über den Schädel zu geben.«

Lyle nickte. »Das ist ganz in meinem Sinne. Und wie soll das aussehen?«

»Zuerst ein paar Regeln. In ihrer Gegenwart rede nur ich, und ich klinge wie Oberst Klink. Sie beide geben keinen Laut von sich, denn es ist möglich, dass sie Ihre Stimme erkennen. Und wir wollen doch nicht, dass Sie mit dieser Angelegenheit in Verbindung gebracht werden, oder?«

Sie nickten beide.

»Gut. Nachdem das geklärt ist, holen wir sie erst mal aus dem Wagen. Legen sie auf den Boden, durchsuchen sie und ziehen sie aus...«

»Okay. Aber Moment mal. Wir sollen sie ausziehen?«

»Genau. Ich finde, eine Attacke auf das Schamgefühl dürfte für die Seelen zweier potenzieller Mörder recht heilsam sein, oder nicht? Außerdem werden sie dadurch erheblich eingeschüchtert. Nichts macht einen verletzlicher und hilfloser, als keinen Fetzen mehr am Leib zu haben. Außerdem werden sie es ganz schön mit der Angst zu tun bekommen, denn sie werden sich fragen, ob wir irgendwelche perversen sexuellen Pläne mit ihnen haben.«

»Aber die haben wir doch nicht, oder?« Charlie schaute ihn geradezu flehend an.

»Machen Sie Witze?«, erwiderte Jack. »Sehen Sie sich die beiden doch mal an. Sie nackt hier herumliegen zu haben, dürfte für uns um einiges unangenehmer sein als für sie.«

»Und danach?«, wollte Lyle wissen.

»Filzen wir ihre Klamotten, ihre Brieftaschen und Handtaschen und das Handschuhfach. Wir sehen zu, dass wir möglichst viel über sie rausbekommen, und dann überlegen wir, wie Sie beide sich revanchieren können.«

Jack sah ihre leicht angewiderten Mienen. Wie so gut wie alle echten Trickbetrüger verabscheuten sie handgreifliche Gewalt.

»Falls es Ihnen zu unangenehm ist, erledige ich das ganz allein. Aber es ginge um einiges schneller, wenn ich ein wenig Hilfe hätte.«

Lyle sah Charlie unsicher an, dann seufzte er. »Uns bleibt wohl nichts anderes übrig.«

10

Zwanzig Minuten später kehrten sie in die Küche zurück.

Jack breitete die Brieftasche des Mannes, die Handtasche der Frau und den Inhalt des Handschuhfachs auf dem Tisch aus. Dann begann er, die Gegenstände zu inspizieren.

Lyle schaute benommen drein. Das tat er, seit sie im leeren Reserveradabteil des Kofferraums eine .32er-Pistole gefunden hatten.

»Diese beiden Leute«, murmelte er. »Sie wollen mich töten.«

»Wie kommen Sie denn darauf?«, fragte Jack. »Nur weil sie auf Sie geschossen haben, Ihr Haus in Brand setzen und Sie mit ihrem Pkw überfahren wollten?«

»Das finde ich nicht witzig.«

Jack blickte von den Wagenpapieren und den Führerscheinen hoch, die er mittlerweile gefunden hatte. Er musste den Knaben ein wenig aufmuntern.

»Sie haben verdammt Recht, dass es nicht lustig ist. Vor allem ihnen die Klamotten auszuziehen.« Er krümmte sich innerlich, als er sich an den bleichen, gedrungenen, schwammigen Körper der Frau erinnerte. »In Gedanken habe ich sie ständig angezogen gesehen.«

Schließlich rang sich Lyle zu einem Lächeln durch. Dieser Mann war schon ein seltsamer Zeitgenosse.

»Okay«, sagte Jack. »Soweit ich aus den Daten erkennen kann, haben wir es mit einem Ehepaar zu tun, Carl und Elizabeth Foster.«

Lyle zog einen Stapel Visitenkarten aus der Handtasche und blätterte sie durch. »Mich laust der Affe!«

»Besser der als ich«, sagte Charlie.

Falls Lyle diese Bemerkung gehört hatte, so reagierte er nicht darauf. »Sie ist Madame Pomerol! Ich habe schon mal von ihr gehört. Sie war im Fernsehen bei David Letterman.«

Jack kannte sich bei den diversen Talkshows nicht besonders gut aus. »Ist sie eine große Nummer?«

»Das kann man wohl sagen. Und zwar auf der Upper East Side. Soweit ich weiß, ist sie dort seit ein paar Jahren ein ganz heißer Tipp. Meine Kunden nennen ihren Namen immer wieder – *viele* haben die Pomerol sogar regelmäßig aufgesucht.«

»Da haben Sie's«, sagte Jack. »Jetzt wissen Sie, wer hinter Ihnen her war, und Sie wissen auch, weshalb.«

»Sie sind von der Upper East Side?« Charlie konnte nur staunen. »Wie kommt es dann, dass sie so einen alten Schlitten fahren?«

Jack wollte ihm erklären, dass genau dies das Klügste sei, das man in der City tun konnte, doch Lyle schnitt ihm das Wort ab.

»Dieses Biest!«, murmelte er und starrte noch immer auf Madame Pomerols Visitenkarte. »Sie hat tatsächlich versucht, mich umzubringen!«

»Vergessen Sie nicht, dass es ihr Ehemann war, der den Wagen gelenkt hat«, meinte Jack. »Für mich sieht das nach einer konzertierten Aktion aus.«

»Ja, sicher, aber ich wette, dass sie es ist, die das Ganze eingefädelt hat.«

Charlie ergriff das Wort. »Ja, schön, aber im Grunde ist es doch völlig egal, wer hier der Kopf ist. Im Augenblick sieht es so aus, dass in unserer Garage zwei splitternackte Weiße gefesselt herumliegen – wie Kälber, die auf den Schlachter warten. Was sollen wir mit ihnen tun?«

»Das weiß ich noch nicht.« Jack hob die Schultern. Im Augenblick war seine Improvisationsgabe gefragt. Gewöhnlich nahm er jeden Job wenigstens mit einem groben Plan in Angriff, doch heute hatten die Ereignisse ihn förmlich überrollt. »Die brennendere Frage ist: Was sollen wir ihnen *antun*?«

Charlie schaute Jack fragend an. »Was meinen Sie mit ›ihnen antun‹? Ich weiß, dass sie uns ans Leder wollten...«

»Sie haben versucht, uns zu töten, Charlie«, schimpfte Lyle. »Sie wollten uns nicht nur ans Leder, sie wollten uns beseitigen! Vergiss das nicht!«

»Na schön. Sie haben also versucht, uns alle zu machen. Das gibt uns jedoch noch lange nicht das Recht, das Gleiche mit ihnen zu tun.« Er fingerte wieder an seinem WWJD-Anstecker herum. »Wir müssen ihnen sozusagen die andere Wange hinhalten und sie der Polizei übergeben.«

Jack gefiel diese Entwicklung der Dinge überhaupt nicht. »Wenn Sie das tun, dann müssen Sie mit diversen Anschuldigungen rechnen, als da wären tätliche Beleidigung, Menschenraub, Freiheitsberaubung und was sonst noch alles«, sagte er. »Wollen Sie das?«

»Niemals«, entgegnete Charlie.

»Und wer hat irgendetwas davon gesagt, sie zu töten?«

»Naja, so wie Lyle geredet hat ...«

Lyle schüttelte den Kopf. »Ich hatte nicht gemeint, wir sollten sie umbringen, Charlie. Um Himmels willen, du müsstest mich doch besser kennen! Es ist nur, dass ich nicht weiß, was wir jetzt erreicht haben, außer dass wir wissen, wer sie sind. Wenn wir sie laufen lassen, sind sie gleich morgen wieder hinter uns her und versuchen, uns aus der Stadt zu jagen. Ich möchte nicht ständig über die Schulter blicken müssen, Mann. Ich will, dass diese Angelegenheit ein für alle Mal erledigt wird!«

»An dieser Stelle komme ich ins Spiel«, meldete sich Jack. Er spürte, wie sein Adrenalinspiegel anstieg und seine Nerven vibrierten, während in seinem Kopf ein Plan entstand. Er nahm Lyle eine Visitenkarte Madame Pomerols ab und wedelte damit in der Luft herum. »Wir haben ihre Adresse. Und wir haben ihre Schlüssel. Mal sehen, ob wir eine Überraschung für sie vorbereiten können.«

Charlie nickte. »Das ist genau in meinem Sinn. Was haben Sie vor?«

»Ich arbeite noch daran, aber ich glaube, ich schaffe es, Madame Pomerol derart gründlich abzulenken, dass sie nicht mehr dazu kommt, Sie zu belästigen. Zumindest in der allernächsten Zeit. Was auf lange Sicht geschehen müsste, können wir uns später noch überlegen. Aber wenn ich etwas unternehmen soll, dann muss es noch heute geschehen, und das heißt: Ich brauche Hilfe.« Er wandte sich an Charlie. »Wo haben Sie Ihre Schlüsselfräse?«

Charlie blinzelte und warf Lyle einen gehetzten Blick zu. »Schlüsselfräse?«

»Ich weiß, dass Sie so etwas besitzen. Zeigen Sie sie mir. Wir dürfen keine Zeit vergeuden.«

»Nun mach schon«, befahl Lyle.

Charlie zuckte die Achseln. »Okay. Machen wir ihre Hausschlüssel nach?«

»Sie haben's erfasst. Und wenn wir schon dabei sind, was haben Sie an Ersatzteilen für Ihre Zaubertricks?«

Charlie grinste. »Kisten über Kisten voll.«

»Super. Zeigen Sie mir mal Ihr Lager und lassen uns nachsehen, ob sich da irgendetwas findet, das wir für unsere Zwecke benutzen können.«

Jack hatte keine Ahnung, wie sich der Tag noch entwickeln würde, aber er wusste, dass er erst um einiges später als geplant bei Gia erscheinen würde. Er musste sie bald anrufen. Aber nicht jetzt. Das Blut rauschte durch seine Adern, und er fühlte sich so lebendig und fit wie schon seit Monaten nicht mehr.

11

Zähneknirschend wanderte Lyle in die Garage, um nach Madame Pomerol und ihrem Ehemann zu schauen. Jack und Charlie hatten sich vor fast zwei Stunden eilig auf den Weg in die Stadt gemacht und ihn als Wache zurückgelassen... für wen? Gefangene? Geiseln? Menschlichen Abfall?

Was immer sie waren, sie befanden sich wieder in ihrem Pkw – der Ehemann hinten auf dem Boden, Madame Pomerol auf der Rückbank, beide auf dem Bauch. Lyle hatte die zerfetzten Reste der Kleider, die sie vorher von ihnen heruntergeschnitten hatten, über ihren nackten Körpern ausgebreitet. Aber das hatte nicht gereicht, daher hatte er eine alte Decke gesucht, um sie zu verhüllen. Er wollte nicht jedes

Mal, wenn er nach ihnen sah, den Anblick ihrer pickeligen, haarigen Hintern ertragen müssen.

Seine Wut machte ihm Angst.

Vor allem weil sich die Fenster und Türen wieder von selbst geöffnet hatten. Dass sie auf ihn geschossen und versucht hatten, ihn zu überfahren, damit kam er einigermaßen klar. Dort, wo er herkam, kannte man so etwas und hatte Verständnis dafür. Aber heimlich in sein Haus einzudringen, sich dort zu schaffen zu machen, dafür zu sorgen, dass seltsame Dinge geschahen...

Sein Haus, verdammt noch mal! Das erste Heim, das er mit Fug und Recht als sein Eigentum bezeichnen konnte, und diese jämmerlichen Mistböcke hatten es betreten, es besudelt, hatten sich an ihm vergangen, als gehörte es ihnen und nicht ihm, Lyle Kenton.

Das brachte ihn fast um den Verstand und ließ ihn voller Mordlust die Fleischmesser in der Küche anstarren, ließ ihn den Kofferraum des Wagens aufklappen und mit dem Gedanken spielen, die Pistole, mit der sie auf ihn geschossen hatten, herauszuholen und selbst zu benutzen.

Aber so intensiv er auch an Mord dachte, er wusste, dass er nicht dazu fähig wäre. Er war absolut kein Killer.

Dennoch, wie gern hätte er den beiden so viel Angst eingejagt, dass sie sich in die Hosen machten. Sie an ihren mageren Hälsen gepackt und durch die Zimmer geschleift, ihnen die eigene Kanone an die Schädel gehalten, damit gedroht, ihnen das Hirn zu durchlöchern, wenn sie ihm nicht sofort erzählten, was sie in seinem Haus angestellt hatten, und sie dann gezwungen, es sofort rückgängig zu machen, und ihnen den Lauf der Pistole in die Bäuche und die Hintern gerammt, wenn sie sich nicht schnell genug bewegten.

Aber Jack hatte darauf gedrängt, dass die Fosters niemals erfahren durften, wo sie sich befanden. Auf keinen Fall durften sie Lyle und Charlie Kenton mit ihrer Entführung in Verbindung bringen. Lyle hatte noch nie zu denen gehört, die sich von anderen Vorschriften machen ließen, aber was diesen Jack betraf... bei ihm musste Lyle eine Ausnahme machen. Wenn man jemandem so viel bezahlte, dann sollte man lieber auf ihn hören. Außerdem nahm dieser Mann Dinge in Angriff und erledigte sie auch.

Das Telefon klingelte. Lyle warf einen Blick auf die Anruferidentifikation und nahm den Hörer ab, als er Charlies Nummer erkannte.

»Wir sind fertig, Bruder«, meldete Charlie. »Wir haben alles Notwendige erledigt und kommen jetzt nach Hause.«

»Was habt ihr gemacht?«

»Erkläre ich dir, wenn ich zurück bin. Aber so viel kann ich schon sagen, mein Lieber, es ist allererste Sahne! Dieser Jack ist ein Ass. Wir haben unseren Teil unter Dach und Fach, jetzt sieh zu, dass du deinen Teil erledigst. Bis gleich.«

Lyle legte auf und atmete tief durch. Meinen Teil...

Jack hatte es ihm genau erklärt, ehe er mit Charlie losgefahren war. Es hatte so einfach geklungen, aber jetzt kam es ihm ziemlich riskant vor.

Er holte noch einmal tief Luft und begab sich in die Garage.

12

Lyle bremste den Wagen im Schatten eines großen Kipplasters ab. Aufgrund einer umfangreichen Umstrukturierung des Finanzviertels wimmelte es hier geradezu von Baustellen. Diese hier schien jedoch besonders groß und einsam gelegen zu sein. An einem Samstag war dieser Teil Manhattans vermutlich die stillste und verlassenste Gegend in der ganzen Stadt.

Ein Blick auf die Uhr. Er hatte sein Ziel schnell erreicht.

Auf dem BQE hatte nur wenig Verkehr geherrscht, daher hatte er ihn bis zur Brooklyn Bridge und weiter ins untere Manhattan benutzt. Er war gefahren wie ein Sonntagsschullehrer, hatte peinlichst genau die vorgeschriebene Geschwindigkeit eingehalten und bei jedem Fahrspurwechsel den Blinker betätigt und hatte mindestens genauso lang und oft in den Rückspiegel geschaut wie durch die Windschutzscheibe. Das Letzte, was er brauchen konnte, war, wegen einen Verstoßes gegen irgendwelche Verkehrsregeln angehalten zu werden und erklären zu müssen, was sich unter der Decke auf der Rückbank verbarg.

Lyle nahm das Fleischmesser vom Nebensitz auf und prüfte mit dem Daumen die Schneide. Er bemerkte, dass die Klinge im matten Licht vibrierte.

Ich hab tatsächlich einen Tatterich, dachte er. Er warf einen zornigen Blick über die Schulter. Eigentlich sollten die dahinten das große Zittern haben.

Aber er hatte so etwas noch nie getan.

Er sollte lieber zusehen, dass er es schnellstens erledigte.

Er zog die Decke von Madame Pomerols wabbeligem Körper herunter, drehte sie um, packte sie unter den Armen und zog sie aus dem Wagen. Sie bäumte sich auf, und er konnte ihr ängstliches Wimmern durch den Knebel hören, während sie pfeifend durch die Nase ein- und ausatmete. Sie war seit Stunden splitternackt, gefesselt, geknebelt und geblendet. Die beiden mussten sich in einem Angstzustand befinden, wie sie ihn sich in den schlimmsten Träumen nicht hatten vorstellen können.

Wie traurig für euch, dachte Lyle spöttisch. Ich fange gleich vor Mitleid an zu weinen.

Als Nächstes zerrte er ihren Ehemann aus dem Pkw und drehte ihn ebenso wie seine Frau auf den Bauch. Sobald der Körper des Mannes auf dem Asphalt zur Ruhe kam, bildete sich unter ihm eine Pfütze, die sich schnell vergrößerte.

Was ist los?, wollte Lyle ihn anbrüllen. Glaubst du, du musst sterben? Meinst du, dass das, was du mit mir vorhattest, jetzt mit dir geschieht?

Er beugte sich mit gezücktem Messer über die Frau und durchschnitt das Klebeband, mit dem ihre Hände gefesselt waren, zu drei Vierteln. Dann tat er bei dem Mann das Gleiche. Sie würden den Rest ihrer Fesselung ohne große Mühe selbst zerreißen können.

Er schwang sich sofort wieder in den Wagen und raste davon. Dabei schaute er mehrmals über die Schulter, um festzustellen, ob er beobachtet worden war. Allmählich kam Lyle zu der Überzeugung, dass sie trotz dieser drastischen Aktion unbehelligt bleiben würden.

Er fuhr bis zur Chambers Street und parkte das Fahrzeug neben einem Feuerhydranten. Er drehte die Fenster herunter, ließ die Türen unverriegelt und den Kofferraumdeckel offen. Die zerschnittenen Kleider drapierte er auf die Vordersitze, faltete hingegen die Decke zusammen und nahm sie mit. Die Wagenschlüssel ließ er auf dem Weg zur nächsten U-Bahnstation durch einen Gullydeckel fallen. Er hatte sich diese Stelle ausgesucht, weil an dieser U-Bahnstation auch die Linie W stoppte. Mit ihr fuhr er bis nach Astoria, wo er von der dortigen U-Bahnstation nur noch sechs Straßen weit bis zu seinem Haus zu gehen hatte.

Während er Jacks Instruktionen zufolge auf den Zug wartete, begab er sich zu einem Münzfernsprecher und wählte die 911. Ihm fiel auf, dass seine Finger heftig zitterten, als er die Geldmünzen in den Schlitz steckte.

Verdammt! Er stand noch immer unter Hochspannung.

Er erklärte dem Telefonisten am anderen Ende der Leitung, dass er glaubte, oben in der Chambers Street so etwas wie Schüsse gehört zu haben... offenbar sei ein gelber Corolla darin verwickelt, der neben einem Feuerhydranten parke.

Als Erstes würden die Cops im Handschuhfach nachschauen, wo sie die Wagenzulassung fänden. Dann würden sie einen Blick in den Kofferraum werfen, und die .32er entdecken. Jack hatte gemeint, er ginge jede Wette ein, dass die Waffe nicht registriert sei.

Wenn die Fosters ihren Wagen als gestohlen meldeten, würden sie sich eine Erklärung für die nicht registrierte Waffe in ihrem Kofferraum einfallen lassen müssen, die außerdem höchstwahrscheinlich auch noch mit ihren Fingerabdrücken übersät war. Wenn man die Pistole mit einem Verbrechen in Verbindung bringen könnte, umso besser. Wenn nicht, so deutete Jack an, dass er mit Madame Pomerol weitere Pläne hätte.

Lyle hätte wer weiß was dafür gegeben zu erfahren, was sich Jack als Nächstes ausgedacht hatte.

13

Jack betrat Gias Haus durch den Vordereingang. Er gab zweimal den Sicherheitscode auf dem Keyboard ein – einmal, um den Alarm auszuschalten, und das zweite Mal, um ihn wieder zu aktivieren. Er eilte nach oben und raunte ein halblautes Hallo ins dunkle Schlafzimmer. Nachdem er eine gedämpfte Antwort erhalten hatte, verschwand er kurz im Bad, duschte, dann schlüpfte er unter die Bettdecke und schmiegte sich an Gia.

»Bist du noch wach?«, fragte er und hauchte einen Kuss auf ihren Nacken.

Sie war mit einem kurzen T-Shirt und einem Schlüpfer bekleidet, was er reizvoll fand. Sogar sehr.

»Wie war dein Tag?«, murmelte sie undeutlich.

»Gut. Und deiner?«

»Einsam.«

Jack schob eine Hand unter ihr T-Shirt und legte sie sanft um eine Brust. Sie schien sich seiner Hand regelrecht entgegenzudrängen.

»Halt mich fest, Jack, ja? Halt mich einfach nur fest.«

»Bist du nicht in Stimmung?«

»Manchmal möchte ein Mädchen nur im Arm gehalten werden.«

Besorgt ließ er ihre Brust los und schlang die Arme um ihren Oberkörper. Er konnte sich nicht daran erinnern, wann sich Gia das letzte Mal selbst »Mädchen« genannt hatte.

»Stimmt was nicht?«

»Ich liege nur hier und denke nach.«

»Worüber?«

»Möglichkeiten.«

»Oh. Davon müssten sich dir doch mindestens eine Million bieten. Und alle ganz hervorragend.«

»Ich wünschte, ich könnte mir genauso sicher sein wie du.«

»Du machst dir wegen irgendetwas Sorgen«, sagte er und zog sie fester an sich. »Ich hab das schon heute Nachmittag gespürt. Was ist los?«

»Es ist so, wie ich gerade sagte, ich denke über Möglichkeiten nach... und über die grundlegenden Veränderungen, die sie mit sich bringen können.«

»Veränderungen zum Guten oder zum Schlechten?«

»Das kommt darauf an, wie man es betrachtet.«

»Ich weiß nicht, was du meinst.«

Gia seufzte. »Ich weiß. Ich will nicht die Geheimnisvolle spielen. Es ist nur... manchmal macht man sich schon mal Sorgen.«

»Wegen was?«

Sie drehte sich um und küsste ihn. »Wegen nichts. Wegen allem.«

»Wenn dich irgendwas belastet, sollte ich es dann nicht wissen?«

»Das solltest du. Und wenn da wirklich etwas ist – ich meine, was Ernsthaftes –, dann bist du der Erste, der es erfährt.«

Sie ließ eine Hand an seinem Bauch nach unten wandern und umfasste ihn.

»Was war das gerade mit dem *nur im Arm halten*?«, fragte er, während er heftig auf ihre Berührung reagierte.

»Manchmal ist das eine ganze Menge … und manchmal ist das einfach nicht genug.«

In der
Zwischenwelt

Andere, weniger beängstigende Erinnerungen waren zu dem Namenlosen und Heimatlosen zurückgekehrt... Ansichten von hohen Gebäuden und sonnendurchfluteten Hinterhöfen, alles so qualvoll vertraut und dennoch so unendlich und vollkommen unerreichbar.

Aber so tröstlich diese Erinnerungen auch sind, sie lindern nicht den allgegenwärtigen Zorn. Was sie verkörpern, ist verschwunden, und dieses Gefühl des Verlustes steigert den Zorn. Das Einzige, das diese Wut in Schach hält, sie daran hindert, das Namenlose voll und ganz auszufüllen und explodieren zu lassen, ist Verwirrung, Einsamkeit... und Hoffnungslosigkeit.

Wenn es Augen hätte, würde es weinen.

Immer noch unfähig, seine Identität und seinen Aufenthaltsort zu bestimmen, erahnt es vage einen bestimmten Zweck in seinem Erwachen. Ebenso wie die Quelle der flüchtigen Erinnerungsfetzen bleibt das Wesen des Zwecks verborgen. Doch es ist vorhanden, es wächst, reift heran. Schon bald wird es, genährt von der Wut, aufblühen.

Und dann muss irgendjemand, irgendetwas sterben...

Zu nächtlicher Stunde

Lyle erwachte von Musik ... ein Klavier ... etwas Klassisches. Die leise Melodie klang irgendwie vertraut, doch er konnte sie nicht erkennen. Er hatte einige klassische CDs als Hintergrundmusik für das Wartezimmer angeschafft, hatte sie jedoch ganz wahllos ausgesucht und sie sich nie bewusst angehört. Er hatte noch nie verstanden, weshalb Menschen klassische Musik liebten. Andererseits konnte er aber auch nicht verstehen, weshalb Menschen gerne Scotch tranken.

Charlie? Undenkbar. Das war nicht seine Musik. Außerdem lag Charlie im Bett. Er war von seinem Ausflug mit Jack zurückgekommen und hatte wie ein Wasserfall davon geredet, wie schachmatt er sei, wie sie alles vorbereitet hatten, um Madame Pomerol ihre Gemeinheiten heimzuzahlen, und wie sehr er sich wünschte, dabei zu sein, wenn es so weit wäre. Aber danach gewann bei ihm die Müdigkeit die Oberhand, und er sagte schnell gute Nacht.

Lyle schleuderte das Laken beiseite und schwang die Füße aus dem Bett. Er wollte gar nicht wissen, wie spät es war. Es war auf jeden Fall zu spät, egal woher die Musik kam. Er hatte es aufgegeben, dafür zu sorgen, dass die Fenster geschlossen blieben, daher hatte er die Klimaanlage abgeschaltet und sich bei offenen Fenstern schlafen gelegt. Trotzdem war die Temperatur im Augenblick durchaus angenehm.

Aber was war mit dieser Musik? Ständig erklang dieselbe Melodie.

Hatten Madame Pomerol und ihr Mann sich etwa auch an

seiner Musikanlage zu schaffen gemacht? Nach dem vorangegangenen Tag hoffte er, das allerletzte Mal mit ihnen zu tun gehabt zu haben.

Während Lyle die Treppe hinunterpolterte und den Weg zum Wartezimmer einschlug, fiel ihm an der Musik etwas auf. Sie klang irgendwie ziemlich dünn... Offenbar wurde sie von einem Klavier allein gespielt. Wo waren die Streicher und das restliche Orchester? Und dann dämmerte es ihm, dass das, was er hörte, nicht von einer CD kam... Es wurde hier gespielt, gerade jetzt... Jemand saß im Wohnzimmer am Klavier.

Er platzte in den Raum und blieb stocksteif in der Tür stehen. Die Beleuchtung war gelöscht. Das einzige Licht war der schwache Widerschein der Straßenlaternen, der durch die offene Haustür hereindrang. Eine dunkle Gestalt saß auf dem Klavierhocker und ließ die Finger über die Tasten gleiten.

Lyles Zittern vom Vorabend meldete sich wieder. Nun hingegen war die Ursache eher Angst als ein Adrenalinschub, während er die Hand nach dem Lichtschalter ausstreckte. Er fand ihn, zögerte und betätigte ihn dann.

Er stöhnte erleichtert auf, als er Charlie mit dem Rücken zu ihm auf dem Klavierstuhl sitzen sah. Charlies Kopf war abgewendet, die Augen waren geschlossen, und um seine Lippen spielte der Anflug eines Lächelns, während seine Finger über die Tasten eilten. Er schien offenbar großen Spaß an seinem Spiel zu haben.

Sein Gesichtsausdruck erzeugte bei Lyle ein Gefühl, als schütte ihm jemand Eiswasser über den Rücken.

»Charlie?«, fragte er, schloss die Haustür und kam näher. »Charlie, was tust du da?«

Er öffnete die Augen. Sie waren glasig. »Ich spiele ›Für Elise‹. Mein Lieblingsstück.« Charlies Stimme..., aber nicht seine Ausdrucksweise. Er sah aus, als wäre er in seine vorreligiöse Zeit zurückgekehrt, als er jeden Tag mindestens zwei Trottel ausgenommen hatte.

Aus dem eisigen Rieseln auf seinem Rücken wurde ein reißender Strom. Charlie konnte nicht Klavier spielen. Und selbst wenn er es könnte, würde er niemals diese schmalzige Melodie mit dem spaßigen Titel klimpern.

Lyle spürte seine Zunge dick und klebrig in seinem Mund.

»Wann hast du Klavierspielen gelernt, Charlie?«

»Meine erste Stunde hatte ich mit sechs.«

»Nein, die hattest du nicht.« Er legte eine Hand auf die Schulter seines Bruders und schüttelte ihn behutsam. »Das weißt du auch selbst. Was für eine Nummer ziehst du hier ab?«

»Ich übe.« Er steigerte das Tempo. »Ich muss dieses Stück für meine Aufführung vollkommen beherrschen.«

»Hör damit auf, Charlie!«

Er spielte schneller, seine Finger flogen förmlich über die Tasten. »Nein, ich muss das Stück mindestens zwanzigmal am Tag spielen, um sicher sein zu können...«

Lyle gab sich einen Ruck und packte die Handgelenke seines Bruders. Er wollte sie von den Tasten wegziehen, aber sein Bruder wehrte sich dagegen. Schließlich setzte Lyle sein gesamtes Körpergewicht und seine Kraft ein.

»Charlie. *Bitte*!«

Sie lösten sich beide vom Klavier, wobei Charlie rücklings vom Klavierhocker kippte und auf dem Fußboden landete. Lyle schwankte, blieb aber auf den Beinen.

Für einen kurzen Moment starrte Charlie ihn vom Fußboden aus an. In seinen Augen loderte die nackte Wut, dann entspannte sich sein Gesicht.

»Lyle?«

»Charlie, was um alles...?« Dann entdeckte Lyle das Blut auf seiner Hemdbrust. »O mein Gott! Was ist passiert?«

Charlie sah ihn verwirrt an. »Was geht hier vor, Bruder?«

Er machte Anstalten aufzustehen, aber Lyle stieß ihn zurück. »Rühr dich nicht! Du bist verletzt!«

Charlie blickte hinunter auf den roten Fleck vorn auf seinem Hemd, dann sah er wieder hoch.

»Lyle?« In seinen Augen flackerte Angst. »Lyle, was...?«

Lyle gab sich alle Mühe, nicht den Kopf zu verlieren. Seinem kleinen Bruder war etwas Furchtbares zugestoßen. Sie hatten so viel gemeinsam erlebt, durchgemacht, und jetzt... jetzt...

Er wollte zum Telefon, um den Rettungsdienst zu alarmieren, wollte aber Charlie nicht allein seinem Schicksal überlassen. Es gab vielleicht etwas, das er tun konnte, das er jetzt sofort tun musste, um ihn am Leben zu halten, bis Hilfe eintraf.

»Zieh dein Hemd aus und lass mich nachsehen. Vielleicht ist es gar nicht so schlimm.«

»Lyle, was ist los mit dir?«

Lyle wollte sich das überhaupt nicht ansehen. Wenn es nur halb so schlimm war, wie es auf den ersten Blick erschien, wäre es immer noch furchtbar. Er zerrte Charlies Hemd hoch...

Und konnte nur die Augen aufreißen.

Die Haut auf der Brust war unversehrt und wies keinerlei Blutspuren auf. Lyle fiel vor ihm auf die Knie und strich mit den Fingerspitzen über die Brust seines Bruders.

»Was, verdammt noch mal...«

Wo war all das Blut hergekommen? Er schob das Hemd wieder nach unten und atmete zischend aus, als er feststellte, dass es völlig sauber und trocken und so schneeweiß wirkte, als wäre es gerade frisch gewaschen und gebügelt worden.

»Lyle?« In Charlies Augen erschien jetzt eine ganz andere Art von Angst. »Was geschieht hier? Ist das Ganze ein Traum? Ich ging ins Bett, und als ich aufwachte, lag ich auf dem Fußboden.«

»Du hast Klavier gespielt.« Lyle erhob sich mühsam und half Charlie hoch. »Erinnerst du dich nicht?«

»Ganz und gar nicht. Ich weiß, dass ich nicht...«

»Aber du hast Klavier gespielt. Und sogar ziemlich gut.«
»Aber wie?«
»Ich wünschte, ich wüsste es, verdammt noch mal.«
Charlie umklammerte seinen Arm. »Vielleicht ist es das. Vielleicht ist durch den Erdspalt im Keller die Hölle in dieses Haus eingedrungen. Wenn man bedenkt was hier im Laufe der Jahre geschehen ist. Was immer es ist, es hat es auf dich abgesehen und erwischt dich am Ende.«

Lyle wollte seinen Bruder zurechtweisen, wollte sagen, er solle mit diesem Blödsinn aufhören, als sich die Haustür wie von Geisterhand entriegelte und aufschwang.

Sonntag

1

Gia spülte das Frühstücksgeschirr. Es war eine Tätigkeit, die ihr normalerweise nichts ausmachte, aber heute... Rühreireste aus einer Bratpfanne zu kratzen, ließ ihren ohnehin schon angegriffenen Magen gründlich revoltieren. Die Eier hatte sie für Jack zubereitet. Sie hatte sie aufgeschlagen und Streifen aus Sojaspeck darunter gemischt. Er hatte nicht gefragt, ob er echten Speck aß, und sie hatte es ihm nicht gesagt. Nicht dass es ihm etwas ausgemacht hätte. Jack aß so gut wie alles. Manchmal, wenn er sich in seiner »fleischigen« Phase befand, beschwerte er sich über zu viel Gemüse und Salat. Aber er versäumte es nur höchst selten, seinen Teller zu leeren. Er war ein braves Kind. Sie brauchte ihn niemals an die hungernden Kinder in China zu erinnern.

Er hatte erzählt, er habe an diesem Vormittag einen Termin mit einem neuen Kunden – jemand, der erklärte, er könne nicht bis Montag warten –, und hatte sich in die kleine gemütliche Bibliothek des Stadthauses zurückgezogen, um sich noch ein wenig die Zeit zu vertreiben, ehe er aufbrechen musste.

»Wie wär's mit einem kleinen Imbiss?«, fragte er, als er wieder zurückkam.

Sie hob den Kopf und lächelte ihn an. »Du hast vor einer Stunde gefrühstückt.«

Er rieb sich den Bauch. »Ich weiß, aber ich brauche jetzt eine Kleinigkeit.«

»Da ist noch ein Brötchen übrig.«

»Super.«

»Du hast wohl wieder in einem von Vickys Büchern gelesen, nicht wahr?«

»Richtig. Ich glaube, es war die Geschichte von der Bärenfamilie beim Picknick.«

»Na schön. Dann hör auf, hier den Papa Bär zu spielen, und ich backe es dir auf.«

Er setzte sich. »Eine Woche dieses Leben, und du kriegst mich nicht mehr aus dem Haus.« Er sah sie prüfend an. »Es wär doch gar nicht so übel, wenn ich bleiben würde, oder?«

O nein. Ihr ständig wiederkehrendes Reizthema: ob sie zusammenziehen sollten oder nicht.

Jack war dafür, und er hatte es seit dem vergangenen Jahr immer wieder – behutsam, aber beharrlich – zur Sprache gebracht. Er wollte eine größere Rolle in Vickys Leben spielen, wollte die Art von Vater für sie sein, die ihr richtiger Vater niemals gewesen war.

»Das wäre wunderbar«, sagte Gia. »Sobald wir verheiratet sind.«

Jack seufzte. »Du weißt genau, dass ich dich auf der Stelle heiraten würde, wenn ich könnte, aber...«

»Aber du kannst nicht. Weil jemand, der offiziell gar nicht existiert, keine Heiratserlaubnis beantragen kann.«

»Ist denn ein Fetzen Papier so wichtig?«

»Wir haben das doch schon mehrmals durchgehechelt, Jack. Das Heiraten wäre gar nicht so wichtig, wenn ich nicht Vickys Mutter wäre. Aber ich bin es. Und Vickys Mutter hat keinen Lebensabschnittspartner oder Hausfreund oder festen Bekannten oder wie immer der heutzutage gültige Ausdruck für so etwas lautet.«

Eine höchst altmodische Einstellung. Gia gab das bereitwillig zu, und sie hatte kein Problem damit. Die Werte, nach denen sie ihr Leben ausrichtete, waren keine Wetterfähnchen, die ihre Richtung mit jeder noch so unbedeutenden Veränderung der gesellschaftlichen Gepflogenheiten änderten. Stattdessen waren sie das Fundament, auf dem sie aufgewachsen war und das für sie noch immer eine solide Grundlage ihres Daseins bildete. Sie steckten ihren Lebensraum, ihr Biotop ab. Sie hatte kein Interesse daran, sie anderen Menschen aufzuzwingen, wollte andererseits aber auch nicht, dass ihr jemand anderer Vorschriften machte, wie sie ihr Kind aufziehen solle.

Sie schwor darauf, ein Kind dadurch zu erziehen, dass man sich ihm als gutes Beispiel präsentierte. Konsequent praxisbezogen, Regeln und Grenzen setzend, sich aber gleichzeitig an diese Regeln haltend. Nicht nach dem Motto »Tu was ich sage und achte nicht auf das, was ich tue«. Wenn Gia von Vicky verlangte, dass sie stets die Wahrheit sagte, dann durfte Gia niemals lügen. Wenn Gia wollte, dass Vicky ehrlich war, dann durfte Gia niemals schwindeln oder mogeln.

Das perfekte Beispiel für diese Grundhaltung hatte sich in der Vorwoche ergeben, als sie und Vicky in einem Spirituosenladen eingekauft hatten. Da sie wusste, dass Jack sie während Vickys Abwesenheit häufiger besuchen würde, hatte Gia einen Kasten Bier und ein paar Flaschen Wein in den Einkaufswagen gepackt. Während sie den Laden verließen, hatte Vicky ihrer Mutter zugeflüstert, dass die Kassiererin es versäumt hatte, eine der Flaschen über den Strichcodescanner zu ziehen. Gia hatte ihren Kassenzettel überprüft, und tatsächlich, ihre Tochter, der so gut wie nie etwas entging, hatte auch diesmal Recht gehabt. Daraufhin hatte sie sofort kehrtgemacht, die Kassiererin auf den Irrtum hingewiesen und die Flasche nachträglich bezahlt. Die Kassiererin war verblüfft, der Ladeninhaber hatte Gia die Flasche sogar sozusagen als kleine Aufmerksamkeit schenken wollen. Und die beiden anderen Kunden in der Warteschlange hinter ihr hatten sie angestarrt, als wollten sie fragen: »Von was für einem Planeten kommen Sie denn?«

»Warum hast du die Flasche nicht einfach behalten, Mom?«, hatte Vicky gefragt.

»Weil sie nicht mir gehört hat.«

»Aber niemand hätte es gemerkt.«

»Du hast es gemerkt. Und als du es mir sagtest, wusste auch ich Bescheid. Deshalb wäre ich zur Diebin geworden, wenn ich sie behalten hätte. Und ich will keine Diebin sein.«

Vicky hatte diese Feststellung mit einem verstehenden Kopfnicken quittiert und dann angefangen, von dem toten Vogel zu erzählen, den sie am Tag zuvor gefunden hatte.

Ein Leben zu führen, wie sie es sich für Vicky wünschte, bedeutete, Opfer bringen zu müssen. Es bedeutete, dass sie nicht zu Jack ziehen konnte und Jack nicht zu ihr. Denn falls Vicky als Sechzehnjährige eines Tages fragen sollte, ob ihr Freund in ihrem Zimmer übernachten dürfe, wollte Gia ihrer Tochter in die Augen blicken können, wenn sie ihr dies nicht erlaubte.

Wie in aller Welt konnte Gia ihrer Tochter ihre Liebe zu Jack erklären? Sie konnte sie sich ja noch nicht einmal selbst plausibel machen. Jack setzte sich über alle Regeln hinweg, pfiff auf sämtliche grundlegenden gesellschaftlichen Konventionen, und dennoch... Er war der anständigste, moralischste, *wahrhaftigste* Mann, den sie kennen gelernt hatte, seit sie aus Iowa weggegangen war.

Aber sosehr sie ihn auch liebte, sie war sich nicht ganz sicher, ob sie auch mit ihm zusammen leben wollte. Oder überhaupt mit jemandem. Sie liebte ihren Freiraum, und den hatten sie und Vicky im Haus am Sutton Square in Hülle und Fülle. Dieses sündteure, eichengetäfelte, mit Antiquitäten gefüllte East-Side-Anwesen gehörte der Familie Westphalen, deren letzter lebende Nachkomme Vicky war. Ihre Tanten hatten ihr dieses Stadthaus und den größten Teil ihres beträchtlichen Vermögens laut Testament hinterlassen, aber sie galten bislang nur als vermisst und nicht als verstorben. Es würde

Jahre dauern, bis das Haus und das übrige Vermögen offiziell Vicky gehörte. Doch bis dahin räumte der Testamentsvollstrecker ihnen unbegrenztes Wohnrecht ein, um das Anwesen in Schuss zu halten.

Das Fazit war: Falls Gia und Jack sich jemals für eine räumliche Gemeinsamkeit entscheiden würden, zögen nicht sie und Vicky in Jacks kleine Zweizimmerwohnung um. Er käme hierher. Nachdem sie geheiratet hätten.

»Was tun wir also?«, fragte er.

Sie bestrich eine Brötchenhälfte mit Butter und legte sie ihm auf den Teller. »Wir machen weiter wie bisher. Ich bin dabei glücklich und zufrieden. Du etwa nicht?«

»Klar.« Er lächelte sie an. »Aber ich wäre sicherlich noch glücklicher, wenn ich jeden Morgen neben dir aufwachte.«

Das würde ihr sehr gut gefallen. Aber alles andere... Sie war sich nicht so sicher, ob sie damit so einfach klarkäme, wenn sie ihr Leben mit Jack teilte. Er hatte einen geradezu bizarren Tagesablauf, war manchmal, wenn sein jeweiliger Job es verlangte, nächtelang unterwegs. Sie bekam dies meistens erst im Nachhinein mit. Oft genug schlief sie in dem Glauben ein, er sitze sicher und geborgen in seiner kleinen Wohnung und sehe sich einen seiner seltsamen alten Kinofilme an. Wenn sie mit Jack zusammenlebte, würde sich all das grundlegend ändern. Sie würde dann wach in ihrem Bett liegen und sich den Kopf zermartern, wo er sich gerade aufhielt, ob er gerade in Gefahr schwebte... Und sie würde stumme Gebete zum Himmel schicken, dass er heil wieder nach Hause käme, ja, dass er überhaupt heimkehren solle.

Sie wäre schon bald ein nervliches Wrack. Und sie wusste nicht, ob sie das auf die Dauer würde ertragen können.

Da war es so schon besser. Zumindest vorläufig. Aber was wäre, wenn...?

Gia unterdrückte einen gequälten Seufzer. Wenn sie doch nur das Ergebnis des Schwangerschaftstests schon kennte. Sie hatte, während sich Jack in der Bibliothek befand, heimlich Dr. Eagletons Bereitschaftsdienst angerufen und erfahren, dass die Ärztin erst am Montag wieder in der Praxis zu erreichen sei. Für den Notfall wurde ihr die Telefonnummer des Arztes genannt, der sich schon einmal geweigert hatte, ihr die gewünschte Auskunft zu geben. Daher machte sich Gia gar nicht erst die Mühe, ihn erneut anzurufen. Sie würde wohl bis zum nächsten Tag warten müssen.

Verstohlen beobachtete sie, wie Jack hungrig sein Brötchen verzehrte. Sie dachte: Wenn der Test nun positiv ist, wie wirst du reagieren?

2

»Das ist völlig verrückt, Mann!« Charlie knallte die Zeitung so heftig auf den Frühstückstisch, dass Teller und Tassen einen klirrenden Tanz aufführten. »Absolut irre!«

Lyle schaute über den Rand des Sportteils der *Times* auf seinen Bruder. »Ist alles okay?«

Seit der seltsamen Episode in der vorangegangenen Nacht machte er sich Sorgen wegen Charlie. Doch der schien keinen Gedanken daran zu verschwenden. Wahrscheinlich glaubte er gar nicht, dass er Klavier gespielt hatte. Er dachte wohl, dass Lyle wieder mal einen seiner Albträume gehabt hatte.

Und wer sollte es ihm übel nehmen? Vor allem nachdem Lyle behauptet hatte, seine Brust voller Blut gesehen zu haben, und anschließend auch nicht den geringsten Kratzer gefunden hatte. Aber dies war schon das zweite Mal, dass er Charlie mit einer tiefen Wunde in der Brust gesehen hatte. Er glaubte nicht an Vorahnungen, und angesichts dessen, was er gesehen hatte, wollte er jetzt auch nicht damit anfangen.

Während er hier in der Sonne saß und ein warmer Sommerwind durch die – natürlich – offenen Fenster hereinwehte, erschien es ziemlich albern, sich den Kopf über irgendein zukünftiges Unheil zu zerbrechen.

»Sieh dir das an«, sagte Charlie, dessen Miene eine Mischung aus Wut und Abscheu ausdrückte, während er die aufgeschlagene *News* über den Tisch schob. »Der Artikel oben rechts.«

Als Lyle die Überschrift las, hatte er eine böse Vorahnung – ja –, wovon der Artikel handelte. Der erste Satz bestätigte es.

SIE HÄTTE ES WISSEN MÜSSEN

Elizabeth Foster, bei verschiedenen wohlhabenden Bewohnern Manhattans auch als Madame Pomerol, Wahrsagerin und Medium, bekannt, wurde in der vergangenen Nacht im Bankenviertel aufgegriffen. Bekleidet war sie lediglich mit einem Stück Pappe, das ihre Blöße nur notdürftig verhüllte. Ihr Ehemann Carl befand sich in einem ähnlichen Bekleidungszustand. Das Ehepaar erklärte, dass sie während der Rückfahrt zu ihrem Haus auf der Upper East Side von bösen Geistern, deren Zorn sie sich zuvor zugezogen hätten, aus ihrem Automobil – und aus ihren Kleidern – »apportiert« worden seien. Die Geister hätten sie durch die Nacht geschleudert und nackt in Lower Manhattan ausgesetzt. Madame Pomerol führte weiter aus, dass bestimmte Geister nicht gut auf sie zu sprechen seien, da sie sie gezwungen hätte, zahlreiche Gegenstände zurückzugeben, die sie zuvor ihren Kunden entwendet hätten.

»Das fasse ich nicht!«, rief Lyle und starrte Charlie an. »Sie benutzt die ganze Geschichte, um für sich Werbung zu machen!«

Er las weiter…

Vor zwei Jahren war Madame Pomerol lediglich eins von vielen spiritistischen Medien, die den allgemeinen Esoterik-Trend ausnutzten, bis sie in der *Late Show* David Lettermans auftrat. Obgleich Letterman ihre Ausführungen über übersinnliche Phänomene eher ironisch kommentierte, lenkte sie durch den Auftritt das allgemeine Interesse auf sich und wurde zu einem der prominentesten und erfolgreichsten Medien in ganz New York.

Trotz der von ihr beschworenen eigenen übersinnlichen Fähigkeiten konnte Madame Pomerol jedoch keinerlei Hinweise über den Verbleib ihres Automobils liefern. Die Polizei musste sie davon in Kenntnis setzen, dass sie den Wagen kurz nach ihr gefunden hätte, und zwar nicht auf der Upper East Side, wo sie angeblich herausgeholt worden sei, sondern in der Chambers Street, nicht weit von der Stelle, wo das Ehepaar aufgefunden worden war.

»Die Geister müssen den Wagen apportiert haben, nachdem sie uns entführt hatten«, sagte Madame Pomerol.

Die Wahrsagerin konnte nicht schlüssig erklären, was ihr angeblich zugestoßen war. Ebensowenig konnte sie die Existenz der Pistole Kaliber .32 erklären, die im Kofferraum ihres Wagens entdeckt wurde. Sie äußerte lediglich: »Die bösen Geister müssen sie dort deponiert haben. Sie wollten mich auf diese Art und Weise in Schwierigkeiten bringen, weil sie in mir ihre Meisterin gefunden haben.«

Auf eine Anklage wegen unerlaubten Waffenbesitzes wurde diesmal noch verzichtet, doch die Polizei behält sich diesen Schritt vor, je nachdem, was die Nachforschungen über die Herkunft der Waffe ergeben werden.

»Die beiden sollten auf jeden Fall angeklagt werden!«, schimpfte Lyle. »Schließlich wollten sie mich mit dieser Knarre umbringen!«

»Sie ist ziemlich wendig, die Alte, nicht wahr?«, stellte Charlie fest.

»Ja. Vielleicht zu wendig.«

Die Hexe hatte aus einem Denkzettel an ihre Adresse offenbar einen Reklamegag gemacht. Lyle fragte sich unwillkürlich, ob er selbst raffiniert genug gewesen wäre, in einer ähnlichen Situation das Gleiche zu tun.

Charlie meinte: »Naja, wenigstens hat sie außer uns jetzt noch etwas anderes am Hals.«

»Ja. Sie und ihr Göttergatte müssen sich wegen dieser Waffe was überlegen. Aber selbst wenn sie deswegen Ärger kriegen sollten, dürfte ihnen die augenblickliche Publicity genug neue Leute einbringen, so dass sie sich nicht mehr für die Kunden interessieren werden, die wir ihnen abspenstig gemacht haben.«

Charlie grinste. »Über einen ganz bestimmten neuen Kunden, der heute zu ihr kommt, dürfte sie sich nicht allzu sehr freuen, wenn du verstehst, wen ich meine.«

»Du meinst Jack.«

»Ja, meinen Freund Jack.«

»Du magst ihn, nicht wahr?«

Charlie nickte. »Als ich ihn zum ersten Mal sah, dachte ich noch: Dieser Typ will unseren Arsch retten? Nee, niemals. Aber ich hab mich geirrt. Und zwar gründlich. In seinen Spießerklamotten sieht er erst total harmlos aus, aber in Wirklichkeit ist er die reinste Granate, Bruder.«

Lyle verspürte einen Anflug von Eifersucht, als er den Unterton aufrichtiger Bewunderung in der Stimme seines Bruders hörte.

»Glaubst du, er schafft es, Madame Pomerol in ihre Schranken zu weisen?«

Charlie zuckte die Achseln. »Gestern zumindest hat er sie in ihre Schranken verwiesen. Als wir in ihrem ›Tempel‹ waren, haben wir mal einen Blick auf ihren Terminkalender geworfen. Sie hat für heute Nachmittag eine Sitzung mit vier Kunden angesetzt. Jack wird versuchen, unter einem Vorwand ebenfalls daran teilzunehmen.« Er grinste. »Und wenn er das schafft, dann wird's richtig lustig, wenn du weißt, was ich meine.«

»Wir sollten auch am Sonntag Sitzungen veranstalten«, sagte Lyle. Sie hatten schon unzählige Male fruchtlos darüber diskutiert, aber er musste dieses Thema immer wieder zur Sprache bringen. »Das wäre ein großes Geschäft für uns. Die Leute sind zu Hause, es ist ein religiöser Feiertag, und wenn sie nicht in die Kirche gehen, dann kommen sie vielleicht zu uns.«

Charlies Grinsen versiegte. »Ich hab's dir gesagt, Lyle: Wenn du Sonntags Sitzungen veranstaltest, dann musst du das ohne mich tun. Ich hoffe, dass mir irgendwann verziehen wird, was ich an den anderen sechs Tagen der Woche tue, aber ich weiß ganz genau, dass ich in der Hölle schmoren werde, wenn ich das gottesfürchtige Volk davon abhalte, am Sonntag den Herrn zu preisen. Falls ich überhaupt jemals…«

Lyle zuckte erschrocken zusammen, als im Zimmer nebenan plötzlich eine Stimme erklang. Er umklammerte die Tischkante mit beiden Händen und hatte sich bereits halb von seinem Stuhl erhoben, als er Bugs Bunnys unverwechselbares Organ erkannte.

»Der Fernseher«, stieß er hervor und spürte, wie sich seine Muskeln entspannten. Aus irgendeinem Grund lief er plötzlich. Er sah Charlie an. »Hast du etwa die Fernbedienung in der Hosentasche?«

Charlie schüttelte den Kopf. »Ganz bestimmt nicht. Ich habe sie nicht mal angerührt.«

Beim Klang von Schüssen erschraken sie beide, dann begriff Lyle, dass auch diese aus dem Fernseher kamen. Er hätte am liebsten gelacht. Aber er konnte das Ganze gar nicht lustig finden. Das Fernsehzimmer war das, was vom alten Esszimmer übrig geblieben war. Letzteres war früher die Verbindung zum jetzigen Wartezimmer gewesen, doch sie hatten im Zuge des Umbaus die Türöffnung zugemauert. Daher führte der einzige Weg ins Fernsehzimmer durch die Küche.

Lyle starrte seinen Bruder einen unbehaglichen Moment lang an, dann schnappte er sich ein Küchenmesser und stand auf. Eigentlich war es unmöglich, dass sich jemand in dem Zimmer aufhielt, doch es schadete nie, auf alle Eventualitäten vorbereitet zu sein.

»Mal sehen, was da los ist.«

Das Messer locker in Höhe seiner Oberschenkel in der Hand balancierend, ging Lyle nach nebenan, fand das Zimmer jedoch leer vor. Auf dem Bildschirm lachte eine frühe Version von Bugs Bunny einen mit einer Schrotflinte herumfuchtelnden Elmer Fudd aus. Lyle entdeckte das Logo des eingestellten Kanals, Cartoon Network, in der rechten unteren Ecke des Schirms.

»Hast du dir wieder mal Zeichentrickfilme angesehen?«, wollte er von Charlie wissen.

»Das tu ich schon seit einer halben Ewigkeit nicht mehr.«

Lyle sah sich suchend um und fand die Fernbedienung auf der Couch. Er wechselte mit einem Tastendruck auf den Weather Channel. »Dann kann ich ja gleich mal nachsehen, was der Wetterbericht sagt.«

Das Bild des Weather Channel erschien, verschwand aber sofort wieder und wurde durch den laufenden Film des Cartoon-Network-Kanals ersetzt. Verärgert drückte Lyle auf verschiedene Tasten, doch immer wieder schaltete sich der Cartoon-Kanal ein.

»Was für ein Scheiß ist das denn?«

Er ging zum Fenster und schaute hinaus.

»Was suchst du?«, fragte Charlie.

»Ach, ich habe gehört, dass Kinder sich manchmal einen Spaß daraus machen, mit Universal-Fernbedienungen die Fernseher ihrer Nachbarn durcheinander zu bringen.«

Auf der Straße vor dem Haus war niemand zu sehen.

»Vielleicht sind es die Fosters, weißt du, die sich an unseren Köpfen zu schaffen machen.«

»Das ist doch viel zu billig, sogar für sie. Außerdem bin ich mir ziemlich sicher, dass sie heute Morgen ganz andere Sorgen haben.«

Zur Hölle damit, dachte er und schlug mit der Hand auf den Netzschalter.

Der Bildschirm wurde dunkel. Doch keine Sekunde später flackerte er schon wieder auf. Lyle betätigte ein halbes Dutzend Mal hintereinander den Schalter, doch der verdammte Fernseher schaltete sich immer wieder selbst ein.

Charlie meldete sich zu Wort. »Lass mich mal.«

Er fasste hinter den Fernseher, zog den Netzstecker heraus und ließ das Gerät verstummen.

Lyle bildete mit den Fingern das Victory-Zeichen. »Warum bin *ich* nicht auf diese Idee gekommen...?«

Sie zuckten beide zusammen, als der Bildschirm sich wieder aufhellte. Diesmal war Jerry – die Maus – damit beschäftigt, den Schädel von Tom – dem Kater – mit einer Bratpfanne platt zu klopfen. Lyle deutete auf den Netzstecker, den Charlie noch immer festhielt.

»Du hast offenbar den falschen erwischt.«

»Der andere ist der vom Videorecorder. Sieh doch, das Display ist noch erleuchtet.«

»Zieh ihn trotzdem raus.«

Charlie griff erneut hinter den Fernsehapparat und zog an der anderen Schnur, aber Tom und Jerry prügelten sich weiter.

Charlie ließ die beiden Netzkabel fallen, als wären es lebendige Giftschlangen. »Wer verarscht hier wen, Mann?«

»Hey, mach mich nicht an. Du bist hier der Chefelektroniker. Mach du dir einen Reim darauf.« Aber Charlie ging an ihm vorbei und verschwand in der Küche. »Wo willst du hin?«

»Wo ich jeden Sonntag um zehn hinwill. In die Kirche. Das solltest du zur Abwechslung auch mal tun, Brüderchen, denn dieser Fernseher ist ganz und gar nicht defekt. Er ist verflucht, wenn du weißt, was ich meine. *Verflucht*!«

Lyle wandte sich um und verfolgte, wie die Zeichentrickfiguren sich gegenseitig über den Schirm des ausgestöpselten Fernsehapparats hetzten. Nachdem er in der vergangenen Nacht Charlie mit einem tiefen Loch in der Brust gesehen hatte, wurde Lyle immer mehr von der Frage beherrscht, ob er allmählich durchdrehte. Die Sache mit dem Fernseher hingegen war keine Einbildung. Sie hatten es beide gesehen.

Aber dass ein Fernseher verflucht sein sollte, das glaubte er nun doch nicht. Es musste für diesen Effekt eine Erklärung geben, und zwar eine vernünftige – vielleicht befand sich in dem Kasten so etwas wie eine Batterie oder ein Akku –, und er würde sie finden.

Lyle schlug den Weg zur Garage ein, um seinen Werkzeugkasten zu holen...

3

Jack saß bei Julio's an einem der hinteren Tische und betrachtete prüfend seinen jüngsten potenziellen Kunden. Der Mann hatte sich als Edward vorgestellt, ohne einen Nachnamen zu nennen. Eine Vorsichtsmaßnahme, die Jack durchaus zu würdigen wusste.

Ein paar von den Stammgästen saßen bereits an der Bar und genehmigten sich die erste Dröhnung des Tages. Morgendliche Sonnenstrahlen durchdrangen die Beerdigungsprozession toter Grünpflanzen, Hängebüsche und Spinnenpflanzen im Schaufenster und wanderten dann weiter, um die dichte Wolke aus Tabaksqualm zu erhellen, die über der Theke hing. Jacks Tisch war der einzige, der nicht mit umgedrehten Stühlen belegt war. Die nur wenig kühlere Luft im dunkleren hinteren Teil des Etablissements würde sich nur kurze Zeit halten. Alles sprach dafür, dass ein brütend heißer Tag bevorstand. Julio hatte den Hinterausgang geöffnet, um ein wenig Durchzug zu schaffen, so dass der Geruch von schalem Bier hinausgeweht wurde, ehe er die Tür wieder schloss und die Klimaanlage einschaltete.

Jetzt näherte er sich mit einer Kaffeekanne in der Hand.

»Willst du was dazu, Mann?«, fragte er, während er Jacks Tasse auffüllte. »Einen Schuss Brandy gegen den Kater?«

Julios Name stand vorne auf dem Schaufenster. Er war klein und muskulös und hatte einen bleistiftdünnen Schnurrbart. Und er stank.

»Ich habe die ganze Nacht keinen Tropfen angerührt«, sagte Jack mit einem Ausdruck gespielter Entrüstung und versuchte, den Geruch zu ignorieren, der plötzlich seine Nase traf. Er hatte seine erste Tasse vorne getrunken, nachdem Julio sie hinter der Bar gefüllt hatte. Dort hatte er den Geruch noch nicht wahrgenommen.

Julio zuckte die Achseln und wandte sich an den fremden Gast. »Soll ich nachschenken?«

»Das wär sehr nett«, erwiderte Edward mit starkem irischem Akzent.

Sein Aussehen stand diesem knorrigen Akzent in nichts nach: Seinen knotigen Händen nach zu urteilen war er fünfundsechzig bis siebzig Jahre alt, weißhaarig, stämmig gebaut und hatte ein verschmitztes Funkeln in den blauen Augen.

Gekleidet war er eher ein wenig abenteuerlich: Oben trug er ein gräuliches T-Shirt, das möglicherweise einmal weiß gewesen und zu oft in der Buntwäsche gelandet war. Mit dem, was er darunter angezogen hatte, hätte er an jeder Beerdigung teilnehmen können: eine schwarze Anzughose – glänzend vom häufigen Tragen – sowie schwarze Socken und Schuhe. Er hatte einen großformatigen Manilaumschlag mitgebracht, der zwischen ihnen auf dem Tisch lag.

Edward runzelte die Stirn und sog prüfend die Luft ein. Er rieb sich die Nase und hielt Ausschau nach der Quelle des seltsamen Geruchs. Jack glaubte, zum besseren Verständnis etwas sagen zu müssen.

»Okay, Julio, benutzt du ein neues Aftershave?«

Julio grinste. »Es heißt Chiquita. Super, nicht wahr?«

»Aber nur, wenn du 'ne Terror-Tussi aufreißen willst, die aus Nostalgie auf Tränengas abfährt.«

»Gefällt es dir nicht?« Julios Gesicht nahm einen beleidigten Ausdruck an. Er wandte sich an Edward. »Wie finden Sie es denn, Kumpel?«

Edward rieb sich noch einmal die Nase. »Nun ja, ich, ähm…«

»Haben Sie schon mal Bekanntschaft mit Tränengas gemacht, Edward?«, fragte Jack.

»Das Vergnügen hatte ich noch nicht.«

»Nun, ich schon, und Chiquita kommt dem ziemlich nahe.«

In diesem Augenblick erwachte die alte Wurlitzer-1080-Musikbox im vorderen Teil der Bar mit »Paradise by the Dashboard Light« zu brüllendem Leben.

Jack stöhnte gequält auf. »Meat Loaf? Noch vor Mittag? Julio, das ist ein schlechter Witz.«

»Hey, Lou!«, rief Julio und wandte sich zur Bar. »Hast du das gedrückt, Kumpel?«

Eine rein rhetorische Frage. Jeder im Laden – außer Edward, natürlich – wusste, dass Lou ein ganz besonderes Faible für Meat-Loaf-Songs hatte. Wenn er das nötige Geld hätte und wenn die anderen Stammgäste ihn in diesem Fall nicht vorsorglich erwürgten, würde er sie Tag und Nacht spielen. Eines Abends vor ein paar Jahren hatte er es übertrieben. Er ließ »Bat Out of Hell« einmal zu oft laufen. Ein Schriftsteller aus L. A. – ein harmlos aussehender junger Mann und ein Freund von Tommy, dem Jack etwas Derartiges niemals zugetraut hätte – zog eine .357er aus der Tasche und »tötete« die Musikbox. Kurze Zeit später hatte Julio als Ersatz diese klassische Wurlitzer aufgestellt und wollte auf keinen Fall, dass sie genauso zusammengeschossen würde wie ihre Vorgängerin.

Lou zuckte die Achseln, grinste und zeigte dabei sechzig Jahre alte Zähne, die sich in neunundfünfzig Jahren Nikotin nahtlos braun gefärbt hatten. »Schon möglich.«

»Was habe ich dir zu Meat Loaf gesagt, wenn die Sonne aufgegangen ist, hm? Was habe ich gesagt?« Er ging rüber zur Musikbox und zog das Netzkabel heraus.

»Hey!«, protestierte Lou. »Ich hab einen Haufen Geld eingeschmissen!«

»Dann hast du's gerade verloren.«

Die anderen Stammgäste lachten schadenfroh, während Lou einen leisen Fluch ausstieß und zu seinem Brandy und seinem Bier zurückkehrte.

»Vielen Dank, Julio«, murmelte Jack.

Die musikalischen Ergüsse Meat Loafs waren eigentlich an *jedem* Tag nur schwer zu ertragen – zwanzig Minuten lange Songs, bei denen mindestens während des letzten Drittels die gleichen zwei oder drei Textzeilen ständig wiederholt wurden –, so etwas aber auch noch an einem Sonntagvormittag hören zu müssen... Zu einem Sonntagvormittag passte eher etwas locker Besinnliches in Richtung Cowboy Junkies, zum Beispiel.

»Also, Edward«, sagte Jack, nachdem er einen Schluck von

seinem Kaffee getrunken hatte, »wie sind Sie an meinen Namen gekommen?«

»Jemand erzählte mal, er hätte Ihre Dienste in Anspruch genommen. Er meinte, Sie lieferten gute Arbeit und gehörten nicht zu der Sorte, die sich mit langem Gerede aufhält.«

»Tatsächlich? Würde es Ihnen was ausmachen, mir zu verraten, wer dieser nette Zeitgenosse war oder ist?«

»Oh, ich glaube, er möchte nicht, dass ich zu viel von ihm erzähle, aber er äußerte nur Gutes über Sie. Allerdings nicht über Ihr Honorar. Das fand er ganz und gar nicht erfreulich.«

»Wissen Sie vielleicht, was ich für Ihren unbekannten Freund erledigt habe?«

»Ich glaube, ihm wäre auch nicht recht, wenn ich mir darüber das Maul zerrisse.« Er beugte sich vor und senkte die Stimme. »Zumal es nicht ganz legal war.«

»Sie sollten nicht alles glauben, was Sie hören«, sagte Jack.

»Wollen Sie mir etwa weismachen«, sagte Edward und grinste koboldhaft, »dass Sie mitteilungsbedürftig sind wie ein Marktweib und aus reiner christlicher Nächstenliebe völlig gratis arbeiten?«

Jack musste lächeln. »Nein, aber ich versuche immer, in Erfahrung zu bringen, wie meine jeweiligen Kunden ausgerechnet auf mich gestoßen sind. Und ich möchte gerne wissen, wer von denen den Mund nicht halten kann.«

»Wegen dem Burschen brauchen Sie sich keine Sorgen zu machen. Er gehört zur vorsichtigen Sorte. Er hat mich zu strengster Verschwiegenheit verpflichtet. Durchaus möglich, dass ich der Einzige bin, dem er es erzählt hat.«

Jack entschied für sich, die Frage nach der Informationsquelle einstweilen zurückzustellen und erst einmal in Erfahrung zu bringen, was dieser kleine Mann von ihm wollte.

»In Ihrem Anruf war von Ihrem Bruder die Rede.«

»Ja. Es geht um meinen Bruder Eli. Ich mach mir große Sorgen um ihn.«

»In welcher Hinsicht?«

»Ich befürchte, er ist... nun ja, ich weiß nicht so richtig, wie ich es ausdrücken soll.« Er schien fast so etwas wie ein schlechtes Gewissen zu haben. »Ich befürchte, dass er sich selbst schon in naher Zukunft in allergrößte Schwierigkeiten bringen wird.«

»In welche Art von Schwierigkeiten, und was verstehen Sie unter ›naher Zukunft‹?«

»In den nächsten Tagen, fürchte ich.«

»Und in welche Schwierigkeiten?«

»Er wird gewalttätig, denke ich.«

»Meinen Sie damit, dass er loszieht und andere Leute verprügelt?«

Edward zuckte die Achseln. »Vielleicht sogar noch Schlimmeres. Ich weiß es nicht.«

»Schlimmeres? Haben wir es etwa mit einem Amokläufer zu tun?«

»Ich kann Ihnen versichern, dass er die meiste Zeit ein absolut anständiger und ganz normaler Zeitgenosse ist. Er betreibt mitten in der Stadt ein eigenes Geschäft, aber zu gewissen Zeiten..., nun..., ich glaube, man kann sagen, da dreht er regelrecht durch.«

»Und Sie meinen, dass eine dieser Gelegenheiten unmittelbar bevorsteht. Weshalb Sie mit Ihrem Besuch nicht bis morgen warten konnten.«

»Genau.« Er legte die Hände um die Kaffeetasse, als wollte er sie wärmen. Aber draußen war nicht Januar, sondern August. »Ich fürchte, es ist bald wieder so weit.«

»Und was bringt Sie auf diesen Gedanken?«

»Der Mond.«

Jack lehnte sich zurück. O nein. Er wird mir doch wohl nicht erzählen, sein Bruder sei ein Werwolf. Bitte nur das nicht.

»Warum? Haben wir Vollmond?«

»Im Gegenteil. Morgen ist Neumond.«

Neumond... das erzeugte bei Jack ein unangenehmes Rumoren in der Bauchgegend und ließ ihn in Gedanken ein paar Monate in die Vergangenheit zurückspringen, als die Entnahme eines ganz speziellen Blutes aus einer ganz speziellen Vene genau bei Neumond hatte stattfinden müssen.

Aber dies hier klang nicht so, als handelte es sich um einen auch nur andeutungsweise ähnlichen Vorgang.

»Ist er vielleicht auf eine ganz besondere Art und Weise mondsüchtig?«

»So ähnlich könnte man es ausdrücken«, erwiderte Edward. »Aber es ist nicht so, dass es zu jedem Neumond passiert. Nur diesmal scheint es auf diesen Termin zu fallen.«

»Woher wissen Sie das?«

»Eli hat es mir gesagt.«

»Er hat Ihnen gesagt, er werde morgen Nacht jemanden aufmischen und...«

»Es könnte auch heute Nacht passieren. Oder Dienstagnacht. Die Neumondphase dauert länger als nur einen Tag, wie Sie sicherlich wissen.«

»Warum sollte er Sie darüber unterrichtet haben?«

»Ich glaube, er wollte nur, dass ich Bescheid weiß.«

Jack konnte sich die Antwort auf seine nächste Frage denken, fand jedoch, dass er sie trotzdem stellen sollte. »Können Sie mir verraten, was ich bei dieser Angelegenheit zu tun habe?«

»Nun ja, ich denke, mit einem solchen Problem kann man sich nicht gerade an die Polizei wenden. Und ich bin zu alt, um die Sache selbst in die Hand zu nehmen. Daher hoffte ich, dass Sie auf ihn aufpassen würden.«

Das hatte Jack befürchtet. Er sollte den Schutzengel für einen Mondsüchtigen spielen. Genauer, einen Neumondsüchtigen.

»Ich glaube, in diesem Punkt muss ich Sie enttäuschen, Ed. Ich bin nicht im Leibwächterbusiness tätig.«

»Warten Sie. Es ist kein richtiger Leibwächterjob. Sie sollen ihn nicht vor jemand anderem beschützen. Sie beschützen ihn nur vor sich selbst. Und auch nur für drei Tage, Mann. Drei Tage!«

Jack schüttelte den Kopf. »Das genau ist das Problem. Ich kann unmöglich drei Tage damit vergeuden, auf einen Verrückten aufzupassen.«

»Es sind doch keine ganzen Tage. Nur die Nächte. Nachdem er in seinem Laden Feierabend gemacht hat.«

»Warum brauchen Sie ausgerechnet mich? Warum engagieren Sie nicht einen professionellen Bodyguard? Ich kann Ihnen gern ein paar Telefonnummern geben.«

»O nein, unmöglich«, wehrte Edward ab und schüttelte heftig den Kopf. »Es ist von größter Wichtigkeit, dass er nichts davon weiß.«

»Jetzt mal langsam und zum besseren Verständnis: Sie wollen, dass ich auf Ihren Bruder aufpasse, ohne dass er etwas davon weiß?«

»Genau. Und das Schöne daran ist, dass Sie vielleicht überhaupt nichts tun müssen. Durchaus möglich, dass er gar nicht verrückt spielt. Aber falls es doch passiert, wären Sie in der Nähe, um ihn zu bändigen und vielleicht davon abzuhalten, sich selbst oder jemand anderem irgendein Leid zuzufügen.«

Jack schüttelte ratlos den Kopf. Das war doch völlig verrückt.

»Bitte!« Edwards Stimme bekam einen flehenden Unterton. Er griff in seine Gesäßtasche und holte einen dicken Briefumschlag hervor. Mit zitternden Händen legte er ihn auf den Tisch und schob ihn zu Jack hinüber. »Ich habe jeden Cent zusammengekratzt, den ich erübrigen konnte. Bitte, nehmen Sie das Geld und...«

»Es ist keine Frage des Geldes«, unterbrach ihn Jack. »Es ist eine Zeitfrage. Ich kann mir unmöglich die Nächte um die Ohren hauen und diesen Knaben im Auge behalten.«

»Das brauchen Sie auch nicht! Beobachten Sie ihn nur von dem Moment an, wenn er seinen Laden schließt, bis, sagen wir, Mitternacht. Also nur ein paar Stunden, und das über drei Tage, Mann. Das ist doch nicht zu viel verlangt.«

Edwards tiefe Sorge – ja, fast Angst – um seinen Bruder, ging Jack förmlich unter die Haut. Drei Nächte... Keine Ewigkeit. Der einzige andere Job, den er im Augenblick hatte, war die Sache mit den Kenton-Brüdern, und da hatte er wohl eine Atempause. Nach der vergangenen Nacht glaubte er nicht, dass er dort ständig Wache halten musste.

»Na schön«, meinte Jack schließlich. »Für drei Nächte kann ich Ihnen, glaube ich, zur Verfügung stehen.«

Edward ergriff über den Tisch hinweg Jacks Hände. »Gott segne Sie, Mann. Das ist wunderbar, einfach wunderbar!«

»Ich sagte, dass ich Ihnen zur Verfügung stehe, aber ich kann Ihnen nichts garantieren.«

»Ich weiß, dass Sie Ihr Bestes tun werden und mich nicht enttäuschen.«

Jack schob den Briefumschlag zu Edward zurück. »Geben Sie mir die Hälfte davon. Ich behalte ihn drei Nächte lang im Auge. Wenn nichts passiert – das heißt, wenn ich nicht einschreiten und ihn von irgendetwas abhalten muss –, sind wir quitt. Falls es jedoch heftig werden sollte, egal in welcher Form, dann schulden Sie mir die andere Hälfte.«

»Das nenne ich fair«, sagte Edward, während er den Umschlag öffnete und das Geld zählte. »Sogar mehr als fair.«

»Und was mein Einschreiten betrifft, es könnte darauf hinauslaufen, dass ich etwas gründlicher hinlangen muss, falls er sich nicht zur Vernunft bringen lassen will.«

»Was verstehen Sie darunter? Was haben Sie mit ihm vor?«

»Ihn außer Gefecht setzen. Dafür sorgen, dass er so bald nicht mehr auf die Beine kommt.«

Edward seufzte. »Tun Sie, was Sie tun müssen. Ich verlasse mich auf Ihr Urteilsvermögen.«

»Okay«, sagte Jack und beugte sich vor. »Nachdem wir das geklärt haben, brauche ich Informationen. Wo hält er sich auf und wie sieht er aus?«

Edward deutete mit einem Kopfnicken auf den Umschlag auf dem Tisch. »Sie finden alles Notwendige dort drin.«

Jack öffnete den Umschlag und holte ein Blatt Papier sowie ein Foto von einem Mann mit Glatze heraus, dessen Alter er auf sechzig Jahre schätzte. Jack betrachtete das Bild. Es zeigte den Mann von der Taille aufwärts. Das Gesicht hatte er halb abgewendet.

»Er sieht Ihnen nicht gerade ähnlich.«

»Wir haben verschiedene Mütter.«

»Demnach ist er Ihr Halbbruder.«

Edward quittierte die Feststellung mit einem Achselzucken und fuhr mit dem Geldzählen fort.

Jack war nicht zufrieden. »Haben Sie kein besseres Foto?«

»Ich fürchte, nein. Eli lässt sich nur ungern fotografieren. Er wäre ziemlich verärgert, wenn er wüsste, dass ich dieses Bild heimlich von ihm gemacht habe. Ich wünschte, ich könnte Ihnen mehr über ihn erzählen, aber wir wurden nicht zusammen großgezogen, daher weiß ich nur sehr wenig über ihn.«

»Aber er kam zu Ihnen und erzählte, er würde demnächst etwas Verrücktes tun?«

»Ja. Das ist richtig unheimlich, nicht wahr?«

»Ob das so unheimlich ist, weiß ich nicht, aber seltsam ist es auf jeden Fall.«

Jack warf einen Blick auf das Blatt Papier. »Eli Bellitto« war in Großbuchstaben darauf zu lesen.

»Bellitto?«, fragte Jack. »Das ist aber kein irischer Name.«

»Wer hat so etwas behauptet?«

»Niemand. Aber, wissen Sie, Sie haben einen irischen Akzent, und das dort ist ein italienischer Name.«

»Und nur weil das ›O‹ am falschen Ende steht, meinen Sie, dass Eli kein Ire sein kann? Können Sie sich vorstellen, dass in dem Haus, in dem wir in Dublin aufgewachsen sind, sogar jemand namens Schwartz gewohnt hat? Das ist wirklich wahr. Und dessen Akzent war noch stärker als meiner. Mein Onkel aus Amerika war mal bei uns zu Besuch, und er verstand kein Wort von dem, was er sagte. Und dann war da noch...«

Jack hob beschwörend die Hände. »Ist ja schon gut, ich hab verstanden.« Er tippte mit dem Finger auf die Adresse, die unter dem Namen notiert war. »Was bedeutet dieses ›Shurio Coppe‹?«

»Das ist der Name seines Ladens. Er handelt mit...«

»Sagen Sie nichts. Mit Kuriositäten, richtig?«

Edward nickte. »Mit Antiquitäten, Krimskrams, alten Büchern und allen möglichen seltsamen Dingen.«

»Wo wohnt er?«

»Direkt über dem Laden.«

Na gut, dachte Jack. Das war immerhin praktisch. So brauchte er diesem seltsamen Heini in den nächsten drei Nächten nicht quer durch die Stadt hinterherzurennen.

»Wann ist bei ihm Ladenschluss?«

»Meist so gegen neun, aber heute macht er früher zu, weil Sonntag ist. Sie sollten zusehen, dass Sie kurz vor sechs dort sind.«

Er reichte Jack den nun deutlich dünneren Briefumschlag und verstaute die restlichen Geldscheine in der Hosentasche. Dann lehnte er sich zurück, schloss die Augen und legte eine Hand auf die Brust.

»Sind Sie okay?«, fragte Jack. Es sah fast so aus, als hätte der Mann einen Herzanfall.

Edward öffnete die Augen und lächelte. »Jetzt bin ich es. Seit er diese seltsamen Andeutungen gemacht hat, war ich in großer Sorge. Ich dachte, dass ich irgendetwas tun müsste, und das habe ich jetzt getan. Ich würde es mir niemals verzeihen, wenn er einem Unschuldigen Schaden zufügen würde...« Er hielt inne, schaute auf die Uhr und stützte sich dann mit beiden Händen auf den Tisch. »Nun, ich habe genug von Ihrer Zeit in Anspruch genommen, Mister Handyman. Ich denke, ich sollte mich jetzt verabschieden.«

Jack nickte, wedelte mit der Hand und sah dem Mann nach, während er sich zwischen den Tischen hindurchschlängelte und durch die Tür verschwand. Er blätterte in den Banknoten im Briefumschlag und betrachtete das Foto von Eli Bellitto. Zwei Tage, zwei Jobs. Nicht schlecht. Obgleich diese Bellitto-Affäre eigentlich kein Job im klassischen Sinne war. Eher eine vorbeugende Maßnahme.

Er warf einen Blick auf die Uhr über dem Schild MORGEN FREIBIER..., das über der Bar hing. Es wurde Zeit, sich auf die Socken zu machen. Er musste nach Hause und sich für sein Rendezvous mit Madame Pomerol ausstaffieren.

4

»Dein Dad hat heute Morgen 'ne geile Predigt gehalten«, sagte Charlie Kenton.

Er stand neben Sharleen Sparks an der Spüle im Keller der Neuapostolischen Kirche. Nach dem Morgengottesdienst war er mit ihr und ein paar anderen Freiwilligen hierher gekommen, um bei der Zubereitung des allwöchentlichen Abendessens für die Armen und Obdachlosen mitzuhelfen, das von der Kirche veranstaltetet wurde. Die Spüle war schon alt und verrostet, der große Gasherd ramponiert und wacklig, aber beide taten noch gute Dienste. Der Linoleumfußboden bog sich an den Ecken bereits nach oben, und von der Decke blätterte der Verputz ab, doch der Geist von Nächstenliebe und Mildtätigkeit, den Charlie allgegenwärtig spüren konnte, verlieh allem ein Strahlen und Glänzen, als wäre es nagelneu. Er hatte gerade die Hälfte seines Sacks Kartoffeln geschält und seine Finger schmerzten. Aber das machte ihm nichts aus. Er litt für einen guten Zweck.

»Ja, Gott sei's gedankt«, sagte sie. »Er war heute selten gut in Form.«

Charlie blickte von der Kartoffel hoch, die er soeben schälte, um das Girl anzusehen. Dabei überlegte er, was er als Nächstes sagen sollte. Er musste irgendetwas sagen. Er hatte eine halbe Ewigkeit auf die Gelegenheit gewartet, mit ihr allein reden zu können. Jetzt hatte er endlich diese Chance, und sein Geist war wie leer gefegt. Vielleicht lag es an ihrer Schönheit, innerlich wie äußerlich, oder daran, dass ihr offenbar nicht bewusst war, eine Schönheit zu sein.

Sie hatte ihr Haar zu vielen kleinen Zöpfchen geflochten, blickte mit großen braunen Augen in die Welt und zeigte ein Lächeln, bei dem ihm die Knie weich wurden. Unter ihrem weiten Jeansoverall trug sie ein weißes T-Shirt, dessen Latz es nicht schaffte, ihre vollen Brüste zu verhüllen. Er gab sich alle Mühe, sie nicht ständig anzustarren.

Vor seiner Konvertierung hatte es ihm noch nie derart die Sprache verschlagen. Damals war er eine ganz heiße Nummer gewesen, behängt mit Goldketten und Seidenanzügen und stets eine Ladung Schnee und eine Portion Gras vom Besten in der Tasche. Die Frauen, die er damals nur Schlampen oder Schnallen nannte, hatten Gesichter wie aus dem Schminktopf und Klamotten direkt vom Laufsteg. Dazu trugen sie Perücken und große funkelnde Zirkoniumohrhänger. Nichts an ihnen war echt, aber sie waren leicht zu haben. Er brauchte sich nur an sie ranzumachen, ihnen irgendwelchen Stoff anzubieten, damit sie locker wurden, sie mit ein paar öligen Komplimenten einzuwickeln, und schon waren sie unterwegs zu seiner oder ihrer Wohnung.

Er schüttelte den Kopf. Ein Leben voller Sünde. Aber er hatte sein ganzes restliches Leben lang Zeit, alles wieder gutzumachen.

»Sharleen«, sagte eine tiefe Stimme, »macht es dir etwas aus, wenn Charlie und ich uns mal kurz unter vier Augen unterhalten?«

Charlie Kenton hob den Kopf und erkannte Reverend Josiah Sparks, einen imposanten Mann, dessen schwarzes Gesicht dank der weißen Haarmähne und dem weißen Bart, die es einrahmten, noch schwärzer erschien. Er war soeben eingetroffen, nachdem er Priestergewand und Kragen, die er während des Gottesdienstes getragen hatte, gegen ein Arbeitshemd und eine Arbeitslatzhose, wie seine Tochter sie trug, getauscht hatte.

Sharleen warf Charlie einen besorgten Blick zu. »Oh, ähm, natürlich nicht, Daddy.«

Nachdem sie sich zu einem der Kochherde entfernt hatte, musterte der Reverend ihn eingehend durch die dicken Gläser seiner randlosen Brille. »Hast du einmal über die Angelegenheit nachgedacht, über die wir uns unterhalten haben?«

»Ja, Rev. Jeden Tag.«

Reverend Sparks ergriff ein Messer und begann die geschälten Kartoffeln zu vierteln, dann warf er die Stücke in einen Topf. Sie würden in Kürze gekocht und zu Püree verarbeitet werden.

»Und zu welcher Entscheidung bist du gelangt?«

Charlie zögerte. »Noch zu keiner endgültigen.«

»Es ist deine Seele, die auf dem Spiel steht, mein Sohn. Deine unsterbliche Seele. Wie kann es da bei deiner Entscheidung auch nur einen Anflug von Unsicherheit geben?«

»Den gäbe es auch nicht... wenn Lyle nicht mein Bruder wäre, wenn Sie verstehen, was ich meine.«

»Es bedeutet gar nichts, dass er dein Bruder ist. Er zieht dich hinab in die Sünde und macht dich bei seinen schlimmen Taten zu einem Komplizen. Du musst dich von ihm lösen. Denk daran: ›Ärgert dich dein Auge, so wirf's von dir! Es ist dir besser, dass du einäugig in das Reich Gottes eingehest, denn dass du zwei Augen habest und werdest in das höllische Feuer geworfen.‹«

»Worte«, erwiderte Charlie.

»Ja, das sind sie. Die Worte Gottes, überliefert von Matthäus und Markus.«

Charlie sah sich um. Sharleen befand sich außer Hörweite, und in der Nähe war sonst niemand zu sehen. Der Reverend sprach mit leiser Stimme. Das war gut. Charlie wollte nicht, dass die gesamte Kirchengemeinde von seinen Problemen erfuhr. Vor allem Sharleen brauchte nichts zu wissen.

Manchmal fragte er sich, ob er nicht einen Fehler gemacht hatte, mit dem Reverend über Lyles Spiritistennummer zu reden. Der Geistliche betrachtete Charlie als ein Mitglied seiner Herde, das in Gefahr war, sein Seelenheil zu verlieren, und er war entschlossen, ihn um jeden Preis davor zu bewahren.

»Aber was ist mit *Lyles* Seele, Reverend? Ich will nicht, dass er im ewigen Feuer schmort.«

»Du hast mir erzählt, du hättest vor ihm Zeugnis abgelegt. Stimmt das?«

»Ja, oft. Sehr oft sogar. Aber er will einfach nicht hören.«

Der Reverend nickte. »Deine Worte sind wie Saat, die auf steinigen Boden fällt. Nun, du darfst ihn nicht aufgeben – gib niemals eine Seele verloren, die in Not ist. Aber du darfst auch dein eigenes Seelenheil nicht gefährden. Du musst darauf achten, dass deine eigene Seele gerettet wird, ehe du dich darum bemühst, die Seele deines Bruders zu retten. Und um das zu erreichen, musst du dich von seinen schlechten Taten lossagen.«

Charlie wandte verärgert den Blick ab. Ganz gleich, ob er Reverend war oder nicht, so abfällig durfte niemand über seinen Bruder reden.

»Lyle ist nicht schlecht.«

»Mag sein, dass er nicht so erscheint, doch er vollbringt die

Werke des Teufels. Jesus hat uns vor Leuten wie ihm gewarnt: ›Hütet euch vor den falschen Propheten, die im Schafspelz zu euch kommen, in Wirklichkeit aber reißende Wölfe sind.‹«

Charlie spürte heftigen Zorn in sich auflodern. »Er ist kein Wolf, Reverend!«

»Mein Sohn, du musst dich der Tatsache stellen, dass er unschuldige Seelen auf einen Irrweg und von Jesus wegführt, und damit tut er das Gleiche wie Satan. Und solange du bei ihm bist und ihm hilfst, bist du ein Komplize und mitschuldig. Zuerst musst du dich seinem Einfluss entziehen und dann musst du seinen bösen Handlungen entgegentreten. Und das tust du am besten, indem du ihn zur Erlösung führst.«

Charlie unterdrückte ein Lachen. Lyle führen? Lyle ließ sich von niemandem irgendwohin führen.

»Das Letzte wird nicht ganz einfach sein.«

»Soll ich mal mit ihm sprechen? Vielleicht kann ich…«

»Nein!« Das Messer zuckte – Charlie hätte sich beinahe geschnitten. »Ich meine, es ist besser, wenn er nicht erfährt, dass ich über ihn geredet habe. Er mag es nicht, wenn sich Fremde in seine Angelegenheiten einmischen, wenn Sie verstehen, was ich meine.«

Bisher hatte Charlie es geschafft, Lyles Adresse vor dem Reverend geheim zu halten. Er wollte nicht, dass irgendwer in der Kirche ihn mit Ifasen, dem Medium, in Verbindung brachte. Deshalb hatte er sich auch einer Kirchengemeinde in Brooklyn angeschlossen, statt sich eine in Queens zu suchen. Die wöchentliche Fahrt mit der U-Bahn war zwar sehr lang, aber die Mühe lohnte sich.

»Dann bist du auf dich allein gestellt, mein Sohn. Ich werde für dich beten.«

»Vielen Dank, Reverend. Ich kann diese Gebete gut gebrauchen, denn mich von ihm zu trennen, wird sehr hart sein. Er ist schließlich von meinem Blut, mein einziger Bruder. Ich breche damit praktisch die Verbindung zu dem ab, was von meiner Familie noch übrig ist.«

Was Charlie niemals erklären konnte, weil er sich nicht sicher war, ob Reverend Sparks es verstehen würde, war, dass er und Lyle eigentlich ein Team waren. Und das waren sie, seit Momma gestorben war. Lyle hatte die Behörden ausgetrickst, damit sie nicht voneinander getrennt wurden, hatte es dann geschafft, ihnen auf der Liste derjenigen einen Platz zu ergattern, denen finanziell unter die Arme gegriffen wurde, so dass sie nicht verhungern mussten. Seitdem führten sie die ganze Welt mit ihrer Masche ständig hinters Licht. Nachdem Lyle keine Mühe gescheut hatte, dafür zu sorgen, dass sie zusammenblieben, wie sollte Charlie ihm da in die Augen blicken und ihm erklären, er wolle sich von ihm trennen?

Und auch noch etwas anderes konnte Charlie dem Reverend nicht auftischen, etwas Düsteres, das ihn ebenfalls mit großer Schuld belastete: Ihm gefiel die Masche, die sie sich ausgedacht hatten. Sie machte ihm sogar großen Spaß. Er liebte es, sich neue Tricks auszudenken, um ihre Opfer zu verblüffen. Wenn eine Sitzung genau nach Plan verlief, wenn alle vorbereiteten Tricks und Täuschungen einwandfrei funktionierten, dann war es einfach oberaffengeil. Lyle hatte totale Macht über die Leute, sie waren Wachs in seinen Händen, und Charlie konnte sich sagen, dass er eine wesentliche Rolle dabei gespielt hatte, sie in diesen Zustand zu versetzen. Bei solchen Gelegenheiten war er regelrecht high, sogar besser als high. Ja, er fühlte sich dabei noch um einiges besser als damals, in seiner wilden Zeit, als er noch regelmäßig Koks und Gras konsumierte.

Doch um seines Seelenheils willen würde er all das wohl aufgeben und hinter sich lassen müssen.

Um stattdessen was zu tun?

Das war die Frage. Für was sonst eignete er sich? Vielleicht könnte er in einem Theater anfangen und sich um die Spezialeffekte kümmern. Er konnte auf diesem Gebiet keinerlei Erfahrungen nachweisen, deshalb würde er wohl als Helfer oder Lehrling am untersten Ende der Lohnskala anfangen und sich nach oben arbeiten müssen. Aber wohin?

Nichts von dem, was er in der bürgerlichen Welt tun könnte, würde ihm das euphorische Gefühl vermitteln, das ihm die Zusammenarbeit mit Lyle regelmäßig bescherte.

Mit Lyle ... Und das war der springende Punkt, genau das machte das Ganze so schwierig. Der Reverend meinte, er und Lyle müssten sich trennen. Dabei waren sie noch nie getrennt gewesen.

Aber Reverend Sparks hatte Recht. Um des Friedens seiner Seele willen und um sich Sharleens würdig zu erweisen, würde er diese Trennung herbeiführen müssen. Und das möglichst bald.

5

Jack studierte sein Ebenbild in der Spiegelwand des Fahrstuhls, während er ins vierzehnte Stockwerk hinauffuhr. Er erzeugte mit dem Kaugummi, den er kaute, eine große rosafarbene Blase, dann überprüfte er seine äußere Erscheinung. Er hatte sich heute für eine exzentrische Aufmachung entschieden. Sie bestand aus einer rötlichen Perücke, vorne mit kurzem Pony und hinten lang und wallend, sowie einem buschigen dunkelbraunen Schnurrbart, der fast die gesamte Oberlippe verdeckte. Dazu trug er ein hellgrünes Oberhemd im Westernstil, bis zum Hals zugeknöpft, eine dunkelgrüne Twillhose und Doc-Martens-Schuhe. Um die Taille hatte er sich ein Polster geschnallt, das ihm zu einem mittelprächtigen Bierbauch verhalf. Nur schade, dass seine Ohrläppchen nicht durchstochen waren. Ein kristallener Ohrstecker wäre das Tüpfelchen auf dem i gewesen.

Er überzeugte sich, dass die Lockenpracht der Perücke sein linkes Ohr bedeckte, so dass der winzige Ohrhörer nicht zu sehen war. Was er und Charlie in der vorangegangenen Nacht noch erledigt hatten, war, eine Wanze in Carl Fosters Kommandozentrale zu verstecken. Den Empfänger hatte sich Jack mit Heftpflaster in Taillenhöhe auf den Rücken geklebt. Ein dünner, nahezu unsichtbarer Draht verlief von dort bis zu seinem Kragen, dann halb um den Hals herum bis zu seinem Ohr.

Er hatte sich auf der Upper West Side ein Taxi genommen und erschien eine halbe Stunde vor Beginn der für diesen Nachmittag angesetzten Séance in der Lobby von Madame Pomerols Haus. Er wurde von einem Portier aufgehalten. Glücklicherweise war in diesem Haus der Eingang nicht rund um die Uhr bewacht, sonst hätten er und Charlie ihre Mission in der vorangegangenen Nacht vorzeitig abbrechen müssen. So hatten sie lediglich ihre nachgemachten Schlüssel hervorzuholen brauchen, um die gläserne Eingangstür aufzuschließen und das Haus zu betreten.

An diesem Nachmittag gestattete ihm der Portier, ein dunkelhaariger Latino namens Silvio, von der Lobby aus anzurufen. Jack erklärte dem Mann, der sich meldete – vermutlich Carl Foster –, dass er sich einen möglichst kurzfristigen Termin für eine private Sitzung geben lassen wolle.

»Kommen Sie herauf«, wurde er umgehend aufgefordert.

Carl Foster – im bekleideten Zustand deutlich ansehnlicher – öffnete nach Jacks Anklopfen die Tür von Suite 14-B. Er war ganz in Schwarz gekleidet – schwarzer Rollkragenpulli, schwarze Hose, schwarze Schuhe und schwarze Socken – und Jack wusste auch, weshalb. Die Haut um die Augen und den Mund war gerötet – wahrscheinlich in Mitleidenschaft gezogen von, na, was war es wohl, Carl, Klebeband? –, sonst aber sah er dafür, dass er in der vergangenen Nacht einiges durchgemacht hatte, nicht allzu mitgenommen aus.

Carl Fosters Stirn schien ständig gefurcht zu sein. Vielleicht lag es daran, dass er permanent die Augenbrauen hochzog, als befände er sich in einem Zustand immerwährender Verblüffung. Jack war das in der vergangenen Nacht nicht aufgefallen, aber zu diesem Zeitpunkt hatte Foster allerdings auch gute Gründe gehabt, über die Maßen verblüfft zu sein.

Er geleitete Jack in einen kleinen Warteraum, der mit einem altertümlichen Tisch und einem halben Dutzend Polstersessel möbliert war. Die gedeckten Farben der Tapete und der dicke Perserteppich erzeugten eine Atmosphäre einladender Gemütlichkeit und geschmackvoller Eleganz. Die Geschäfte Madame Pomerols schienen gut zu gehen.

Foster streckte ihm die Hand entgegen. »Willkommen in Madame Pomerols Tempel der Ewigen Weisheit. Ich bin Carl Foster. Und Sie sind…?«

»Butler«, sagte Jack und verfiel in einen Südstaatenakzent, während er die Hand ergriff und kräftig schüttelte. »Bob Butler. Freut mich, Sie kennen zu lernen.« Jack kaute seinen Kaugummi mit halb offenem Mund, während er sich suchend umsah. »Wo ist die Lady?«

»Madame? Sie bereitet sich gerade auf eine Sitzung vor.«

»Ich möchte sie sprechen.«

»Ich dachte, Sie wollten einen Termin für eine private Sitzung vereinbaren.«

»Das habe ich auch vor, aber vorher würde ich gerne mit der Chefin dieses Ladens reden.«

»Ich fürchte, das ist völlig unmöglich. Madame Pomerols Zeit ist sehr knapp bemessen. Sie können jedoch davon ausgehen, dass ich in allen Belangen ihr Vertrauter bin. Ich überprüfe ihre Klienten und vergebe die Termine.«

Jack hatte sich das bereits gedacht, aber er wollte einen leicht trottelhaften Eindruck hinterlassen.

»Überprüfen? Warum soll ich überprüft werden? Wollen Sie damit andeuten, dass ich für Madame Pomerol vielleicht nicht gut genug bin?«

»O nein, natürlich nicht. Es ist nur so, dass es da verschiedene Religionsgemeinschaften und atheistische Gruppierungen gibt, die mit Madames Arbeit nicht einverstanden sind. Es ist allgemein bekannt, dass sie immer wieder aufs Neue versuchen, sie zu belästigen und sogar ihre Sitzungen zu stören.«

»Ich würde doch meinen, dass sie die Störenfriede schon vorher erkennt. Schließlich ist sie eine Hellseherin.«

Foster quittierte diese Bemerkung mit einem matten Lächeln. »Das Wort ›Hellseher‹ wird so oft falsch benutzt. Madame ist ein Geistmedium.«

»Ist da ein Unterschied?«

»Natürlich. Viele so genannte Seher und Medien sind Scharlatane und kaum besser als Jahrmarktsattraktionen. Madame hat von Gott eine ganz spezielle Gabe erhalten, die sie in die Lage versetzt, mit den Seelen Verstorbener Kontakt aufzunehmen und mit ihnen zu kommunizieren.«

»Demnach kann sie gar nicht in die Zukunft schauen, hm?«

»Gelegentlich schon. Aber wir dürfen nicht vergessen, dass alles Wissen in dieser Hinsicht von den Geistern übermittelt wird, und die erzählen ihr auch nicht alles.«

»Nun, ich habe mit keiner Religionsgemeinschaft zu tun. Da brauchen Sie sich keine Sorgen zu machen. Ich bin hergekommen, weil ich ein paar wichtige Fragen an meinen Onkel habe. Ich kann sie ihm nicht direkt stellen – er ist nämlich schon tot, müssen Sie wissen. Daher dachte ich mir, dass so etwas wie ein Medium vielleicht helfen könnte.«

Das war Jacks Tarnung. Er würde für morgen einen Termin vereinbaren, ihn aber nicht wahrnehmen.

»Was für Fragen?«, erkundigte Foster sich betont beiläufig, während er hinter dem Schreibtisch Platz nahm.

Ein wirklich guter Helfer, dachte Jack. Er versucht schon vorher, so viel wie möglich in Erfahrung zu bringen.

Er lächelte, sorgte aber dafür, dass sein Tonfall ein wenig an Schärfe zunahm. »Wenn ich der Meinung wäre, dass *Sie* diese Fragen beantworten können, brauchte ich nicht zu Madame Pomerol zu gehen, oder?«

Foster zwang sich zu einem belustigten Lachen. »Nein, das brauchten Sie nicht. Wer hat Ihnen eigentlich Madame Pomerol empfohlen?«

»Empfohlen? Niemand. Ich habe heute Morgen den Zeitungsbericht über sie gelesen. Ich dachte, wenn sie mit den Geistern schon so dicke ist, dass sie sich einen Schabernack mit ihr erlauben, dann dürfte sie für mich genau die Richtige sein.«

Foster nickte, während er aus der obersten Schreibtischschublade einen Bogen Papier hervorholte. Er deutete auf den Stuhl vor dem Schreibtisch.

»Bitte, nehmen Sie Platz und füllen Sie diesen Fragebogen aus.«

»Wofür?«

»Eine reine Formalität. Es ist lästig, ich weiß, aber wie ich schon angedeutet habe, die Umstände zwingen uns dazu, unsere Klienten zu überprüfen.« Er reichte Jack einen Kugelschreiber. »Bitte beantworten Sie die Fragen möglichst vollständig, während ich unseren Terminkalender hole und nachschaue, wann wir eine private Sitzung einschieben können.«

»Übrigens«, sagte Jack, »was kostet so eine private Sitzung eigentlich?«

»Ein halbe Stunde fünfhundert Dollar, eine ganze tausend.«

Jack schob sich den Kaugummi in eine Backe und stieß einen leisen Pfiff aus. »Ziemlich teuer.«

»Sie *ist* nun mal die Beste«, meinte Foster.

»Darauf verlass ich mich.«

Jack schaute Foster kurz nach, während er den Raum verließ, dann nahm er sich den Fragebogen vor und tat so, als studiere er ihn eingehend. Er wusste, dass eine Kamera auf ihn gerichtet war. In dem Rauchmelder, der über ihm an der Decke hing, steckte eine Digitalkamera mit Weitwinkelobjektiv. Er hatte in der vergangenen Nacht in einem der Hinterzimmer auch den dazugehörigen Monitor gefunden. Er rechnete sich aus, dass ihn Foster in diesem Augenblick beobachtete und darauf wartete, dass er in den Schreibtischschubladen herumzuwühlen begann. Aber Jack hatte sie bereits untersucht und wusste, dass er darin nichts anderes finden würde als Schreibstifte, Büroklammern und Fragebögen.

Die Kamera eignete sich bestens dazu, sich ein Bild von einem potenziellen Klienten zu machen, der immer eine unbekannte Größe war. Aber sie erwies sich auch in Verbindung mit den drei Mikrofonen, die an verschiedenen Stellen des Raums installiert waren, als praktisch. Klienten waren meistens vor unmittelbar bevorstehenden Séancen besonders gesprächig, so dass ein Medium, das sie belauschte, eine Menge wertvoller Kenntnisse aufschnappen konnte. Diese waren allerdings nicht sehr nützlich, wenn man nicht wusste, wer jeweils gerade redete.

»*Was geht da draußen vor?*«, hörte er Madame Pomerol in dem winzigen Hörer fragen, den er im Ohr trug. »*Wer ist dieser Trottel?*«

»*Ein neuer Fisch.*«

»*Nun, dann nimm ihn an den Haken, Baby. Und zieh ihn an Land.*«

Ja, dachte Jack. Holt mich rein.

Der Fragebogen enthielt eine ganze Reihe der üblichen Standardfragen – Name, Adresse, Telefonnummern und so weiter –, doch mittendrin erschien ein Kästchen für die Sozialversicherungsnummer des Neukunden.

Jack unterdrückte ein Lächeln. Na wunderbar. Er kannte eine ganze Kollektion von Sozialversicherungsnummern, keine davon war legitim. Aber er hatte nicht die Absicht, eine davon zu benutzen. Er fragte sich, wie viele Leute, wenn sie den Fragebogen durchgingen, ohne nachzudenken auch dieses Kästchen ausfüllen mochten, ohne sich bewusst zu sein, welche Flut von Informationen, sowohl in finanzieller wie auch in anderer Hinsicht, dem Medium damit zugänglich gemacht wurde.

Jack hatte den Namen Bob Butler benutzt, weil er einmal einen Robert Butler kennen gelernt hatte, der in den Millennium Towers wohnte, einem Luxusapartmenthaus in den West Sixties. Er notierte diese Adresse und schrieb als private Telefonnummer eine seiner eigenen Mailboxnummern auf.

Foster kehrte mit dem Terminkalender zurück. Jack beobachtete seine Augen, während er den fast vollständig ausgefüllten Fragebogen überflog, und sah, wie sie sich für einen kurzen Moment ungehalten verengten – zweifellos eine Reaktion auf die fehlende SVN. Aber Foster sagte nichts. Das war clever. Es war besser, über diese Auslassung hinwegzugehen, anstatt zu viel verdächtiges Interesse am sozialen Status des jeweiligen Klienten zu bekunden.

»Also«, sagte Foster und nahm wieder hinter dem Schreibtisch Platz, »ich glaube, wir können am Dienstag eine halbstündige Sitzung für Sie einschieben. Wäre Ihnen drei Uhr recht?«

»Wie wäre es denn mit jetzt gleich?«

»Oh. Ich fürchte, das ist unmöglich. Madame hat um drei Uhr eine Gruppensitzung.«

»Warum kann ich nicht daran teilnehmen?«

»Das ist unmöglich. Diese vier Klienten buchen ihre Séancen immer gemeinsam. Ein Fremder am Tisch würde die spirituelle Dynamik, die Madame unter großen Mühen aufgebaut hat, empfindlich stören. Es ist völlig unmöglich, fürchte ich.«

Dieser Knabe liebte das Wort unmöglich. Aber Jack hatte

etwas, von dem er sicher war, dass er es noch mehr lieben würde.

»Oh, ich will gar nicht aktiv an der Sitzung teilnehmen«, sagte Jack und knöpfte die linke Brusttasche seines Oberhemdes auf. »Ich möchte nur zusehen. Ich sage auch kein einziges Wort. Ich will nicht mehr sein als, wissen Sie, eine Fliege an der Wand. Und ich bin bereit, für dieses Entgegenkommen zu bezahlen.«

Ehe Foster wieder unmöglich sagen konnte, schnippte Jack eine Münze auf die Schreibtischplatte. Sie landete mit einem satten dumpfen Laut. Er bemerkte sofort einen Ausdruck des Erkennens in Fosters Augen und beobachtete, wie seine ohnehin schon gerunzelten Augenbrauen auf der Stirn noch höher ruckten, als er die eingeprägte galoppierende Antilope auf der golden glänzenden Oberseite erkannte. Ein Krügerrand. Er brauchte den genauen Tagespreis von Gold gar nicht zu kennen, um auf Anhieb zu begreifen, dass dieser Neuling eine beträchtliche Summe dafür bot, als stummer Zuschauer an der Sitzung teilnehmen zu dürfen.

»Das ist Gold, Carl. Und wie mein Onkel mir immer predigte, ist Gold das beste Mittel, wenn man mit dem Jenseits in Kontakt treten will.«

»Das ist sehr großzügig, Mr. Butler«, sagte Foster und leckte sich die Lippen – der Anblick von Gold löste bei einigen Leuten diese Reaktion aus. »Sagen Sie mal, hatte Ihr Onkel viel mit der Geisterwelt zu tun?«

»Ständig. Es gab kein Medium, dem er nicht sofort nachgelaufen wäre, sagte meine Tante immer.«

»Und wie steht es mit Ihnen?«

»Mit mir? Dies ist das erste Mal, dass ich mich für eine Séance interessiere.«

»Haben Sie denn eine Vorstellung, was Sie möglicherweise erwartet?«

»Mein Onkel erzählte einmal, man sehe dabei Ektoplasma

und wer weiß was noch alles. Aber eigentlich habe ich nie so genau gewusst, wovon er redet.«

Foster streckte einen Finger aus und berührte die Münze. »Ich hoffe, Ihnen ist klar, dass Ihre Bitte höchst ungewöhnlich ist.«

Er hatte den Köder geschluckt. Jetzt brauchte Jack nur noch den Haken zu setzen.

»Das kann ich nicht beurteilen. So wie ich es sehe, wird es wohl einige Zeit in Anspruch nehmen, die Dinge mit meinem Onkel zu klären. Eine habe Stunde reicht dafür nicht aus. Ich werde sicher Stunden brauchen, und zwar eine ganze Menge. Aber ehe ich so viel Geld investiere, möchte ich wissen, auf was ich mich einlasse. Ich möchte mit eigenen Augen sehen, was die Lady zu bieten hat. Wenn ich überzeugt bin, dass sie Spitzenklasse ist, dann finde ich mich beim nächsten freien Termin hier ein, damit wir anfangen können, meinen Onkel im Jenseits zu suchen. Ist das ein faires Angebot, Carl?«

»Was *ich* davon halte, ist ohne Bedeutung«, erwiderte Foster. »Die Entscheidung liegt allein bei Madame. Ich werde sie fragen.«

Während Foster abermals den Raum verließ, lehnte sich Jack zurück und lauschte.

»Hast du das gehört?«, fragte er seine Frau.

»Ja, ich hab's gehört. Und er will mit Gold bezahlen?«

»Mit echtem. Sieh es dir an.«

»Eine Menge Geld, nur um sich hinzusetzen, zuzuschauen und nichts davon zu haben. Glaubst du, dieser Heini ist echt?«

»Nun, er hat immerhin harte Währung auf den Tisch gelegt. Und vielleicht ist ein Krügerrand für ihn nichts Besonderes. Vielleicht hat er zu Hause eine ganze Kiste voll davon.«

»Na schön. Lassen wir ihn rein. Aber halte ihn vom Tisch fern – für den Fall, dass ihm die Nerven durchgehen.«

»*Das kann ich tun.*«
Wenn ich fertig bin, dachte Jack, werdet ihr euch wünschen, mir wären wirklich nur ein wenig die Nerven durchgegangen.

Foster kam zurück und erklärte Jack, ja, er könne an der Gruppensitzung teilnehmen, solange er damit einverstanden sei, auf seinem Platz sitzen zu bleiben und keinen Ton zu sagen. Jack versprach es, und der Krügerrand wanderte in Fosters Hosentasche.

Er musste einige Zeit warten, bis die Teilnehmer an der Gruppensitzung endlich erschienen. Es waren vier Frauen im mittleren Alter, zwei Blondinen – eine ziemlich füllig, die andere eher magersüchtig – sowie eine Brünette und eine Rothaarige. Sie trafen gemeinsam ein, ausstaffiert mit Prada, Versace und anderen völlig überteuerten Designerklamotten, deren Marken er noch gar nicht kannte. Während seines heimlichen Besuchs in der vergangenen Nacht hatte er in einem von Fosters Notizbüchern neben den Namen der Frauen Dollarzeichen gesehen. Diese vier buchten nicht nur regelmäßige Sitzungen, sie erwiesen sich auch bei ihren »Liebesgaben« als besonders spendabel.

Jack merkte sich ihre Namen nicht, gab sich aber alle Mühe, freundlich und charmant aufzutreten, als er ihnen vorgestellt wurde. Sie konnten seinen ganzen Plan zum Scheitern bringen, wenn sie seine Anwesenheit ablehnten. Zuerst verhielten sie sich ihm gegenüber ziemlich kühl – wahrscheinlich wurden sie von seiner seltsamen Frisur und seiner eigenwilligen Aufmachung abgeschreckt –, doch sobald sie erfuhren, dass er medial und spiritistisch noch völlig unbeleckt war, wurden sie gleich freundlicher. Offenbar begrüßten sie begeistert die Chance, ihn zu einem überzeugten Mitglied der Psi-Bewegung zu machen. Sie äußerten sich überschwänglich über Madame Pomerols Kräfte und Fähigkeiten, erwähnten ihr trauriges Erlebnis während der vorangegangenen Nacht jedoch mit keinem Wort. Offensichtlich gehörte die *Daily News* nicht zu ihrer täglichen Lektüre.

Nicht lange, und es war so weit, dass sie in den Versammlungsraum gebeten wurden. Jack hatte diesen Raum in der vergangenen Nacht nicht ausgiebig genug betrachten können, da er und Charlie sich hatten mit Taschenlampen begnügen müssen. Nun, da er vollständig erleuchtet war, wurde er von der Wucht der Inneneinrichtung förmlich erschlagen. Samtvorhänge mit üppigem Faltenwurf, ein dicker Teppich, Seidentapeten an den Wänden – alle in verschiedenen Rotschattierungen. Es nahm einem regelrecht die Luft zum Atmen, als befände man sich in einem Sarg.

So musste es sein, wenn man lebendig begraben war.

Er verfolgte, wie Foster die vier Damen um einen reich verzierten runden Tisch platzierte, der mitten im Raum unter einem tief herabhängenden großen Kronleuchter stand.

Vier Teilnehmer für fünfhundert pro Kopf, dachte Jack. Das schlägt meinen Stundenlohn um Welten.

Foster deutete dann auf einen einzelnen Stuhl, der gut vier Meter vom Tisch entfernt vor einer Wand stand.

»Vergessen Sie nicht«, sagte er leise. »Sie sind nur hier, um sich alles anzusehen. Wenn Sie reden oder Ihren Platz verlassen, stören Sie die Geisterpräsenzen.«

Jack wusste, dass das Einzige, was er stören könnte, Carl Fosters Präsenz wäre, der nach Verlöschen der Beleuchtung sicher hier herumschleichen würde. Aber er nickte nur und bemühte sich um eine ernsthaft interessierte Miene.

»Hab schon verstanden.«

Foster trat hinaus, und einen kurzen Moment später hörte Jack ihn sagen: »*Okay, die Fische sind im Netz. Jetzt nichts wie raus mit dir und mit der Show angefangen.*«

Schließlich erschien Madame Pomerol höchstselbst, ihre untersetzte rundliche Gestalt von einem weiten, hellblauen nachthemdartigen Gewand umflossen, das dicht an dicht mit glitzernden Perlen bestickt war. Ein turbanähnliches Etwas saß auf ihrem Kopf. Jack erkannte sie kaum wieder. Allerdings hatte er sie bisher auch nur in einer für sie nicht sonderlich vorteilhaften Lage gesehen.

Madame begrüßte ihre vier Gäste mit überströmender Herzlichkeit, lächelte und plapperte mit einem französischen Akzent, der in der vorangegangenen Nacht nicht zu hören gewesen war, als sie Carl und ihr Auto verflucht hatte.

Schließlich kam sie auch zu Jack herüber und streckte ihm ihre mit Ringen überladene Hand entgegen. Am Handgelenk leicht abgeknickt und baumelnd schien sie darauf zu warten, formvollendet geküsst zu werden. Jack erhob sich und drückte sie kurz, während unerwünschte Visionen von der Frau, nackt und mit Klebeband gefesselt, vor seinem geistigen Auge auftauchten. Er schüttelte sich unwillkürlich und vertrieb diese irritierenden Eindrücke.

Kleider machen Leute, aber erst recht Frauen.

»Frieren Sie, Monsieur Butler?«

Ihre eisblauen Augen glitzerten ihn fragend an. Wenn ihre Gesichtshaut von dem Klebeband in Mitleidenschaft gezogen worden war, so hatte sie dies mit ihrem Make-up gekonnt verdeckt. Ihre dünnen, stark geschminkten Lippen waren zu einem Lächeln verzogen.

»Nein, Ma'am. Ich bin nur noch nie bei einer solchen Veranstaltung gewesen.«

»Sie brauchen sich vor nichts zu fürchten, da kann ich Sie beruhigen. Sie schauen nur zu, okay? Bleiben Sie nur auf Ihrem Platz sitzen, und schweigen Sie. Ich werde Sie dann an Wundern teilhaben lassen, die ganz einfach *incroyable* sind.«

Jack lächelte und nickte, während er sich wieder hinsetzte. Er wusste, dass nichts von dem, was sie hier inszenieren konnte, auch nur annähernd dem realen Geschehen nahe käme, mit dem er seit dem letzten Sommer konfrontiert wurde.

Sie betätigte einen Lichtschalter, während sie zum großen

Tisch zurückkehrte. Die in der Decke eingelassenen Spotscheinwerfer erloschen, doch der Kronleuchter brannte weiterhin.

Madame Pomerol machte ein paar einleitende Anmerkungen und erklärte – »unserem Gast zuliebe« –, wie sie sich gleich in Trance versetzen würde, in deren Verlauf aus ihrem Körper Ektoplasma austrete und ein Tor zur Anderen Seite öffne. Ihr Geistführer, ein alter Mayapriester namens Xultulan, werde dann durch sie mit den Lebenden sprechen.

»Noch eins, ehe wir fortfahren«, sagte sie mit gewichtiger Stimme. »Ich weiß, dass meine vier Freundinnen am Tisch darüber Bescheid wissen, doch ich muss es wegen unseres Gastes noch einmal erwähnen. Sollte Ektoplasma erscheinen, dann berühren Sie es bitte, bitte, *bitte* auf keinen Fall. Es dringt aus meinem Körper und meiner Seele, der Kontakt mit jemand Fremdem bewirkt jedoch, dass es sofort wieder in meinen Körper zurückfließt. Dieser Vorgang kann bei einem Medium schwere Schäden verursachen. Es ist schon vorgekommen, dass Medien von zurückströmendem Ektoplasma, das von unvorsichtigen Klienten berührt worden war, getötet wurden. Also denken Sie daran: Sie dürfen es ausgiebig betrachten, aber berühren Sie es niemals.«

Jack blendete die Frau aus seinem Bewusstsein aus. Was er hier hörte, war der übliche Sermon. Nur die Namen wechselten von Medium zu Medium. Er wartete darauf, dass das Licht endlich ausging und die Show begann. Dann würde er aktiv werden.

Schließlich legten die vier Teilnehmerinnen und das Medium die Hände flach auf die Tischplatte. Das Licht der klaren Glühbirnen des tief herabhängenden Leuchters verblasste, aber die wenigen Glühbirnen, die einen matten roten Schein erzeugten, blieben eingeschaltet. Der restliche Raum versank in tiefer Dunkelheit, während der Tisch und die, die an ihm saßen, in ein rotes Leuchten getaucht wurden.

Madame Pomerol stimmte ein leises eintöniges Summen an, dann ließ sie den Kopf hin und her baumeln. Kurz darauf begann der Tisch zu kippen, begleitet von Kichern und Lauten der Verwunderung von Seiten der Kundinnen. Ihre Stühle blieben jedoch unverrückbar auf dem Fußboden stehen. Charlie hatte dafür gesorgt, dass die Organisation seines Bruders im Gegensatz zu Madames sozusagen auf soliden Beinen stand.

Und dann gab die Lady einen langen, leisen Seufzer von sich, der durch den Raum hallte. Jack wurde in diesem Moment klar, dass sie ein drahtloses Mikrofon bei sich hatte – Jack hätte gerne darauf gewettet, dass es in diesem Turbanaufbau steckte – und dass ihr Mann es soeben eingeschaltet hatte. Der Halleffekt war bemerkenswert. Zweifellos hatte sie genauso wie Jack auch einen winzigen Hörer im Ohr, damit Carl sie leiten konnte, falls eine der Kundinnen eine heikle Frage stellen sollte.

Ein weiterer Seufzer, dann aber geschah etwas. Jack hörte, wie eine der Kundinnen zischend einatmete, als über Madame Pomerols Kopf ein fahles Leuchten erschien.

Hallo, Mr. Ektoplasma, dachte Jack.

Das Leuchten vergrößerte sich kreisförmig und umrahmte ihren Kopf schließlich wie ein Heiligenschein. Für einen Augenblick verharrte er dort, dann begann er nach oben zu steigen, schien ihrem Kopf zu entströmen und eine geisterhafte Wolke zu bilden, zwei, drei Meter hoch in der Luft. Am Ende löste sich die leuchtende Wolke von dem Medium und waberte über ihr hin und her.

»Xultulan, erhöre meinen Ruf«, sang Madame Pomerol, wobei ihre Stimme wieder mit einem Halleffekt versehen war. »Schenke uns dein jenseitiges Wissen und gewähre uns Zugang zu den Seelen der Verstorbenen. Bei mir sind vier, die Kontakt mit ihren Lieben wünschen, die von ihnen gegangen sind...«

Ja-ja-ja, dachte Jack und griff in sein Oberhemd. Es hätte keinen Sinn, noch länger zu warten. Außerdem ging ihr falscher französischer Akzent ihm zunehmend auf die Nerven. Er fand die lippenstiftgroße Fernsteuerung in seinem Bauchpolster und suchte den Schalter. Dann bemühte er sich um einen Gesichtsausdruck des Erschreckens und betätigte mit dem Daumen den Einschaltknopf.

Die Spotscheinwerfer in der Decke erwachten zu gleißendem Leben und enthüllten eine schockierende Szenerie.

Die vier Kundinnen und Madame Pomerol befanden sich auf ihren Plätzen, aber hinter dem Medium stand ein von Kopf bis Fuß in Schwarz gehüllter Mann – sein Rollkragenpullover und seine Hose ähnelten auffallend der Kleidung Carl Fosters, allerdings hatte er dem noch schwarze Handschuhe und eine schwarze Skimaske mit schmalen Augenschlitzen hinzugefügt. In den Händen hielt er zwei lange Stäbe, zwischen denen ein in der Luft flatterndes Stück Chiffon befestigt war. Im plötzlich aufgeflammten Licht sah man ihn die Stäbe mit dem Tuch über dem Kopf seiner Frau hin und her schwingen. Ein Schrei von einer der Frauen – sie hatte offensichtlich geglaubt, ein mordlustiger Terrorist sei soeben in den Raum eingedrungen – ließ den Mann mitten in der Bewegung erstarren.

Jack fing einen kurzen wütenden Blick von Madame Pomerol auf und war froh, dass er sein Mienenspiel rechtzeitig darauf vorbereitet hatte.

Plötzlich lachte sie. »Sie sollten mal Ihre Gesichter sehen!« Ein erneutes Lachen. »Carl, unsere kleine Demonstration hat sie völlig überrumpelt!« Sie klatschte begeistert in die Hände. »*Magnifique! Magnifique!*«

»Ich ... ich verstehe das nicht«, stotterte eine der Blondinen.

Madame Pomerol blickte über die Schulter und lachte abermals. »Nimm die Maske ab, Carl, und leg endlich diese albernen Stäbe weg.«

»Ich verlange eine Erklärung«, sagte die Rothaarige.
»Die sollen Sie auch erhalten, Rose.« Madame hatte sich vollständig gesammelt. »Wenn Sie regelmäßig Zeitung lesen, wissen Sie sicherlich, dass ständig neue selbst ernannte Medien auftreten, die die fantastischsten Behauptungen aufstellen und so die Bedürfnisse leicht zu beeinflussender Gläubiger ausnutzen, um sie von jenen wegzulocken, die – wie ich – über echte Gaben verfügen. Carl und ich haben dieses kleine Schauspiel inszeniert, um zu demonstrieren, wie leicht man zum Narren gehalten werden kann. Ich steuere die Beleuchtung natürlich von hier aus, und habe sie, als ich den Zeitpunkt für gekommen hielt, eingeschaltet, damit Sie mit eigenen Augen sehen können, wie Scharlatanerie und Betrug auf diesem Gebiet funktionieren.«

Donnerwetter! Diese Lady war nicht nur dreist, sie war auch verdammt geistesgegenwärtig.

Jack wünschte sich, er hätte jetzt eine Möglichkeit, erneut die Fernsteuerung zu betätigen. Er hätte nichts lieber getan, als das Licht aus- und einzuschalten, während sie ihre Märchenstunde abhielt. Aber er durfte auf keinen Fall riskieren, dass er dabei ertappt würde, wie er in sein Hemd griff.

Es war allerdings eine ausgesprochen lahme Story, die so durchsichtig war und sicherlich jeden Augenblick auffliegen würde, dass er keine Notwendigkeit sah, dem nachhelfen zu müssen. Er musste an sich halten, nicht in lautes Gelächter auszubrechen.

Eins musste er der Lady lassen, sie war eine gute Schauspielerin. Sie tischte ihren Zuhörerinnen den hanebüchenen Blödsinn mit absoluter Glaubwürdigkeit auf. Doch jeden Moment würden diese vier Kundinnen aufspringen und aus diesem Tempel der ewigen Weisheit flüchten, um ihren reichen Freunden und allen anderen Bekannten zu berichten, dass Madame Pomerol eine erstklassige Schwindlerin sei. Diese Neuigkeit würde sich ausbreiten wie ein Virus. Wenn sie sich früher darüber aufgeregt hatte, ein paar Trottel an die Konkurrenz verloren zu haben, dann sollte sie mal abwarten, bis diese vier Freundinnen ihre Geschichte losgeworden wären. Ihr bliebe danach nur noch der Name einer zirkusreifen Wortverdreherin.

»Tatsächlich?«, staunte die andere Blondine. »Sie haben das alles nur für uns inszeniert?«

»Natürlich, Elaine.« Sie deutete auf Jack. »Und deshalb bin ich auch von meiner üblichen Prozedur abgewichen und habe einem Neuling gestattet, an einer Sitzung teilzunehmen. Ich wollte, dass Mr. Butler mit eigenen Augen die billigen Tricks der gewissenlosen Schwindler kennen lernt, die das Ansehen aller echten, mit paranormalen Fähigkeiten ausgestatteten Medien auf so perfide Art und Weise besudeln.«

Während die Teilnehmerinnen der Séance Jack musterten, erkannte er etwas in ihren Augen, das er dort auf keinen Fall sehen wollte.

Nein. Das kann nicht sein. Sie kaufen ihr diese billige Story ab. Das glaube ich nicht. Wie können sie nur so naiv sein?

Carl, mittlerweile unmaskiert, näherte sich dem Tisch mit den Gegenständen, mit denen er in der Luft herumgefuchtelt hatte.

»Sehen Sie?«, sagte er grinsend, während er den Damen seine Requisiten zeigte. »Nicht mehr als ein Stück billiger Chiffon.«

»Aber es sah so echt aus«, meinte die Brünette. »Genauso wie bei den Gelegenheiten, wenn Ektoplasma aus Madame heraustritt, während...«

Madame Pomerol räusperte sich und stand auf. »Ich denke, wir sollten eine kleine Pause machen. Bitte warten Sie draußen im Vorraum, während Carl die Hilfsmittel für sein Täuschungsmanöver entfernt. In ein paar Minuten kommen wir wieder zusammen, und dann werden wir wirklich mit der Anderen Seite in Kontakt treten.«

Jack folgte den Frauen in den Warteraum. Sobald die Tür sich hinter ihnen geschlossen hatte, hörte er Madame Pomerol sagen: »*Was zur Hölle ist da gerade passiert?*«

»*Das wüsste ich auch gerne*«, erwiderte ihr Mann. »*Ich kann mir einfach nicht vorstellen, wie…*«

»*Scheiß auf deine Vorstellung! Finde es heraus! Ich will wissen, was wirklich dahinter steckt, nicht was du dir verdammt noch mal vorstellst! Der technische Teil dieses ganzen Ladens ist dein Ressort, und offensichtlich hast du Mist gebaut!*«

»*Ich habe keinen Mist gebaut! Ich habe nichts verändert!*«

»*Aber irgendetwas wurde verändert. Finde raus, was!*«

»*Ich werde erst mal diesen Schalter überprüfen.*«

»*Scheiße! Noch nie in meinem ganzen Leben bin ich derart in Verlegenheit gebracht worden!*«

»*Du hast die Situation hervorragend gemeistert.*«

»*Ja, das habe ich, nicht wahr? Und diese vier Tussis haben es geschluckt. Ist so was zu glauben? Manchmal schäme ich mich für die Dämlichkeit der Leute, mit denen wir zu tun haben. Ich meine, wie blöde kann jemand sein?*«

Jack wünschte sich, er hätte die Möglichkeit, diese Unterhaltung mittels Lautsprechern in den Warteraum zu übertragen. Er ärgerte sich, nicht daran gedacht zu haben. Er hatte in der vorangegangenen Nacht Madame Pomerols drastische Ausdrucksweise hören können und hätte dies als günstige Gelegenheit erkennen sollen, ihre Kunden darüber in Kenntnis zu setzen, wie sie wirklich über sie dachte.

Die Fosters verfielen in Schweigen, während Jack überlegte, was er mit Madame Pomerols Kundinnen tun sollte. Er beschloss, vorerst nur zuzuhören. Vielleicht fand er so eine Möglichkeit, den Tag doch noch als Erfolg verbuchen zu können. Er näherte sich beiläufig der Rothaarigen, deren Name, soweit er sich erinnern konnte, Rose lautete.

»Nun«, fragte er leise, wobei er an die versteckten Mikrofone dachte, »was halten Sie von dieser Sache?«

»Ich finde es ganz toll«, antwortete sie. »Und ungeheuer mutig!«

»Ich fühle mich zutiefst geehrt«, sagte die üppige Blondine. »Dass sie ausgerechnet uns – uns! – für diese Demonstration ausersehen hat! Ich kann es kaum erwarten, in meinen esoterischen Chat-Room zu gehen und allen zu erzählen, wie wunderbar sie ist!«

Der Wille zu glauben, dachte Jack und kämpfte gegen einen plötzlich aufkeimenden Zorn. Man sollte niemals den Willen zu glauben unterschätzen.

Und genau das hatte er soeben getan.

Er erinnerte sich an ein Experiment, das James Randi einmal mit Hellsehern und ihren Opfern durchgeführt hatte. Er hatte zwei Gläubige mit einem Hellseher zusammengebracht. Und nach der Sitzung waren sie höchst beeindruckt, wie der Hellseher ihnen hatte mitten ins Bewusstsein blicken können. Als Randi ihnen die Videoaufnahme von dieser Sitzung zeigte und sie darauf hinwies, dass der Hellseher für jede richtige Antwort im Durchschnitt vierzehn oder fünfzehn falsche gegeben hatte, waren die Gläubigen kein bisschen irritiert gewesen. Selbst angesichts des Beweises einer so gut wie völlig fehlgeschlagenen Sitzung waren sie weiterhin voller Bewunderung für die Hand voll richtiger Tipps und ließen die falschen völlig außer Acht.

Der Wille zu glauben...

Jack sah zwei Möglichkeiten. Er konnte den Frauen seine Fernbedienung zeigen und ihnen offenbaren, dass er die Beleuchtung manipuliert hatte, um Madame Pomerol als Schwindlerin zu entlarven. Aber er hatte gewichtige Zweifel, dass er sie so würde umstimmen können.

Der Wille zu glauben...

Die andere Möglichkeit war, ganz cool zu bleiben und sich die Fosters ein zweites Mal vorzunehmen.

Er entschied sich für letztere Möglichkeit.

»*Scheiße!*«, hörte Jack Foster schimpfen. »*Sieh mal, was ich im Verteilerkasten für die Beleuchtung gefunden habe!*«

»*Was ist das?*«

»*Ein fernbedienbarer Ein-Aus-Schalter!*«

»*Verdammt noch mal! Machst du Witze?*«

»*Glaub mir, ich kenne diese Schalter.*«

»*Meinst du, das war dieser Neue?*«

»*Schon möglich, aber wie sollte er reingekommen sein, um den Schalter einzubauen? Und vergiss nicht, er hat mit Gold bezahlt.*«

»*Dann waren es diese Nigger! Verdammt!*« Danach begann sie, jedes kürzere oder längere Schimpfwort aufzuzählen, das die Menschheit kannte.

»*Glaubst du?*«, fragte Foster, als sie verstummte, um Luft zu holen.

»*Verdammt, ja! Sie waren es, die uns letzte Nacht gefesselt haben, und…*«

»*Das war ein Weißer.*«

»*Hast du ihn gesehen?*«

»*Nein, aber…*«

»*Woher willst du es dann verdammt noch mal wissen?*«

»*Es war die Stimme eines Weißen.*«

»*Ich sage dir, sie waren es! Sie müssen uns die Schlüssel abgenommen haben und hergekommen sein und alles in Unordnung gebracht haben. Wer weiß, was sie sonst noch getan haben! Aber dafür werden sie bezahlen! Und wie sie dafür bezahlen werden!*«

Das entwickelte sich nicht so, wie Jack es sich wünschte. Mit seinem Herkommen hatte er die Absicht verfolgt, das Pärchen von den Kentons abzulenken, nicht sie erst recht auf sie zu hetzen.

»*Na schön*«, lenkte Foster ein. »*Sagen wir, sie waren es. Nach dem, was geschehen ist, willst du es wirklich wagen, nach Astoria zurückzukehren? Unser Auto wurde beschlag-*

nahmt, unsere sämtlichen Kreditkarten sind weg, ganz zu schweigen von der Schande, nur mit ein paar Stücken Pappe bekleidet durch Lower Manhattan gerannt zu sein.«

»Sie werden dafür bezahlen! Vielleicht nicht diese Woche, vielleicht auch noch nicht in der nächsten, aber bei der ersten Gelegenheit, die sich bietet, machen wir diese verdammten Nigger fertig!«

Das Gespräch zwischen den beiden Fosters verstummte, und Jack vermutete, dass die Mrs. hinausmarschiert war, während Carl den Lichtschalter zusammenschraubte.

Jack und die vier Frauen mussten noch ungefähr zehn Minuten warten, dann erschien Foster wieder, um sie in den Séanceraum zurückzuholen.

Jack ließ sich damit auffallend viel Zeit.

»Ist etwas nicht in Ordnung, Mr. Butler?«

»Nein, nein. Aber ich glaube, ich habe genug gesehen.«

»Ich hoffe, es liegt kein Missverständnis vor. Sehen Sie...«

Foster nahm an, dass Jack es sich anders überlegt hatte. Er unterbrach ihn, um seinen Verdacht zu zerstreuen.

»Ich finde es verdammt mutig von ihr, diese Nummer durchzuziehen. Das zeigt mir, dass sie festes Vertrauen zu ihren besonderen Fähigkeiten hat. Ich bin zutiefst beeindruckt.«

Foster schaltete wie ein Grand-Prix-Pilot. »Wissen Sie, ich habe Sie von Anfang an als intelligenten und kritischen Menschen eingeschätzt.«

»Wann wäre denn nun der nächste Termin für eine private Sitzung mit der Lady, den ich buchen kann? Sie deuteten an, Sie hätten am Dienstagnachmittag noch eine halbe Stunde frei. Könnte es nicht auch schon morgen klappen?«

Foster holte den Terminkalender aus der Schreibtischschublade und blätterte darin. Er runzelte die Stirn.

»Ich fürchte nein. Am Dienstag ergibt sich die frühestmögliche Gelegenheit. Wie wäre es mit drei Uhr?«

Die Geschäfte dieser Lady liefen offenbar wie eine gut geölte Gelddruckmaschine.

»Ich glaube, das muss es wohl sein. Eine ganze Stunde wäre mir zwar lieber, aber vielleicht ist eine halbstündige Sitzung für den Anfang besser. Um mich zu überzeugen, wissen Sie, ob sie tatsächlich den richtigen Kontakt herstellen kann.«

»Oh, das kann sie, das versichere ich Ihnen.«

»Okay, dann bis Dienstag.«

Jack verließ die Praxis und ging eilig zum Fahrstuhl. Als er abwärts fuhr, schlug er wütend mit der flachen Hand gegen die Kabinenwand. Verdammt. Er hatte das Pferd völlig falsch aufgezäumt. Deutlich erkannte er, welchen Fehler er gemacht hatte. Er hatte versucht, die Fosters zu treffen, und zwar indirekt über ihre Kundschaft. Das war ein völlig falscher Ansatz. Er wusste jetzt, dass er sie direkt attackieren musste.

Und dazu entstand in seinem Kopf bereits so etwas wie ein Plan. Um ihn auszuführen, brauchte er die Kenton-Brüder. Er hoffte, dass Madame Pomerol es beim nächsten Mal nicht so leicht schaffen würde, sich aus der Klemme zu befreien.

6

Jack stand vor der Fliegentür und beobachtete, wie sich Lyle vorsichtig näherte.

»Kann ich Ihnen behilflich sein?«

»Lyle, ich bin's. Jack.«

Lyle machte einen weiteren Schritt, wobei seine Miene zu sagen schien: Wen willst du täuschen? Dann grinste er.

»Ich glaub es nicht. *Sie* sind es tatsächlich. Kommen Sie rein.«

Jack folgte der Aufforderung. »Ich hatte keine Zeit, mich

umzuziehen.« Er schälte die Perücke von seinem Kopf. »Mann, ist das Ding heiß.«

»Und verdammt hässlich dazu.«

Er drehte sich um und sah Charlie durch die Haustür hinter ihm hereinkommen.

»Wie ich sehe, bist du zurück«, sagte Lyle zu seinem Bruder. Er warf einen Blick auf seine Armbanduhr. »Hast du für heute genug gute Werke getan?«

Gute Werke? War er etwa in der Kirche gewesen?

»Na klar doch.« Charlie wandte sich an Jack. »Hey, Mister J. Wie ist es gelaufen?«

Er hasste es, weniger als einen vollen Erfolg zu melden, aber sie hatten das Recht, alles zu erfahren.

»Nun, die gute Nachricht ist, dass der ferngesteuerte Lichtschalter perfekt funktioniert hat …«

Sie amüsierten sich köstlich, als er berichtete, wie er Carl dabei erwischt hatte, als der mit falschem Ektoplasma in der Luft herumwedelte.

»Aber der Rest war nicht so toll. Die Lady hat sich eine ziemlich verrückte Story ausgedacht: Sie hätte alles ganz gezielt vorbereitet, um ihren Kunden einmal zu demonstrieren, wie die Betrüger in diesem Geschäft – falsche Medien, Scharlatane – ihre Kundschaft hinters Licht führen.«

»Und sie haben es ihr abgenommen?«, fragte Lyle.

Jack nickte. »Sie ist erstaunlich redegewandt.«

»O Mann«, stöhnte Charlie.

Lyles Stimme bekam einen bitteren Unterton. »Dann war letzte Nacht alles völlig umsonst?«

»Nicht ganz. Ich habe für Dienstagnachmittag einen Termin ergattert, und bis dahin muss noch einiges vorbereitet werden, wenn ich ihnen das Handwerk legen will.«

»Noch mehr elektrische Tricks?« Charlies Augen leuchteten auf.

»Diesmal nicht. Diesmal beschränke ich mich auf reine

Handarbeit. Aber ich brauche Ihre Hilfe, um alles zu arrangieren. Haben Sie das Blue Directory abonniert?«

Lyle sah ihn verständnislos an. »Das Blue…?«

»Das Medium, für das ich damals gearbeitet habe, bezog regelmäßig ein Buch, das alle möglichen Informationen über Hunderte von Kunden enthielt.«

»Ach ja, richtig. Ich habe mal vor Jahren eine Ausgabe in die Finger gekriegt, aber ich beziehe es nicht. Wir benutzen eine Website…«

Was sonst?, dachte Jack. Schließlich leben wir im Computerzeitalter.

»Soll das heißen, das Verzeichnis ist jetzt online abrufbar?«

»Was wir benutzen, kommt nicht von den Herausgebern des Blue Directory, aber es ist im Grunde das Gleiche. Man bezahlt eine jährliche Gebühr für ein Passwort und…«

»Sehen wir es uns mal an«, sagte Jack. »Ich muss einen Toten finden, auf den ganz bestimmte Eigenschaften zutreffen.«

Lyle sah seinen Bruder an. »Charlie ist unser Computermensch. Kümmerst du dich darum?«

»Klar.« Charlie ging in Richtung Küche. »Hier entlang, mein Freund.«

Lyle hielt ihn am Arm zurück. »Benutz den im Kommandozentrum.«

»Aber dieser ist näher.«

»Wir haben da drin ein kleines Problem.«

Charlie musterte ihn fragend. »Ist der Fernseher immer noch…?«

Lyle nickte. »Es ist einfacher, wenn wir alle in den Channeling-Raum gehen.«

Jack hatte das Gefühl, als verstünde er nur jedes zweite Wort. »Was ist nicht in Ordnung?«

»Es gibt elektrische Probleme im Fernsehraum«, sagte Lyle. »Das ist alles.«

Jack war zwar überzeugt, dass es nicht alles war, doch offensichtlich wollten sie es für sich behalten.

Charlie ging voraus zu seiner Kommandozentrale neben dem Channeling-Raum. Jack wusste, dass er von dort aus den Ton, die Beleuchtung sowie sämtliche mechanischen Spezialeffekte während den Sitzungen steuerte. Der Computermonitor war nur einer von vielen Bildschirmen inmitten des Gewirrs aus Kabeln, Schlüsselfräse, Kameras, Scanner, Fotokopierer und einigen geheimnisvollen Kästen. Der auf dem Monitor träge dahingleitende Fisch des Bildschirmschoners zeigte an, dass der Computer bereits eingeschaltet war.

Charlie nahm davor Platz und drückte eine Taste auf dem Keyboard. Sekunden später erschien auf dem Bildschirm die Startseite einer Website mit dem harmlos klingenden Namen www.sitters-net.com. Die Seite enthielt leere Kästchen für Benutzername und Passwort vor einem Hintergrund aus blauem Himmel und watteartigen weißen Wölkchen.

»Ziemlich offensichtlich, nicht wahr?«, stellte Jack fest.

Lyle zuckte die Achseln. »Wahrscheinlich verirrt sich schon mal der ein oder andere Babysitter hierher, aber ›Sitter‹ ist ein gebräuchlicher Insiderbegriff.«

Jack wusste, dass die Praxis, die Lebensdaten der »Sitter«, wie die zahlenden Kunden in der Esoterik-Szene auch genannt wurden, aufzulisten, sich mindestens bis in die Mitte des vergangenen Jahrhunderts zurückverfolgen ließ. Es hatte damit begonnen, dass Medien Karteien mit persönlichen Daten ihrer Klienten anlegten. Dann begannen sie, die Datenblätter mit anderen Medien auszutauschen. Schließlich ging jemand dazu über, die individuellen Angaben landesweit zu sammeln und sie in Form eines mit blauem Einband versehenen Verzeichnisses zu veröffentlichen und an andere Medien zu verkaufen. Seine alte Chefin, Madame Ouskaya, hatte das Verzeichnis ebenfalls regelmäßig bezogen. Das Internet war der unausweichliche nächste Schritt.

Charlie betätigte einige Tasten und »d-town« erschien nach der USER ID, gefolgt von einer Reihe Sternchen im PASSWORD-Kästchen. Er drückte auf die ENTER-Taste, und nach einigen Sekunden baute sich die Such-Seite auf.

Jack sagte: »Ich erinnere mich, dass im alten Blue Directory auch die Namen von Kunden aufgeführt wurden, nachdem sie gestorben waren – für den Fall, dass irgendein Angehöriger irgendwann mit ihnen Kontakt aufnehmen wollte.

»In diesem Verzeichnis ist es genauso.«

Charlie klickte mit dem Mauszeiger auf ein Icon am oberen Rand des Bildschirms. »Hier kommen wir zur A-S-Sektion.«

»A-S?«

»Andere Seite.«

»Schon verstanden.« Jack legte eine Hand auf Charlies Schulter. »Okay, suchen Sie nach ›Münzsammler‹. Mal sehen, was wir kriegen.«

»›Münzen sammeln‹ liefert uns vielleicht mehr Treffer.«

Er gab »Münzen+sammeln« ein. Umgehend erschien eine Liste mit einem halben Dutzend Namen auf dem Monitor.

Nur ein halbes Dutzend? Jack war enttäuscht. Er beugte sich zum Bildschirm vor, um sich die neben den Namen aufgeführten Daten anzusehen.

»Ich brauche jemanden, der im vergangenen Jahr oder ein wenig früher gestorben ist.«

»Aha, yeah, was ist mit dem?« Charlie tippte mit dem Finger auf den vierten Namen in der Liste. »Matthew Thomas West. Gestorben am siebenundzwanzigsten Januar.«

Jack fand dort die typischen Angaben: Name, Adresse, Geburtsdatum – und, in diesem Fall, Datum des »Übergangs« – sowie die Sozialversicherungsnummer, die Namen seiner Frau – sechzehn Jahre vor ihm verstorben – und seines Bruders und seiner Eltern, sogar seines Hundes. Jedoch hatte er keine Kinder. Hinzu kam eine Liste mit besonderen Interessen. Matthew Wests große Leidenschaft, neben seiner Frau, mit der er mittels verschiedener Medien jahrelang kommuniziert hatte, waren alte und seltene Münzen gewesen.

Der Typ schien perfekt zu sein. Bis auf die Adresse. Minnesota...

Jack schüttelte den Kopf. »Ich hätte mir eher jemanden in der Nähe gewünscht. Werfen wir mal einen Blick auf die anderen.« Er betrachtete für eine Weile den Schirm, dann schüttelte er abermals den Kopf. »Fehlanzeige. Es sieht so aus, als müsste ich mit Onkel Matt aus St. Paul zufrieden sein.«

»*Onkel* Matt?«, fragte Lyle.

»Ich habe den Fosters von einem imaginären Onkel erzählt, den die Pomerol für mich herbeirufen sollte. Glücklicherweise habe ich keinen Namen genannt. Nun, jetzt haben wir einen Namen. Onkel Matt aus Minnesota. Können Sie mir das ausdrucken?«

»Kein Problem«, sagte Charlie. »Was haben Sie vor?«

»Einen ganz großen Schwindel. Wenn alles so läuft wie geplant, hoffe ich, Madame Pomerol zu verleiten, bei mir die Nummer mit dem spanischen Taschentuch abzuziehen.«

Charlie runzelte die Stirn. »Spanisches Taschentuch? Was ist das denn?«

»Ein alter Zigeunertrick«, erklärte Lyle. »Und zwar richtig *alt*. Er ist sicherlich schon seit mehr als zweihundert Jahren bekannt und wird in modernisierter Form sogar noch heute angewendet.« Er sah Jack an. »Aber wie soll das...?«

»Sobald sie den Trick bei mir durchzieht, mache ich das Gleiche bei ihr – nur mit einem etwas hässlicheren Ende.«

»Okay, aber ich sehe noch immer nicht, welchen Nutzen das für uns haben soll – für mich und Charlie, meine ich.«

Jack hob die Hände wie ein Prediger. »Habt Vertrauen zu mir, meine Kinder, habt nur Vertrauen. Ich kann euch keine Einzelheiten nennen, darüber habe ich mir noch keine Gedanken gemacht. Aber vertraut mir nur. Wenn das klappt, dann ist es ein bildschöner Coup.«

Charlie reichte Jack den Ausdruck. »Sie sind offenbar eine Naturbegabung auf diesem Gebiet. Warum sind Sie in diesem Business nicht mehr tätig?«

Jack zögerte. »Wollen Sie das wirklich wissen?«

»Ja.«

Das wird dir gar nicht gefallen, dachte er.

»Ich bin ausgestiegen, weil ich das Ganze als ziemlich abgeschmackt und sinnlos empfand. Ich wollte etwas tun, das einen Sinn hatte. Ich wollte für das, was ich erhielt, einen echten Wert zurückgeben.«

»Aber genau das tun wir doch«, sagte Lyle ein wenig zu schnell.

Charlie schüttelte den Kopf. »Nein, das tun wir nicht, Bruder. Und das weißt du selbst.«

Lyle schien es tatsächlich die Sprache verschlagen zu haben, was für ihn offenbar eine völlig neue Erfahrung war.

Schließlich zuckte er die Achseln. »Ich könnte jetzt ein Bier gebrauchen. Sonst noch jemand?«

Jack spürte, dass dieses Angebot eine reine Höflichkeitsgeste war – wollte Lyle vielleicht, dass er sich möglichst bald verabschiedete? Doch er nahm es gerne an. Ein Bier wäre jetzt nicht schlecht, und vielleicht konnte er bei dieser Gelegenheit gleich herauskriegen, weshalb Lyle plötzlich so gereizt war.

Anstatt in die Küche zu gehen und das Bier dort zu trinken, wie sie es am Vortag getan hatten, nötigte ihn Lyle, sich in den Warteraum zu setzen. Und wie am Vortag begnügte sich Charlie mit einer Pepsi.

»Also«, sagte Jack, nachdem sie die Flaschen geöffnet und auf den Niedergang von Madame Pomerol angestoßen hatten, »was für ein elektrisches Problem haben Sie denn?«

Lyle ging mit einem nachlässigen Achselzucken darüber hinweg. »Nichts Ernstes.«

»Stimmt genau«, meinte Charlie. »Ein spukender Fernseher ist wirklich nichts Ernstes.«

Lyle funkelte seinen Bruder wütend an. »Hier spukt gar nichts, Brüderchen.«

»Was soll dann...?«

Lyle brachte ihn mit einer Handbewegung zum Schweigen. »Wir unterhalten uns später darüber.«

Ein spukender Fernseher? Das klang interessant. Andererseits vielleicht auch wieder nicht. Vielleicht bedeutete es nichts anderes, als dass er ständig nur Zeichentrickfilme von »Caspar, dem freundlichen Gespenst« spielte.

»Kann ich irgendwas tun?«

»Ich bring das schon in Ordnung«, sagte Lyle, aber besonders überzeugt wirkte er dabei nicht.

»Sind Sie sicher?«

»Wenn ich zitieren darf: ›Philosophie lähmt eines Engels Schwingen, entzaubert die Mysterien durch Regel und Vernunft, macht prickelnd Luft zu schalem Hauch.‹«

»Philosophie?«

Lyle nickte. »Philosophie, mit *Ph* am Anfang, nicht mit *F*.«

»Das gefällt mir.«

»Das ist Keats.«

»Sie zitieren Keats?« Jack lachte. »Lyle, ich glaube, Sie sind der weißeste Schwarze, den ich je kennen gelernt habe.«

Jack hatte mit einem Lachen als Reaktion gerechnet, doch Lyles Miene verdüsterte sich schlagartig.

»Wie bitte? Sie meinen, ich sei kein echter Schwarzer, nur weil ich John Keats kenne? Weil ich gebildet bin? Sind nur Weiße gebildet? Können nur Weiße Keats zitieren? Echte Schwarze zitieren Ice-T, ist es das? Bin ich etwa kein echter Schwarzer, weil ich mich nicht kleide wie ein Zuhälter und nicht in einem Gangsterschlitten fahre oder mich nicht mit Goldketten behänge und nicht auf meiner Veranda sitze und Bier saufe?«

»Hey, sachte. Ich hab doch nur ...«

»Ich weiß, was Sie haben, Jack. Sie haben reagiert wie jemand, der, nur weil er schon mal MTV einschaltet, zu wissen glaubt, was es heißt, ein Schwarzer zu sein. Und wenn der Betreffende diesem Image nicht entspricht, dann muss er ein ›Oreo‹ sein, ein Schwarzer zwar, aber innerlich weiß. Wie ein Keks mit Cremefüllung. Mit dieser Meinung stehen Sie nicht allein. Viele Schwarze betrachten mich genauso. Sogar mein eigener Bruder. Vergesst es – Sie und er und alle anderen. Dies ist zwar eine Welt der Weißen, aber nur weil ich in dieser Welt mein Ding durchziehe, will ich noch lange kein Weißer sein. Ich habe vielleicht keinen akademischen Titel, aber ich habe genügend Kurse besucht, um mich für einen zu qualifizieren. Ich bin ebenfalls gebildet. Dass ich keine Negerwissenschaften studiert habe, macht mich noch lange nicht zum Wunschweißen. Und nur weil ich was dagegen habe, mich auf den kleinsten schwarzen Nenner reduzieren zu lassen, bin ich noch lange kein Onkel Tom.«

»Wow!« Jack hob beide Hände zu einer abwehrenden Geste. Er kam sich vor, als wäre er auf eine Mine getreten. »Tut mir Leid. Ich wollte Sie nicht beleidigen.«

Lyle schloss die Augen und holte tief Luft. Als er wieder ausatmete, sah er Jack an. »Ich weiß. Meine Reaktion war wohl auch ein bisschen heftig. Dafür entschuldige ich mich.«

»Mir tut es Leid. Ihnen tut es Leid.« Jack erhob sich und reichte ihm die Hand. »Ich denke, damit sind wir quitt, okay?«

»Wir sind quitt.« Lyles Lächeln wirkte ziemlich verlegen, während er Jacks Hand ergriff und sich verabschiedete. »Bis morgen. Dann liegt hier auch die erste Hälfte Ihres Honorars für Sie bereit.«

Jack leerte seine Bierflasche, ging hinaus und machte sich im Geiste eine wichtige Notiz: Lyle Kenton = hochexplosiv.

7

Sobald die Tür hinter Jack zugefallen war, packte Lyle Charlie am Arm und zog ihn in Richtung Fernsehzimmer hinter sich her.

»Das musst du sehen.«

Charlie riss seinen Arm los. »Hey, was ist los mit dir, Bruder? Warum hast du Jack so heftig angemacht?«

Lyle tat es im Nachhinein aufrichtig Leid. Jack hatte wie ein Weißer geredet, und er hatte sofort rot gesehen.

»Ich bin ein wenig gereizt, okay? Na schön, dann eben *sehr* gereizt. Ich habe mich entschuldigt, oder nicht?«

»Bist du wütend auf ihn, weil er von Werten gesprochen hat, die man zurückgeben sollte?«

»Nein. Natürlich nicht.«

Er war nicht wütend, aber es hatte ihn getroffen. Vielleicht hatte er sich deshalb über die Bemerkung vom »weißesten Schwarzen« aufgeregt.

Lyle machte sich nichts vor. Er war ein Bauernfänger, aber er war kein Schurke. Er machte sich nicht an Leute heran, die es sich nicht leisten konnten – keine armen Witwen und so weiter. Die Fische, die er einfing, waren gelangweilte Millionenerbinnen, neureiche Künstler, Yuppies, die nach einem neuen Nervenkitzel suchten, und betuchte Witwen, die mit ihren eingegangenen Schoßhunden im Jenseits kommunizieren wollten. Sie gaben wahrscheinlich während eines Trips nach Las Vegas oder für einen Pelzmantel oder einen Brillanten oder für das, was gerade als neuestes Statussymbol propagiert wurde, viel mehr Geld aus – wie so viele seiner Klienten, die niemals ihre eigene Küche benutzten und stattdessen ständig auswärts aßen, aber um jeden Preis einen Sub-Zero Kühlschrank haben mussten.

»Und warum hast du diesen verdammten Fernseher behandelt, als hätte er von der CIA die höchste Geheimhaltungsstufe verpasst bekommen?«

»Weil er allein unsere Angelegenheit ist. Nicht seine.«

Mehr noch. Er wollte Jack nicht mit einem ihrer geringeren Probleme von seinem eigentlichen Job ablenken. Er sollte sich nur darum kümmern, Madame Pomerol aus ihrem Leben zu entfernen, das war im Augenblick das Wichtigste.

»Sieh mal.«

Er zog Charlie zur Türöffnung und blieb stehen. Er ließ ihn einen Blick auf das Basketballspiel werfen, das soeben auf der Mattscheibe lief.

»Hey, die Zeichentrickfilme haben aufgehört. Was hast du getan?«

»Nichts. Er hat sich von selbst eingeschaltet.« Er beobachtete das Gesicht seines Bruders. »Okay. Du hast es bemerkt. Was siehst du sonst noch?«

Sein Blick senkte sich auf den Fußboden. »Alle möglichen gedruckten Schaltungen und anderen technischen Kram.« Er sah Lyle von der Seite an. »Hast du etwa meine Sachen durcheinander gebracht?«

Lyle schüttelte den Kopf. »Das ist das Innenleben des Gehäuses.«

»Das Innenleben?«

»Hm-hm. Ich habe die Kiste auseinander genommen, nachdem du dich auf die Socken gemacht hast. Sie ist jetzt so gut wie leer. Bis auf die Bildröhre ist nichts mehr drin. Trotzdem läuft die Glotze. Und sie hängt außerdem noch immer nicht an der Steckdose.«

Er sah, wie Charlies Adamsapfel auf und nieder hüpfte, während er krampfhaft schluckte. »Du erlaubst dir jetzt einen Spaß mit mir, oder nicht?«

»Ich wünschte, es wäre so.«

Lyle hatte den größten Teil des Tages Zeit gehabt, sich an das verrückte Verhalten ihres Fernsehers zu gewöhnen, doch ihn vor sich zu sehen, verursachte noch immer ein unangenehmes Rumoren in seinen Eingeweiden.

»Hey«, sagte Charlie schleppend, während er auf den Bildschirm starrte. »Wer spielt da?« Er kam einen Schritt näher. »Das sieht aus, als wäre das... nein, er ist es – Magic Johnson mit den Lakers.«

»Hast du's endlich erkannt?«

»Welchen Kanal hast du... Sports Classics?«

Lyle reichte ihm die Fernbedienung. »Schalt auf andere Kanäle um. Und sieh dir an, was passiert.«

Charlie gehorchte und landete bei CNN, wo zwei sprechende Köpfe über Irangate diskutierten.

»Irangate? Was ist das denn?«

»Etwas, das aktuell war, als du noch viel zu jung warst, um dich für so was zu interessieren.« Lyle konnte sich selbst kaum daran erinnern. »Aber zapp nur weiter.«

Die nächste Station war eine löwenmähnige Blondine, die so heftig weinte, dass ihr das Make-up die Wangen hinabrann.

Charlie riss die Augen weit auf. »Ist das nicht...? Wie heißt sie noch?«

»Tammy Faye Baker«, sagte Lyle. Er hatte zwar gewusst, was kommen würde, aber trotzdem hatte er das Gefühl, als wäre sein Mund trocken wie Pergament. »Mach weiter.«

Dann folgte ein Footballmatch. »Hey, die Giants. Aber das sieht aus, als läge Schnee auf den Seitenlinien.«

»So ist es«, sagte Lyle. »Und achte mal auf den Quarterback.«

»Simms? Spielt Simms nicht schon lange nicht mehr?«

»Eine halbe Ewigkeit. Weiter.«

Er wurde jetzt schneller, kam zu einer Nachrichtensendung, in der über die Bork-Nominierung berichtet wurde, dann folgte ein Kinomagazin mit einer Besprechung von *Rain Man*, danach sah er einen Dukakis-for-President-Werbespot, und schließlich tanzten bei MTV zwei Typen mit schulterlangen Dreadlocks über den Bildschirm.

»Milli Vanilli?«, rief Charlie aus. »Milli *Vanilli*? Das ist ja wie in *Raumschiff Enterprise*, Mann. Haben wir so was wie einen Zeitsprung gemacht?«

»Nein, wir nicht, aber der Fernseher. Alles, was diese Kiste bringt, stammt aus den achtziger Jahren.«

Lyle stand neben seinem Bruder und sah zu, wie Milli Vanilli ihre Locken schüttelten und mit den Lippen »Girl, you know it's true« formten. Er hörte jedoch so gut wie nichts. Im Geist ging er hastig alles durch, was er in den dreißig Jahren seines Lebens erfahren oder erlebt hatte, um eine Erklärung zu finden.

Schließlich gab sich Charlie einen Ruck. »Glaubst du mir endlich? Es spukt bei uns.«

Lyle weigerte sich, auf diesen Zug aufzuspringen. Er musste dieses bohrende Gefühl in seiner Magengrube unbedingt unterdrücken, ganz ruhig bleiben und logisch nachdenken.

»Nein. So verrückt es auch erscheint, trotzdem muss es eine vernünftige Erklärung für alles geben.«

»Willst du nicht endlich aufhören? Du machst dich ständig über unsere Kunden lustig, die jeden Blödsinn glauben, den wir ihnen zum Fraß vorwerfen. Du sagst doch immer, dass sie in ihrer Bereitschaft, alles für bare Münze zu nehmen, geradezu zwanghaft sind. Dabei bist du offenbar ganz genauso.«

»Rede nicht so einen Quatsch.«

»Es stimmt. Hör dir doch zu! Du redest wie ein zwanghafter *Nicht*gläubiger! Wenn etwas nicht zu dem passt, was du dir vorstellst, dann leugnest du es, lehnst es ab, selbst dann noch, wenn es dir regelrecht auf den Kopf fällt.«

»Ich leugne doch gar nicht, dass dieser Fernseher ohne Stromanschluss in Betrieb ist und Programme aus den Achtzigern zeigt. Es ist nur so, dass ich mir nicht sofort eine übernatürliche Erklärung aus den Fingern sauge, mehr nicht.«

»Warum schaffen wir den Kasten dann nicht zu einem Spezialisten, lassen ihn einen Blick darauf werfen und hören uns an, was er als Erklärung zu bieten hat?«

Zu einem Spezialisten… was meinte er damit? Wo fand man solche »Spezialisten«?

»Ich werde morgen früh versuchen, der Sache auf den Grund zu gehen.«

»Tu das«, sagte Charlie. »Ich will keinen Streit mit dir. Ich halte mich aus dieser Sache heraus. Stattdessen schnappe ich mir ein Buch und lese ein wenig.«

»Ein Buch über Geister?«

»Nein. Die Bibel.«

Während Lyle verfolgte, wie Charlie zur Treppe in den ersten Stock ging, wünschte er sich fast, er hätte auch so etwas wie diesen Glauben, der ihm Trost und Sicherheit spenden würde.

Aber alles, was er hatte, war ein Fernseher, der verrückt spielte.

8

Jack schaffte die Fahrt in die Innenstadt in erstaunlich kurzer Zeit. Er wollte den Wagen zu seiner Verfügung haben, falls Bellitto seine Wirkungsstätte mit einem Taxi verließ. Er fand Eli Bellittos Antiquitätenladen im westlichen Teil von SoHo. Sein Shurio Coppe nahm eine Ecke im Erdgeschoss des alten dreistöckigen Hauses ein, das schon bessere Tage gesehen hatte. Einige gusseiserne Säulen der Fassade sahen aus, als würden sie sich vom Mauerwerk darunter lösen. Seltsam, hier ein Beispiel von Gusseisenarchitektur anzutreffen. Die meisten dieser Häuser waren weiter östlich zu finden.

Immer noch in seiner Bob-Butler-Verkleidung mitsamt Perücke schlenderte Jack bis zum großen Schaufenster des Ladens. Unter dem kunstvoll gestalteten goldenen Schriftzug des Namens »Shurio Coppe« war die Zeile zu lesen: »Ungewöhnliche Objekte für den ernsthaften Sammler«. Der Blickfang dieses Fensters war ein ausgestopfter Fisch. Es war ein fast anderthalb Meter langer Stör mit halb offenen braunen Augen, der in der Mitte des Fensters an zwei dünnen Schnüren aufgehängt war, so dass es aussah, als schwebte er in der Luft. Die dicke Staubschicht auf seinen Schuppen verriet, dass er schon eine halbe Ewigkeit in diesem Schaufenster herumschwamm.

Jack ging zum Eingang und warf einen Blick auf das Schild mit den Öffnungszeiten. Elis Bruder hatte Recht gehabt. Sonntags hatte der Laden von zwölf Uhr mittags bis sechs Uhr abends geöffnet. Jack sah auf die Uhr. Siebzehn Uhr dreißig. Warum sollte er die halbe Stunde bis zum Schließen nicht ausnutzen und sich ein wenig im Laden umsehen? Vielleicht fand er etwas Interessantes.

Er drückte die Ladentür auf. Eine Glocke erklang. Der Mann, der im Mittelgang zwischen den Regalen stand, schaute hoch.

Es war der Bruder persönlich. Jack erkannte ihn von dem Foto, das Edward ihm gegeben hatte: Eli Bellitto. Mit seinen eins achtzig wirkte er in Fleisch und Blut viel kräftiger, und auf dem Foto waren seine kalten, dunklen Augen nicht zu erkennen gewesen. Er trug einen maßgeschneiderten dreiteiligen anthrazitfarbenen Businessanzug mit einem weißen Oberhemd und einer gestreiften Krawatte. Mit seiner bleichen Haut, den ausgeprägten Jochbögen, dem dunkelbraunen Haar – gefärbt? – und der Stirnglatze erinnerte er Jack an Angus Scrimm aus *Das Böse*. Er ähnelte seinem Bruder tatsächlich so gut wie gar nicht. Edward hatte erzählt, sie hätten verschiedene Mütter, aber Jack fragte sich unwillkürlich, ob das nicht auch auf die Väter zutraf. Vielleicht hatte die Mutter eines der beiden mit einem örtlichen Kesselflicker herumpoussiert – oder wer auch immer vor sechzig Jahren das Interesse abenteuerlustiger Frauen in Dublin zu wecken pflegte.

»Guten Abend«, sagte Eli Bellitto. »Wie kann ich Ihnen behilflich sein?«

Jack war von seiner Stimme überrascht. Ein leichter Akzent, aber nicht irisch. Er erinnerte sich, dass Edward erzählt hatte, sie wären getrennt voneinander aufgewachsen. Vielleicht in verschiedenen Ländern?

»Ich wollte mich nur mal umschauen«, sagte Jack.

»Nur zu. Aber bitte denken Sie daran, dass wir um Punkt sechs Uhr schließen, und zwar ...« Wie auf ein Stichwort begannen mehrere Uhren zu schlagen. Der Mann zog eine Taschenuhr aus einer Westentasche und ließ den Deckel aufspringen. Er warf einen Blick aufs Zifferblatt und lächelte Jack mit einem Ausdruck erzwungener Freundlichkeit an. »... in genau einer halben Stunde.«

»Ich werde auf die Zeit achten«, versprach Jack.

Auf der anderen Seite des Ladens bemerkte er eine korpulente ältere Frau mit lauter Stimme und einer nicht gerade vorteilhaften Ähnlichkeit mit Richard Belzer. Sie redete auf einen jüngeren rothaarigen Mann ein, während sie ihn durch den Laden führte und auf verschiedene Preisschilder deutete.

Wahrscheinlich eine neue Hilfskraft, dachte Jack.

Er wandte sich ab und tauchte ein in eine Welt aus Büchern, Plaketten, Spiegeln, Kommoden, Tischen, Lampen, Vasen, Skulpturen aus Stein und Holz, Tonschüsseln, Porzellantassen, ausgestopften Vögeln, Fischen und anderen Tieren, Uhren in sämtlichen Formen und Ausführungen und mehr. Was er sah, rangierte zwischen prachtvoll und schäbig, stammte sowohl aus der Alten wie der Neuen Welt, aus dem Fernen Osten und dem Vorderen Orient, aus Adelskreisen oder vom gemeinen Volk, war uralt bis allenfalls unmodern, sündhaft teuer bis spottbillig, Ming-Dynastie bis Depression.

Er verliebte sich auf Anhieb in diesen Ort. Wie lange existierte dieser Laden schon, und warum hatte ihm niemand je davon erzählt? Hunderte Quadratfuß voll gestopft mit einer unüberschaubaren und ausgewählten Ansammlung wirklich schöner Dinge.

Er wanderte durch die Regalgänge, blätterte in Büchern, betrachtete sich in Spiegeln und streichelte andächtig kunstvolle Schnitzereien. In einer Nische blieb er vor einer alten Vitrine aus Eichenholz stehen. Sie hatte einen ovalen Grundriss, war ungefähr eins fünfzig hoch und wies auf allen Seiten facettierte Glasscheiben auf. Das Schränkchen selbst hatte kein Preisschild, und auch die darin ausgestellten Gegenstände waren nicht mit Preisschildern versehen. Sie waren viel jünger als das übrige Inventar und erschienen seltsam fehl am Platze. Was er auf den drei Glasböden sehen konnte, ließ sich am besten als Kinkerlitzchen, Schnickschnack, Nippes und wertloser Tand beschreiben. Kein Stück war älter als zehn oder fünfzehn Jahre und hätte auf jedem Flohmarkt gefunden werden können.

Er inspizierte die Kollektion ein wenig eingehender und sah einen Stapel Pog-Scheiben, einen Rubik's Cube, einen Koosh-Ball mit violetten und grünen Stacheln, ein tolpatschig aussehendes Beanie Baby, eine rote Corvette von Matchbox, einen grauen Furbie mit rosafarbenen Ohren, eine Sonic-the-Hedgehog-Puppe mit knallroten Turnschuhen, einen winzigen Bart Simpson auf einem noch winzigeren Skateboard und ein paar andere nicht näher definierbare *Tschotschkes*.

Aber das Stück, das Jacks Neugier weckte, war ein Roger-Rabbit-Schlüsselanhänger. Während sein Blick darüber hinwegglitt, glaubte er für einen kurzen Moment ein Funkeln zu sehen. Nichts Deutliches, nur so etwas wie ein Reflex am Rand seines Gesichtsfeldes. Als er genauer hinsah, gewahrte er nichts Ungewöhnliches. Vielleicht war es nur eine Unregelmäßigkeit in der Sichtscheibe. Altes Glas war des Öfteren fehlerhaft und voller Schlieren und anderen Unregelmäßigkeiten.

Er betrachtete die winzige Plastikfigur und bemerkte, dass die rote Farbe des Overalls und das Gelb der Handschuhe am Ende der ausgestreckten Arme ein wenig abgeschabt waren. Aber was ihn regelrecht fesselte, war das intensive Blau der Augen Roger Rabbits. In Kreuzigungshaltung daliegend, schien er Jack flehend anzustarren. Das war echtes Pathos, was irgendwie nicht passte, denn Roger Rabbit war in seinem Zeichentrickleben eigentlich ein ziemlicher Idiot.

Der kleine Schlüsselanhänger ließ ihn an Vicky denken, deren Favorit seit kurzem ein Roger-Rabbit-Video war. Sie sah es sich mindestens dreimal pro Woche an und konnte Rogers »Bbbbiiittttte, Eddie!« geradezu perfekt imitieren. Vicky würde diesen Schlüsselanhänger auf Anhieb ins Herz schließen.

Jack suchte nach dem Knauf an der Vitrinentür und fand stattdessen ein massives Vorhängeschloss. Seltsam. Jedes andere Stück im Laden, egal wie klein, musste wertvoller sein als all dieser Krimskrams in der Vitrine zusammen. Warum das schwere Schloss?

»Wir wollen gleich Schluss machen«, sagte eine Stimme hinter ihm.

Jack wandte sich zu dem Inhaber um. Sein Gesichtsausdruck war nichts sagend.

»So früh schon?«

»Wir schließen heute um sechs«, sagte Bellitto. »Kann ich Ihnen mit irgendetwas dienen, ehe ich den Laden verriegle?«

»Ja«, antwortete Jack und deutete auf die Vitrine. »Ich interessiere mich für eins der Stücke.«

»Das wundert mich. Dies sind bei weitem die uninteressantesten Objekte im ganzen Laden. Zeugen kurzlebiger Moden und Trends. Abfall der Popkultur.«

»Genau deshalb möchte ich eins dieser Stücke erwerben.«

»Und welches?«
»Den Roger-Rabbit-Schlüsselanhänger.«
»O ja.« Die schmalen Lippen Bellittos krümmten sich zu einem knappen, verkniffenen Lächeln. »Der ist etwas Besonderes. Sogar etwas ganz Besonderes.«
»So etwas Besonderes nun auch wieder nicht. Bestimmt wurden diese Dinger millionenfach verkauft, aber jetzt werden sie nicht mehr hergestellt, und ich kenne jemanden, der sich riesig freuen würde, wenn...«
»Es tut mir aufrichtig Leid. Aber der Anhänger ist unverkäuflich.«
»Sie machen einen Scherz.«
»Ich versichere Ihnen, dass ich das nicht mache... einen Scherz, meine ich.«
»Warum stellen Sie ihn dann aus wie ein Stück Ware?«
Das freudlose Lächeln erschien wieder in dem blassen Gesicht des Ladeninhabers. »Weil es mir so gefällt.«
»Oh, ich verstehe. Es ist so etwas wie raffiniertes Täuschungsmanöver. Sie sichern den billigen Kram, als wären es die englischen Kronjuwelen, und lenken damit die Aufmerksamkeit von den wertvollen Stücken ab, die Sie so gut wie ungesichert herumliegen lassen. Ich hätte nicht gedacht, dass Sie ein praktizierender Nostalgiker sind.«
»Ich will doch hoffen, dass ich das nicht bin. Sagen wir einfach, dass diese kleinen Schätze für mich einen gewissen sentimentalen Wert haben und ich sie gern so aufbewahre, dass die Menschen sie sehen und bewundern können.«
»Übersteigt der sentimentale Wert dieses Roger-Rabbit-Schlüsselrings möglicherweise die Zehndollargrenze?«
»Ich fürchte, das tut er.«
»Wie wäre es mit fünfzehn?«
Er schüttelte den Kopf. »Nein.«
»Dann fünfundzwanzig?«
»Nein.«

»Fünfzig?«
»Tut mir Leid.«
»Hundert?«

Ein entschiedenes Kopfschütteln. Bellittos Lachen hatte sich vertieft. Er amüsierte sich offensichtlich.

Das war vollkommen verrückt. Der Bursche konnte es nicht ernst meinen. Lehnte er tatsächlich ein Angebot von hundert Dollar für dieses billige Stück Plastik ab?

Jack streifte mit einem schnellen Blick die Ohren Eli Bellittos. Nein, er trug kein Hörgerät. Er musste ihn daher verstanden haben.

Okay, es wurde Zeit, dem Spielchen ein Ende zu machen und seinen Bluff zu entlarven.

»Was halten Sie von fünfhundert?«

Ein Kopfschütteln.

Arroganter Mistkerl, dachte Jack. Wie kommt er dazu, nein zu sagen? Na schön, noch einen Versuch wollte er machen. Diesmal würde er ihn überzeugen.

»Mister, ich gebe Ihnen eintausend Dollar – haben Sie gehört? –, *eintausend* amerikanische Dollar für diesen Schlüsselanhänger. Und das ist mein letztes Angebot. Nehmen Sie es an, oder lassen Sie's.«

»Ich denke, ich lasse es, vielen Dank.«

Jacks Schock wurde durch Erleichterung gemildert. Er hatte zugelassen, dass er die Kontrolle über sich verlor. Tausend Dollar für ein so wertloses Stück Plastik? Wer von ihnen beiden war eigentlich der Verrücktere?

Sein Blick kehrte zu Roger Rabbit zurück, in dessen Augen immer noch dieser flehende Ausdruck lag.

»Tut mir Leid, Kumpel. Vielleicht beim nächsten Mal.«

»Es gibt kein nächstes Mal.« Bellitto schüttelte mit Nachdruck den Kopf. »Als ich sagte, dieses Stück sei unverkäuflich, war es kein Trick, um den Preis in die Höhe zu treiben. Ich habe es durchaus ernst gemeint.«

»Das glaube ich Ihnen sogar. Trotzdem können Sie es niemandem übel nehmen, wenn er es trotzdem versucht.«

Bellitto schaute auf die Uhr. »Ich fürchte, wir sind schon über die Zeit.«

Jack nickte. »Ja.« Er wandte sich zur Tür.

»Hören Sie, Mr....?«

»Butler«, sagte Jack.

»Mal ehrlich, Mr. Butler. Hätten Sie tatsächlich tausend Dollar für diesen Schlüsselanhänger bezahlt?«

»So lautete mein Angebot.«

»Man redet viel, wenn der Tag lang ist, Mr. Butler.«

»Das stimmt. Und auch jetzt reden wir bloß. Daher werden wir es wohl nie erfahren, oder?«

Jack winkte ihm lässig zu und ging hinaus.

Eli Bellitto... der Mann schien ein Ausbund an kühler Selbstkontrolle zu sein. Jack hatte nicht den Eindruck, dass hinter der gleichmütigen Fassade ein Inferno kaum zu bändigender Gewalt tobte. Genau genommen spürte er überhaupt keine Leidenschaft, kein Gefühl. Zugegeben, es war nur eine sehr kurze Begegnung gewesen, und er hatte die Erfahrung gemacht, dass Menschen nur sehr selten so waren, wie sie auf den ersten Blick erschienen, aber Eli Bellitto war offenbar alles andere als ein neumondgesteuerter Irrer.

Er hoffte, dass er Recht hatte. Er würde drei Nächte lang bei ihm den Wachhund spielen, und damit wäre die Angelegenheit erledigt.

Er tat so, als würde er einen gemütlichen Schaufensterbummel machen, blieb am Ende des Gebäudes kurz stehen und überquerte dann die Straße, um sich die Auslagen eines Möbelgeschäftes anzusehen, das ebenfalls schon geschlossen hatte. Um Punkt sechs sah Jack den rothaarigen Helfer herauskommen und in Richtung Houston Street gehen. Wenig später folgte ihm die ältere Frau. Klirrend und klappernd senkten sich die Metallgitter vor den Schaufenstern herab. Sekunden danach kam Bellitto aus dem Laden und verriegelte die Rollgitter. Dann zog er mit der Hand vor der Ladentür ein ähnliches Gitter herab. Nachdem auch dies verriegelt worden war, wandte er sich nach rechts, ging ein kurzes Stück, bog um die Ecke in eine Seitenstraße ein, schlenderte ein paar Schritte und verschwand in einem Hauseingang.

Jack wünschte ihm in Gedanken einen schönen Feierabend. Jetzt sei ein braver Kerl, Eli Bellitto, dachte er, und bleibe für den Rest des Tages und der Nacht zu Hause. Setz dich vor den Fernseher und sieh dir sämtliche *Sopranos*-Episoden an, die du bisher versäumt hast.

Er wechselte auf Bellittos Straßenseite, um die Hausnummer in Erfahrung zu bringen, und hörte dabei, wie unter seinen Füßen etwas knirschte. Er schaute hin und sah mehrere Glassplitter, teils milchig weiß, teils klar und durchsichtig. Unwillkürlich blickte er hoch und fand den Ursprung: Die Glasverkleidung der Straßenlaterne hatte sich gelockert und war heruntergefallen. Nein... Die Leuchtstoffröhre fehlte und war weggebrochen. Er glaubte einige Kratzer im Stahlkorpus der Lampe zu erkennen. Ja, keine Frage. Jemand hatte auf die Straßenlaterne geschossen. Höchstwahrscheinlich mit einer Schrotpistole.

Jack sah sich prüfend um. Das gefiel ihm gar nicht. Durch die erloschene Lampe versank die Straße vor Bellittos Haus in tiefer Dunkelheit. Wer hatte das getan? Bellitto selbst? Oder jemand, der es auf ihn abgesehen hatte.

Jack schlenderte weiter, bis er auf der anderen Straßenseite ein Bistro fand. Einige Paare saßen an den weißen Kunststofftischen, die auf dem Bürgersteig aufgestellt waren. Jack suchte sich einen Stuhl, von dem aus er Bellittos Hauseingang bequem im Auge hatte, und bestellte sich ein Corona-Bier ohne Zitronensaft. Er würde zwei oder drei Flaschen trinken, vielleicht zu Abend essen und zusehen, dass er die Stunden bis zum Einbruch der Dunkelheit so gut wie möglich hinter sich brachte. Dann würde er sich ein Plätzchen im Schatten mit Blick auf die Haustür suchen – was dank der defekten Straßenlaterne nicht allzu schwierig sein dürfte – und würde dort bis Mitternacht Wache halten.

Jack hätte sich selbst in den Hintern treten können, weil er diesen Auftrag angenommen hatte. Anstatt allein an diesem wackligen Tisch zu sitzen, könnte er jetzt bei Gia sein, sich einen anständigen Drink genehmigen und den passenden Wein aussuchen, während sie das Abendessen zubereitete.

Aber Edwards Angst, dass sein Bruder jemandem Schaden zufügen könnte, war so echt gewesen, dass Jack spontan reagiert und den Auftrag angenommen hatte. Trotzdem hätte er ihn ablehnen können. Er hatte Gia versprochen, sich in Zukunft von heiklen Jobs fern zu halten. Schlimmstenfalls könnte er in diesem Fall in eine kleinere Schlägerei verwickelt werden, aber er glaubte nicht, allzu viel Mühe aufwenden zu müssen, um mit Eli Bellitto fertig zu werden.

Er wünschte sich, alle Aufträge wären ungefähr so wie der Job für die Kentons. Er freute sich schon auf seinen Dienstagstermin bei Madame Pomerol. Das würde ein Riesenspaß werden.

In der Zwischenwelt

Sie erkennt, dass sie weiblichen Geschlechts ist, aber sonst nichts. Sie weiß, dass sie mal einen Namen hatte, doch an den kann sie sich nicht erinnern.

Sie weiß auch, dass sie nicht hier gewohnt hat, nicht in diesem alten, kalten Haus. Sie hatte irgendwo ein warmes Zuhause, kann sich aber nicht daran erinnern, wo es sich befindet. Und selbst wenn sie sich erinnerte, könnte sie nicht dorthin gehen.

Sie kann nicht weg von hier. Sie hat es versucht, doch sie ist an dieses schreckliche Haus gefesselt. Sie wünschte zu wissen, warum. Es könnte diese entsetzliche, sinnlose Wut erklären, die in ihr brennt.

Wenn sie sich wenigstens an ihren Namen erinnerte!

Sie ist einsam, aber nicht allein. An diesem Ort gibt es andere. Sie hat nach ihnen gesucht, kann aber keine Verbindung zu ihnen herstellen. Trotzdem versucht sie es weiter…

Zu nächtlicher Stunde

Lyle erwachte vom Geräusch fließenden Wassers. Sein Zimmer war dunkel. Draußen, jenseits der weit offen stehenden Fenster, herrschte tiefe Nacht, und irgendwo...

Die Dusche.

»Was zum Teufel?«, murmelte er, während er das Laken wegschob und die Beine über den Bettrand schwang.

Er blinzelte und warf einen Blick auf das Display seines Radioweckers: *1:21*. Er starrte benommen auf die roten LED-Ziffern. Er kam sich vor, als stünde er unter Drogen. Er hatte tief geschlafen, und sein Gehirn und sein Körper hatten Mühe, in den Wachzustand überzuwechseln. Während er weiter auf das Display blickte, wurde aus der letzten Ziffer eine Null.

1:20?

Vor ein paar Sekunden war es noch... oder zumindest hatte er gedacht, es wäre...

Egal. Die Dusche lief. Er sprang aus dem Bett und eilte ins angrenzende Bad.

Lyle spürte den Wasserdampf, ehe er ihn sah. Er tastete sich an der Wand entlang, fand den Lichtschalter und betätigte ihn. Wabernde Dampfwolken füllten das Badezimmer. Sie waren so dicht, dass er so gut wie nichts erkennen konnte. Er kam bis zur Duschkabine und streckte die Hand nach dem Duschvorhang aus...

Und zögerte. Irgendetwas warnte ihn, den Vorhang zu öffnen. Vielleicht war es eine jener unguten Vorahnungen, an die er nicht glaubte, vielleicht war es auch die Erinnerung an die zahlreichen Horrorfilme, die er gesehen hatte. Doch er spürte irgendwie, dass sich hinter dem Vorhang noch etwas anderes verbarg als nur aus der Dusche rinnendes Wasser.

Trotz des heißen Dampfs verspürte Lyle plötzlich einen Hauch eisiger Kälte und wich zurück, einen Schritt..., zwei...

Nein. Er würde dieser Reaktion nicht nachgeben. Mit einem erstickten Ausruf, der das Grauen vor dem, was er vielleicht gleich zu Gesicht bekäme, ausdrückte, machte Lyle einen entschlossenen Schritt vorwärts und riss den Vorhang zur Seite.

Er stand mitten in einer aufwallenden Dampfwolke, schnappte keuchend nach Luft, hörte sein Herz wie einen Dampfhammer in seiner Brust schlagen und starrte auf eine kochendheiße Wasserflut, die sich aus der Dusche ergoss. Doch die Wasserstrahlen prasselten nicht direkt in die Bodenwanne. Sie prallten auf etwas... etwas, das nicht vorhanden war und trotzdem existierte. Und nachdem der Wasserkegel getroffen hatte, was immer es war, färbte die vielstrahlige Flut sich rot und rann in die Wanne, wo sie in einem gurgelnden Wirbel durch den Abfluss davonströmte.

Lyle schloss die Augen, schüttelte heftig den Kopf, sah wieder hin.

Die Dusche rauschte und erzeugte weitere Dampfwolken, doch jetzt ergossen sich die Wasserstrahlen ungehindert in die Wanne und blieben bis zum Abfluss kristallklar.

Was geschieht mit mir?, fragte er sich, während er den Hahn zudrehte.

Und dann hatte er das Gefühl, dass sich ihm jemand von hinten näherte.

»Was...?«

Er wirbelte herum und sah niemanden. Doch eine Bewegung links von ihm ließ Lyles Kopf zur Seite zucken. Etwas Großes erschien im Spiegel über dem Waschbecken... Linien, die sich auf der mit Wasserdampf beschlagenen Glasfläche bildeten…, sich zu Buchstaben verbanden…, dann…

Zu Worten.

Wer bist du?

Lyle traute seinen Augen nicht, dachte, dass nicht real sein konnte, was er sah, glaubte, wieder zu träumen und bald…

Drei weitere Fragezeichen, jedes größer als das vorherige, hängten sich ans Ende der Frage an.

Wer bist du????

»Ich… ich bin Lyle«, krächzte er. Das Ganze ist ein Traum, also spiel einfach mit. »Wer bist du?«

Ich weiß es nicht

»Warum bist du hier?«

Die gleichen Worte erschienen.

Ich weiß es nicht. Ich habe Angst. Ich will nach Hause

»Wo ist dein Zuhause?«

ICH WEISS ES NICHT

Dann prallte etwas mit derartiger Wucht gegen den Spiegel, dass die Wände erbebten und in der Mitte des Spiegels ein basketballgroßes Spinnennetz feiner Sprünge entstand. Das Licht erlosch, ein eisiger Hauch wehte durch das Badezimmer und verwandelte das feuchte Regenwaldklima in arktische Kälte. Lyle machte einen Schritt zur Wand, um den Lichtschalter zu suchen, doch sein nackter Fuß landete in einer Wasserpfütze. Er rutschte aus und stürzte, während ein weiterer krachender Aufprall stattfand und wieder den Spiegel traf. Nach einem dritten Schlag wurde Lyle mit Glassplittern überschüttet. Er kauerte auf den Knien mit der Stirn auf dem Fußboden und legte die Hände schützend über seinen Hinterkopf, während was immer sich da mit ihm im Raum befand in sinnloser Wut auf den Spiegel einhämmerte.

Um genauso plötzlich, wie es begonnen hatte, seine Attacken einzustellen.

Langsam, vorsichtig, hob Lyle den Kopf in der Dunkelheit.

Irgendwo im Haus – auf dem Flur – hörte er hastige Laufschritte und dann die Stimme seines Bruders.

»Lyle! Lyle! Bist du okay?« Das Licht im Schlafzimmer ging an. »Mein Gott, Lyle, wo bist du?«

»Hier drin!«

Er richtete sich auf die Knie auf, fand jedoch weder die Kraft noch den Willen, ganz aufzustehen. Noch nicht.

Er hörte Charlie näher kommen und rief: »Komm nicht rein! Der Fußboden ist voller Glasscherben! Greif nur herein und knips das Licht an!«

Lyle wandte der Tür den Rücken zu. Als die Beleuchtung anging, schaute er über die Schulter und sah seinen Bruder, der ihn mit großen Augen und offenem Mund anstarrte.

»Verdammt noch mal...«, setzte Charlie an, dann fing er sich. »Lieber Himmel, Lyle, was hast du getan?«

Dass Charlie ein Wort benutzte, das er aus seinem Sprachgebrauch verbannt hatte, seit er wiedergeboren war, verriet Lyle, wie tief der Schock bei seinem Bruder saß. Wenn er sich umsah, konnte er es ihm nicht verdenken. Unzählige winzige Glassplitter bedeckten den Fußboden. Der große Spiegel sah aus, als hätte Shaquille O'Neal einen Basketball aus Granit dagegen gewuchtet.

»Das war ich nicht.«

»Wer dann?«

»Keine Ahnung. Hol mal eine Decke und leg sie auf den Fußboden, damit ich hier rauskomme, ohne meine Füße in Hackfleisch zu verwandeln.«

Während Charlie auf die Suche ging, kam Lyle mühsam auf die Füße und achtete darauf, auf dem scherbenfreien Teil des Fußbodens stehen zu bleiben.

Charlie erschien mit der gewünschten Decke. »Die ist zwar ziemlich dünn, aber...«

Er verstummte, während ein Ausdruck des Horrors seine Miene verzerrte.

»Was ist?«

Charlie deutete mit einem zitternden Finger auf Lyles Brust. »O Gott, Lyle, du – du hast dich verletzt!«

Lyle blickte an sich hinab und spürte, wie seine Knie weich wurden, als er sah, dass die Vorderseite seines T-Shirts mit Blut getränkt war. Er zog das Hemd hoch, und diesmal gaben seine Knie endgültig nach. Sie knickten ein, und er sank zu Boden, als er den tiefen Schnitt in seiner Brust sah, so tief, dass er in der Öffnung sein krampfartig pulsierendes Herz sehen konnte.

Er starrte zu Charlie hoch, nahm das Entsetzen in dessen Augen wahr, formte mit den Lippen ein, zwei Worte, doch seine Stimme streikte. Er blickte wieder auf seine Brust…

Und sie war heil. Unversehrt. Sauber. Kein Loch, kein Blut, nicht ein Tropfen auf seiner Haut unter dem Hemd.

Genauso, wie er es in der vergangenen Nacht bei Charlie erlebt hatte.

Er sah seinen Bruder an. »Du hast es gesehen, ja? Sag mir, dass du es diesmal gesehen hast.«

Charlie nickte mit dem Kopf wie eine Spielpuppe. »Ich hab's gesehen, ich hab's gesehen! Ich dachte, du hättest letzte Nacht einen Witz gemacht, aber jetzt… Ich meine, was…?«

»Leg die Decke hin. Ich will hier raus.«

Charlie hielt ein Ende der Decke fest und warf das andere Ende zu Lyle hinüber. Sie breiteten sie auf dem mit Glassplittern übersäten Fußboden aus, und Lyle kroch – er vertraute nicht darauf, dass seine Beine ihn tragen würden, daher *kroch* er – zur Tür.

Als er den Teppich erreichte, verharrte Lyle in seiner Kriechhaltung, kauerte sich zusammen und zitterte. Er wollte weinen, sich übergeben. Dinge, an die er niemals geglaubt hatte, erwiesen sich als wahr. Seine Welt geriet ins Wanken und drohte zusammenzufallen.

»Was ist da drin passiert, Lyle?«, fragte Charlie, kniete sich neben ihn und legte einen Arm um seine Schultern. »Was hat das alles zu bedeuten?«

Lyle riss sich zusammen, schluckte die Galle, die bis in seinen Mund gestiegen war, herunter und streckte sich.

»Du weißt noch, was du über das Haus gesagt hast? Dass es hier spukt? Nun, allmählich komme ich zu der Überzeugung, dass du Recht hast.« Sein Blick wanderte zum Radiowecker, dessen Display jetzt *1:11* verkündete. Wer könnte ihm sagen, wie lange die Uhr schon rückwärts lief? Durchaus möglich, dass längst drei Uhr morgens vorbei war. »Verdammt, ich *weiß*, dass du Recht hast.«

»Was tun wir jetzt, Mann?«

Etwas Seltsames und Zorniges war in ihr Haus eingedrungen. War dieser Zorn gegen ihn gerichtet? Gegen Charlie? Er hoffte nicht, denn er spürte, dass diese Aggression elementar und erschreckend intensiv war. Charlie wollte wissen, was sie tun sollten. Wie konnte er ihm diese Frage beantworten, ohne auch nur den Hauch einer Ahnung zu haben, mit wem oder was sie es zu tun hatten?

Er packte Charlies Arm und zog sich daran hoch.

»Ich weiß es nicht, Charlie. Aber ich weiß, was wir *nicht* tun werden, und das ist: von hier weggehen. Dies ist jetzt unser Zuhause, und niemand, ob lebendig oder tot, wird uns von hier vertreiben.«

Montag

1

Gia starrte wie gebannt auf die Uhr, als das Telefon klingelte.

Sie saß am Küchentisch, neben dem Ellbogen eine Tasse mit grünem Tee, der allmählich kalt wurde. Fast genau auf die Minute war eine Stunde vergangen, seit sie Dr. Eagletons Praxis angerufen hatte, um sich nach ihrem Schwangerschaftstest zu erkundigen. Die Sprechstundenhilfe hatte ihr erklärt, das Ergebnis sei noch nicht eingetroffen, aber sie würde gleich im Labor des Beth Israel anrufen und es per Fax in die Praxis schicken lassen.

Jack war außer Haus. Nachdem er am frühen Vormittag einige geheimnisvolle Telefongespräche geführt hatte, war er losgezogen, um ein paar Besorgungen zu machen. Seitdem hatte sich Gia kaum gerührt.

Doch jetzt gab sie sich einen Ruck, stand auf, ging zum Telefon und sah den Namen *A. Eagleton MD* auf dem Display. Für einen kurzen Moment stockte ihr der Atem. Sie zögerte, dann nahm sie den Hörer ab.

»Ja, bitte?«

»Ms. DiLauro?« Eine Mädchenstimme. Sie klang jung, wie von einem Teenager.

»Am Apparat.« Gias Hand war feucht und schlüpfrig und konnte kaum den Hörer festhalten.

»Hier ist die Praxis von Dr. Eagleton. Wir rufen wie versprochen zurück. Frau Doktor lässt Ihnen ausrichten, dass Ihr Schwangerschaftstest positiv ausgefallen ist.«

Gia spürte, wie sich ihr Körper verkrampfte. Sie musste die andere Hand zu Hilfe nehmen, um den Hörer festzuhalten und zu verhindern, dass er hinunterfiel.

»Sind Sie ... sind Sie sicher?«

»Positiv.« Die junge Frau kicherte. »Ich meine ja. Frau Doktor bittet Sie, einen Termin zwecks einiger notwendiger Routineuntersuchungen zu vereinbaren. Was meinen Sie, wann Sie ...?«

Gia legte auf und setzte sich hin.

Ich bin schwanger. Mit Jacks Baby ..., mit Jacks und meinem.

Sie wusste, sie hätte eigentlich außer sich sein müssen vor Freude, aber das war sie nicht. Stattdessen fühlte sie sich unsicher, und sie hatte vielleicht sogar ein wenig Angst.

Gia schloss die Augen. Ich bin nicht bereit dafür ... Der Zeitpunkt ist völlig falsch.

Sie nahm die Teetasse hoch, wollte ihre kalten Hände daran wärmen, aber der Tee war fast bis auf Zimmertemperatur abgekühlt. Sie trank einen Schluck von der blassgelben Flüssigkeit, aber sie schmeckte nur noch sauer.

Natürlich betraf es nicht nur sie. Da war Jack. Es ihm zu sagen, war nicht der Punkt – denn er hatte wirklich jedes Recht, Bescheid zu wissen –, die Frage war nur, wann. Sie befand sich gerade erst am Anfang der Schwangerschaft, also in einem Stadium, in dem zu viele Dinge geschehen konnten, die eine Fehlgeburt zur Folge haben würden. So etwas war ihr schon zweimal zugestoßen, ehe Vicky geboren wurde.

Dann war da die Frage, wie er darauf reagieren würde. Sie kannte Jack wahrscheinlich besser als jeder andere Mensch auf der Welt. Sogar besser als Abe. Aber sie war sich trotzdem nicht sicher, wie er auf lange Sicht mit einer solchen Angelegenheit zurechtkäme.

Sie wusste, seine erste Reaktion wäre unbändige Freude. Er wäre glücklich für sie und für sich selbst. Ein Baby. Sie wollte sein Lachen, das Leuchten in seinen Augen sehen. Und sie wusste, es würde vielleicht helfen, ihn aus seiner Trauer über den Tod Kates herauszureißen. Ein Leben geht zu Ende, ein anderes beginnt.

Aber ihn so frühzeitig ins Bild zu setzen, barg einige Risiken. Wenn sie zum Beispiel schon in der nächsten Woche eine Fehlgeburt hätte?

Jack, du bist ein werdender Vater! Dein erstes Kind ist unterwegs.

Nein, Moment. Vergiss es. Dein Kind ist tot. Tut mir Leid.

In Anbetracht der Tatsache, wie niedergeschlagen er in letzter Zeit gewesen war, konnte es da richtig sein, ihn einer solchen emotionalen Achterbahnfahrt auszusetzen? Wäre es nach dem, was er gerade durchgemacht hatte, nicht viel besser zu warten, bis sie sicher sein konnte, dass ihre Schwangerschaft normal verlaufen würde?

Oder versuchte sie nur, für sich selbst mehr Zeit herauszuschinden, ehe sie es ihm sagen müsste?

Das waren nur die kurzfristigen Erwägungen. Aber wie sah es mit den längerfristigen aus? Wenn es Jack bewusst wurde, was das Aufziehen eines Kindes, was eine ernsthafte Vaterschaft für seine Unabhängigkeit, seine leidenschaftlich erkämpfte und verteidigte Autonomie bedeutete... was dann? Könnte es sein, dass er den Preis dafür als zu hoch erachtete?

2

Die gelbe zusammenklappbare Werbetafel stand mitten auf dem Bürgersteig. Die roten Lettern darauf reflektierten die Morgensonne.

ERNIES PASSBILD-SERVICE
FÜR ALLE ZWECKE
REISEPÄSSE
FÜHRERSCHEINE
TAXI-LIZENZEN

Jack umrundete die Tafel und trat durch die offen stehende Eingangstür in einen winzigen Laden, der bis zur Decke mit winzigen Freiheitsstatuen, Ansichtskarten von New York City, bedruckbaren T-Shirts, Baseballmützen und allem Möglichen, das Ernie an einen Kleiderständer hängen oder in ein Regal hineinpacken konnte voll gestopft war. Verglichen mit Ernies Laden wirkte Abes Geschäftslokal geradezu spartanisch leer.

»Hey, Ern.«

Der hagere Mann mit dem traurigen Gesicht hinter der Theke trug ein grelloranges Hawaiihemd und balancierte im klassischen Belmondo-Stil eine Pall-Mall-Zigarette im Mundwinkel. Er blickte auf und zwinkerte Jack zu.

»Ich komme gleich zu Ihnen, Sir«, sagte er und widmete sich wieder voller Hingabe dem schwierigen Akt, einem betagten Koreaner eine Ray-Ban-Predator-Pilotensonnenbrille zu verkaufen.

»Ich gebe Ihnen einen Riesenrabatt. Sie sparen richtiges Geld.« Er dehnte das letzte Wort, so gut er es vermochte. »Ich schwöre Ihnen, der Listenpreis für dieses Prachtstück beträgt neunzig Dollar. Ich lasse Ihnen die Brille für fünfzig.«

»Nein-nein«, erwiderte der alte Mann. »Ich habe weiter unten auf Straße eine für zehn gesehen. Zehn Dollar.«

»Das ist Ausschussware, oder es sind Kopien. Niemals die echten. Wenn Sie sie heute kaufen, fallen Ihnen schon morgen die Gläser aus dem Rahmen oder die Bügel brechen ab. Aber diese hier, mein Freund, das ist die echte, die wahre Ray Ban.«

Jack drehte sich um und tat so, als würde er sich einen Ständer mit illegalen Videokopien ansehen. Nichts von dem, was Ernie verkaufte, war auch nur annähernd echt.

Seine Gedanken kehrten zu Gia zurück. Er hatte die vergangene Nacht bei ihr geschlafen. Es war wie immer sehr schön gewesen. Er liebte es, neben ihr aufzuwachen. Aber sie war ihm an diesem Morgen so nervös vorgekommen. Sie hatte mit kaum verhohlener Ungeduld verfolgt, wie er seine Telefongespräche geführt hatte, und er hatte den Eindruck, sie hatte es kaum erwarten können, dass er endlich das Haus verließ. Er betrachtete sich selbst nicht gerade als den umgänglichsten Menschen unter der Sonne, aber konnte es sein, dass er anfing, ihr auf die Nerven zu gehen?

Der alte Mann hatte Ernie bis auf fünfunddreißig Dollar heruntergehandelt und zog mit seiner neuen coolen Brille auf der Nase zufrieden von dannen.

»Hey, Jack«, sagte Ernie, faltete die Geldscheine sorgfältig zusammen und verstaute sie in der Hosentasche. Zu viele Jahre mit unzähligen filterlosen Zigaretten hatten ihm zu den Stimmbändern eines Frosches verholfen. »Wie geht's, wie steht's?« Er schüttelte den Kopf. »Es ist heutzutage hart, ein paar Dollars zu verdienen, weißt du? Verdammt hart.«

»Ja«, sagte Jack und trat an die Vitrine, die Ernie gleichzeitig als Theke benutzte. Ein Dutzend Rolex-Imitationen funkelten unter der oberen, stark zerkratzten Glasplatte. »Die Geschäfte gehen überall schlecht.«

»Diese Straßenhändler bringen mich noch um. Ich meine, welche Unkosten müssen sie tragen? Sie rollen eine Decke auf dem Asphalt aus oder stellen einen Pappkarton auf, und schon sind sie im Geschäft. Sie verkaufen die gleiche Ware wie ich, nur mit einem minimalen Aufschlag auf den Einkaufspreis. Du solltest dir nur mal ansehen, was ich als Miete für dieses Loch hier zahlen muss.«

»Tut mir Leid.« Ernie jammerte, dass etliche seiner Quellen für falsche Ausweispapiere nach dem Anschlag auf das

World Trade Center versiegt waren. Er war seit Jahren Jacks hauptsächlicher Lieferant für Führerscheine und andere Ausweispapiere. »Hast du das Material, über das wir gesprochen haben?«

»Klar.« Er deutete zur Tür. »Sorg mal dafür, dass es so aussieht, als sei geschlossen.«

Jack verriegelte die Tür und drehte das Schild von GEÖFFNET auf GESCHLOSSEN. Als er zur Theke zurückkam, hatte Ernie bereits einen Stapel Banknoten darauf gestapelt.

»Da ist das Gewünschte. Fünftausend.«

Jack griff nach einem der Hundertdollarscheine. Er rieb ihn zwischen den Fingern und hielt ihn gegen das Licht. Nicht zu neu und nicht zu abgegriffen. »Ich finde, der Lappen sieht ziemlich gut aus.«

»Ja, gute Arbeit, aber so kalt wie Bin Ladens Hintern. Jeder Verkäufer von Bloomingdales bis hinunter zum armseligsten Trödelladen hat die Seriennummern neben der Kasse liegen.«

»Perfekt«, sagte Jack. Das war genau das, was er sich wünschte. »Was bin ich dir schuldig?«

»Gib mir zwanzig, und wir sind quitt.« Er grinste, als er damit begann, die Banknoten in eine braune Einkaufstüte zu stopfen. »Ich gehe runter auf fünfzehn, wenn du mir mehr davon abnimmst.«

Jack lachte. »Du willst das Zeug wirklich loswerden, nicht wahr?«

»Was sonst? Die Scheine waren für eine Weile Gold wert, aber jetzt sind sie nur noch gut zum Zigarrenanzünden oder um Löcher in einem zugigen Zimmer zu stopfen. Man kann die Blüten noch nicht mal als Klopapier verwenden. Außerdem ist es zu gefährlich, solches Zeug bei sich herumliegen zu lassen.«

»Warum verbrennst du die Scheine nicht einfach?«

»Leichter gesagt als getan, Mann. Vor allem im Sommer. Erst mal habe ich keinen offenen Kamin in meiner Wohnung, und selbst wenn ich einen hätte, würde ich das Zeug dort nicht verbrennen wollen. Und die Penner zünden bei dieser Hitze auch keine Mülltonnen an, um sich die Finger zu wärmen. Also kann ich dort nicht vorbeigehen und ein paar Bündel ins Feuer werfen. Ich muss wohl auf den Winter warten. Und bis dahin bin ich froh, wenn mir jemand wenigstens einen Teil abnimmt.«

»Wofür hat man sonst Freunde?«, sagte Jack, reichte ihm einen Zwanziger und nahm die Einkaufstüte von der Theke.

Ernie musterte ihn kopfschüttelnd. »Ich begreife das nicht. Warum willst du unbedingt schlechte Blüten haben, wenn ich dir richtig gute beschaffen kann? Was hast du damit vor?«

Jack grinste. »Ich erkaufe mir den Zugang zum Himmel.«

3

»Willst du wirklich reingehen?«, fragte Jack, während er den Wagen einen halben Block von Ifasens Haus entfernt in eine Parklücke rangierte.

Gia überlegte kurz. »Natürlich. Sonst wäre ich wohl kaum hergekommen.«

Er schüttelte den Kopf. »Du hast so was noch niemals getan.«

Sie lächelte ihn an. »Es gibt für alles immer ein erstes Mal, richtig?«

Wie, zum Beispiel, Vater zu sein, dachte sie.

Sie war solch ein Feigling. Jack hatte gesagt, er wolle Ifasen einen Besuch abstatten – obgleich er ihn jetzt Lyle nannte –, um den vereinbarten Anteil vom Honorar abzuholen. Und sie hatte durchblicken lassen, dass sie mitkommen wolle. Sie hatte ihren Wunsch mit einer Art partnerschaftlichem Interesse begründet – immerhin hatte sie ihm zu diesem Job verholfen – und hatte scherzhaft gemeint, sie überlege sich sogar, ob sie nicht eine Provision verlangen solle.

In Wirklichkeit aber hatte sie einen ernsteren Grund, ihn zu begleiten. Genau genommen waren es zwei Gründe.

Zunächst hatte sie entschieden, ihm lieber schon jetzt als später von der Schwangerschaft zu erzählen. Sie war nicht besonders gut darin, Dinge zu verbergen oder Geheimnisse für sich zu behalten. Das war nicht ihre Art. Das Beste war immer, alles offen auf den Tisch zu legen, damit sie sich beide damit befassen konnten.

Aber sie hatte keine passende Gelegenheit gefunden. Zumindest redete sie sich das während ihrer Fahrt von Midtown nach Astoria ein. Tatsache war, dass sie sich ganz einfach nicht hatte eingestehen können, dass sie so sorglos gewesen war.

Sie würde es ihm während der Heimfahrt erzählen. Ganz bestimmt.

Der zweite Grund war, dass sie Ifasen – Lyle – zu seiner Voraussage, sie würde zwei Kinder haben, einige Fragen stellen wollte. Der rationale Teil ihres Verstandes wusste genau, dass das Ganze ein Trick oder eine zufälligerweise zutreffende Vermutung gewesen war. Doch ein anderer Teil ihres Verstandes hörte nicht auf zu fragen. Hatte er es gewusst? Und wenn ja, gab es vielleicht noch mehr, was er ihr prophezeien könnte? Sie wusste genau, dass diese Fragen sie so lange nicht in Ruhe lassen würden, bis sie wenigstens auf einige Antworten erhielt.

Ja, sie wusste, dass es ganz und gar nicht vernünftig war und dass es absolut nicht zu ihr passte, aber...

Hey, ich bin schwanger. Bei mir spielen im Augenblick die Hormone verrückt. Ich brauche nicht vernünftig zu sein.

Jack legte einen Arm um ihre Taille, als sie über den unebenen Bürgersteig auf den Vorgarten von Lyles Haus zugingen.

Lyle... darin schwang nichts Spiritistisches mit, da war nichts von den übersinnlichen Schwingungen zu spüren wie in dem Namen Ifasen.

»Sie sind zurückgekommen?«

Gia zuckte beim Klang einer melodischen Frauenstimme hinter ihnen zusammen. Sie und Jack drehten sich gleichzeitig um.

»Verzeihung – wie bitte?«, sagte Gia.

Eine Inderin in einem roten Sari. Sie kam Gia irgendwie bekannt vor, und dann erinnerte sie sich, dass sie die Frau am Freitagabend gesehen hatte. Und zwar an diesem Ort. Bei dieser Gelegenheit hatte sie einen blauen Sari getragen, aber sie hatte denselben Deutschen Schäferhund an einer Leine bei sich gehabt.

»Sie dürfen nicht dort hineingehen«, sagte die Frau. »Sehr schlecht für Sie.«

»Davor haben Sie uns schon vorgestern gewarnt«, sagte Jack, »aber nichts ist geschehen. Also weshalb sind Sie schon wieder hier und...?«

»Es *ist* etwas geschehen!« Ihre dunklen Augen blitzten. »Die Erde hat gebebt!«

»Was wollen Sie uns denn nun weismachen?«, fragte Jack. »Dass wieder ein Erdbeben stattfinden wird, wenn wir dieses Haus betreten?«

»Ich sage Ihnen, dies ist ein schlechter Ort. Er ist für Sie beide gefährlich!«

Die Frau schien es völlig ernst zu meinen, und das erfüllte Gia mit aufkeimender Besorgnis. Und als der Hund sie mit seinen großen braunen Augen ansah und wimmerte, steigerte das ihre Unruhe noch erheblich.

»Danke für die Warnung«, sagte Jack. Er ergriff Gias Arm und zog sie weiter in Richtung Haus. »Lass uns weitergehen.«

Gia gehorchte, doch während sie ihren Weg fortsetzten, blickte sie über die Schulter und sah, wie die Frau und ihr Hund ihnen voller Sorge nachschauten.

Sie schmiegte sich an Jack. »Wovon hat sie geredet?«

»Vielleicht meinte sie die Geschichte des Hauses, oder sie nahm an, wir wären unterwegs, um an einer Séance teilzunehmen, und dass deswegen unser Seelenheil in Gefahr sei. Wer weiß das schon?«

Gia wandte sich noch einmal um, aber nun waren die Frau und ihr Hund verschwunden. Wahrscheinlich weitergegangen, dachte sie.

Während sie sich dem Haus des Hellsehers näherten, versuchte Gia, ihr Unbehagen abzuschütteln. Um auf andere Gedanken zu kommen, deutete sie auf die braunen, verdorrten Blätter der Gartensträucher vor dem Haus.

»Wen hat er als Gärtner engagiert? Etwa Julio?«

Jack lachte. »Nein. Das gehört ebenfalls zu den Belästigungen, mit denen er sich herumschlagen muss. Wenn alles so läuft wie gewünscht, ist damit schon in Kürze Schluss, und zwar endgültig.«

»Aber ohne Gewalt, oder?«

»Reines Theater. Ich tue so als ob und spiele der Gegenseite etwas vor, mehr nicht.«

Gut, hätte sie in diesem Augenblick erwidern können. Ich möchte nämlich nicht, dass dein Kind ohne Vater aufwächst.

Aber sie wollte ihm die Neuigkeit nicht unbedingt jetzt auftischen, während sie im Begriff waren, Lyle Kenton einen Besuch abzustatten.

Der Mann, der sich ihnen als Ifasen vorgestellt hatte, öffnete nach Jacks Klopfen die Tür. Er trug ein Sweatshirt mit Spartans-Aufdruck und abgeschnittenen Ärmeln, dazu eine kurze Turnhose. Außerdem war er barfuß.

»Hallo, Jack«, sagte er, doch sein Lächeln schien freudlos und verwirrt. »Genau rechtzeitig. Kommen Sie herein.«

»Ich weiß nicht, ob Sie sich noch an Gia erinnern«, sagte Jack. »Sie war am Freitagabend mit Junie und den anderen hier.«

»Ja, natürlich.« Er hatte für Gia ein flüchtiges Lächeln und eine kurz angedeutete Verbeugung übrig. »Ich freue mich, Sie wiederzusehen.« Er schien unter Hochspannung zu stehen.

Jack hatte es ebenfalls bemerkt. Während er Gia vor sich durch die Tür ins Haus schob, fragte er: »Etwas nicht in Ordnung?«

Lyle schüttelte den Kopf. »Vergangene Nacht sind mit und in diesem Haus einige seltsame Dinge passiert.«

»Meinen Sie, es waren die Fosters?« Jack war ehrlich überrascht. »Sie sollten doch...«

Lyle schüttelte den Kopf. »Die waren es ganz bestimmt nicht.«

»Das ist gut. Kann ich irgendetwas tun?«

Ein seltsamer Ausdruck trat in Lyle Kentons Augen. Nicht Angst und nicht Zorn. Eher so etwas wie verzweifelte Hilflosigkeit. »Das fällt nicht in Ihr Ressort. Ich hole Ihnen schnell Ihr Geld.«

Was immer im Gange war, er wollte offenbar nicht darüber sprechen. Aber vielleicht äußerte er sich zu Freitagabend.

»Einen Moment«, sagte Gia, während Lyle Anstalten machte, sich zu entfernen. »Ehe Sie gehen, darf ich Ihnen eine einzige Frage stellen?«

Er hielt inne und sah sie an. »Selbstverständlich.«

»Es betrifft den Freitagabend..., als Sie Fragen beantworteten, die wir auf diese Karten geschrieben hatten.«

»Sie meinen die Zettel-Lesung. Was ist damit?«

»Nun...« Ihr Blick wanderte zu Jack, der sie mit einem verwirrten Gesichtsausdruck beobachtete. Sie kam sich schrecklich dumm vor. Er hatte die Frage bereits für sie beantwortet, aber sie musste die Antwort noch einmal hören, und zwar direkt vom dem, den sie eigentlich betraf. »Ich weiß nicht, ob Sie sich noch daran erinnern, was ich wissen wollte... Ich fragte...«

»›Wie viele Kinder werde ich haben?‹ Richtig? Und ich

glaube, ich antwortete: zwei.« Er lächelte. »Wollten Sie eine andere Antwort hören?«

»Ich... ich möchte wissen, weshalb Sie diese Zahl nannten. Haben Sie sie nur geraten, oder war es, ich meine... wissen Sie irgendetwas, das sonst niemand weiß?«

»Gia«, ergriff Jack das Wort, »habe ich dir nicht...«

»Ich weiß, Jack, aber ich will es von ihm persönlich hören.«

Lyle sah Jack fragend an.

»Nur zu«, sagte Jack. »Spucken Sie es aus.« Er hielt kurz inne, dann fügte er hinzu: »Aber die Wahrheit.«

Lyle zögerte, dann zuckte er die Achseln. »Ich hab's geraten. Mehr nicht.«

»Sind Sie ganz sicher? Gab es keine leise Stimme, keine übersinnliche Eingebung?«

»Nein. Ich hab mir die Zahl einfach ausgedacht. Sonst noch was?«

»Nein. Das ist alles. Vielen Dank, dass Sie so ehrlich waren.«

Lyle verbeugte sich abermals und öffnete eine Tür hinter sich. Während er sich durch einen Flur entfernte, sah Gia im hinteren Teil des Hauses so etwas wie eine Küche und offene Fenster.

»Ich hab's dir ja gesagt«, meinte Jack, als sie allein waren. Er schien ein wenig verärgert, dass ihr seine Erklärungen offensichtlich nicht ausgereicht hatten.

»Es tut mir Leid, Jack.«

»Es gibt nichts, was dir Leid tun müsste.« Er betrachtete sie prüfend. »Wolltest du deshalb heute mitkommen? Um ihn das zu fragen?«

Sie nickte. »Ziemlich dämlich, hm?«

Vielleicht war es gar nicht so dämlich, wenn man ihren augenblicklichen Zustand bedachte. Aber sie fühlte sich dämlich.

Er lächelte sie an. »Nichts, was du tust, ist dämlich. Es ist nur so, dass ich nicht verstehe, warum dir plötzlich so unendlich wichtig ist, was ein völlig Fremder gesagt hat.«

»Ich erklär's dir später ... auf dem Heimweg.« Hoffentlich schaffe ich es dann.

Jack fixierte sie noch immer. »Ich begreife das alles nicht. Was ...?«

In diesem Augenblick kam Lyle mit einem weißen Briefumschlag zurück. Er reichte ihn Jack.

»Bitte sehr. Die erste Hälfte. Was denken Sie, wann die zweite Hälfte des Honorars fällig wird?«

»Wenn alles wunschgemäß verläuft«, antwortete Jack, »in ein paar Tagen.«

»Ist Phase zwei noch immer für morgen Nachmittag geplant?«

Lyle versuchte augenscheinlich, in Rätseln zu sprechen. Wahrscheinlich ahnte er nicht, dass Jack ihr während der Fahrt nach Astoria von den Problemen der Kentons mit Madame Pomerol erzählt hatte. Gia entschied, ihn in dem Glauben zu lassen.

Sie bekam Jacks Antwort nicht richtig mit, weil eine Bewegung im Flur hinter Lyle ihre Aufmerksamkeit erregte. Sie reckte den Kopf, um besser sehen zu können.

Ein Mädchen mit sehr blasser Haut und langem blondem Haar ging durch den Flur zur Küche. Sie trug Reitkleidung – eine Reithose und Stiefel. Befand sich etwa in der Nähe ein Reitstall? Sie schien in Vickys Alter zu sein – sicher nicht viel älter als acht oder neun. Gia fragte sich, wo sie so plötzlich herkam und was sie in diesem Haus zu suchen hatte.

Während das Mädchen um die Ecke bog, warf es einen Blick über die Schulter, und seine blauen Augen richteten sich auf Gia. Gia erkannte in ihnen eine tiefe Not, ein Flehen, das ihr fast das Herz zerriss.

Lyle musterte sie verwundert. Er musste etwas in ihrem Gesicht bemerkt haben. »Stimmt was nicht?«

»Wer ist das kleine Mädchen?«

Lyle wirbelte herum, als hätte er hinter sich einen Schuss gehört. »Kleines Mädchen? Wo?«

»Dort hinten, im Flur.« Er versperrte ihr jetzt die Sicht. Gia lehnte sich nach links, um an ihm vorbeizuschauen, und stellte fest, dass der Flur leer war. »Gerade eben war sie noch da.«

»Es gibt kein Mädchen in diesem Haus, weder ein großes noch ein kleines.«

»Ich habe sie gesehen. Eine kleine Blondine.« Gia deutete in den Flur. »Sie war dort hinten und ging zur Küche.«

Lyle machte kehrt und eilte durch den Flur.

»Charlie!«, rief er. »Kannst du mal für einen Moment herkommen?«

Gia folgte Lyle und bemerkte zu ihrer Linken die Treppe, die nach oben zum ersten Stock führte. Diese Aufteilung kam ihr ein wenig seltsam vor, bis ihr klar wurde, dass das Haus umgebaut worden war, um den Channeling-Raum einzurichten. Sie hörte Jack hinter sich.

Lyle bog ab in die Küche und warf einen schnellen Blick in den angrenzenden Raum. Offensichtlich beruhigt, dass sich dort niemand aufhielt, ging er weiter zur offenen Hintertür. Er stieß die Fliegentür auf und blieb auf dem schmalen Absatz stehen, um den Garten abzusuchen. Die Mittagssonne brachte seine Dreadlocks zum Glänzen. Nach ein paar Sekunden kam er wieder herein und sah Gia an, während die Fliegentür hinter ihm ins Schloss fiel.

»Sind Sie sicher, dass Sie ein kleines Mädchen gesehen haben?«

»Sehr sicher sogar.«

Er deutete auf die Hintertür. »Dann muss sie in den Garten hinausgelaufen sein.«

»Das bezweifle ich«, sagte Jack.

Gia wandte sich um und sah ihn neben einer Tür stehen, hinter der eine Treppe nach unten führte.

»Warum?«, wollte Lyle wissen.

»Weil wir nicht gehört haben, wie die Fliegentür zufiel. Falls sie sich nicht die Zeit genommen hat, sie behutsam ins Schloss zu drücken, ist die Kleine noch hier.« Er deutete mit einem Daumen auf die Kellertreppe. »Und ich wette, ich weiß, wo.«

Lyles Bruder kam aus dem ersten Stock herunter. Er trug ein Sporttrikot und eine Trainingshose mit Beinen, die er bis dicht unter die Knie hochgeschoben hatte. Seine schwarzweißen Basketballschuhe, deren Laschen auf den nicht verknoteten Schnürsenkeln lagen, sahen aus wie durstig hechelnde Hunde.

Lyle stellte Gia schnell als »Jacks Freundin« vor, und sie war auf Anhieb von der Wärme in Charlies Lächeln angetan, als er Jack mit einem High Five begrüßte. Das Lächeln verflog jedoch sofort, als Lyle ihm von dem kleinen Mädchen erzählte, das Gia gesehen hatte.

Jack und Gia warteten in der Küche, während Lyle und Charlie den Keller ihres Hauses durchsuchten. Jack ging zur Hintertür und blickte durch das Fliegengitter hinaus in den kleinen Garten.

Ohne Gia anzusehen, sagte er: »Hast du dich als kleines Kind jemals in ein fremdes Haus geschlichen?«

»Bist du verrückt?«

»Hast du jemals daran *gedacht*, so etwas zu tun?«

»Niemals. Ich wäre vor Angst gestorben.«

»Du meinst, in etwa so wie Lyle und Charlie im Augenblick?« Er machte einen Schritt auf sie zu und senkte die Stimme. »Ich will nicht behaupten, dass sie Todesangst haben, aber irgendetwas beunruhigt sie zutiefst. Ich weiß nicht, wie es dir geht, aber ich finde kleine Mädchen nicht besonders furchteinflößend. Also was geht hier wirklich ...«

Gia hörte Schritte auf der Kellertreppe und sah die Kentons aus dem Keller heraufkommen.

»Leer«, meldete Lyle. »Sie muss tatsächlich durch die Hintertür hinausgeschlüpft sein.«

»Ohne ein Geräusch?«, wunderte sich Jack.

Lyle zuckte die Achseln. »Ich wüsste nicht, wohin sie sonst verschwunden sein sollte.« Er warf Charlie einen unbehaglichen Blick zu. »Oder hast du eine Ahnung?« Dann wandte er sich an Gia. »Sind Sie...?«

»Ja, ich bin mir sicher«, sagte sie in einem viel schärferen Tonfall, als sie beabsichtigt hatte. »Gewöhnlich neige ich nicht zu Halluzinationen.«

Gia beschrieb das kleine Mädchen geradezu fotografisch genau und ließ lediglich den flehenden Ausdruck in den Augen des Kindes weg.

»Ein Kind mit blonden Haaren«, sagte Charlie und massierte sich das Kinn. »Hier gibt es nicht gerade viele blonde Kinder, wenn Sie verstehen, was ich damit sagen will.«

»Vielleicht sollten Sie darauf achten, dass Ihre Haustür verriegelt ist, wenn Sie sich im ersten Stock aufhalten«, sagte Gia.

Lyles Gesichtsausdruck war düster. »Ich wünschte, das wäre so einfach, wie es sich aus Ihrem Mund anhört.«

»Ich unterbreche diese interessante Konversation nur ungern«, brachte Jack sich wieder zu Gehör und deutete auf seine Armbanduhr, »aber ich muss noch einige Requisiten für meinen Termin bei Madame Pomerol besorgen.«

Als sie sich verabschiedeten, war die Stimmung seltsam bedrückt. Gia hatte das untrügliche Gefühl, dass die Kenton-Brüder einerseits froh waren, dass sie gingen, andererseits aber nicht allein in diesem Haus zurückbleiben wollten.

»Irgendwas Seltsames ist mit diesen beiden los«, sagte Jack, während sie zu seinem Wagen schlenderten. »Sie sind so nervös wie ein Paar überdrehter Tanzmäuse.«

»Ich wüsste gern, warum«, sagte Gia. »Und ich weiß genau, dass ich das kleine Mädchen gesehen habe. Ich kann zwar nicht erklären, wie die Kleine reingekommen oder hinausgelangt ist, aber ich weiß, was ich gesehen habe.«

»Ich glaube dir. Und das Seltsame ist, dass die Kenton-Brüder dir ebenfalls glauben, obwohl es scheint, als wäre das Gegenteil der Fall.«

Gia sah sich suchend nach der Inderin um. Sie wollte ihr sagen: Sehen Sie? Wir waren im Haus, und jetzt sind wir wieder draußen, und es ist nichts passiert. Aber die Frau war nirgendwo zu sehen.

Jack hielt Gia die Wagentür auf, und sie machte es sich auf dem Beifahrersitz bequem. Als er hinter dem Lenkrad Platz genommen hatte, drehte er sich zu ihr um.

»Apropos glauben – glaubst du jetzt, dass seine Prophezeiung, du würdest zwei Kinder haben, nicht mehr als eine wilde Vermutung war?«

»Das glaube ich«, sagte sie und dachte, jetzt ist der richtige Moment gekommen. »Aber du musst verstehen, weshalb mir ausgerechnet dieser Punkt so wichtig war.«

Jack startete den Motor. »Verrat's mir.«

Gia zögerte, dann platzte sie heraus: »Ich bin schwanger.«

4

Jack brach in Gelächter aus – für einen kurzen Moment glaubte er, gehört zu haben, dass Gia gesagt hatte, sie sei schwanger – und dann bemerkte er den Ausdruck ihrer Augen.

»Hast du ... schwanger gesagt?«

Sie nickte, und er sah in ihren Augen Tränen glitzern. Freude? Bestürzung? Beides?

In irgendeinem entfernten Winkel seines Gehirns begriff Jack, dass dies ein überaus heikler Moment war, und er bemühte sich verzweifelt, die richtigen Worte zu finden. Doch sein Gehirn hatte sich in Mus verwandelt, während er darum rang, die Bedeutung dieser Worte in ihrer vollen Tragweite zu erfassen...

Ich bin schwanger.

»M-mei...« Er brach ab. Beinahe hätte er *Meins?* gesagt. Ein Reflex. Natürlich war es seins. »Wir kriegen ein Baby?«

Gia nickte wieder, und jetzt bebte ihre Unterlippe, während die ersten Tränen an ihren Wangen herabrannen.

Jack rutschte über den Sitz und nahm sie in die Arme. Sie schluchzte, während sie sich gegen ihn presste und das Gesicht an seinem Hals vergrub.

»O Jack, ich wollte nicht, dass das passiert. Sei nicht böse. Es war ein Unfall.«

»Böse? Du liebe Güte, Gia, warum sollte ich böse sein? Geschockt, ja, auch verblüfft, aber böse wär das Letzte. Das käme mir niemals in den Sinn.«

»Gott sei Dank! Ich...«

»Wie lange weißt du es schon?«

»Seit heute Morgen.«

»Und wir sind den weiten Weg hierher gefahren, und du hast nicht ein Wort gesagt? Warum?«

»Ich hatte es vor, aber...«

»Aber was?«

»Ich hatte keine Ahnung, wie du reagieren würdest.«

Das war ein neuer Schock. »Was dachtest du denn, dass ich tue? Dich sitzen lassen? Warum um alles in der Welt...?«

»Wegen all der Veränderungen, die sich für dich ergeben, wenn du bei mir bleibst.«

»Hey.« Er umarmte sie fester. »Ich gehe nirgendwohin. Und ich komme mit allen Veränderungen zurecht. Aber gehen wir einfach mal davon aus, dass ich mich aus dem Staub machen würde, was würdest du dann tun? Würdest du... die Schwangerschaft abbrechen?«

Sie rückte ein Stück von ihm weg, um ihn mit vom Weinen geröteten Augen anzustarren. »Eine Abtreibung? Niemals! Das ist mein Baby!«

»Meins auch.« Er konnte den Gedanken nicht ertragen,

dass jemand ihr Baby töten würde. Er drückte sie an sich. »Ich werde Vater. Ein richtiger Daddy. Ich. Ich kann das nicht glauben. Bist du ganz sicher?«

Sie nickte. »So sicher, wie das Beth-Israel mit seinem Befund sicher ist.«

»Donnerwetter.« Das Wort rutschte ihm geradezu über die Lippen. Er lachte. »Hey, drücke ich mich deutlich genug aus? Aber wirklich... *Donnerwetter!* Ein kleines Wesen, ein Teil von mir, das herumläuft und plappert und wächst und gedeiht.«

Ein Teil von ihm, der bis in die Ewigkeit fortdauern würde. Es war ein Wunder, und es verschlug ihm fast den Atem.

Ein Hupen erklang und holte ihn auf die Erde zurück. Er schaute sich um.

Ein Mann in einem kleinen Kia deutete auf Jacks Parklücke und rief: »Bleiben Sie stehen, oder fahren Sie weg?«

Jack winkte ihm zu, startete den Motor des Crown Vic und lenkte ihn aus der Lücke hinaus.

»Was meinst du, wie der kleine Jack aussehen wird?«, fragte er.

»Der kleine Jack? Wie kommst du darauf, dass es ein Junge ist?«

»Wenn es ein Mädchen ist, dann heißt das, dass du dich mit jemand anderem eingelassen hast.«

»Ach, wirklich? Wie soll das denn gehen, erzähl mal.«

Jack warf sich in die Brust. »Nun, ich bin derart männlich, dass ich nur Y-Chromosomen produziere.«

Sie lächelte. »Ist das dein Ernst?«

»Klar. Ich hab's dir bisher nicht erzählt, weil ich immer dachte, es sei nicht so wichtig. Aber jetzt finde ich, dass du die Wahrheit erfahren solltest.«

»Dann habe ich tolle Neuigkeiten für dich, mein Freund. Es ist ein Mädchen. Meine Eizellen killen nämlich jedes Y-Chromosom.«

Jack lachte. »Autsch.«

Während Gia sich an ihn schmiegte, fuhren sie durch die Stadt und überlegten laut, wann es passiert sein könnte und welches Geschlecht das Kind haben würde. Sie jonglierten mit Mädchen- und Jungennamen herum, und Jack steuerte sie durch eine völlig neue Welt, viel heller und voller Hoffnung und Verheißung und vielversprechender Aussichten, als er es sich jemals hätte träumen lassen.

5

Lyle stand in der Küche und warf die Alufolie, in die die übrig gebliebenen Pizzastücke eingewickelt gewesen waren, die er und Charlie sich zum Abendessen aufgewärmt hatten, in den Abfalleimer, als er die Stimme hörte.

Er erstarrte und lauschte. Es war eindeutig nicht Charlies Stimme. Nein... es war die Stimme eines Kindes. Eines kleinen Mädchens. Und es klang, als singe sie.

Ein kleines Mädchen... Gia hatte am Nachmittag ein kleines Mädchen gesehen. War es zurückgekommen?

Lyle ging in Richtung Flur, von wo die Stimme herüberzudringen schien. Es konnte kein Zweifel bestehen. Ein kleines Mädchen sang. Die Melodie war geradezu qualvoll vertraut.

Während er sich dem Flur näherte, wurde die Stimme klarer. Sie erklang hinter der geschlossenen Tür am Ende des Flurs, im Wartezimmer.

Und die Worte...

»*I think we're alone now...*«

War das nicht ein Song aus den sechziger Jahren? Von irgendeinem Tommy Soundso?

Er ging langsamer. Irgendetwas an der Stimme war seltsam. Es war ihr Timbre, die Art und Weise, wie sie widerhallte. Sie klang weit entfernt, als käme sie aus einem Brunnen. Einem sehr tiefen Brunnen.

An der Tür zögerte Lyle, dann legte er die Hand um den Knauf und riss sie auf. Die Stimme erklang jetzt sehr laut, als ob das Kind schrie. Die Worte brachen sich an den Wänden, hallten von jeder Fläche wider, drangen aus allen Richtungen an seine Ohren. Aber wo war das Kind?

Lyle stand in einem leeren Raum.

Er ging hinüber zur Couch und schaute dahinter, fand dort jedoch außer ein paar Staubflocken nichts.

Und jetzt entfernte sich der Gesang … schwebte durch den Flur, durch den er soeben hergekommen war. Lyle kehrte zur Tür zurück, sah draußen aber niemanden. Doch der Gesang wanderte von ihm weg. Und er folgte ihm.

»Charlie!«, rief er, als er an der Treppe vorbeikam. Er sagte sich, dass er einen Zeugen brauchte, doch tief in seinem Innern wusste er, dass er in Wirklichkeit mit dieser seltsamen Erscheinung nicht allein sein wollte. »Charlie, komm runter! Schnell!«

Aber Charlie reagierte nicht – da war keine Stimme, die »Was ist los?« fragte. Keine Schritte im Flur über ihm. Wahrscheinlich hatte er sich in seinem Zimmer verkrochen, sich ein Paar Kopfhörer aufgesetzt und hörte jetzt Gospelgesänge, während er in der Bibel las. Wie oft wollte er das Buch denn noch durchlesen?

Lyle folgte der Stimme, die immer noch dasselbe Lied sang, in die Küche. Aber sobald er diesen Raum betrat, schien die Stimme aus dem Keller zu kommen.

Lyle blieb an der obersten Stufe der Treppe stehen und starrte in den dunklen Schacht, der vor ihm gähnte. Er wollte nicht dort hinunter, nicht alleine. Noch nicht einmal mit jemand anderem als Begleitung, wenn er ganz ehrlich war. Nicht nach gestern Abend.

Er fragte sich, ob diese kindliche, zarte Stimme zu der Erscheinung gehörte, die etwas auf seinen Badezimmerspiegel geschrieben hatte, ehe er in tausend Stücke zersprungen war. Oder spukten in diesem Haus mehrere Gespenster?

»Charlie!«

Auch diesmal keine Reaktion.

Lyle und Charlie hatten fast den gesamten Vormittag damit verbracht, darüber zu diskutieren, ob es tatsächlich bei ihnen spukte. Im angenehm warmen Licht des Tages und nachdem der Schock und die Angst der vorangegangenen Nacht sich weitgehend verflüchtigt hatten, fiel es Lyle schwer, an eine solche Möglichkeit zu glauben. Doch ein Blick auf den zerschmetterten Spiegel im Badezimmer reichte schon aus, um ihn vom Gegenteil zu überzeugen.

Die entscheidende Frage war: Was konnten sie dagegen tun? Sie konnten wohl kaum die Ghostbusters um Hilfe bitten. Und selbst wenn es eine solche Truppe gäbe – die sich aus einer solchen Aktion ergebende Publicity wäre der nackte Horror: *Hellseher hat Angst vor Gespenstern! Braucht fremde Hilfe!* Der reinste PR-Albtraum.

Die Stimme wurde jetzt leiser. Wohin konnte sie aus dem Keller verschwinden?

Lyle holte tief Luft. Er musste dort hinuntergehen. Neugier, Wissensdurst trieben ihn, die Antwort zu suchen. Denn Bescheid zu wissen war besser, als unwissend zu bleiben. Zumindest hoffte er das.

Er betätigte den Lichtschalter und eilte die Treppe hinunter – es hatte keinen Sinn, die Aktion hinauszuzögern –, und stand schließlich im vertrauten, aber leeren Keller mit seinem orangefarbenen Fußboden, der Plastikholztäfelung und den viel zu hellen Leuchtstoffröhren. Aber er konnte noch immer den Gesang hören. Ganz schwach. Er kam aus der Mitte des Kellerraums…, aus dem Spalt im Fußboden, der sich quer durch den ganzen Raum erstreckte.

Nein… Das war unmöglich.

Lyle näherte sich behutsam der Öffnung und ging an ihrem Rand in die Hocke. Es war eindeutig. Die Stimme erklang tief unten in der Erdbebenspalte unter seinem Haus.

Er schüttelte unwillkürlich den Kopf und rieb sich die Augen. Warum? Das Haus war mehr als fünfzig Jahre alt. Warum hatte all das nicht dem Vorbesitzer passieren können?

Moment mal, der Vorbesitzer war tot.

Na schön, dann eben dem Besitzer davor. Aber warum passierte es ausgerechnet ihm? Und warum jetzt?

Die Stimme verhallte immer mehr. Lyle beugte sich weiter vor. Sie sang noch immer den alten Text: »*I think we're alone now.*« Warum diesen Song? Warum einen Schlager aus den sechziger Jahren?

Und dann erlosch die Beleuchtung, und die zarte Stimme steigerte sich von einem fast tonlosen Flüstern zu einem Wutschrei, der die Grundmauern des Hauses erschütterte und Lyle auf den Rücken warf. Eine stinkende Wolke hüllte ihn in der Dunkelheit ein – es war der gleiche Friedhofsgestank wie in der Nacht, als der Spalt zum ersten Mal erschienen war – und ließ ihn über den Fußboden und die Treppe hinauf zu Licht und frischer Luft kriechen.

Nass geschwitzt, nach Luft schnappend schlug er die Kellertür zu und zog sich zurück, bis er mit dem Rücken gegen die Essbar in der Küche stieß. Dies alles entglitt seiner Kontrolle und wuchs ihm über den Kopf. Er brauchte Hilfe, und zwar schnellstens, aber er hatte nicht die leiseste Idee, an wen er sich wenden sollte.

Ganz sicher konnte er keinen Kollegen aus der Spiritistenszene fragen. Er hatte noch nie einen kennen gelernt, der kein verdammter Schwindler und Betrüger war.

Jeder würde den Kopf schütteln. Genauso wie er selbst.

Okay, es gab welche, die glaubten tatsächlich an den Blödsinn, den sie ihren Kunden auftischten, aber die machten sich was vor. Und er hatte festgestellt, dass Menschen, die sich selbst belogen, noch unzuverlässiger waren als die, die nur andere belogen. Ein Betrüger wäre ihm jederzeit lieber als ein Narr.

Lyle starrte auf die Tür und beruhigte sich allmählich. Es wurde Zeit, sich zusammenzureißen und sich dieser Situation zu stellen. Denn was er an diesem Vormittag erklärt hatte, entsprach der Wahrheit. Er würde niemals aus seinem Haus fliehen.

Wieder atmete er tief durch. Also. Mal sehen, wo er stand: Angenommen, dass eine besondere Art Geisterwelt real war – und er fühlte sich dazu gedrängt, dies vorläufig als gegeben anzunehmen –, so musste sie trotz allem bestimmten Regeln unterliegen. Oder etwa nicht? Jede Aktion hatte eine Wirkung. Jeder Vorfall hatte eine Ursache.

Vielleicht auch nicht. Aber das war der einzige Weg, wie er dem Problem zu Leibe rücken konnte. Wenn andere Regeln galten, dann würde er sie in Erfahrung bringen müssen. Einstweilen würde er sich an das Prinzip von Ursache und Wirkung halten.

Daraus ergab sich die Frage, was all diese Erscheinungen ausgelöst hatte? Was hatte diesen Dämon oder Geist oder diese Wesenheit geweckt oder zu seinem Haus gelockt? War es etwas, das Charlie getan hatte? Oder steckte jemand anderer dahinter?

Das waren die vordringlichsten Fragen. Sobald er die Antworten darauf kannte, wäre der nächste Schritt herauszufinden, was er – wenn überhaupt irgendwas – in seiner augenblicklichen Lage tun könnte.

6

»Mehr Kashi?«, fragte Gia.

Jack hielt den Teller hoch und imitierte Oliver Twist fast perfekt: »Bitte, Ma'am, kann ich noch was kriegen?«

Gia hatte eine ihrer vegetarischen Abendmahlzeiten zubereitet. Sie befand sich zur Zeit auf einem Makrobiotik-Trip, daher hatte sie sich an diesem Abend für Kashi – eine ganz spezielle Art Getreideflocken – und Bohnen mit geschmortem Spinat und Jersey-Beefsteaks mit Mozzarella entschieden. Alles köstlich, alles nahrhaft, alles so gut für den Körper, wie Nahrung es nur sein kann. Und obgleich er gewöhnlich nach solchen Mahlzeiten mit vollem Bauch vom Tisch aufstand, hatte Jack stets das Gefühl, als hätte er einen Gang ausgelassen.

Jack schaute zu, wie Gia sich mehr Kashi aus dem Topf auf den Teller lud. Das alte Stadthaus verfügte über eine Küche mit Schränken und Parkettfußboden, alles nicht sehr zeitgemäß in Farbtönen, die vom Alter gedunkelt waren. Jack konnte sich noch daran erinnern, wie er die Räumlichkeiten im Vorjahr zum ersten Mal gesehen hatte. Vickys beide alten unverheirateten Tanten hatten hier mit ihrer Hausangestellten Nellie gewohnt. Damals hatte die Inneneinrichtung im Großen und Ganzen genauso ausgesehen, die Möblierung war immer noch dieselbe, doch jetzt machten die Räumlichkeiten einen lebendigen, bewohnten Eindruck. Die Ursache dafür ist meistens ein Kind.

Jack ließ den Blick an Gias schlankem Körper entlangwandern und fragte sich, wann man es ihr allmählich würde ansehen können, wann sie anfangen würde, rundlichere Formen anzunehmen. Dabei staunte er insgeheim über die Beschwernisse, denen Frauen ihre Körper aussetzten, um der Welt Kinder zu schenken.

Er schüttelte den Kopf. Wenn Männer so etwas durchmachen müssten, dann wäre die Welt so gut wie entvölkert.

Er konnte den Blick nicht von Gia lassen und bemerkte, dass ihre Haltung seltsam angespannt wirkte. Ihre Ungewissheit während des Wochenendes, ob sie schwanger war oder nicht, hätte die Stimmungsschwankungen erklärt, die ihm aufgefallen waren. Dann hätte er jedoch angenommen, dass die schließlich erlangte Gewissheit und die Tatsache, sich ihm offenbart zu haben, ihre innere Anspannung gelöst hätte. Es musste also noch etwas anderes geben, das sie bedrückte.

Jack stand auf und holte sich eine weitere Flasche Killian's aus dem Kühlschrank.

»Es macht dir doch nichts aus, dass ich etwas Alkoholisches trinke, oder?«

Es war seine dritte Flasche Killian's, während Gia immer noch an ihrem ersten Glas Sodawasser nippte. Die Flasche Wein, die er unterwegs gekauft hatte, stand ungeöffnet auf der Essbar. Gia hatte ihm erklärt, dass sie, sosehr sie ihren Chardonnay auch liebte, in den nächsten neun Monaten auf jeglichen Alkohol verzichten würde.

»Nicht, wenn es Bier ist. Mit Wein könnte man mich in Versuchung führen, aber wenn die Welt von heute auf morgen vergessen würde, wie Bier gebraut wird, würde ich es bestimmt nicht vermissen.«

»Eine Welt ohne Bier... was für ein schrecklicher Gedanke.«

Er fragte sich, wie schwer es ihm fallen würde, neun Monate lang auf Bier zu verzichten. Eine der schönsten Freuden des Lebens war, am Ende eines Tages die Hand um eine kalte Flasche legen zu können. Er könnte diesem Genuss zwar abschwören, aber es würde ihm verdammt noch mal kein bisschen gefallen.

Er beschloss, seine Opferbereitschaft Gia kundzutun, und hoffte dabei inständig, dass sie ihn von seinem geplanten Gelübde völliger Abstinenz befreien würde.

»Wenn du alkoholfrei lebst, sollte ich es vielleicht auch tun.«

Sie lächelte ihn an. »Was würde man damit erreichen? Wenn ich Alkohol trinke, könnte das dem Baby schaden. Diese Gefahr besteht bei dir nicht.«

Er hob die Faust. »Aber wie wäre es mit ein wenig Solidarität? Ich meine damit, dass man die Last der Elternschaft gemeinsam tragen sollte.«

»Wenn du die Absicht hast, diesem Kind ein richtiges Elternteil zu sein, wirst du einige Opfer mehr bringen müssen als ich, also trink ruhig dein Bier.«

Gias Worte hatten irgendwie einen düsteren, bedrohlichen Klang. Dankbar trank Jack einen Schluck Killian's. »Ich bin schon längst ein richtiges Elternteil. Jedenfalls eines von zweien, wie es sich gehört.«

»Nein, du bist der Vater. Das ist der einfache Teil. Du hast noch nicht mal andeutungsweise angefangen, die Elternrolle zu spielen. Das ist etwas völlig anderes.«

Gia wirkte gereizt. Auf was wollte sie hinaus? »Ich bin mir durchaus bewusst, dass zwischen Vater werden und dem Aufziehen eines Kindes gewisse Unterschiede bestehen.«

»Wirklich?« Sie fasste über den Tisch und ergriff seine Hand. »Ich weiß, dass du ein toller Erzieher sein könntest, Jack, eine wundervolle Vaterfigur. Aber ich frage mich, ob dir klar ist, was vor dir liegt, wenn du diese Aufgabe übernimmst.«

Jetzt begriff er, in welche Richtung das Gespräch lief.

»Du meinst die Handyman-Jack-Geschichte. Kein Problem. Sieh mal, ich habe bereits bestimmte Jobs aus meinem Serviceangebot gestrichen, und ich kann noch mehr ändern. Zum Beispiel...«

Sie schüttelte den Kopf. »Du siehst das Grundsätzliche nicht. Gewöhnlich bist du mir in diesem Punkt um einiges voraus.«

»Was entgeht denn meinem Scharfblick?«

Sie senkte den Kopf, schluckte und sah ihn wieder an. »Ich wünschte, ich bräuchte nicht darüber zu sprechen, denn ich komme mir dabei vor, als würde ich dich zu etwas zwingen, das du nicht tun willst und vielleicht auch gar nicht tun kannst.«

»Mir etwas zu sagen, bedeutet noch lange nicht, dass du mich zu etwas zwingst. Sprich's einfach aus: Was entgeht mir?«

»Jack, wenn du ganz offiziell und legal Elternpflichten übernehmen willst, dann musst du zu einer normalen bürgerlichen Existenz bereit sein.«

Jacks erste Reaktion war, ihr entgegenzuhalten, dass er in jeder Hinsicht existierte. Doch gleichzeitig erkannte er, was sie meinte.

»Ich muss das werden, was man unter einem Durchschnittsbürger versteht.«

Sie nickte. »Genau.«

Ein Normalbürger. Lieber Himmel, genau das hatte er sein ganzes bisheriges Leben lang vermieden. Er wollte diesen Zustand nicht ändern. Ein Teil der Masse werden... er wusste nicht, ob er das so ohne weiteres schaffen würde.

»Das klingt nach einer Radikallösung. Es muss doch irgendeine Möglichkeit geben...«

Sie schüttelte den Kopf. »Denk mal nach. Wenn dieses Baby morgen zur Welt käme, wen könnte ich als Vater nennen und eintragen lassen?«

»Mich.«

»Und wer bist du? Wo wohnst du? Wie lautet deine Sozialversicherungsnummer?«

»Nummern«, brummte er. »Ich glaube nicht, dass die diversen Kenn- und Personalnummern des Vaters auf einer Geburtsurkunde stehen müssen.«

»Vielleicht nicht. Aber meinst du nicht, dass das Baby lieber einen Vater hätte, der nicht jede Woche seinen Nachnamen ändert? Der nicht gleich in Deckung geht, sobald er einen Streifenwagen auch nur von weitem sieht?«

»Gia...«

»Na schön, ich übertreibe, ich weiß, aber was ich meine, ist, dass du, Jack, auch wenn niemand von deiner Existenz weiß, lebst wie ein Gejagter. Wie ein Flüchtling vor dem Gesetz. Das ist sicher ganz in Ordnung und hat seine Vorteile, wenn du allein stehend und nur für dich verantwortlich bist, aber es geht einfach nicht, wenn du Kinder hast.«

»Dieses Thema haben wir doch schon zur Genüge durchgesprochen.«

»Ja, das haben wir. Als wir über unsere gemeinsame Zukunft nachgedacht haben. Aber wir haben es nur rein fiktiv durchgespielt, ohne uns auf einen festen Zeitpunkt zu einigen.« Sie tätschelte ihren Bauch. »Jetzt hingegen haben wir es mit einem festen Zeitrahmen zu tun. Neun Monate, und die Uhr läuft.«

»Neun Monate«, flüsterte Jack. Ihm kam es so vor, als bliebe ihm so gut wie keine Zeit mehr.

»Vielleicht auch weniger. Wir erfahren Genaueres, sobald ich eine Ultraschalluntersuchung machen lasse. Aber lassen wir mal die neun Monate hinter uns und springen wir fünf Jahre weiter. Und gehen wir davon aus, dass deine Situation so bleibt, wie sie ist. Wir heiraten nicht, sondern leben hier zusammen – du, ich, Vicky und das Baby. Wie eine große glückliche Familie.«

»Das klingt verlockend.«

»Aber wenn ich nun Brustkrebs bekomme oder vor einen U-Bahnzug stürze oder...?«

»Gia, ich bitte dich.« Was für Gedanken.

»Sag nicht, es könne nicht passieren. Wir beide wissen, dass so etwas jederzeit geschehen kann. Und wenn mir etwas Ähnliches zustößt, geht Vicky zu meinen Eltern.«

Jack nickte. »Ich weiß.«

Es war logisch und sicherlich das einzig Richtige. Ihre Großeltern waren Vickys einzige noch lebenden Blutsverwandten. Aber es würde eine schmerzhafte Wunde in sein Leben reißen, untätig zusehen zu müssen, wie das Mädchen nach Iowa ging.

»Aber was ist, wenn meine Eltern nicht da sind und mir etwas zustößt? Wenn sie gestorben sind, dann steht nicht nur Vickys Schicksal auf dem Spiel, sondern auch das des Babys. Was geschieht dann mit den beiden Kindern?«

»Ich nehme sie.«

»Nein. Das wirst du nicht können. Sie werden Waisen sein und kriegen vom Gericht einen Vormund zugewiesen.«

»Das wüsste ich aber.«

»Was willst du tun? Sie entführen? Mit ihnen die Flucht ergreifen und dich irgendwo verstecken? Ihre Namen ändern und sie zu einem Leben auf der Flucht zwingen? Ist es das, was du dir für sie vorstellst?«

Jack lehnte sich zurück und trank einen Schluck von seinem Bier. Es schmeckte plötzlich unangenehm sauer. Weil er es jetzt vor sich sah, alles, die wahren Ausmaße des Problems. Wie konnte ihm das nur entgangen sein? Vielleicht weil die alltäglichen Rituale eines Daseins ohne amtliche Existenz, die Bemühungen, ein Leben außerhalb jeder Kontrolle zu führen, ihm in Fleisch und Blut übergegangen und so selbstverständlich geworden waren wie das Atmen.

Würde er seine Art und Weise zu atmen ändern müssen?

Er starrte Gia an. »Du hast dir das Ganze offensichtlich intensiv durch den Kopf gehen lassen.«

Sie nickte. »Es beschäftigt mich seit drei Tagen.« Tränen traten ihr in die Augen. »Ich dränge dich nicht, Jack. Es ist nur so, dass ich, falls mir etwas Schlimmes zustößt, gerne wissen möchte, dass meine Kinder in Sicherheit sind.«

Jack erhob sich und ging um den Tisch herum. Er zog Gia

von ihrem Stuhl hoch, rutschte unter sie und setzte sie sich auf den Schoß. Sie schlang einen Arm um seinen Hals und schmiegte sich an ihn.

Er legte die Arme um sie und sagte: »Unsere Babys. Selbst wenn sie meine leibliche Tochter wäre, könnte ich Vicky nicht mehr lieben, als ich es jetzt tue. Und ich fühle mich nicht bedrängt, klar? Eine Vaterschaft gehörte nicht zu meinen unmittelbaren Zukunftsplänen, aber es ist okay. Ich bin flexibel. Ich habe im Rahmen meiner Tätigkeit gelernt, mich auf unerwartete Situationen einzustellen, und ich werde das auch in diesem Fall schaffen. Es ist eine Riesenverantwortung, und ich habe nicht die Absicht, mich ihr zu entziehen.«

»Und wie willst du ihr gerecht werden?«

»Indem ich den Status eines Normalbürgers annehme? Ich weiß es nicht. Ich glaube, mein Vater hat irgendwo eine Geburtsurkunde, daher bin ich mir auch ziemlich sicher, dass ich meine Herkunft beweisen kann. Aber ich kann wohl kaum dem örtlichen Büro der Sozialversicherung einen Besuch abstatten und um eine Nummer bitten. Die Leute dort werden wissen wollen, wo ich mich die letzten sechsunddreißig Jahre herumgetrieben habe. Und warum ich niemals irgendeinen Kontakt zu ihnen gehabt habe. Ich kann nicht einfach behaupten, ich hätte in Übersee gelebt. Wo ist mein Reisepass? Aus den amtlichen Unterlagen wird hervorgehen, dass ich ein solches Dokument nie besessen habe. Schlimmstenfalls werden sie mich für so etwas wie einen Terroristen halten. Günstigstenfalls werden mich städtische, staatliche und bundesweite Behörden wegen Steuerhinterziehung anklagen und überprüfen, ob sie mich wegen Waffen- oder Drogenhandels vor ein Gericht zerren können. Ich weiß nicht, wie gut meine zusammenfantasierte Vergangenheit einer solchen genauen Untersuchung standhält. Eine Anwaltskanzlei wird sich mit meiner Verteidigung dumm und dämlich verdienen. Und am Ende bin ich entweder pleite oder lande im Knast oder beides. Höchstwahrscheinlich beides.«

»Das lasse ich nicht zu. Ich gehe lieber ein Risiko ein und nehme dich so, wie du bist, anstatt mit ansehen zu müssen, wie du deine Freiheit aufgibst oder wie sie dir Stück für Stück genommen wird. Wenn du hinter Gittern sitzt, kannst du kein Vater sein. Es muss eine andere Möglichkeit geben. Wie wäre es denn mit falschen Dokumenten?«

»Sie werden schon verdammt gut sein müssen, wenn ich meine ganze Zukunft auf ihnen aufbauen will. Aber ich werde mich mal erkundigen, welche Möglichkeiten es in dieser Richtung gibt.«

Gia klammerte sich regelrecht an ihn. »Unfassbar, in welche Lage ich dich gebracht habe.«

»Du? Du hast mich in keine Situation gebracht, die ich nicht selbst und aus freien Stücken für mich ausgesucht hätte. Dies hier ist eine Situation, mit der ich früher oder später konfrontiert werden sollte. Als ich aus dem bürgerlichen Leben ausstieg, war ich, ich glaube, einundzwanzig, oder? Damals habe ich nicht vorausgeschaut. Ich habe mir nie überlegt, wie ich wieder in die bürgerliche Gesellschaft würde zurückkehren können, weil es mir egal war und ich es im Grunde gar nicht wollte. Ehrlich gesagt, ich glaubte damals nicht, dass ich lange genug leben würde, um mir darüber ernsthaft den Kopf zerbrechen zu müssen.«

»Hast du versucht, dich selbst umzubringen?«

»Nein, aber wenn jemand mich damals beobachtet hätte, wäre es ihm sicherlich so vorgekommen. Ich war leichtsinnig. Nein, das trifft es nicht mal annähernd. Ich war völlig verrückt. Wenn ich mir heute ansehe, welche Risiken ich damals einging, war es fast ein Wunder, dass ich das überlebt habe. Ich hatte früher dieses Gefühl, unsterblich zu sein, das mir das Selbstvertrauen verlieh, alles auszuprobieren. Wirklich *alles*. Durch ein paar sehr heikle Situationen wurde ich schließlich wachgerüttelt, aber bis dahin...« Er schüttelte den Kopf, als die Erinnerung lebendig wurde. »Wie dem auch sei, ich bin immer noch im Rennen, und jetzt, da es so aussieht, als könnte mir diese Art zu leben nichts anhaben, kann ich mir nicht vorstellen, dass ich auf ewig so weiterleben möchte.«

Gia lachte verhalten. »Ein greisenhafter Handyman Jack. Keine besonders schöne Vorstellung.«

»Kannst du dir vorstellen, wie ich nachmittags bei Julio mein tägliches Glas Milch trinke und anschließend mit meiner Gehhilfe versuche, mich vor dem Finanzamt und der AARP zu verstecken? Das wär doch wirklich das Allerletzte.«

Sie lachten, aber nicht sehr lange.

»Gibt es einen Ausweg?«, fragte Gia.

»Es muss einen geben. Es muss etwas arrangiert werden. Ich verdiene meinen Lebensunterhalt damit, Dinge zu arrangieren. Ich werde mir was einfallen lassen.«

Jack hoffte, dass er um einiges zuversichtlicher klang, als er sich fühlte. Dies könnte sein größter Job werden – sein eigenes Leben neu zu ordnen.

Er schaute durch die Hintertür in das verblassende Tageslicht an einem sich rot färbenden Himmel, dann wanderte sein Blick zu der alten Wanduhr aus Eichenholz über der Spüle.

»Autsch. Apropos Job, ich muss los.«

Er spürte, wie sich Gia anspannte. »Geht es um diesen Leibwächterjob, von dem du mir erzählt hast?«

»Bei diesem Auftrag bin ich wohl mehr Babysitter als Leibwächter.«

Sie lehnte sich zurück und sah ihn beschwörend an. »Nimm dich bloß in Acht.«

Er küsste sie. »Tu ich.«

»Denk dran, du bist ein werdender Vater und nicht Rambo der Zweite.«

Für einen kurzen Augenblick war Jack sich nicht ganz sicher, was er wirklich war.

7

Jack hatte es sich an einem kleinen Tisch auf dem Fußweg vor dem Bistro, nicht weit von Eli Bellittos Shurio Coppe, gemütlich gemacht. Er hatte sein erstes Glas Corona – natürlich ohne Zitronenscheibe – fast geleert und beobachtete Bellittos Haustür. Er hatte die Perücke und die seltsame Kostümierung, die er am Vorabend im Laden getragen hatte, zu Hause gelassen. Auf dem Kopf saß jetzt eine Baseballmütze, um sein Haar und seine Augen zu verbergen. Sonst aber sah er aus wie immer.

Er hatte verfolgt, wie die ältere Frau und der neue Angestellte den Laden verließen, und anschließend Bellitto dabei zusehen können, wie er den Laden verriegelte und um die Ecke zu seiner Wohnung verschwand. Die Dämmerung war in die Nacht übergegangen, Wolken waren an dem bisher klaren Himmel aufgezogen und zu einem dichten Baldachin verschmolzen. Die Tür von Bellittos Haus war auf Grund der defekten Straßenbeleuchtung am Ende des Blocks in einen tiefen Schatten getaucht.

Heute herrschte auf der Straße mehr Verkehr als am Vortag. Ein ramponierter Lieferwagen würgte eine Abgaswolke heraus, die hinter ihm in der Luft hängen blieb und langsam in Jacks Richtung trieb. Dabei überdeckte sie den köstlichen Duft von geschmortem Knoblauch, der aus der Küche des Bistros herausdrang. Jack hustete. Das waren die Freuden der italienischen Küche im New York des einundzwanzigsten Jahrhunderts.

Auch auf dem Bürgersteig herrschte lebhafter Betrieb, daher frönte er seiner liebsten Freizeitbeschäftigung: Leute beobachten. Er sah ein Paar bleichgesichtiger, schwarzlippiger Gothic-Girls in fußlangen schwarzen Kleidern vorbeischweben. Dann ein gemischtes Paar mit einem Kinderwagen. Er: sehr dunkelhäutig in einem Hemd mit Buttondownkragen, Krawatte und Khakihose, die schwarzen Haare einer entsprechenden friseurtechnischen Behandlung unterzogen und so glatt und gerade wie die Fifth Avenue. Sie: porzellanweiß in einer Latzhose und mit langen, wuscheligen hellbraunen Dreadlocks, die ihr auf den Rücken fielen. Ein Teenagertrio in schulterfreien Blusen, Bellbottom-Jeans und Schuhen mit Plateausohlen trabte ebenfalls vorbei – offenbar waren modemäßig die siebziger Jahre wieder zurückgekehrt.

Jack überprüfte die Position des Totschlägers, den er in seinem weiten karierten Hemd untergebracht hatte. Das Gewicht des Bleischrots spannte den Stoff, zog ihn nach unten und verlieh Jack rein optisch einen deutlichen Bauch. Er hatte sich für seine schwarzen hohen Frye-Stiefel mit dem klassischen Geschirr aus Lederriemen und Stahlring entschieden. Außerdem hatte er seine .38er AMT Backup im Schaft des rechten Stiefels untergebracht. Er hoffte, keine seiner beiden Waffen benutzen zu müssen. Im Block war es still und friedlich. Alles deutete auf eine weitere ereignislose Nacht hin, was, abgesehen von der Langeweile, eigentlich keine so üble Sache wäre.

Seine Gedanken kehrten zu der Unterhaltung mit Gia und zu seiner augenblicklichen Lage zurück: Wie könnte er seine Existenz auf eine legitime Basis stellen, ohne gleichzeitig seine Freiheit aufs Spiel zu setzen? Der einfachste Weg wäre, jemand anderer zu werden – die Identität eines legitimen, gesetzestreuen, mit Sozialversicherungsnummer ausgestatteten, Steuern zahlenden Bürgers zu übernehmen. Diese Möglichkeit war nahe liegend, aber nicht sehr praktisch. Und völlig unmöglich, wenn besagter Bürger selbst noch am Leben wäre.

Aber wenn er tot wäre?

Das könnte funktionieren. Nur wie? Sobald die Sterbeurkunde des braven Bürger registriert wäre, würde seine Sozialversicherungsnummer mit einem entsprechenden Hinweis versehen und in den Index der verstorbenen Versicherten aufgenommen werden. Sollte Jack die Sozialversicherungsnummer des Toten danach in irgendeiner Weise benutzen, würden im gesamten Kreditgewerbe die Alarmglocken klingeln, und irgendwann bekämen auch die Finanzbehörden davon Wind und würden sich auf seine Fährte setzen.

Nein, darauf konnte er verzichten.

Der ideale Kandidat wäre ein spinnerter Einzelgänger ohne Ehefrau, Kinder oder sonstige Angehörige. Er dürfte höchstens zehn Jahre jünger oder älter als Jack sein und müsste von der Öffentlichkeit völlig unbemerkt in seinem mit alten Zeitungen voll gestopften Apartment verstorben sein...

Nein, Moment. Noch besser wäre, er würde ganz allein in seiner einsamen Hütte im Wald sterben. Jack würde durch Zufall auf seine Leiche stoßen, ihn in allen Ehren beerdigen und sich anschließend mit der Identität des Verstorbenen aus dem Staub machen.

Ja, richtig, er hatte eine Art mentale Krise und hatte sich für eine Weile in der Einsamkeit verkrochen, doch jetzt war er wieder zurück und bereit, erneut ins Rennen einzusteigen.

Jack schnaubte. Ja, richtig... so wird es klappen. Und wer führt mich jetzt zu dieser Waldhütte hin? Der Osterhase?

Irgendeine Möglichkeit musste es doch geben, verdammt noch mal.

Er hörte ein fernes Donnergrollen. Die Luft roch nach Regen, und er erinnerte sich, im Radio gehört zu haben, dass jederzeit mit Niederschlägen zu rechnen sei. Er wünschte, er hätte besser zugehört. Nun verhieß die Nacht nicht nur langweilig, sondern auch ziemlich nass zu werden.

Super.

Er wollte sich ein zweites Corona bestellen und vielleicht eine Portion Shrimps, die er vielleicht gerade noch verzehren könnte, ehe der Regen einsetzte, als er einen Wagen neben dem Feuerhydranten vor Bellittos Haus am Bordstein anhalten sah. Er konnte das Fabrikat und das Modell wegen der grellen Scheinwerfer und der defekten Straßenbeleuchtung nicht erkennen. Jack legte einen Fünfer auf den Tisch und ging die Straße hinauf. Was den Wagen betraf, so hatte er ein seltsames Gefühl. Er konnte sich irren, und wenn es so war, dann wäre es auch nicht schlimm. Aber wenn er sich nicht irrte, würde er schnell überrumpelt werden, wenn er hier sitzen blieb.

Während er sich dem Ende des Blocks näherte, identifizierte er den Wagen als einen kastanienbraunen Buick Park Avenue. Bellitto trat aus seiner Tür, und der Fahrer – ein massiger Bursche mit rasiertem Schädel, kittgrauer Haut und ohne einen richtigen Hals – faltete sich aus dem Fahrersitz. Er trug ein schwarzes T-Shirt mit hochgekrempelten Ärmeln, das die Länge seiner Arme unterstrich – mit Fingern, die beinahe den Boden berührten, erinnerte er an einen Gorilla. Offensichtlich frönte er einem intensiven Krafttraining, denn seine Bizepse und Trizepse mussten auf jeden, der sie bewusst zur Kenntnis nahm, eine geradezu einschüchternde Wirkung ausüben.

Jack hatte seinen Wagen an der Ecke der West Houston, einen Block weiter, geparkt. Um Aufmerksamkeit zu vermeiden, wartete er ab, bis er an dem Buick vorbeigegangen war, ehe er in einen leichten Laufschritt verfiel. Seine Schuhe waren für eine solche sportliche Übung nicht gerade ideal, doch er lag ganz gut im Rennen. Dann warf er einen kurzen Blick nach hinten, um sich das amtliche Kennzeichen des Buick einzuprägen. Aber Fehlanzeige. Das Nummernschild war bis zur Unkenntlichkeit mit Lehm verschmiert. War das Zufall oder Absicht? Er bemerkte auch, dass Bellitto sich in den Fahrersitz setzte, während der große Unbekannte um den Wagen herum zur Beifahrerseite ging.

Es kam Jack so vor, als hätte Eli Bellitto kaum einen körperlichen Schaden zu befürchten, wenn er sich in nächster Nähe eines Zeitgenossen von derartigem physischem Kaliber aufhielt. Es sei denn, natürlich, er legte sich mit Mr. Gorilla direkt an.

Aber Elis Bruder Edward hatte sich ja größere Sorgen gemacht, dass er vielleicht jemand anderen verletzen würde. Und wenn diese beiden es auf jemanden abgesehen hätten, müsste das Opfer mit erheblichen Schäden rechnen.

Auf dem Parkplatz winkte Jack dem Parkwächter zu, schwang sich in seinen Crown Vic und ließ den Motor an. Er hatte die Parkgebühren schon im Voraus bezahlt, um einen Blitzstart hinlegen zu können, falls es sich als nötig erweisen sollte... Und genau jetzt war es nötig.

Die Reifen schleuderten reichlich Kies und Geröll hoch, als er den Parkplatz verließ. Er holte Eli Bellitto samt Begleitung ein, als sie drei Blocks weiter vor einer auf Rot stehenden Ampel warten mussten. Das mit Lehm verschmierte Nummernschild störte ihn. Die Schlammspritzer sorgten dafür, dass keine der Ziffern zu erkennen war.

Jack folgte den beiden Männern in die Innenstadt. Der Regen setzte ein, während sie die Canal Street überquerten und nach Chinatown kamen. Er nahm an, sie wären nach Brooklyn unterwegs, doch sie fuhren an der Abzweigung zur Manhattan Bridge vorbei. Dafür durchquerten sie die Bowery und gelangten in die Catherine Street. Mit den massigen Umrissen der Al Smith Houses halb rechts vor ihnen bremste der Buick bis auf Schrittempo ab, rollte am Bordstein entlang, als suchte der Fahrer etwas oder jemanden. Schließlich blieb er stehen.

Würden sie einen dritten Mitfahrer aufnehmen? Allmählich wurde die Angelegenheit kompliziert.

Jack ging eilig seine Möglichkeiten durch. Eli und sein Gorilla-Freund würden ihn todsicher bemerken, wenn er weiter hinter ihnen blieb. So viele Leute waren an diesem verregneten Montagabend auch nicht unterwegs. Ihm wäre es lieber gewesen, wenn es nicht geregnet hätte. Vielleicht hätte er dann ein wenig deutlicher erkennen können, nach was sie Ausschau hielten.

Er hatte den Eindruck, dass Mr. Gorilla sich kurz umgedreht und in seine Richtung geblickt hatte, daher ließ Jack seine Fernlichter aufflammen, als wollte er sie ungeduldig auffordern, doch bitte schneller zu fahren. Bellittos Hand schob sich aus dem Seitenfenster und winkte ihn vorbei.

Mit einem wütenden Hupsignal lenkte Jack seinen Crown Vic um den Buick herum und rollte zügig weiter.

Was nun?

Jack entdeckte einen kleinen Laden, in dem noch Licht brannte. Unter der Markise über dem Eingang stand ein Zeitungsständer. Ein willkommener Anlass, um anzuhalten und Bellitto im Auge zu behalten.

Er parkte in zweiter Reihe und ließ den Motor laufen, während er aus dem Wagen sprang und den regennassen Fußweg überquerte. Er näherte sich der schmalbrüstigen Ladenfront und erkannte, dass keins der Worte, die er sah, aus dem Englischen stammte. Nicht einmal die Schlagzeilen der verschiedenen Zeitungen. Er konnte auch nicht entscheiden, ob die Schriftzeichen chinesisch, koreanisch oder vietnamesisch waren. Es war aber auch nicht von Bedeutung. Er hatte ohnehin vor, nur so zu tun, als wollte er sich in dem Laden umsehen. Vielleicht kaufte er ein Päckchen Kaugummis.

In der Türöffnung wich Jack zur Seite aus, als sich ein kleiner asiatischer Junge mit einer weißen Plastikeinkaufstüte in der Hand an ihm vorbeidrängte. Er beobachtete, wie der Junge unter der Markise stehen blieb, einen kleinen roten Regenschirm öffnete und dann im Regen verschwand.

Das Kind ist viel zu jung, um so spät alleine unterwegs zu sein, dachte Jack.

Er trat ein, lächelte und nickte der verhutzelten alten Asiatin hinter der Theke zu und sagte: »Ich möchte mich nur mal umschauen.«

Sie deutete eine Verbeugung an, machte eine einladende Handbewegung und sagte etwas, wovon er nicht eine einzige Silbe verstand.

Jack blickte zum Schaufenster. Durch den Schmutz und den Regen konnte er erkennen, dass der Buick sich wieder in Bewegung gesetzt hatte.

Verdammt!

Er warf einen Dollar auf die Theke und angelte sich auf dem Weg nach draußen eine Zeitung vom Ständer. Während er sie sich als behelfsmäßigen Regenschutz über den Kopf hielt – und um sein Gesicht vor Bellitto und seinem Mitfahrer zu verbergen –, rannte Jack über den verlassenen Bürgersteig. Dabei hielt er nach rechts und links Ausschau.

Wo war der Junge?

Er sah etwas am Bordstein, nicht weit von der Stelle, wo Bellittos Fahrzeug mit laufendem Motor stand, zwischen zwei Wagen. Der Buick entfernte sich, doch Jacks alarmierte Instinkte zwangen ihn, einen kleinen Umweg zu machen. Er rannte hinüber zu der Stelle und sah, was es war: ein kleiner roter Regenschirm, der umgedreht in der Gosse lag, während sich in der Wölbung Regentropfen sammelten. Aber kein Kind.

Hatten Bellitto und Mr. Gorilla ihn mitgenommen? Jack ging in die Knie und sah unter den geparkten Fahrzeugen nach, fand dort aber nichts außer Wasserpfützen und Ölflecken. Dann erhob er sich und blickte den roten Rücklichtern des Buicks nach.

Scheiße! Das musste es sein! Diese beiden Mistkerle hatten den kleinen Jungen geschnappt.

Zähneknirschend hastete Jack zu seinem Wagen.

Jetzt erkannte er, weshalb Edward darauf bestanden hatte, ausgerechnet Jack zu engagieren, um seinen Bruder weniger vor anderen Leuten als vielmehr vor sich selbst zu schützen.

Seine Angst hatte sich auf das bezogen, was einem unschuldigen Opfer zustoßen könnte. Er musste wissen, dass sein Bruder ein Mistkerl war. Und dass er vorhatte, in allernächster Zukunft zuzuschlagen.

Verdammt noch mal! Warum hatte Edward nicht einfach die Polizei benachrichtigt? Offensichtlich hatte er die Affäre geheim halten wollen. Wer wollte schließlich schon, dass öffentlich bekannt würde, dass sein Bruder ein Pädophiler ist? Also versuchte Edward, beides zu erreichen – ein weiteres Verbrechen zu verhindern, es aber gleichzeitig unter der Decke zu halten. Wunderbar. Das konnte Jack respektieren. Aber wenn er alle Tatsachen vorher gekannt hätte, wäre er ganz anders an die Sache herangegangen. Er hätte es niemals zugelassen, dass dieser kleine Junge alleine auch nur in die Nähe von Bellittos Wagen gelangte.

Scheiße! Scheiße! Scheiße!

Er sprang in seinen Wagen und fädelte sich mit durchdrehenden Reifen in den fließenden Verkehr ein.

»Wo sind sie?«, murmelte er vor sich hin. Zorn kochte in ihm, während er sich anstrengte, durch die regenverschmierte Windschutzscheibe etwas zu erkennen. Er schlug mit den Fäusten auf das Lenkrad. »Wo zur Hölle sind sie geblieben?«

Er fuhr weiter in Richtung Innenstadt und rollte parallel neben der Auffahrt zur Brooklyn Bridge her, fand die Gesuchten aber nicht. Er tippte darauf, dass sie zu Bellittos Haus zurückkehren würden, und machte kehrt, um den Weg zurückzufahren, den er hergekommen war.

Er ließ seine hochgezogenen, verkrampften Schultern sinken und gestattete sich ein erleichtertes Aufatmen, als er den Buick entdeckte, wie er an Bellittos Block entlangrollte. Doch seine Erleichterung dauerte nur einen winzigen Augenblick. Wer weiß, in welchem Zustand der Junge sich befand oder was sie ihm bereits angetan hatten.

Erneut loderte der Zorn in ihm auf. Wenn er es doch nur rechtzeitig gewusst hätte.

Jack schaltete die Scheinwerfer aus und parkte in zweiter Reihe. Er benutzte noch einmal die Zeitung als Regenschirm, während er das letzte Stück des Blocks zu Fuß zurücklegte.

Dabei beobachtete er, wie Bellitto am Bürgersteig vor seiner Haustür anhielt. Er überquerte die Straße gerade rechtzeitig, um zu sehen, wie Bellitto ausstieg und die Heckklappe öffnete. Mr. Gorilla erschien, in den Armen ein in Decken gewickeltes Bündel. Ein Bündel, so groß wie ein Kind. Er schloss die Wagentür mit dem Fuß, während Bellitto über den dunklen Bürgersteig vorausging. Jetzt kannte Jack auch den Grund für die zerstörte Straßenlaterne.

Mittlerweile näher gekommen, hielt er Ausschau nach einem Anzeichen von Bewegung in der Decke. Doch er konnte nichts dergleichen erkennen. Sein Magen machte einen kleinen Hüpfer, als ein Fuß mitsamt einem kleinen Turnschuh aus dem Deckenbündel herausrutschte und dem Regen schutzlos preisgegeben war.

Scheiße, vielleicht kam er schon zu spät.

Ein düsterer Bereich in seinem Innern brach auf, und rasende Wut sickerte in seinen Blutkreislauf ein. Am liebsten hätte er die .38er gezückt und angefangen, Gesichter aufs Korn zu nehmen. Aber das Verhältnis war zwei gegen einen, und dazwischen befand sich ein Kind, das vielleicht noch gerettet werden konnte. Anstatt loszustürmen, bremste er sich und verfiel in einen schwankenden, unsicheren Gang. Er griff in sein Hemd und schlängelte die Hand durch die Halteschlinge des Totschlägers. Seine Finger legten sich um den Ledergriff.

Die beiden Männer verharrten auf dem Absatz vor der Haustür, als sie bemerkten, wie Jack sich näherte. Bellittos Hand hing in der Luft vor dem Schlüsselloch, während er Jack anstarrte. Jack schlurfte weiter, duckte den Kopf unter die Zeitung und war eindeutig umnebelt von Alkohol oder irgendwelchen Drogen. Gleichzeitig hatte er die Männer jedoch genauestens im Auge.

»Komm schon!«, meinte Mr. Gorilla zu Bellitto. »Ich bin gleich nass bis auf die Haut.«

Sobald er an ihnen vorbei war, warf Jack einen Blick über die Schulter, sah ihre Rücken und wurde aktiv. Er wirbelte herum, riss den Totschläger heraus und flog regelrecht auf die Haustür zu. Sie schwang soeben auf. Zuerst müsste er Mr. Gorilla ausschalten.

Jack kam heran und legte seine ganze Kraft in den Tritt gegen die linke Kniekehle des Gorillas. Er spürte, wie die rechteckige Spitze seines Stiefels in die mit Nerven, Blutgefäßen und Sehnen ausgefüllte Beuge eintauchte.

Mr. Gorilla stieß einen knappen scharfen Schrei aus, etwas wie ein lang gezogenes »Ahhh!«, während das Knie unter ihm nachgab. Er sackte auf dieses Knie und hielt noch immer das in Decken gewickelte Bündel fest, wodurch sein Kopf sich auf ideale Trefferhöhe absenkte. Jack nahm an dem kahlen Schädel vor ihm Maß und legte die Schulter, den Arm und das Handgelenk hinter den Totschläger. Das mit Leder umkleidete Gewicht landete mit einem satten fleischigen Klatschen im Ziel, und Mr. Gorilla kippte mit einem Stöhnen nach links. Das Deckenbündel landete auf ihm.

Er hörte, wie Bellittos Schlüssel zu Boden klirrten, wandte sich um und sah, wie er in der Tasche seines Anzugsakkos herumwühlte. Jack holte zu einem kurzen, harten Rückhandschlag aus, und der Totschläger traf den Kopf an der Seite. Bellitto taumelte einen halben Schritt nach links, stolperte und landete auf dem Rücken.

Jack drehte sich zu Mr. Gorilla um, sah, wie er den Kopf schüttelte und sich auf einem Ellbogen aufstützte. Ein zäher Bursche. Vielleicht hatte er aber auch einen besonders dicken Schädel. Jack verpasste ihm einen weiteren Schwinger hinters Ohr, und der schaltete ihn aus. Ein klassischer K.o.

Jack unterdrückte den unwiderstehlichen Drang, die beiden in die Mangel zu nehmen, sie nach Strich und Faden zu verprügeln, doch selbst mit der defekten Straßenlampe über ihm drang von den intakten Lampen straßauf und straßab genügend Licht auch an diese Stelle, so dass er sich vorkam wie auf dem Präsentierteller. Jemand musste die Auseinandersetzung gesehen haben und rief bestimmt in diesem Moment die 911 an. Außerdem war das Kind in der Decke so schlaff und schwer wie ein Sack Getreide. Jetzt war nicht die Zeit für Vergnügungen. Er musste Hilfe suchen, und zwar medizinische.

Er verstaute den Totschläger wieder im Hemd und bückte sich, um den Jungen aufzuheben, nahm rechts hinter sich eine Bewegung wahr, drehte sich halb um und spürte einen plötzlich auflodernden Schmerz in seiner rechten Seite.

Bellitto – er holte gerade aus, um erneut mit einem Messer auf ihn einzustechen, das jetzt aus Jacks Rücken herausragen würde, wenn er nicht instinktiv ausgewichen wäre.

Jack kam auf die Füße und nahm Bellitto aufs Korn, rammte ihm den Schädel in den Leib, während er seine Messerhand packte und ihn mit dem Rücken gegen die Tür schleuderte. Er stemmte sich gegen Bellitto, Brust an Brust, Bauch an Bauch, und engte ihn ein. Er hielt Bellittos linkes Handgelenk mit der Rechten fest und drückte es nach unten gegen ihre Oberschenkel. Die Finger seiner linken Hand umklammerten die Messerhand in Schulterhöhe.

Er sprach mit zusammengebissenen Zähnen. »Wie wär's mit einem Tänzchen?«

Bellitto schüttelte den Kopf. Blut sickerte aus seiner Nase. »Sie haben mich verletzt.« Er schien überrascht... sogar geschockt.

»Das ist nur der Anfang.«

Jack hatte einen Messerstich abbekommen, und obwohl der Schmerz nur schwach war, stachelte er seine Wut noch an. Er wollte – musste – sich revanchieren.

Er warf einen Blick auf die lange, schlanke Klinge. Sie sah aus wie ein Stilett, mindestens zehn Zentimeter lang. Auf der Klinge waren dunkle Flecken zu erkennen. Blut. Jacks Blut.

»Aber ich bin unbesiegbar... unverwundbar.«

»Tatsächlich?«

»Ja!«

Er versuchte, Jack ein Knie in den Unterleib zu rammen, Jack jedoch verhinderte das mit den eigenen Knien. Dann versuchte er, die Messerklinge gegen Jack zu richten, ächzte vor Anstrengung und blies Jack dabei seinen Atem ins Gesicht.

Jack war stärker, drehte die Klinge gegen Bellitto, während er die Hand mit dem Messer gleichzeitig abwärts drückte. Zwischen sie.

Bellitto wehrte sich heftiger, sackte aber zurück, als Jack erneut mit dem Kopf zustieß. Verdammt, das fühlte sich gut an. Er wünschte sich, er hätte eine Stahlplatte im Schädel, um nach Belieben damit fortfahren zu können.

Das Messer befand sich jetzt in Brusthöhe zwischen ihren Körpern, aber Jack presste die Klinge tiefer und tiefer. Bellittos halb benommen blickende Augen weiteten sich, als er begriff, wohin das Messer zielte.

»Nein!«

»Ich fürchte doch«, erwiderte Jack.

...tiefer...

»Nein, bitte! Das können Sie nicht tun!«

»Das wirst du gleich sehen.«

»Das kann doch nicht wahr sein!«

»Das ist nicht so wie mit kleinen Jungs, nicht wahr? Das ist doch das, was dir gefällt, stimmt's? Kleine Jungs... jemand, über den du die ganze Macht hast.«

»Nein, Sie verstehen nicht!«

...tiefer...

Bellitto wollte das Messer loslassen, doch Jack hatte seine

Finger umschlungen und sorgte dafür, dass sie am Messergriff blieben.

»Oh, aber ich verstehe«, säuselte Jack. »Natürlich verstehe ich, und wie. Doch jetzt liegt die Macht auf der anderen Seite. Und wie fühlt man sich dabei, du Stück Scheiße!«

»So ist es doch nicht! Überhaupt nicht!«

...tiefer...

»Dann ruf doch um Hilfe. Na los. Schrei schon, so laut du kannst!«

Bellitto schüttelte den Kopf. Der Regen hatte dafür gesorgt, dass das dünne Haar auf seiner Stirn klebte.

»Natürlich nicht«, sagte Jack. »Weil die Cops dann nach dem Jungen fragen würden, wie er hierher kommt, was du mit ihm gemacht hast.«

Jack wusste, dass die Cops möglicherweise längst unterwegs waren. Er musste diese Sache beenden und zusehen, dass er verduftete.

Er packte die Messerhand Bellittos fester. »Ich hoffe nur, dass du mit ihm nicht *so etwas* gemacht hast.«

Er stieß das Messer nach unten in Bellittos Schoß, spürte, wie es durch Stoff und Fleisch schnitt, dann machte er sich von seinem Gegner frei und entriss ihm das Messer.

Bellittos Augen quollen hervor, während sein Mund aufklaffte. Mit einem langen, pfeifenden Schmerzenslaut kippte sein Oberkörper nach vorne. Seine Knie zitterten, die Hände pressten sich auf seinen Unterleib.

»Wenn du das nächste Mal einen kleinen Jungen ansiehst – jedes Mal, wenn du ein Kind ansiehst –, denk an dies.«

Jack klappte das blutige Messer zusammen und steckte es in seine Hosentasche. Auch sein Blut klebte daran, und er wollte nicht, dass seine DNS als genetischer Fingerabdruck für alle Ewigkeit wie eine Zeitbombe in einer Datensammlung vor sich hin tickte. Seine rechte Körperseite schmerzte, als er kehrtmachte. Er untersuchte sich kurz und entdeckte einen Blutfleck in seinem vom Regen getränkten Oberhemd. Er wurde langsam größer.

Verdammt. Wie konnte er es nur so weit kommen lassen?

Er ging zu dem Deckenbündel, das auf dem immer noch bewusstlosen Mr. Gorilla lag. Er öffnete es und legte das runde Gesicht des Jungen frei. Die Augen waren geschlossen. Er sah aus, als schliefe er. Jack legte eine Hand auf seine Stirn. Sie war noch warm. Er beugte sich hinab und hielt eine Wange dicht über den schlaffen kleinen Mund. Warmer Atem fächelte über seine Haut. Er nahm einen süßlichen Geruch wahr. Chloroform?

Jack atmete erleichtert auf. Er lebte noch. Betäubt, bis Bellitto und Mr. Gorilla ihn ins Haus bringen konnten, um ihre schmutzigen Spiele mit ihm zu veranstalten.

Darauf müssten sie heute Nacht wohl verzichten.

Aber was nun? Sein Instinkt trieb ihn, zu verschwinden und 911 anzurufen, sobald er in seinem Wagen saß. Doch das würde bedeuten, dass er den Jungen bei diesen beiden Vertretern des niedrigsten Abschaums allein zurückließ. Einer von ihnen könnte auf die Idee kommen, dass tote Kinder nichts verraten können. Mr. Gorilla war nach wie vor weggetreten, und ein wimmernder Bellitto lag zusammengekrümmt auf dem Asphalt. Keiner der beiden schien in der Lage zu sein, jemandem Schaden zuzufügen, aber Jack wollte kein Risiko eingehen.

Er hob den Jungen hoch. Diese Bewegung ließ den Schmerz in seiner Seite erneut aufflammen. Er hielt Ausschau nach anderen Fahrzeugen. Ein Pkw näherte sich. Er wartete, bis er vorbeigefahren war, dann rannte er durch den Regen um die Ecke. Sich stets in Deckung der am Straßenrand geparkten Fahrzeuge haltend, schleppte er den Jungen einen Block weit nach Osten und dann ein Stück weiter in Richtung Houston Street. Als er einen halben Block von den Neonlichtern und dem lebhaften Verkehr dort entfernt war, fand er einen geschützten Hauseingang und bettete seine Last behutsam auf die trockene Eingangstreppe. Der Junge rührte sich kurz, dann lag er wieder still.

Jack rannte die drei Blocks zu seinem Wagen zurück. Sobald er den Motor angelassen und den Wagen auf die Fahrbahn gelenkt hatte, nahm er das Mobiltelefon vom Beifahrersitz und wählte die 911.

»Hören Sie«, erklärte er hastig der Frau, die sich meldete, »ich habe soeben ein bewusstloses Kind gefunden. Es ist ein kleiner Junge. Ich weiß nicht, was ihm fehlt. Sie sollten lieber schnellstens jemanden hierher schicken.« Er ratterte die Adresse herunter, dann unterbrach er die Verbindung.

Er fuhr bis zu einer Stelle um die Ecke, nicht weit von der Straße entfernt, wo er das Kind abgelegt hatte. Dort parkte er wieder in zweiter Reihe. Er ließ den Motor laufen und rannte zur Straßenecke, fand dort einen Hauseingang, von wo aus er den Jungen beobachten konnte. Es dauerte zwölf lange Minuten, bis er die Sirenen hörte. Sobald das flackernde Blaulicht des Notarztwagens in Sicht kam, kehrte Jack zu seinem Wagen zurück.

Er wollte gerade den Gang einlegen, als er eine zweite Sirene hörte und einen weiteren Ambulanzwagen vorbeirasen sah. Dieser fuhr in Richtung Shurio Coppe. Bellitto musste über sein eigenes Mobiltelefon Hilfe angefordert haben. Er hätte daran denken sollen, dies ebenso zu konfiszieren wie das Messer, dachte Jack.

Er presste eine Hand gegen seine Seite, und als er sie wegzog, war sie rot. Er brauchte sein Hemd nicht auszuziehen, um zu wissen, dass ein paar Heftpflaster nicht ausreichen würden. Er müsste genäht werden. Und das machte einen Besuch bei Doc Hargus erforderlich.

Jack griff wieder nach seinem Mobiltelefon und hoffte, dass Hargus diese Woche halbwegs nüchtern war. Der Doc konnte einen Schnitt wie diesen praktisch im Halbschlaf zunähen, aber dennoch ...

Jack legte keinen gesteigerten Wert darauf, dass sein Hausarzt eine amtliche Zulassung besaß. Die von Hargus war ihm entzogen worden, und das war durchaus okay, denn so brauchten die Regeln hinsichtlich der Meldepflicht bei bestimmten Verletzungen nicht beachtet zu werden. Trotzdem zog er es vor, dass die Person, die sich mit Nadel und Faden an ihm zu schaffen machte, dabei halbwegs nüchtern war.

Nachdem der Doc ihn verarztet hatte, beschloss Jack, schnellstens nach Hause zu fahren, die Telefonnummer von Bellittos Bruder herauszusuchen und ihn anzurufen. Er hatte mit Edward Bellitto ein kapitales Huhn zu rupfen.

In der
Zwischenwelt

Endlich kennt sie ihren Namen. Vereinzelte Eindrücke und Teile ihres Lebens kehren zurück, aber nicht genug. Nicht annähernd genug.

Sie hat sich nach diesen Erinnerungen gesehnt, weil sie hoffte, sie würden ihr verraten, weshalb sie hier ist und warum sie von so grenzenloser Wut erfüllt ist. Aber diese winzigen Stücke Treibgut auf dem konturlosen Meer ihrer Existenz liefern keine Antworten.

Und keinen Trost. Die Schnappschüsse aus ihrem vergangenen Leben und die Erinnerungen an die Freude, die sie in ihrer alltäglichen Existenz empfand, machen ihr das Gewicht und die Bedeutung dessen, was sie verloren hat, nur noch schmerzlicher bewusst.

Ihre Fähigkeiten aber haben zugenommen. Sie kann sich in der körperlichen Welt, die sie umgibt, manifestieren. Sie hat das heute schon einmal getan. Und sie kann sich zu Gehör bringen, allerdings nicht so, wie sie es sich wünscht. Sie kann nicht reden, doch aus irgendeinem unerfindlichen Grund kann sie singen. Warum ausgerechnet das? Und warum dieses Lied? Sie scheint sich zu erinnern, dass es ihr Lieblingslied war, kann sich aber nicht erklären, weshalb. Jetzt hasst sie dieses Lied.

Sie hasst alles. Alles und jeden.

Aber noch mehr hasst sie es, hier zu sein, als Schatten unter den Lebenden zu wandeln. Sie begreift, dass sie einst gelebt hat und jetzt tot ist. Und das hasst sie. Sie hasst alle Lebenden für das, was sie jetzt haben und sie nicht. Dass sie eine Vergangenheit, eine Gegenwart, eine Zukunft haben.

Das ist das Schlimmste. Sie hat keine Zukunft. Zumindest keine, die sie erkennen kann. Sie ist hier, sie ist jetzt, sie hat eine vage Absicht, einen Sinn, aber sobald der erfüllt ist, was geschieht dann mit ihr? Wird sie zurückgeschleudert in die Finsternis, oder muss sie hier ausharren... vergessen, alleine?

Sie treibt dahin... abwartend...

Zu nächtlicher Stunde

Charlie wachte in der Dunkelheit auf und lauschte.

War das...? Ja. Jemand weinte. Der Laut hallte im Flur wider. Ein Schluchzen wie von einem Kind.

Charlie konnte nicht entscheiden, ob es ein Junge oder ein Mädchen war. Er richtete sich auf und hörte genauer hin. Es war weniger ein Laut der Traurigkeit, eher ein Wimmern furchtbarer Angst und so ohne jede Hoffnung, dass es ihm das Herz zerriss.

Das ist kein richtiges Kind, dachte er. Es ist ein Geist, ein Dämon, der hierher gesandt wurde, um uns in die Irre zu führen.

Er zog sich die Laken über den Kopf und erschauerte trotz der Wärme und der Dunkelheit, die ihn einhüllten.

Dienstag

1

Gia wischte sich eine Träne aus dem Auge und legte den Hörer des Telefons auf dem Nachttisch auf.

Nachdem Jack ihr am Vortag noch von dem Kind erzählt hatte, das er gerettet hatte, hatte Gia an diesem Morgen als Erstes in Vickys Ferienlager angerufen, um sich zu vergewissern, dass dort alles in Ordnung war. Sie setzte großes Vertrauen in das Lager und sein Sicherheitssystem, sie vertraute auch den Betreuern, aber sie hatte dieses unstillbare Bedürfnis, die Stimme ihrer Tochter zu hören.

Der Direktor hatte ihr mitgeteilt, dass Vicky und die anderen Kinder gerade frühstückten. Ob ein Notfall vorliege? Nein, bestellen Sie ihr nur, sie solle ihre Mutter kurz anrufen, wenn sie fertig ist.

Gia hatte die nächsten zehn Minuten damit verbracht, über Kinderschänder nachzudenken und darüber, dass die Qualen, die sie ihren kleinen Opfern bereiteten, hundert-, nein, tausendfach auf sie zurückfallen sollten.

Der Anruf erfolgte, während sie das Bett machte. Vicky ging es gut, bestens, einfach wunderbar, sie habe den Spaß ihres Lebens und wolle ihr von dem Nilpferd erzählen, das sie in ihrem Tonmodellierkurs angefertigt hatte. Sie erzählte, wie sie angefangen hätte, ein Pony zu formen, doch die Beine konnten das Pony nicht aufrecht halten, da sie seinen Körper nicht richtig hinbekommen hätte, und so hätte sie die Beine dicker und dicker gemacht und gleichzeitig immer mehr verkürzt, bis das Pferd stehen konnte, ohne zu schwanken oder gar umzukippen. Aber da hätte es ausgesehen wie das fetteste Pferd der Welt. Darum, anstatt das Gebilde weiter als Pferd zu bezeichnen, erzählte sie allen, sie hätte ein Nilpferd gebastelt. Ist das nicht lustig, Mom?

Das war es. Nämlich so lustig, dass Gia kaum hatte verhindern können, dass ihr die Tränen in die Augen traten.

Herrgott im Himmel, wie sehr vermisste sie ihr kleines Mädchen.

Gia konnte sich nicht entsinnen, wann sie sich das letzte Mal einsam und verlassen gefühlt hatte. Aber mit Jack irgendwo in der Stadt unterwegs und Vicky in ihrem Ferienlager in den Catskills erschien ihr das Haus mehr als leer und verlassen. Es war eine nackte, öde Wüste, eine leere Hülle ohne Herz, ohne Leben.

Reiß dich zusammen, sagte sie sich. So schlimm ist es doch gar nicht. Vicky ist bald wieder zurück. In nur vier Tagen und drei Stunden, um genau zu sein. Es kam ihr vor wie eine Ewigkeit.

Und wenn Vicky zurückkam, sollte sie ihr dann von dem Baby erzählen?

Nein. Das wäre zu früh.

Na schön, aber wenn nicht jetzt, wann sollte sie es dann tun? Und wie? Wie sollte sie ihrer Tochter erzählen, dass Mommy ganz schön großen Mist gebaut hatte und zu einem Zeitpunkt schwanger geworden war, als sie es ganz und gar nicht gewollt hatte?

Wer ist der Daddy? Nun, Jack natürlich.

Was bedeutete, dass das neue Baby einen Vater haben würde und Vicky nicht. Vickys Vater, Richard Westphalen, wurde vermisst und war offiziell für tot erklärt worden. Gia wusste, inoffiziell, dass Vicky ihren Vater nie wiedersehen würde.

Das war kein großer Verlust. Als er noch lebte, hatte Richard am Leben seiner als lästig empfundenen Tochter in keiner Weise teilgenommen. Während der vergangenen anderthalb Jahre war Jack für Vicky die Vaterfigur geworden. Er war vernarrt in sie, und sie liebte ihn über alles. Zum Teil, dessen war sich Gia sicher, weil Jack in vieler Hinsicht selbst noch ein großes Kind war. Aber er nahm sich Zeit für sie, redete *mit* ihr, anstatt *über* sie, spielte Fangen mit ihr, begleitete sie und saß bei den Müttern all der anderen Kinder, um ihr bei ihren T-Ball-Spielen zuzusehen.

Er war all das, was ein guter Vater sein sollte, aber jetzt wuchs sein eigenes Kind in Gia heran. Würde Vicky das neue Baby als Bedrohung betrachten, als jemanden, der sich zwischen sie und Jack stellte und Anspruch auf seine Liebe erhob? Gia wusste, dass so etwas niemals geschehen würde, aber würde Vicky, ein kleines Mädchen von acht Jahren, das begreifen? Sie hatte schon einmal erlebt, wie ein Vater sie im Stich gelassen hatte. Warum sollte das nicht auch der zweite tun?

Alles hervorragende Gründe für Vicky, das neue Baby zu hassen.

Gia konnte diese Vorstellung nicht ertragen. Eine mögliche Lösung wäre, Jack zu heiraten. Eine schrecklich prosaische, langweilige, spießbürgerliche Lösung, ausgebrütet von einer unendlich prosaischen, langweiligen, spießbürgerlichen Person. Aber als ihr Ehemann könnte Jack Vicky offiziell als seine Tochter adoptieren. Die symbolische Besiegelung ihrer Verbindung würde Vicky die Sicherheit geben, die sie brauchte, um das neue Baby eher als Schwester oder Bruder und nicht als gefährliche Konkurrenz zu betrachten.

Die Trauung schien ebenfalls ein Problem. Es war nicht die Frage, ob Jack sie heiraten würde, aber konnte er es überhaupt? Er hatte angedeutet, er würde einen Weg finden. Sie musste sich darauf verlassen, dass es ihm gelingen würde... falls er überhaupt lange genug am Leben blieb.

Da habe ich ein ganz schreckliches Durcheinander angerichtet.

Sie gähnte, während sie die Bettlaken über die Matratze spannte und die Decke glattstrich. Kein Wunder, dass sie nicht schlafen konnte.

Es war schon schlimm genug, sich wegen Vicky und des Babys Sorgen zu machen. Doch dann kam Jack am Vorabend mit einem dicken Verband an der Seite zurück. Und erzählte ihr, dass er ausgerechnet von dem Mann, den er hatte beschützen sollen und der sich als eine Art Pädophiler entpuppt hatte, mit einem Messer angegriffen worden war.

Sie hatte an diesem Morgen seinen Verband gewechselt und einen heillosen Schrecken bekommen, als sie die zehn Zentimeter lange Wunde in seiner Seite sah. Sie ist nicht tief, sondern nur lang, hatte er sie beruhigt. Doc Hargus hätte ihn zusammengeflickt. Gia begutachtete die saubere Naht, die die Wunde geschlossen hielt. Sie hatte sich nie mit der Idee anfreunden können, dass Jack diesen alten abgehalfterten Mediziner aufsuchte. Im Sommer des Vorjahres jedoch hatte sie gelernt, Doc Hargus zu vertrauen, nachdem Jack sich unter seiner Obhut von anderen, viel schlimmeren Verletzungen erholt hatte.

Sie war wütend auf Jack, weil er sich hatte verwunden lassen. Würde er jemals aus seinen Erfahrungen lernen?

Andererseits aber, wenn er aus seinen Erfahrungen lernte, wenn er sich änderte, wäre er dann immer noch derselbe Jack? Oder würde irgendein Feuer in seinem Innern erlöschen und ihr einen hohlen, leeren Mann, einen geisterhaften Überrest des Jacks, den sie liebte, zurücklassen?

Das konnte man der Liste der Dinge, die sie nachts wach hielten, noch hinzufügen.

Und dann. Vergangene Nacht, als sie endlich eingeschlafen war... waren Visionen von dem rätselhaften kleinen Mädchen, das sie im Haus der Kentons gesehen hatte, in ihren Träumen erschienen. Ihre Augen... Gia hatte sie nur ganz kurz gesehen, als das Mädchen über die Schulter zurückgeblickt hatte. Doch diese tiefblauen Augen verfolgten Gia in ihren Träumen und sogar hier und jetzt am helllichten Tag.

Wer war sie? Und warum lag eine solche Sehnsucht in diesen Augen? Es schien ein Bedürfnis, eine Not zu sein, die Gia vielleicht erfüllen konnte, wenn sie nur wüsste, wie.

Keine Frage, sie musste noch einmal in dieses Haus zurückkehren.

2

»Ich hab's«, sagte Jack und tippte mit dem Finger auf die Meldung in der Zeitung.

Er hatte die *Daily News* von Abes Theke genommen, sobald er hereingekommen war, und sie auf der Suche nach Artikeln über den kleinen asiatischen Jungen und den verletzten Bellitto durchgeblättert.

Er hatte eine kurze Notiz mit dem Inhalt gefunden, dass ein Mr. Eli Bellitto aus SoHo mit einem Messer verwundet und ein Begleiter, Adrian Minkin – das war also der Name des Gorillas – von einem Unbekannten während der vergangenen Nacht zusammengeschlagen worden war. Beide wären ins St. Vincent's eingeliefert worden.

Jetzt spielen die Raubtiere schon die Opfer, dachte Jack. Raffiniert.

Aber die Meldung von der Rettung des entführten vietnamesischen Jungen war groß aufgemacht und wurde durch ein Foto von dem kleinen Duc Ngo und einem zweiten von seiner Mutter ergänzt.

»*Nu?*«, fragte Abe, während er – mit erstaunlicher Geschicklichkeit angesichts seiner eher dicken, plumpen Finger – Lachsstreifen auf der Innenseite einer aufgeschnittenen Brötchenhälfte arrangierte. »Was hast du?«

»Einen Artikel über den Jungen, den diese Schweine gestern Abend mitnehmen wollten. Es geht ihm gut.«
»Welcher Junge?«
Er schaute nicht hoch. Stattdessen bestrich er die andere Brötchenhälfte mit Schmelzkäse – und zwar dem von der fettreduzierten Sorte. Wenn man allerdings die Menge betrachtete, die er auf der Brötchenhälfte verteilte, dann sparte er weder Kalorien noch Fett.
»Hey, lass mir auch noch was übrig«, sagte Jack.
Er hatte, wie immer, das Frühstück mitgebracht, nicht an Lachs gespart – er hatte nicht den von Nova genommen, weil Abe die salzigere Sorte bevorzugte –, jedoch versucht, Abe in Sachen Kalorien mit fettreduziertem Käse etwas Gutes zu tun.
»Welcher Junge?«, wiederholte Abe, ohne auf Jacks Bemerkung zu reagieren, geschweige denn darauf einzugehen. »Welche Schweine?«
Jack lieferte ihm einen kurzen Abriss der Ereignisse vom Vorabend und beendete seinen Bericht, indem er aus der *News* vorlas.
»Hör dir bloß mal die Mutter an: ›Ich hab mir solche Sorgen gemacht‹, sagte Ms. Ngo. ›Der kleine Duc will jeden Abend Eis kaufen gehen. Das hat er schon wer weiß wie oft getan und niemals irgendwelche Probleme gehabt. Es ist einfach furchtbar, dass Kinder in dieser Stadt nicht sicher sind.‹«
Wütend schlug Jack mit der Hand auf die Zeitung – und zuckte zusammen, als ein durch diese Bewegung erzeugter Schmerz ihn an seine frische Wunde erinnerte. »Ist so etwas zu fassen? So ein Haufen gequirlter Mist.«
»Was ist nicht zu glauben?«
»Er ist sieben Jahre alt! Es war zehn Uhr und regnete in Strömen! Von wegen, er wollte rausgehen. In Wirklichkeit haben sie und ihr Freund den kleinen Jungen jeden Abend auf die Straße geschickt, damit sie eine Zeit lang ungestört waren

und es miteinander treiben konnten. Aber das erzählt sie der *News* natürlich nicht, diese Schlampe!«

Er schlug noch einmal die Zeitung auf, diesmal heftiger – was zu einem neuerlichen schmerzhaften Stechen in seiner Wunde führte –, wobei seine Faust auf dem Bild von der Mutter des Jungen landete. Er hoffte, sie spürte diesen Schlag, wo immer sie sich gerade aufhielt.

»Du hast ihn vor dem Tod, vielleicht sogar vor noch Schlimmerem gerettet.« Abe biss in sein sorgfältig konstruiertes Schmelzkäse-Lachs-Brötchen und redete mit vollem Mund weiter. »Du hast eine richtige *Mizwa* ausgeführt. Du solltest glücklich sein und nicht wütend.«

Jack wusste, dass Abe Recht hatte, aber während er das grobkörnige Schwarzweißfoto des kleinen Duc betrachtete – höchstwahrscheinlich war es in der Schule aufgenommen worden – sah er wieder seinen kleinen schlaffen Körper vor sich, eingerollt in eine nasse Decke.

»Sie nennt sich eine gute Mutter? Sie sollte ihr Kind beschützen, anstatt es in Gefahr zu bringen. Eigentlich sollte man eine Prüfung ablegen, ehe sie einem gestatten, ein Kind zu bekommen. Der Typ schießt ein paar Millionen Spermien ab, und eines trifft auf eine Eizelle, und *peng!* – ein Baby. Aber sind die beiden Erwachsenen überhaupt fähig, ein Kind großzuziehen? Wer weiß das schon? Kinder zu haben, bedeutet eine Riesenverantwortung. Die sollte man ausschließlich Leuten anvertrauen, die fähig sind, diese Verantwortung auch zu tragen.«

Hör dir bloß mal zu, dachte er. Du fängst an, Phrasen zu dreschen. Aufhören.

Er schaute hoch und sah, dass Abe ihn verwundert anstarrte.

»*Nu?* Gibt es da etwas, das mir entgangen ist? Was soll dieses Gefasel von Verantwortung und Prüfungen, um Kinder kriegen zu dürfen?«

Jack überlegte, ob er Abe erzählen sollte, was los war. Dann entschied er, dass er das einfach tun musste. Wie könnte er auch nicht? Er wusste, dass diese Information nicht die Runde machen würde. Abe war so verschwiegen wie ein Grab.

»Ich werde Vater.«

»Du? Vater?« Abe grinste und wischte sich die rechte Hand an seiner Schürze ab, ehe er sie über die Theke streckte. »*Mazel tov*! Wann hast du es erfahren?«

Jack ergriff die Hand, die vom Lachs immer noch fettig war. »Gestern Nachmittag.«

»Und Gia? Gefällt ihr die Aussicht, der Welt ein Kind aufzubürden, das die Hälfte deiner Erbanlagen in sich trägt?«

»Dass sie ein Kind bekommt, findet sie ganz okay. Wir haben nur Probleme damit, welche Vaterrolle ich spielen soll. Oder kann.«

»Du ein guter Vater? Kann es da auch nur den geringsten Zweifel geben? Sieh dir doch nur das Training an, das du bereits mit Vicky absolvierst. Sie ist doch für dich wie eine leibliche Tochter.«

»Ja, sicher, aber da gibt es auch noch gewisse rechtliche Angelegenheiten, die ich regeln muss.«

Er erläuterte sie ausführlich, während Abe sein Brötchen verzehrte und ein zweites zubereitete.

»Sie klingt ganz vernünftig, deine Gia«, stellte Abe fest, nachdem Jack geendet hatte. »Das muss man ihr lassen. Aber ich glaube, ich erlebe in Kürze das Ende der Ära von Handyman Jack.«

Jack krümmte sich innerlich, als er es so klar ausgedrückt hörte. Aber ...

»Ich denke, das ist genau das, worauf es letztlich hinausläuft.«

»Bürger Jack«, sagte Abe kopfschüttelnd. »Das klingt nicht ganz so reizvoll wie Handyman Jack.«

Jack zuckte die Achseln. »Der Name war sowieso nicht meine Idee. Du warst es, der mich als Erster so genannt hat.«

»Und jetzt muss ich auch damit aufhören. Wann wirst du Bürger Jack?«

»Zuerst einmal muss ich mir darüber klar werden, *wie* es geschehen soll. Hast du eine Idee?«

Abe schüttelte den Kopf. »Das ist ein schwieriges Problem. Dich zu einem unbescholtenen Bürger zu machen – ohne irgendwelchen illegalen Ballast... das wird uns noch einiges Kopfzerbrechen bereiten.«

Er schnitt sein zweites Schmelzkäse-Lachs-Brötchen in zwei Hälften und reichte eine davon Jack.

Der nahm einen Bissen und ließ sich die Mischung verschiedenster Aromen auf der Zunge zergehen. Dabei entspannte er sich ein wenig. Zu wissen, dass jemand anders sich an der Lösung dieses Problems aktiv beteiligte, erleichterte die Last, die auf seinen Schultern lag, um einiges.

»Während du nachdenkst«, sagte er, »rufe ich Eli Bellittos Bruder an und mache ihm die Hölle heiß.«

Jack war, nachdem Doc Hargus ihn versorgt hatte, sofort zu Gia gefahren. An diesem Morgen hatte er dann auf dem Weg zu Abe einen Abstecher zu seiner Wohnung gemacht und Edward Bellittos Nummer geholt. Er fischte das Tracfone und den Notizzettel aus seiner Jeans, begann zu wählen, dann...

»Verdammt noch mal...«

»Was ist jetzt los?«

»Er hat nur neun Ziffern aufgeschrieben.«

Jack starrte auf den Fetzen Papier. Edward hatte keine Bindestriche eingefügt, sondern die Zahlen in einer Reihe hingekritzelt. Jack war es bis zu diesem Moment nicht aufgefallen, dass man ihn glatt um eine Ziffer betrogen hatte.

Abe beugte sich vor und blickte auf den Zettel. »Eine zwei-eins-zwei als Bezirksvorwahl – das ist ein Anschluss hier in der City. Vielleicht hatte er es eilig, oder er war ein wenig durcheinander wegen der Sorge um seinen Bruder, so dass er die letzte Ziffer einfach vergessen hat. In diesem Fall kannst du alle Möglichkeiten durchgehen. Schlimmstenfalls wären es zehn.«

»Und wenn er in der Mitte eine Zahl weggelassen hat? Wie viele Versuche hätte ich dann?«

»Millionen.«

»Na super.«

Jack fragte sich, ob die fehlende Ziffer tatsächlich auf ein Versehen zurückzuführen war. Vielleicht hatte Edward gar nicht gewollt, dass Jack sich mit ihm in Verbindung setzte. Vielleicht hatte er von Anfang an geplant, sich in Luft aufzulösen. Wenn ja, könnte Jack die zweite Hälfte seines Honorars abschreiben.

Nur sehr wenige seiner Kunden hatten versucht, ihn übers Ohr zu hauen, und keinem war es bisher gelungen. Edward wäre vielleicht der Erste.

Abe deutete auf Jacks Mobiltelefon. »Wie funktioniert dein neues Tracfone?«

»Bis jetzt ganz gut. Scheint wirklich unaufspürbar zu sein, bei meinem Job ein entscheidender Vorteil.«

Jack hatte es in seiner Radio-Shack-Filiale zusammen mit einer Prepaid-Karte gekauft. Aktiviert hatte er sein Telefon von einem Computerterminal in der Public Library aus, ohne seinen Namen, seine Adresse oder Kreditkartennummer anzugeben. Die Gesprächsgebühren waren höher, als wenn er sich bei Verizon oder einem anderen Provider angemeldet hätte, doch dort musste man Verträge unterschreiben und sich eine Überprüfung seiner Bankverbindungen gefallen lassen. Für Jack war die Anonymität, die ihm das Tracfone bot, praktisch unbezahlbar.

»Ich sollte mir auch eins besorgen. Falls ich dich mal anrufen muss. Du hast mir deine Nummer doch gegeben, oder?«

»Du, Julio, und Gia kennen sie, und das reicht.«

Jack hatte eine Idee, während er sein Brötchen aufaß. Er griff nach seinem Telefon.

»Weißt du, vielleicht brauche ich gar nicht millionenmal zu telefonieren, um Edward Bellitto ausfindig zu machen. Ich könnte einfach seinen Bruder Eli fragen.«

»Meinst du, er spricht mit dir?«

»Ein Versuch kann nicht schaden.«

Nachdem die Auskunft ihm die Nummer der Zentrale des St. Vincent Hospitals genannt hatte, rief Jack dort an und ließ sich mit Eli Bellittos Zimmer verbinden.

Eine heisere Stimme meldete sich. »Hallo?«

»Mr. Bellitto? Hier spricht Lorenzo Fullerton aus der Buchhaltung des St. Vincent. Wie geht es Ihnen heute Morgen?«

Abe hob die Augenbrauen, rieb sich den Schädel und flüsterte lautlos: »*Lorenzo Fullerton?*«

Jack zuckte die Achseln. Es war ein Name, den er sich schon vor einigen Jahren ausgedacht hatte und den er immer benutzte, wenn er so tun musste, als wäre er eine Amtsperson.

»Was wollen Sie?« Die Stimme klang schwach und heiser.

Das war gut. Er hatte Schmerzen. Jack hoffte es inständig.

»Ihr Aufnahmeformular ist nicht ganz in Ordnung. Wir können nirgendwo den Namen und die Adresse Ihres Bruders Edward finden. Wir wären Ihnen dankbar, wenn Sie diesen Punkt für uns klären würden.«

»Bruder? Ich habe weder einen Bruder namens Edward noch irgendeinen anderen. Ich bin Einzelkind gewesen.«

3

Eli Bellitto knallte den Telefonhörer auf die Gabel. Die heftige Bewegung jagte einen schneidenden Schmerz durch seinen dick verbundenen Unterleib. Er stöhnte und sah seinen Arzt an.

»In Ihrer Verwaltung sitzt offensichtlich ein Haufen Idioten.«

Dr. Najam Sadiq lächelte. »Dem will ich nicht widersprechen«, sagte er in akzentfreiem Englisch.

Dr. Sadiq hatte im St. Vincent's Spätdienst gehabt, als Eli in der Notaufnahme erschienen war. Da er der gerade verfügbare Urologe war, war ihm Eli als Patient zugeteilt worden.

Eli versuchte, seine Lage im Bett zu verändern, wodurch ein weiteres Schmerzfeuerwerk gezündet wurde. Er schielte zu dem Morphiumtropf am Ständer neben seinem Bett. Eine PCA-Pumpe, wie die Schwester erklärt hatte. Patient Controlled Analgesy. Der Patient verabreichte sich das Medikament immer selbst. Ein Knopf, der am Bettgestell befestigt war, gestattete ihm, die Dosis selbst zu bestimmen – innerhalb vertretbarer Grenzen. Doch er hatte bisher darauf verzichtet, weil das Medikament seinen Geist benebelte und er befürchtete, etwas Falsches zu sagen. Allerdings glaubte er, so nicht mehr lange durchhalten zu können.

Wenigstens war er am Vorabend noch so klar gewesen, ein Einzelzimmer zu verlangen. Ihm war egal, wie viel es kostete. Das Letzte, was er jetzt brauchen konnte, war ein neugieriger Mitpatient.

»Wie ich schon angedeutet habe«, sagte Dr. Sadiq, »Sie haben Glück gehabt, Mr. Bellitto. Sehr viel Glück. Wenn die Messerklinge nur einen Zentimeter weiter nach links gerutscht wäre, hätten wir ein Riesenproblem gehabt.«

Eli dachte, ich habe einen Sauerstoffschlauch in der Nase, einen Morphiumtropf im linken Arm, einen weiteren intravenösen Tropf im rechten und einen Katheter in der Blase, durch den blutiger Urin in den Sack rinnt, der am Bett hängt. Das würde ich nicht gerade einen Glücksfall nennen.

Dr. Sadiq fuhr fort: »Das Messer hat die Basis Ihres Penis verletzt und ist um Haaresbreite an der Harnröhre vorbeigegangen. Ihren Penis haben wir gerettet, nicht aber Ihren rechten Hoden, fürchte ich. Er war zu sehr verletzt. Ich musste ihn leider entfernen.«

Während Eli dem Arzt zuhörte, schien sich der Raum schlagartig zu verdunkeln. Es waren nicht so sehr die Details – dass er körperlich verstümmelt worden war und dass man ein Stück von ihm hatte amputieren müssen –, sondern allein die Tatsache, dass es überhaupt dazu gekommen war. Was war mit seiner Unverletzbarkeit? Warum hatte diese Eigenschaft versagt?

Noch wichtiger schien die Frage: Wer war dieser Kerl in der vergangenen Nacht? War die Begegnung zufällig erfolgt, oder war es möglich, dass der Bursche ihn und Adrian gezielt verfolgt hatte? Wusste er über den Zirkel Bescheid?

Eli zwang sich zu einem Lächeln. »Ich habe nicht die Absicht, eine Familie zu gründen. Nicht in meinem Alter.«

»Sie brauchen sich wegen Ihrer sexuellen Funktionsfähigkeit keine Sorgen zu machen. Es wird sicherlich einige Narben geben, und das könnte Ihre Erektionsfähigkeit ein wenig beeinträchtigen, aber bei entsprechender Fürsorge und einer geeigneten Therapie sollten Sie in ein, zwei Monaten Ihre volle sexuelle Fähigkeit wiedererlangt haben.«

Eli interessierte sich nicht für seine sexuellen Fähigkeiten. In der letzten Nacht war es nicht um Sex gegangen, obwohl der Mann, der sie attackiert hatte, dies offenbar angenommen hatte. Eli konnte es ihm nicht übel nehmen. Zwei Männer in der Dunkelheit mit einem bewusstlosen kleinen Jungen... der prosaische, ahnungslose Geist würde augenblicklich zu einer solchen Schlussfolgerung kommen. Aber der Zirkel hatte ganz andere Dinge im Sinn als Sex.

Eli wollte nicht mehr über seine Verletzungen oder seine Chancen auf eine völlige Wiederherstellung sprechen. Er wechselte das Thema.

»Mein Freund, Mr. Minkin, der mit den Kopfverletzungen... wie geht es ihm?«

Adrian war ein Ochse von Mann, trotzdem hatte der Angreifer ihn blitzartig ausgeschaltet und bewusstlos zu Boden gestreckt.

Dr. Sadiq schüttelte den Kopf. »Das weiß ich nicht. Er wurde in die neurologische Abteilung verlegt. Ist er Ihr... Partner?«

»Partner?«

Wie um alles auf der Welt sollte Dr. Sadiq darauf kommen, dass Adrian irgendetwas mit dem Laden zu tun hatte? Es sei denn... nahm er etwa an, dass Adrian und er ein *Liebespaar* waren? Ja, das musste es sein.

Zorn stieg in Eli hoch. Was war los mit dieser Welt? Es konnte sich doch nicht alles nur um *Sex* drehen!

»O nein«, antwortete Eli. »Er ist nur ein guter Freund.«

Ein winziges Verschieben seiner Hüften wurde sofort mit einer heftigen Schmerzwoge belohnt. Er war plötzlich furchtbar müde.

»Ich glaube, ich sollte jetzt ein wenig schlafen, Doktor.«

»Natürlich.« Dr. Sadiq nickte. »Ich schaue heute Abend wieder nach Ihnen.«

Sobald der Arzt die Tür hinter sich geschlossen hatte, streckte Eli die Hand nach dem Dosierknopf aus und bearbeitete ihn, als wäre er eine Morsetaste. Schon bald tauchte er in einen Zustand köstlicher Lethargie ein, die die Schmerzen verdrängte und ihn von seinen bohrenden Fragen nach dem Mann erlöste, der aus der Dunkelheit der City gekommen war und so vernichtend zugeschlagen hatte.

4

Jack blieb vor den Geschäftsräumen von Municipal Coins in der West Fifty-fourth stehen. Er hatte schon am Vortag hierher kommen wollen, doch Gias Offenbarung hatte ihm einen mehr als dicken Strich durch diesen Plan gemacht.

Die Mittagssonne brach sich auf den Gold- und Silbermünzen der Schaufensterauslage, die auf Hochglanz poliert waren. Jacks Interesse galt aber vielmehr Eli Bellittos letzten Worten als den Schätzen im Schaufenster.

Ich habe weder einen Bruder namens Edward noch irgendeinen anderen. Ich bin Einzelkind gewesen.

Jemand log hier.

Eli Bellitto war ein Kinderschänder, höchstwahrscheinlich auch ein Kindermörder – wenn man ein Kind entführt, so wie Bellitto und sein Kumpan es getan hatten, dann wird man das Kind wohl nicht mehr freilassen. Daher war in diesem Punkt mit Lügen zu rechnen. Aber warum sollte jemand gegenüber einem vermeintlichen Krankenhausbuchhalter leugnen, einen Bruder zu haben? Doch nur, wenn der Betreffende nicht wollte, dass der Bruder benachrichtigt wurde.

Aber Eli Bellitto hatte nicht so geklungen, als würde er lügen. Edward hingegen...

Die Telefonnummer, die er ihm genannt hatte, war geschwindelt wie zweifellos auch die Geschichte, die er ihm aufgetischt hatte. Edward hatte einen irischen Akzent, Eli nicht. Außerdem sahen sich die beiden angeblichen Brüder in keiner Weise ähnlich.

Keine Frage... Edward hatte gelogen.

Was Jack am meisten ärgerte, war, dass er Edward – falls das überhaupt sein richtiger Vorname war; sein Nachname lautete ganz sicher nicht Bellitto – als einen ehrlichen, anständigen Zeitgenossen eingestuft hatte. Es geschah immer wieder einmal, dass ein Kunde versuchte, ihn aufs Kreuz zu legen, doch Jack bekam das gewöhnlich heraus, ehe irgendein Schaden entstand. Da viele seiner Jobs darin bestanden, sich zu revanchieren, es irgendjemandem heimzuzahlen, und dabei auch, wenn nötig, etwas rauer zur Sache zu gehen und Schmerzen zuzufügen, hatte Jack es sich zur Angewohnheit gemacht, über seine Auftraggeber gründliche Erkundigungen einzuziehen, ehe er zur Tat schritt. Edward hingegen hatte Jack gebeten, Menschen vor Schaden zu *bewahren*. Daher hatte er dem Mann alles geglaubt.

Aber wenn er nicht Eli Bellittos Bruder war, wer zum Teufel war er dann? Hatte er Jack engagiert, damit er zugegen wäre, als Eli Bellitto dieses Kind entführte? Es schien so. Aber woher hatte er so genau gewusst, wann dies geschehen würde?

Jack schätzte, dass seine Chancen, das herauszufinden, gering oder gleich null waren.

Dennoch, er war nicht bereit, diese Angelegenheit als Reinfall zu verbuchen. Noch nicht. Das ließ die Telefonnummer, die Edward ihm genannt hatte, nicht zu. Wenn man jemandem eine falsche Telefonnummer geben will, dann schreibt man eine Vorwahl und eine willkürliche Folge von sieben Ziffern auf. Warum hatte er eine weggelassen? Das ergab keinen Sinn.

In Jacks Gehirn war ein ganzer Schrank voller Dinge, die keinen Sinn ergaben, gespeichert. Diesem scheinbar sinnlosen Datenfundus würde er die Bellitto-Geschichte hinzufügen.

Er drückte die Tür auf und betrat den klimatisierten und angenehm kühlen Verkaufsraum von Municipal Coins.

»Mr. Blake!«, rief der Mann, der soeben in einer der zahlreichen Vitrinen ein Tablett arrangierte. Er kam sofort herbeigeeilt und schüttelte Jack die Hand. »Ich freue mich aufrichtig, Sie wiederzusehen.«

»Hallo, Monte. Nennen Sie mich Jack, okay?«

Er bat Monte seit Jahren, ihn Jack zu nennen, aber der

Mann musste mit einem speziellen Höflichkeitsgen auf die Welt gekommen sein, das es ihm unmöglich machte, einen Kunden mit seinem Vornamen anzusprechen.

»Das tue ich«, versprach er. »Ja, das tue ich.«

Municipal Coins gehörte Monte zur Hälfte. Jedes Mal, wenn Jack ihn ansah, kam ihm das Wort *dick* in den Sinn: dicker Körper, dicke Lippen, sogar sein lockiges schwarzes Haar vermittelte einen Eindruck von dick. Doch er bewegte sich so schnell wie ein Frettchen. Als Gehirn besaß er eine numismatische Datenbank zusätzlich zu seinem MBA von der Yale-Universität. Aber das einzige Geschäft, das ihn wirklich interessierte, war der Handel mit seltenen Münzen.

»Ich habe soeben eine umfangreiche Sammlung aufgekauft«, erklärte er und winkte Jack in den hinteren Teil des Verkaufsraums, wo er die besonders edlen Stücke aus seinem Angebot bereithielt. »Vergangene Woche sind ein paar erstaunliche Kostbarkeiten hereingekommen. Die müssen Sie sich ansehen. Absolut erstklassig.«

Jack gehörte zu Montes Stammkunden. Dieser hielt ihn vermutlich für einen wohlhabenden Münzsammler, doch Jacks Bestand an wertvollen Münzen war mehr als nur eine Sammlung. Die teuren Stücke dienten seiner Altersvorsorge. Ohne eine Sozialversicherungsnummer – eine echte – konnte er kein Bankdepot anlegen oder in Aktien investieren. Das hätte er unter keinen Umständen getan, da es bedeutet hätte, dass er hätte Steuern zahlen müssen, eine Last, die Jack in seinem Leben bis jetzt erfolgreich hatte von sich fern halten können. Daher, wann immer er einen größeren Geldbetrag in bar gespart hatte, investierte er ihn in Goldmünzen. Einige davon waren nur wertvoll wegen ihres reinen Goldgehalts – wie Krügerrands zum Beispiel. Doch meistens handelte es sich um seltene und von Sammlern begehrte Stücke. Es war keine besonders aufregende Investitionsform, doch andere Bereiche seines Lebens regten seine Adrenalinproduktion heftig genug an, und er sah keinerlei Notwendigkeit, auch noch auf dem Gebiet der Investitionen und Finanzplanung den Nervenkitzel zu suchen. Er hatte vom Börsenboom der neunziger Jahre nichts mitgekriegt, aber genauso waren auch die darauf folgenden Firmenzusammenbrüche für ihn ohne Auswirkungen geblieben.

»Ich bin heute nicht wegen Münzen hergekommen, Monte«, sagte Jack.

Und ich werd auch nicht mehr allzu viele kaufen können, wenn ich es weiter zulasse, mich von Kunden, die mich belügen, aufs Kreuz legen zu lassen.

»Also nur ein Höflichkeitsbesuch?«, fragte Monte und schaffte es ganz gut, seine Enttäuschung zu verbergen. »Ich freue mich immer, wenn ich Sie bei uns sehe, Mr. Blake, egal aus welchem Grund.«

»Aber ich bin auf der Suche nach etwas Geeignetem, um meine Münzen zeigen zu können. Wo haben Sie diese verschließbaren Etuis, von denen Sie mir ständig erzählen?«

Monte versuchte seit Monaten, Jack für eine ganz neue Art von handlichen Münzalben zu begeistern, indem er ihm erklärte, sie seien wirklich der letzte Schrei für den Sammler, der seine Münzen vor Diebstahl schützen will, wenn er sie irgendwelchen Interessenten zeigt. Jack hatte ihm wiederholt klar zu machen versucht, dass er daran nicht interessiert sei.

»Was haben Sie vor?«, erkundigte sich Monte grinsend, während er sich ein wenig streckte und einen Karton aus einem der oberen Fächer eines Wandregals holte. »Wollen Sie Ihre Prachtstücke zu einer Ausstellung mitnehmen? Oder sie ihren Verwandten zeigen?«

Das Letzte, was Jack mit seinen Münzen vorhatte, war, sie auszustellen, doch er würde wohl in den sauren Apfel beißen und einige von ihnen für den Madame Pomerol-Coup aus ihrem sicheren Depot holen müssen.

»Den Verwandten«, antwortete Jack. »Ich will Onkel Matt

eine Freude machen und ihn einen Blick darauf werfen lassen.«

»Dieser Glückspilz.«

Monte nahm zwei Schlüssel aus dem Karton sowie ein längliches Kästchen aus Metall, das etwa zwölf Zentimeter lang und knapp acht Zentimeter breit war. Seine mattierte Chromoberfläche schimmerte im Licht der Deckenbeleuchtung.

»Sehen Sie?«, sagte Monte und drehte das Kästchen hin und her. »Versenkte Scharniere auf der einen Seite und ein Schloss auf der anderen.«

Er steckte einen der Schlüssel ins Schlüsselloch und drehte ihn. Der Deckel sprang auf und gab den Blick auf eine durchsichtige Plastikscheibe frei. Darunter befanden sich mit grauem Filz ausgekleidete Vertiefungen für Münzen verschiedener Größe.

»Aber der eigentliche Clou ist diese Kunststoffscheibe. Stabiles Plastik, damit niemand die Münzen berühren kann. Sicher erinnern Sie sich noch an diesen alten Song *You can look but you'd better not touch*?«

»›Poison Ivy‹,« sagte Jack. »Von den Coasters. Das Plattenlabel war Atco und das Jahr 1959.«

»Oh. Richtig. Nun ja, schön, genau das garantiert dieses Etui. Und falls jemand, was Gott verhüten möge, das Kästchen vom Tisch stößt, dann sorgt diese Scheibe dafür, dass Ihre Münzen nicht durch die Botanik rollen.«

Jack betrachtete das Etui von allen Seiten. Es war perfekt.

»Wie öffne ich die Scheibe?«

»Das ist auch raffiniert gelöst. Sehen Sie diesen kleinen versenkten Hebel an der Seite? Sie drehen den Schlüssel um und benutzen den Rand, um den Hebel ein Stück herauszuziehen, bis Sie ihn fassen können. Damit ist niemand imstande, ›ungewollt‹ die Scheibe zu öffnen.«

»Wunderschön«, sagte Jack. »Ich nehme zwei Stück.«

5

Jack verließ den Sports Authority in der Sixth Avenue in Chelsea. Er hatte seine Einkäufe in der Tüte mit den Münzetuis verstaut. Damit war die Grundausstattung für seine Begegnung mit Madame Pomerol an diesem Nachmittag komplett. Er brauchte die Teile nur noch zusammenzusetzen. Das würde höchstens eine halbe Stunde in Anspruch nehmen, was wiederum bedeutete, dass er immer noch zwei Stunden Wartezeit totschlagen musste.

Ein Ausflug zum Shurio Coppe bot sich geradezu zwingend an. Ein Schwätzchen mit den Angestellten. Sich erkundigen, wie es dem Chef ging. Vielleicht sogar eine Kleinigkeit kaufen.

Er beschloss, einen kleinen Spaziergang zu machen. Er liebte es, durch die City zu schlendern, vor allem an warmen Tagen wie diesem, wenn die Bürgersteige besonders belebt waren. Es befriedigte seine Vorliebe, Leute zu beobachten, und hielt ihn darüber auf dem Laufenden, welche Kleidung der Durchschnitts-New Yorker zu tragen pflegte.

Der Durchschnitts-New Yorker... richtig. Falls so ein Wesen existierte, dann war es eine schimärenhafte Kreatur. Man brauchte zum Beispiel nur ein so simples Accessoire wie die männliche Kopfbedeckung zu betrachten. Während der ersten paar Blocks auf seinem Weg in Richtung Innenstadt traf Jack auf einen Sikh in einem grauen Anzug mit einem roten Turban auf dem Kopf, einen gut dreihundert Pfund schweren Schwarzen mit einer winzigen französischen Baskenmütze, einen hageren kleinen Weißen mit einer Uniformmütze der Special Forces, einen Rabbi-Typen, der – trotz der Hitze – einen langen Gehrock und einen breitkrempigen schwarzen Hut aus Seehundsleder trug, sowie die übliche Parade von Kopftüchern, Kangolmützen, Kufis und Yarmulkes.

Aber Jack war beruhigt, feststellen zu dürfen, dass die am

häufigsten vertretene Kopfbedeckung die war, die auch er trug, nämlich die Baseballmütze. Mützen der Yankees waren denen der Mets zahlenmäßig überlegen, aber nicht sehr. Jacks Mütze zierte das orangefarbene Mets-Wappen. Obgleich neunzig Prozent der Mützen, die er sah, mit dem Schirm nach hinten oder zur Seite getragen wurden und obwohl Jack es vermied, den Nonkonformisten herauszukehren, trug er seine Mütze mit dem Schirm nach vorne. Umgekehrt getragen störte ihn der Verschluss des verstellbaren Mützenbandes auf der Stirn, und wenn der Schirm vorne war, lag sein Gesicht im Schatten.

Er dachte, dass er mit seiner Mets-Mütze, der Pilotensonnenbrille mit verspiegelten Gläsern, einem weißen Nike-T-Shirt, Jeans und hohen Arbeitsschuhen aus hellbraunem Wildleder so gut wie unsichtbar war.

Jack trat gegen 13 Uhr durch die Tür des Shurio Coppe. Von anderen Kunden war nichts zu sehen. Der rothaarige Assistent war hinter der Marmortheke damit beschäftigt, einen Karton auszupacken. Jack las die Absenderadresse: *N. Van Rijn –Import/Export.*

»Ist Eli da?«

»Sind Sie ein Freund von ihm?«

»Ich habe ihn gestern zufällig getroffen.«

Der Angestellte blinzelte nervös. »Tatsächlich? Wann?«

»Gestern Abend. Warum? Ist was nicht in Ordnung?«

»Und wie! Er liegt im Krankenhaus!«

»Wirklich? Oh, das tut mir Leid. Das ist ein richtiger Schock! Hatte er einen Herzinfarkt oder was in dieser Richtung?«

»Nein! Er ist in eine Messerstecherei geraten! Hier gleich um die Ecke. Praktisch direkt vor seiner Haustür!«

Jack schlug die Hände vors Gesicht. »Hören Sie auf! Geht es ihm gut?«

Ein Kopfnicken. »Ich nehme es an. Er hat irgendwann heute

Morgen angerufen und Bescheid gesagt, dass er in ein paar Tagen wieder nach Hause darf, dass er aber längere Zeit nicht arbeiten wird. Es ist ganz furchtbar, einfach schrecklich.«

»Kann man wohl sagen«, pflichtete Jack ihm bei und schüttelte traurig den Kopf. »Was für eine Welt ist das, wo ein unschuldiger Mensch ohne irgendeinen Grund niedergestochen wird?«

»Ich weiß. Es ist entsetzlich.«

»In welchem Krankenhaus liegt er denn?«

»Im St. Vincent's.«

»Ich werd dort mal vorbeigehen und sehen, wie es ihm geht.«

»Darüber würde er sich bestimmt freuen.« Der Assistent schüttelte noch einmal den Kopf, dann atmete er tief durch und sah Jack fragend an. »Kann ich Ihnen inzwischen mit etwas Bestimmtem behilflich sein?«

»Nein«, erwiderte Jack. »Ich möchte bloß ein wenig herumstöbern.« Er sah sich um. »Sind Sie allein hier? Wo ist...?«

»Gert? Sie hat heute frei und ist auch nicht zu erreichen. Morgen ist sie wieder da.« Er ließ den Blick unsicher über die voll gestopften Regale wandern. »Ich wünschte, sie wäre jetzt schon hier.«

Ich nicht, dachte Jack. Das ist ja geradezu ideal.

Er stellte die Tragetasche mit seinen Einkäufen auf die Theke. »Könnten Sie für einen Moment darauf aufpassen?«

»Aber gern.«

Natürlich tat er es gern. In Läden wie diesen wurde mit besonderer Aufmerksamkeit auf Kunden mit Einkaufstaschen geachtet. Nur eine winzige Bewegung, oft nicht mehr als ein Fingerschnippen, war nötig, um ein wertvolles kleines Teil von einem Regalbrett in eine solche Tasche zu befördern. Wenn er die Tasche auf die Theke stellte, wäre der Angestellte weniger wachsam, und außerdem hätte Jack dann beide Hände frei.

Jacks bevorzugtes Objekt der Begierde lag in einer verschlossenen kleinen Holzvitrine rechts hinten im Laden, daher wandte er sich nach links. Er stieß auf eine alte, eulenförmige Uhr aus Holz, deren Augen sich jeweils in entgegengesetzter Richtung des Pendels bewegten. Oder zumindest hätten sie das tun sollen. Die Uhr schien defekt zu sein, sie ging nicht. Der Preis war nicht schlecht. Zu Hause hatte er bereits eine Uhr aus Plastik – in Form einer Katze mit beweglichen Augen. Diese hier wäre ein gutes Pendant. Eine Eule und eine Miezekatze.

Jack trug die Uhr zur Theke.

»Wenn Sie dieses gute Stück in Gang bringen, kaufe sich es.«

Der Angestellte lächelte. »Mal sehen, was ich tun kann.«

Das sollte ihn ausreichend beschäftigen, dachte Jack, während er sich wie zufällig nach rechts wandte und sich in Richtung der alten Holzvitrine bewegte.

Als er sie erreichte, hielt er seine Dietriche schon bereit. Er warf einen Blick auf den zweiten Glasboden und, ja, der Roger-Rabbit-Schlüsselanhänger lag noch immer zwischen den anderen Gegenständen. Und das Vorhängeschloss sicherte nach wie vor die Tür.

Er hatte am Sonntag registriert, dass das Vorhängeschloss ein englisches Fabrikat war, nämlich ein R-&-G-Modell. Ein gutes, solides Schloss, aber alles andere als sicher. Es zu öffnen war eine Prozedur von fünf Sekunden: Zwei Sekunden dauerte es, den Dietrich mit dem richtigen Durchmesser für den Schließbolzen zu finden, eine Sekunde, um den kleinen Stahlstift in das Schlüsselloch zu schieben, eine weitere Sekunde, um gefühlvoll zu drehen, und eine Sekunde, um das Schloss vollends zu öffnen.

Jack ließ die Dietriche wieder in der Tasche verschwinden. Ein schneller Rundumblick – der Angestellte beugte sich über die Uhr, sonst war niemand zu sehen –, dann weitere fünf

Sekunden, um das Vorhängeschloss abzunehmen, die Vitrinentür zu öffnen, Roger Rabbit herauszufischen, die Tür wieder zu schließen und mit dem Vorhängeschloss zu sichern.

Erfolg auf der ganzen Linie.

Er betrachtete den billigen kleinen Schlüsselanhänger. In seiner Hand fühlte er sich seltsam an..., ein winziges bisschen zu kalt in seiner Handfläche, als hätte er die winzige Figur aus einem Kühlschrank geholt. Und immer noch lag dieser flehende Ausdruck in den großen blauen Augen Roger Rabbits.

Ursprünglich hatte er ihn für Vicky kaufen wollen. Aber Vicky hatte nichts mehr damit zu tun. Er wollte nicht, dass sie in die Nähe von etwas geriet, das Eli Bellitto gehört, das er berührt oder auch nur angesehen hatte. Bellitto hatte einen völlig irrwitzigen Geldbetrag für dieses alberne Ding abgelehnt. Das bedeutete, dass es für ihn besonders wichtig war. Und was für Bellitto wichtig war, könnte auch für Jack wichtig sein. Oder vielleicht wollte Jack den Schlüsselanhänger auch nur, um Eli Bellitto zu ärgern, einfach nur zum Spaß.

Ehe er sich umdrehte, um sich noch einmal den Inhalt der Holzvitrine anzusehen... Die Pogs und die Matchbox-Autos und den Koosh-Ball und...

Jack kam ein Gedanke, eine Möglichkeit, so entsetzlich und kalt, dass er zu spüren glaubte, wie sich eine Eisschicht auf seiner Haut bildete.

Das war alles Spielzeug... Kindersachen... Und sie gehörten einem Kerl, der in der vergangenen Nacht ein Kind entführt hatte.

Jack stand vor den Schränken und schwankte regelrecht unter der Schwindel erregenden Gewissheit, dass dies alles Trophäen waren, Erinnerungsstücke aus den Taschen anderer vermisster Kinder. Und Eli Bellitto prahlte damit. Wie viele hundert oder tausend Leute waren an diesem Schaukasten vorbeigegangen und hatten seinen Inhalt betrachtet, ohne auch nur im Entferntesten zu ahnen, dass jeder Gegenstand ein totes Kind repräsentierte.

Jack konnte sich nicht überwinden, die Gegenstände zu zählen. Stattdessen starrte er auf den Schlüsselanhänger in seiner Hand.

Wem hast du gehört? Wo ist dein kleiner Eigentümer begraben? Wie ist er oder sie gestorben? *Warum* hat er oder sie sterben müssen?

Roger Rabbits Augen hatten ihren flehenden Ausdruck verloren. Sie waren jetzt nur noch ausdruckslos und blau. Vielleicht hatte Jack sich diesen verzweifelten Blick nur eingebildet, doch er hatte auf jeden Fall seinen Zweck erfüllt: Er war mit Eli Bellitto noch nicht fertig.

Er fragte sich, wie seine eigene Miene im Augenblick wirken mochte. Er musste sich zusammenreißen, musste ruhig und gleichmütig dreinschauen und durfte sich nichts anmerken lassen.

Er atmete einmal tief durch. Während er den Schlüsselanhänger spielerisch hin und her schwenkte, ging er zur Theke.

»Tut mir Leid«, sagte der Angestellte. Er tippte auf die Eulen-Uhr, die vor ihm auf der Theke stand. »Ich kriege sie nicht zum Laufen.«

Jack zuckte die Achseln. »Ich nehm sie trotzdem.« Er kannte einen Uhrmacher, der sie innerhalb einer halben Minute wieder zum Ticken bringen würde. »Wie heißen Sie übrigens?«

»Kevin.«

»Ich bin Jack, Kevin.« Sie tauschten einen Händedruck. »Sie sind neu hier, nicht wahr?«

»Kann man so sagen.«

Ein Punkt für mich, dachte Jack. Er hatte am Sonntag sofort den Eindruck gehabt, dass der junge Mann noch nicht lange hier arbeitete.

»Dann wünsche ich Ihnen viel Glück. Es ist ein wunderbarer Laden. Ganz bestimmt«, meinte er, als fiele es ihm gerade erst wieder ein. Er ließ den Schlüsselanhänger auf die Theke fallen. »Das hier nehme ich auch.«

Kevin ergriff den Gegenstand, drehte ihn hin und her und untersuchte ihn. »Dieses Ding habe ich noch nie hier gesehen.«

Jack atmete erleichtert aus. Damit hatte er gerechnet. Selbst wenn Kevin hier schon einige Zeit arbeitete, war es möglich, dass er keine Ahnung vom Inhalt eines Holzschränkchens hatte, das er ohnehin nicht öffnen konnte.

»Ich habe es hinten in einem Regal gefunden.«

»Wo?«

Jack deutete mit dem Daumen nach rechts. »Irgendwo da hinten.«

»Hmm. Das Problem ist, das Teil ist nicht mit einem Preis ausgezeichnet. Ich glaube sogar, so etwas verkaufen wir gar nicht.«

»Ich zahle dafür, na, sagen wir, zehn Dollar.«

Kevin griff nach dem Telefon. »Ich frage lieber bei Mr. Bellitto nach.«

Jack straffte sich. »Hey, stören Sie Eli nicht. Er braucht seine Ruhe.«

»Nein, ist schon okay. Er hat mir gesagt, ich solle ihn anrufen, wenn ich Fragen hätte.«

Jack unterdrückte ein Stöhnen, während Kevin eine Nummer wählte. Er hatte sich mit dem Schlüsselanhänger einfach davonschleichen wollen – keine Diskussionen, kein Ärger. Das dürfte jetzt nicht mehr möglich sein. Aber wenn er einfach zugreifen und trotz Kevins Einwänden den Laden verlassen müsste, dann würde er das tun. So oder so, Jack und Roger Rabbit würden den Laden gemeinsam verlassen.

Offenbar hatte Kevin Bellittos Zimmer direkt angerufen, denn Sekunden später hörte er, wie er sagte: »Hallo, Mr. Bellitto, hier ist Kevin. Tut mir Leid, dass ich Sie stören muss, aber ich habe hier ein Stück ohne Preisschild, und ich wollte wissen..."

Selbst auf diese Entfernung konnte Jack das wütende Organ des Ladenbesitzers aus der Hörmuschel verstehen.

"Ja, Sir, aber sehen Sie..."

Lautes Schimpfen.

"Ich verstehe. Ja, Sir. Das tue ich." Er legte auf. "Ich glaube, das wird eine Weile dauern. Ich muss erst in der Inventarliste nachsehen und ein ähnliches Teil suchen und einen entsprechenden Preis festlegen." Er schüttelte den Kopf, während er den Schlüsselanhänger betrachtete. "Das Problem ist nur, dass ich ziemlich sicher bin, dass wir..."

"Ich will es für uns beide einfach machen", sagte Jack. "Ich bezahle die Uhr und gebe Ihnen einen Zehner für den Anhänger. Wenn er teurer sein sollte, dann zahle ich die Differenz später nach. Wenn er billiger ist, hol ich mir eine Gutschrift. Das klingt doch fair, oder?"

"Ich glaube schon..."

Jack griff den Schlüsselanhänger und ließ ihn zwischen den Fingern hin und her baumeln. "Okay, seien wir doch vernünftig, Kevin, das ist schließlich keine Ming-Vase. Holen Sie sich einen Zettel und schreiben Sie auf ›Roger-Rabbit-Schlüsselanhänger – zehn Dollar – Jack.‹"

"Ich trage es ins Kassenbuch ein", erklärte der junge Mann und schlug ein schwarzes Buch auf. Kevin schrieb sorgfältig alles auf und schaute dann hoch. "Nur Jack?"

"Klar. Eli weiß, wer ich bin."

Vielleicht nicht sofort, dachte Jack, während er seine Brieftasche hervorholte. Aber bald wird er es wissen. Sehr bald.

Jack wollte, dass Bellitto erfuhr, dass der Anhänger weg war. Dann würde er anfangen nachzudenken und sich Sorgen zu machen.

Und Jack hatte vor, ihm eine ganze Menge Sorgen zu bereiten.

6

Morphium mochte gegen Schmerzen helfen, dachte Eli Bellitto, während er für eine weitere Dosis auf den Knopf der Pumpe des Betäubungstropfs drückte, aber gegen Wut richtet es nichts aus.

Unfassbar, dass Kevin ihn wegen einer solchen Frage im Krankenhaus anrief. Warum fand man niemals wirklich gute Arbeitskräfte?

Er fragte sich, ob es nicht vielleicht unklug gewesen war, Kevin so heftig zu beschimpfen, wie er es getan hatte. Da Gert an diesem Tag frei hatte und zu Hause nicht ans Telefon ging, musste er den Laden ganz alleine in Schuss halten. Er wagte kaum sich vorzustellen, welchen Schaden ein verärgerter Angestellter anrichten konnte.

Eli streckte eine Hand nach dem Telefon aus, um ihn zurückzurufen, als Detective Fred Strauss zu seinem zweiten Besuch an diesem Tag erschien. Strauss schaffte es, schlank zu wirken und gleichzeitig einen ausgeprägten Bauch vor sich herzutragen. Unter seinem zerknautschten hellbraunen Anzug war ein grünes Golfhemd zu sehen. Während er die Tür hinter sich schloss, nahm er seinen Strohhut ab und entblößte sein schütteres braunes Haar.

»Kann man hier frei reden?«, fragte Strauss mit leiser Stimme, wobei er einen Stuhl näher ans Bett schob.

Eli nickte bejahend. »Haben Sie irgendetwas erfahren?«

Strauss arbeitete im Sittendezernat in Midtown South. Ebenso wie Adrian war er Mitglied von Elis Zirkel.

»Ich habe jede Notaufnahme von der Battery bis in die Bronx überprüft. Dort weiß niemand von einem Kerl mit einer Messerwunde, wie Sie sie beschrieben haben. Sind Sie sicher, dass Sie ihn erwischt haben?«

»Natürlich bin ich sicher.« Eli wusste genau, wie es sich anfühlte, wenn man ein Messer in menschliches Fleisch stieß. »Er glaubt vielleicht, die Wunde selbst behandeln zu können, aber er braucht fachmännische Hilfe.«

»Sicher, aber wenn er die richtigen Leute kennt, wird er keine Notaufnahme nötig haben.«

Wie anders wäre die Situation doch, dachte Eli, wenn der Fremde sich nicht im letzten Moment zur Seite gerollt hätte. Dann wäre das Messer in seine Lunge gedrungen, einmal, zweimal, viele Male. Eli würde jetzt gemütlich zu Hause sitzen, und Strauss' einzige Sorge wäre, die Leiche des Fremden loszuwerden.

»Sonst nichts?«

»Nun, sie haben eine Zeugin gefunden, die behauptet, in der Gegend einen Mann mit einem großen Bündel in den Armen gesehen zu haben. Doch wegen der Dunkelheit und des Regens konnte sie noch nicht einmal seine Haarfarbe erkennen.«

Eli versuchte, ein paar besondere Merkmale seines Angreifers aus seiner Erinnerung hervorzulocken, hatte aber keinerlei Erfolg. Das wenige Licht, das verfügbar gewesen war, hatte ihn von hinten angestrahlt, so dass sein Gesicht im Dunkeln geblieben war. Sein Haar war vom Regen triefnass gewesen. In trockenem Zustand hätte es braun oder schwarz sein können.

Aber er erinnerte sich an die Stimme, die kalte, ausdruckslose Stimme, nachdem er ihm, Eli, dessen eigenes Messer in den Unterleib gebohrt hatte...

Wenn du das nächste Mal einen kleinen Jungen ansiehst – jedes Mal, wenn du ein Kind ansiehst –, denk an dies.

Eli knirschte mit den Zähnen. Er dachte, ich sei ein Kinderschänder! Ein ganz gemeiner Perverser! Dieser Gedanke machte ihn rasend. Er war so falsch, so ungerecht.

»Alles, was ich Ihnen sagen kann«, meinte er, »ist, dass er nicht blond war.«

Strauss beugte sich vor und senkte die Stimme noch um ein paar weitere Grade. »Das ist es aber nicht, was Sie den zuständigen Polizisten erzählt haben. Gegenüber denen haben Sie darauf bestanden, dass er *blond* ist.«

Eli wich vor dem Zwiebelgeruch in Strauss' Atem zurück. Alles, was er den Detectives erzählt hatte, war falsch gewesen. Daher suchten sie jetzt nach einem gut eins neunzig großen, zweihundertfünfzig Pfund schweren Streuner mit langem, blond gefärbtem Haar. Dass er ihn verletzt hatte, war mit keinem Sterbenswörtchen zur Sprache gekommen.

»Genau. Weil wir nicht wollen, dass er geschnappt wird, nicht wahr? Zumindest nicht von jemandem außerhalb des Zirkels. Er könnte sonst anfangen, vom Lamm zu erzählen. Und Fasern der Decke könnten eine Verbindung zu mir oder zu Adrian oder auch nur zu dem Auto herstellen.«

»Apropos Auto, die Zeugin sagte aus, sie hätte gesehen, wie er das Bündel in einen Hauseingang legte und zu einem Wagen zurückrannte.«

Eli erstarrte innerlich. Die Bewegung jagte einen stechenden Schmerz durch seinen Morphiumschutzschirm. »Sagen Sie bloß nicht, sie hat das Nummernschild gesehen.«

»Sie glaubte es schon. Sie hat die Nummer aufgeschrieben, doch als wir sie überprüfen ließen, gehörte sie zu Vinny, die Donut.«

»Wer ist das denn?«

»Vincent Donato. Eine große Nummer aus Brooklyn.«

»Sie meinen, es ist jemand von der Mafia?« Der Gedanke machte Eli Angst.

»Keine Sorge. Er war es nicht.«

»Wie können Sie sich da so sicher sein?«

»Weil Vinny niemals Zeugen zurücklässt. Unsere Lady muss ein oder zwei Dinge in der Dunkelheit übersehen haben. Ich gehe alle anderen möglichen Kombinationen durch, aber es sieht nicht gut aus.«

»Was ist mit seinem Telefon? Jemand hat wegen des Lamms den ärztlichen Notdienst angerufen. Das muss er gewesen sein. Gibt es denn bei diesen Telefonzentralen keine Anruferidentifikation?«

»Doch, über so was verfügen sie schon. Und sie haben auch eine Nummer gespeichert, was anfangs aussah wie eine solide Spur, bis wir herausbekamen, dass er ein Tracfone benutzt hat.«

»Was ist das?«

»Eine Art tragbarer Münzfernsprecher. Die einzige Information, die man über sich weitergeben muss, ist die Vorwahl des Bezirks, von dem aus man die meisten Gespräche führen wird. Er nannte den Times Square.«

»Verdammt noch mal!«

»Es ist fast so, als wäre dieser Kerl so etwas wie ein Geist.«

»Ich versichere Ihnen, dass er kein Geist ist«, bekräftigte Eli. »Können Sie sich seine Telefonnummer nicht vom Notdienst geben lassen?«

Strauss zuckte die Achseln. »Klar kann ich das. Warum?«

»Das weiß ich noch nicht. Ich will sie einfach wissen. Sie ist unsere einzige Verbindung.« Eli veränderte – äußerst behutsam – seine Lage im Bett. »Was ist mit Adrian? Was hat er gesehen?«

»Adrian ist nutzlos. Ihm wird jedes Mal schwarz vor Augen, wenn er eine schnelle Bewegung macht. Der glaubt noch nicht mal, dass wir schon August haben. Das Letzte, woran er sich erinnert, ist im Juli passiert.«

»Nun, das ist ja auch nicht so schlecht, denke ich«, sagte Eli. »Dann kann er zumindest meiner Version von den Ereignissen nicht widersprechen.«

»Wegen Ihrer Version machen Sie sich mal keine Sorgen.« Strauss erhob sich und ging am Fußende des Bettes auf und ab. »Wer ist dieser Kerl? Das ist es, was ich wissen möchte! Nach dem, was Sie mir erzählt haben, scheint er ziemlich fit zu sein. Hat Adrian – zack-zack – auf die Bretter geschickt. Und es sieht außerdem so aus, als wäre er auf alles vorbereitet gewesen. Demnach muss er Ihnen beiden gefolgt sein.«

»Wenn er jemandem gefolgt ist, dann muss das Adrian gewesen sein«, sagte Eli. »Er muss Adrian gefunden haben, als er das Lamm ausgeforscht hat.«

All diese Mühen, dachte Eli. Alles umsonst.

Adrian war ein hervorragender Kundschafter. Stets hielt er Ausschau nach dem nächsten Lamm. Wenn der Zeitpunkt einer neuen Zeremonie heranrückte, dann begannen alle Mitglieder des Zirkels, sich auf den Bürgersteigen und in den Fußgängerzonen umzusehen. Aber Adrian war stets wachsam. Auch wenn bis zu einer neuen Zeremonie noch ein ganzes Jahr Zeit war, hielt er die Augen offen. Er hatte sich so sehr über seinen letzten Fund gefreut: Er hatte das richtige Alter und folgte einer festen zeitlichen Routine, so dass man seine Aktionen vorausberechnen konnte. Das geeignete Lamm.

Sie hatten den Jungen beobachtet und gewartet, und gestern Abend hatten sie gewusst, dass es endlich so weit war: eine regnerische Nacht kurz vor Neumond. Der Fang hatte perfekt geklappt, sie waren schon fast durch Elis Tür, als ...

»Es ist völlig egal, wem er gefolgt ist«, sagte Strauss. »Jetzt kennt er Sie und Adrian. Von wem weiß er sonst noch?«

Eli wollte nicht, dass Strauss sich zu sicher fühlte, daher meinte er: »Nun, wenn er dieses Zimmer überwacht, dann weiß er wahrscheinlich jetzt auch über Sie Bescheid.«

Strauss unterbrach seine Wanderung. »Scheiße! Und ich dachte, ein persönlicher Besuch wäre sicherer als zu telefonieren.«

»Das ist er auch. Sie haben das Richtige getan. Blicken wir doch den Tatsachen ins Auge, schlimmstenfalls kennt er schon längst alle zwölf Mitglieder des Zirkels. Aber ich habe eine viel größere Sorge: Warum hat er uns nicht angezeigt?

Wir wissen, dass er ein Telefon bei sich hatte. Adrian und ich waren ausgeschaltet und völlig hilflos. Er brauchte sich nur zurückzuziehen und die 911 zu wählen.«

»Aber das hat er nicht getan«, sagte Strauss und massierte mit zitternden, mageren Fingern seinen Hals. »Er hat den Jungen weggeschleppt und dann angerufen. Er hätte den Helden spielen können, aber er ist einfach von der Bildfläche verschwunden.«

»Und er hat das Messer mitgenommen«, fügte Eli hinzu. »Warum? Es war mit meinen Fingerabdrücken übersät, nicht mit seinen.«

»Aber sein Blut klebte daran, zusammen mit Ihrem.«

Eisige Finger griffen nach Elis Wirbelsäule. Mein Blut... wollte er eine Probe von meinem Blut... vielleicht für eine eigene Zeremonie?

Strauss pochte mit der Faust auf das Fußbrett von Elis Krankenbett. »Nichts davon ergibt irgendeinen Sinn. Es sei denn...«

»Es sei denn was?«

»Es sei denn, der Bursche weiß über den Zirkel Bescheid und darüber, wie eng die Verbindung zwischen uns ist. Ich würde uns alle nicht zu Gegnern haben wollen.«

Richtig. Die zwölf Männer – Eli betrachtete sie viel lieber als seine zwölf Jünger –, die den Zirkel bildeten, waren eine ziemlich bunte Vereinigung, die alle möglichen Fäden in den Händen hielt. Diese reichten bis in die höchsten Kreise, sei es bei den Medien, in der Justiz, der Regierung, sogar bei der Polizei. Nur Eli hatte keinerlei öffentlichen Einfluss. Doch er hatte den Zirkel gegründet, und er überwachte die Zeremonie.

»Aber was ist mit dem Lamm?«, fragte Eli. »Wird der Junge ein Problem sein?«

Strauss schüttelte den Kopf. »Er erinnert sich daran, dass er gekidnappt wurde, dass man ihm einen stinkenden Lappen aufs Gesicht gedrückt hat, und das ist auch schon alles.« Er blickte zur Tür und flüsterte fast. »Da wir gerade vom Lamm reden, haben wir einen Ersatz?«

»Gregson hat etwas Entsprechendes im Auge, aber er meinte, es wäre noch nicht so weit, um eingefangen zu werden.«

»Vielleicht kann er die Dinge ein wenig beschleunigen. Wenn wir das Zeitfenster verfehlen ...«

»Ich weiß. Nur noch ein Neumond bis zur Tagundnachtgleiche.« Die Zeremonie musste jedes Jahr während der Neumondphase zwischen der Sommersonnenwende und der herbstlichen Tagundnachtgleiche stattfinden. »Aber wir haben noch Zeit.«

Was für eine schlimme Katastrophe, das kleine vietnamesische Lamm verloren zu haben. Der Junge war reif gewesen, mitgenommen zu werden, und der Zirkel hatte sich bereitgehalten. Die Zeremonie hätte in der vergangenen Nacht stattfinden können, und sie alle hätten für ein weiteres Jahr Ruhe gehabt.

»Aber wissen Sie, was mich am meisten stört?«, sagte Strauss. »Dass Sie hier in einem Krankenhausbett liegen. Denn aufgrund der Zeremonie hätten Sie geschützt sein sollen, Sie hätten keinerlei Schaden nehmen dürfen. Zumindest haben Sie uns das immer erzählt.« Er deutete unbestimmt in die Richtung von Elis intravenösem Tropf. »Wie erklären Sie sich all das?«

Dieselbe Frage quälte Eli, seit sich die Klinge seines eigenen Stiletts in seinen Leib gebohrt hatte.

»Das kann ich nicht«, sagte Eli. »In den zweihundertundsechs Jahren, die ich die Zeremonie durchführe, ist so etwas wie dies noch nie passiert. Ich habe Kriege, Sintfluten und Erdbeben unversehrt überstanden. Vergangene Nacht jedoch ...«

»Ja. Vergangene Nacht waren Sie alles andere als geschützt. Wollen Sie das vielleicht erklären?«

Eli gefiel Strauss' Tonfall nicht. Gab es da einen Anflug von Feindseligkeit? Oder von Angst?

»Ich glaube, das Problem liegt nicht bei mir, sondern bei dem Mann, der mich überfallen hat. Nachdem ich seine überlegene Kraft am eigenen Leibe habe spüren müssen, und nach dem, was Sie mir von seiner Fähigkeit, sich in Luft aufzulösen, erzählt haben, glaube ich, dass wir nicht von einem gewöhnlichen Menschen attackiert wurden. Ich ...«

Eli verstummte, als käme ihm eine Erleuchtung. Plötzlich war alles klar.

»Was ist los?« Strauss beugte sich vor. Seine Miene war angespannt.

»Die einzige Möglichkeit, die Ereignisse der vergangenen Nacht schlüssig zu erklären, ist die, dass wir davon ausgehen sollten, dass wir mit jemandem zu tun haben, der sich selbst der Zeremonie bedient.«

Ja, natürlich. Das musste es sein. Das erklärte auch, weshalb der Angreifer das Kind mitgenommen und Eli und Adrian nicht der Polizei übergeben hatte. Vielleicht erklärte es sogar, weshalb er das Messer mitgenommen hatte. Er wollte den Zirkel nicht auffliegen lassen – er wollte die Kontrolle darüber an sich reißen. Er wollte Eli seine Position streitig machen, und wahrscheinlich nahm er an, dass eine Blutprobe des Führers ihm dabei helfen würde, dieses Ziel zu erreichen.

»Oh, das ist ja großartig!«, sagte Strauss, wobei seine Stimme lauter wurde. »Absolut verdammt spitzenmäßig! Wie sollen wir mit so etwas fertig werden?«

Eli gab sich Mühe, ruhig und gelassen zu bleiben. Dies war nicht der geeignete Zeitpunkt, um in Panik zu geraten. »So, wie Sie alle anderen Dinge regeln. Ihnen stehen die Möglichkeiten eines der leistungsfähigsten Polizeiorgane der Welt zur Verfügung. Benutzen Sie Ihre Truppe, um diesen Mann zu suchen und zu finden. Und wenn Sie ihn haben, dann bringen Sie ihn zu mir.«

»Aber ich dachte, Sie seien der Einzige, der die Zeremonie kennt.«

»Was ich entdecken kann, das können auch andere. Darüber sollten Sie sich keine Sorgen machen. Ihre Aufgabe ist klar umrissen: suchen Sie ihn, Freddy. Finden Sie ihn, und bringen Sie ihn zu mir. Ich werde mich dann mit ihm befassen.«

7

Gia verließ Macy's mit einer vollen Einkaufstasche und trat an die Straße, um Ausschau nach einem Taxi zu halten. Sie hatte ein paar schicke Sonderangebote gefunden, Kleidung, die Vicky zur Schule tragen konnte, wenn die Ferien im nächsten Monat zu Ende gingen.

Sie fragte sich, ob der Taxifahrer, der sie nach Hause brächte, sie genauso seltsam ansehen würde wie der, mit dessen Taxi sie hergekommen war. Wahrscheinlich. Sie konnte es ihnen nicht übel nehmen: Frauen, die am Sutton Square wohnten, gingen normalerweise nicht zu Macy's, um Schlussverkäufe oder Rabattaktionen auszunutzen.

Wahrscheinlich hält er mich für eine Nanny, die im Haus ihrer Arbeitgeber wohnt, dachte sie.

Meine Adresse mag zwar eine der besten in der ganzen Stadt sein, Leute, aber ich lebe dort von den Einkünften einer selbständigen Grafikerin. Ich habe eine sehr lebhafte kleine Tochter, die all die Sachen, aus denen sie nicht automatisch herauswächst, vollständig abnutzt. Also, wenn Macy's mit großen Sonderangebotsaktionen winkt, dann gehe ich natürlich hin!

Auf dem Fußweg sah sie eine dunkelhäutige Frau mit einem Mikrofon. Ein stämmiger Mann stand neben ihr und blickte durch das Objektiv einer Videokamera auf seiner Schulter.

Die Frau wirkte irgendwie vertraut, doch sie war seltsam gekleidet – die elegante Bluse und der Blazer passten nicht zu den sportlichen Shorts aus Jeansstoff. Auf dem Herald Square herrschte lebhaftes Gewimmel, und die Menschenmenge rund um diese Frau schien noch dichter zu sein.

Dann erkannte Gia sie – es war eine der Reporterinnen eines lokalen Fernsehsenders – Kanal zwei oder vier, sie wusste nicht mehr genau, welcher. Die Frau entdeckte Gia und kam zusammen mit dem Kameramann auf sie zu.

»Entschuldigen Sie«, sagte sie und hielt ihr das Mikrofon vor die Nase. »Ich bin Philippa Villa vom News Center Four. Wären Sie bereit, auf die Frage des Tages zu antworten?«

»Kommt darauf an, wie die Frage lautet«, sagte Gia und ging weiter zum Bordstein.

»Sie haben von der Entführung und Rettung des kleinen Duc Ngo gehört?«

»Natürlich.«

»Okay.« Ms. Villa schob das Mikrofon näher. »Die Frage des Tages lautet: Sollte auch für Kinderschänder die Todesstrafe gelten?«

Gia erinnerte sich, wie sie sich an diesem Morgen gefühlt hatte, als sie sich vorstellte, wie es gewesen wäre, wenn man Vicky entführt hätte. Oder wenn jemand das Baby misshandeln würde, das sie in sich trug...

»Sie meinen, nachdem er kastriert wurde?«, fragte sie.

Die Frau blinzelte, während ein paar Zuschauer lauthals lachten. »Wir sprechen von der Todesstrafe. Ja oder nein?«

»Nein«, sagte Gia, während Wut und Ekel in ihr aufstiegen. »Der Tod ist viel zu gnädig für jemanden, der einem Kind Schaden zufügt. Der Kerl, der den kleinen Jungen entführt hat, sollte kastriert werden.«

Die umstehende Menge applaudierte.

Habe ich das gerade gesagt?, dachte Gia. Ich bin offenbar schon viel zu lange mit Jack zusammen.

»Sie scheinen allgemeinen Zuspruch zu finden«, sagte Ms. Villa und warf einen Blick auf das Gedränge ringsum. »Wir senden Ihren Kommentar vielleicht heute Abend im Rahmen unseres Nachrichtenmagazins.« Sie lächelte. »Während der Spätnachrichten. Sie müssten uns jedoch vorher eine Einwilligungserklärung unterschreiben, dass dieses Interview...«

Gia schüttelte den Kopf. »Nein, danke.«

Sie wollte nicht im Fernsehen gezeigt werden. Sie wollte nur nach Hause. Sie wandte sich um, während ein Taxi an den Bordstein rollte und bremste, um einen Fahrgast aussteigen zu lassen.

»Darf ich wenigstens Ihren Namen erfahren?«, fragte Ms. Villa, während sie und der Kameramann Gia bis zum Taxi verfolgten.

»Nein«, erwiderte Gia über die Schulter.

Sobald es frei war, schlüpfte sie auf die Rückbank des Taxis. Sie schloss die Tür und wies den Fahrer an, stadtauswärts zu fahren. Sie drehte sich nicht um, während das Taxi sich in den fließenden Verkehr einfädelte.

Was war ihr in den Sinn gekommen, so etwas zu sagen? Und dann auch noch vor einer Kamera. Sie hatte die Wahrheit ausgesprochen – das waren in diesem Moment wirklich ihre Gefühle gewesen, aber sie gingen niemanden etwas an. Sie wollte nicht, dass ihr Gesicht über irgendeinen Bildschirm flimmerte. Wenn sie schon ein wenig Berühmtheit erlangen sollte, dann viel lieber mit ihren Gemälden und nicht weil sie sich im Lokalfernsehen das Maul zerriss.

8

Komme ich damit klar, in Zukunft Vater zu sein?, fragte sich Jack, während er an die Tür von Madame Pomerols Tempel der Ewigen Weisheit klopfte.

Er war in den Jahren, seit er in die City gezogen war, Kugeln ausgewichen, die für ihn bestimmt waren, war verprügelt, mit Messern angestochen, zersäbelt und des Öfteren nahezu erwürgt worden. Er sollte also fähig sein, mit etwas vergleichsweise Ungefährlichem wie einer Vaterschaft zurechtzukommen. Zumindest hoffte er es.

Die Aussicht, für die Erziehung eines Kindes zu einem anständigen Menschen verantwortlich zu sein, ohne irgendwann dabei zu versagen, beschäftigte sein Bewusstsein und ließ das ständige Bemühen, allen möglichen Angriffen auf sein Leben auszuweichen, um einiges einfacher erscheinen. Zumindest waren in diesem Punkt seine Wahlmöglichkeiten eindeutig vorgezeichnet.

Gott sei Dank brauchte er die Verantwortung nicht alleine zu tragen und konnte sich auf Gias Erfahrung in diesem Bereich verlassen.

Aber wenn ihr etwas zustoßen sollte?

Jack erschauerte, sobald er an diese Möglichkeit dachte, und fragte sich, warum er so schwarz sah. Das entsprach ihm ganz und gar nicht. Konnte es sein, dass die Elterngefühle einen derart veränderten?

Kommt Zeit, kommt Rat, dachte er. Konzentriere dich lieber auf das, was direkt vor dir liegt.

Er überprüfte den Sitz der Perücke, so dass die hinteren Strähnen seine Ohren wieder bedeckten, vor allem das linke mit dem Ohrhörer.

Die Tür schwang auf, und Carl Foster stand in der Öffnung. »Ah, Mr. Butler. Auf die Sekunde pünktlich.«

Mr. Butler, dachte Jack. Fast hätte er sich suchend umgeschaut, dann erinnerte er sich, dass *er* mit »Mr. Butler« gemeint war.

Sei verdammt noch mal bei der Sache!

Fast wünschte er sich, dass Gia mit ihrer sensationellen Mitteilung bis zum Abend des Tages gewartet hätte. Dies hier würde eine ziemlich heikle Nummer werden, die absolut präzises Timing erforderte. Er musste die Zukunft völlig aus seinem Bewusstsein streichen und sich auf die Gegenwart konzentrieren.

»Zeit und Gezeiten warten auf niemanden«, stellte Jack fest und verfiel in seine Rolle. »Wie ich immer sage.«

»Gut ausgedrückt«, erwiderte Foster und winkte ihn herein.

Heute trug Jack Jeans, Westernstiefel, ein weißes kragenloses Oberhemd und ein kariertes Sportsakko mit zwei tiefen Innentaschen, die beide gefüllt waren. Er folgte Foster zum Empfangstisch.

»Am besten regeln wir zuerst die profanen Angelegenheiten«, sagte Foster. »Haben Sie das Honorar für Madame Pomerol mitgebracht?«

»Was? Ach ja, sicher.« Jack zog einen Briefumschlag aus der Seitentasche und reichte ihn Foster. »Bitte sehr.«

Foster öffnete ihn und zählte schnell die fünf falschen Hundertdollarscheine. Seine Miene verzog sich enttäuscht.

»Ich dachte, Sie hätten gemeint, dass Gold das beste Mittel ist, um mit der spirituellen Welt Kontakt aufzunehmen.«

»Ja, natürlich, das hat mein Onkel Matt mir immer gepredigt, aber haben Sie eine Ahnung, wie schwierig es ist, Goldmünzen so auszusuchen und zusammenzustellen, dass sie einem genauen Geldbetrag entsprechen? Viel zu kompliziert, wenn Sie mich fragen.«

»Ich hätte Ihnen herausgeben können.«

»Daran habe ich gar nicht gedacht. Okay, das nächste Mal zahle ich mit Gold.«

»Hervorragend!« Foster strahlte, während er den Umschlag einsteckte. »Sie haben angedeutet, Sie wollten mit einem Onkel Kontakt aufnehmen? War es derselbe, von dem Sie meinten, er hätte früher des Öfteren Rat bei spirituellen Medien gesucht?«

»Jawohl. Das war Onkel Matt.«

»Doch nicht etwa Matt Cunningham?«

Oh, du bist gut, dachte Jack. Eine raffinierte Methode, um sich Informationen zu beschaffen.

Aber Jack wollte sich ausfragen lassen. Er war bereit zu plappern.

»Nee. Sein Nachname lautet West. Matthew West. Ein toller Kerl. Eine Schande, dass er sterben musste.«

»Wann war das?«

Jack fragte sich, ob sich Foster im Geiste Notizen machte oder ob Madame höchstselbst an ihrem Computer saß, über die im Raum verteilten Wanzen mithörte und just in diesem Augenblick, während sie sich hier unterhielten, den Namen Matthew Thomas Wests in die Suchmaske von www.sittersnet.com eintippte.

»Anfang des Jahres – ich weiß nicht mehr genau, ob es Ende Januar oder Ende Februar war. Ich weiß nur, dass ich in meinem ganzen Leben noch nie so heftig gefroren habe wie während seiner Beerdigung. Mitten im Wind an seinem Grab zu stehen – Junge, Junge!« Jack rieb sich die Hände und zog die Schultern hoch, als fröre er noch bei der Erinnerung daran. »Ich kann Ihnen flüstern, ich dachte, ich würde nie mehr richtig warm werden.«

»Tatsächlich«, sagte Foster. »Soweit ich mich erinnern kann, war der letzte Winter eigentlich recht milde.«

»Hier vielleicht schon, aber in St. Paul haben wir uns den Hintern abgefroren.«

»Minnesota? Ja, dort gibt es wirklich kalte Winter. Kommen Sie von dort?«

»Ich? Nee, ich bin in Virginia geboren und aufgewachsen.«
»Wie gefällt Ihnen Manhattan?«
»Ich liebe es. Ich habe in meinem ganzen Leben noch nie so viele Restaurants gesehen. Und dann der Betrieb, der ständig dort herrscht.« Er lachte. »Ist es hier nicht üblich, seine Mahlzeiten zu Hause einzunehmen?«

Foster lächelte. »Ja, auf der Upper West Side findet man wirklich jede nationale Küche, die man sich vorstellen kann.«

Jack verengte die Augen zu schmalen Schlitzen, als er tiefes Misstrauen mimte. »Woher wissen Sie, wo ich wohne?«

»Hm, von dem Fragebogen, den Sie gestern ausgefüllt haben.«

»Ach ja.« Jack grinste verlegen. »Das hatte ich vergessen.«

Er hatte erwartet, dass die Fosters ihn überprüfen würden. Er war gestern, als die Beleuchtung wieder aufflammte, in der Runde der einzige Fremde gewesen, daher musste er ein Hauptverdächtiger sein. Deshalb hatte er auch den Namen einer realen Person benutzt ... für den Fall, dass er noch einmal würde zurückkommen müssen.

Aber er hatte sein Eingreifen durchaus plausibel kaschieren können: Die Fernbedienungseinheit im Lichtschalter hätte auch von außerhalb des Seanceraums aktiviert werden können.

Er war überzeugt, dass sie ihn durchleuchtet hatten. Foster hatte zweifellos einen Ausflug zu den Millennium Towers unternommen und festgestellt, dass dort in der Tat ein Robert Butler wohnte. Hätte er den echten Robert Butler allerdings gesehen, wäre der ganze Schwindel aufgeflogen. Offensichtlich war das jedoch nicht passiert. Wenn er die Telefonnummer, die Jack auf dem Fragebogen eingetragen hatte, angerufen hätte – das hatte jemand am Vortag tatsächlich getan und sofort wieder aufgelegt –, hätte er eine Ansage von »Bob Butler« gehört, die die Nummer bestätigte und ihn bat, nach dem Piepton eine Nachricht zu hinterlassen.

Der Krügerrand gestern und der Umschlag voller Geld heute sollten eigentlich sämtliche Zweifel an seiner Person beseitigt haben. Das jedenfalls hoffte Jack. Den beiden war wirklich zuzutrauen, dass sie etwaige Konkurrenten umbringen würden. Was würden sie erst mit jemandem anfangen, von dem sie annahmen, er wolle sie austricksen?

Jack empfand das Vorhandensein der kleinen .38er Automatik in seinem rechten Stiefelschaft als äußerst beruhigend.

Foster hatte eine weitere Frage. »Standen Sie Ihrem Onkel nahe?«

»Na klar. Ein toller Typ. Hat sein Vermögen zwischen mir und meinem Bruder aufgeteilt, als er starb. Absolut Spitze.«

»Wollen Sie deshalb mit ihm Kontakt aufnehmen? Um sich bei ihm zu bedanken?«

»Nun ja, das auch. Aber auch, um ihn zu fragen…« Jack griff in die linke Innentasche seines Sakkos und holte eins von Montes Münzetuis hervor. »…was es damit auf sich hat.«

Fosters Blicke saugten sich an der matt glänzenden Chromoberfläche fest.

»Interessant.« Er streckte eine Hand aus. »Darf ich mal sehen?«

Jack reichte ihm das Kästchen und beobachtete zufrieden, wie die Hand seines Gegenübers unter dem unerwarteten Gewicht des Behältnisses leicht nach unten sackte. Aber Foster ließ sich von seiner Verwunderung darüber, dass das Etui so schwer war, nichts anmerken. Die Finger seiner freien Hand glitten über die mattierte Oberfläche, streichelten die Fuge zwischen Deckel und Unterteil, betasteten die versenkten Scharniere und blieben auf dem Schlüsselloch am anderen Ende liegen.

»Haben Sie den Schlüssel?«

»Ähm, nein.«

»Also, ich wette, dass dieses Etui eine interessante Geschichte hat.«

Jack setzte eine schuldbewusste Miene auf, während er die Hand nach dem Kästchen ausstreckte. »Das kann man wohl sagen. Aber das ist eine Sache zwischen mir, meinem Onkel und der Lady.«

»Ja, natürlich«, sagte Foster und gab das Behältnis zurück. Er schaute auf seine Armbanduhr. »Ich werde mal nachsehen, ob Madame bereit ist.«

Er entfernte sich vom Empfangstisch, betrat den Séanceraum und schloss die Tür hinter sich. Jack hörte sofort eine aufgeregte Beratung zwischen Mr. und Mrs. Foster hinter der Tür.

»*Er sagt die Wahrheit*«, erklärte Madame Pomerols Stimme in seinem linken Ohr. »*Ich habe den Onkel bei sitters-net gefunden. Und was besonders interessant ist: Er war Münzsammler.*«

»*Du hättest spüren sollen, wie schwer dieser Kasten ist, den er bei sich hat. Ich wette, er ist voller Goldmünzen. Das Problem ist nur, dass er verschlossen ist.*«

»*Das dürfte dir doch keine Schwierigkeiten bereiten. Sieh zu, dass du einen Blick in den Kasten wirfst. Den Rest erledige ich schon.*«

Kurz darauf erschien Foster wieder und winkte Jack zur Tür.

»Kommen Sie. Madame ist bereit.«

Er geleitete Jack in den Raum. Erneut machte sich dieses klaustrophobische Gefühl bemerkbar, das durch die schweren Fenstervorhänge erzeugt wurde. Diesmal standen nur zwei Stühle am Tisch.

Foster deutete auf das Münzetui. »Hat das Ihrem Onkel gehört?«

»Da bin ich mir ziemlich sicher. Das ist einer der Punkte, über den ich Klarheit haben möchte.«

»Dann muss ich Sie bitten, das Kästchen auf dieses kleine Sofa da drüben zu legen, bis die Sitzung angefangen hat.«

Jack betrachtete das kleine, mit rotem Samt bezogene Polstermöbel, das ein paar Schritte entfernt an der Wand stand. Er wusste, was sich jenseits der Wand befand: Fosters Kommandozentrale, der von Charlie ähnlich, nur nicht so raffiniert eingerichtet. Er war am Samstagabend darauf gestoßen, als er sich in den Räumlichkeiten umgesehen hatte.

»Warum?«

»Madame meint, ihr einzigartiges Talent kommt viel besser zur Wirkung, wenn sie sich nicht in der Nähe von Gegenständen aufhält, die dem Verblichenen, mit dem sie Verbindung aufzunehmen versucht, gehört haben.«

Ein gutes Argument, dachte Jack, während er das Etui an seine Brust presste.

»Tatsächlich? Ich dachte, solche Dinge seien eine große Hilfe.«

»Oh, das sind sie in der Tat, aber erst später. Sobald Madame den Kontakt mit der Anderen Seite hergestellt hat, sind sie sogar unverzichtbar. Aber am Anfang, während Madame den Übergang vollzieht, stören die Auren dieser Objekte ihre Verbindung.«

»Also, ich weiß nicht...«, sagte Jack zögernd.

Foster deutete auf die kleine Couch. »Bitte. Legen Sie das Etui einstweilen auf das Sofa. Sobald Madame von den Geistern akzeptiert wurde, wird sie Sie bitten, es zum Tisch zu holen. Haben Sie keine Angst. Dort ist es vollkommen sicher.«

Jack spielte den Unentschlossenen, dann zuckte er die Achseln. »Na schön. Wenn es der Lady hilft, warum nicht?«

Er trat zum Sofa und legte das Etui auf die Sitzfläche, doch gleichzeitig suchte er die Wand dahinter nach Spalten in der Tapete ab. Er fand nichts dergleichen, bemerkte jedoch ein quadratisches Muster im Wandfuß, das knapp über den Rand des Sofas reichte. Er wusste, dass eines dieser Quadrate eine kleine Klappe verbarg. Er hatte sich den Raum auf der anderen Seite der Wand am Samstag genauestens angesehen.

Mit leeren Händen kehrte er zum Tisch zurück und ließ sich auf dem Stuhl nieder, den der lächelnde Carl Foster für ihn bereithielt.

»Madame wird in Kürze zu Ihnen kommen.«

Und dann war Jack allein. Er wusste, dass eine Kamera auf ihn gerichtet war, deshalb tat er so, als wäre er furchtbar nervös. Er trommelte mit den Fingern auf der Tischplatte und zupfte an seinem Sakko herum. Dabei betastete er unauffällig das Bündel Falschgeld in seinem linken Sakkoärmel und das zweite Münzetui in der linken Innentasche.

Alles war bereit.

Sekunden später erlosch die Deckenbeleuchtung, und Madame Pomerol zelebrierte ihren Auftritt in einem weiten, wehenden Gewand, diesmal pinkfarben. Dazu trug sie dieselbe turbanähnliche Kopfbedeckung wie am Sonntag.

»Monsieur Butler«, sagte sie mit ihrem pseudo-französischen Akzent und streckte ihm ihre mit Brillantringen überladene Hand entgegen, »wie schön, Sie wieder hier begrüßen zu dürfen.«

»Die Freude ist ganz auf meiner Seite. Diesmal ist es ja geradezu intim.«

»Wenn ich Sie richtig verstanden habe, möchten Sie Verbindung zu Ihrem verstorbenen Onkel aufnehmen, ja?«

»Das stimmt.«

»Dann wollen wir beginnen.«

Diesmal gab es keine langwierigen Präliminarien, keine Warnungen, das Ektoplasma nicht zu berühren. Madame Pomerol nahm Jack gegenüber Platz und sagte: »Bitte legen Sie die Hände flach auf den Tisch.« Nachdem Jack der Aufforderung nachgekommen war, fuhr sie fort: »Ich werde jetzt meinen Geistführer rufen, den uralten Mayapriester, den ich unter dem Namen Xultulan kenne.«

Wie auch schon am Sonntag wurden die klaren Glühbirnen am Kronleuchter dunkel, und nur die roten brannten weiter. Erneut entstanden um den Tisch herum tiefe Schatten, die nur vom roten Deckenlicht in Schach gehalten wurden. Jack warf einen verstohlenen Blick zu der kleinen Couch und seinem Kasten, doch er konnte in der Dunkelheit nichts erkennen.

Madame Pomerol begann mit ihrem Summen, dann wackelte sie wieder mit dem Kopf.

Jack konnte sich den Grund für das Summen denken. Damit wollte sie das Geräusch übertönen, das die Klappe in der Wand hinter der Couch möglicherweise verursachte, wenn sie geöffnet wurde. Wahrscheinlich griff Foster gerade in diesem Augenblick nach dem Etui.

Dies war die übliche Verfahrensweise im Jenseits-Business. Man brachte die Brieftasche an sich und filzte sie auf der Suche nach Informationen: Führerschein, Sozialversicherungsnummer, Bankkonto, Adressbuch, Familienfotos. Fosters Kommandozentrale verfügte über einen Fotokopierapparat und eine Schlüsselfräse, genau wie Charlies Steuerzentrum. Innerhalb weniger Minuten konnte er so Foto- und Schlüsselkopien anfertigen.

Wenn der Fernbedienungsschalter noch an Ort und Stelle gewesen wäre, hätte es sicherlich großen Spaß gemacht, die Beleuchtung einzuschalten und Foster sozusagen mit der Hand in der Registrierkasse zu erwischen. Doch Jack hatte diese Nummer bereits durchgespielt. Heute hatte er Größeres vor.

Der Tisch ruckte und schwankte unter seinen Händen, daher fühlte er sich verpflichtet, ein lautes »Hey!« zu rufen.

Und dann drang aus dem Mund der Lady ein dumpfes, widerhallendes Stöhnen. Der Verstärker war eingeschaltet worden.

»O Xultulan! Unter uns ist ein Sucher, der jemanden wiedersehen möchte, der die Grenze überschritten hat, mit dem er aber durch das Blut verbunden ist. Hilf uns, o Xultulan.«

Jack blendete die Stimme der Frau nach Möglichkeit aus und konzentrierte sich auf den Zeitablauf. Foster müsste das Etui jetzt an sich gebracht haben. Er hatte seine Dietriche bereitliegen und bearbeitete nun das Schloss. Jack hatte einen Schlüssel, aber er hatte das Schloss selbst mehrmals probeweise mit einem Dietrich geöffnet – und dabei mit Absicht einige Kratzer am Schloss hinterlassen. Wie erwartet ließ es sich leicht öffnen, Schwierigkeiten machte allein seine geringe Größe. Falls Foster auch nur eine winzige Portion Talent besaß, müssten die Riegel genau jetzt nachgeben.

Und jetzt klappt er den Deckel auf... und erstarrt beim Anblick der in Reihen angeordneten Goldmünzen. Keine reinen Goldbrocken wie der Krügerrand von gestern, sondern numismatische Prachtstücke aus Jacks eigener Sammlung, die viel mehr wert waren als ihr Gewicht in Gold.

Er möchte sie berühren, aber die Plastikscheibe hält ihn davon ab. Er versucht sie aufzuklappen, doch sie gibt nicht nach. Sie ist in ihrer Position fixiert. Aber irgendwo muss es einen Hebel geben, eine Art Schloss, eine Verriegelung, die sich lösen lässt...

»Mein Etui«, sagte Jack, straffte sich und fuhr sich mit nervösen Händen über den Sakko wie ein Mann, der soeben festgestellt hat, dass seine Brieftasche verschwunden ist. »Ich will mein Etui!«

»Bitte beruhigen Sie sich, Monsieur Butler«, sagte Madame Pomerol, plötzlich hellwach und ganz und gar nicht mehr in Trance. »Mit Ihrem Etui ist alles in Ordnung.«

Jack erhob sich von seinem Stuhl. Er legte ein deutliches Zittern in seine Stimme. »Ich will es. Ich muss es sofort zurück haben!«

»Monsieur Butler, Sie müssen sich hinsetzen.« Das war eine Warnung an ihren Mann, seinen Arsch in Bewegung zu setzen und das wertvolle Etui dieses dämlichen Gockels schnellstens auf das Sofa zurückzulegen. »Ich habe Kontakt mit Xultulan, er hat Ihren Onkel gefunden. Sie können sich das Kästchen in ein paar Minuten holen, wenn...«

»Ich will die Box jetzt gleich zurückhaben!«

Jack tat so, als wäre er völlig durcheinander, und ging zuerst in die falsche Richtung – er wollte Foster genügend Zeit lassen, das Etui zu schließen und an seinen Platz zurückzubefördern –, dann fuhr er schwerfällig herum und stolperte in Richtung Sofa.

»*Alles okay,*« sagte Fosters Stimme in seinem Ohr. »*Es ist wieder auf deiner Seite.*«

Jack konnte das kleine Sofa in der Dunkelheit nicht sehen, daher vertraute er auf sein Gedächtnis und achtete darauf, heftig dagegen zu stoßen, sobald er es erreichte. Er tastete auf der Sitzfläche herum und fand das Kästchen.

»Da ist es!«, rief er. »Gott sei Dank!«

Während er das sagte, verstaute er das Etui in der linken Brusttasche und holte dafür seinen Zwilling aus der rechten heraus. Er hatte die Mulden im ersten Etui mit glänzenden, echten Prachtstücken gefüllt, die jedermann allein schon wegen ihres Gewichts als wertvoll einstufen würde. Doch wenn Foster die Jahreszahlen darauf sah, würde er erkennen, dass sie alt waren. Und da er sich bei sitters-net.com über Matthew West informiert hatte, würde er annehmen, dass sie auch sehr selten waren.

Das zweite Etui hingegen hatte er mit Angelblei gefüllt.

»*Scheiße, das war knapp!*«, sagte Fosters Stimme. »*Aber die Mühe hat sich gelohnt. Du solltest wirklich sehen, was sich in dem Etui befindet. Goldmünzen. Aber keine Krügerrands, sondern alte Sammlerstücke. Die müssen ein verdammtes Vermögen wert sein. Überleg dir was. Wir müssen diese Münzen in die Finger kriegen!*«

Während Jack zu dem matt leuchtenden roten Kreis um den Tisch zurückkehrte, bemerkte er einen Ausdruck von

Konzentration und tiefer Entrücktheit im Gesicht Madame Pomerols, während sie ihrem Mann zuhörte.

Wahrscheinlich hatte sie ursprünglich die Absicht gehabt, ihren Kunden zu schelten, doch nun zeigte sie Jack ein warmes, mütterliches Lächeln.

»Sehen Sie, Monsieur Butler? Es gab keinen Grund, sich aufzuregen. Fühlen Sie sich jetzt ein wenig besser?«

»Viel besser.« Er setzte sich und nutzte diesen kurzen Moment, um das Bündel dreißig falscher Hundertdollarscheine aus dem Sakkoärmel zu ziehen und in seinen Schoß zu legen. Dann legte er beide Hände auf den Tisch und umklammerte gleichzeitig das Etui. »Das Ganze tut mir schrecklich Leid. Ich weiß gar nicht, was über mich gekommen ist. Ich glaube, ich habe es nur plötzlich mit der Angst zu tun bekommen. Sie wissen schon, wegen der Dunkelheit bei der Séance und so.«

»Das ist absolut verständlich, vor allem da es doch Ihr erster Besuch ist.« Sie legte beide Hände auf die Augen. »Ich habe mit Ihrem Onkel Kontakt aufgenommen.«

Jack schoss von seinem Stuhl hoch. »Wirklich? Kann ich mit ihm reden?«

»Die Verbindung wurde unterbrochen, als Sie den Tisch verließen.«

»O nein!«

»Aber das ist nicht so schlimm. Ich kann den Kontakt wiederherstellen. Nur war es keine gute Verbindung, daher muss ich erst noch einige Fragen stellen.«

»Schießen Sie los.«

»Der zweite Name Ihres Onkel war Thomas, nicht wahr?«

»Wissen Sie, ich glaube, er war es. Ja, Matthew Thomas West. Woher wissen Sie das?«

Sie lächelte. »Ihr Onkel hat es mir verraten.«

»Verdammt! Das ist ja richtig unheimlich.«

»Er schien sich über irgendetwas zu ärgern. Wissen Sie, was das sein könnte?«

Jack senkte den Blick und hoffte so auszusehen, als wäre er vor Schuld tief zerknirscht. »Ich glaube nicht.«

»Hat es vielleicht irgendwas mit der Erbschaft zu tun?«

Jack fiel offenbar aus allen Wolken. »Sie wissen das?«

Er wusste genau, dass er Foster davon erzählt hatte, dass er sich das Erbe mit seinem Bruder geteilt hatte. Aber üblicherweise vergaßen die Kunden leicht, dass ihr eigenes loses Mundwerk die Quelle der meisten Dinge war, die ihnen ein Medium erzählte.

»Natürlich, aber die Kommunikation war verzerrt. Es ging offenbar um Sie und um Ihren Bruder...«

Jack begann mit seiner Story. Sie stimmte mit allen bei sitters-net.com verfügbaren Informationen überein. Er hatte sie sich mehrmals durch den Kopf gehen lassen, hatte sie auf mögliche Ungereimtheiten abgeklopft und keinerlei Lücken entdeckt. Er hoffte, dass auch Madame Pomerol nicht fündig würde.

»Ja. Wir waren seine einzigen lebenden Verwandten. Unsere Eltern waren gestorben, und er selbst hatte keine Kinder.«

Keine Kinder, dachte Jack. Er muss als einsamer alter Mann gestorben sein, nachdem er sich immer wieder vergebens an spirituelle Medien gewandt hatte, damit sie einen Kontakt mit seiner verstorbenen Ehefrau für ihn herstellten. Aber das wird mir nicht passieren. Nicht jetzt...

Diese Erkenntnis entfachte eine warme Glut in seiner Brust.

»Monsieur Butler?«

Jack kehrte ruckartig in die Wirklichkeit zurück. Er war ganz woanders gewesen. Mein Gott. Das sah ihm gar nicht ähnlich. So etwas konnte er sich jetzt nicht leisten. Am Ende vermasselte er alles.

»Tut mir Leid. Ich dachte nur gerade an Onkel Matt. Nach seinem Tod wurde auf Grund des Testaments sein Vermögen zwischen mir und meinem Bruder Bill aufgeteilt.«

»Ja, er erzählte mir, seine Frau Alice wäre viele Jahre vor ihm gestorben. Sie seien jetzt wieder vereint.«

»Sie wissen von Tante Alice? Das ist ja unglaublich. Und sie sind wieder zusammen? Das ist wunderbar.«

»Sie sind sehr glücklich. Was war mit dem Erbe?«

»Ach ja. Nun, ich bekam das Haus und alles, was sich darin befand.« Jack runzelte die Stirn und schob die Unterlippe vor, so dass es fast so aussah, als forme er einen Schmollmund. »Bill erbte die Münzsammlung. Onkel Matt hat ihn mir immer vorgezogen.«

»Die beiden Dinge waren nicht gleichwertig?«

Er seufzte. »Na ja, was den reinen Wert in Dollars betrifft, waren sie es sicherlich. Aber Bill brauchte nichts anderes zu tun, als einen Münzhändler zu suchen, um die Sammlung zu verkaufen. Wissen Sie, was er dafür eingesackt hat? Eine Viertelmillion Dollar.« Jack schnippte mit den Fingern. »Einfach so.«

»Und Sie mussten das Haus verkaufen. Das war bestimmt nicht so einfach.«

»Da haben Sie verdammt Recht. Ich musste auch sämtliche Möbel verkaufen. Am Ende hatte ich genauso viel Geld erlöst, aber ich musste ständig nach Minnesota und wieder zurück fliegen, und ich brauchte bis zur vergangenen Woche, um das Geld zu bekommen. Fast ein verdammtes halbes Jahr hat es gedauert.«

Madame Pomerol zuckte die Achseln. »Aber Sie haben doch jetzt viel Geld, oder? Sie sollten glücklich sein. Und ich kann in all dem nicht erkennen, weshalb Ihr Onkel so verärgert ist.«

»Nun...« Jack senkte abermals den Blick. »Ich glaube, es hat mit diesem kleinen Kasten zu tun.«

»Ja?«

Er atmete tief durch und seufzte wieder. »Vergangene Woche, als ich den Rest von Onkel Matts Sachen zusammenräumte, stieß ich auf das Etui. Es war verschlossen, und ich konnte den Schlüssel nicht finden, daher nahm ich es mit. Ich wollte zu einem Schlosser gehen, damit er es für mich öffnet, aber...«

»Aber was, Monsieur Butler?«

»Ich glaube nicht, dass Onkel Matt möchte, dass dieses Etui in meinen Besitz gelangt.«

»Wie kommen Sie darauf?«

»Sie werden es nicht glauben!« Er lachte nervös. »Aber vielleicht glauben Sie es doch, denn Sie sind schließlich ein Medium.« Erneutes tiefes Luftholen, gespieltes Zögern, dann: »Es ist dieses Behältnis.« Er tippte auf die matt glänzende Oberfläche. »Jemand oder etwas scheint damit zu spielen.«

»Zu spielen?«

Jack nickte. »Ich finde es an Orten, wo ich es niemals hingelegt habe. Und ich meine es so, wie ich es sage: *Niemals*.«

»Vielleicht hat Ihre Frau oder...«

»Ich lebe ganz allein, ich habe nicht einmal eine Haushaltshilfe. Aber ich suche grade eine. Kennen Sie vielleicht jemanden? Ich will nämlich...«

»Bitte erzählen Sie weiter.«

»Ach ja. Nun, es wanderte weiterhin umher, und ich versuchte eine logische Erklärung dafür zu finden und schrieb es meinem schlechten Gedächtnis zu. Aber am Samstag... am Samstag wurde es richtig unheimlich. Sehen Sie, ich beschloss es an diesem Tag zu einem Schlosser zu bringen, aber als ich mich auf den Weg machen wollte, konnte ich das Etui nirgendwo finden. Ich schaute überall in der Wohnung nach. Und am Ende, als der Schlosser längst Feierabend gemacht hatte und es zu spät war, um noch irgendetwas zu unternehmen, entdeckte ich das verdammte Ding unter meinem Bett. Ausgerechnet unterm Bett! Als ob jemand es vor mir hatte verstecken wollen. Tatsächlich weiß ich, dass es vor mir versteckt wurde, und ich habe auch eine ziemlich gute Vorstellung, wer es getan hat.«

»Es war Ihr Onkel Matt.«
»Das glaube ich auch.«
»Nein. Es *war* Ihr Onkel. Er hat es mir mitgeteilt.«
»Sie behaupten, Sie hätten das alles längst gewusst? Warum haben Sie mich weitererzählen lassen?«
»Ich musste wissen, ob Sie die Wahrheit sagen. Jetzt weiß ich es. Was Sie mir erzählen, stimmt mit dem überein, was ich von Ihrem Onkel erfahren habe.«

Ja, so ist es richtig.

Foster meldete sich. »*Am Schloss dieses Kästchens habe ich ein paar Kratzer gesehen. Es sieht verdammt noch mal so aus, als hätte dieser Heini versucht, das Ding selbst aufzubekommen. Reibe ihm das unter die Nase.*«

Madame Pomerol räusperte sich. »Aber Sie haben einige Dinge ausgelassen.«

Jack wünschte sich, er hätte die Fähigkeit, auf Befehl zu erröten. Aber wahrscheinlich wäre es bei diesem Licht ohnehin nicht zu erkennen gewesen.

»Welche zum Beispiel?«
»Dass Sie versucht haben, das Etui zu öffnen, und dabei keinen Erfolg hatten.«

Er schlug sich die Hände vor die Augen. »O Mann. Nun ja, es stimmt. Sagen Sie Onkel Matt, ich wolle mich dafür entschuldigen.«

»Außerdem glauben Sie, dass sich in dem Behältnis wertvolle Münzen befinden und dass sie, wenn es wirklich so ist, eigentlich Ihrem Bruder gehören, richtig?«

»Einen Moment mal. Onkel Matt hat Bill eine Münzsammlung hinterlassen und mir das Haus mit allem, was darin ist. Und dieses Etui gehört offenbar zum Inhalt des Hauses. Daher ist es von Rechts wegen *mein* Eigentum.«

»Da ist Ihr Onkel aber anderer Meinung. Er teilt mir mit, es handle sich um Silbermünzen von nur geringem Wert.«

Jack spürte ihren prüfenden Blick, während sie bei ihm

nach Anzeichen dafür suchte, dass er bereits wusste, was dieses Etui enthielt. Er vermied eine schnelle, enttäuschte Reaktion, aber er wollte auch nicht so erscheinen, als würde er das Gesagte bereitwillig akzeptieren.

»Ja?«, meinte er misstrauisch und runzelte die Stirn, während er das Kästchen in der Hand wog. »Für Silber scheint das Ding aber ziemlich schwer zu sein.«

Die Lady ging nicht auf seine zweifelnde Bemerkung ein. »Davon habe ich keine Ahnung. Ich weiß nur, dass Ihr Onkel mir erklärte, die Münzen seien von großem sentimentalem Wert für ihn. Es sind die ersten Münzen, die er als Kind gesammelt hat.«

»Im Ernst?« Jack ahnte, welche Absicht sie möglicherweise verfolgte.

»Ja, Ihr Onkel hatte gehofft, er könnte sie mitnehmen, als er ins Jenseits überwechselte, doch er hat es nicht geschafft. Deshalb sind sie in dem Haus geblieben.«

»Er wollte sie ins Totenreich mitnehmen? Ist das denn möglich?«

Sie schüttelte den Kopf. »Leider nein. Im Totenreich gibt es kein Geld. Jedenfalls nicht auf Dauer.«

»Man kann nichts mitnehmen, nicht wahr? Nun, damit wäre das geklärt. Ich werde die Münzen wohl Bill geben müssen.«

»*Lass ihn nicht weg!*«, rief Foster. »*Ich sage dir, in dem Kästchen befindet sich ein kleines Vermögen!*«

Jack schlug mit den Händen auf den Tisch, ergriff das Etui und machte Anstalten aufzustehen. Wollte sie nicht irgendetwas sagen? Wollte sie ihn mit all diesen seltenen Goldmünzen so einfach davonziehen lassen? Eine Betrügerin wie sie? Er konnte es nicht glauben.

»Einen Moment, Monsieur Butler. Ihr Onkel wünscht, dass ich den Kasten auf die Andere Seite bringe, damit er sich die Münzen ein letztes Mal ansehen kann.«

»Ich dachte, Sie hätten gemeint, das sei unmöglich.«

»*Ich* kann das bewerkstelligen, aber nur für kurze Zeit, dann kommen sie wieder zurück.«

»In Ordnung. Dann versuchen wir's.«

»Ich fürchte, im Augenblick ist das nicht möglich. Es ist eine mühsame Prozedur, die mehrere Stunden dauert. Und ich muss dabei ganz allein sein.«

»Sie meinen, ich soll Ihnen das Etui aushändigen und dann weggehen? Das tue ich, glaube ich, lieber nicht. Nicht in diesem Leben.«

»Vertrauen Sie mir nicht?«

»Lady, ich kenne Sie erst seit zwei Tagen.«

»Ich habe versprochen, Ihrem Onkel diesen Gefallen zu tun. Und ich darf ein Versprechen, das ich einem Toten gegeben habe, auf keinen Fall brechen.«

»Tut mir Leid.«

Madame Pomerol schloss die Augen und ließ den Kopf nach vorne sinken. Während sie sich schweigend am Tisch gegenübersaßen, überlegte Jack, ob er irgendeine Sicherheit verlangen sollte. Besser wäre es, *sie* einen solchen Vorschlag machen zu lassen.

Schließlich hob Madame Pomerol den Kopf und schlug die Augen auf.

Sie gab einen tiefen Seufzer von sich. »Das ist höchst ungewöhnlich. Fast schon beschämend. Aber Ihr Onkel findet...«

»Moment mal. Haben Sie gerade mit ihm gesprochen?« Er fragte nicht, wie sie das ohne all dieses elektrisch verstärkte Ächzen und Stöhnen geschafft haben wollte.

»Ja, und er sagt, ich soll Ihnen ein Zeichen des Vertrauens geben.«

»Ich glaube, ich verstehe Sie nicht.«

»Als Zeichen des Vertrauens will ich Ihnen tausend Dollar in einem Briefumschlag aushändigen, den Sie aufbewahren, während ich das Etui auf die Andere Seite apportiere. Sobald ich das Etui zurückgeholt habe, geben Sie mir den Umschlag zurück.«

»Tausend Dollar... ich glaube, das ist nicht genug. Wenn nun das Kästchen nicht von der Anderen Seite zurückkommt? Dann habe ich gar nichts mehr.« Er klopfte auf das Behältnis. »Ich wette, die Münzen da drin sind an die dreitausend Dollar wert.«

»Dann zweieinhalbtausend, aber verlangen Sie nicht mehr, denn so viel stehen mir im Augenblick nicht zur Verfügung.«

Jack tat so, als dächte er darüber nach, dann nickte er. »Ich glaube, das wird reichen.«

Sie erhob sich mit einem Gesichtsausdruck verletzten Stolzes. »Ich werde das Geld holen.«

»Ich hoffe, Sie sind mir jetzt nicht böse.«

»Ihr Onkel ärgert sich über Sie. Und das, so muss ich zugeben, tue ich ebenfalls.«

»Hey, es ist ja nicht so, dass ich alles für mich haben will. Ich denke nur, dass ich auch die Interessen meines Bruders wahren muss. Schließlich gehören die Münzen eigentlich ihm.«

Sie erhob sich ohne ein weiteres Wort und verschwand in der Dunkelheit.

Sie ist gut, dachte Jack. Genau die richtige Mischung aus Arroganz und Beleidigtsein. Und sie bringt das ziemlich überzeugend.

Er hörte eine Tür zufallen, dann erklang die Stimme der Lady in seinem Ohr.

»*Glaubst du diesen Scheiß?*«, fragte sie. »*Tausend sind für diesen dämlichen Bastard nicht genug! Zweieinhalbtausend verdammte Dollars! Haben wir so viel in bar?*«

»*Mal sehen*«, sagte Foster. »*Mit den Barspenden von heute Vormittag und seinen eigenen fünfhundert kriegen wir es gerade zusammen.*«

Verdammt, dachte Jack. Sie wollten ihm seine eigenen Blüten zurückgeben. Na ja, das Risiko hatte von Anfang an bestanden.

»*Okay, steck's in einen Umschlag. Ich mache das Dummy fertig.*« Jack hörte das Rascheln von Papier, dann: »*Ich sag dir eins, am liebsten würde ich diesem Trottel die zweieinhalbtausend in den Hintern schieben!*«

Carl Foster lachte. »*Was macht es schon aus, wie viel er will? Wenn er von hier verschwindet, hat er nicht einen Cent mehr davon.*«

Madame stimmte in das Lachen ein. »*Da hast du natürlich Recht!*«

Das glaubt aber auch nur ihr, meine Freunde.

Während er so tat, als würde er sich auf dem Stuhl eine bequemere Haltung suchen, zählte Jack von seinem Bündel Blüten fünf Hunderter ab und stopfte sie zurück in den Sakkoärmel, so dass zweieinhalbtausend in seinem Schoß liegen blieben.

»*Es geht ums Prinzip, Carl. Er hätte mir schon bei tausend vertrauen müssen. Es geht nur ums verdammte Prinzip!*« Wieder raschelte Papier, dann: »*Okay. Ich bin so weit. Showtime.*«

Damit flammten die Deckenbeleuchtung und der Kronleuchter wieder auf und tauchten den Raum in helles Licht.

Was, zum Teufel, hatte das zu bedeuten?

Jack warf einen Blick auf das Bündel Geldscheine in seinem Schoß. Er hatte sich auf das Halbdunkel während der Séance verlassen. Nun müsste er bei voller Beleuchtung agieren. Das machte die Angelegenheit komplizierter – und zwar erheblich.

Er beugte sich vor, um die Blüten abzudecken, während Madame Pomerol zurückkehrte. Sie hatte einen weißen Briefumschlag und einen kleinen Holzkasten bei sich. Mit einer erhabenen Geste legte die Lady den Umschlag auf den Tisch.

»Da ist Ihre Sicherheit. Bitte zählen Sie nach.«

»Hey, nein, das ist doch ...«

»Bitte. Ich bestehe darauf.«

Achselzuckend griff Jack nach dem Umschlag und öffnete ihn. Dabei bemerkte er, dass es ein Sicherheitsumschlag war mit einem Zickzackmuster auf dem Innenfutter, damit man den Inhalt von außen nicht erkannte.

Jetzt kam der schwierige Teil... der sich durch die helle Beleuchtung noch schwieriger gestaltete... er musste es nur richtig machen... musste ganz cool und lässig bleiben...

Er holte das Bündel Banknoten aus dem Umschlag und hielt es unterhalb der Tischplatte fest. Während er vorgab, die Scheine durchzuzählen, spürte er, wie sich die Muskeln in seinem Nacken und den Schultern anspannten. Er wusste, dass die Fosters im Kronleuchter eine Kamera versteckt hatten, aber er konnte sich nicht erinnern, ob es ein stationäres Weitwinkelmodell war oder ob die Optik sich mittels einer Fernbedienung dirigieren ließ. Falls Carl Foster Jacks Austauschaktion mitbekam, griff er vielleicht zu drastischen Mitteln. Er könnte ihm zum Beispiel in den Rücken schießen...

Jack entschied dennoch, es zu riskieren. Er war zu tief in die Angelegenheit verwickelt, um jetzt noch einen Rückzieher zu machen. Und über seinen Ohrhörer würde er schon rechtzeitig gewarnt werden, falls Foster sein Spiel durchschauen sollte.

Indem er sich so nah wie möglich am Tisch hielt, wechselte Jack Madame Pomerols Banknoten gegen die Blüten in seinem Schoß aus.

»Es ist alles da«, sagte er, während er die Blüten auf die Tischplatte legte und in den Briefumschlag schob.

Er wartete auf eine Bemerkung von Foster, doch der Ehemann blieb still. War Jacks Taschenspielertrick unbemerkt geblieben?

Die Lady nahm den Briefumschlag an sich, warf einen kurzen Blick hinein, dann befeuchtete sie den Klebestreifen des Umschlags und verschloss ihn.

»Bitte vergewissern Sie sich, dass das Schloss an Ihrem Münzetui verriegelt und unversehrt ist«, forderte sie ihn auf. »Denn ich möchte Ihnen das Kästchen im gleichen Zustand zurückgeben, wie Sie es mir ausgehändigt haben.«

Jack beugte sich über das Etui und tat so, als untersuchte er das Schloss eingehend. Dabei behielt er jedoch die Hände der Lady genau im Auge. Und tatsächlich! Sobald er den Kopf senkte, sah er, wie sie den Geldumschlag gegen einen anderen austauschte, den sie aus dem weiten Ärmel ihres Gewandes hervorzog.

Wie du mir, so ich dir, dachte er. Aber einen Austausch bin ich dir noch immer voraus.

»In Ordnung«, stellte er fest und blickte hoch. »Ist noch verriegelt.«

»Und jetzt«, sagte sie, während sie den kleinen Holzkasten öffnete, »werde ich den Umschlag versiegeln.«

Sie holte eine rote Kerze aus der Box sowie eine Schachtel Streichhölzer und etwas, das aussah wie ein Siegelring. Sie zündete die Kerze an. Dann träufelte sie ein wenig Kerzenwachs auf die Rückseite des Briefumschlags und drückte den Ring in die weiche Masse.

»So. Ich habe den Umschlag mit einem Geistsiegel gesichert. Sie dürfen ihn nicht öffnen. Sie dürfen das Siegel erst dann brechen, wenn Ihr Etui nicht von der Anderen Seite zurückkommen sollte. Sollten Sie das Siegel vorher aufbrechen, wird Ihr Onkel Sie bestrafen.«

Jack schluckte krampfhaft. »Mich bestrafen? Wie?«

»Am wahrscheinlichsten ist, dass er das Geld verschwinden lassen wird. Aber ihm könnte auch noch etwas Schlimmeres einfallen.« Drohend hob sie den Finger, während sie den Briefumschlag über den Tisch zu ihm hinschob. »Also öffnen Sie ihn nicht, ehe Sie hierher zurückkommen.«

Sehr clever, dachte Jack. Sie sichert sich nach allen Seiten ab.

»Keine Sorge. Das werde ich nicht tun.« Er legte den Umschlag in seinen Schoß, dann verstaute er ihn sowie ihre zweieinhalbtausend Dollar in der Seitentasche. »Oh, hey, ich muss morgen geschäftlich verreisen – ich bleibe über Nacht in Chicago –, daher kann ich erst am Donnerstag wieder herkommen. Werden Sie bis dahin diesen Apport – oder wie es heißt – auf die Andere Seite geschafft haben?«

»Ja, ich denke schon, und wahrscheinlich ist das Etui bis dahin auch schon wieder zurück.«

Du meinst wohl, dachte er, dass du bis dahin die Goldmünzen gegen billigen Silberkram ausgetauscht haben wirst.

Er schob das Etui über den Tisch. »Dann legen Sie los. Und viel Glück, Onkel Matt, wo immer du jetzt gerade bist.«

Jack erhob sich, winkte Madame Pomerol grüßend zu und ging zur Tür. »Dann bis Donnerstag.«

Er spürte, wie ein Lachen in seiner Kehle hochstieg, während er das Wartezimmer und anschließend den Flur durchquerte. Aber er unterdrückte es erfolgreich. Er wollte nicht ihr Misstrauen wecken. Er benutzte die Treppe, anstatt auf den Fahrstuhl zu warten, denn über dem Ventilator schwebte ein Riesenhaufen Scheiße, und er wollte nicht in der Nähe sein, wenn er herunterfiel und auf dem Ventilator landete.

»*Verriegle die Haustür*«, sagte Madame Pomerol gerade in Jacks Ohrhörer, »*und dann wollen wir uns die Münzen mal ansehen.*«

Jack hatte die Vorhalle erreicht, als er Foster sagen hörte: »*Scheiße! Mit diesem Schloss stimmt etwas nicht!*«

»*Was ist los?*«

»*Es klemmt.*«

Eine gute Diagnose, Carl, dachte Jack, während er dem Portier zuwinkte und auf die Straße hinaustrat. Er hatte ein Streichholz ins Schloss des zweiten Etuis geschoben und abgebrochen.

Anstatt sich schnellstens zu entfernen, verharrte Jack draußen auf dem Fußweg. Er wollte alles mithören.

»*Sieh dir das an*«, sagte Foster. »*Ich möchte bloß wissen, wie das dort hineingelangt ist. Aber nicht schlimm, ich hab's rausgeholt. Nur noch ein paar Sekunden... so. Gleich gehen dir die Augen über – o Scheiße! O nein!*«

»*Lass mich mal...*« Madame Pomerol brach ächzend ab. »*Was zur Hölle? Du hast erzählt, dieses Ding sei voller Goldmünzen! Bist du blind?*«

»*Das war es auch! Ich schwöre es dir! Ich weiß nicht, was...*«

»*Ich aber! Der Mistkerl hat heimlich getauscht! Er hat uns von Anfang an ausgetrickst! Und du hast ihn reingelassen!*«

»*Ich?*«

»*Ja, du, du armseliges Arschloch! Du sollst diese Penner doch genau durchleuchten!*«

»*Das hab ich auch getan! Ich habe seine Adresse überprüft, hab die Telefonnummer angerufen, die er mir genannt hat!*«

»*Ja, wunderbar, und du kannst darauf wetten, dass der Robert Butler unter dieser Adresse nicht der Typ ist, den wir heute hier hatten, und das Telefon, das du angerufen hast, gehört bestimmt auch zu dieser Adresse. Verdammt! Verdammt! Verdammt!*«

»*Hey, betrachten wir es doch einfach von der angenehmen Seite. Er glaubt, er ist mit zweieinhalbtausend rausgegangen, dabei hat er nur ein Bündel zerschnittenes Zeitungspapier in der Tasche. Und wir haben dafür seine fünfhundert. Ich wünschte, ich könnte sein Gesicht sehen, wenn er den Umschlag öffnet. Mag sein, dass er uns aufs Kreuz gelegt hat, aber bei der ganzen Sache gewonnen haben letzten Endes wir.*«

»*Glaubst du, das interessiert mich einen feuchten Scheiß? Diese fünfhundert Dollar können mich mal! Was mich an der Sache rasend macht, ist, dass er uns aufs Kreuz gelegt hat. Er hat ein bisschen Geld verloren, gut, aber soweit es mich betrifft, hat er gewonnen. Er ist zu uns gekommen und hat uns ausgetrickst – in unseren eigenen vier Wänden! Als wären wir die blutigsten Amateure. Wenn das die Runde macht, können wir uns nirgendwo mehr blicken lassen. Dann stehen wir wie hoffnungslose Idioten da!«*

Das ist richtig, dachte Jack und nahm sich den winzigen Hörer aus dem Ohr. Aber schon bald werdet ihr als noch viel hoffnungslosere Idioten dastehen.

Er hoffte, dass sich ihre Wut nicht so bald legte, dass sie zu wütend waren, um zu ahnen, dass der eigentliche Clou erst noch käme.

Er pumpte mit der Faust, während er über die Straße tanzte. Das war einfach spitzenmäßig gelaufen, und es würde noch besser enden.

9

Gia erwachte aus einem Traum von blauen Augen.

Sie gähnte und streckte sich in dem breiten Ledersessel, in dem sie und Jack es sich oft gemütlich machten, um sich einen seiner seltsamen Filme anzusehen.

Sie gähnte noch einmal. Sie machte eigentlich niemals ein Nickerchen. Sie hatte sich hingesetzt und die Augen geschlossen, nur für eine Minute, und plötzlich waren vierzig Minuten verstrichen. Vielleicht war daran die Schwangerschaft schuld – oder die Tatsache, dass sie am Vorabend mit Jack sehr lange aufgeblieben war. Sie erinnerte sich, dass sie damals, als sie mit Vicky schwanger gewesen war, auch ständig über Müdigkeit geklagt hatte.

Egal, was der Grund war, das Nickerchen hatte sie nicht erfrischt. Bilder von dem blonden Mädchen vom Vortag hatten ihren Schlaf bestimmt, traurige, einsame blaue Augen, die Gia zu rufen schienen, sie anflehten ...

Weshalb? Was wollte das Kind von ihr? Warum ging ihr das Mädchen nicht aus dem Kopf?

Auch das bewirkt die Schwangerschaft. Klar, gib den hormonellen Schwankungen die Schuld an allem. Einen Sommertag allein im Haus zu verbringen – ohne die Aussicht, Vicky früher als vor dem Wochenende zu sehen –, war auch keine Hilfe.

Gia stemmte sich aus dem Sessel hoch und griff nach ihrer Schultertasche. Sie wollte nicht im Haus bleiben. Sobald sie in den warmen, feuchten Nachmittag hinaustrat, wusste sie, wohin sie wollte.

Sie hatte für die U-Bahn nie besonders viel übrig gehabt – dieses Gefühl der Eingeschlossenheit in den dunklen Tunnels machte sie nervös und gereizt. Heute aber schien sie genau das richtige Transportmittel zu sein. Ein kurzer Fußmarsch rüber zur Lexington brachte sie zur Station in der Fifty-ninth Street, wo, wie sie wusste, die Züge der Linien N und R, in der City nur als »Niemals« und »Rar« bekannt, verkehrten. Sie war mit dem genauen Verlauf der einzelnen U-Bahn-Linien nicht vertraut, doch der schematische Stadtplan über der Fahrkartenausgabe zeigte ihr, dass sie die Linie N mitten ins Zentrum von Astoria bringen würde.

Es war kurz vor der Rushhour, und der Waggon war nahezu voll. Das Schaukeln löste bei ihr einen Anflug von Übelkeit aus, bis die Gleise in die Höhe stiegen, den Tunnel verließen und unter freiem Himmel verliefen. Sie seufzte erleichtert auf, als der Sonnenschein durch die spinnwebdünnen Graffitikratzer auf den Fenstern hereindrang.

Die hoch über der Straße verlaufenden Gleise endeten an ihrer Haltestelle, dem Ditmars Boulevard. Sie stieg aus dem Waggon und eilte zu der Treppe, die zur Straße hinunterführte. Sie hatte eine ziemlich genaue Vorstellung, wo sich das Menelaus Manor befand und wie sie vom Ditmars auf dem kürzesten Weg dorthin gelangen konnte. Sie brauchte sich, wenn sie erst einmal dort war, nur genau zu orientieren...

»Gia?«

Sie erschrak beim Klang ihres Namens. Als sie sich umwandte, sah sie einen Mann mit langem rotem Haar und einem ebenfalls roten Schnurrbart auf sie zukommen. Einen kurzen Moment lang erkannte sie ihn nicht, dann...

»Jack?«

»Gia, was tust du hier?«

Seine Absätze erzeugten einen harten stakkatohaften Rhythmus, während er über den Bahnsteig auf sie zukam. Trug er etwa Cowboystiefel?

Er machte Anstalten, sie zu küssen, doch sie hob eine Hand und bremste ihn. »Ohne Bart, bitte.«

Er lächelte. »Na klar.«

Er pellte sich die Attrappe von der Haut, und sie küssten sich.

Er legte die Hände um ihre Taille und sah ihr tief in die Augen. »Du bist wirklich die letzte Person, die ich hier erwartet hätte. Was ist los?«

»Ich weiß es nicht genau«, erwiderte sie.

Sie war ein wenig aus dem Gleichgewicht. Was hatte sie sich überhaupt gedacht? Dass sie einfach an der Tür der Kentons klopfen und sich erkundigen könnte, ob in ihrem Haus heute wieder kleine blonde Mädchen herumgeisterten? Sie hatte nicht eingehend genug über alles nachgedacht. Stattdessen hatte sie rein impulsiv gehandelt. Und das sah ihr ganz und gar nicht ähnlich.

»Es geht um das kleine Mädchen, das du gesehen hast, nicht wahr?«

Sie starrte ihn entgeistert an. »Woher um alles in der Welt weißt du das?«

»Du hast die Kleine gestern einige Mal erwähnt. Sie scheint dich sehr zu beschäftigen.«

»Das tut sie auch. Ich weiß nicht, warum, aber ich kann nicht aufhören, ständig an sie zu denken. Vielleicht wäre es anders, wenn sie nicht verschwunden wäre und wir mit ihr geredet hätten. Aber so... stellt sie für mich ein Rätsel dar.«

»Das wir höchstwahrscheinlich nicht lösen können. Und weswegen du dir nicht den Kopf zerbrechen oder den weiten Weg nach Astoria fahren solltest. Immerhin bist du schwanger und musst auf dich Acht geben.«

»Jack, es ist doch nur ein halbes Dutzend Haltestellen von zu Hause entfernt.«

»Ja, aber in der U-Bahn wimmelt es von Menschen, von denen sicher einige krank sind. Ich möchte nicht, dass du dich mit irgendetwas ansteckst.«

»Ehe ich schwanger wurde, hast du dir deswegen auch keine Sorgen gemacht.«

»Das habe ich schon, aber jetzt hat sich meine Sorge verdoppelt, wenn du weißt, was ich meine.«

Sie war von seiner Sorge um sie und das Baby tief berührt, aber im Augenblick übertrieb er es damit ganz erheblich.

Sie seufzte. »Ich wollte mir alles nur noch einmal in Ruhe ansehen, nehme ich an.«

»Nun, da ich unterwegs zu Lyle und Charlie bin« – er bot ihr seinen Arm mit übertriebener Höflichkeit –, »wäre es mir eine große Freude, Sie dorthin begleiten zu dürfen.«

Gia klimperte mit den Wimpern und ließ sich auf das Spiel ein. »Das ist sehr zuvorkommend von Ihnen, Sir, aber ich muss ernsthaft um meinen Ruf fürchten, wenn man mich am Arm eines Mannes mit einem solchen Haarschnitt sehen sollte. Ich glaube, ich dürfte mich dann nie mehr in den gehobenen Kreisen zeigen.«

»Eine neue Frisur? Nur ein Wort von Ihnen, Madam, und schon wird Ihnen die Bitte erfüllt.«

Jack riss sich mit einer schwungvollen Gebärde die schreckliche Perücke vom Kopf und stopfte sie in die Tasche seines genauso schrecklichen Sportsakkos. Sie kämmte mit den Fingern seine zerzausten Haare und glättete sie.

»Übrigens, wer hat heute deine Kleidung ausgesucht?«
»Stevie Wonder.«
»Das hatte ich schon vermutet.« Sie hängte sich bei ihm ein, und sie gingen zur Treppe. »Du scheinst ja bester Laune zu sein.«
»Bis jetzt hatte ich einen guten Tag.«
Während sie die Treppe hinaufgingen, erzählte er ihr von seinem Coup bei dem Wahrsagerpaar auf der Upper East Side. So aufgekratzt hatte sie ihn schon seit Monaten nicht mehr erlebt. Jack schien wieder ganz der Alte zu sein, und Gia freute sich.

Als sie das Menelaus Manor erreichten, bemerkten sie, wie zwei Handwerker das Grundstück verließen. Offenbar hatten sie die zerbrochenen Fenster ausgetauscht.

Charlie begrüßte sie und ließ sie ein. Er fragte nicht, weshalb Gia mitgekommen war, und Jack ersparte sich eine eingehendere Erklärung. Außerdem schien Charlie sich viel zu sehr für Jacks äußere Erscheinung zu interessieren.

»Lieber Himmel, Sie haben sich vielleicht schick gemacht!«, sagte er und deutete grinsend auf das karierte Sakko. »Sie sehen ja aus, als machten Sie für die Arbeitermode des einundzwanzigsten Jahrhunderts Werbung.«

Nachdem sich die allgemeine Heiterkeit gelegt hatte, erklärte er, dass Lyle Jack oben und nicht im Channeling-Raum erwartete, da in Letzterem noch umfangreiche Reparaturen ausgeführt werden müssten.

Jack sah Gia fragend an. »Macht es dir etwas aus, hier zu bleiben, während ich raufgehe? Ich muss was Geschäftliches besprechen. Es dauert nur eine Minute.«

»Nimm dir Zeit«, erwiderte sie. »Ich bleib hier unten... und schaue mich ein wenig um.«

Jack zwinkerte ihr zu und folgte Charlie in den Flur und die Treppe hinauf. Danach schlenderte Gia durch den Flur und betrat die Küche. Sie warf einen Blick in ein Nebenzimmer, in dem ein teilweise auseinander genommener Fernseher stand. Er war jedoch eingeschaltet, und über den Bildschirm flimmerte eine Dukakis-for-President-Wahlwerbung. Offenbar der History Channel oder eine Dokumentation. Sie ging weiter zur Hintertür und blickte hinaus in den Garten: eine Fläche vertrockneten, ungepflegten Rasens, umgeben von einer Ligusterhecke. Kein kleines Mädchen.

Enttäuscht kehrte Gia ins Wartezimmer zurück.

Nun, was hatte sie auch erwartet? Trotzdem war sie froh, hergekommen zu sein. Sie hatte getan, was sie für nötig gehalten hatte, und konnte dieses Mädchen vielleicht jetzt aus ihrem Bewusstsein streichen.

Gia griff nach einer der Broschüren über das Menelaus Manor, um sich über das Haus und seine Geschichte zu informieren. Ein kleines Heft rutschte heraus. Auf dem Umschlag stand: *WER? ICH?* Mit der Autorenangabe »von J. T. C.« in der unteren Ecke. Sie schlug das Heft auf und sah die Zeichnung einer Kirche und die Worte »Fisherman's Club« und »Eine Ausgabe für Laien«. Veröffentlicht von Chick Publications.

Gia blätterte weiter und begriff sofort, dass es ein Traktat war, das die Wiedergeburt propagierte, und in dem die christlichen Leser aufgefordert wurden, kleine Betgemeinschaften ins Leben zu rufen und »Seelenfischer« zu werden, indem sie Nichtgläubige für Jesus Christus begeisterten.

Was war es nur, dachte sie, das fundamentalistische Sekten dazu trieb, andere Menschen zu ihrem Glauben zu bekehren? Dieser Antrieb, die Leute zu überreden, sich ihrer Denkungsart anzuschließen... woher kam dieses Bestreben?

Noch akuter war jedoch die Frage: Wer hatte diese Schriften hier verteilt? Und was hoffte er oder sie damit zu erreichen? Menschen, die sich an spirituelle Medien wie Ifasen wandten, hatten ihr Glück sicherlich längst bei allen wichtigen Religionen versucht und diese dann verworfen.

Sie ging die anderen Menelaus-Broschüren durch und fand ein weiteres Chick-Pamphlet mit dem Titel »Das war Dein Leben!«. Während sie es aufschlug hörte sie, wie die Stimme eines Kindes sang.

»*I think we're alone now...*«

Gia fuhr herum, und ihr blieb fast das Herz stehen. Da war es – das kleine blonde Mädchen. Es stand in der Tür zum Flur, die blauen Augen ein helles Leuchten, während es Gia anschaute. Es trug die gleiche rot-weiß karierte Bluse, dieselbe braune Reithose und dieselben Stiefel wie am Tag zuvor.

»Hallo«, begrüßte Gia es. »Wie heißt du?«

Das Mädchen lächelte nicht und gab keine Antwort. Es hatte die Hände vor der Brust gefaltet, während es sang, und hielt den Blick auf Gia gerichtet.

»Wohnst du hier?«

Das Lied erklang weiter. Es hatte eine schöne Stimme, klar und fest. Aber dieses ständige, sture Singen verursachte Gia Unbehagen. Während das Mädchen offenbar die nächste Strophe begann, griff es sich mit den Händen an den Halsausschnitt der Bluse und begann, sie aufzuknöpfen.

Einigermaßen ratlos verfolgte Gia das Geschehen. »Was tust du?«

Der geradezu zwanghafte Gesang und der leere Blick in den Augen des Mädchens wirkten jetzt nur noch irritierend. Und nun dies... Es machte Anstalten, sich auszuziehen...

War sie geistig gestört?

»Bitte, tu das nicht«, sagte Gia.

Die Luft im Raum war plötzlich zum Schneiden dick, als der letzte Knopf durch das Knopfloch rutschte und das Kind die beiden Vorderteile der Bluse ergriff, auseinander zog und eine nackte Brust entblößte... eine Brust mit einer großen, unregelmäßig roten Wunde in der Mitte...

Nein-nein-nein, keine Wunde, ein klaffendes blutiges

Loch, ein klaffendes blutiges *leeres* Loch, in dem dort, wo ein Herz hätte schlagen müssen, nur eine vollkommen dunkle Leere zu sehen war...

10

Jack war gerade mitten in seiner Beschreibung der von ihm verfeinerten Version des als Spanisches Taschentuch bekannten Täuschungsmanövers bei Madame Pomerol, als er Gias Schrei hörte. Ehe ihm bewusst wurde, was er tat, fand er sich schon im Flur, raste die Treppe hinunter, während seine Zuhörer nicht wussten, wie ihnen geschah.

Er stürmte ins Parterre, wobei seine Füße kaum die Stufen berührten, und traf Gia mitten im Wartezimmer an, zusammengekauert, die Hände vors Gesicht geschlagen und von einem heftigen Schluchzen durchgeschüttelt.

Jack drehte sich einmal um die eigene Achse, entdeckte niemanden, dann ergriff er ihre Handgelenke und zog sie zu sich hoch.

»Gia! Was ist los? Was ist geschehen?«

Ihr tränenüberströmtes Gesicht hatte die Farbe einer frisch geöffneten Auster, als sie zu ihm aufsah. »Es hatte kein Herz! Es hat die Bluse geöffnet, und das Herz war verschwunden!«

»Wer?«

»Das kleine Mädchen!«

»Die Kleine, die du gestern gesehen hast?«

Gia nickte. »Sie... sie...« Ihre Augen weiteten sich und sie deutete zum Flur. »Sieh doch! Da ist Blut!«

Jack drehte sich um, während Lyle und Charlie die Treppenstufen herunterpolterten. Er sah eine glänzende rote Spur auf dem Parkettfußboden des Flurs, sah, wie Charlies Turnschuh mitten drin landete und wegrutschte. Charlie stürzte und sprang sofort wieder auf. Dabei starrte er entsetzt auf seine blutbeschmierten Hände.

»Blut! Lieber Himmel, woher...?« Er blickte zu Jack. »Wer?«

Lyle, der auf der untersten Treppenstufe stehen geblieben war, zeigte in Richtung Küche. »Die Spur verläuft dorthin!«

Er und Charlie gingen durch den Korridor und stiegen vorsichtig über die Blutspritzer hinweg. Rein reflexartig wollte Jack ihnen folgen, aber Gia klammerte sich an seinen Arm.

»Lass mich nicht allein!«

Jack legte einen Arm um ihren Rücken, drückte sie an sich und versuchte, ihr heftiges Zittern zu lindern.

»Das tu ich nicht. Keine Sorge.«

Aber die rasende Wut, die ihn bis in die letzte Zelle ausfüllte, zog ihn zum Flur und trieb ihn an, die rote Spur zu verfolgen. Er wollte – musste – herausfinden, wer oder was auch immer Gia derart geängstigt hatte. Er hatte keine Ahnung, wie sie es bewerkstelligt hatten, ein kleines Mädchen in einer Weise zu präparieren, dass es so aussah, als besäße es kein Herz! Und es war ihm im Grunde auch egal. Jeder, der Gia einen solchen Schrecken einjagte, würde ihm Rede und Antwort stehen müssen.

Er beobachtete, wie Lyle und Charlie in der Küche verschwanden und der Spur zur linken Seite folgten. Dann hörte er Lyle sagen: »Sie führt die Treppe hinunter.« Jack hörte ihre Schritte auf der Kellertreppe, dann einen zweistimmigen entsetzten Aufschrei.

»Jack!«, rief Lyle. »Jack, das müssen Sie sehen! Es ist... Es ist...« Ihm schienen die Worte zu fehlen.

Jack sah Gia an, doch sie schüttelte den Kopf. »Lass mich hier nicht allein zurück! Bitte!«

Doch er musste sich ansehen, worüber sie sprachen. Er drehte den Kopf und rief: »Was ist mit Gia? Kann sie mitkommen?«

»Nein ... ja ... ich weiß nicht, ob überhaupt jemand gefahrlos herkommen kann, aber ich glaube schon. Nur kommen Sie schnell! Ich weiß nicht, wie lange es so bleibt!«

Er sah Gia wieder an. »Komm schon. Ich bleibe neben dir und halte dich fest.«

»Und wie du das tun wirst«, murmelte sie. Sie erschauerte, dann straffte sie sich. »Okay, gehen wir. Aber wenn es ganz schrecklich ist, dann verschwinden wir sofort, versprochen? Wir fahren nach Hause und kommen nie mehr hierher zurück.«

»Versprochen.«

Sie bewegten sich wie siamesische Zwillinge, humpelten Hüfte an Hüfte durch den Flur und wichen dabei so gut es ging dem Blut auf dem Boden aus. Sie gelangten in die Küche, vollzogen eine Drehung und blieben an der Kellertreppe stehen. Eine einzelne Glühbirne beleuchtete die schmalen Stufen. An der rechten Wand verlief ein dünnes Geländer. Unten, nicht weit von der letzten Stufe, konnte er Lyle und Charlie sehen. Angespannt und halb gebückt standen sie da, während sie in den Kellerraum blickten. Die Treppe machte im letzten Stück einen Schwenk, so dass der Keller selbst sich außerhalb von Jacks Blickfeld befand.

»Ich gehe zuerst«, sagte er und begann den Abstieg. Er spürte Gia so dicht hinter sich, als säße sie auf seinem Rücken. Sie hatte die Hände auf seine Schultern gelegt und klammerte sich regelrecht daran fest. Er selbst stützte sich am wackligen Geländer ab.

Die Kenton-Brüder schauten zu ihm hoch. Lyles Gesicht war vor innerer Anspannung verzerrt, während Charlie einen gelasseneren Eindruck machte. Dafür war sein Gesicht schweißüberströmt. Sie sahen aus wie verängstigte Kinder. Jack fragte sich, was diese beiden erwachsenen Männer in einen solchen Zustand hatte versetzen können.

Ein paar Schritte weiter erfuhr er es.

»Heiliger...«

»O mein Gott!«, hauchte Gia in sein Ohr. Sie lehnte sich an ihn und blickte über seine Schulter.

Auf dem Kellerboden wogte eine hellrote Flüssigkeit. Sie überspülte die unterste Treppenstufe und schwappte stellenweise bereits über die nächste. Und sie bewegte sich entgegen dem Uhrzeigersinn kreisend.

Jack schüttelte den Kopf. »Das ist doch nicht etwa...«

»Verdammt, genau das ist es«, sagte Lyle. »Können Sie es riechen?«

Gias Finger verwandelten sich plötzlich in Krallen und gruben sich in Jacks Schultern.

»Da ist jemand drin!«, schrie sie.

Jack beugte sich vor und starrte auf die Oberfläche des roten Tümpels. »Wo?«

»Dort!« Ein Arm stieß über seine rechte Schulter nach vorn. Ein Finger deutete hin. »Mein Gott, siehst du es nicht? Da vorn! Eine Hand, die herausragt! Es ist ein Kind! Dieses kleine Mädchen! Es treibt dort!«

»Wovon reden Sie?«, fragte Charlie. »Da ist niemand.«

Jack musste ihm Recht geben. Die Oberfläche, die von Wand zu Wand reichte, war völlig glatt.

»Ich sehe auch nichts, Gia.«

»Seid ihr denn alle blind?« Panik schwang in ihrer Stimme mit. »Das kleine Mädchen ertrinkt! Da ist sein Arm und sucht Halt! Könnt ihr das nicht sehen? Um Gottes willen, jemand muss ihm helfen! *Bitte!*«

Lyle drehte sich zu ihr um. »Ich sehe absolut nichts. Ich will ja nicht behaupten, dass Sie sich irren, aber wenn wirklich jemand da drin wäre, könnte ihm nicht viel passieren. Es ist höchstens dreißig Zentimeter tief.«

Mit einem wilden Ausdruck in den Augen versuchte Gia sich an Jack vorbeizudrängen. »Ich ertrage das nicht, Jack! Ich muss etwas tun!«

Jack ließ sie nicht vorbei. »Gia, nein. Wir wissen nicht, was hier unten vor sich geht, und du bist schon viel zu nahe dran!« Er hatte keine Ahnung, welche Auswirkungen das Geschehen, was immer es war, auf das Baby haben würde.

»Jack...«

»Du weißt genau, was ich meine. Du solltest nicht...«

»Es beginnt zu steigen!«, rief Charlie.

Jack fuhr herum und erkannte, dass der Blutsee bereits den Rand der nächsten Treppenstufe erreicht hatte.

»Wir sollten uns ein Stück zurückziehen«, riet Lyle.

Doch als er den Fuß auf die nächste Stufe setzte, rutschte er aus. Er stieß einen entsetzten Schrei aus, während er nach hinten kippte, die Arme ausbreitete, mit einer Hand verzweifelt an der Wand Halt suchte und die andere seinem Bruder entgegenstreckte. Aber Charlie wandte ihm gerade den Rücken zu, und als er endlich reagierte, war es schon zu spät.

Mit wild umherrudernden Armen stürzte Lyle in den Tümpel und versank. Charlie stieß einen Schrei aus und kauerte sich zusammen, als wollte er hinter ihm hineinspringen. Doch Jack hielt ihn an der Schulter zurück.

»Warten Sie!«

Jack starrte geschockt in die rote Gischt, in der Lyle verschwunden war.

Was zur Hölle war das? Obwohl der Pegel der Flüssigkeit stieg, jetzt sogar noch schneller als kurz zuvor, konnte der Tümpel nicht viel tiefer als einen halben Meter sein. Und bildete er es sich nur ein, oder zirkulierte das Blut jetzt schneller?

Sekunden später tauchte Lyle auf, wild rudernd und keuchend, Kopf und Gesicht mit Blut bedeckt.

»Gott sei Dank!«, rief Charlie. Er hielt sich mit einer Hand an dem wackligen Geländer fest, beugte sich weit über den Tümpel und streckte die andere Hand so weit wie möglich aus. »Komm her!«

Doch Lyle planschte weiter ziellos herum und versuchte, das Blut aus seinen Augen zu schütteln, während ihn die Strömung von der Treppe wegriss.

»Lyle!«, rief Jack. »Stehen Sie auf!«

»Geht nicht! Der Boden ist weg! Es ist kein Grund da!«

»Jack!«, meldete sich Gia. »Das kleine Mädchen – ich sehe seinen Arm nicht mehr! Es ist verschwunden!«

Der Blutsee leckte nun schon an der vierten Stufe. Die Strömung hatte Lyle zur anderen Seite des Kellers getrieben, und während Jack zu ihm hinübersah und überlegte, was zu tun sei, fiel ihm auf, wie sich in der Mitte des rotierenden Bluttümpels eine leichte Vertiefung bildete. Gleichzeitig steigerte sich das Tempo der kreisförmigen Strömung.

»Ein Strudel!«, brüllte Charlie. Er beugte sich noch weiter über das Blut und versuchte, seinen Bruder mit der freien Hand zu erreichen. »Lyle! Halt dich an mir fest, wenn du wieder hergetrieben wirst!«

Ein bodenloser Strudel aus Blut, dachte Jack. Der entgegen dem Uhrzeigersinn rotierte. Dessen Pegel stieg, anstatt zu sinken. In einem Keller mitten in Queens.

Nicht unbedingt das unheimlichste Schauspiel, das er je gesehen hatte, bei weitem nicht, aber er kannte nur eine Ursache, die hinter einer solchen Erscheinung stecken konnte.

Doch damit würde er sich später auseinander setzen. Im Augenblick musste er Lyle aus diesem Tümpel herausholen und gleichzeitig zusehen, dass Gia dieses Haus schnellstens verließ.

Er packte Charlies Arm, während Lyle wieder allmählich auf sie zutrieb. »Ich halte Sie. Packen Sie ihn, wenn er vorbeischwimmt.«

Doch während Lyle sich in ihre Richtung bewegte, zerrte ihn der Sog in der Mitte des Tümpels von den Kellerwänden weg. Er versuchte, auf Charlies ausgestreckte Hand zuzuschwimmen. Jack konnte die Verzweiflung in seinen blutverschmierten Gesichtszügen deutlich erkennen, während er nach Charlies Hand schnappte, hörte dann den enttäuschten Aufschrei, als seine Finger die Hand nur um wenige Zentimeter verfehlten und er davongewirbelt wurde.

»Schwimm!«, schrie Charlie. »Schwimm zur Wand!«

Jack sah, wie sich Lyle in der klebrigen Flüssigkeit abmühte und so wild paddelte wie ein Hund. Er war ein äußerst schlechter Schwimmer.

»Ich kann nicht!«, keuchte er. »Die Strömung ist zu stark!«

»Wir brauchen ein Seil!«, sagte Jack zu Charlie. »Besitzen Sie so was?«

»Ein Seil?« Charlies Panik schien sich ein wenig zu legen, als er sich auf die Frage konzentrierte. »Nein... wir haben eine Schnur, aber...«

»Vergessen Sie's«, unterbrach ihn Jack. Die Lösung lag alleine in seiner Hand. Er wandte sich an Gia. »Du musst für einen Augenblick in die Küche gehen.«

»Ich geh nicht von hier weg...«

»Stell dich nur in die Türöffnung. Bitte. Du musst die Treppe vollständig verlassen, damit wir es versuchen können. Beeil dich. Vielleicht kriegen wir keine zweite Chance.«

Sie wandte sich um und stieg zur obersten Stufe hinauf, drehte sich um und sah ihn mit angsterfüllten Augen an. Jack folgte ihr ein paar Stufen nach oben, dann packte er das Geländer mit beiden Händen.

»Charlie – helfen Sie mir, das Ding aus der Wand zu reißen.«

Charlie runzelte die Stirn, dann hellte sich seine Miene auf. »Genau!«

Zehn Sekunden später schob sich Jack mit dem drei Meter langen Geländer in der Hand vorsichtig an den Blutsee heran. Der Blutpegel war mittlerweile etwa bis zur halben Wandhöhe gestiegen, und er stieg schneller und schneller. Lyle befand sich wieder auf der anderen Seite des Tümpels, weit entfernt von ihnen. Doch er trieb wieder zu ihnen herüber, allerdings war sein Abstand zur mittlerweile fast trichterförmigen Mitte erheblich geringer geworden.

»Schnell!«, feuerte Jack Charlie an, während er die mit Blut überspülten Stufen betrat. Sein Magen verkrampfte sich – es war entsetzlich heiß. »Packen Sie meinen Gürtel, damit ich nicht auch noch hineinstürze!«

»O Jack, *bitte* sei vorsichtig!«, rief Gia von oben.

Während Charlie ihn von hinten sicherte, packte Jack das eine Ende des Geländers mit beiden Händen und stieß die lange Stange Lyle entgegen, als er gerade vorbeiwirbelte. Das freie Ende tauchte in den Tümpel und spritzte Lyle einen Schwall Blut ins Gesicht. Er ruderte blindlings mit den Armen herum, schlug mit den Händen auf die Oberfläche des Bluttümpels und traf daneben. Jack streckte sich und verspürte dabei einen brennenden Schmerz in seiner rechten Flanke. Doch er versuchte, die Geländerstange ruhig zu halten und sie näher zu Lyle zu bringen. Er hoffte, dass nicht etwa die Wundnaht in seiner Seite aufgerissen war.

Und dann fand einer von Lyles wild umherschlagenden Armen endlich das Ziel. Er berührte die Holzstange, und seine Hand packte reflexartig zu.

»Sie haben sie!«, sagte Jack und spürte, wie er durch das zusätzliche Gewicht an der Geländerstange in Richtung Tümpel gezogen wurde. Er wandte den Kopf und sagte über die Schulter zu Charlie: »Und ich hoffe, dass Sie *mich* sicher haben.«

»Keine Sorge«, erwiderte Charlie, dann erhob er die Stimme: »Halt dich mit beiden Händen fest, Lyle.«

Lyle befolgte den Rat, und dann zogen ihn Jack und Charlie in Sicherheit.

Doch der Tümpel schien ihn nicht mehr hergeben zu wollen. Der Strudel rotierte schneller und schneller, und der Pegel in der Mitte sank tiefer, während gleichzeitig ein lautes, saugendes Schmatzen ertönte. Charlie und Jack mussten ihre gesamte Kraft aufbieten, um die Geländerstange festzuhalten. Aber es schien, sie würden dieses Tauziehen verlieren. Jack versuchte, dem Sog entgegenzuwirken, doch die Schmerzen in seiner verletzten Körperseite nahmen zu. Er veränderte die Position, dabei geriet sein Fuß auf der Treppenstufe ins Rutschen.

Nein! So wie der Strudel jetzt herumwirbelte, wären sie beide verloren, wenn er hineinstürzte.

Gia schrie auf. »Jack!«

Er hörte hinter sich einen dumpfen Laut, und dann legte sich ein schlanker Arm um seinen Hals und zog ihn zurück.

Mit Gia als zusätzlichem Ballast konnten Jack und Charlie Lyle, der kurz vor dem Ertrinken war, so nahe an die Treppe heranbugsieren, dass er imstande war, Charlies Hand zu ergreifen. Jack schleuderte die Geländerstange in den Tümpel und half Charlie dabei, Lyle vollends aus dem Blutsee zu ziehen. Während sein Bruder keuchend und würgend auf der Treppe lag, legte Charlie beide Hände auf seinen Körper und senkte den Kopf. Er schien zu beten.

Jack ließ sich nach hinten gegen Gia sinken. »Danke.«

Sie hauchte ihm einen Kuss aufs Ohr und flüsterte: »Du hast ihn gerettet.«

»Und du hast mich gerettet.«

Während Jack zusah, wie der Pegel des Bluttümpels zu fallen begann, bemerkte er etwas.

»Sieh dir mal die Wände an«, sagte er. »Sie sind trocken..., und es bleiben keine Flecken zurück.«

»Nicht ganz«, sagte Gia und deutete über Jacks Schulter. »Was ist damit?«

Jack sah sie ebenfalls. Sie reichten etwa bis zur halben Höhe der billigen Wandtäfelung hinauf: seltsam geformte Flecken, die in gleichen Abständen um den ganzen Raum verteilt waren. Sie erinnerten ihn an...

»Kreuze!«, rief Charlie. »Lobet den Herrn, meine Gebete wurden erhört! Er hat das Böse aus diesem Haus vertrieben!«

Jack war sich dessen nicht so sicher.

Er beobachtete, wie die Strömung nachließ und der saugende Mittelpunkt des Mahlstroms sich glättete und zu einer Linie formte. Allmählich erschien wieder der orangene Zementboden, während das Blut im breiten Riss in der Mitte versickerte.

»Ich fasse es nicht«, sagte Jack. »Das Blut hat den Fußboden gespalten.

Jack sah, wie Lyle, der bluttriefend und erschöpft auf der Treppe gelegen hatte, sich mühsam aufrichtete.

»Vor zwei Minuten existierte der Fußboden nicht. Ich schwöre, als ich hineinstürzte, war der Boden *verschwunden*!«

»Wir glauben Ihnen«, sagte Jack.

Das restliche Blut schien regelrecht zu verdampfen, und zurück blieb der Zement, trocken und fleckenlos.

Lyle rutschte sitzend ein paar Stufen tiefer und kratzte mit der Schuhspitze am orangenen Zementboden. Offensichtlich beruhigt, dass er wieder sicheren Halt bot, stellte er sich hin und ging mit langsamen Schritten auf und ab. Dabei hütete er sich, dem Spalt in der Mitte des Raums zu nahe zu kommen.

»Was ist hier geschehen?«, fragte er in den Raum. »Warum? Was hat das zu *bedeuten*?«

Jack glaubte, die Antwort zu kennen, eine Antwort, die ihm ganz und gar nicht gefiel. Wenn er richtig lag, dann wünschte er sich Gia so weit wie möglich von diesem Ort entfernt.

»Das werden wir später zu ergründen versuchen, Lyle«, meinte er und wandte sich an Gia. »Lass uns von hier verschwinden.«

»Nein, warte mal«, sagte Gia, erhob sich und drängte sich an ihm vorbei die Treppe hinunter. »Ich will mir diese Kreuze ansehen.«

»Gia, bitte. Das ist kein guter Ort für dich, wenn du weißt, was ich meine.«

Sie lächelte ihn verständnisvoll an. »Ich weiß, was du meinst, aber diese Angelegenheit betrifft auch mich.«

»Nein, das tut sie nicht. Sie ...«

»Doch, das tut sie«, widersprach Lyle.

Jack sah ihn ungehalten an. »Wären Sie vielleicht so nett und würden sich aus dieser Sache heraushalten, Lyle?«

»Das kann ich nicht. Ich stecke bis zum Hals in dieser Sache drin. Und Gia ebenfalls. Sie ist die Einzige, die das kleine Mädchen gesehen hat. Sagt Ihnen das denn gar nichts?«

»Es sagt mir nur, dass sie so schnell wie möglich von hier verschwinden sollte.«

Gia trat hinunter auf den Kellerboden. »Ich möchte mir nur diese Kreuze ansehen, okay?«

»Nein«, murmelte Jack, erhob sich und folgte ihr. »Es ist nicht okay. Aber ich habe in dieser Angelegenheit offenbar ohnehin nicht viel zu sagen.«

Jack blieb neben ihr vor einem der glänzenden, kreuzförmigen Flecken auf der billigen Holztäfelung stehen. Der obere Teil war etwa drei Zentimeter breit und knapp dreißig Zentimeter hoch. Der circa zwölf Zentimeter breite Querbalken verbreiterte sich an beiden Enden und saß ziemlich hoch auf dem vertikalen Balken. Jack zählte elf von diesen Gebilden ringsum an der Kellerwand. Ihr Abstand zueinander betrug etwa zwei Meter und vom Boden aus ein Meter fünfzig.

»Ein seltsames Kreuz«, murmelte Gia. »Außerdem sind es in diesem Raum die einzigen Dinge, die noch feucht sind.«

»Nicht die einzigen«, sagte Lyle. Seine Kleider und seine Dreadlocks trieften noch immer von Blut. »Ich muss duschen und frische Sachen anziehen.« Er machte Anstalten, sich zu entfernen, dann drehte er sich zu ihnen um. »Übrigens, was Sie da sehen, kennt man als *Tau*-Kreuz. Es wird so genannt, weil es aussieht wie das *T* des griechischen Alphabets.

Außerdem ist es der letzte Buchstabe des hebräischen Alphabets.«

Jack sah ihn verblüfft an. Woher wusste er all dieses Zeug?

»*Tau*...«, sagte Charlie. »Ich erinnere mich, im Propheten Ezechiel gelesen zu haben, dass alle Gläubigen von Gott mit dem Buchstaben *Tau* auf der Stirn gezeichnet würden.« Er sah sich um und nickte. »Ja, das alles zeigt ganz eindeutig, dass wir von Gottes Hand gerettet wurden.«

Jack schaute genau hin. »Aber der Querbalken befindet sich nicht ganz oben.« Jedes Kreuz hatte am oberen Ende des vertikalen Balkens eine kleine Wölbung. »Es ist also nicht ganz ein großes *T*.«

Als wäre dies ein Stichwort gewesen, verblassten die blutigen Kreuze schlagartig und verschwanden.

»Sehen Sie!«, rief Lyle und streckte die Arme aus. Seine Kleider waren sauber und trocken, und auf seiner Haut und in seinen Haaren war nicht die geringste Spur Rot zu sehen. »Das Blut! Es ist verschwunden! Als wäre das alles gerade überhaupt nicht geschehen!«

»Oh, es ist geschehen«, sagte Jack und deutete auf die Geländerstange auf dem Kellerboden. »Und jetzt wird es für uns Zeit zu gehen.«

»Nein, das dürfen Sie nicht«, protestierte Lyle. »Wir müssen uns über diese Sache unterhalten. Über alles, was seit dem Erdbeben passiert ist...«

»Alles?«, fragte Jack. »Sie meinen, da hat es noch mehr gegeben?«

»Ja. Sogar viel mehr. Und ich glaube, es steht alles mit Gia in Verbindung. Vielleicht sogar auch das Erdbeben.«

Jack sah Gia an und bemerkte ihren erschrockenen Blick. Er schüttelte den Kopf. »Sehen Sie, Lyle, ich weiß, dass Sie gerade etwas Schlimmes erlebt haben, daher...«

»Hören Sie, es fügt sich alles zusammen. Wir wohnen schon seit fast einem Jahr hier, und in der ganzen Zeit haben wir nicht ein einziges seltsames Erlebnis gehabt.« Er sah seinen Bruder Beifall heischend an. »Stimmt es nicht, Charlie?«

Charlie nickte. »Das stimmt. Aber seit Freitagabend geht es bei uns Schlag auf Schlag.«

»Richtig. Die Kette der merkwürdigen Ereignisse begann, als Gia dieses Haus betrat. Kaum hatte sie die Schwelle überquert, fand ein Erdbeben statt.«

»Ich habe sie begleitet. Wir sind gemeinsam zu Ihnen gekommen, falls Sie das vergessen haben sollten. Vielleicht bin ich der Auslöser.«

Jack *wusste*, dass er es war, wollte aber in diesem Augenblick nicht näher darauf eingehen. Er wollte nur Gia so schnell wie möglich aus diesem Haus herausholen.

»Aber nicht Sie waren es, der das kleine Mädchen gesehen hat. An jedem anderen Tag meines Lebens würde ich einräumen, dass Gias Ankunft und das Erdbeben rein zufällig zum gleichen Zeitpunkt stattgefunden haben, aber nicht heute. Nicht nach dem, was ich gerade selbst erlebt habe. Und sie ist wirklich die Einzige, die das kleine Mädchen gesehen hat. Ich sage Ihnen, ich spüre es in der Magengrube: Dieses Kind steht mit dem, was hier geschehen ist, in enger Verbindung, und Gia wiederum hat irgendeine Verbindung zu diesem Mädchen. Ich möchte bloß wissen, welche.«

»Ich auch«, schloss sich Gia ihm an. »Ich meine, natürlich nur, wenn es tatsächlich zutrifft. Denn ich habe eine Hand aus diesem Tümpel herausragen sehen. Sie war direkt vor Ihnen allen, aber keiner von Ihnen dreien konnte sie sehen. Daher bin ich entweder verrückt oder es gibt diese Verbindung tatsächlich. Egal, wie oder was, ich bräuchte auch ein paar Antworten.«

»Okay, gut«, sagte Jack. Er wusste, dass Lyle sich irrte, doch wenn er berücksichtigte, wie sich die Unterhaltung entwickelte, musste er erkennen, dass er mit Gia in absehbarer Zeit nicht nach Hause zurückkehren würde. »Unterhalten wir uns darüber. Aber nicht hier. Ich glaube nicht, dass dieses Haus der geeignete Aufenthaltsort für Gia ist. Es muss hier in der Nähe doch ein Restaurant oder so etwas geben, wo wir uns gemütlich hinsetzen und die ganze Angelegenheit besprechen können.«

Charlie sah Lyle fragend an. »Wie wäre es mit Hasan's oben in der Ditmars?«

Lyle nickte. »Das ist okay. Dienstags ist dort wenig los. Da haben wir bei den Tischen praktisch die freie Wahl. Aber vorher möchte ich noch duschen.«

»Warum?«, fragte Jack. »Sie sind absolut sauber.«

»Schon möglich, aber ich *fühle* mich nicht sauber. Ihr drei könnt schon vorgehen. Es ist nicht weit. Ich komme dann nach.«

Jack nickte geistesabwesend. Lyles Theorie bereitete ihm eine gewisse Unruhe. Könnte Gia tatsächlich der Auslöser gewesen sein? Diese Möglichkeit, so abwegig sie einem auch vorkommen mochte, fraß sich wie Säure durch seine Eingeweide.

11

Hasan's entpuppte sich als kleines orientalisches Café und Restaurant. Die Aufschrift auf der orangen Markise über der Eingangstür aus echtem Holz stand dort auf Arabisch und auf Englisch. Die Wände im Innern waren mit weißem Gips verputzt und mit roten und grünen Streifen verziert. Auf einem Breitwandfernseher lief das Programm eines offensichtlich CNN nacheifernden arabischen Nachrichtenkanals.

Die Inhaber, ein freundlich lächelndes Ehepaar mittleren Alters mit starkem Akzent, begrüßten Charlie mit einer Zuvorkommenheit, wie sie nur einem regelmäßigen Stammkunden gebührt. Es war so, wie Lyle prophezeit hatte. Nur ein Viertel der Plätze war besetzt, sie konnten sich wirklich ihren Tisch aussuchen. Auf Jacks unauffälliges Kopfnicken hin – er wollte nicht von irgendwelchen Tischnachbarn belauscht werden – entschied sich Charlie für einen Tisch im hinteren Teil des Gastraums. Er hatte eine Marmorplatte und Stühle mit Lehnen aus geflochtenem Stroh.

Jack begab sich sofort auf die Herrentoilette und zog sein Oberhemd aus. Er überprüfte seinen Verband und stellte fest, dass Blut durchsickerte. Die Wunde schmerzte, aber sie schien trotz einer nicht gerade pfleglichen Behandlung nicht zu sehr gelitten zu haben. Er schlüpfte wieder in sein Hemd und deckte den Verband mit ein paar Papierhandtüchern zusätzlich ab.

Lyle erschien ein paar Minuten später, die Dreadlocks noch feucht vom Duschen. Die Serviererin hatte bereits ein Pepsi Light für Charlie, ein Sprite für Gia und zwei Kilian's für Jack und Lyle gebracht.

»Ich glaube, ich sollte Ihnen von der Andersheit erzählen«, begann Jack.

Gia runzelte die Stirn. »Meinst du, du solltest wirklich auf diesen Punkt eingehen?«

»Nun ja, es würde zumindest erklären, weshalb ich glaube, dass, wenn irgendjemand das Erscheinen der Andersheit in diesem Haus ausgelöst hat, ich es war und nicht du.«

Irgendwo in seinem Hinterkopf hörte er eine Stimme murmeln *Es geht eigentlich immer um dich, nicht wahr*. Das stimmte nicht. In den meisten Fällen wünschte er sich, es ginge nicht um ihn, aber diesmal hoffte er inständig, dass es so war. Und zwar weil er sich weigerte, Lyles Alternative zu übernehmen, dass Gia diese Manifestationen ausgelöst hatte. Vielleicht fürchtete er sich auch davor, sie zu akzeptieren. Er wollte nicht, dass Gia in irgendeiner Form beteiligt war.

»Ich weiß, aber es klingt so...« Sie wischte sich mit einer

Hand über das Gesicht. »Was denke ich? Ich wollte sagen, es klingt so verrückt, so fantastisch, so vollkommen abwegig. Aber nach dem heutigen Tag...«

»Richtig«, sagte Lyle. »Nach dem heutigen Tag werden Sie sich einiges einfallen lassen müssen, um bei uns als abwegig betrachtet zu werden. Ich denke, wir haben den Begriff ›abwegig‹ hinter uns gelassen. Abgesoffen in einem See aus Blut.«

Jack bemerkte, dass Charlie ihn gespannt anstarrte. »Sie sagten ›Andersheit‹? Was meinen Sie damit?«

Jack registrierte, dass die Ereignisse im Keller den jüngeren Kenton offenbar nachhaltig beeindruckt und ihn seines lockeren, großspurigen Auftretens beraubt hatten.

Die Serviererin erschien mit den Speisekarten.

»Warum bestellen wir nicht zuerst und unterhalten uns dann?«, fragte Jack in die Runde.

Gia sah ihn kopfschüttelnd an. »Wie kannst du nach all dem noch hungrig sein?«

»Ich bin immer hungrig.«

Die Speisekarte war zweisprachig – auf der linken Seite englisch, auf der rechten arabisch. Hinzu kamen einige seltsame Rechtschreibfehler auf der englischen Seite. Hasan's hatte ein umfangreiches Angebot: Salat, Falafel, Hummus, Tahini, Baba Ganoush, Fatoush, Lebneh, gegrillte Calamares, geschmorte Auberginen und Tintenfisch auf syrische Art.

Normalerweise bevorzugte Jack solide Hausmannskost, doch nach den Erlebnissen der letzten Stunden glaubte er, dass ihn ein Ausflug in kulinarisches Neuland kaum schrecken würde.

Eine ganze Reihe verschiedener Kebabs – Lamm, Kalb, Huhn und Köfte, was immer Letzteres sein mochte.

»Ich nehme eine kleine Portion Hummus und ein Stück Pita. Das ist alles, was ich jetzt runterbekomme. Was ist mit dir?«

»Ich glaube, ich nehme das Spezialmenü.«
Gia riss die Augen weit auf. Es verschlug ihr den Atem.
»Zunge mit Hammelhoden? Jack, wage das bloß nicht!«
Das hatte er nicht gewusst. Doch er konnte jetzt kaum einen Rückzieher machen. Tapfer sagte er: »Es wird mich schon nicht umbringen...«
»Wage. Es. Bloß. Nicht.«
»Okay. Nur dir zuliebe, mein Schatz, verzichte ich auf diesen göttlichen Genuss.« Er hatte niemals die ernsthafte Absicht gehabt, ein Gericht zu bestellen, dessen Name übersetzt wie eine besonders exotische Form des Geschlechtsakts klang. »Ich glaube also, ich bin mit einem Lamm-Kebab zufrieden.«
Sobald alle bestellt hatten, beugte sich Jack verschwörerisch über den Tisch.
»Lassen Sie mich ganz von vorn anfangen. Es dauert vielleicht eine oder zwei Minuten, aber Ihre Geduld wird sich am Ende auszahlen. Es begann im vergangenen Sommer, als ein verrückter Hindu mit einer ganzen Schiffsladung bizarrer Kreaturen, so genannten Rakoshi, an den Docks der West Side anlegte. Sie waren groß und bösartig und bedrohten jemanden, an dem mir sehr viel liegt.« Er schaute Gia an, und ihre Blicke trafen sich. Damals hatte es beinahe so ausgesehen, als würden sie Vicky verlieren, und Jack selbst hatte dieses Abenteuer nur ganz knapp überlebt. »Aber sie konnten unschädlich gemacht werden, und das habe ich getan.«
Nicht alle. Eine dieser Bestien war noch am Leben, aber Jack entschied, nicht näher darauf einzugehen.
»Ich dachte, damit wäre dieses Thema erledigt. Es war bis dato die seltsamste Erscheinung meines Lebens, doch ich legte sie unter der Rubrik ›gemachte Erfahrungen‹ ab und dachte nicht mehr daran. Aber dann, im letzten Frühjahr, erfuhr ich, dass diese Wesen in gewisser Weise nicht irdischen Ursprungs waren.«

»Wir geraten doch nicht etwa in Bereiche der Ufologie?«, fragte Lyle mit unüberhörbarem Spott in der Stimme.

»Nein. Das hier ist noch seltsamer, noch unheimlicher. Als ich im Auftrag eines Mannes dessen vermisste Ehefrau suchte, bekam ich es mit einigen merkwürdigen Leuten zu tun, die mir erklärten, dass die Rakoshi aus allen schlechten Elementen der Menschen ›gestaltet‹ wurden – das war das Wort, das sie damals benutzten. Ein Etwas isolierte die menschliche Lust und Gier und den menschlichen Hass und all seine Schlechtigkeit und versah diese Kreaturen damit, ohne ein abschwächendes Element hinzuzufügen. Sie waren sozusagen das menschliche Böse in Reinkultur.«

»Sie meinen Dämonen«, sagte Charlie.

»Sie würden in etwa der Beschreibung entsprechen, glaube ich.«

»Und dieses ›Etwas‹ hat das getan, wie Sie sagten. Reden Sie vom Satan?«

»Nein. Mir wurde erklärt, es würde Andersheit genannt.«

»Das könnte ein anderer Name für den Satan sein.«

»Das glaube ich nicht. Der Satan ist ein eher leicht verständliches Konzept. Er wurde auf Grund seines Stolzes aus dem Himmel vertrieben und fristet nun sein Dasein damit, dass er die Seelen der Menschen von Gott weglockt und sie in die Hölle verbannt, wo sie ewige Qualen erdulden müssen. So kann man es doch zusammenfassen, oder?«

»Nun ja«, sagte Charlie. »Aber ...«

»Na gut.« Jack wollte sich nicht ablenken lassen. »Aber ich habe mir das Wesen der Andersheit schon des Öfteren erklären lassen und habe eigentlich noch immer keine genaue Vorstellung davon. Offensichtlich herrscht seit ewigen Zeiten Krieg zwischen zwei riesigen, unvorstellbar komplexen kosmischen Mächten. In diesem Krieg ist der Preis die Existenz von schlichtweg allem – diese Welt, andere Realitäten, andere Dimensionen, *alles* steht auf dem Spiel. Ehe Sie sich halbwegs wichtig vorkommen, muss ich Ihnen offenbaren, dass ich erfuhr, unsere Realität sei nur ein winziges Stück dieses Ganzen und nicht sonderlich bedeutend. Aber wenn eine der beiden Parteien gewinnt, wird sie alles an sich reißen. Sogar unsere kleine Provinzwirklichkeit.«

»Jetzt sagen Sie bloß nicht«, schaltete sich Lyle erneut mit einem leicht spöttischen Unterton in der Stimme ein, »dass diese Mächte das *Gute* und das *Böse* sind.«

»Nicht ganz. Das wäre zu einfach. So wie ich es verstehe, ist die Partei, die über unsere Wirklichkeit gebietet, nicht gut oder böse, sondern sie ist einfach nur da. Das Beste, das wir von ihr erwarten können, ist eine Art wohlwollende Nichtbeachtung.«

»›Ihr sollt keine falschen Götter haben neben mir‹«, zitierte Charlie.

»Es ist kein Gott. Es ist eine Macht, eine Existenzform, ein…« Jack spreizte in einer hilflosen Geste die Hände. »Ich weiß nicht, ob wir etwas so Allumfassendes und Fremdes überhaupt geistig erfassen können.«

»Hat es einen Namen?«, fragte Lyle.

Jack schüttelte den Kopf. »Nein. Ich habe mal gehört, wie jemand es als den Verbündeten bezeichnete, aber das trifft es nicht richtig. Es wird nur für uns wirksam, um weiter über uns verfügen zu können. Ansonsten schert es sich einen feuchten Kehricht um uns.«

»Und diese Andersheit ist… was?«, wollte Lyle wissen. »Die Andere Seite?«

»Richtig. Und sie hat auch keinen Namen, aber die Leute, die über solche Dinge offenbar Bescheid wissen, nennen sie die Andersheit, weil sie alles ist oder darstellt, das nicht wir sind. Ihre Regeln sind anders als unsere. Sie möchte unsere Form der Wirklichkeit in ihre umwandeln, in eine Form, die uns vergiften wird – sowohl physisch als auch spirituell.«

»Das ist der Satan, ich sage es euch!«, rief Charlie. Lyle verdrehte die Augen. Charlie bemerkte dies und deutete auf Jack. »Er hat gerade den Satan bezwungen, Bruder, und das ist dir auch ganz klar. Warum hörst du nicht endlich auf, nach Ausflüchten zu suchen und dich vor der Erkenntnis zu drücken?«

Um einem aufflammenden Streit zuvorzukommen, sagte Jack: »Na ja, die Andersheit könnte durchaus bei der Idee von einem Satan, wie wir ihn heute kennen, Pate gestanden haben. Soweit ich gehört habe, steckt etwas Blutsaugerisches in ihr, und mir kommt es so vor, als führe ihre Vorstellung von Realität zu einer Hölle auf Erden. Daher vielleicht...«

»Aber was hat das alles mit dem heutigen Nachmittag zu tun?«, fragte Lyle.

»Dazu komme ich noch. Im letzten Frühjahr habe ich auf recht drastische Weise erfahren, dass die Elemente innerhalb der Andersheit, die maßgeblich für die Erschaffung der Rakoshi verantwortlich waren, meinen Kopf deshalb rollen sehen wollten, weil ich sie unschädlich gemacht habe. Sie haben es nicht geschafft, aber ein paar Menschen und ein ganzes Haus sind spurlos vom Antlitz der Erde verschwunden.«

»Ach ja, ich erinnere mich, davon gelesen zu haben«, sagte Charlie. »Es ist irgendwo draußen auf Long Island passiert, stimmt's?«

Jack nickte. »In einer kleinen Stadt namens Monroe.«

»Richtig!«, sagte Lyle. »Ich weiß noch, dass ich damals überlegte, was ich tun könnte, um mich im Zusammenhang mit diesem Ereignis als Helden darzustellen, oder ob ich nicht wenigstens mit irgendeiner verrückten Erklärung herauskommen könnte, um Werbung für mich zu machen. Aber ein halbes Dutzend Medien und Wahrsager aus der City waren schneller als ich.« Wieder sah er Jack verwundert an. »Wollen Sie tatsächlich behaupten, dass Sie das waren?«

»Ich habe es nicht *verursacht*«, sagte Jack. »Ich war nur zufällig am Ort des Geschehens. Und ich war nicht der Einzige dort. Beide Seiten waren vertreten. Zum Team der Andersheit gehörte ein Knabe, der sich Sal Roma nannte. Das war nicht sein richtiger Name – er hatte ihn gestohlen. Er schien über die Andersheit bestens Bescheid zu wissen, als ob er ihr wesentlicher Repräsentant gewesen wäre. Sein Name ist mir seitdem einige weitere Male untergekommen, einmal, so glaube ich, sogar als Anagramm.«

»Als Anagramm?«, fragte Lyle. »Das ist interessant. Das bedeutet, dass sein Name sich wahrscheinlich in diesen Buchstaben verbirgt. Ich habe mal gelesen, dass Zauberer früher gerne unter falschen Namen auftraten – aus Angst, dass jemand, der ihren wahren Namen kannte, Macht über sie gewinnen könnte.«

»Ich glaube, dass dieser Kerl nur irgendwelche Spielchen spielt. Aber falls ich jemals seinen wahren Namen erfahren sollte, werde ich ihn suchen und ...« Jack hielt inne. »Vergessen Sie's.«

Charlies Miene zeigte gesteigertes Interesse. »Haben Sie mit diesem Sal Roma eine persönliche Rechnung offen?«

Der Gedanke an Kate ließ bei Jack alte Wunden aufreißen. »Das könnte man so ausdrücken.«

Jack blickte zu Gia hin. Sie lächelte mitfühlend und ergriff seine Hand unterm Tisch. Sie hatten sich während des vergangenen Monats sehr oft über diese Sache unterhalten. Gia glaubte daran. Sie hatte die Rakoshi gesehen, daher hatte sie auch gleich alles akzeptiert, als er ihr die Hintergründe erklärt hatte. Doch sogar nach all dem, was sie an diesem Tag erlebt hatten, hielten die Kenton-Brüder ihn für nicht wenig verrückt.

Er machte einen tiefen Atemzug, und es wirkte, als würde er das Vergangene energisch zur Seite schieben. »Aber zurück zu dem großen Loch in Monroe: Sal Roma und ein besonders hässliches Schoßtier vertraten dort die Andersheit. Die Anti-Andersheit wurde durch zwei Typen repräsentiert, die aussahen wie eineiige Zwillinge. Ich stand sozusagen zwischen beiden Parteien, und die Zwillinge waren bereit, mich für ihre Zwecke zu opfern – was mir ziemlich überzeugend demonstrierte, wie wenig wohlwollend diese so genannte Verbündete Macht ist. Die Situation wurde zunehmend kompliziert, aber das Ergebnis sah so aus, dass ich am Ende aus der Geschichte mehr oder weniger heil herauskam – die Zwillinge aber nicht.«

»Wissen Sie«, sagte Lyle, »das alles ist äußerst faszinierend, aber was hat das mit unserem Haus zu tun?«

»Dazu komme ich gleich. Ich habe seitdem erfahren – zumindest wurde es mir so mitgeteilt –, dass ich zum Dienst für die Anti-Andersheit zwangsverpflichtet wurde.«

»Zwangsverpflichtet?«, fragte Lyle. »Soll das heißen, dass Sie in dieser Angelegenheit nichts zu entscheiden haben?«

»Ganz und gar nichts offenbar. Ich vermute, dass ich für das Verschwinden der Zwillinge irgendwie verantwortlich bin und sie deshalb in irgendeiner Form ersetzen muss. Aber wenn dieses Große – was auch immer es sein mag – glaubt, ich würde jetzt durch die Welt ziehen, um wer weiß wo Feuer auszutreten, die von der Andersheit angefacht wurden, dann sollte es schnellstens von diesem Trip runterkommen. Ich habe keine Ahnung von meinen Vorgängern, aber ich habe ein eigenes Leben.«

»Was meinen Sie mit ›von der Andersheit entfachten Feuern‹?«, fragte Charlie.

»Ich bin mir nicht ganz sicher, aber ich habe den Eindruck, dass die meisten der seltsamen Dinge, die in dieser Welt passieren – was die Menschen gerne paranormal oder übernatürlich nennen – in Wirklichkeit Manifestationen der Andersheit sind. Alles, was uns einen Schrecken einjagt, uns verwirrt, alles, was das Schlechte in uns zum Vorschein bringt, stärkt die Andersheit.«

Charlie schlug mit der Faust auf den Tisch. »Sie reden vom

Satan, Mann! Vom Vater der Lüge, vom Stifter der Zwietracht!«

»Vielleicht«, sagte Jack, der ein theologisches Streitgespräch vermeiden wollte. »Und vielleicht bin ich mir vieler Dinge gar nicht so sicher, wie ich es früher gewesen wäre. Aber ich bin mir ziemlich sicher, dass ich als Anti-Andersheit markiert wurde und deshalb derjenige war und bin, der all das ausgelöst hat, was sich seit meinem ersten Auftritt hier in Ihrem Haus abgespielt hat.«

Jack schaute in die Runde und fing Lyles Blick auf, der ihn ungläubig anstarrte. »Sie wollen behaupten, *Sie* hätten dieses Erdbeben ausgelöst?«

»Entweder das, oder es war alles nur purer Zufall. Und ich habe ziemlich drastisch erfahren, dass es in meinem Leben absolut keine Zufälle gibt.«

Lyles Augen weiteten sich. »Keine Zufälle mehr ... das heißt, dass Ihr Leben manipuliert wird. Also, das kann einem verdammt Angst machen.«

»Wem sagen Sie das.« Jacks Eingeweide verkrampften sich jedes Mal, wenn er es zuließ, darüber nachzudenken. Er sah Gia an. »Demnach können Sie jetzt verstehen, weshalb ich nicht möchte, dass Gia sich auch nur in der Nähe dieses Hauses – geschweige denn darin – aufhält.«

»O ja.« Lyle nickte heftig. »Unter der Voraussetzung, dass das, was Sie erzählt haben, wirklich zutrifft – und bisher machen Sie auf mich nicht den Eindruck, als wären Sie nicht ganz richtig im Kopf –, ja, ganz und gar. Und so ungern ich es zugebe – weil ich immer dachte, dass so etwas nicht mehr als ein schlechter Scherz ist –, wir scheinen es hier tatsächlich mit einem echten Gespenst zu tun zu haben. Könnte so etwas mit Ihrer Andersheit in Verbindung stehen?«

Jack spürte, wie sich Zorn in ihm regte. »Zuerst einmal, die Andersheit kommt nicht von mir. Ich habe sie mir nicht einfallen lassen, sondern sie wurde mir aufgedrängt, und ich wäre sicherlich viel glücklicher, wenn ich nie etwas von ihr gehört hätte. Zweitens, niemand hat mir ein Buch oder eine gedruckte Anleitung zukommen lassen und gemeint: ›Da, nimm, lies das, damit du weißt, womit du es zu tun hast.‹ Ich muss mir die Erklärungen nach und nach zusammensuchen.«

»Okay, ich habe mich falsch ausgedrückt. Dann will ich es anders formulieren: Warum sollen wir annehmen, dass dieses Gespenst mit der Andersheit in Verbindung steht?«

»Vielleicht tut es das gar nicht. Aber andererseits haben die gewaltsamen Todesfälle im Menelaus Manor eine Art Bezugspunkt für die Andersheit geschaffen. Vielleicht befindet sich dieser Bezugspunkt genau auf dieser geologischen Bruchlinie unter dem Haus. Und als ich über die Schwelle dieses Hauses trat, habe ich sozusagen den Stolperdraht berührt und... *peng.*«

Lyle schüttelte den Kopf. »Ich glaube immer noch, dass dieses kleine Mädchen mit Gia in Verbindung steht.« Er sah sie an. »Kam sie Ihnen irgendwie bekannt vor?«

Gia schüttelte den Kopf. »Kein bisschen. Wenn sie tatsächlich ein Gespenst ist...« Sie schüttelte den Kopf. »Ich habe auch niemals an Gespenster geglaubt, aber wie sollte man sie sonst nennen? Falls es sich bei ihr um eine solche Erscheinung handelt, dürfte sie in den sechziger Jahren gestorben sein. Sie trug Reitkleidung, und die ist kaum irgendeiner Mode unterworfen, so dass man auch keine Jahreszahl daran festmachen kann. Aber sie hat ständig ein Lied gesungen...«

»›*I think we're alone now*‹?«, fragte Lyle.

»Ja! Haben Sie es auch gehört?«

»Gestern. Aber ich habe sie nicht gesehen.«

»Nun, es ist ein Song aus den Sechzigern – Ende der Sechziger, glaube ich.«

»1967, um genau zu sein«, sagte Jack. »Tommy James and the Shondelles auf dem Roulette Label.«

Lyle und Charlie starrten ihn entgeistert an. Gia grinste nur verhalten. Sie war schon daran gewöhnt.

Jack zuckte die Achseln und tippte sich gegen den Kopf. »Da drin steckt ein ganzer Haufen nutzloser Informationen.«

»Diesmal war sie aber nicht ganz nutzlos«, widersprach Gia. »Wir haben jetzt eine Vorstellung, wann sie möglicherweise getötet wurde.«

»Getötet?«, fragte Charlie. »Sie meinen, dass jemand sie getötet hat?«

Gia verzog gequält das Gesicht. »Sie haben sie nicht gesehen. Ihre Brust war aufgerissen.« Sie schluckte. »Ihr Herz war verschwunden.«

»Das könnte auch eine symbolische Bedeutung gehabt haben«, sagte Jack und drückte ihre Hand.

Er wünschte sich, Gia wäre niemals auch nur in die Nähe des Menelaus Manor gekommen. Das war allein Junie Moons Schuld. Und seine, weil er sich bereit erklärt hatte, Junie zu ihrem Medium zu fahren. Wenn sie doch nur bei dieser verdammten Party geblieben wären...

»Nach all dem Blut, das wir gesehen haben?« Lyle schüttelte den Kopf. »Nein, wenn das symbolisch gewesen sein soll, dann war das mehr als übertrieben.«

»Erzähl ihnen von Sonntagabend«, forderte Charlie seinen Bruder auf.

Lyle wirkte ziemlich unbehaglich, als er ihnen von der Erscheinung in der Dusche und von dem blutigen Wasser erzählte, das durch den Abfluss geströmt war.

Ein echtes *Psycho*-Replay, dachte Jack.

Er beschrieb die Schrift auf dem Spiegel, ehe jemand ihn zerschmettert hatte. Dann...

»Ich habe am Freitag und am Samstag Blut auf Charlies Brust gesehen. Aber ›sehen‹ ist vielleicht nicht das richtige Wort. War es eine Vision? Eine Halluzination? Aber am

Sonntagabend war es anders. Da bin ich es gewesen, der voller Blut war, und als ich mein Hemd hochzog, sah es aus, als wäre meine Brust aufgerissen worden. Ich...« Lyle sah seinen Bruder an. »Wir konnten beide mein Herz in der Öffnung schlagen sehen.«

»Lieber Himmel«, flüsterte Gia.

»Es dauerte nur wenige Sekunden, aber wenn man geglaubt hat, uns von hier vertreiben zu können, so hat das nicht geklappt. Von ruhigem Schlaf ist seitdem zwar keine Rede mehr, aber wir bleiben hier. Nicht wahr, Bruderherz?«

Charlie nickte, doch Jack sah nicht gerade Begeisterung in seiner Miene.

»Meinen Sie, das sollte der Sinn hinter den Erscheinungen sein?«, fragte Jack. »Sie von hier zu vertreiben?«

»Was sonst? Was immer hier sein Unwesen treibt, es verfolgt sicher keine freundlichen Absichten. Andererseits will es uns offenbar keinen direkten Schaden zufügen...«

Jack musste lachen. »Wie bitte? Vor knapp einer Stunde wären Sie beinahe ertrunken!«

»Aber ich bin es nicht. Vielleicht hatte es auch nicht so weit kommen sollen. Seien wir doch ehrlich, wenn es mich hätte töten wollen, dann hatte es die Chance dazu schon am Sonntag. Es hätte mir den Schädel einschlagen können, anstatt nur den Spiegel zu zertrümmern.«

»Das ist natürlich richtig«, gab Jack zu. »Aber vielleicht sind gar nicht Sie es, an dem dieses Unbekannte interessiert ist. Und eine Frage bleibt: Warum gerade jetzt? Wie Sie sagten, Sie wohnen schon seit über einem Jahr in diesem Haus. Warum sollte dieses Ding auf mein Eintreffen am Freitag gewartet haben, ehe es sich manifestierte?«

»Nicht nur Sie waren hier«, wandte Lyle ein. »Gia war auch dabei.«

Jack sah ihn ungehalten an. »Diese Theorie geht Ihnen wohl nicht mehr aus dem Kopf, oder?«

Lyle zuckte die Achseln. »Ich kann nichts dafür. Ich glaube noch immer, dass das Ganze mit Gia in Verbindung steht.«

»Können wir nicht aufhören, dauernd von ›es‹ zu reden?«, meldete sich Gia zu Wort. »Es ist eine ›Sie‹. Ein kleines Mädchen.«

»Aber wissen wir das genau?«, fragte Lyle. »Vielleicht kann es jede denkbare Gestalt annehmen. Vielleicht hat es sich für die Gestalt des kleinen Mädchens entschieden, weil es weiß, dass Sie dann am ehesten reagieren.«

Gia blinzelte. Jack erkannte, dass sie diese Möglichkeit noch gar nicht in Erwägung gezogen hatte. Er auch nicht. Ein tiefes Unbehagen breitete sich in ihm aus. Vielleicht war Gia doch in irgendeiner Weise beteiligt.

Nach einer kurzen Pause schüttelte Gia den Kopf. »Das glaube ich einfach nicht. Ich glaube, sie verfügt nur über begrenzte Möglichkeiten, aktiv zu werden, und versucht lediglich, uns irgendetwas mitzuteilen.«

»Was?«

»Dass um 1967 in Ihrem Haus ein kleines Mädchen ermordet und seine Leiche im Keller verscharrt wurde.«

Stille senkte sich über den Tisch, und alle starrten Gia an.

Sie seufzte. »Was ist? Seht euch doch mal an, was wir haben.« Sie zählte die Punkte an den Fingern ab. »Ein kleines Mädchen mit einem Loch in der Brust singt einen Song aus dem Jahr 1967, hinterlässt eine Blutspur, die in einen Keller voller Blut führt, das durch einen Spalt im Fußboden abfließt. Macht die Augen auf, Leute. Es ist alles da und springt euch geradezu ins Gesicht.«

Lyle nickte zögernd. Er sah Charlie kurz an. »Ich glaube, wir sollten mehr über unser Haus in Erfahrung bringen.«

»Und wie sollen wir das?«, fragte Charlie.

»Wie wäre es mit dem alten Griechen, der es uns verkauft hat? Ich habe damals nicht so sehr darauf geachtet, aber hat er nicht davon geredet, dass er jedes Mal beteiligt war, wenn das

Haus den Eigentümer wechselte? Wie hieß er noch? Soweit ich mich erinnere, ist es ein ziemlich komplizierter Name gewesen.«

Charlie grinste. »Konstantin Kristadoulou. So einen Namen vergisst man nicht.«

»Richtig! Gleich morgen rufe ich Mr. Kristadoulou an und vereinbare ein Treffen. Vielleicht kann er ein wenig Licht in dieses Rätsel um unser Gespenst bringen.«

»Ich werde auch an diesem Treffen teilnehmen«, erklärte Jack. »Schließlich hänge ich ebenfalls in dieser Sache drin.«

Mehr als ihr euch alle vorstellen könnt.

»Okay«, sagte Lyle.

Gia beugte sich vor. »Aber was geschieht heute Nacht? Wo werden Sie schlafen?«

»In meinem Bett.«

Sie schüttelte den Kopf. »Haben Sie denn...?«

»Ob ich Angst habe?« Er lächelte und zuckte die Achseln. »Natürlich habe ich Angst. Aber ich glaube, es will uns...«

»Sie.«

»Na schön, *sie* will uns offenbar etwas mitteilen. Vielleicht will sie auch, dass wir etwas tun, und dann verschwindet sie. Und wie soll ich herauskriegen, was es ist, wenn ich nicht hier bleibe?«

Das klang logisch, aber Jack glaubte, in Lyles Augen ein Blitzen sehen zu können. Hatte er vielleicht noch ganz andere Pläne? Jack fragte sich, wie die wohl aussehen mochten.

Doch darüber würde er sich später den Kopf zerbrechen. Im Augenblick ging es ihm nur darum, Gia nach Manhattan zurückzubringen und sie davon zu überzeugen, dass sie auch gefälligst dort bleiben sollte. Es war schon schlimm genug, dass die Andersheit offenbar ihn aufs Korn genommen hatte. Die Möglichkeit, dass Gia ebenfalls ein Ziel für sie sein könnte, verursachte ihm regelrechte Magenkrämpfe.

Zuerst seine Schwester, dann Gia und ihr ungeborenes

Kind... war das der Plan? Wollte sie seine Seele zerquetschen – indem sie alles vernichtete, was ihm lieb und teuer war –, ehe sie ihn zerdrückte?

Hoffentlich hört mir niemand zu. Ich rede ja schon wie ein Paranoiker.

Hey, Leute! Ich bin so wichtig, dass es eine kosmische Macht auf mich und alle, die mir nahe stehen, abgesehen hat!

Aber... wenn er tatsächlich zwangsverpflichtet worden war, um in diesen Schattenkrieg zu ziehen, dann könnte genau das zutreffen.

Jack spürte, wie ihm die Luft knapp wurde. Er musste irgendeine Möglichkeit finden, seinen Abschied zu nehmen, selbst wenn es auf eine unehrenhafte Entlassung hinauslaufen sollte.

An erster Stelle stand jedoch für ihn, Gia in Sicherheit zu bringen.

12

»Wie ich Ihnen schon gesagt habe«, meinte Fred Strauss fast im Flüsterton. »Er ist ein Geist, ein verdammtes Gespenst.«

Eli Bellitto lag in seinem Krankenbett und starrte auf den im abgedunkelten Krankenzimmer flackernden bunten Schirm des Fernsehers.

»Wer ist ein Gespenst?«, wollte Adrian wissen.

Strauss saß am rechten Fußende des Bettes, Adrian am linken. Der massige Kerl war mit seinem Rollstuhl ins Zimmer gefahren. Sein linkes Knie war geschient und ragte gestreckt nach vorne. Sogar im matten Lichtschein konnte Eli zwei hässliche violette Schwellungen auf seinem kahlen Schädel erkennen. Die langen Arme hingen an den Seiten herab und berührten fast den Fußboden.

»Der Kerl, der Sie zusammengeschlagen und Eli mit dem Messer angestochen hat«, sagte Strauss mit einem ungeduldigen Unterton in der Stimme. »Haben Sie nicht zugehört?«

Adrians Kurzzeitgedächtnis hatte sich noch nicht vollständig erholt, und er hatte Schwierigkeiten gehabt, Strauss' Entschuldigung zu verstehen, dass seine Suche nach ihrem Angreifer noch keine Ergebnisse erbracht hatte. Sogar Eli fand seine ständigen Fragen zunehmend lästig.

Adrian schüttelte den Kopf. »Daran kann ich mich nicht erinnern. Ich weiß nur, dass wir gestern Abend gegessen haben, und danach... Fehlanzeige, alles weg. Wären da nicht mein Knie und diese rasenden Kopfschmerzen, ich würde meinen, ihr nehmt mich auf den Arm.«

Adrian hatte einen Teil seines Langzeitgedächtnisses zurückerhalten – wenigstens begriff er, dass jetzt August und nicht mehr Juli war –, aber er hatte diese Erklärung seit seinem Eintreffen mindestens ein halbes Dutzend Mal von sich gegeben. Eli hätte ihm am liebsten irgendetwas an den Kopf geworfen.

Ich bin es, dem es richtig dreckig geht, wollte er brüllen. Du hast bloß eins über den Schädel gekriegt!

Er biss die Zähne zusammen, als ein neuer Lavastrom in seinem Schoß zu explodieren schien. Seine linke Hand tastete hektisch nach dem Dosierknopf des Betäubungstropfs. Er hoffte inständig, dass er seine Morphiumdosis für diesen Tag noch nicht vollständig aufgebraucht hatte.

Was für ein Tag. Der Nachmittag war die reinste Hölle gewesen. Eine Krankenschwester, ein Dreihundert-Pfund-Koloss namens Horgan, war erschienen und hatte darauf bestanden, dass er aufstand und herumging. Eli hatte sich geweigert, aber die Frau hatte sich nicht damit zufrieden gegeben. Sie mochte eine Schwarze sein, aber im Herzen war sie der reinste Unmensch, als sie ihn durch den Korridor führte, während er sich an seinen rollenden intravenösen Tropf klammerte. Dabei baumelte auch noch der Blasenkatheter zwischen seinen Knien, und am Ständer hing für alle sichtbar sein Urinsack. So musste er zu all den Schmerzen auch noch mit dem Gefühl einer umfassenden Erniedrigung fertig werden.

Und dann war Dr. Sadiq vorbeigekommen und hatte ihm erklärt, er müsse *mehr* Gehübungen machen und dass man ihm morgen den Katheter entfernen wolle – Elis ganzer Unterleib verkrampfte sich bei der Vorstellung, dass Schwester Horgan ihm den Schlauch aus dem Bauch riss, und das hatte eine weitere Schmerzwoge ausgelöst. Abschließend hatte Dr. Sadiq gemeint, er habe die Absicht, Eli am nächsten Vormittag zu entlassen.

Wenn es nach Eli ging, war das noch gar nicht früh genug, solange er diesen Betäubungstropf mitnehmen könnte.

»Mit anderen Worten«, sagte Eli zu Strauss, während das Morphium seine Wirkung entfaltete, »wenn wir das ganze Gelaber streichen, mit dem Sie uns eingeseift haben, bleibt als nackte Tatsache übrig, dass Sie nichts erreicht haben und wir praktisch wieder am Anfang stehen.«

Der Detective spreizte in einer Geste der Entschuldigung die Hände. »Hey, ich kann nicht zaubern, und ich habe ja nicht gerade viel von Ihnen bekommen, um gezieltere Nachforschungen anzustellen.«

Es machte Eli richtig Angst, begreifen zu müssen, dass ihr Angreifer noch nicht identifiziert worden war.

Er kennt mich, aber ich kenne ihn nicht.

Er konnte in diesem Moment das Krankenhaus betreten, indem er so tat, als wolle er jemanden besuchen, und in Wirklichkeit darauf warten, dass Strauss und Adrian endlich verschwanden, um sein Werk zu vollenden.

Wenn ich wenigstens seinen Namen wüsste. Dann könnte sich der Zirkel um alles Weitere kümmern. Mit den guten Beziehungen seiner Mitglieder würde mit dem Unbekannten kurzer Prozess gemacht.

»Haben Sie seine Telefonnummer mitgebracht?«, wollte Eli von Strauss wissen.

»Ja.« Der Detective fischte ein Stück Papier aus der Hosentasche. »Da ist sie.«

»Wählen Sie sie für mich.«

»Das soll wohl ein Scherz sein. Die Nummer kann zurückverfolgt werden, und er scheint nicht gerade...«

»Nun wählen Sie schon!«

Achselzuckend tippte Strauss die Nummer am Telefon auf dem Nachttisch ein und reichte Eli den Hörer. Nach vier Rufzeichen meldete eine körperlose Stimme, dass der angewählte Teilnehmer zur Zeit nicht zu sprechen sei. Eli gab Strauss den Hörer zurück.

»Lassen Sie die Nummer auf dem Nachttisch liegen.«

»Reine Zeitverschwendung, wenn Sie mich fragen. Der Kerl lässt sein Telefon ausgeschaltet.«

»Ich versuche es weiter. Wer weiß? Vielleicht habe ich Glück.«

Eli hatte keine Ahnung, was er in diesem Fall sagen sollte, doch die Telefonnummer war seine einzige Verbindung zu dem Mann, der ihn so zugerichtet hatte.

»Hey«, sagte Strauss und deutete auf den Fernsehschirm. »Ist das nicht...?«

Eli brachte ihn mit einer heftigen Handbewegung zum Schweigen und drehte die Lautstärke hoch, als er das Gesicht des kleinen vietnamesischen Jungen erkannte. Er hatte die Einleitung versäumt, nach der nun eine dunkelhäutige Reporterin auf einem dicht bevölkerten Bürgersteig zu sehen war. Offenbar war diese Einstellung im Laufe des Tages aufgenommen worden.

Ihr Name lautete Philippa Villa, und sie führte eine Befragung darüber durch, wie nach Meinung der Leute angesichts der versuchten Entführung des kleinen Duc Ngo Kinderschänder in Zukunft bestraft werden sollten.

Kinderschänder! Warum ging jedermann davon aus, dass das Kind hätte sexuell missbraucht werden sollen?

Während diverse elektronisch aufgeblähte Gesichter des vielfarbigen Lumpenproletariats von Manhattan nacheinander über den Bildschirm flimmerten und dabei vorhersagbar banale Kommentare der Art abgaben, dass die Todesstrafe eigentlich noch zu milde für solche Schweine sei, steigerte sich Elis Wut zu rasendem Zorn. Diese Trottel hatten keine Ahnung von den hohen Zielen des Zirkels und qualifizierten sie als perversen Abschaum ab. Dabei wurden sie von dieser Reporterin, dieser Philippa Villa, sogar noch angestachelt. Der Zirkel erfreute sich bester Beziehungen zu den Medien. Eli würde dafür sorgen, dass die Karriere dieser Frau schon bald ein abruptes Ende finden würde.

Er wollte gerade den Kanal wechseln, als das grinsende Gesicht der Reporterin den Bildschirm ausfüllte.

»Und wenn Sie glauben, dass die Passanten, die Sie gerade gesehen haben, zu drastische Forderungen gestellt haben, dann sollten Sie sich mal anhören, was eine Frau erklärte, die eigentlich nicht vor der Kamera erscheinen wollte. Ich habe aufgeschrieben, was sie gesagt hat: ›Der Kerl, der diesen kleinen Jungen entführt hat, sollte kastriert werden…‹«

Eli unterdrücke ein Stöhnen, als er den Moment, da die Klinge seines eigenen Messers sich in sein Fleisch bohrte, noch einmal durchlebte.

Er sah, wie Strauss sich zurücklehnte, als wollte er sich nicht nur körperlich vom Geschehen auf dem Bildschirm distanzieren.

Und er sah, wie Adrian zusammenzuckte und sich mit einer zitternden Hand über das Gesicht wischte.

Eli spürte außerdem, wie der Dosierknopf des Betäubungstropfs zwischen seinen Fingern zerbrach. Ihm war gar nicht bewusst gewesen, dass er so kraftvoll darauf gedrückt hatte.

Vergiss die Reporterin. Eli hatte jetzt jemanden, den er noch viel lieber fertig machen würde. Wenn er sie nur finden könnte.

»Haben Sie das gehört?«, sagte er zu Adrian und Strauss. »Habt ihr gehört, was diese Frau über uns gesagt hat?«

»Nicht über uns«, korrigierte Strauss. »Sie weiß nichts vom Zirkel. Und außerdem...«

»Aber sie glaubt, sie weiß etwas. Sie glaubt, unsere Absichten zu kennen. Sie hat keine Ahnung von unseren Zielen, und trotzdem ist sie dreist genug, sich in der Öffentlichkeit das Maul über uns zu zerreißen und uns als Kinderschänder anzuklagen. Sollen wir uns das gefallen lassen?«

»Ich wüsste nicht, dass wir eine andere Wahl haben«, wandte Strauss ein.

»Es gibt immer eine Wahl.«

»Tatsächlich? Und wie soll die in diesem Fall aussehen?«

Strauss' gleichmütige Reaktion ärgerte Eli. »Suchen Sie diese geschwätzige Frau, und erteilen Sie ihr eine Lektion.«

»Ich finde, Sie reagieren zu heftig, Eli«, stellte Strauss fest.

»Sie haben gut reden!«, zischte Eli. Er hätte am liebsten gebrüllt, war aber vernünftig genug, die Stimme nicht zu erheben. »Sie haben keine Messerwunde oder eine Gehirnerschütterung.«

»Wenn Sie diese Frau finden, werden Sie sich auch nicht viel besser fühlen.«

»Oh, das werde ich doch! Das kann ich Ihnen garantieren, das werde ich!«

Eli war sich sehr wohl bewusst, dass er völlig überreagierte, aber er war verwundet worden, und er hatte Schmerzen, und Strauss hatte ihm kein Ziel für eine mögliche Revanche liefern können und ihm wenig Hoffnung gemacht, dass er damit in naher Zukunft würde aufwarten können. Diese Frau zu suchen und fertig zu machen, wäre ein dringend benötigtes Ventil für seine aufgestaute, bislang ohnmächtige Wut.

»Wie soll ich sie finden? Sie hat kein Verbrechen begangen.«

»Setzen Sie sich mit Gregson in Verbindung.«

»Gregson ist bei der NBC. Die Reportage kam von...«

»Gregson wird wissen, was zu tun ist.« Eli hatte das Gefühl, als würde er jeden Augenblick vor Wut explodieren. Musste er Strauss an die Hand nehmen und ihm Schritt für Schritt zeigen, wie er vorgehen sollte? Musste er denn wirklich alles selbst tun? »Wenn Sie den Namen unseres Angreifers nicht ausfindig machen können, dann besorgen Sie mir wenigstens den Namen dieser Frau! Tun Sie endlich etwas, verdammt noch mal!«

13

Charlie klappte die Bibel zu. Er hatte die Stelle über das *Tau*-Kreuz in Ezechiel 9,4 lesen wollen, doch es tat sich nichts. Sobald die Worte in sein Gehirn eindrangen, verwirrten sie sich.

Vielleicht lag es an der Musik. Der hektische Rhythmus von »Begin With Me« von Point of Grace pumpte aus seinen Kopfhörern. Kein schlechter Text, aber das Hochglanzarrangement und der schräge Gesang hatten eine ablenkende Wirkung. Er holte die CD aus dem Player und legte dafür »Spirit Of The Century« von den Blind Boys Of Alabama ein. Während ihr eher traditioneller Harmoniegesang seine aufgewühlten Gedanken beruhigte, ließ er sich nach hinten auf das Bett sinken, schloss die Augen und betete um Frieden.

Aber er fand heute keinen Frieden. Immer wieder sah er seinen Bruder in dem Blutsee gegen das Ertrinken ankämpfen, hörte Jacks Stimme, wie er von der Andersheit erzählte...

Wo war Jesus bei all dem? Warum geschah das alles?

Charlie hielt das Ganze für einen Test, eine Prüfung. Aber was sollte geprüft werden?

Mein Glaube?

Er wusste, dass sein Glaube stark war. Kraftvoll. So mächtig, dass er sich fragte, wie er die Jahre vor seiner Wiedergeburt ohne ihn hatte auskommen können. Er war jetzt wie die Luft zum Atmen für ihn. Wenn jemand ihm den Glauben nehmen würde, wäre er innerhalb kürzester Zeit tot, das wusste er genau.

Aber wo steht, dass ich das Objekt dieser Prüfung bin? Vielleicht gilt das alles Lyle... eine Prüfung seines Glaubens an nichts.

Denn genauso fest, wie Charlie an die segensreiche, heilende Liebe von Jesus Christus glaubte, glaubte Lyle an nichts, was er nicht mit seinen fünf Sinnen wahrnehmen konnte. Vielleicht bot Gott Lyle eine Chance zu erkennen, dass es im Leben mehr gab, als man mit seinen Sinnen wahrnehmen konnte, dass Leben über den Körper hinausreichte, dass jeder menschliche Körper eine ewig lebende Seele beherbergte, die sich dereinst vor einem Richter würde verantworten müssen, wenn ihr Leben auf der Erde beendet wäre. Vielleicht ist das Lyles Chance, sich zu ändern, Jesus als seinen persönlichen Retter anzunehmen und seinen Namen im Buch des Lebens aufgeschrieben zu sehen.

Aber... wenn dies alles das Werk Gottes war, warum versteckte er sich dann? Warum verschleierte er sein Wirken?

Weil er es so wünscht.

Fang ja nicht an, an Gott zu zweifeln, ermahnte sich Charlie.

Aber wie passten Jack und Gia in dieses Puzzle? Es war ziemlich offensichtlich, dass keiner der beiden zu den geretteten Seelen gehörte. Gia glaubte an Jack, an was aber sonst noch?

Und Jack? Er ist ein Rätsel. Was er neulich von Wert gegen Wert gesagt hatte, hatte Charlie bis jetzt nicht aus dem Kopf gehen wollen. Das war schon richtig. So sollten die Dinge sein, doch so waren sie nicht..., vor allem nicht, wenn man sich ansah, wie er und Lyle sich bisher ihren Lebensunterhalt verdient hatten.

Jack schien nicht so erdgebunden zu sein wie Lyle, doch sein Gerede von der Andersheit und der verbündeten Macht, von den beiden kosmischen Kräften, die sich auf ewig bekämpfen... das hatte Charlie ein wenig erschüttert. Wo verbarg sich in all dem Gott? Man machte sich noch nicht einmal die Mühe, den Gott aus der Heiligen Bibel zu verleugnen. Stattdessen wurde er übergangen, links liegen gelassen wie ein alter Laden an einer Schnellstraße ohne Abfahrt.

Und als Charlie versucht hatte, deutlich zu machen, dass diese »Andersheit« nur eine andere Tarnung für den Satan war, hatte Jack das Ganze sofort auf den Kopf gestellt, indem er andeutete, dass die Idee vom Satan vielleicht erst dem Wissen um die Existenz der Andersheit entsprungen sein könnte.

Charlie rieb sich die Augen. Er hatte noch immer keine Antwort auf seine Frage: Wer wurde hier geprüft?

Er schlug die Bibel wieder auf. Alle Antworten waren dort zu finden. Hab Vertrauen, und Jesus würde ihn hinführen.

Aber was sein Vorhaben betraf, Lyle zu verlassen und ihr Team zu sprengen, das würde warten müssen. Ja, er hatte es Reverend Sparks versprochen, aber wenn Gott die Absicht hatte, Charlies Glauben zu prüfen, dann konnte er wohl kaum kehrtmachen und sich still und leise davonschleichen. Und falls Gottes Prüfung Lyle galt, dann wollte Charlie seinem Bruder den Rücken stärken, ihm auf seinem Weg zur Erlösung so gut er konnte helfen. Das war es doch, wofür Brüder da waren.

14

Lyle schaute in Charlies Zimmer und traf ihn in seiner üblichen Position an, auf dem Bett liegend und in der Bibel lesend, während in seinem Kopfhörer Kirchengesänge erklangen. Er wollte ihn auf sich aufmerksam machen.

»Ich gehe zu Bett«, sagte er, nachdem Charlie den Kopfhörer abgenommen hatte.

»Ist noch ziemlich früh, oder?«

»Ja, aber im Fernsehen läuft nur dieses alte Zeugs. Und ich kann mich nicht überwinden, mir das zum hundertsten Mal anzusehen.«

Charlie hielt seine Bibel hoch. »Ich habe noch ein Reserveexemplar, falls du interessiert bist. Für mich ist es ein großer Trost, und du siehst im Augenblick so aus, als könntest du den ganz gut gebrauchen.«

Lyle winkte ab – und das nicht einmal unfreundlich. »Danke, aber ich glaube, heute verzichte ich lieber darauf.«

»Okay, aber mein Angebot steht.« Charlie setzte sich auf die Kante seines Bettes. »Das mit dem Fernseher ist schon seltsam. Wenn wir davon ausgehen, dass dieses Mädchen in den sechziger Jahren gestorben ist, warum erscheint sie uns dann in den achtziger Jahren?«

»Keine Ahnung«, sagte Lyle. »Und im Augenblick bin ich viel zu müde, um mir den Kopf darüber zu zerbrechen.« Er gähnte. »Bist du so weit in Ordnung, dass du morgen wieder arbeiten kannst?«

Charlie starrte ihn an. »Bist du bereit, unseren Kunden eine angemessene Gegenleistung zu liefern?«

»Was soll das? Zitierst du nicht mehr die Bibel, sondern unseren neuen Freund Jack?«

Während Lyle Anstalten machte, sich abzuwenden, ergriff Charlie seinen Arm und musterte ihn prüfend.

»Hat das, was in der letzten paar Tagen passiert ist, dich vielleicht dazu gebracht, deine Meinung über die Existenz einer Macht, die größer ist als du, zu ändern?«

Lyle wandte den Blick ab. Das war ein uralter Diskussionspunkt zwischen ihnen, aber jetzt hatten die Vorzeichen sich gründlich geändert.

»Ich gebe zu, dass ich mit einer ganzen Reihe von Phänomenen konfrontiert wurde, für die ich keinerlei Erklärung habe.« Er sah, wie sich Charlies Augen aufhellten, daher redete er schnell weiter, ehe sein Bruder ihn unterbrechen konnte. »Das heißt aber nicht, dass es dafür keine rationale Erklärung gibt. Es heißt lediglich, dass ich nicht über ausreichende Informationen verfüge, um die Erscheinungen zu erklären.«

Charlie war sichtlich enttäuscht. »Gibst du dich denn niemals geschlagen?«

»Ich soll vor etwas Irrationalem kapitulieren? Niemals.« Lyle lächelte und hoffte, damit die harte Wirkung seiner Worte zu mildern. »Aber es hat immerhin bewirkt, dass ich im Dunklen Angst habe. Daher hoffe ich, dass du nichts dagegen hast, wenn ich ein paar Lampen eingeschaltet lasse.«

»Nur zu«, sagte Charlie und setzte seine Kopfhörer wieder auf. Er hielt seine Bibel hoch. »Das ist das einzige Licht, das ich brauche.«

Lyle winkte und machte kehrt, während ihm der Gedanke durch den Kopf ging, wie tröstlich es sein musste zu glauben, dass die Antworten auf alle Fragen in einem einzigen Buch zu finden seien.

Während er seinen Bruder um den inneren Frieden beneidete, der ihm dadurch zuteil werden musste, schritt er durch den Korridor. Ein wilder Aufruhr tobte in ihm. Er hatte das Unbehagen die ganze Zeit über verbergen können, doch es erfüllte ihn zunehmend. Sein Heim war keine sichere Zuflucht mehr, sondern ein Minenfeld bedrohlicher Möglichkeiten. Die Ereignisse des Tages hatten ihn völlig aus dem

Konzept gebracht und nervös gemacht, aber sie hatten ihn auch erschöpft. Dennoch war für ihn der Gedanke, sich jetzt hinzulegen und die Augen zu schließen, schlichtweg unvorstellbar.

Zumindest in diesem Haus. Eine Nacht in einem Motel wäre die ideale Lösung – dort bekam er solide acht Stunden Schlaf und könnte am Morgen in sein Haus zurückkehren, erfrischt und bereit, sich allem zu stellen, was dort auf ihn warten mochte.

Doch er würde sein Haus *nicht* verlassen.

Lyle warf einen Blick auf seinen Wecker, als er sein Schlafzimmer betrat. Er stand auf 3.22 Uhr. Und zählte noch immer rückwärts. Die echte Zeit lag etwa bei 22.30 Uhr. Lyle stellte fest, dass er mehr als nur erschöpft war. Er fühlte sich nicht wohl. Er hoffte, dass das Blut im Keller nicht irgendwie vergiftet gewesen war... Blut war heutzutage ein Überträger aller möglichen Krankheiten. Aber andererseits war es kein richtiges Blut gewesen, oder? Irgendeine Art übersinnliches oder ektoplasmisches Blut...

Hör dir das an, dachte Lyle. Ich klinge, als hätte ich meinem eigenen Quatsch schon so lange zugehört, dass ich anfange, ihn selbst zu glauben.

Aber das, was am Nachmittag passiert war, konnte kaum als Quatsch bezeichnet werden. Das war der reinste Knaller gewesen, wie Charlie so gerne sagte.

Er rieb sein Gesicht. Als sie nach dem Essen nach Hause gekommen waren, hatte er sofort noch einmal geduscht. Trotzdem hatte er nicht das Gefühl, das Blut nach seinem Horrorbad im Keller komplett abgewaschen zu haben. Es schien, als wäre es in seine Haut eingesickert – nein, *durch* seine Haut und direkt in seinen eigenen Blutkreislauf. Irgendwie fühlte er sich verändert.

Verändert hatte sich nach den letzten Tagen ganz sicher sein Blickwinkel. Alles Helle diente jetzt nur noch dazu, die schon vorhandenen Schatten noch dunkler zu machen. Also versuchte man, ihnen auszuweichen, sie zu umgehen. Das Problem war nur, dass eine ganze Menge Schatten hinzugekommen waren. Daher war jede Menge Ausweichen angesagt. Wenn das erst mal überhand nahm, verlor man seinen Weg völlig aus den Augen und tat nichts anderes, als Schatten zu meiden.

Sich in einer Situation zu befinden, in der man befürchten musste, dass man nur noch wenige Minuten zu leben hatte, veränderte einen nachhaltig. Lyle war überzeugt gewesen, er würde an diesem Nachmittag im Blutsee ertrinken. Doch er war aus diesem roten Taufbad mit einer ganz neuen Wertschätzung seines Lebens und der Entschlossenheit aufgetaucht, aus allem, was er besaß und was sich ihm bot, das meiste herauszuholen.

Und was er im Augenblick besaß, das war ein Geist, ein Gespenst.

Eine einzige große Ironie, wenn er darüber nachdachte: Ein eingefleischter Skeptiker, der seinen Lebensunterhalt damit verdient, die Existenz von Geistern vorzutäuschen, muss zu der Erkenntnis gelangen, dass er in einem Spukhaus lebt. Das war der Stoff, aus dem Oscar-trächtige Filme gedreht wurden.

Aber Tatsache war, dass er das Haus gerade *wegen* seiner morbiden Vorgeschichte ausgesucht hatte. Wenn daher irgendein Anwesen eine mehr als durchschnittliche Chance bieten sollte, Schauplatz eines Spuks zu sein, dann war es das Menelaus Manor.

Daher... Wie holen wir das meiste aus dieser Situation heraus? Wenn dieser Geist eine Zitrone ist, wie können wir dann, wie es so schön heißt, daraus Zitronenlimonade zubereiten?

Die auf der Hand liegende Antwort war Lyle im Restaurant eingefallen. Wenn diese Erscheinungen tatsächlich das

Werk des Geistes eines Mädchens waren, das ermordet und in dem Haus begraben worden war, und wenn die Kleine ihnen etwas mitzuteilen versuchte, das ihren Mörder einer strafenden Gerechtigkeit zuführen würde, oder wenn sie ihnen ihren Beerdigungsort zeigen wollte, damit man mit gerichtsmedizinischen Methoden ihren Mörder entlarven könnte, dann hatte sie in Lyle Kenton einen willfährigen – nein, einen *zu allem entschlossenen* Verbündeten.

Nicht nur, weil eine Befriedigung ihrer Wünsche und Bedürfnisse die gute Chance bot, dass sie dorthin zurückkehrte, wo immer sie hergekommen war, und das Haus in Zukunft in Ruhe lassen würde...

...aber man stelle sich nur diese Publicity vor!

Wenn er die Leiche fände... und wenn die Leiche die Polizei zu ihrem Mörder führte...

Wahrsager Ifasen vom Geist eines toten Kindes dabei unterstützt, seinen Mörder vor Gericht zu bringen!

Es gäbe keine Nachrichtensendung oder Talkshow auf der ganzen Welt, die ihn nicht um einen Auftritt bitten würde. Verdammt, sogar Oprah Winfrey würde ihn haben wollen. Doch er wäre sehr wählerisch und würde sich nur für die gediegensten Formate mit der größten Einschaltquote entscheiden. Er würde einen Buchvertrag abschließen und von seinen Erlebnissen mit den Geistern Verstorbener berichten.

Und dann seine neue Klientel! Jeder, der auf sich hielt, würde ihn aufsuchen wollen. Er und Charlie hätten für ihr ganzes Leben ausgesorgt. Sie würden tausend, nein, zweieinhalbtausend Dollar für eine private Sitzung verlangen, und die Limousinen der Interessenten würden eine Schlange bis rauf zur Triboro Bridge bilden.

Es wäre genauso, als hätte er in einer Fünfzig-Millionen-Dollar-Lotterie gewonnen.

Mit diesen herrlichen Fantasien im Kopf blieb er mitten in seinem Schlafzimmer stehen und rief leise: »Hallo? Ist da irgendjemand?«

Nicht dass er ernsthaft eine Antwort erwartete, aber er musste versuchen, diese unerträgliche Anspannung zu lösen, unter der er im Augenblick stand.

Ein eisiger Luftstrom wehte über seine Haut. War es nur Einbildung, oder sank plötzlich die Temperatur? Er spürte, dass er nicht mehr allein im Raum war. Es wurde zunehmend kälter. Er hätte es als angenehm empfunden, wenn er hätte sicher sein können, dass er diesen Zustand seiner Klimaanlage zu verdanken hatte. Doch die war im Augenblick gar nicht eingeschaltet. Außerdem war es eine ganz andere Art von Kälte... Sie war feucht und drang ihm bis in die Knochen.

Irgendetwas reagierte auf seine Frage. Er breitete die Arme aus, um anzuzeigen, dass er für jede Reaktion von der Gegenseite offen war.

»Ich habe etwas mitzuteilen. Ich höre zu...«

Eine Schublade seiner Wäschekommode wurde von Geisterhand mit einem lauten Knall geschlossen.

Lyle zuckte zusammen und wich zurück. Vor seinen Augen wurde eine andere Schublade geöffnet und gleich wieder zugeschoben. Dann die nächste, dann eine vierte, schneller und schneller, heftiger und heftiger, bis Lyle befürchten musste, dass sie zerbrachen und die ganze Kommode auseinander flog.

Lyle nahm aus den Augenwinkeln eine Bewegung wahr. Es war Charlie, die Augen weit aufgerissen und die Bibel gegen seine Brust pressend, der vorsichtig das Zimmer betrat. Er sah, wie sich seine Lippen bewegten, konnte aber wegen des herrschenden Lärms kein Wort verstehen.

Dann hörte es genauso plötzlich auf, wie es begonnen hatte.

»Was hatte das zu bedeuten?«, fragte Charlie flüsternd in die Stille.

Lyle rieb seine Arme, um die Kälte daraus zu vertreiben.

Er hielt inne, als er bemerkte, wie in der Staubschicht auf der Oberseite der Kommode eine dunkle Linie erschien. Sie konnten sich durchaus eine Putzhilfe leisten, wollten jedoch keine Fremden im Haus haben, die etwas sehen könnten, was nicht für ihre Augen bestimmt war. Daher nahmen sie derartige Haushaltspflichten selbst wahr, wenn auch nicht halb so oft, wie es nötig gewesen wäre.

Vielleicht sollte sich das jetzt als Vorteil erweisen.

Lyle trat näher an die Kommode heran und gab Charlie ein Zeichen, seinem Beispiel zu folgen. Er deutete auf die Buchstaben, die in der Staubschicht entstanden.

Wo

»Sieh doch«, flüsterte er. »Genau wie am Sonntag auf dem Spiegel.«

ist

Charlie deutete auf die wachsende Reihe von Buchstaben. »Sie kann singen, warum redet sie nicht?«

die

Gute Frage, dachte Lyle. Er schüttelte den Kopf. Darauf wusste er auch keine Antwort.

»Es sieht aus wie die Geisterschrift, die wir immer nachmachen«, sagte Charlie, »nur tausendmal besser.«

nette

»Weil die hier nicht gefälscht ist.«

Geisterschrift... alles, was man dazu brauchte, war eine falsche Fingerspitze mit einer Bleistiftmine darin. Doch nun wurde er Zeuge der echten Version.

Der Satz endete mit einem Fragezeichen.

Wo ist die nette Frau?

Lyle hörte, wie Charlie zischend einatmete. »Gia. Sie hatte Recht. Es gibt eine Verbindung.«

»Sie ist nach Hause gefahren«, sagte Lyle vielleicht ein wenig zu laut.

Warum?
»Sie wohnt nicht hier.«
Kommt sie zurück?
»Das weiß ich nicht. Willst du, dass sie zurückkommt? Sie wird es bestimmt tun, wenn wir sie darum bitten.«
Sie ist nett
»Ja, wir mögen sie auch.« Er sah Charlie an. »Wer bist du?«
Tara
Lyle atmete aus. Sie hatte einen Vornamen. Das war wenigstens ein Anfang, aber er brauchte mehr.
»›Tara‹ was? Hast du einen Nachnamen?«
Portman
Tara Portman... Lyle schloss die Augen und ballte die Fäuste. Ja!
»Warum bist du hier, Tara? Was möchtest du?«
Mutter
»Du möchtest zu deiner Mutter?«
Lyle wartete, aber es erschien keine Antwort. Er spürte, wie die Kälte abfloss und sich die Spannung im Raum abbaute.
»Tara?«, rief er. Dann noch einmal, lauter: »Tara!«
»Sie ist weg«, stellte Charlie fest. »Spürst du das nicht?«
Lyle nickte. Er spürte es. »Wenigstens wissen wir jetzt, wer sie ist. Oder besser: war.«
Lyle schloss die Augen und erkannte, dass er längst nicht mehr so angespannt war wie noch vor ein paar Sekunden. Er hatte es nicht mehr mit einer namenlosen, gewalttätigen Wesenheit zu tun. Den Namen des Wesens zu kennen, das in ihr Haus eingedrungen war, ließ es weniger bedrohlich erscheinen. Sie war jemand gewesen, und etwas war von diesem Jemand zurückgeblieben. Und damit konnte er sich befassen.
Er könnte ihr helfen. Und sie könnte ihm helfen.
»Richtig«, sagte Charlie. »Wir haben ihren Namen. Und was tun wir jetzt damit?«

»Zuerst einmal setzen wir uns mit Gia in Verbindung und erkundigen uns, ob der Name Tara Portman irgendeine Bedeutung für sie hat.«

15

»Tara Portman.« Gia hatte die beiden Namen mindestens ein Dutzend Mal durch ihr Gehirn kreisen lassen. »Ich kenne eine Tara und ein paar Portmans, aber an eine Tara Portman kann ich mich partout nicht erinnern.«

Sie waren vom Restaurant in Astoria direkt zurückgefahren – Jack hatte darauf bestanden, auf einen weiteren Besuch im Menelaus Manor zu verzichten – und hatten es sich für einen Film gemütlich gemacht. Gia hatte in einem der Kanäle den Streifen *Seite an Seite* gefunden und verlangt, diesmal selber die Auswahl treffen zu dürfen. Jack hatte Protest angemeldet – alles nur nicht *Seite an Seite* –, aber am Ende kapituliert. Er entpuppte sich als schlechter Verlierer und hatte die Vorführung mit abfälligen Kommentaren und Würgelauten an den besten Stellen begleitet.

Ehe sie zu Bett gingen, hatte er noch einmal in seiner Voice-Mail nachgeschaut und einen dringenden Anruf von Lyle Kenton gefunden, der ihm mitteilte, das Gespenst habe Charlie und ihm seinen Namen verraten.

Lyle hatte vorgelesen, was der Geist aufgeschrieben hatte, und Jack hatte es notiert. Als sie jetzt die Worte las, fröstelte sie unwillkürlich. Ein körperloses Wesen, der Geist eines kleinen toten Mädchens. Sie erschauerte.

»Nun, wer oder was immer es ist«, sagte Jack, »es findet dich nett. Zumindest behauptet es oder sie das.«

Gia saß am Küchentisch, die notierten Worte des Mädchens vor sich. Jack stand neben ihr und beugte sich über den Tisch.

»Findest du denn nicht, dass ich nett bin?«, fragte sie und schaute zu ihm hoch.

»Ich *weiß*, dass du nett bist. Und du kennst meine Pläne. Aber wir wissen nichts über die Pläne dieses Wesens.«

»Sie heißt Tara.«

»So steht es da.«

Gia seufzte. Jack konnte manchmal furchtbar stur sein. »Wirst du dich in dieser Sache irgendwie komisch anstellen?«

»Wenn meine Bemühungen, dich zu beschützen, von dir als komisches Verhalten verstanden wird, nun, dann stelle ich mich komisch an, und zwar sehr komisch. Ich traue diesem Ding nicht.«

»Offenbar möchte sie, dass ich zurückkomme.«

»O nein«, wehrte er ab. »Das kommt nicht in Frage.«

»Wirklich nicht?«

Gia wusste, dass er es sich zur Aufgabe gemacht hatte, auf sie aufzupassen, aber sie ärgerte sich trotzdem darüber, gesagt zu bekommen, was sie tun und was sie lassen musste.

»Komm schon, Gia. Mach es mir nicht so schwer. Schließlich haben wir es hier mit der Andersheit zu tun. Und die hat uns die Rakoshi beschert. Die hast du doch wohl nicht vergessen, oder?«

»Du weißt genau, dass ich das nicht habe. Aber du weißt nicht mit letzter Sicherheit, dass die Andersheit dahinter steckt.«

»Nein, das weiß ich nicht«, gab er zu. »Aber ich denke, es ist für alle Beteiligten das Beste, vom Schlimmsten auszugehen, bis das Gegenteil bewiesen ist.«

Gia lehnte sich zurück. »Tara Portman... Wie können wir an Informationen über sie kommen?«

»Am besten starten wir bei den Zeitungen«, schlug Jack vor. »Wir können morgen zur *Times* oder zu einer der anderen Zeitungen fahren und in den Archiven suchen. Wir fangen bei 1967 an und gehen vorwärts und rückwärts.«

»Was ist mit dem Internet? Das können wir jetzt gleich versuchen.«

»1967 gab es noch kein Internet.«

»Ich weiß. Aber es kann doch nicht schaden, es zu probieren, oder?«

Gia begab sich mit Jack in die Bibliothek des Hauses, wo sie den Familiencomputer aufgestellt hatte. Sie und Vicky nutzten ihn immer häufiger – Vicky für ihre Hausaufgaben, Gia, um Fotos von ihren Bildern ins Internet zu stellen. Sie schaltete ihn ein, ging über AOL ins Netz und ließ Google nach Tara Portman suchen. Sie erzielte über zehntausend Treffer, doch nachdem sie sich das erste halbe Dutzend angesehen hatte, wusste sie, dass sie auf diesem Weg nicht das erhalten würde, das sie brauchte.

»Versuch es doch mal mit ›vermisstes Kind‹«, schlug Jack vor.

Sie gab den Begriff ein und stöhnte gequält auf, als ihr fast eine Million Treffer angezeigt wurden. Aber am Anfang der Liste entdeckte sie eine Reihe von Organisationen, die auf die Suche nach vermissten Kindern spezialisiert waren. Ein Klick auf einen der Links führte sie zu www.abductedchild.org.

Sie las die kurze Selbstdarstellung der Organisation, während der Rest der Startseite aufgebaut wurde, und musste zu ihrer Enttäuschung erfahren, dass die Organisation erst 1995 gegründet worden war.

»So funktioniert es auch nicht. Sie ist schon zu lange weg.«

»Wahrscheinlich hast du Recht«, sagte Jack. »Aber da oben auf der linken Seite ist ein Suchbutton. Probier's doch einfach.«

Sie tat ihm den Gefallen. Der nächste Schirm ermöglichte eine Suche nach Region, Alter und Personenbeschreibung oder nach Name. Gia wählte Letzteres. Sie tippte »Portman« ins Nachnamenfeld, »Tara« ins Vornamenfeld und betätigte die Enter-Taste. Der Schirm wurde dunkel, dann baute sich ein Farbfoto auf. Zuerst verschwommen, dann zunehmend schärfer, als weitere Pixel erschienen.

Haare... Gia spürte, wie ihr Mund schlagartig austrocknete, als sie sah, dass das Kind blond war.

Augen... es verschlug ihr den Atem, als blaue Augen entstanden.

Nase... Lippen... Kinn...

Mit einem leisen Aufschrei wich Gia so abrupt und heftig von der Tastatur zurück, dass sie gestürzt wäre, hätte Jack nicht hinter ihr gestanden.

Er fing sie auf. »Was ist los?«

»Das ist...« Die Worte blieben ihr im Hals stecken. Ihre Zunge fühlte sich an wie ein Reibeisen. Sie deutete auf den Bildschirm. »Das ist sie! Das ist das Mädchen, das ich im Haus gesehen habe!«

Jack kniete neben ihr und hielt ihre Hände fest, während sie auf den Bildschirm starrte.

»Gia... wirklich? Kein Zweifel?«

Ihre Stimme war nur noch ein Flüstern. »Nein. Sie ist es.«

Jack griff nach der Maus und rollte den Schirm nach unten.

TARA ANN PORTMAN

Rechtsfall: Entführung nicht durch Familienangehörige
 Geb.: Feb-17-1979
 Größe: 5' 4" – 135 cm
 Gewicht: 60 lbs – 28 kg
 Augenfarbe: blau
 Haarfarbe: blond
 Eltern: Joseph und Dorothy Portman
 Begleitumstände: Tara wurde zum letzten Mal in der Nähe der Kensington Stables in Kensington in Brooklyn unweit des Prospect Park nach einer Reitstunde gesehen.

Vermisst seit: Aug-16-1988
Stadt/Gemeinde: Brooklyn
Bundesstaat: NY
Land: USA
Das Foto zeigt Tara in dem Jahr, in dem sie entführt wurde. das Foto darunter zeigt sie, wie sie mit achtzehn Jahren ausgesehen haben müsste. In die Liste aufgenommen 1997.

Die Altersanpassung zeigte einen auffallend hübschen Teenager, eine klassische Highschool-Schönheit.

Doch Tara Portman hatte ihren Schulabschlussball nie erlebt. Gias Kehle war wie zugeschnürt. Sie hatte noch nicht einmal die Highschool besucht.

»Das gefällt mir nicht«, sagte Jack. »Ganz und gar nicht.«

Natürlich nicht. Was sollte einem an dieser Sache auch gefallen? Aber Gia wusste, dass Jack nicht der Typ war, der banale Feststellungen von sich gab.

»Was meinst du?«

»Entführte Kinder. Erst habe ich mit einem zu tun, und jetzt du. Das stört mich. Außerdem...«

»Ein Zufall.«

»Richtig. Und du erinnerst dich, was mir dazu erklärt wurde.«

Gia nickte. »Es gibt keine Zufälle.«

Allein die vage Möglichkeit, dass etwas daran wahr sein könnte, verursachte ihr Übelkeit.

»Meinst du, es besteht eine Verbindung zwischen Tara und Duc?«

»Ich wüsste nicht, welche. Ich meine, zwischen beiden Fällen liegt ein so langer Zeitraum. Andererseits..., keine Zufälle mehr.« Er zuckte die Achseln. »Mal sehen, was wir sonst noch über sie in Erfahrung bringen können.«

Die Seite lieferte eine E-Mail-Adresse und drei Telefonnummern: eine gebührenfreie für das Abducted-Child-Netzwerk, eine für das Polizeirevier von Brooklyn und eine für die Familie.

»Sie wurde 1988 entführt«, sagte Jack. »Das passt nicht mit dem Song aus den sechziger Jahren zusammen, aber wenn es wirklich das Mädchen ist, das du gesehen hast, dann zerbrechen wir uns wegen des Songs lieber später den Kopf.«

»Sie ist es.«

Gia betrachtete das neun Jahre alte Gesicht und fragte sich, wer so krank sein konnte, dass er den Wunsch verspürte, solcher Schönheit, solcher Unschuld ein Leid anzutun.

»Sieh doch«, sagte Jack und deutete auf den Bildschirm. »In die Liste aufgenommen im Jahr 1997, als sie achtzehn war. Sie war schon neun Jahre verschwunden, und die Familie hat sie immer noch gesucht.«

»Oder auf irgendeine Information gehofft, um endlich zur Ruhe zu kommen.« Sie sah ihn an. »Jack, wir müssen etwas tun.«

»Wir? Du und dein Baby haben in Astoria und in diesem Haus nichts zu suchen, verstanden?«

»Okay, du musst – du oder jemand anderer muss – ihre sterblichen Überreste finden, damit ihre Eltern sie beerdigen können.«

»Ich kümmere mich darum«, sagte er. »Versprich mir nur, dass du dich von dort fern hältst.«

»Sieh sie an, Jack. Sieh dir dieses Gesicht an. Wie kann jemand nur annehmen, dass dieses Kind irgendjemandem etwas antun kann?«

»Irgendetwas Schreckliches ist ›diesem Kind‹ zugestoßen. Dass die Kleine entführt und ermordet wurde, ist schon schlimm genug, aber wer weiß, was in der Zwischenzeit mit ihr geschehen ist? Sie ist kein unschuldiges Kind mehr. Sie ist nicht einmal mehr ein Mensch. Und es gefällt mir nicht, dass sie nur dir und niemandem sonst erschienen ist.«

»Sieh mal, was sie den Kentons aufgeschrieben hat: ›Mutter.‹ Das bin ich. Die Mutter eines Kindes und schwanger mit einem zweiten. Sie will zu ihrer Mutter, und ich war für sie in dieser Hinsicht die nächste und einzige Möglichkeit in diesem Haus.«

»So könnte es sein«, sagte Jack. »Aber es will mir noch immer nicht gefallen.«

»Jack, wenn sie ihren Daddy gesucht hätte, wäre sie vielleicht dir erschienen.«

»Warum sucht sie nicht ihren Daddy?«

»Vielleicht ist er tot, oder ihre Eltern waren geschieden, vielleicht wurde sie aber auch nur von einer Mutter großgezogen.«

»Oder ihr Daddy hatte mit der Entführung etwas zu tun.«

Gia hasste diesen Gedanken, musste aber auch eine solche Möglichkeit in Erwägung ziehen.

»Nichts ist im Augenblick so wichtig wie, sie zu suchen. Wir können es der Polizei überlassen, alle weiteren Einzelheiten aufzuklären.«

»Ich kümmere mich darum«, sagte Jack. »Ich werde mich morgen mit Lyle in Verbindung setzen und mir anhören, wie weit er diese Sache verfolgen will. Vielleicht kann ich ihn überreden, den Fußboden in seinem Keller aufzureißen.«

»Und ich?«

»Du arbeitest an deinen Bildern und tust, was du am Mittwoch immer tust.«

»Ja, Daddy.«

Er küsste sie auf die Wange. »Bitte, Gia. Denk an deine Sicherheit, und halt dich zurück.«

Gia nickte. »Okay.«

Aber sie konnte den Blick von der Telefonnummer der Portmans am unteren Rand des Bildschirms nicht lösen... Eine 212er Vorwahl..., gleich hier in Manhattan...

In der Zwischenwelt

Das Wesen, das Tara Portman war, treibt in der Finsternis zwischen den Welten. Sie weiß, wer sie ist, sie weiß, wer sie war, sie weiß, warum sie hier ist, sie weiß, wer sterben muss.

Doch nach diesem Tod – einem weiteren Tod an diesem Ort des Todes – geschieht was?

Eine Rückkehr ins Nichts?

Nein... Da muss mehr sein. Sie will, sie braucht mehr.

Die Kenntnis ihres alten Selbst hat Erinnerungen an die kaum aufgeblühte Verheißung ihres Lebens geweckt, ehe es beendet wurde.

Zu wissen, was sie verloren hat... ist eine schreckliche Qual.

Zu wissen, was sie niemals haben, niemals sein wird..., das ist unerträglich.

Das Wesen, das Tara Portman war, will mehr.

Mittwoch

1

»Wie wird das genannt?«, fragte Abe und betrachtete stirnrunzelnd den mit einer dampfenden Flüssigkeit gefüllten Becher, den Jack soeben vor ihm auf die Theke gestellt hatte.

»Chai«, antwortete Jack. »Sie haben mir im Café erklärt, es sei der letzte Schrei.«

»Was ist es?«

»Gal meinte, etwas Indisches.«

»Versteh ich dich richtig – indisch, nicht indianisch?«

»Genau. Sie beschrieb es als Tee mit Milch, Zucker und irgendwelchen Gewürzen.«

Genauso war es. Die Frau vor ihm in der Schlange hatte an diesem Vormittag einen Chai bestellt, und er hatte sich danach erkundigt. Er hatte gedacht, warum nicht, man sollte alles mal versuchen. Hauptsache, es lenkte ihn von Tara Portman und Gia und Duc Ngo und allen möglichen Verbindungen zwischen ihnen ab.

»Ich hab dir eine Magerversion mitgebracht.«

Abes Stirnrunzeln vertiefte sich. »Eine Magerversion?«

»Das heißt, dass entrahmte Milch verwendet wird, und nicht die fette Sorte – ich weiß ja, dass du auf deine Linie achtest.«

Ja, dachte Jack, indem du zusiehst, wie du mehr und mehr in die Breite gehst.

Abe starrte weiter die Tasse an. Sie schien ihn hypnotisiert zu haben. »Wie buchstabiert man das?«

»C-H-A-I.«

Abe schüttelte den Kopf. »Du sprichst es völlig falsch aus.« Er wiederholte das Wort auf seine eigene Art und Weise und verhärtete das »ch« zu einem rauen Laut, der ganz hinten in seiner Kehle gebildet wurde. »Wie Chaim oder Chaya oder Chanukka.«

»Das klingt aber nicht so wie bei der Frau, die mir das Getränk verkauft hat.«

Abe zuckte die Achseln. »Ist ja auch egal. Und warum soll ich das trinken?«

»Ich hab gelesen, es sei das neue Lieblingsgetränk der coolen, modernen, intellektuellen Klasse. Und ich wollte auch mal cool, modern und intellektuell sein.«

»Dafür brauchst du aber mehr als nur ein Getränk. Was ist in der anderen Tüte, die du mitgebracht hast? Die unten auf dem Boden steht?«

»Ist im Augenblick nicht so wichtig.« Jack hob seine Tasse. »Lass uns mal kosten. Prost Chai.«

Abe hob seine Tasse ebenfalls. »*Lochai.*«

Jack nahm einen Schluck, ließ ihn um die Zunge kreisen und schaute sich nach einer Möglichkeit um auszuspucken. Als er nichts dergleichen fand, schluckte er.

Abes säuerlicher Gesichtsausdruck spiegelte Jacks eigene Empfindungen wider. »Wie ein Unfall in einer Gewürzfabrik.«

Jack nickte, während er seinen Becher wieder mit dem Deckel verschloss. »Nun, da ich Chai probiert habe, kann ich dir verraten, dass ich mich cool und modern fühle, aber intellektuell, wie ich bin, denke ich darüber nach, wie jemand scharf darauf sein kann, ein solches Zeug zu trinken.«

Abe reichte Jack seinen Becher. »Versuch, dein Geld zurückzukriegen. In der Zwischenzeit hoffe ich, dass in der zweiten Tüte das ist, was viel besser zu dieser Uhrzeit passt.«

Jack hob die Tüte und zauberte zwei Becher Kaffee daraus hervor. »Nur für den Fall, dass dieser Chai ein Schlag ins Wasser war.«

Jack trank einen Schluck, um sich den Chaigeschmack aus dem Mund zu spülen, dann beugte er sich über die jüngste Ausgabe der *Post* und blätterte sie auf der Suche nach einem bestimmten Namen durch.

»Hast du irgendeine Meldung über Carl und Elizabeth Foster oder Madame Pomerol gesehen?«

»Die Wahrsagerin?« Abe schüttelte den Kopf. »Heute gibt es von keinem der beiden irgendwelche Neuigkeiten.«

Jack schlug die Zeitung zu. »So bald habe ich allerdings auch nicht damit gerechnet.« Er trank seinen Kaffee und genoss das altvertraute Aroma. »Ist dir schon irgendwas eingefallen, wie man aus mir einen ganz normalen Bürger machen kann?«

»Noch nicht, aber ich arbeite daran.«

Jack erzählte Abe von seiner Idee, die Identität eines Toten anzunehmen.

Abe hob die Schultern. »Dieser Plan klingt nicht schlecht, aber stell dir vor, eine Schwester, die eine Ewigkeit in der Versenkung verschwunden war, will plötzlich ihren Bruder besuchen. Was machst du dann?«

»Improvisieren.«

»Nicht so gut. Wenn dein Plan funktionieren soll, musst du einen Toten ohne irgendwelche Freunde oder Angehörige finden.«

»Das wird schwierig.«

Sehr schwierig sogar. So schwierig, dass Jack diesen Plan gleich wieder verwarf.

Abe musterte ihn prüfend. »Wie fühlst du dich überhaupt bei der Vorstellung, aus deinem bisherigen Leben auszusteigen?«

Jack zuckte die Achseln. »Ich weiß es nicht. Vielleicht ist es an der Zeit, diesen Schritt zu tun. Ich betreibe dieses Gewerbe seit Jahren, ohne umgebracht worden zu sein oder einen bleibenden Schaden davongetragen zu haben. Vielleicht sollte ich das als Zeichen betrachten, mein Glück nicht länger zu strapazieren und stattdessen Schluss zu machen. Ich hab ganz gut verdient und eine anständige Summe gespart. Vielleicht sollte ich meinen selbst gewählten Job an den Nagel hängen und die Früchte meiner Arbeit genießen.«

»Noch vor deinem Vierzigsten? Was willst du mit so viel Zeit anfangen?«

»Weiß ich noch nicht. Ich lass mir was einfallen. Hey, kannst du in deinem Laden kein Faktotum gebrauchen?«

»*Oy!*«

»Heißt das nein? Na schön, wie ist es denn mit dir, Abe? Was denkst du darüber, dass ich aussteigen will?«

Abe seufzte. »Mit einer Vaterschaft am Horizont ist das eine gute Sache. Sogar längst überfällig.«

Die Bemerkung überraschte Jack. Das war das Letzte, was er von Abe zu hören erwartet hatte.

»Warum sagst du das?«

»Weil du allmählich weich wirst.«

Jack lachte. »Dieser Chai muss ein ziemlich starker Stoff sein. Er greift dein Gehirn an. Ich? Weich werden? Niemals.«

»Du wirst es. Glaubst du, ich bin blind? Ich verfolge es schon länger. Sicher, es war und ist ein langsamer Prozess, aber er findet statt. Und zwar seit du und Gia wieder zusammengekommen seid. Das ist jetzt fast ein Jahr her, nicht wahr?«

»In diesem Monat ist es genau ein Jahr.«

»Siehst du? Ich habe Recht. Um einen Vergleich aus dem Tierreich zu gebrauchen: Vor dem letzten Sommer warst du eine Languste – eine zähe Languste.«

»Und was bin ich jetzt? Eine Weichschildkröte?«

»Quatsch! Lass mich ausreden. Jack die Languste machte auf Einzelgänger und hatte es sich in seinem Panzer häuslich eingerichtet. Da er stets alle Stacheln von sich streckte, sind die Leute auf Distanz zu ihm geblieben. Keiner wagte es, ihm zu nahe zu kommen. Er war gefährlich wie eine hoch sensible Tretmine...« Abe zuckte wieder die Achseln, wobei er die Handflächen nach oben drehte und den Mund abschätzig verzog. »Nun jedoch, so wage ich zu behaupten, hast du in deinem Panzer ein paar Fenster geöffnet. Du blickst hinaus und denkst in längeren Zeitabschnitten. Das ist die Folge der Liebe einer guten Frau.«

Jack lächelte. »Das ist sie wirklich.«

»Bis Gia kam, hattest du niemanden, um den du dich sorgtest. Du warst der reinste Draufgänger. Absolut unerschrocken, hart gegen dich selbst und brutal gegen andere. Jetzt hingegen gibt es jemanden, zu dem du gerne möglichst heil zurückkommen möchtest, eine Frau, von der du weißt, dass sie auf dich wartet. Das ändert alles. Und es macht dich vorsichtiger.«

»Vorsichtig war ich doch immer. Das ist in meinem Gewerbe geradezu lebenswichtig.«

»Aber man kann auch zu vorsichtig sein«, wandte Abe ein. »Und deshalb bin ich froh, dass du aussteigen willst. Denn ein Kind zu haben, macht dich am Ende zu vorsichtig.«

»So etwas wie ›zu vorsichtig‹ gibt es nicht.«

»Bei deiner Art von Tätigkeit schon. Ich kenne dich, Jack. Sobald das Kind geboren ist, wird es der Mittelpunkt deiner Welt sein. Du wirst dich für sein Wohl und sein Wohlergehen verantwortlich fühlen. Mehr als nur verantwortlich. Du wirst geradezu besessen sein. Du wirst ständig für das Kind da sein wollen, wirst dich bemühen, jeden Abend unversehrt nach Haus zurückzukommen, damit es nicht ohne einen Vater aufwachsen muss. Das wird letztlich zur Folge haben, dass du einfach zu vorsichtig wirst. Schließlich wird es so weit kommen, dass du in Situationen zögerst, in denen ein solches Zögern das glatte Todesurteil wäre. Ich werde den alten Handyman Jack vermissen, aber wenigstens wird der neue Daddyman Jack noch am Leben sein, um gelegentlich zum Frühstück vorbeizukommen und vielleicht auch mal seinen Nachwuchs mitzubringen.«

»Ich glaube, du übertreibst ein wenig, meinst du nicht?«

Abe schüttelte den Kopf. »Falls du die Art von Aufträgen, die du gewöhnlich annimmst, nicht ganz drastisch einschränkst – Aufträge, deren Ausführung für dich nicht besonders angenehm ist –, wette ich, dass du das Jahr, nachdem dein Baby geboren wurde, wohl kaum überleben wirst.«

Jack wurde still und dachte über die Worte seines Freundes nach. Er akzeptierte es nicht, glaubte es einfach nicht. Doch es erschütterte ihn, begreifen zu müssen, dass Abe es glaubte.

Auf lange Sicht, was machte es schon aus? Er würde aussteigen. Er würde das Leben eines ganz normalen Menschen führen. Er wäre Bürger Jack.

Allein der Gedanke daran verursachte ein unangenehmes Rumoren in seinen Eingeweiden. Dieses Leben, das er bisher geführt hatte, hatte mehr als eine vertretbare Anzahl haarsträubender Momente für ihn bereitgehalten Und ständig unterhalb der Radarerfassung zu fliegen, konnte manchmal ziemlich ermüdend sein. Es gab wirklich viele Tage, da war er es leid, sich ständig über die Schulter zu blicken. Aber verdammt noch mal, er liebte es, morgens aufzustehen, ohne zu wissen, was der Tag bringen würde.

Normal zu werden, sich allgemeinen Konventionen zu unterwerfen dürfte sich als überaus seltsamer Prozess erweisen.

Aber der Lohn wäre, dass sein Kind, wo immer es sich aufhielt und mit wem immer es zusammen war, auf ihn zeigen und sagen könnte: »Das ist mein Dad.«

2

Die Heimfahrt war nicht so schlimm gewesen, und das Einsteigen in den Wagen und das Aussteigen hatte er auch noch halbwegs erträglich gefunden. Aber die Stufen... Sogar mit Adrians Hilfe war das Überwinden der engen Treppe zu seiner Wohnung über dem Laden die reinste Qual.

Schließlich konnte er sich vorsichtig in einen Ruhesessel sinken lassen, die Augen schließen und langsam wieder zu Atem kommen.

Es war gut, das Krankenhaus verlassen zu haben und von all den Schläuchen befreit zu sein – obwohl sein Bauch noch immer zitterte, wenn er sich daran erinnerte, wie Schwester Horgan morgens den Katheter entfernt hatte. Es war gut, wieder in seiner Wohnung zu sein, die, in krassem Gegensatz zu dem voll gestopften Laden im Parterre, in einem sparsamen, minimalistischen Stil mit kahlen Wänden, nacktem Parkettboden und leichten, zerbrechlich wirkenden Möbeln eingerichtet war. Der Ruhesessel war ein auffälliger Fremdkörper. Doch ein Heim brauchte wenigstens eine bequeme Sitzgelegenheit.

»Da. Nimm die.«

Eli blickte auf und sah Adrian mit einem Glas Wasser und zwei Percocet-Tabletten in seinen riesigen Händen vor sich stehen.

»Du bist ein guter Kerl, Adrian. Vielen Dank. Was macht dein Bein?«

Der massige Mann beugte das Knie. »Ist schon viel besser. Aber die Kopfschmerzen sind furchtbar. Und ich kann mich noch immer nicht an Montagabend erinnern. Ich weiß, dass ich zu Abend gegessen habe...«

»Ja-ja«, unterbrach ihn Eli. Bitte nicht noch einmal diese ganze Geschichte. »Der Arzt meinte, es sei möglich, dass du dich nie mehr daran erinnern wirst, was an diesem Tag geschehen ist. Vielleicht solltest du dich deswegen glücklich schätzen.«

»Ich bin aber nicht glücklich«, sagte Adrian. Er kreuzte die langen Arme vor der Brust und umarmte sich selbst. Eli fragte sich unwillkürlich, ob sich seine Hände möglicherweise auf dem Rücken berührten. »Ich habe Angst.«

Eine seltsame Vorstellung, dass ein so großer, starker Mann sich fürchten konnte. Aber Adrian war kein geborener Schläger. Er hatte Jura studiert und arbeitete als Assistent von Richter Marcus Warren am State Supreme Court von New York.

»Hast du Angst, dass dieser Mann uns noch einmal belästigen könnte?«

»Davor fürchte ich mich nicht. Tatsächlich wünsche ich mir fast, dass er es tut.« Adrian ballte die Hände zu mächtigen Fäusten. »Ich würde ihn gerne für das, was er mir angetan hat, zur Kasse bitten. Nein, ich habe Angst, dass wir die Zeremonie nicht rechtzeitig ausführen können… du weißt schon, vor der Tag- und Nachtgleiche.«

»Das werden wir aber. Ich habe nicht eine einzige Zeremonie in zweihundertsechs Jahren versäumt. Und ich will auch jetzt nicht damit anfangen.«

»Aber wenn wir es doch nicht schaffen?«

Diese Möglichkeit jagte einen brennenden Schmerz durch Elis Brust. »Die Folgen wären für dich minimal. Du bräuchtest nur einen neuen Zeremonienzyklus zu beginnen.«

»Aber ich habe schon fünf Jahre investiert.«

Ein Neuling musste ohne Unterbrechung an neunundzwanzig jährlichen Zyklen teilnehmen, ehe der Alterungsprozess stoppte und der Zustand der Unverletzbarkeit einsetzte. Sobald die Kette unterbrochen wurde, musste der Neuling wieder bei null anfangen.

»Und das ist alles, was du verlierst – fünf Jahre Zeremonien. Das ist nichts. Für mich sind die Folgen jedoch katastrophal. All das Übel, die Verwundungen, der ganze Alterungsprozess, vor dem die Zeremonie mich während der letzten beiden Jahrhunderte geschützt hat, werden gleichzeitig und mit voller Wucht auf mich einstürzen.«

Sein Tod wäre lang und schleppend und unendlich schmerzhaft. Dagegen wären diese Messerwunden nicht mehr als harmlose Nadelstiche.

»Aber wenn du gestorben bist«, sagte Adrian, »wer wird dann die Zeremonie durchführen?«

Eli schüttelte den Kopf. Er wollte fragen: Denkst du überhaupt jemals an etwas anderes als dich selbst? Doch er schwieg. Adrian unterschied sich in nichts von den anderen Mitgliedern des Zirkels. Er ist im Grunde nicht viel egoistischer als ich selbst, schätzte Eli.

»Niemand«, sagte Eli und weidete sich an dem zunehmenden Entsetzen in Adrians Miene. »Es sei denn, dass der, der uns angegriffen hat, dich als Neuling annimmt.«

Adrian runzelte die Stirn. »Das verstehe ich nicht.«

Eli seufzte. Sie hatten sich bereits darüber unterhalten, doch Adrians Kurzzeitgedächtnis schien alles andere als wiederhergestellt zu sein.

»Ich glaube, dass derjenige, der uns angegriffen hat, ebenso ein Adept ist wie ich und über die Zeremonie Bescheid weiß. Sie ist der einzige Punkt, bei dem er mir ernsthaft schaden könnte.«

»Ja«, sagte Adrian. »Ja, ich weiß.«

»Ich glaube jedoch, dass sein eigentliches Ziel darin besteht, meinen Zirkel zu zerstören. Er hat einen eigenen Zirkel und will keine Konkurrenz.«

»Dann, finde ich, ich sollte lieber bei dir bleiben«, platzte Adrian heraus. »Das heißt, bis du wieder so fit bist, um selbst auf dich aufzupassen.«

Eli ließ sich diese Idee durch den Kopf gehen, und sie gefiel ihm. Er könnte sicherlich während der nächsten Tage

Hilfe brauchen – seine Verbände war er selbst imstande zu wechseln. Aber wenn jemand das Kochen übernahm oder Besorgungen machte, wäre ihm das höchst willkommen.

Allerdings hätte es wenig Sinn, allzu begeistert zu reagieren. Adrian schien geradezu Todesangst zu haben, dass ihm vor der nächsten Zeremonie etwas zustoßen könnte. Es würde nicht schaden, ihn ein wenig schwitzen zu lassen.

»Ich finde das nicht, Adrian«, erwiderte er. »Ich bin es gewöhnt, alleine zu leben. Ich glaube, ständig Gesellschaft zu haben, würde mir ziemlich auf die Nerven gehen.«

»Ich bin dir nicht im Weg, versprochen. Lass mich nur übers Wochenende hier bleiben. Ich muss erst nächste Woche wieder im Gericht sein. Bis dahin kann ich dir ein wenig helfen.«

Wie ein Schoßhündchen. Oder eher ein großer Mastino. Zeit, ihm einen Knochen vorzuwerfen.

»Na schön. Ich denke, ein paar Tage werde ich es wohl aushalten.«

»Wunderbar! Ich fahre nach Hause, packe ein paar Sachen zusammen und bin in einer Stunde zurück.«

Adrian machte kehrt und humpelte zur Tür.

»Moment«, sagte Eli. »Ehe du gehst, würdest du mir das Telefon reichen?«

»Natürlich. Erwartest du einen Anruf?«

»Freddy sollte sich melden, sobald er die Frau identifiziert hat, die gestern Abend in den Fernsehnachrichten zitiert wurde. Diesen Anruf möchte ich auf keinen Fall versäumen.« Er lächelte. »Ich hoffe, dass sie einen besonders schönen Tag hatte, denn sobald ich ihren Namen kenne, wird es für sie nur noch beschissene Tage geben.«

»Ich mag Strauss nicht«, gestand Adrian. »Er hat gestern einige nicht sehr nette Bemerkungen über dich gemacht.«

»Wann?«

»Als er mich im Rollstuhl zu meinem Zimmer zurückschob. Er sagte, ihm kämen allmählich Zweifel in Bezug auf dich, zum Beispiel dass du wirklich so alt bist, wie du behauptest.«

»Tatsächlich?« Das war interessant.

»Er sagte, er hätte vor ein paar Jahren Erkundigungen über dich eingezogen und herausgefunden, dass du in den vierziger Jahren geboren wurdest – in welchem Jahr genau, habe ich vergessen –, und zwar als Sohn italienischer Eltern.«

»Ja, damit ist er mir schon früher gekommen, und ich habe ihm erklärt, es handle sich um eine falsche Identität. Ich habe ein paar arme Ehepaare namens Bellitto herausgesucht und mich mit ihnen in Verbindung gesetzt, bis ich eins fand, das – natürlich gegen Zahlung einer ansehnlichen Summe – bereit war, meinen Namen als den eines zu Hause geborenen Kindes eintragen zu lassen. Sie sind jedoch mittlerweile längst gestorben und können meine Version nicht bestätigen, daher wirst du dich, fürchte ich, auf mein Wort verlassen müssen.«

»Oh, das tue ich doch«, sagte Adrian. »Versteh mich nicht falsch. Ich wiederhole nur, was Strauss mir erzählt hat. Er sagte, er hätte bisher nicht schlüssig beweisen können, ob du tatsächlich so alt bist, wie du behauptest. Oder ob du einfach nur verrückt bist – auch diesmal waren das seine Worte und nicht meine. Er erzählte mir gestern, dass er, nachdem du verwundet wurdest, eher für verrückt plädieren würde.«

»Würde er das«, sagte Eli. »Wie undankbar. Ich glaube, ich sollte mit Freddy mal ein ernstes Wort reden.«

»Aber verrate ihm nicht, dass ich es dir erzählt habe.«

Eli sah Adrian mitleidig an. Dafür, dass er einigermaßen intelligent war, konnte er manchmal schrecklich naiv sein.

»Was meinst du, warum er dir das alles erzählt hat? Weil er genau wusste, dass du es mir sagen würdest. Er *wollte*, dass du es mir sagst. Er fängt an, Fragen zu stellen, und hofft, dass ich seine Zweifel zerstreue. Was er nicht begreift, ist, dass mich nicht interessiert, was er denkt. Allerdings sind seine Kontakte bei der Polizei für den Zirkel so wertvoll, dass ich ihn wahrscheinlich auf diese Angelegenheit ansprechen und sie endgültig klären muss.«

»Warte damit, bis du dich besser fühlst«, riet ihm Adrian.

Früher, in den alten Zeiten, dachte Eli, war alles viel besser. Ich brauchte den Zirkel nicht. Einmal im Jahr suchte ich mir ein herumstreunendes Kind, führte die Zeremonie aus und zog meiner Wege. Aber heutzutage ist alles so kompliziert geworden. Angesichts der wirkungsvollen Techniken der Verbrechensaufklärung, die inzwischen zum Einsatz kommen, braucht man Hilfe, Beziehungen und ganze Netzwerke, um Jahr für Jahr unbehelligt ein Kind in seine Gewalt zu bringen.

Er brauchte den Zirkel genauso, wie der Zirkel ihn brauchte. Aber das mussten sie nicht unbedingt erfahren.

Eli seufzte tief und rieb sich die Augen. »Vielleicht sollte ich den Zirkel auflösen und allein weitermachen. So habe ich nämlich angefangen: allein.«

Eli linste zwischen den Fingern hindurch, um nachzusehen, ob seine kleine Ansprache die gewünschte Wirkung hatte. Der entsetzte Ausdruck in Adrians Gesicht lieferte ihm die positive Bestätigung.

»Nein! Daran darfst du nicht einmal denken, Eli! Ich werde mit den anderen reden. Wir...«

»Nein, ich werde mich selbst dieser Angelegenheit annehmen. Ich gebe dem Ganzen noch eine Chance. Und jetzt solltest du zusehen, dass du deine Sachen holst, während ich einige Telefonate führen muss.«

Nachdem Adrian sich verabschiedet hatte, ließ sich Eli in seinem Sessel nach hinten sinken und schloss die Augen.

... er hätte bisher nicht schlüssig beweisen können, ob du tatsächlich so alt bist, wie du behauptest. Oder ob du einfach nur verrückt bist...

Manchmal, gab Eli zu, frage ich mich das auch.

Er hatte Erinnerungen an seine frühen Jahre im Italien des

achtzehnten Jahrhunderts, daran, wie er die Zeremonie in einem Felsverlies in Riomaggiore zwischen den Cinque Terre an der ligurischen Küste entdeckt hatte, und dann an den langen Weg durch Hunderte von Jahren mit ihren Hunderten geopferter Kinder. Aber sie befanden sich nur ganz vage in seinem Bewusstsein, fast, als hätte er alles nur geträumt. Er wünschte sich, er könnte mehr Details rekonstruieren.

Was wäre, wenn Strauss' Verdacht zutraf? Wenn er tatsächlich nicht mehr als ein mordlustiger Geistesgestörter war, der versuchte, das Rad der Zeit zurückzudrehen, und der seine verrückten Geschichten sich selbst und anderen so oft erzählt hatte, dass er am Ende selbst daran glaubte.

Nein! Eli schlug mit der Faust auf die Armlehne des Sessels. Was fiel ihm ein? Er war nicht verrückt, und er war auch kein Spinner. Das lag nur an den Schmerzen, an den Medikamenten...

...an der Wunde...

Ja, die Wunde. Dort lag die Quelle seines Zweifels. Er hätte überhaupt nicht verwundet werden dürfen. Das war das Vermächtnis der Zeremonie – ewiges Leben und persönliche Unversehrtheit. Es schützte einen Adepten nicht vor harmlosen Verletzungen wie kleine Schnitte beim Rasieren oder durch Ungeschick erzeugte Kratzer und Ähnliches. Aber eine Stichwunde... eigentlich hätte die Messerklinge an seiner Haut abgleiten müssen.

Es sei denn, sie wurde von der Hand eines anderen Adepten geführt.

Mit einem Gefühl des Unbehagens holte Eli die Telefonnummer hervor, die ihm Strauss am Abend zuvor gegeben hatte, und tippte sie in sein Telefon. Und genauso wie am Vorabend war sein geheimnisvoller Gegner »zur Zeit nicht erreichbar«.

Eli unterbrach die Verbindung und kochte innerlich vor Wut. Er würde die Nummer ins Kurzwahlverzeichnis aufnehmen und sie immer wieder anrufen. Irgendwann müsste der Mann sein Telefon einschalten, und bei einer dieser Gelegenheiten würde Eli ihn erwischen. Und dann würden sie miteinander reden, und Eli würde seinen Widersacher kennen lernen, ihn zu einem verräterischen Versprecher verleiten – und dann hätte er ihn.

3

Lyle unterdrückte ein Gähnen, während er mit einem neuen Kunden die üblichen Präliminarien absolvierte. Nicht dass es ihn langweilte, von seinem Geistführer zu erzählen – wie könnte Ifasen etwas anderes als vollkommene Begeisterung empfinden, wenn er schon in Kürze wieder mit seinem uralten Mentor Ogunfiditimi kommunizierte? Lyle war todmüde. Er fühlte sich, als hätte er den Tag damit verbracht, einen Ironman-Triathlon hinter sich zu bringen.

Tara Portman oder was immer es war hatte während der Nacht nach ihrer Geistschreibe-Demo Ruhe gegeben. Keine Geräusche, kein Blut, kein Zerbrechen irgendwelcher Gegenstände. Trotzdem hatte Lyle keinen Schlaf gefunden. Allein das unbewusste Warten auf Lärm, Blut oder Zerstörung hatte seine Matratze in ein Nagelbrett verwandelt.

Charlie hingegen wirkte an diesem Morgen frisch und gut ausgeruht. Das hatte er zweifellos seiner Bibel zu verdanken.

Doch Lyles Unwohlsein ging über reine Müdigkeit hinaus. Er konnte die Ursache nicht eindeutig identifizieren. Es war weniger so, dass er sich schlecht fühlte. Eher fühlte er sich nicht *richtig*. Er fühlte sich... verändert. Die Welt sah anders aus, und sie fühlte sich auch anders an. Die Schatten erschienen dunkler, härter, die Lampen heller, schärfer, die Luft kam ihm elektrisch aufgeladen vor, als ob irgendwo etwas Gefährliches, Bedrohliches lauerte.

Er schüttelte dieses Gefühl ab. Eine Menge Arbeit wartete auf ihn.

Nachdem der Channeling-Raum repariert worden war, hatten sie für die Sitzungen neue Termine festgelegt. Lyle hatte seine Verabredungen so terminiert, dass er genügend Zeit für ein Treffen mit Konstantin Kristadoulou hatte. Gleich am frühen Morgen hatte er den alten Immobilienmakler angerufen und sich mit ihm für 13.00 Uhr verabredet. Jack hatte er eine Nachricht mit der Angabe von Ort und Zeit des Treffens hinterlassen.

Aber das würde erst kurz nach Mittag stattfinden. Im Augenblick musste er sich auf das aktuelle Geschehen konzentrieren, und damit war Lyle nun überhaupt nicht zufrieden. Melba Toomey war aber auch alles andere als eine ideale Kundin. Lyle schrieb es seinem leicht desolaten Zustand zu, dass sie durch den routinemäßigen Überprüfungsprozess gerutscht war. Sie wäre niemals ein gutes Objekt, erst recht nicht als erste Kundin des Tages.

Aber sie hatte das Honorar für eine private Sitzung bezahlt und saß ihm nun am Tisch gegenüber. Bekleidet war sie mit ihrem Hauskleid und einem mit einem geblümten Tuch verzierten Strohhut. Und die dunklen Augen in ihrem schwarzen Gesicht leuchteten voll gespannter Erwartung.

Laut den Angaben auf ihrem Fragebogen war Melba dreiundfünfzig und arbeitete als Putzfrau. Sie war überhaupt nicht typisch für Ifasens Klientel und gehörte ganz gewiss nicht zu der gesellschaftlichen Schicht, die er umwarb.

Lyle krümmte sich innerlich bei dem Gedanken, wie lange sie gebraucht haben musste, um genug Geld für eine private Sitzung zu sparen. Aber sie hatte auf dem Fragebogen eingetragen, dass sie zu ihm gekommen wäre, weil er schwarz sei – sie sagte nicht afroamerikanisch. Schwarz.

Melba Toomey wollte wissen, ob ihr Mann Clarence am Leben oder tot war. Und falls er tot wäre, wollte sie mit ihm sprechen.

Lyle gab sich alle Mühe, die Sorte von Kunden zu meiden, deren Wünsche und Anliegen die Möglichkeiten, seine Antworten den jeweiligen Gegebenheiten anzupassen, einschränkten. Melba war die schlimmste Vertreterin dieser Sorte: Lebendig oder tot... gab es eine klarere Schwarz-oder-weiß-Ja-oder-nein-Entscheidung als diese? Sie ließ ihm null Möglichkeiten, eine Antwort zu finden, die ihm ein Hintertürchen offen ließ.

Er würde durch Melba eine kalte Befragung über Clarence einschieben, um sich einen Eindruck zu verschaffen, was für ein Mensch Clarence war, um halbwegs sicher erraten zu können, ob er noch am Leben oder schon tot war.

Diesmal werde ich für mein tägliches Brot ganz schön schwitzen müssen, dachte er.

Lyle hatte zwei kartoffelgroße Steine auf den Tisch gelegt. Dazu erklärte er der Frau, sie stammten vom Geburtsort Ogunfiditimis. Und weil Ogunfiditimi sie überhaupt nicht kannte, verstärkte es die erste Kontaktaufnahme, wenn sie diese Steine ganz fest in die Hände nahm. Außerdem würden auf diese Weise ihre Hände dort bleiben, wo Lyle sie ständig sehen konnte.

Um die richtige Atmosphäre zu erzeugen – und um ein wenig Zeit totzuschlagen – bediente Lyle Melba mit den obligatorischen Menübeilagen, nämlich dem wackelnden Tisch und dem schwankenden Stuhl, ehe er richtig zur Sache kam.

Lyle tauchte aus seiner Pseudotrance auf und sah die Frau aufmerksam an. Ihre Gesichtszüge wirkten im matten roten Licht der Deckenbeleuchtung leicht verschwommen, doch immer noch deutlich genug, um aufschnappen zu können, was er für seinen Auftritt brauchte. Körpersprache, sichtbare Zeichen in Form eines Blinzelns, eines Verziehens des Mundes, eines Zuckens der Wange... Lyle konnte sie beurteilen und einschätzen wie ein alter Seemann das Meer.

Zuerst ein paar Schwindelmanöver. Sie hatte auf ihrem Fragebogen angegeben, dass Clarence seit dem 2. Juni verschwunden sei. Damit würde er anfangen.

»Ich spüre ein seltsames Weitwegsein... eine Trennung seit... warum kommt mir ständig der Anfang des Monats Juni in den Sinn?«

»Der zweite Juni!«, rief Melba. »An diesem Datum habe ich Clarence zum letzten Mal gesehen! Er ging morgens zur Arbeit und kam nicht mehr nach Hause. Seitdem habe ich von ihm weder etwas gesehen noch etwas gehört.« Sie holte ein benutztes Papiertaschentuch aus der Tasche ihres Hauskleides und tupfte sich damit die Augen ab. »O Herrgott im Himmel, Sie haben tatsächlich die Gabe, nicht wahr?«

O ja, dachte Lyle. Die Gabe. Mich an das zu erinnern, von dem du schon vergessen hast, dass du es mir erzählt hast.

»Bitte behalten Sie die Steine in den Händen, Melba«, wies er sie an. »Es schwächt den Kontakt, wenn Sie sie davon lösen.«

»O Verzeihung.« Sie legte die Hände wieder auf die Steine.

Gut. Behalt sie dort, dachte er.

Das Letzte, was er von ihr wollte, war, dass sie nach ihrer Handtasche griff. Denn Charlie, von Kopf bis Fuß in schwarze Kleidung gehüllt, müsste längst aus seiner Kommandozentrale herausgeschlichen sein und sich bereithalten, sie von dort, wo sie neben dem Stuhl der Frau auf dem Fußboden stand, fortzunehmen.

»Ich habe es bei der Polizei gemeldet, aber ich glaube, die tun nicht sehr viel, um ihn zu finden. Sie scheinen sich kein bisschen dafür zu interessieren.«

»Sie haben eine Menge zu tun, Melba«, sagte er zu ihr.

Ihre Verzweiflung weckte einen Anflug von Schuldbewusstsein in ihm. Er würde für sie auch nicht mehr tun als die Cops.

Wert für Wert...
Er verscheuchte diesen Gedanken und bereitete eine neue Schwindelnummer vor. Die erste war nur für ein anfängliches Aufwärmen gut gewesen, sozusagen, um das Eis zu brechen und ihr Vertrauen zu gewinnen. Jetzt würde es ein wenig heftiger werden.

Er überlegte: Sie putzt in Häusern, trägt Kleidung aus Schlussverkäufen. Daher konnte er sich nicht vorstellen, dass Clarence irgendein Firmenmanager war. Sie hatte erwähnt, dass er morgens zur Arbeit gegangen war, als wäre das eine völlig alltäglich Routine gewesen. Es bestand die Chance, dass er einen festen Handwerkerjob hatte und vielleicht sogar Mitglied der Gewerkschaft war.

Schwindel Nummer zwei...

»Warum kommt mir in den Sinn, dass er in einem Handwerk tätig war?«

»Er war Elektriker!«

»Ein treuer Gewerkschaftler.«

Sie runzelte die Stirn. »Nein. Er war nie in einer Gewerkschaft.«

Autsch, ein Ausrutscher, jedoch leicht zu retten. »Aber ich habe das Gefühl, dass er der Gewerkschaft beitreten *wollte*.«

»Ja! Woher wissen Sie das? Dieser arme Mann. Er hat es so oft versucht, aber er wurde niemals akzeptiert. Ständig sprach er davon, wie viel Geld mehr er verdienen könnte, wenn er in der Gewerkschaft wäre.«

Lyle nickte. »Aha, das war es, was ich empfangen habe.«

Mal sehen... Handwerker, frustriert... vielleicht ging Clarence nach der Arbeit gerne einen trinken? Und selbst wenn er ein Abstinenzler oder ein ehemaliger Trinker war, so bot der *Hang* zum Trinken einen geeigneten Bezugspunkt.

»Ich habe einen Eindruck von einem nur unzureichend erleuchteten Raum, dem Geruch von Tabaksqualm, dem Klirren von Trinkgläsern...«

»Leon's! Schrecklich! Er ging oft nach der Arbeit hin und kam dann nach Bier stinkend nach Hause. Manchmal tauchte er erst nach Mitternacht zu Hause auf. Wir hatten entsetzliche Streite deswegen.«

Betrunken..., frustriert... Versuch es, aber bleib vage.

»Ich komme zu der Feststellung, dass etwas Schlimmes geschah, oder?«

Melba senkte den Blick. »Er hatte niemals die Absicht, mir wehzutun. Es war nur so, dass er, wenn ich ihn richtig in Rage gebracht hatte, nachdem er spät zu Hause eintrudelte, schon mal ausholte und zuschlug. Er hat es eigentlich nicht so gemeint. Aber jetzt, wo er nicht mehr da ist...« Sie schluchzte und griff wieder nach dem Taschentuch, um sich die Augen abzutupfen. »Ich hätte ihn lieber spät zu Hause als gar nicht mehr.«

»Ich verliere den Kontakt!«, warnte Lyle. »Die Hände! Die Steine. Bitte halten Sie die Steine fest.«

Melba umfasste sie wieder. »Tut mir Leid. Es ist nur...«

»Das verstehe ich, aber Sie müssen die Steine festhalten.«

»*Ich habe alles*«, sagte Charlies Stimme in seinem Ohrhörer. Offenbar war er mit der Handtasche in seine Kommandozentrale zurückgekehrt. »*Ein Foto von ihr und einem dicken Kerl – der reinste Fettsack, wenn du mich fragst –, aber keine Kinderfotos.*«

Lyle sagte: »Ich suche nach Kindern, aber...«

Er brach ab und hoffte, sie würde den Satz beenden. Und wie die meisten Kunden enttäuschte sie ihn nicht.

»Wir haben keine. Der Herr weiß, dass wir es versucht haben, aber...« Sie seufzte. »Es hat nicht geklappt.«

»*Hier gibt es nicht viel*«, meldete sich Charlie. »*Schlüssel, Lippenstift, hey – das glaubst du nicht: eine Mundharmonika. Ich wette, die gehört nicht ihr. Schätze, die ist von ihrem Alten. Ich bring die Tasche jetzt zurück.*«

Während er wartete, machte Lyle ein paar Bemerkungen

über Clarences Gewichtsprobleme, um seine mediale Glaubwürdigkeit weiter zu untermauern. Das Bild, das er sich von Clarence machte, war das eines frustrierten, cholerischen Säufers mit beschränkten finanziellen Mitteln. Die Frage, ob so ein Zeitgenosse noch am Leben oder bereits tot war, dürfte wohl mit Letzterem beantwortet werden können. Er war vielleicht in irgendeinen schief gegangenen Coup, der ihm ein paar Dollars hätte einbringen sollen, verwickelt gewesen, und er hatte als Futter für die Würmer oder die Fische geendet.

Lyle spürte eine Berührung an seinem Bein: Charlie hatte die Tasche zurückgestellt.

Lyle räusperte sich. »Warum höre ich jetzt Musik? Sie klingt ein wenig dünn. Eine Mundharmonika?«

»Ja! Clarence hat wirklich Mundharmonika gespielt. Die Leute meinten, es klänge schrecklich.« Melba lächelte. »Das stimmt. Er spielte ganz schlimm. Aber das hat ihn nicht davon abgehalten, es immer wieder zu versuchen.«

»Warum spüre ich seine Mundharmonika ganz in der Nähe?«

Es verschlug ihr fast den Atem. »Ich habe eine mitgebracht. Wie können Sie das wissen?«

Indem er es ihr überließ, sich selbst die Antwort darauf zu geben, sagte Lyle: »Es würde die Kontaktaufnahme begünstigen, wenn ich ein Objekt berühren könnte, das dem Gesuchten gehört hat.«

»Sie steckt in meiner Handtasche.« Melba blickte auf ihre Hände, die auf den Steinen lagen, dann schaute sie zu Lyle. »Meinen Sie, ich könnte...?«

»Ja, aber bitte nur eine Hand.«

»*Nehmen wir das Geld dieser armen Lady an, Bruder?*«, fragte Charlie in seinem Ohr. »*Sie gehört nicht gerade zu denen, bei denen wir sonst abkassieren.*«

Lyle konnte ihm darauf keine Antwort geben, aber der gleiche Gedanke beschäftigte ihn schon seit Beginn der Sitzung.

Er verfolgte, wie Melba mit der rechten Hand die Handtasche in ihren Schoß stellte und eine zerkratzte und verbeulte Mundharmonika mit der eingeprägten Aufschrift »Hohner Special 20 Marine Band« herausholte.

»Das war seine liebste«, sagte sie und schob das Instrument über den Tisch.

Lyle streckte die Hand danach aus, dann hielt er inne, als ein Warnsignal seine Nervenenden vibrieren ließ. Warum? Warum sollte er die Mundharmonika nicht berühren?

Nach ein paar unsicheren Sekunden, in denen Melbas Miene ein misstrauisches Stirnrunzeln erkennen ließ, biss Lyle die Zähne zusammen und ergriff die Mundharmonika...

...und schrie auf, als sich der Raum plötzlich zu drehen begann und dann verschwand und er in einem anderen Zimmer stand – es war eine Suite im Bellagio Hotel in Las Vegas – und einen fetten Mann, in dem er Clarence Toomey erkannte, in einem Bett neben einer Blondine schnarchen sah, von der Lyle wusste, dass sie eine Prostituierte war, die er für die Nacht mitgenommen hatte. Er wusste plötzlich alles – von dem Lotteriegewinn von einer halben Million Dollar, den Clarence vor seiner Frau geheim gehalten hatte, bis er das Geld in der Tasche hatte, und wie er dann seine Frau und sein Heim verlassen und aus seinem Bewusstsein gestrichen hatte.

Melbas Schrei drang an seine Ohren. »Was ist los?«

Charlie fragte in seinem Ohr: »*Lyle! Was ist passiert?*«

Er spürte die Mundharmonika in seiner Hand... löste die Finger nacheinander von dem Instrument, bis...

Die Mundharmonika fiel auf den Tisch, und plötzlich befand sich Lyle wieder im Channeling-Raum und sah Melba, die ihn mit großen Augen anstarrte und eine Hand auf den Mund presste.

»*Lyle! Gib Antwort! Bist du okay?*«

»Ich bin okay«, sagte Lyle, sowohl um Melba wie auch seinen Bruder zu beruhigen.

Doch er war alles andere als okay.

Was war gerade geschehen? War das real? Hatte er tatsächlich Clarence Toomey gesehen, oder hatte er es sich nur eingebildet? Es war ihm so echt vorgekommen, und dennoch... das war nicht möglich.

So etwas war ihm noch nie zuvor passiert. Er wusste nicht, wie er sich das erklären sollte.

»Ifasen?«, fragte Melba. »Was ist passiert? Wissen Sie etwas? Haben Sie Clarence gesehen?«

Was konnte er darauf antworten? Selbst wenn er sich hätte sicher sein können, dass es zutraf – und das war er ganz und gar nicht –, wie erklärte man einer Frau, dass ihr Ehemann in Las Vegas mit einer Nutte im Bett lag?

»Ich weiß nicht genau, was ich gesehen habe«, sagte Lyle. Mehr konnte und wollte er nicht verraten. Er rückte vom Tisch zurück. »Ich fürchte, ich muss unsere Sitzung vorzeitig abbrechen. Ich... ich fühle mich nicht gut.« Keine Lüge. Er fühlte sich ganz entsetzlich.

»Nein, bitte«, flehte Melba.

»Es tut mir Leid. Ich gebe Ihnen Ihr Geld zurück.«

»*Klasse, Mann!*«, sagte Charlie in seinem Ohr.

»Das Geld ist mir nicht wichtig«, sagte Melba. »Ich will meinen Clarence. Wie finde ich ihn?«

»Die Lotterie«, sagte Lyle.

Sie starrte ihn an. »Die Lotterie? Das verstehe ich nicht.«

»Ich auch nicht, aber das war die Botschaft, die am deutlichsten durchkam. Fragen Sie bei der New York State Lottery nach. Fragen Sie nach Clarence. Das ist alles, was ich Ihnen mitteilen kann.«

Wenn sie das tat und wenn Lyles Vision zutraf – ein großes Wenn –, würde sie von Clarences großem Gewinn erfahren. Sie könnte dann jemanden engagieren, der ihn ausfindig machte, und vielleicht sogar etwas von dem erhalten, was noch übrig war.

Sie wollte ihren Mann wiederfinden, doch wenn ihre Suche Erfolg hätte, würde sie einige traurige Erfahrungen machen.

Charlie erschien. Er sah ihn seltsam an. Ihm mussten eine ganze Million Fragen auf der Zunge liegen, doch er konnte sie nicht stellen, solange Melba noch da war.

Lyle sagte: »Kehinde wird Sie hinausbringen und Ihnen Ihr Geld auszahlen. Und denken Sie an das, was ich Ihnen geraten habe: Fragen Sie bei der Lotterie nach. Tun Sie es heute noch.«

Melba schüttelte ratlos den Kopf. »Ich verstehe das alles nicht, aber wenigstens haben Sie versucht, mir zu helfen. Das ist mehr, als die Polizei getan hat.« Sie streckte ihm die Hand entgegen. »Vielen Dank.«

Lyle ergriff ihre Hand und musste einen heftigen Seufzer unterdrücken, als ein ganzer Wirbelsturm von Empfindungen auf ihn einstürzte – eine kurze Zeitspanne des Zorns, dann Trauer, Einsamkeit, etwa für die Dauer von anderthalb Jahren. Vielleicht war es ein wenig mehr, aber ganz sicher weniger als zwei Jahre, und dann Dunkelheit – eine von Sehnsucht geprägte Dunkelheit, die Melba und alles um sie herum verschlang.

Er zog seine Hand ruckartig zurück, als hätte er einen elektrischen Schlag erhalten. War das Melbas Zukunft? War das alles, was ihr noch blieb? Weniger als zwei Jahre?

»Auf Wiedersehen«, sagte er und zog sich zurück.

Charlie geleitete sie ins Wartezimmer und warf Lyle über die Schulter einen irritierten Blick zu.

»Ifasen ist heute nicht ganz wohlauf«, erklärte er Melba.

Verdammt richtig, ich bin nicht wohlauf, dachte Lyle, während sich ein tiefes Unbehagen in ihm ausbreitete. Was zum Teufel ist mit mir los?

4

Jack bringt mich um, wenn er es erfährt.

Gia stand vor der ramponierten Wohnungstür und zögerte. Gegen ihr besseres Wissen war sie zu der Website von abductedchild.org zurückgekehrt und hatte die Telefonnummer der Familie von Tara Portman angerufen. Sie hatte den Mann, der sich meldete, gefragt, ob er mit Tara Portman verwandt sei – er erwiderte, er sei ihr Vater –, und hatte ihm erklärt, sie sei Journalistin und arbeite auf freier Basis für eine Reihe von Zeitungen. Sie plane gerade eine Artikelserie über Kinder, die seit mehr als zehn Jahren als vermisst gälten. Ob er ein wenig Zeit erübrigen könne, sich mit ihr zu unterhalten.

Seine Antwort – Sicher, warum nicht? – hatte fast gleichgültig geklungen. Er meinte, sie könne jederzeit vorbeikommen, denn er sei fast immer da.

Daher stand sie jetzt im heißen Flur des dritten Stocks eines heruntergekommenen Apartmenthauses in den West-Forties und hatte Angst, den nächsten Schritt zu tun. Sie hatte sich für ein schlichtes dunkelblaues Kostüm entschieden, das sie gewöhnlich zu Verhandlungen mit potenziellen Auftraggebern trug, und hatte einen Notizblock und einen Kassettenrecorder in ihrer Schultertasche.

Sie bedauerte, nicht nach Mrs. Portman gefragt zu haben – lebte sie noch, waren sie noch verheiratet, wäre auch sie zu Hause?

Dass Tara »Mutter« geschrieben hatte, ohne ihren Vater zu erwähnen, könnte von Bedeutung sein. Es könnte etwas über ihre Beziehung zu ihrem Vater aussagen. Es könnte sogar bedeuten, wie Jack vermutet hatte, dass er irgendetwas mit ihrem Verschwinden zu tun hatte.

Aber der Punkt war, dass der Geist Tara Portmans allein Gia erschienen war, und diese Tatsache summte ihr im Kopf herum wie eine eingesperrte Wespe. Sie würde keinen Frieden finden, solange sie nicht wusste, was Tara Portman von ihr wollte. Und das schien auf die Mutter hinzudeuten, nach der sie gefragt hatte.

»Nun, jetzt habe ich mich schon bis hierher gewagt«, murmelte sie. »Da kann ich jetzt nicht kehrtmachen.«

Sie klopfte an die Tür. Wenige Sekunden später wurde von einem Mann Mitte vierzig geöffnet. Taras blaue Augen schauten aus seinem schlaffen, unrasierten Gesicht heraus. Seine kräftige Gestalt steckte in einem schmuddeligen T-Shirt mit vergilbten Achselhöhlen und Kaffeeflecken auf der Vorderseite, und einer Jeans mit abgeschnittenen Beinen. Außerdem war er barfuß, und seine langen dunkelblonden Haare standen zerzaust von seinem Kopf ab.

»Was ist?«, fragte er.

Gia unterdrückte den Impuls davonzulaufen. »Ich ... ich bin die Journalistin, die Sie kürzlich angerufen hat.«

»Ach ja, natürlich.« Er reichte ihr die Hand. »Joe Portman. Kommen Sie rein.«

Eine säuerliche Mischung aus altem Schweiß und noch älteren Essensresten attackierte Gias Schleimhäute, während sie über die Türschwelle in das winzige Apartment trat. Doch sie ließ sich ihren aufkeimenden Ekel nicht anmerken. Joe Portman eilte geschäftig umher, schaltete den Fernseher aus und sammelte verstreut herumliegende Kleidung vom Fußboden und einer durchgesessenen Couch auf. Er rollte die Sachen zu einem Bündel zusammen und stopfte es in einen Schrank.

»Entschuldigen Sie. So bald hatte ich Sie nicht erwartet.« Er sah sie fragend an. »Kaffee?«

»Danke, nein. Ich habe gerade welchen getrunken.«

Er ließ sich auf die Couch fallen und deutete einladend auf einen Sessel neben dem Fernseher.

»Wissen Sie«, sagte er, »es ist wirklich seltsam. Neulich saß ich genau hier, sah mir ein Spiel der Yankees an und musste plötzlich an Tara denken.«

Gia ließ sich vorsichtig nieder. »Denken Sie nicht so oft an sie?«

Er zuckte die Achseln. »Für zu viele Jahre war sie *alles*, woran ich dachte. Sehen Sie sich an, wohin mich das gebracht hat. Jetzt versuche ich, nicht an sie zu denken. Mein Arzt in der Klinik rät mir, ich solle die Vergangenheit ruhen lassen und stattdessen versuchen, mein Leben in den Griff zu bekommen. Das zu tun, lerne ich gerade. Aber es ist ein langsamer Prozess. Und unendlich schwer.«

Gia hatte plötzlich eine Eingebung. »Was für ein Tag war es, als Sie plötzlich an Tara denken mussten?«

»Es war eigentlich mehr als nur ein Gedanke. Für einen Augenblick, nur den Bruchteil einer Sekunde lang, glaubte ich, sie wäre bei mir im Raum. Und dann war dieses Gefühl genauso plötzlich wieder verschwunden.«

»Aber wann?«

Er blickte zur Decke und überlegte. »Mal sehen... Die Yanks haben in Oakland gespielt, demnach war es Freitagabend.«

»Spät?«

»Ziemlich. Elf oder so, nehm ich an. Warum?«

»Reine Neugier«, sagte Gia und unterdrückte das Frösteln, als ein eisiger Hauch durch ihren Körper fuhr.

Joe Portman hatte die Anwesenheit seiner Tochter zur gleichen Zeit gespürt, als das Menelaus Manor von dem Erdbeben erschüttert worden war.

»Nun, der Grund, weshalb ich es überhaupt erwähnt habe, ist der, dass ich am Freitagabend dieses seltsame Gefühl hatte, dass Tara in meiner Nähe ist, und dann rufen Sie wenig später an und wollen einen Artikel über sie schreiben. Ist das ein Fall von Synchronizität oder was?«

Synchronizität... nicht gerade die Art von Vokabel, die

Gia aus dem Mund von jemandem erwartet hätte, der aussah wie Joe Portman.

»Das Leben ist manchmal seltsam«, sagte Gia.

»Das ist es.« Er seufzte, dann sah er sie wieder an. »Okay, Zeitungslady, was kann ich für Sie tun?«

»Vielleicht können wir damit anfangen, wie es überhaupt passiert ist?«

»Die Entführung? Das finden Sie doch in allen Einzelheiten in den alten Zeitungen.«

»Aber ich würde es gerne von Ihnen hören.«

Seine Augen verengten sich, und seine müde Stimme bekam einen scharfen Unterton. »Sind Sie ganz sicher, dass Sie Journalistin sind? Nicht vielleicht eine Polizistin?«

»Nein. Wirklich nicht. Wie kommen Sie darauf?«

Er lehnte sich zurück und starrte auf seine Hände, die gefaltet in seinem Schoß lagen. »Weil ich für eine Weile als verdächtig galt. Dot ebenfalls.«

»Dot ist Ihre Frau?«

»Dorothy, ja. Nun, sie war es. Wie dem auch sei, die Cops bekamen nichts heraus... Zu der Zeit damals waren die Zeitungen voll von Berichten über Satansbeschwörungen und rituellem Kindesmissbrauch und so weiter... Daher nahmen sie uns unter die Lupe und wollten wissen, ob wir uns mit solchem abartigen Zeug befassten. Gott sei Dank war das nicht der Fall, sonst hätten sie uns am Ende noch beschuldigt. Es ist zwar kaum denkbar, dass es bei dieser Geschichte für uns noch schlimmer hätte kommen können, aber genau das wäre es wahrscheinlich gewesen, nämlich viel, viel schlimmer.«

»Also, wie ist es passiert?«

Er seufzte. »Ich gebe Ihnen die kurze Version.« Er hob die Augenbrauen. »Wollen Sie sich keine Notizen machen?«

Wie dämlich von mir, dachte sie und griff in ihre Schultertasche, um den Kassettenrecorder hervorzuholen.

»Ich möchte das lieber aufnehmen, wenn es Ihnen nichts ausmacht.«

»Nur zu. Wir wohnten in Kensington. Das ist ein Teil von Brooklyn. Kennen Sie die Gegend?«

Gia schüttelte den Kopf. »Ich stamme nicht aus New York.«

»Nun, es klingt elegant, ist es aber nicht. Dort wohnt die alteingesessene Mittelschicht, also nichts Besonderes. Ich habe hier in der City bei der Chase Manhattan gearbeitet, Dot war Sekretärin bei der Schulbehörde für den Distrikt 20. Uns ging es gut. Wir wohnten in Kensington, weil es von dort zum Prospect Park und zum Green-Wood Cemetery nicht weit war. Ob Sie es glauben oder nicht, aber wir betrachteten den Friedhof als großes Plus. Es ist ein schöner Ort.« Er blickte wieder auf seine Hände. »Wenn wir woanders gewohnt hätten, wäre Tara vielleicht noch bei uns.«

»Wie ist es geschehen?«

Er seufzte. »Als Tara acht war, gingen wir oft mit ihr zu den Pferdeställen von Kensington in der Nähe der Exerzierplätze. Damit sie die Pferde sehen konnte. Nur ein kurzer Ritt, und schon war sie vernarrt in Pferde. Wir konnten sie nicht von dort fern halten. Daher ließen wir ihr Reitstunden geben, und sie entpuppte sich als Naturtalent. Ein Jahr lang ritt sie dreimal in der Woche – Dienstag- und Donnerstagnachmittag und Samstagvormittag. Donnerstags musste sie immer noch ein wenig warten, bis Dot erschien, um sie abzuholen. Wir haben ihr eingebläut, innerhalb der Stallanlagen zu bleiben, auf keinen Fall die Anlage zu verlassen. Und ein Jahr lang klappte es ganz wunderbar. Dann, eines Donnerstags, kam Dot, um sie abzuholen – und zwar pünktlich auf die Minute, möchte ich betonen –, und Tara war nirgendwo zu sehen.« Seine Stimme wurde brüchig. »Wir haben sie nie wiedergesehen oder irgendetwas von ihr gehört.«

»Und es gab keine Zeugen, keine Hinweise?«

»Weder das eine noch das andere. Wir erfuhren jedoch,

dass sie nicht auf uns gehört hatte. Das Personal in den Ställen erzählte, sie wäre donnerstags immer für ein paar Minuten hinausgegangen und mit einer Brezel zurückgekommen – wie man sie auf der Straße bei diesen Verkaufswagen kaufen kann. Die Polizei fand auch den Händler mit dem Karren, der sich an sie erinnern konnte. Er sagte, sie wäre jeden Donnerstagnachmittag in ihrer Reitkleidung bei ihm erschienen, aber etwas Besonderes sei ihm an diesem Tag nicht aufgefallen. Sie hätte wie üblich eine Brezel gekauft und wäre zur Stallanlage zurückgelaufen. Aber dort ist sie nicht angekommen.« Er schlug sich mit der Faust auf den Oberschenkel. »Wenn sie doch nur auf uns gehört hätte!«

»Wie war sie?«, fragte Gia. »Was hat sie außer Pferden sonst noch gemocht?«

»Wollen Sie das wirklich wissen?«, fragte er und stemmte sich vom Sofa hoch. »Das ist einfach. Sie können es sich selbst ansehen.«

Er umrundete das Sofa und gab Gia ein Zeichen, ihm zu folgen. Vor einem großen schwarzen Koffer mit Messingbeschlägen blieb er stehen und bückte sich. Er schleifte ihn ein paar Schritte näher zum Fenster und klappte den Deckel auf.

»Da, sehen Sie«, sagte er und richtete sich auf. »Bitte sehr. Bedienen Sie sich. Das ist alles, was von meinem kleinen Mädchen noch vorhanden ist.«

Gia kniete sich hin und betrachtete alles, jedoch ohne es zu berühren. Sie fühlte sich, als vergewaltige sie jemanden oder beginge ein Sakrileg. Sie sah einen Stapel ungerahmter Fotos und zwang sich, sie aus dem Koffer zu nehmen und durchzublättern: Aufnahmen von Tara in jedem Alter. Ein bildschönes Kind, sogar als Baby. Bei einem Foto hielt sie an. Es zeigte Tara auf dem Rücken einer großen braunen Stute.

»Das war Rhonda, Taras Lieblingspferd«, sagte Portman, während er ihr über die Schulter blickte.

Doch Gia konzentrierte sich ausschließlich auf Taras Klei-

dung: eine rot-weiß karierte Bluse, Reithose und Stiefel. Genau das Gleiche, das sie im Menelaus Manor getragen hatte.
»Hat... hat sie oft Reitkleidung getragen?«
»Das trug sie, als sie verschwand. Bei kühlerem Wetter trug sie einen Turniermantel und eine Mütze. Damit sah sie aus wie eine englische Gräfin. Lieber Gott, wie hat sie dieses Pferd geliebt. Würden Sie mir glauben, wenn ich Ihnen erzählte, dass sie sogar Plätzchen für das Tier gebacken hat? Dicke, grobkörnige Ungetüme. Das Pferd hat sie geliebt. Was für ein Kind.«
Gia streifte Portman mit einem verstohlenen Blick und sah den wehmütigen, verlorenen Ausdruck in seinem Gesicht und wusste, dass er mit dem Tod seiner Tochter ganz gewiss nichts zu tun hatte.
Sie blätterte im Bilderstapel weiter und stoppte bei einem Foto von Tara neben einem schlanken, gut aussehenden Mann von Mitte dreißig. Ihr Haar und ihre Augen wiesen die gleiche Blau- und Blondschattierung auf. Gleichzeitig erkannte sie, dass es ihr Vater war.
»Ja, das war ich. Damals war ich noch eine passable Erscheinung.« Er klopfte sich auf die Brust. »Das ist alles, was die Ärzte an Gewichtszunahme bei mir erreicht haben. Nennen Sie mir den Namen irgendeiner Aufputschtablette, und ich könnte wetten, dass ich sie irgendwann konsumiert habe. Nach jeder Tablette habe ich eine unendliche Gier nach Kohlehydraten. Außerdem, alles was ich an Bewegung leiste, ist nicht mehr, als dass ich gelegentlich durch diese Wohnung irre.« Er deutete mit einer ausholenden Geste auf das winzige Apartment. »Was, wie Sie sich vorstellen können, nicht sehr viel ist.«
»Sie sagten, Sie hätten bei der Chase Manhattan gearbeitet?«
»›Gearbeitet‹ ist richtig. Kein Wahnsinnsjob, sicher und solide. Ich hab ganz gut verdient. Und ich wollte meinen MBA nachmachen, aber... es hat sich am Ende nicht so ergeben.«

Gia blätterte zum nächsten Bild. Tara neben einer schlanken, gut aussehenden Brünetten.

»Das war Dorothy«, sagte Portman.

»Ihre Mutter.«

Portman schüttelte den Kopf. »Sie hat Taras Verschwinden noch viel härter getroffen als mich, was eigentlich kaum vorstellbar ist. Sie waren die besten Freundinnen, diese beiden. Sie machten alles zusammen. Dot hat sich von dem Schock nie erholt.«

Gia hatte fast Angst zu fragen. »Wo ist sie jetzt?«

»Sie liegt im Krankenhaus und hängt an einem Tropf.«

»O nein!«

Portman schien auf Autopilot umzuschalten, während seine Augen ins Leere blickten und seine Stimme einen mechanischen Klang bekam. »Verkehrsunfall. 1993, am fünften Jahrestag von Taras Verschwinden. Sie prallte mit ihrem Wagen auf dem LIE gegen einen Brückenpfeiler. Ein bleibender Hirnschaden. Aufgrund der Geschwindigkeit, mit der sie unterwegs war, meinte die Versicherung, es wäre ein Selbstmordversuch gewesen. Unsere Seite widersprach, es war ein Unfall. Wir haben uns dann irgendwo in der Mitte getroffen, aber es reichte trotzdem nicht, um die laufenden Arztkosten zu decken.«

»Was meinen Sie denn, was passiert ist?«

»Ich weiß nicht, was wirklich geschah, aber was ich denke, geht nur mich und Dot was an. Wie dem auch sei, ich konnte es mir nicht leisten, die gesamte Versorgung zu bezahlen, die sie brauchte – ich meine, ich durfte das Haus nicht verlieren, denn ich musste auch an Jimmy denken, den ich damals ganz alleine aufziehen musste.«

»Jimmy?«

»Blättern Sie ein paar Bilder weiter. Da. Das ist Jimmy.«

Gia sah Tara neben einem dunkelhaarigen Jungen, der mit einem Lächeln eine Zahnlücke entblößte.

»Er sieht jünger aus.«

»Zwei Jahre. Er war auf diesem Bild gerade fünf.«

»Wo ist er jetzt?«

»In einer Reha-Klinik. Alkohol, Crack, Heroin. Suchen Sie sich was aus.« Er schüttelte den Kopf. »Unsere Schuld, nicht seine.«

»Warum sagen Sie das?«

»Jimmy war sechseinhalb, als Tara verschwand. Wir hatten ihn völlig vergessen, nachdem das passierte. Immer hieß es nur Tara, Tara, Tara.«

»Das ist doch verständlich.«

»Nicht, wenn man sechs ist. Und dann sieben. Und dann acht, neun, zehn. Wenn man erkennen muss, dass das Familienleben eine ständige Totenwache für die Schwester ist. Dann verliert er mit elf seine Mutter. Ich bin sicher, dass er das Gerede von einem Selbstmordversuch gehört hat. Und für ihn bedeutete es, dass seine Mutter ihn im Stich lassen wollte, dass ihre Trauer um ihre tote Tochter größer war als die Liebe zu ihrem lebendigen Sohn. Er war zu jung, um zu verstehen, dass sie das Ganze vielleicht nicht richtig durchdacht hatte, dass es vielleicht der schlimmste Tag ihres Lebens gewesen war und dass sie von irgendeinem unerklärlichen, verrückten Impuls getrieben worden war.«

Gia sah, wie seine Kehle zuckte, während er den Blick senkte. Ihr fiel nichts anderes ein, was sie hätte sagen können, als »Sie armer Mann und dieser arme Junge«. Aber das hätte irgendwie herablassend geklungen, daher wartete sie den Moment des bleiernen Schweigens ab.

Schließlich atmete Joe Portman tief durch und sagte: »Wissen Sie, man kann die Hoffnung nur für einen gewissen Zeitraum aufrechterhalten. Als fünf Jahre verstrichen waren und wir noch immer kein Lebenszeichen von Tara erhalten hatten, mussten wir... mussten wir uns mit dem Schlimmsten abfinden. Wenn ich an diesem fünften Jahrestag mehr Zeit mit ihr verbracht hätte, hätte Dot den Tag vielleicht überstanden, und sie wäre heute noch heil und unversehrt. Aber alles muss zu schlimm, zu düster ausgesehen haben, um es noch länger zu ertragen – vielleicht nur ein paar Minuten lang oder auch für eine Stunde. Aber das reichte aus. Daher hatte Jimmy jetzt keine Mutter mehr, und sein Vater kümmerte sich noch immer nicht um ihn, da jetzt Dot seiner gesamten Fürsorge bedurfte.« Portman rieb sich das Gesicht. »Jimmys erste Verhaftung – die erste von vielen – erfolgte im Alter von dreizehn Jahren wegen des Handels mit Marihuana, und von da an ging es steil bergab mit ihm.«

Gia verspürte einen schmerzhaften Knoten in der Brust, der ständig zu wachsen schien. Das Leid, das dieser Mann, das diese Familie hatte ertragen müssen... kein Wunder, dass er ständig Tabletten schluckte.

»Dann erfuhr ich, dass ich mich von Dot scheiden lassen musste.«

»Sie mussten?«

»Um das Haus zu retten, und um – wie ich damals hoffte – auch Jimmy zu retten. Auf diese Weise wäre sie ohne Unterstützung und auf Sozialhilfe angewiesen gewesen, und dann wären die laufenden Kosten von Medicaid übernommen worden. Die Ironie an der Sache ist: Hätte ich zwei Jahre lang gewartet, wäre es gar nicht nötig gewesen.«

»Sie meinen, die Gesetze wurden geändert?«

»Nein.« Er lächelte, aber es war eher eine schmerzverzerrte Grimasse. »Ich hörte einfach auf zu arbeiten. Jimmy saß damals im Jugendgefängnis, und ich war allein zu Hause und habe es einfach nicht geschafft, aus dem Bett aufzustehen. Und wenn ich es dank eines kleinen Wunders dann doch einmal schaffte, war ich unfähig, das Haus zu verlassen. Ich ließ die Jalousien unten und das Licht gelöscht und saß da in der Dunkelheit und hatte Angst, mich zu rühren. Am Ende ließ die Bank mich hängen. Und dann verlor ich das Haus und landete schließlich bei der Sozialhilfe und bei Medicaid – genauso wie Dot.«

Völlig betäubt von diesem unendlichen Leid, legte Gia die Fotos zurück in den Koffer und schaute sich suchend nach etwas um, das vielleicht angenehmere Erinnerungen weckte. Sie griff nach einem kleinen Stapel alter Vinylschallplatten. Auf der Hülle der ersten Schallplatte war die Nahaufnahme eines rothaarigen Mädchens mit einem sehnsüchtigen Blick zu sehen.

Gia hörte, wie Joe Portman ein knappes Lachen zustande brachte. Es war nicht mehr als ein kurzes »Ha-ha«.

»Tiffany. Taras Lieblingssängerin. Sie hat ihre Schallplatten ständig laufen lassen, sobald sie von der Schule nach Hause kam.«

Gia drehte die oberste Schallplatte um. Sie konnte sich an Tiffany erinnern, daran, wie sie zu Beginn ihrer Karriere immer in Einkaufszentren aufgetreten war. Was waren ihre Hits gewesen? Sie hatte zahlreiche neue Versionen von alten Songs aufgenommen. Hatte sie nicht auch einen frühen Beatles-Song gecovert? Gia ging die Liste der Songs durch ...

Sie erschrak regelrecht.

»Stimmt was nicht?«, fragte Portman.

»Ach, nichts.« Gia schluckte und versuchte ihre trockene Zunge anzufeuchten. »Ich hatte nur vergessen, dass Tiffany auch ein Remake von *I think we're alone now* aufgenommen hat.«

»Hm, dieser Song!«, stöhnte Portman. »Den sang Tara praktisch Tag und Nacht. Sie hatte eine wunderbare Stimme, traf jeden Ton. Aber wie oft kann man sich immer denselben Song anhören? Es machte uns glatt verrückt! Aber wissen Sie was?« Seine Stimme klang gepresst. »Ich würde alles in der Welt darum geben – sogar mein Leben –, diesen Song noch einmal von ihr zu hören. Nur ein einziges Mal.«

Falls Gia irgendwelche Zweifel gehabt hatte, dass das Wesen im Menelaus Manor Tara Portman gewesen war, so zerstoben sie jetzt.

Sie tauchte tiefer in den Koffer ein und holte eine Stoffpuppe hervor, die sie auf Anhieb erkannte.

»Roger Rabbit!«

Portman fasste an ihr vorbei und ergriff die Puppe. Er drehte sie hin und her und starrte sie mit feuchten Augen an.

»Roger«, flüsterte er. »Dich hätte ich fast vergessen.« Er sah kurz zu Gia. »Ich bin lange nicht mehr hier gewesen.« Er seufzte. »Der Film mit Roger Rabbit kam in dem Sommer heraus, in dem sie verschwand. Ich musste ihn mir dreimal mit ihr ansehen, und jedes Mal lachte sie noch heftiger als vorher. Wahrscheinlich wären wir auch noch ein viertes Mal hingegangen, wenn sie nicht...«

Er gab ihr die Puppe zurück.

Gia blickte in ihre großen blauen Augen und spürte, wie Tränen über ihre Wangen rannen. Sie wischte sie schnell ab, aber nicht schnell genug.

»Ich glaub, ich spinne«, sagte Portman.

»Wie bitte?«

»Eine Reporterin mit Gefühlen. Ich kann Ihnen gar nicht aufzählen, mit wie vielen Reportern ich seit 1988 gesprochen habe, und Sie sind die Erste, die echte Anteilnahme zeigt.«

»Vielleicht waren meine Vorgänger einfach erfahrener. Und vielleicht geht mir diese Sache aus persönlichen Gründen so nahe.«

»Haben Sie eine Tochter?«

Gia nickte. »Sie ist acht... und sie hat gerade ein Video von Roger Rabbit entdeckt. Sie liebt ihn geradezu.«

Erneut kamen ihr die Tränen. Gia wehrte sich dagegen, aber sie brachte sie nicht zum Versiegen. Was mit Tara Portman geschehen war – herausgerissen aus einem glücklichen Leben und ermordet oder noch Schlimmeres. Es war zu grausam, einfach... zu grausam.

»Lassen Sie sie niemals aus den Augen«, sagte Portman gerade. »Bleiben Sie jede Minute in ihrer Nähe, denn man kann nie wissen..., man kann nie wissen.«

Sie bekam Angst. Vicky war weit weg, in einem Ferienlager. Warum um alles in der Welt hatte sie sie weggelassen?

Aber sie konnte Vicky nicht einsperren. Sicher, am liebsten hätte sie sie in einer rundum geschlossenen Blase aufgezogen, aber das wäre nicht fair gewesen.

Gia legte Roger Rabbit in den Koffer zurück und richtete sich auf. Sie fühlte sich etwas benommen. »Ich... ich glaube, ich weiß jetzt genug.«

»Schicken Sie mir ein Exemplar Ihres Artikels?«, fragte Portman.

»Natürlich, wenn ich ihn verkaufen kann.«

»Das werden Sie. Sie haben viel Herz. Das erkenne ich. Ich will, dass er veröffentlicht wird. Ich möchte, dass Taras Name wieder bekannt wird. Ich weiß, dass sie tot ist. Ich weiß, dass sie nie mehr zurückkommen wird. Aber ich will nicht, dass man sie vergisst. Im Augenblick ist sie nur ein Posten in einer Statistik. Ich will, dass sie wieder ein Name ist.«

»Ich tu mein Bestes«, sagte Gia.

Sie fühlte sich schrecklich, weil sie ihn anlog. Es würde niemals einen solchen Artikel geben. Ihr schlechtes Gewissen trieb sie zur Tür, um so schnell wie möglich diesem heißen, übel riechenden Gefängnis zu entfliehen, dessen Wände sie zu zerquetschen drohten.

Portman folgte ihr. »Haben Sie eine Ahnung, was aus Tara hätte werden können, was sie hätte erreichen können? Sie konnte singen, sie konnte Klavier spielen, sie konnte reiten, sie war intelligent, und sie liebte das Leben, jede einzelne Sekunde. Sie hatte Eltern, die sie liebten, und vor ihr lag ein wundervolles Leben. Aber all das wurde ausgelöscht.« Er schnippte mit den Fingern. »Einfach so. Und nicht durch irgendeinen tragischen Unfall, sondern mit Absicht. Mit kalter, eindeutiger Absicht! Und was ist mit Jimmy? Wer weiß, was aus ihm hätte werden können? Ganz gewiss etwas Besseres als der Junkie, der er jetzt ist. Und was ist mit mir und Dot? Wir hätten zusammen alt werden, hätten Enkelkinder haben können. Aber das wird nie geschehen.« Seine Stimme brach. »Machen Sie den Leuten klar, dass derjenige, der sich meine Tara geholt hat, nicht nur ein kleines Mädchen ermordete. Er hat eine ganze Familie umgebracht!«

Gia konnte nur nicken, während sie in den Flur hinaustrat. Sie war unfähig, ein Wort hervorzubringen, ihre Kehle schien mit einem unsichtbaren Band zugeschnürt zu sein, das sich mehr und mehr zusammenzog.

5

»Wissen Sie, Freddy«, sagte Eli, »ich kann durchaus verstehen, dass Sie mich für verrückt halten.«

Strauss war mit Neuigkeiten über seine Ermittlungen vorbeigekommen – er zog es vor, persönlich zu berichten statt per Telefon. Aber Eli war viel mehr daran interessiert, diesem geckenhaften Cop, der glaubte, alles besser zu wissen, die Leviten zu lesen.

Strauss erstarrte. »Ich habe nie...« Der drahtige Polizist wandte sich zu Adrian um und warf ihm einen wütenden Blick zu. »Wie ich sehe, hat jemand die Klappe nicht halten können.«

»Genau das hatten Sie doch gewollt, wenn ich mich nicht irre.«

»Hören Sie, Sie müssen verstehen...«

»Was ich verstehe, Detective Strauss, ist, dass Sie ein treuloser Zeitgenosse sind. Ich biete Ihnen praktisch die Unsterblichkeit an, und wie werde ich belohnt? Indem Sie sich hinter meinem Rücken das Maul zerreißen. Ich denke ernsthaft darüber nach, den Zirkel aufzulösen und allein weiterzumachen, wie ich es vorher immer getan habe.«

»Das kann nicht Ihr Ernst sein!«, protestierte Strauss. »Nur wegen einer harmlosen Bemerkung, die ich zufällig...«

»Mehr als eine harmlose Bemerkung! Sie richtet sich gegen die Integrität des Zirkels!«

Eli schloss aus Strauss' Gesichtsausdruck, dass er auf keinen Fall für das Auseinanderbrechen des Zirkels verantwortlich gemacht werden wollte. Man konnte sich gut vorstellen, was die anderen Mitglieder mit ihm täten. Doch Trotz schlich sich in seine Miene. Er straffte seine schmalen Schultern und funkelte Eli wütend an.

»Ich habe Sie überprüft, Eli«, sagte Strauss jetzt. »Verdammt, ich habe Sie ein halbes Dutzend Mal durchleuchtet, von allen Seiten, und nirgendwo habe ich Hinweise darauf gefunden, dass Sie nicht 1942 in Brooklyn geboren wurden.«

Eli lächelte. »Ich habe schließlich eine jahrhundertelange Erfahrung, meine Herkunft zu verschleiern. Ich bin in dem, was ich tue, sehr gut.«

»Das bin ich auch. Und glauben Sie bloß nicht, dass auch andere nicht die gleichen Überlegungen angestellt haben wie ich. Sie erzählen uns, Sie würden seit über zweihundert Jahren dieses schöne Leben führen, und dass Sie so gut wie unsterblich sind, solange Sie die Zeremonie abhalten. Und dann taucht irgendein Typ auf und sticht Sie mit Ihrem eigenen Messer an.«

»Ich habe Ihnen erklärt...«

»Ich weiß, was Sie mir erklärt haben, aber was soll ich von all dem halten? Was sollen die anderen denken?«

In der Tat, was?, dachte Eli.

Dem musste er einen Riegel vorschieben. Auf der Stelle.

Er wandte sich an Adrian. »Geh in die Küche und hol mir eins von den Fleischmessern.«

Adrian sah ihn mit einem seltsamen Ausdruck an, tat jedoch, was von ihm verlangt wurde, und kehrte mit einem zwölf Zentimeter langen Wüsthof-Trident-Culinar-Fleischmesser zurück. Es sah in Adrians großer Hand klein und harmlos aus. Eli nahm es ihm ab, fasste es am stumpfen Rücken der Klinge aus Karbonstahl und reichte es Strauss mit dem Griff voran.

»Nehmen Sie es.«

Strauss sah ihn unsicher an. »Warum?«

»Nehmen Sie es, und ich sage es Ihnen.«

Der Polizist zögerte, dann streckte er die Hand aus und ergriff das Messer. »Okay. Was nun?«

Eli knöpfte sein Oberhemd auf und entblößte seine Brust. »Und jetzt stechen Sie zu.«

»Eli!«, schrie Adrian. »Bist du verrückt geworden?« Er wandte sich an Strauss. »Hören Sie nicht auf ihn! Das ist die Wirkung der Schmerzmittel! Er ist nicht...«

»Du auch, Adrian?«, sagte Eli und empfand tiefes Bedauern. Hatte denn niemand mehr Vertrauen? »Du glaubst mir auch nicht?«

»Natürlich glaube ich dir!« Er wirkte jetzt ziemlich verwirrt. »Es ist nur...«

»Tun Sie es, Freddy. Tun Sie es jetzt. Ich verlange es. Und wenn Sie sehen, dass ich völlig okay bin, können Sie dem Rest Ihrer ungläubigen Truppe erzählen, dass *Sie* der Verrückte sind und nicht ich.«

Strauss wog das Messer in der Hand, sein Blick sprang zwischen der Klinge und Elis Brust hin und her. Eli hatte keine Angst. Er wusste, dass er für jeden Angriff von Strauss oder Adrian oder irgendjemand anderem unverwundbar war, außer von diesem geheimnisvollen Mann. Und dies würde der Beweis dafür sein.

Strauss machte einen Schritt auf ihn zu. Er presste die Lippen zusammen. Eli schloss die Augen...

»Tun Sie es nicht!«, rief Adrian. »Eli, hör mir zu! Was wäre, wenn der Mann, der dich angegriffen hat, deine Unverwundbarkeit beeinflusst hat? Was wäre, wenn die Wunden, die er dir zugefügt hat, deine besonderen Fähigkeiten neutralisiert haben, bis sie durch eine neue Zeremonie erneuert werden?«

»Rede keinen Blödsinn!«

»Es wäre doch eine Möglichkeit, oder nicht? So etwas ist dir doch noch nie zuvor passiert, richtig? Möchtest du es wirklich riskieren?«

Eli fröstelte, als Adrians Worte in sein Bewusstsein einsanken. Nein..., das konnte nicht sein. Das war noch nie dagewesen. Und dennoch, das galt auch für das, was am Montag geschehen war. Wenn Adrian nun Recht hätte...

Ich muss sofort eine Zeremonie veranstalten! Ehe sich das Zeitfenster dieses Neumondes schließt!

Er sah Strauss an und stellte fest, dass er offensichtlich unsicher geworden war.

Soll ich es wagen?

Ja. Er musste es.

»Vielleicht hast du Recht, Adrian. Aber das kann man nur feststellen, wenn wir wissen, was geschieht, wenn Freddy mit dem Messer zusticht.« Er blickte Strauss in die Augen. »Los, Freddy, machen Sie schon. Das ist ein Experiment.«

»Hm-hm«, erwiderte Strauss, schüttelte den Kopf und wich zurück. »Zu riskant. Ich werde ganz bestimmt kein Experiment machen, das mir am Ende vielleicht eine Mordanklage einbringt.«

»Gott sei Dank!« Adrian sank gegen die Wand.

Eli empfand genauso, konnte es aber nicht offen zeigen. Er seufzte lediglich und meinte: »Vielleicht hast du Recht, Adrian. Vielleicht sollten wir die Zeremonie so bald wie möglich durchführen.«

»Aber es ist keine Zeit mehr!«, sagte Adrian. »Das Fenster für die Zeremonie erstreckt sich auf die Zeit drei Tage vor und nach dem Neumond. Das heißt, wir müssen uns ein neues Lamm beschaffen...«

»Bis Freitag«, sagte Eli. »Und zwar so, dass es niemals zu uns zurückverfolgt werden kann.« Das erschien unmöglich. Aber er musste ganz ruhig bleiben, und, vor allem, ruhig *erscheinen*. »Wir erkundigen uns bei den anderen Mitgliedern des Zirkels nach möglichen geeigneten Objekten. In der Zwischenzeit...« Er drehte sich zu Strauss um. »Gibt es irgendwelche Fortschritte bei Ihrer Suche nach unserem Angreifer?«

Strauss schüttelte den Kopf. »Keine. Aber ich habe diese Braut ausfindig gemacht, deren Bemerkungen gestern in den Fernsehnachrichten zitiert wurden.«

»Hervorragend. Es tut richtig gut, dass Sie mal eine positive Nachricht haben. Wie haben Sie sie gefunden?«

»Das war ziemlich einfach. Gregson hat mir eine Kopie des ursprünglichen Videobandes besorgt. Sie haben die Lady aufgenommen, als sie ihren Kommentar abgab, doch sie weigerte sich, die Einverständniserklärung zu unterschreiben. Übrigens eine gut aussehende Frau. Wir hatten Glück, denn der Kameramann folgte ihr bis zu dem Taxi, mit dem sie wegfuhr. So kriegte ich die Nummer des Taxis, hab ein paar Telefonate geführt und in Erfahrung gebracht, dass sie vor ihrem Haus abgesetzt wurde.«

»Wunderbar.« Eli hatte diese Frau vorübergehend in den Hintergrund geschoben, doch nun, als er sich wieder an das erinnerte, was sie von sich gegeben hatte, loderte seine Wut schon wieder hoch. »Und wer ist sie?«

Strauss holte einen Notizblock hervor. »Ihr Name ist Gia DiLauro. Sie ist so etwas wie eine Künstlerin. Aber irgendwas stimmt nicht mit ihr. Ich habe bei der Steuer nachgefragt und herausbekommen, dass sie bei weitem nicht genug verdient, um in einer so eleganten Gegend zu wohnen, wohin das Taxi sie gebracht hat.«

»Eine Künstlerin, hm?« Eli kratzte sich am Kopf. »Nun, wir erkundigen uns, wo sie ihre Gemälde verkauft oder für wen sie arbeitet, und sorgen dafür, dass sie nicht mehr ausstellen kann und dass ihre Einkommensquellen versiegen. Das nur für den Anfang. Danach ...«

»Sie hat ein Kind«, sagte Strauss.

Eli hielt die Luft an. Ein Kind. Das war zu schön, um wahr zu sein.

»Reden Sie weiter.«

»Das ist auch seltsam. Sie hat eine Tochter, die angeblich unehelich ist, aber die Kleine hat einen anderen Nachnamen: Westphalen. Victoria Westphalen.«

»Und ihr Alter?«

Bitte sag unter zehn, betete Eli im Stillen. Bitte.

»Acht.«

Im Zimmer herrschte gespannte Stille, während die Männer einander ansahen.

»Acht«, flüsterte Adrian. »Das ist ... perfekt.«

Mehr als perfekt, dachte Eli. Wenn sie das Kind rechtzeitig in ihre Gewalt bekämen, könnte es das Lamm für die nächste Zeremonie sein. Und ihr Opfer böte gleichzeitig die Möglichkeit, es ihrer allzu geschwätzigen Mutter heimzuzahlen.

Wie wunderbar. Allein diese Möglichkeit brachte sein Blut in Wallung.

»Finden Sie alles über dieses Kind heraus, Freddy. Alles. Auf der Stelle. Wir haben nicht mehr viel Zeit.«

6

Jack erreichte das Büro von Kristadoulou Realtors kurz vor dem vereinbarten Termin. Da es sich in der Steinway Street befand, hatte er einen kurzen Abstecher zu seinem Briefkasten in Queens gemacht. Er hatte auch Postfächer in Hoboken und Manhattan gemietet, aber alle zwei Wochen wurde seine Post zu dem Fach in Astoria weitergeleitet. Mit zwei Manilaumschlägen unter dem Arm entschied er, die zehn Minuten bis zum eigentlichen Termin zu nutzen, um sich in der Nachbarschaft umzusehen.

Kristadoulou Realtors befand sich in einem Backsteinhaus mitten in einem der Geschäftsblocks der Steinway. Die Fenster waren voll mit Fotos der Objekte, die sie im Angebot hatten. Die restliche Straße war mit dreistöckigen Bauten gesäumt – Läden und Warenhäuser im Parterre, darüber zwei Etagen mit Apartments.

Er schlenderte auf der Westseite nach Süden und traf auf alte griechische Ladys mit Einkaufstaschen, jede Menge Männer mit schwarzen Schnurrbärten, die ihre Mobiltelefone am Ohr hatten, und lachende und schwatzende Pärchen. Kaum jemand sprach Englisch.

Die Firmen und Läden waren in ihrer Gesamtheit ein lebendiges Beispiel für ethnische Vielfalt. In einem Schaufenster wurden »Medizinische Dienste für Immigranten« angeboten, daneben befand sich ein Kebab Café, worauf ein Nile Deli folgte, dann kamen ein orientalischer Teppichhändler und ein Laden, der sich Islamic Fashion, Inc. nannte. Ein Stück weiter gab es das Egyptian Café, das arabische Gemeindezentrum und das Fatima Pediatric Center. Anschließend folgten eine kolumbianische Bäckerei und ein chinesisches Qi Gong Center, das für Rücken- und Fußmassagen warb.

Er überquerte die Straße, bewegte sich in nördlicher Richtung und passierte Sissy McGinty's Irish Pub, das Rock and Roll Bagel Restaurant, ein argentinisches Steakhaus, ein ägyptisches Café sowie einen italienischen Espresso-Tempel. Er blieb vor dem Schaufenster eines Ladens für islamische religiöse Artikel stehen und betrachtete die Auslage. Er sah Gebetsteppiche, Weihrauchstäbchen und eine seltsame

Uhr: »5-Full Azan Talkin Alarm Clock – Jumbo Display mit 105-Jahre-Kalender.« Jack hatte keine Ahnung, was damit gemeint war.

Er entdeckte Lyle, als er aus einem Taxi stieg. Heute war er von Kopf bis Fuß Afrikaner – blau-weißer Batikkaftan, weiße Baumwollhose, Sandalen und eine bunte Strickmütze. Er verschmolz mit den restlichen, ähnlich exotisch gekleideten Einheimischen. Jack war in seiner Levis und dem Golfhemd eindeutig die auffälligste Erscheinung.

»Sie sind tatsächlich gekommen«, sagte Lyle, als er Jack bemerkte. »Ich war mir nicht sicher, ob Sie meine Nachricht erhalten hatten.«

»Ich hab sie bekommen.« Er deutete auf die zahlreichen Läden an der Straße. »Können all diese Menschen davon leben?«

»Ganz gut sogar.«

»Man sollte mal Vertreter der UN herholen. Damit sie sich ansehen, wie so was funktioniert.«

Lyle nickte nur. Er sah nicht besonders glücklich aus. Obgleich seine Augen sich hinter den dunklen Gläsern seiner Brille versteckten, war die Anspannung in seinem Gesicht nicht zu übersehen.

»Sind Sie okay?«

»Ich? Okay? Alles andere als das.«

»Oh. Was ist passiert?«

Lyle schaute auf seine Uhr. »Das erzähle ich Ihnen später. Jetzt sind wir erst mal mit Mr. K. verabredet. Aber ehe wir reingehen, erkläre ich Ihnen, wie ich vorgehen will, okay?«

»Klar. Das ist eindeutig Ihre Show. Schießen Sie los.«

»Ich werde so tun, als *glaubte* ich nur, dass es in dem Haus spukt.«

»Aber das tut es doch, oder nicht?«

»Ja, aber er soll nicht erfahren, wie heftig es ... stattfindet. Und kein Wort von Tara Portman oder wie immer dieses Ding sich nennt.«

»Tara Portman war eine reale Person«, sagte Jack. »Gia und ich haben sie gestern Abend im Internet gefunden.«

»Wie bitte?«

»Sie war neun, als sie im Sommer 1988 entführt wurde. Sie wurde nie wieder gesehen. Ihr Bild entspricht genau dem Mädchen, das Gia gesehen hat.«

»O Mann!« Lyle klatschte in die Hände und grinste. »O Mann, o Mann, o *Mann*!«

Jack hatte mit Erstaunen gerechnet oder zumindest mit einem Anflug von Verwunderung oder Sprachlosigkeit. Nicht mit einer derart eindeutigen Begeisterung.

»Warum ist das eine gute Neuigkeit?«

»Nicht so wichtig«, sagte Lyle. »Statten wir erst mal dem großen Mr. K. unseren Besuch ab.«

Jack fragte sich, was in Lyle vorging. Er schien sich einen persönlichen Plan zurechtgelegt zu haben. Dagegen hatte Jack nichts einzuwenden – er selbst hatte auch einen Plan. Er hoffte nur, dass sie einander nicht in die Quere kämen.

Konstantin Kristadoulou erwartete sie bereits. Eine Sekretärin führte sie in eins der hinteren Büros, wo sie den Chef des Ganzen antrafen. Jack fand, dass Lyles »großer Mr. K.«-Bemerkung in jeder Hinsicht zutraf, während er sie miteinander bekannt machte. Sie ließen sich auf zwei wackligen Stühlen vor dem Schreibtisch nieder.

Kristadoulou Realtors schien ein Unternehmen zu sein, das wenig Wert auf Verzierungen legte. Wahrscheinlich weil der Inhaber die Verzierungen gerne aufaß. Zumindest sah er aus, als täte er das. Konstantin Kristadoulou stellte mit seinem Leibesumfang sogar Abe in den Schatten. Jack schätzte sein Alter auf siebzig Jahre, das aufgedunsene Gesicht und das vierfache Kinn glätteten jedoch sämtliche Falten. Daher fiel eine genauere Schätzung schwer. Sein langes, schütteres graues Haar war glatt nach hinten gekämmt, wo es sich auf dem Hemdkragen kräuselte.

»Also«, sagte er und warf Jack unter schweren Lidern einen kurzen prüfenden Blick zu, ehe er Lyle aufmerksam fixierte. Seine Stimme klang kehlig. »Sie möchten etwas über das Haus erfahren, das Sie gekauft haben, Mr. Kenton. Warum das? Es gibt hoffentlich keine Probleme, oder?«

»Es gab einige Schäden durch das Erdbeben«, sagte Lyle.

»Etwas Ernstes?«

»Nein, nur ein paar kleine Risse.«

Kleine, dachte Jack. Ein in der Mitte gespaltener Kellerboden ist kein kleiner Schaden.

Doch er fing einen kurzen Blick von Lyle auf, der ihm mitteilte: Lassen Sie mich nur machen.

»Der Grund, weshalb ich hier bin«, fuhr Lyle fort, »ist der, dass wir seit kurzem seltsame Geräusche in diesem Haus hören. Stimmen... aber es ist niemand da.«

Kristadoulou nickte. »Viele Leute glauben, dass es im Menelaus Manor spukt – nicht weil sie jemals etwas Derartiges erlebt haben, o nein, sondern wegen seiner Geschichte. Ich hoffe, Sie erinnern sich, dass ich Ihnen all das erzählt habe, ehe Sie es kauften.«

Lyle hob beschwichtigend die Hände. »Natürlich. Ich bin auch nicht gekommen, um mich zu beschweren. Ich will das alles nur verstehen. Ich brauche gründlichere Informationen über die Geschichte des Hauses. Ich meine, wenn dem Menelaus Manor irgendetwas Seltsames zugestoßen ist, dann möchte ich wissen, wann und wo. Wer weiß? Vielleicht kann ich es in Ordnung bringen.«

»›Etwas Seltsames zugestoßen‹«, sagte Kristadoulou. »Eine interessante Formulierung.« Er lehnte sich zurück – die einzige Richtung, die sein Bauch ihm gestattete – und blickte zur Decke. »Mal sehen... wenn dem Menelaus Manor irgendetwas ›Seltsames zugestoßen‹ ist, dann würde ich meinen, dass es geschah, während Dimitri der Eigentümer war.«

»Wer ist Dimitri?«, fragte Jack.

»Kastor Menelaus' einziger Sohn. Kastor hat das Haus in den fünfziger Jahren gebaut. Damals kannte man Astoria noch als Klein-Athen. Es war so etwas wie ein hellenisches Paradies mitten in New York – dank der Griechen, die nach dem Krieg hierher zogen. Ich kam erst her, nachdem das Haus gebaut wurde, aber ich weiß einiges über die Familie. Dimitri war jünger als ich, daher gab es keinerlei Kontakte zwischen uns. Doch selbst wenn ich genauso alt gewesen wäre wie er, hätten wir uns nicht angefreundet. Er war eine ganz merkwürdige Nummer, dieser Dimitri.«

»Wie merkwürdig?«, wollte Jack wissen. »Hatte er etwas für merkwürdige Kulte übrig? Für merkwürdige Glaubenslehren?«

Kristadoulou sah ihn irritiert an. »Nein. Ich meine, er war immer ein Einzelgänger. Keine Freundinnen, keine Freunde. Wenn man ihn mal in einem Restaurant sah, war er immer allein.«

Jack hatte auf irgendeinen Hinweis gehofft, dass er mit der Andersheit zu tun gehabt hatte. Oder vielleicht mit Sal Roma oder wie immer sein richtiger Name lautete. Er hatte auch auf eins von Romas netten Anagrammen gehofft – das letzte, das Jack als solches erkannt hatte, war »Ms. Aralo« gewesen –, aber Dimitri gehörte nicht dazu. Nicht einmal entfernt.

Lyle räusperte sich. »Warum meinen Sie, dass dem Haus etwas Seltsames zugestoßen sein könnte, während Dimitri es besaß?«

»Wegen seiner Renovierungen. Der alte Kastor starb 1965. An Bauchspeicheldrüsenkrebs. Nachdem Dimitri das Anwesen geerbt hatte – seine Mutter war bereits 1961 gestorben –, kam er zu mir, um sich einen Rat zu holen. Ich war damals als Makler für eine andere Firma tätig, und er wollte, dass ich ihm Schreiner und Maurer empfehle, die seinen Keller herrichten sollten. Er hat zwei von der Liste, die ich ihm gab, engagiert. Ich fühlte mich irgendwie verantwortlich, daher ging ich gelegentlich dort vorbei, um die Leute zu kontrollieren – um mich zu vergewissern, dass sie anständige Arbeit leisteten.« Er schüttelte den Kopf. »Sehr merkwürdig.«

Na komm schon, spuck's aus, dachte Jack. »Inwiefern?«

»Er kleidete den Keller mit großen Granitblöcken aus, die er aus Rumänien hatte kommen lassen. Er erzählte mir, sie kämen von einem so genannten ›Ort der Kraft‹, was immer er damit gemeint hat. Sie wären ursprünglich Teile einer alten verfallenen Festung gewesen, doch wenn Sie mich fragen, so glaube ich, dass sie aus einer Kirche stammten.«

»Wie das?«, fragte Lyle.

»Weil einige von ihnen Kreuze aufwiesen.«

Jack schaute Lyle an, der plötzlich stocksteif auf seinem Stuhl saß.

»Kreuze? Welcher Art?«

»Komisch, dass Sie danach fragen. Es waren keine normalen Kreuze. Sie glichen eher einem großen *T* mit einem hoch angesetzten Querbalken und einer kleinen Wölbung auf dem vertikalen Teil.«

»*Tau*«, flüsterte Lyle.

»Genau!«, sagte Kristadoulou und deutete mit einem Wurstfinger auf ihn. »Wie der Buchstabe *Tau*. Woher wissen Sie das?«

Lyles Blick irrte kurz zu Jack. »Wir haben ein paar dieser Kreuze im Haus entdeckt. Aber noch einmal zu den Steinblöcken mit den *Tau*-Kreuzen. Ist es möglich, dass sie von einer griechisch-orthodoxen Kirche stammen?«

Kristadoulou schüttelte den Kopf. »Ich bin früher viel gereist, habe zahlreiche orthodoxe Kirchen besucht, solche Kreuze dort aber nie gesehen.« Erneutes Kopfschütteln. »Keine gute Sache, Kirchensteine zu stehlen. Damit handelt man sich nur Schwierigkeiten ein. Und genau die hat Dimitri bekommen.«

»Sie meinen seinen Selbstmord«, sagte Jack, als er sich an das erinnerte, was Gia ihm aus Lyles Broschüre vorgelesen hatte.

»Ja. Man hatte gerade einen Krebs der Bauchspeicheldrüse bei ihm diagnostiziert. Er hatte schon miterlebt, wie sein Vater darunter litt. Ich vermute, diesen Qualen wollte er sich nicht aussetzen, daher ...«

»Wann war das?«, fragte Jack.

»1995, glaube ich.«

Er war also dreißig Jahre lang Eigentümer gewesen, dachte Jack. In den Zeitraum fiel auch das Jahr, in dem Tara Portman verschwand. Dimitri musste also darin verwickelt sein.

»Dimitri hatte sich nicht die Mühe gemacht, ein Testament zu hinterlassen«, fuhr Kristadoulou fort, »und das führte zu Problemen. Da keine Kinder und auch keine Ehefrau vorhanden waren, landete die Sache beim Nachlassgericht. Nach Jahren gerichtlicher Auseinandersetzungen ging das Menelaus Manor an einen von Dimitris Cousins, der nichts damit zu schaffen haben wollte. Er rief mich an und gab mir den Auftrag, es so schnell wie möglich zu verkaufen.«

»Und Dr. Singh hat es gekauft, richtig?«, sagte Lyle.

»Aber erst nachdem eine Menge anderer potenzieller Käufer es nicht hatten haben wollen. Der Keller war der große Haken. All diese Steinblöcke, die ich schon erwähnte. Und da ich gerade die Blöcke erwähne: Als ich das Haus inspizierte, ehe ich es offiziell zum Kauf anbot, ging ich hinunter in den Keller und stellte fest, dass alle Kreuze entfernt worden waren.«

»Haben Sie eine Ahnung, weshalb?«

»Genauso wenig wie ich eine Ahnung habe, weshalb er den nackten Erdboden gelassen hatte.«

»Moment mal«, sagte Jack. »Erdboden?«

»Ja. Können Sie sich so etwas vorstellen? Dimitri hat die enormen Kosten auf sich genommen, diese Steinblöcke zu importieren, und dann hat er den Fußboden nicht beendet.«

Vielleicht weil es so viel einfacher ist, Dinge zu vergraben, die niemand sehen soll, dachte Jack.

»Der Neffe war nicht bereit, weitere Kosten für Renovierungsarbeiten aufzuwenden, daher gingen wir mit dem Preis runter. Schließlich hat ein Gefäßchirurg namens Singh es für ein Butterbrot gekauft.«

»Lange hat er sich nicht darüber gefreut, soweit ich mich entsinne«, sagte Lyle.

Kristadoulou nickte. »Er und seine Frau modernisierten die Inneneinrichtung und renovierten den Keller, indem sie die Granitblöcke mit Holz verkleideten und einen Zementboden gießen ließen. Eines Tages erschien er nicht in seiner Praxis. Die Polizei nahm sich der Sache an und fand ihn und seine Frau mit durchgeschnittenen Kehlen im Bett.«

Jack erinnerte sich auch daran. »Wer hat es getan?«

»Niemand wurde jemals verhaftet. Die Polizei hatte noch nicht einmal einen Verdächtigen. Wer immer es getan hat, er hinterließ keinerlei Spuren.«

»Kein Wunder, dass die Leute denken, es ist verflucht«, sagte Jack.

Kristadoulou lächelte. »Es wird noch schlimmer. Der Testamentsvollstrecker für das Erbe der Singhs wies mich an, das Haus zu verkaufen. Ich dachte, mit einem Selbst- und einem Doppelmord – dieses Gemäuer verkaufe ich niemals. Aber siehe da, plötzlich erschien dieses junge Ehepaar und wollte das Menelaus Manor kaufen.«

»Trotz seiner Geschichte?«, fragte Jack. »Oder gerade wegen ihr?«

»Sie müssen eins verstehen«, sagte Kristadoulou und klopfte sich auf den Bauch. »Ich habe mich für die Motive der Loms nicht besonders interessiert, da ich mich nicht allzu lange mit der Geschichte des Hauses aufgehalten hatte. Sie war nicht gerade das, was man als verkaufsförderlich bezeichnen würde. Ich erinnere mich, dass Herb, er war der Ehemann, äußerte, dass er nicht abergläubisch sei. Aber es war seine Frau, Sara, ein hübsches Ding, die unbedingt kaufen wollte. Sie hatten die Absicht, ein Kind zu adoptieren, und wollten als Familie in dem Haus leben. Also verkaufte ich es ihnen.« Er lehnte sich zurück und blickte wieder zur Decke. »Ich wünschte, ich hätte es nicht getan.«

Das war der Punkt, an dem Gia sich geweigert hatte, ihm noch mehr über die Geschichte des Hauses vorzulesen.

»Sagen Sie bloß nicht, dass auch ihnen jemand die Kehlen durchgeschnitten hat.« Jack sah ihn gespannt an.

»Schlimmer«, sagte Kristadoulou und verzog vor Abscheu das Gesicht. »Sie waren noch gar nicht lange eingezogen, als der kleine Junge, den sie adoptiert hatten, grauenhaft verstümmelt in seinem Zimmer im ersten Stock aufgefunden wurde.«

Jack schloss die Augen. Jetzt verstand er Gias Hemmung, weiter vorzulesen.

»Wurde irgendein Grund genannt?«

Kristadoulou schüttelte den Kopf. »Nein. Herbert irrte wie in Trance durch das Haus und starb später im Krankenhaus.«

»Er starb später?«, fragte Jack. »Was soll das heißen?«

»So wurde es mir erzählt«, erwiderte Kristadoulou. »Ich habe im Krankenhaus nachgefragt – er wurde ins Downstate Medical Center eingeliefert –, aber niemand wollte mir verraten, wie er starb. Sie sagten, ich sei kein Angehöriger und habe nicht das Recht, es zu erfahren. Doch ich spürte irgendwie, dass noch was anderes als ärztliche Ethik dahinter steckte. Sie hatten Angst.«

»Angst wovor?« Jack ließ nicht locker.

Kristadoulou zuckte die Achseln. »Vor einem Gerichtsprozess vielleicht. Aber ich ahnte, dass es irgendwie noch tiefer ging. Ich hatte das Gefühl, dass es damit zusammenhing, *wie* er gestorben ist.« Er hob eine Hand. »Stopp. Ich werde über Herbert Lom nichts mehr sagen. Ich habe Ihnen alles erzählt, was ich weiß.«

Lyle meldete sich wieder zu Wort. »Was war mit seiner Frau?«

»Von Sara hat man danach niemals wieder etwas gesehen oder gehört. Es war, als ob sie von der Erdoberfläche verschwunden wäre. Oder als hätte sie niemals existiert. Niemand konnte einen Angehörigen von ihr ausfindig machen. Und Herb hatte kein Testament hinterlassen, daher stand das Haus jahrelang leer, bis es zu mir zurückkehrte – wie eine alte Schuld. Und ich musste es erneut verkaufen. Aber diesmal wollte niemand es haben, egal zu welchem Preis.« Er lächelte und deutete auf Lyle. »Bis Sie kamen.«

Lyle grinste. »Ich wollte das Haus gerade wegen seiner Geschichte.«

»Aber jetzt sind Sie nicht mehr so glücklich damit, stimmt's?«

»Es ist keine Frage von Glücklichsein. Ich versuche nur, eine Erklärung für das zu finden, was hier möglicherweise vor sich geht.«

Sie unterhielten sich noch für kurze Zeit über Belanglosigkeiten, dann bedankten sie sich bei Kristadoulou, dass er so viel Zeit für sie erübrigt hatte, und verließen das Haus.

»Dimitri ist irgendwie an dieser Sache beteiligt«, stellte Jack fest, sobald sie auf dem von der Sonne aufgeheizten Bürgersteig standen. »Das muss er sein.«

»Aber er ist tot.«

»Ja«, sagte Jack und schaute blinzelnd in die Sonne. Er holte seine Sonnenbrille heraus. »Zu schade. Nun, was ist Ihr nächster Schritt?«

»Ich glaube, ich werde den Keller *de*-renovieren.«

»Sie meinen, Sie wollen die Holztäfelung entfernen, um nachzuschauen, was sich dahinter befindet?«

Lyle nickte. »Und ich will den Zementboden aufreißen und darunter nachsehen.«

»Sie meinen, nachsehen, *wer* darunter liegt.«

»Richtig. Wer.«

»Sie lassen mich wissen, was Sie finden?«

»Vielleicht.«

»Vielleicht?«

»Sind Sie nicht der Knabe, der gemeint hat, er sei es gewesen, der diese ganze Sache erst ausgelöst hat?«

»Nun ja...«

»Nun, dann könnten Sie vielleicht helfen und selbst herauskriegen, was da los ist. Wären Sie dazu bereit?«

Abgesehen von seinem Vorhaben, Eli Bellitto und seinem Kumpel Adrian Minkin das Leben so schwer wie möglich zu machen, hatte Jack für die nächsten Tage keine dringenden Aufgaben zu erledigen, doch etwas wollte er noch wissen.

»Angenommen, wir finden ein Kinderskelett unter der Zementplatte. Was dann?«

»Dann benachrichtige ich die Cops, sie bringen ihre kriminaltechnischen und gerichtsmedizinischen Spezialisten mit, und vielleicht schnappen wir den Kerl, der das getan hat. Und dann verschwindet der Spuk vielleicht dorthin, wo er ursprünglich herkam.«

»Und vielleicht erfährt die Welt im Laufe der Zeit von Ifasen und seinen Verbindungen zum Geist Tara Portmans?«

Lyle nickte. »Das ist eine ganz vage Möglichkeit.«

Jack wusste jetzt Bescheid. »Ich glaube, ich kann einen oder zwei Tage für Sie erübrigen. Aber unter einer Bedingung: Falls und sobald Sie an die Öffentlichkeit gehen, wird mein Name nirgendwo erwähnt.«

»Sie meinen, Ifasen muss ganz allein ins Rampenlicht treten?« Lyle verzog den Mund zu einem verschmitzten Grinsen. »Das wird nicht einfach sein, aber ich werde schon damit zurechtkommen.« Sein Lächeln verflog. »Ein Zuckerschlecken im Vergleich mit anderen Dingen.«

»Mit welchen?«, fragte Jack und erinnerte sich an die besorgte Miene Lyles, ehe sie sich mit Kristadoulou trafen. »Was ist im Haus passiert?«

»Das erzähle ich Ihnen später.« Lyle betrachtete die Passanten. »Es ist wahrscheinlich keine gute Idee für Ifasen, in der Öffentlichkeit darüber zu sprechen.«

»Okay. Ich glaube, ich kann warten. Ich mache mich auf den Weg nach Hause, zieh mich um und treffe Sie nachher im Keller. Ich brauche ungefähr eine Stunde.«

»Gut.« Lyle streckte sich, als versuchte er, eine Last abzuwerfen. »Ich besorge ein paar Spitzhacken und Stemmeisen.«

»Und ich hole Bier.«

Lyle lächelte. »Herzlich willkommen im Abrissgewerbe.«

7

»Okay, Charlie«, sagte Reverend Sparks, während er sich in den Sessel hinter seinem ramponierten Schreibtisch fallen ließ.

Die Sprungfedern in dem alten Sessel stöhnten unter seinem Gewicht gequält auf. Der Schreibtisch schien viel zu klein für ihn zu sein. Mehr noch, sogar das voll gestopfte Büro mit seinen Regalen, deren Bretter sich unter der Last zahlloser Bücher und Magazine und Stapeln von handschriftlichen Notizen für Predigten durchbogen, und seinen Wänden, die mit selbst klebenden gelben Notizzetteln übersät waren, schien ebenfalls zu klein für ihn zu sein.

Er deutete auf den wackligen Stuhl vor seinem Schreibtisch. »Setz dich, und erzähl mir, weshalb du mich sprechen wolltest.«

Charlie gehorchte und legte seine verschwitzten Hände gefaltet in den Schoß. »Ich brauche einen Rat, Rev.«

Und wie er den brauchte. Er und Lyle hatten für diesen Vormittag vier Sitzungen vorgesehen. Lyle hatte nach der ersten einen ziemlich verwirrten Eindruck gemacht, der sich nach den nächsten beiden noch verschlimmert hatte. Am Ende hatte er die vierte und alle anderen Sitzungen, die sie für den Nachmittag und den Abend eingetragen hatten, einfach abgesagt. Warum er das tat, hatte er nicht verraten wollen, doch er wirkte, als wäre er einem Spuk begegnet.

Ein Spuk ... ja, so konnte man es ausdrücken. In dem Haus spukte es. Und Charlie bekam es ebenfalls mit der Angst zu tun.

Er versuchte, Lyle darüber auszuquetschen, was eigentlich geschah, doch Lyle schwieg, presste die Lippen zusammen und schien, dem Ausdruck seiner Augen nach, ganz woanders zu sein. Mit ihm war nicht zu reden. Er war nicht verrückt. Eher verängstigt. Und Lyle hatte eigentlich niemals Angst. Seinen großen Bruder in einem solchen Zustand zu sehen, hatte Charlie zutiefst erschüttert.

Er hatte versucht, sich zu beruhigen, indem er in der Bibel las, doch das hatte nichts genutzt. Er musste mit jemandem reden. Daher hatte er sich an den Reverend gewandt.

»Es geht sicher um deinen Bruder.«

»Eigentlich nicht.«

»Um was dann?«

»Ich weiß nicht, wie ich es ausdrücken soll ...«

Der Reverend gab einen Seufzer von sich. Charlie spürte seine Ungeduld.

»Na schön«, begann er. »Es geht um Folgendes ... Ist es erlaubt, dass wir an Geister glauben?«

»Ob es erlaubt ist?«

»Ich meine, gibt es irgendwelche Gebote oder Regeln im Zusammenhang damit?«

Der Reverend lehnte sich zurück und fixierte ihn durch die dicken Gläser seiner randlosen Brille. »Warum möchtest du das wissen?«

»Jetzt kommt der schwierige Teil.« Charlie holte tief Luft. »Unser Haus ist verflucht.«

Der Reverend sah ihn weiterhin prüfend an. »Wie kommst du darauf?«

Charlie schilderte ihm in knappen Worten die letzten Ereignisse im Haus.

»Was ich wissen möchte«, schloss er seinen Bericht, »ist, was ich jetzt tun soll.«

»Geh weg von dort«, antwortete der Reverend, beugte sich vor und stützte die Ellbogen auf den Tisch. »Und zwar auf der Stelle. Dein Bruder war für dich schon längst ein Grund fortzugehen, aber jetzt musst du zusehen, dass du flüchtest. Geh nicht weg, sondern renn, so schnell du kannst, aus diesem Haus.«

Charlie hatte nicht vor, diesen Rat zu befolgen, aber er war froh, dass der Reverend ihn nicht behandelte, als hätte er nicht mehr alle Tassen im Schrank.

»Also ... glauben Sie mir.«

»Natürlich glaube ich dir. Und nach dem, was du mir über deinen Bruder erzählt hast, ist das Ganze offensichtlich seine Schuld. Er hat diesen Dämon herbeigerufen.«

»Es ist kein Dämon, Rev. Eher ein Geist, ein Gespenst. Sie sagt, sie heiße Tara Portman und ...«

Der Reverend schüttelte langsam seinen Charakterkopf. »So etwas wie Gespenster gibt es nicht, Charles. Nur Dämonen, die so tun, als wären sie Gespenster.«

»Aber ...«

»Die Toten kommen nicht zurück, um den Lebenden einen Besuch abzustatten. Denk doch mal nach: Die, die glauben, sind bei Jesus, und wenn du dem Herrn nahe bist, dann brauchst du nichts sonst. Du vermisst die Lebenden, die du zurückgelassen hast, nicht, ganz gleich, wie sehr du sie zu Lebzeiten geliebt hast. Denn du bist eingebettet in die Liebe Gottes und befindest dich in der heiligen Gegenwart unseres Herrn Jesus Christus. Denk mal an den Brief an die Korinther: ›Was kein Auge gesehen hat und kein Ohr gehört hat und in keines Menschen Herz gekommen ist, was Gott bereitet hat denen, die ihn lieben.‹ Diese Gegenwart zu verlassen, wäre... nun, es wäre absolut unvorstellbar.«

Charlie nickte. Das sah er ein. »Na schön. Was wäre denn mit denen, die nicht zu den Gläubigen gehören?«

»Die schmoren in der Hölle, Charles. Oh, die Verdammten würden liebend gern zurückkehren, jeder von ihnen. Sie würden alles dafür geben zurückzukommen, und wenn es auch nur für eine Sekunde wäre, den Bruchteil einer Sekunde. Aber sosehr sie es sich auch wünschen, sie können es nicht. Sie dürfen es nicht. Sie bleiben für alle Ewigkeit in der Hölle und müssen jede Sekunde die furchtbarsten Qualen erleiden. ›Der Rauch ihrer Qual wird aufsteigen von Ewigkeit zu Ewigkeit, und sie haben keine Ruhe Tag und Nacht.‹«

»Was ist dann...?«

»Ein Dämon, Charles.« Der Reverend nickte ernst. »Du erkennst doch die einfache Logik, nicht wahr? Ein Engel würde die Lebenden niemals belügen, indem er vorgibt, eine tote Person zu sein, die zurückgekehrt ist. Nur ein Dämon wäre einer solchen teuflischen Lüge fähig.«

»Aber warum?«

»Um die Gläubigen vom Herrn wegzulocken und sie zur ewigen Verdammnis zu führen. Dein Bruder hat den Dämon angelockt, aber du bist es, hinter dem er her ist, Charles.« Er richtete seinen Finger auf Charlie. »Du bist es! Er giert nach deiner zerbrechlichen Seele, damit er sie seinem bösen Meister auf einem Silbertablett servieren kann!«

Das Ziel des übernatürlichen Bösen... nicht ich, dachte Charles, während ihn der nackte Terror zu verschlingen drohte. Bitte, Herr, nicht ich.

Charlie zuckte zusammen, als der Reverend mit der Hand auf den Tisch schlug. »Willst du nicht endlich deinen bösen Bruder verlassen?«

»Er ist...« Charlie brach mitten im Satz ab.

Die Augen des Reverends verengten sich. »Er ist was? Willst du mir wieder erzählen, er sei nicht böse – nachdem er einen Dämon heraufbeschworen hat?«

Er hatte genau das sagen wollen. Und Lyle hatte keinen Dämon beschworen. Zumindest nicht absichtlich. Er war nicht böse, nur ein wenig neben der Spur. Er hatte das Licht noch nicht gesehen. Aber Charlie wusste, dass der Reverend dies niemals akzeptieren würde.

»Er ist auch in Gefahr, Rev. Seine Seele, meine ich. Sollten wir nicht versuchen, auch seine Seele zu retten?«

»Nach dem, was du mir erzählt hast, fürchte ich, dass die Seele deines Bruders für immer verloren ist.«

»Ich dachte immer, Sie hätten erklärt, dass keine Seele für immer verloren sei, solange der Betreffende eine Chance habe, Jesus Christus als seinen persönlichen Retter und Erlöser anzuerkennen.«

Der Blick des Reverends flackerte. »Nun, das ist wahr, aber glaubst du wirklich, dass dein Bruder so etwas tun würde? Jemals?«

Lyle? Sehr wahrscheinlich war das nicht, aber...

»Manchmal geschehen Wunder, Rev.«

Er nickte. »Ja. Das stimmt. Aber Wunder sind Werke des Herrn. Überlass das Wunder der Errettung deines Bruders dem Herrn, und sorge für dich selbst, indem du dieses Haus verlässt.«

»Ja, Rev.«

»Heute noch. Habe ich darauf dein Wort?«

»Ja, Rev.«

Aber nicht ohne Lyle. Charlie würde seinen Bruder niemals in den Klauen eines üblen Dämons zurücklassen.

Der Reverend erhob sich schwerfällig aus seinem Sessel. »Dann solltest du lieber gleich tätig werden.«

Charlie erhob sich ebenfalls. »Das werde ich.« Er zögerte. »Hm, ist Sharleen in der Nähe?«

Der Reverend fixierte ihn mit ernstem Blick. »Ich habe wohl bemerkt, wie du meine Tochter ansiehst. Und ich habe auch bemerkt, wie sie deinen Blick erwidert. Aber ich wünsche, dass du ihr fernbleibst, bis du dich von diesem Bösen befreit hast. Im Augenblick stehst du an einem gefährlichen Scheideweg. Ich möchte sehen, welchen Pfad du wählst, ehe du dich Sharleen wieder näherst. Habe ich mich klar ausgedrückt?«

»Ja.« Tief verletzt wich Charlie zurück. »Sehr klar.«

Reverend Sparks sah in ihm eine Gefahr für seine Tochter. Er würde sich ihrer als würdig erweisen müssen. Okay. Dann würde er das tun. Heute noch.

8

»Ich kann noch immer nicht glauben, dass du das getan hast«, sagte Jack.

Gia trank ihren grünen Tee und versuchte, seinen Gesichtsausdruck zu deuten. Schock? Entsetzen? Zorn? Angst? Vielleicht eine Mischung aus allem.

»Mir geht es gut, Jack. Außerdem hatte ich kaum eine andere Wahl.«

»Natürlich hattest du eine Wahl.« Er hatte sich nach seinem anfänglichen Zornesausbruch beruhigt und wanderte jetzt durch die Küche, indem er, die Hände in seinen Jeanstaschen vergraben, den Frühstückstisch umkreiste. Das Bier, das in einer stetig wachsenden Pfütze Kondenswasser auf dem Tisch stand, hatte er kaum angerührt. »Du hättest dir doch selbst sagen können, dass der Solobesuch bei einem möglicherweise geistesgestörten Vater eines ermordeten Mädchens, ohne jemanden davon zu informieren, eine ziemlich dämliche Idee ist. Aber damit sollte ich mich wahrscheinlich gar nicht aufhalten.«

»Ich musste es wissen, Jack. Es hätte mich um den Verstand gebracht, wenn ich nicht versucht hätte, mehr über sie in Erfahrung zu bringen.«

»Du hättest mir verraten können, was du vorhattest.«

»Dann hättest du wahrscheinlich einen Zwergenaufstand veranstaltet, so wie du es jetzt gerade tust.«

»Ich veranstalte keine Zwergenaufstände. Ich hätte versucht, es dir auszureden, und wenn du trotzdem darauf bestanden hättest, wäre ich als Leibwächter mitgegangen.«

»Wem willst du etwas vormachen? Seit ich dir erzählt habe, dass ich schwanger bin, spielst du den Superbeschützer und hättest mich wahrscheinlich in den Wandschrank gesperrt, um dich allein auf den Weg zu machen.«

»Vielleicht spiele ich nur deshalb den Superbeschützer, weil du plötzlich als Handywoman Jane auftrittst.«

Das alles führte zu nichts. Ein Schluck von ihrem Tee – viel zu süß. Sie hatte es mit dem Honig ein wenig übertrieben.

»Willst du nicht hören, was ich erfahren habe?«, fragte sie.

»Doch, das will ich.« Er griff nach seinem Bierglas und trank ein paar Schlucke. »Ich wünschte nur, du hättest es ein wenig anders in Erfahrung gebracht.« Er ließ sich auf der Tischkante nieder. »Dann erzähl mal. Bitte.«

Gia berichtete ihm von Joe Portman, von Taras Mutter und ihrem Bruder und davon, was mit der Familie seit der Entführung geschehen war. Sie erzählte vom Tag ihres Verschwindens, dass sie genau dieselben Kleider getragen und wie sie den Pferdestall verlassen hatte, um sich eine Brezel zu kaufen. Und nicht mehr zurückgekommen war.

»Hat sie das jeden Donnerstag getan?«, fragte Jack.

Gia nickte. »Warum? Ist das wichtig?«

»Das könnte es sein. Es bedeutet, dass sie einem bestimmten Verhaltensmuster gefolgt ist. Das wiederum sagt mir, dass es kein zufälliges Kidnapping war. Jemand hat sie beobachtet. Sie wurde regelrecht ausgesucht.«

Gia fröstelte. Ein unschuldiges Kind, das jeden Donnerstag den gleichen Weg nimmt, um sich einen Imbiss zu kaufen, und nicht merkt, dass es beobachtet wird. Wie oft hatte ihr Entführer sie auf ihrem Weg verfolgt, ehe er sich entschloss zuzuschlagen?

Sie massierte ihre Arme, auf denen sich plötzlich eine Gänsehaut gebildet hatte. »Das ist gespenstisch.«

»Weil du es mit Monstern zu tun hast. Genauso wie...« Seine Stimme versiegte, während er die Stirn runzelte.

»Was?«

»Genauso wie Bellitto und sein Kumpan. Ich meine den Jungen, den sie neulich gekidnappt haben...«

»Duc.«

»Richtig. Auch er hatte ein bestimmtes Verhaltensmuster, zumindest laut seiner Mutter. Er ist jeden Abend um die gleiche Zeit ein Eis kaufen gegangen. Der Junge befand sich bereits im Laden, als Bellitto und Minkin eintrafen und draußen parkten. Sie wussten, dass er herauskommen würde. Sie haben auf ihn gewartet.«

»Genauso wie jemand bei den Ställen auf Tara und den Brezel-Karren gewartet hat. Auch ein Verhaltensmuster?«

Jack starrte sie an. »Du meinst, es ist ein Verhaltensmuster der Entführer, dass sie nach Opfern mit einem eigenen Verhaltensmuster Ausschau halten?«

»Meinst du nicht, dass dieser Bellitto auch bei Tara seine Finger im Spiel gehabt haben könnte?«

»Das wäre ein geradezu fantastischer Zufall, wenn es so wäre.«

»Aber...«

»Ja, ich weiß.« Jack biss die Zähne zusammen. »Keine Zufälle mehr.«

»Ich begreife noch immer nicht, wie so etwas möglich sein kann.«

»Ich auch nicht. Seien wir doch ehrlich: Nur weil eine verrückte alte Frau es gesagt hast, muss es doch noch lange nicht zutreffen.« Er konnte noch immer die Stimme der Frau mit ihrem russischen Akzent hören, während er sich über Kates Grab beugte: *Es ist kein Zufall. Es gibt keine Zufälle mehr für Sie.* Er schüttelte den Kopf, um die Erinnerung zu verscheuchen. »Was hast du sonst noch erfahren?«

Gia schnippte mit den Fingern. »Oh, ich erfuhr zum Beispiel, dass der Song aus den sechziger Jahren tatsächlich aus den achtziger Jahren stammte. Tiffany ...«

»Richtig! Tiffany hat *I think we're alone now* gecovert! Wie konnte ich das nur vergessen? Vor allem nachdem sie im *Playboy* war.«

»War sie das? Wann?«

»Keine Ahnung. Ich hab es irgendwann mal im Radio gehört.«

»Nun ja, wie ihr Vater meint, hat Tara dieses Lied ständig gesungen. Aber weißt du, was ich erst recht unheimlich fand? Sie war ein Fan von Roger Rabbit.«

Jack wurde zwar nicht schneeweiß, aber seine Sonnenbräune verblasste schlagartig um drei Stufen.

»Himmelherrgott!«

»Ist etwas nicht in Ordnung?«

Er erzählte ihr von der verschlossenen kleinen Vitrine in Eli Bellittos Laden, dass sie gefüllt war mit Kinderspielzeug und er sich um keinen Preis davon trennen wollte. Und dass zu den Gegenständen auch der Roger-Rabbit-Schlüsselanhänger gehört hatte.

Gia fror plötzlich. »Hast du ihn bei dir?«

»Nein. Er liegt bei mir zu Hause. Aber lass uns keine voreiligen Schlussfolgerungen ziehen. Wahrscheinlich wurden in den achtziger Jahren ein oder zwei Millionen Roger-Rabbit-Schlüsselanhänger verkauft.«

»Du könntest ihn zur Polizei bringen und ...«

Er blinzelte. »Zu wem?«

»Tut mir Leid.« Was dachte sie da? Es ging um Jack. Und Jack und die Polizei waren wie Feuer und Wasser.

Er sagte: »Ich wünschte, ich hätte eine Möglichkeit, Tara und den Schlüsselanhänger miteinander in Verbindung zu bringen... Dann wüsste ich Bescheid. Im Augenblick kann ich Bellitto allenfalls verdächtigen.«

»Warum nimmst du ihn nicht mit ins Haus? Mal sehen, was die Kleine tut.«

Jack sah sie verblüfft an. »Eine tolle Idee! Warum ist sie mir nicht eingefallen?«

»Weil du Handyman Jack bist. Nur Handywoman Jane konnte auf so was kommen.«

»Treffer«, sagte er lächelnd und prostete ihr mit seinem Bier zu. »Meinst du, sie reagiert?«

»Es gibt nur einen Weg, das festzustellen. Wann fahren wir mit dem Anhänger hin?«

»›Wir‹?« Er erhob sich und schüttelte dabei den Kopf. »›Wir‹ kehren nicht in dieses Haus zurück. O nein. Die eine Hälfte ›wir‹ bleibt hier, während die andere Hälfte sich allein auf den Weg macht und mit einem Bericht über das, was geschieht, zurückkommt.«

Das hatte Gia erwartet. »Das ist nicht fair. Es war schließlich meine Idee.«

»Wir haben das doch hinreichend diskutiert, Gi. Wir wissen nicht, was dieses Ding im Schilde führt.«

»Dieses ›Ding‹ ist ein kleines Mädchen, Jack.«

»Ein *totes* kleines Mädchen.«

»Aber sie ist *mir* erschienen. Nicht dir, nicht Lyle, nicht Charlie. Das muss doch etwas zu bedeuten haben.«

»Genau. Aber wir wissen nicht, was. Und deshalb solltest du dich von diesem Ort so fern wie möglich halten. Er hat einen ziemlich schlimmen Stammbaum, sogar noch unheimlicher, als man es in Lyles Broschüre über das Menelaus Manor nachlesen kann.«

Schlimmer als die Erwähnung des zerfleischten Kindes? Das konnte Gia sich kaum vorstellen.

»Was? Dieser Immobilienmakler hat dir etwas erzählt, nicht wahr?«

»Er hat mir eine ganze Menge erzählt, und das erfährst du später auch. Aber im Augenblick musst du mir versprechen, dass du dich von diesem Ort fern hältst.«

»Aber ich bin es doch, mit der sie Kontakt aufgenommen hat.«

»Richtig. Sie hat eine Botschaft geschickt, und du hast sie empfangen. Jetzt werden wir wahrscheinlich ihr Grab öffnen. Wenn wir sie finden und sie mit Bellitto in Verbindung gebracht werden kann, dann hast du eine Menge bewirkt. Du hast uns den Weg gezeigt.«

»Und wenn keine Hinweise zu finden sind?«

»Nun, dann bekommt sie wenigstens ein anständiges Begräbnis. Und vielleicht ist es das, was ihr Vater braucht, um in sein altes Leben zurückzukehren.«

Gia dachte in diesem Augenblick nicht an Joe Portman. Es war Tara, die ihre Gedanken beherrschte. Ihre Not war wie eine Schlinge um Gias Hals und zog sie mit unwiderstehlicher Gewalt zum Menelaus Manor. Wenn sie diesem Drängen nicht nachgab, würde die Schlinge sie erwürgen.

»Sie hat ›Mutter‹ geschrieben, Jack. Ich glaube nicht, dass sie ihre eigene Mutter gemeint hat – Dorothy Portman ist hirntot. Ich denke, sie meinte mich. Es mag zweiundzwanzig Jahre her sein, seit Tara geboren wurde, aber sie ist noch immer ein Kind. Sie ist noch immer neun Jahre alt, und sie hat Angst. Sie braucht eine Mutter. Und das ist ein Trost, den ich ihr geben kann.«

»Wie tröstet man einen Geist?«, fragte Jack. Er legte einen Arm um sie und zog sie an sich. Sie nahm den Duft seines Duschgels wahr, spürte die ersten nachmittäglichen Bartstoppeln auf seinen Wangen. »Ich glaube, wenn irgendjemand dazu fähig ist, dann bist du es. Aber sag mir eins: Wenn Vicky jetzt hier wäre, und nicht im Ferienlager, wärst du dann auch so erpicht darauf, in dieses Haus zurückzukehren?«

Was wollte er damit sagen? Dass dieser Drang, diese Not, die in ihr brannte, nichts anderes war als eine Art fehlgeleitete Sehnsucht nach ihrem eigenen Kind? Sie musste zugeben, dass dies kein allzu weit hergeholter Gedanke war, aber sie spürte, dass dieser Wunsch in ihr darüber hinausging.

»Vielleicht, vielleicht auch nicht, aber ...«

»Eine weitere Frage: Wenn Vicky hier wäre, würdest du sie dann mitnehmen?«

Damit überrumpelte er sie. Sie reagierte sofort: Natürlich nicht. Aber das wollte sie nicht aussprechen.

»Das ist nicht der Punkt. Vicky ist nicht hier, daher ...«

Jack drückte sie fester an sich. »Gia? Würdest du?«

Sie zögerte, dann: »Okay, nein.«

»Warum nicht?«

»Ich weiß es nicht genau.«

»Ich aber. Weil es eine unsichere Situation ist und weil du Vicky keinen unvorhersehbaren Folgen aussetzen willst. Richtig?«

Gia nickte an seiner Schulter. »Richtig.«

»Warum willst du dann unser zweites Kind derselben unsicheren Lage aussetzen?«

Sie seufzte. Sie saß dank einer unwiderlegbaren Logik in der Falle.

»Bitte, Gia.« Er wich auf Armeslänge von ihr. »Bleib weg von dort. Lass mir zwei Tage Zeit, Lyle bei der Suche nach ihren sterblichen Überresten zu helfen. Danach sind die Umstände vielleicht nicht mehr so unberechenbar, und wir können die ganze Situation überdenken und neu einschätzen.«

»Ach, na schön«, sagte sie. Es gefiel ihr nicht, aber sie fühlte sich in die Ecke gedrängt. »Ich denke, zwei Tage machen nicht viel aus.«

»Gut.« Er atmete zischend aus. »Das erleichtert mich.«
»Dich vielleicht. Was ist mit mir?«
»Was meinst du?«
»Nun, wenn dieses Haus eine potenzielle Gefahr für mich darstellt, was tut es dann für dich?«
Jack lächelte. »Hast du es vergessen? Gefahr ist mein Geschäft.«
»Ich meine es ernst, Jack.«
»Okay. Ich melde mich regelmäßig bei dir.«
»Lass dein Telefon eingeschaltet, für den Fall, dass ich dich sprechen muss.«
»Das tue ich.« Er fischte es aus der Jeanstasche und drückte auf einen Knopf. Sie hörte den Piepton, als es aktiviert wurde. Er warf einen Blick auf die Uhr. »Ich muss los. Such irgendetwas Gemütliches zum Dinner – alles, nur nicht das Zen Palate – und ich erzähle dir einiges über Konstantin Kristadoulous' Geschichte des Kellers im Menelaus Manor und über die Funde unserer archäologischen Grabung da unten.«
Gia seufzte. Sie sollte alles nur aus zweiter Hand erfahren, aber sie kam zu dem Schluss, dass sie sich wohl damit zufrieden geben müsste.
»Und von dem Schlüsselanhänger«, sagte sie. Das wollte sie am dringendsten wissen. »Du musst mir genau schildern, was geschieht, wenn du mit dem Ding über die Schwelle trittst.«
»Ja«, sagte Jack leise. »Das könnte sehr interessant sein. Aber wie übertrifft man ein Erdbeben?«

9

»*Was?*«, fragte Lyle. Er konnte nicht glauben, was er gerade gehört hatte. »Du machst einen Scherz, stimmt's? Du nimmst mich auf den Arm, richtig?«

Charlie schüttelte den Kopf, während er Kleider aus seinem Schrank holte und aufs Bett warf. Er konzentrierte sich auf seine Tätigkeit und vermied jeden Augenkontakt mit seinem Bruder.

»Nee. Das ist mein Ernst. Ich verschwinde.«

Zuerst dieser verrückte Vormittag mit den drei Kunden und dem Blick in ihre Leben, Vergangenheiten, ihre Zukunft – wie wenig jeder von ihnen vom Leben noch zu erwarten hatte. Und jetzt dies. Er hatte das Gefühl, als gerate seine Welt völlig aus den Fugen.

»Aber du kannst nicht weggehen. Wir sind ein Team. Die Kenton-Brüder waren immer ein Team. Was treibt dich dazu, Charlie?«

Schließlich sah Charlie ihn an. In seinen Augen glänzten Tränen. »Glaubst du, ich will das? Ganz bestimmt nicht. Wir sind noch immer ein Team, Lyle, aber nicht in diesem Spiel, yo. Und nicht in diesem Haus.«

»Was meinst du?«

»Ich meine, wir sollten beide von hier verschwinden und ganz von vorn anfangen und für eine Leistung eine Gegenleistung liefern, wie Jack gesagt hat.«

Jack... für einen kurzen Moment wünschte sich Lyle, er hätte nie von ihm gehört.

»Du meinst, wir sollen aus dem Spiel aussteigen?«

»Richtig. Und sieh doch, so wie du das Spiel seit kurzem spielst, du weißt schon, rauf und runter Kundentermine absagst, da wird in Kürze sowieso nicht mehr viel von dem Spiel übrig sein, oder?«

Lyle zuckte zusammen. Charlie hatte nicht Unrecht. Lyle hatte nicht nur die vierte Sitzung des Vormittags, sondern auch gleich den ganzen Nachmittag gestrichen. Er schaffte es nicht mehr. Er hatte Charlie nicht verraten, weshalb. Sollte er es jetzt tun? Nein. Es würde ihn nur in seinem Entschluss wegzugehen bestärken.

»Aber wir können nichts anderes, Charlie. Wir werden verhungern!«

»Niemals. Zwei helle Burschen wie wir. Wir kommen schon zurecht.«

»Zurechtkommen? Seit wann ist Zurechtkommen genug? Ich will groß rauskommen, Charlie. Du doch auch.«

»Nein, nicht mehr. ›Was hülfe es dem Menschen, wenn er die ganze Welt gewönne, und nähme an seiner Seele Schaden?‹ Ich will meine Seele retten, Lyle. Und deine auch. Deshalb möchte ich, dass du mit mir kommst.«

»Und wenn ich das nicht tue?«

»Dann muss ich allein weitermachen.«

»Allein weitermachen?« Lyle gab seiner aufkeimenden Wut nach. »Warum *denkst* du nicht allein?«

»Was soll das heißen?«

»Das bist nicht du, der da redet. Das ist der Priester in dieser abgefuckten, von ewiger Verdammnis faselnden Idiotenkirche, die die Schlange des Bösen beschwört und zu der du ständig hinrennst, stimmt's?«

»Wir beschwören nicht die Schlange des Bösen.«

»Du bist genau der richtige Trottel für diese Typen. Genauso war es damals in Dearborn, als dieser Reverend, wie hieß er noch...«

»Rawlins.«

»Richtig. Reverend Rawlins. Das ist doch der Typ, der von dir verlangt hat, du solltest den Harry-Potter-Film boykottieren.«

»Nur weil er Werbung für Hexerei macht.«

»Woher willst du das wissen? Du hast den Film nie gesehen. Und du hast keins der Bücher gelesen. Und Rawlins auch nicht. Er hatte es von jemandem gehört, der auch nichts gelesen oder gesehen hatte. Aber du hast gleich mitgemacht und bist gegen Harry Potter auf die Barrikaden gegangen, ohne den Hauch einer Ahnung gehabt zu haben.«

Charlie reckte das Kinn vor. »Man braucht kein Attentat zu verüben, um zu wissen, dass es falsch ist.«

»Ein Buch zu lesen, um sich eine kompetente Meinung bilden zu können, ist wohl kaum das Gleiche wie jemanden zu erschießen. Aber du machst hier genau das Gleiche. Es ist dieser Prediger in dieser neuen Kirche, stimmt's? Wie heißt er?«

»Reverend Sparks.«

»Genau der ist es, richtig? Er ist es, der dir diesen Floh ins Ohr gesetzt hat.«

»Er hat mir keinen Floh ins Ohr gesetzt! Er hat mir erklärt, dass dies kein Gespenst ist, es ist ein Dämon, der hinter unseren Seelen her ist!«

Ein Dämon? Gut, dass Lyle nichts von seinen seltsamen morgendlichen Erlebnissen erzählt hatte. Charlie würde wahrscheinlich glauben, er sei besessen, und ihn zu irgendeinem Exorzisten schleifen.

»War er hier, Charlie? Hat er das Gleiche gesehen und gehört und erlebt wie wir? Nein. Hat er sich all die Indizien angesehen, die darauf hinweisen, dass dieses Wesen der Geist eines Mädchens ist, das irgendwann in den achtziger Jahren ermordet wurde? Nein. Er hat seinen Hintern nicht aus seiner Kirche unten in Brooklyn wegbewegt, aber irgendwie hat er bei dem, was in unserem Haus geschieht, den Durchblick, und weiß, dass es nicht Tara Portman ist, sondern Beelzebub. Und du springst gleich darauf an und stößt ins gleiche Horn.« Lyle schüttelte entsetzt den Kopf. »Du bist ein cleverer Bursche, Bruder, aber immer, wenn einer dieser Predigertypen auch nur den Mund aufmacht, schaltest du dein Gehirn auf Sparflamme.«

»Ich brauche mir das nicht anzuhören.« Charlie wandte sich ab und fuhr fort, seinen Kleiderschrank auszuräumen.

Lyle seufzte. »Nein, das brauchst du nicht. Aber was ist mit dieser Anstecknadel an deinem Hemd? WWJD. *What would*

Jesus Do?, richtig? Warum stellst du dir nicht selbst diese Frage? Würde Jesus seinen eigenen Bruder im Stich lassen?«

»Jesus hatte keinen Bruder.«

Lyle hätte beinahe widersprochen und erklärt, dass einige Experten glaubten, dass der Apostel Jakob Jesus' Bruder war. Aber er wollte jetzt nicht von diesem Thema anfangen.

»Du weißt, was ich meine. Würde er das tun?«

»Wer bist du eigentlich, dass du dir das Recht herausnimmst, über Jesus zu reden?«

»Na komm schon, Charlie. Antworte. Du weißt, dass er es nicht tun würde. Also wie wäre es, wenn du wenigstens noch zwei Tage bei mir bliebst?«

»Warum?« Charlie blickte nicht auf. »Warum soll ich auch nur eine einzige weitere Minute riskieren?«

»Weil ich dein Bruder bin. Weil wir von einem Blut sind und weil wir die Einzigen sind, die von der Familie noch existieren. Wie lange sind wir jetzt schon ein Team?«

Charlie zuckte die Achseln. »Keine Ahnung.«

»Du weißt es. Sag's schon.«

»Okay.« Er sah widerwillig hoch. »Fünfzehn Jahre.«

»Richtig. Und wie lange leben wir schon in dem Haus?«

»Etwa ein Jahr. Warum?«

»Nach allem, was wir hinter uns gebracht haben, warum kannst du mir nicht noch zwei weitere Tage schenken?«

»Wofür? Was soll das helfen? Wir stecken in einer Sackgasse, Lyle!«

»Vielleicht nicht. Denk doch mal selbst nach, anstatt diesen Reverend Sparks für dich denken zu lassen. Hilf mir, den Keller aufzugraben.«

»Nein. Hm-hm. Es ist die Wiege der Dämonen.«

»Sagt wer? Jemand, der noch nie dort war?«

»Reverend Sparks kennt sich in diesen Dingen aus.«

»Aber er ist nicht unfehlbar. Nur Gott ist unfehlbar, richtig? Also könnte Sparky sich irren. Nimm nur mal für einen kleinen Moment diese Möglichkeit an. Was wäre denn, wenn er sich irrt und das, was wir hier gesehen haben, kein Dämon ist, sondern tatsächlich der Geist eines ermordeten Kindes? Was wäre, wenn wir ihre Überreste finden und sie ihren Eltern für eine anständige Beerdigung übergeben? Wäre das nicht eine Gott wohlgefällige Tat?«

Charlie schnaubte und senkte den Blick. »Wie toll. Ausgerechnet du denkst daran, Gott wohlgefällig zu sein.«

»Denk doch mal weiter. Was wäre, wenn diese Überreste die Polizei zu ihrem Mörder führten und ihn vor Gericht brächten? Wäre das nicht eine gute Sache? Wäre das nicht auch eine Gott wohlgefällige Tat?«

Lyle wollte Charlie fragen, weshalb, zum Teufel, Gott es überhaupt zuließ, dass ein unschuldiges Kind ermordet wird, doch er spürte, dass sein Bruder schwankte. Und er wollte in diesem entscheidenden Augenblick nichts verderben.

»Zwei Tage, Charlie. Ich wette, wenn Jesus einen missratenen Bruder gehabt hätte, dann hätte er ihm ebenfalls zwei Tage Zeit eingeräumt, wenn er ihn darum gebeten hätte.«

Charlie schüttelte den Kopf, während sein Mund sich zu einem widerstrebenden Lächeln verzog. »Himmel, ich habe schon mal Geschichten vom ›silberzüngigen Teufel‹ gehört und muss jetzt erkennen, dass ich genau mit so einem verwandt bin. In Ordnung. Zwei Tage und keine Minute länger. Aber das ist ein Deal auf Gegenseitigkeit: Wenn sich bis Freitagnacht nichts ergibt, dann haue ich ab und zwar mit dir. Abgemacht?«

Lyle zögerte. Er auch? Er hatte nicht daran gedacht, dass dieser Punkt ein Bestandteil der Abmachung sein würde, aber andererseits konnte er ohne seinen Bruder kaum weiter als Ifasen auftreten. Und wenn das, was an diesem Vormittag geschehen war, der Beginn eines Ereignismusters war, dann konnte er wirklich nicht mit Sicherheit entscheiden, ob Ifasen überhaupt noch eine Zukunft hatte, zumindest was dieses Haus betraf. Daher konnte er keinen Nachteil erkennen, wenn er sich mit Charlies Bedingungen einverstanden erklärte.

Aber sie würden Tara Portman oder das, was von ihr noch übrig war, ganz gewiss finden.

Er streckte die Hand aus.

»Abgemacht.«

10

»Mr. Bellitto!«, rief Gertrude mit ihrer dröhnenden Stimme, als Eli durch die Tür in den Laden trat. »Sie sollten doch oben im Bett liegen!«

Sie hatte ja so Recht. Ihm war, als würde eine ganze Rolle Stacheldraht quer durch seinen Schoß gezogen, während er zu der Theke aus Carraramarmor humpelte. Er hätte eigentlich liegen bleiben sollen, doch nach dem Mittagessen und einem Nickerchen hatte er sich deutlich besser gefühlt. Daher hatte er dem Drang nachgegeben, sich in seinem Laden umzusehen, sein Inventar zu überprüfen und einen Blick ins Kassenbuch zu werfen. Als er den Fußweg erreichte, begriff er, dass er einen Fehler gemacht hatte, aber da war er schon zu weit gegangen: Unfähig, sich, sogar mit Adrians Hilfe, der Strapaze zu stellen, das mittlerweile fast unüberwindlich erscheinende Hindernis von einer Treppe zwischen ihm und seinem Bett in Angriff zu nehmen, hatte er seinen Weg fortgesetzt.

»Unsinn, Gert.« Er stützte sich schwer auf seinen Stock, während er auf die Theke zuging. »Ich bin ganz okay. Aber meinen Sie, Sie könnten mir vielleicht diesen Hocker da vorne bringen?«

»Natürlich!« Ihr straff nach hinten gekämmtes und festgestecktes Haar glänzte im Licht der Leuchtstoffröhren an der Decke wie polierter Onyx. Sie hob den Hocker hoch, als hätte er überhaupt kein Gewicht, schob ihre kräftige Gestalt hinter der Theke hervor und stellte den Hocker vor ihrem Chef auf den Boden. »Bitte sehr.«

Sie ergriff einen Arm und Adrian den anderen, während er sich auf dem Sitz niederließ. Am Ende lehnte er mehr am Hocker, als dass er darauf saß. Er wischte mit dem Hemdsärmel den kalten Schweiß von der Stirn. Der neue Angestellte – wie lautete sein Name? Kevin? Ja, Kevin – kam mit einem Staubwedel in der Hand herüber und gaffte ihn an.

»Mir tut ehrlich Leid, was passiert ist«, sagte er und klang, als meinte er es auch so.

Aber tat er das wirklich?

Eli hatte Kevin eingestellt, und ein paar Tage später wurde er mit einem Messer angegriffen und erheblich verletzt. Gab es da einen Zusammenhang?

Irgendwie bezweifelte er es, aber es schadete nie, alle Möglichkeiten zu überdenken.

Eli musste eine ganze Salve von Fragen seitens seiner beiden Angestellten über sein Missgeschick ertragen. Adrian versteckte sich hinter seinem Gedächtnisverlust und überließ Eli die Aufgabe, mit Antworten aufzuwarten. Die gab er in Form von knappen, eher vagen Auskünften, bis es ihm reichte.

»Ich weiß zwar, dass wir im Augenblick eine kleine Flaute haben«, sagte er, »aber ich denke doch, dass ihr beide Wichtigeres zu tun habt.«

Die Angesprochenen suchten sofort das Weite – Kevin, um das Inventar von Staub zu befreien, Gert, um neue Waren in den Computer einzugeben. Adrian entfernte sich, um ein wenig im Laden herumzustöbern.

»Wie sieht es mit unseren Einnahmen aus, Gert?«, fragte Eli.

»Eigentlich wie erwartet.« Sie ergriff das schwarze Kassenbuch und reichte es ihm. »Wie Sie schon sagten, im Augenblick läuft das Geschäft eher ruhig.«

Der August war immer sehr träge und kam am Labor Day vollständig zum Stehen, wenn die City sich kurzfristig in eine Geisterstadt verwandelte.

Eli schlug das altmodische Kassenbuch auf – er zog handgeschriebene Wörter und Zahlen auf Papier einem Computerbildschirm vor – und überflog die spärlichen Verkäufe des Tages. Sein Blick blieb an einem Posten hängen.

»Der Stör? Wer hat denn den verkauft?«

Er hatte diese ausgestopfte Monstrosität im Schaufenster hängen gehabt, seit er den Laden eröffnet hatte. Er war schon zu der Überzeugung gelangt, dass er auch noch dort hängen würde, wenn er das Geschäft irgendwann aufgäbe.

»Ich habe ihn nicht nur verkauft, ich habe sogar den von uns festgesetzten Preis bekommen.« Gert lächelte stolz. »Ist so was zu fassen? Nach all den Jahren werde ich diesen hässlichen alten Fisch richtig vermissen, glaube ich.«

Eli blätterte zum Dienstag zurück, dem Tag, an dem der junge Angestellte alleine hier gewesen war und im Laden die Stellung gehalten hatte. Er hatte beinahe Angst, einen Blick auf die Seite zu werfen. Zu seiner Überraschung sah er eine ziemlich lange Liste von Verkäufen. Es schien, als wäre Kevin über sich selbst hinausgewachsen. Vielleicht war der Junge...

Eli erstarrte, als sein Blick auf einer Zeile zur Ruhe kam. Sie lautete: *Schlüsselanhänger – $10 – Jack*.

Nein! Das ist nicht... das kann nicht... das darf nicht... das...

Sich an der Theke festhaltend, zog sich Eli vom Hocker hoch und humpelte in den hinteren Teil des Ladens zu der kleinen Vitrine – *seiner* Vitrine.

»Mr. Bellitto!«, rief Gert ihm nach. »Seien Sie vorsichtig. Wenn Sie etwas brauchen, hol ich es Ihnen gern.«

Er ignorierte Gertrudes Angebot, ignorierte die Schmerzen, die durch seinen Unterleib wogten, und ging weiter, stützte sich auf seinen Stock, während er am Rand eines Panikanfalls entlangbalancierte. Verzweifelt versuchte er, einen klaren Kopf zu behalten, indem er sich einredete, dass der Eintrag ein Fehler, ein Irrtum war. Sicher war es eine alte Uhrkette, die dieser Trottel Kevin irrtümlich für einen Schlüsselanhänger gehalten hatte.

Was ihn jedoch der Panik mehr und mehr in die Arme trieb, war die Erinnerung an den seltsam gekleideten rothaarigen Mann, der am Sonntagabend hereingekommen war und ihm eine geradezu grotesk hohe Summe für ein albernes Kinkerlitzchen geboten hatte. Er hatte nicht länger über diesen Vorfall nachgedacht und den Mann als jemanden abgetan, der die Zeit totschlagen wollte und sie sich mit lächerlichen Feilschversuchen vertrieb: Wenn es zu kaufen ist, finde heraus, wie weit der Preis herunterzuhandeln ist; wenn nicht, finde heraus, wie viel du bieten musst, damit der Eigentümer sich am Ende doch davon trennt.

Aber jetzt... jetzt erschien dieser Vorfall wie eine dunkle, drohende Wolke in seinem Gehirn.

Er bog um die Gangecke. Die Vitrine kam in Sicht. Das Schloss... er gestattete sich ein knappes Lächeln... das Schloss, das liebe, gute, alte Messingvorhängeschloss, befand sich noch immer an Ort und Stelle, und es war zugeschnappt, alles, wie es immer war.

Und der Schlüsselanhänger, dieses Ding mit dem Zeichentrickhasen, war...

Verschwunden!

Eli sank gegen die Vitrine, hielt sich am eichenen Holzrahmen fest. Seine schweißnassen Hände verschmierten die Glasscheibe, durch die er auf die leere Stelle auf dem Glasboden starrte.

Nein! Er träumte das alles! Das musste ein Irrtum sein!

Er ergriff das Vorhängeschloss und zog daran, aber es gab nicht nach.

Die Luft schien mit zersplittertem Glas erfüllt zu sein, jeder Atemzug schnitt in seine Lungen.

Wie? Wie war das möglich? Er hatte doch den einzigen Schlüssel. Objekte treten nicht durch Glasscheiben. Also wie…?

»Mr. Bellitto?« Das war Gerts Stimme hinter ihm.

»Eli!« Adrian. »Was ist los?«

Und dann umringten sie ihn. Gert, Adrian und der stumme Kevin. Ja… Kevin, der wieselige, vorwitzige kleine Scheißkerl.

Eli funkelte ihn drohend an. »Du hast etwas aus dieser Vitrine verkauft, nicht wahr?«

»Was?« Kevin erbleichte und schüttelte heftig den Kopf. »Nein, ich…«

»Doch, das hast du! Einen Schlüsselring mit einer Hasenfigur daran! Gib's zu!«

»Ach das. Ja. Aber der Anhänger kann nicht aus dieser Vitrine gekommen sein. Ich habe keinen Schlüssel.«

»Er kommt aber von dort!«, brüllte Eli. »Du weißt verdammt genau, dass er da drin war! Verrate mir mal, wie du ihn rausgeholt hast!«

»Das habe ich nicht!« Er schien jeden Augenblick losweinen zu wollen. »Der Mann kam damit zur Theke. Als ich sah, dass kein Preisschild dranklebte…«

»Siehst du!« Er hob den Stock und schüttelte ihn drohend vor Kevins Gesicht. Er hätte ihm am liebsten den dämlichen Schädel eingeschlagen. »Genau das hätte dir auffallen müssen! Wie kann man etwas ohne Preisschild verkaufen? Erklär mir das mal!«

»Ich… ich habe Sie deswegen im Krankenhaus angerufen.«

»Das ist eine Lüge!« Er hob den Stock. Er würde es tun. Er würde ihn umbringen, hier und jetzt!

»Es ist die Wahrheit!« Kevin hatte Tränen in den Augen. »Ich habe versucht, Sie deswegen zu fragen, aber Sie meinten, ich solle die Angelegenheit selbst managen, und haben einfach aufgelegt.«

Eli ließ den Stock sinken. Jetzt erinnerte er sich.

»Das war der Grund, weshalb du angerufen hast?«

»Ja!«

Eli verfluchte sich, weil er nicht zugehört hatte.

»Wie sah dieser Mann aus? Rote Haare, hinten lang?«

Kevin schüttelte den Kopf. »Nein. Er hatte braunes Haar. Braune Augen, glaube ich. Er sah ganz normal aus. Aber er nannte Sie beim Vornamen und sagte, Sie seien befreundet. Er hat sogar seinen Namen hinterlassen.«

Ja, dachte Eli wütend. *Jack*. Nutzlos. Er kannte niemanden namens Jack.

Wer immer es war, musste das Schloss an der Vitrine mit einem Dietrich geöffnet haben. Aber warum... Warum hatte er das Stück bezahlt? Warum hatte er es nicht einfach in der Hosentasche verschwinden lassen und war gemütlich aus dem Laden spaziert?

Es sei denn, er wollte, dass ich es erfahre.

Er verspottet mich. Genauso wie sein Angreifer ihn verspottet hatte, ehe er zustach.

Ein Mann will am Sonntagabend den Schlüsselanhänger kaufen, ein anderer Mann überfällt mich am Montag und befreit das Lamm, ein dritter Mann holt sich am nächsten Morgen den Anhänger.

Könnte es jedes Mal ein und derselbe Mann gewesen sein?

Eli spürte, wie sich in seinem Nacken eine Eisschicht bildete. War es möglich, dass ihn jemand belauerte, so wie er die Lämmer belauerte?

»Bring mich nach oben«, verlangte er von Adrian. »Sofort.«

Er musste telefonieren. Er wusste auch, welche Nummer er wählen musste.

11

Mit dem Roger-Rabbit-Schlüsselanhänger in der Faust näherte sich Jack wachsam dem Menelaus Manor. Er ging an den vertrockneten Sträuchern vorbei und betrat den Vorbau. Dort wartete er kurz ab, ob etwas Ungewöhnliches geschah.

Nachdem sich etwa eine halbe Minute lang nichts getan hatte, außer dass er anfing, sich ein wenig lächerlich vorzukommen, klingelte er. Als sich niemand meldete, klingelte er wieder. Durch die Haustür hörte er ein schwaches Poltern und Klappern von Holz und Stahl auf Stein. Es klang, als hätten Lyle und Charlie bereits ohne ihn angefangen.

Er zog die Tür auf und zögerte, als er sich an das erste Mal erinnerte, dass er über diese Schwelle getreten war – an den entsetzlichen Schrei, das Erzittern des Untergrundes. Was würde diesmal geschehen, da er etwas in der Hand hielt, das möglicherweise dem gehörte, das – was immer es sein mochte – in dieses Haus eingedrungen war?

Geh lieber auf Nummer sicher, sagte er sich.

Er warf den Schlüsselanhänger ins Wartezimmer und trat zurück.

Kein Schrei, kein Erdbeben. Nichts.

Jack stand da und betrachtete Roger, der rücklings auf dem Fußboden lag und grinsend zur Decke blickte.

Er wartete ein wenig länger, aber auch jetzt tat sich nichts.

Enttäuschung verwandelte sich allmählich in Zorn, während er durch die Tür trat und den Schlüsselanhänger aufhob. Er unterdrückte den Drang, kehrtzumachen und das Ding mit einem Tritt in den Vorgarten zu befördern. Er war sich so verdammt sicher gewesen.

Nun ja. Einen Versuch war es wert gewesen. Und er musste zugeben, dass er irgendwie erleichtert war, keinen Beweis dafür erhalten zu haben, dass zwischen Bellitto und Tara Portman eine Verbindung bestand. Allmählich fürchtete er sich vor Zufällen.

Er stopfte Roger Rabbit in die Hosentasche und folgte dem Arbeitslärm in die Küche und die Kellertreppe hinunter. Dabei drangen auch noch andere Laute an seine Ohren. Musik. Jazz. Miles Davis. Irgendein Titel aus dem Album *Bitches Brew*.

Am Ende der Treppe blieb Jack stehen und schaute den Kenton-Brüdern für einen kurzen Moment bei der Arbeit zu. Sie hatten ihre Hemden ausgezogen und sahen für zwei Typen aus dem Spuk-Gewerbe erstaunlich muskulös aus. Ihre schwarze Haut glänzte von der Anstrengung, während sie die Holzverkleidung weghebelten und auf den Holzrahmen dahinter einhackten. Sie hatten bereits eine drei bis vier Meter breite Fläche entfernt, hinter der dunkelgraue Reihen von Granitsteinen zu sehen waren. Keiner der beiden hatte etwas von seiner Ankunft bemerkt.

»Wie ich sehe, geht es auch ohne mich«, stellte Jack fest.

Lyle zuckte zusammen, wirbelte herum und hob angriffslustig sein Brecheisen. Er atmete zischend aus und senkte es wieder, als er Jack erkannte.

»Tun Sie das bloß nicht!«, warnte er. »Nicht in diesem Haus!«

»Hey, Jack«, begrüßte Charlie den Besucher und winkte. »Was ist los?«

»Eine Menge. Gia war bei Tara Portmans Vater.«

»Allein?«, fragte Lyle.

»Ohne mir Bescheid zu sagen.«

»Das Mädchen hat Mut«, sagte Charlie. »Hat sie was rausbekommen?«

Jack lieferte ihnen eine kurze Zusammenfassung dessen, was Joe Portman Gia erzählt hatte.

»Also«, sagte Lyle langsam, »die Reitkleidung, die sie trug, als Gia sie sah, gleicht den Sachen, die sie anhatte, als sie gekidnappt wurde.«

»Lass dich nicht zum Narren halten«, sagte Charlie. »Das ist nicht Tara Portman.«

Lyle verdrehte die Augen. »Nicht das schon wieder.«

»Wenn du nicht auf mich hören willst, vielleicht tut Jack es. Sie hatten doch auch Ihre Zweifel, nicht wahr, Jack?«

»Ja, aber ...« In was war er hier hineingeraten?

»Ich habe mit meinem Priester gesprochen, und er sagt, es gibt keine Gespenster, sondern nur Dämonen, die als Gespenster auftreten, um die Gläubigen von Gott abtrünnig zu machen.«

»Da besteht in meinem Fall keine Gefahr«, sagte Lyle. »Ich gehöre nicht zu den Gläubigen.«

»Das liegt nur daran, dass du an gar nichts glaubst«, meinte Charlie hitzig. »Das Einzige, woran du glaubst, ist dein Unglaube. Unglaube ist deine Religion.«

»Vielleicht ist es so. Ich kann nichts dafür. Ich bin eben als Skeptiker zur Welt gekommen.« Er sah seinen Bruder an. »Ich frage dich eins: Ist das fair? Wenn Gott mich mit einer gewissen Skepsis ausstattet und du jemand bist, der eher alles annimmt, was er sieht und hört, dann bist du ein Gläubiger und ich nicht. Wenn Glauben eine Garantie auf ewige Seligkeit ist, dann bin ich eindeutig gehandikapt. Gott hat mir einen Geist mitgegeben, der fähig ist, Fragen zu stellen. Heißt das jetzt, dass ich verdammt bin, wenn ich ihn benutze?«

Charlies dunkle Augen blickten traurig. »Du musst dein Herz Jesus schenken, Bruder. ›Alle, die an ihn glauben, sollen nicht verloren werden, sondern das ewige Leben erhalten.‹«

»Aber das kann ich nicht. Das ist der Punkt. Ich bin jemand, der *wissen* muss. Ich habe mir nicht ausgesucht, so zu sein, aber so ist es nun mal. Ich bin einfach nicht fähig, meine ganze Existenz auf etwas auszurichten, das auf reinem Glauben basiert, auf den Worten von Menschen, die ich nie kennen gelernt habe, Menschen, die seit Tausenden von Jahren tot sind. So kann ich nicht leben. Das ist nicht mein Ding.« Er zuckte die Achseln. »Verdammt, ich bin noch nicht einmal sicher, ob ich überhaupt an die Existenz dieses Geistes glaube.«

»Moment mal«, schaltete sich Jack ein. »Was soll das heißen, Sie glauben nicht an diesen Geist? Warum nehmen Sie dann Ihren Keller auseinander?«

Lyle zuckte die Achseln. »Ich befinde mich in einem Zwiespalt. Bestimmte Aspekte dieser Situation passen nicht ins Bild.«

»Was zum Beispiel?«

»Nun, dieser Song zum Beispiel. Ich habe so etwas wie ein kleines Mädchen ein Lied singen hören. Aber kann ein Geist, ein Gespenst singen? Oder reden?«

»Wenn es Spiegel zertrümmern und in den Staub schreiben kann, warum soll es dann nicht singen und reden können?«

»Es hat keine Stimmbänder und keine Lunge, um Luft auszustoßen. Also – wie kann es einen Laut erzeugen?«

Jack glaubte, die Antwort zu kennen. »Soweit ich weiß, ist ein Laut nicht mehr als schwingende Luft. Wenn dieses Ding einen Spiegel zerschlagen kann, dann sollte es meiner Meinung nach auch fähig sein, Luft zum Schwingen zu bringen.«

Lyle nickte grinsend. Er nickte Charlie zu. »Siehst du? Das ist es, was ich brauche. Eine Erklärung, an der ich mich festhalten kann. Nicht nur den Satz: ›Es ist Gottes Wille.‹ Das hat keine Bedeutung für mich.«

»Aber die wird es bekommen, Bruder«, sagte Charlie. »Wenn die Posaunen des Jüngsten Gerichts erklingen, dann wird es geschehen.«

»Glaubst du.«

»Ich weiß es, Lyle.«

»Genau das ist der Punkt: Du *weißt* es nicht. Und ich auch nicht. Keiner von uns wird es wissen, ehe wir sterben.«

Das wurde hier ein wenig zu philosophisch. Jack ging hinüber zu den freigelegten Granitblöcken und strich mit einer Hand über deren Oberfläche. Kalt. Und feucht. Er zog die Hand weg. Für einen kurzen Augenblick war es ihm so vorgekommen, als hätte die Oberfläche unter seiner Berührung nachgegeben. Er betrachtete seine Hand, dann den Stein. Nichts hatte sich verändert. Er versuchte es erneut – und hatte die gleiche seltsame Empfindung als winde sich etwas.

»Suchen Sie was Bestimmtes?«, fragte Lyle.

»Ich überprüfe nur diese Steine.«

Während er sich den nächsten Stein vornahm, bemerkte er, wie Lyle ihn anstarrte. Es war mehr als ein Starren – eher ein Blinzeln, als versuchte er, ihn besser zu erkennen.

»Stimmt was nicht?«

Lyle blinzelte. »Nein. Nichts.«

Jack wandte sich wieder den Steinen zu. Er fand einen mit einer kreuzförmigen Mulde und bemerkte rund um die Vertiefung Kratzer im Granit.

»Hatte der Grieche nicht erzählt, einige dieser Steine hätten eingelegte Kreuze gehabt?«

»Richtig«, bestätigte Lyle und kam näher. »Aus Messing und Nickel.«

Jack fuhr mit den Fingern über die Kratzer. »Es sieht so aus, als wäre Dimitri beim Entfernen dieser Kreuze nicht allzu behutsam zu Werke gegangen.«

»Ja, das ist mir schon früher aufgefallen. Ich möchte bloß wissen, was er mit den Kreuzen gemacht hat.«

»Vielleicht hat er sie für Grabsteine benutzt?«

»Vielleicht wollte er diesen Ort auch für Dämonen angenehmer machen«, meinte Charlie. »Sie können die Nähe eines Kreuzes nicht so gut ertragen.«

Indem er versuchte, einer weiteren Diskussion zuvorzukommen, die auch keine Klarheit schaffen würde, ergriff Jack ein Brecheisen und hielt es hoch.

»Sollen wir nicht lieber weitermachen und die restliche Holztäfelung entfernen?«

»Warum solche Mühe?«, fragte Charlie. »Die anderen Steine sehen wahrscheinlich genauso aus.«

Jack stieß das gerade Ende des Brecheisens durch ein Stück Holztäfelung und spürte, wie die Spitze auf den Stein darunter traf. Er drehte das Eisen um, rammte das gekrümmte Ende in die Öffnung und riss einen Streifen laminiertes Holz heraus. Trotz eines leichten schmerzhaften Ziehens in seiner Seite fühlte es sich gut an. Manchmal gefiel es ihm, Dinge zu zerstören. Es gefiel ihm sogar sehr.

»Oder auch nicht. Wenn wir genau nachschauen, finden wir vielleicht ein paar Steine, die nicht wie die anderen mit Mörtel befestigt wurden. Sie könnten sich herauslösen lassen, und wir finden dahinter eine Art Versteck. Wer weiß, was sich dahinter sonst noch verbirgt? Möglicherweise die sterblichen Überreste Tara Portmans.«

Charlie schüttelte den Kopf. »Das ist nicht Tara Portman, Leute, ich sage euch, es ist ein...«

»Still«, befahl Lyle und hob eine Hand. »Irgendetwas ist gerade...«

»Was?«

»Spüren Sie es nicht?«

Jack schaute Charlie an, der nicht weniger verwirrt war.

»Was sollen wir spüren?«

Lyle drehte sich langsam im Kreis. »Irgendetwas nähert sich.«

Dann konnte auch Jack es spüren. Ein eisiger Hauch, ein *Sammeln*, als würde sämtliche Wärme im Raum in seine Mitte gesogen, um durch ein unsichtbares Loch zu versickern, so dass nur noch ein ständig wachsender Knoten Kälte übrig blieb.

Die Kälte traf Jack wie ein brennender Messerstich oben an seinem rechten Oberschenkel. Er fasste dorthin und spürte einen eisigen Klumpen in der Jeanstasche. Der Schlüsselanhänger! Er biss die Zähne zusammen, während er auf die Knie sank – Gott, tat das weh –, schob mühsam die Hand in die Tasche, um den Schlüsselanhänger herauszuholen, doch seine Finger klebten daran fest wie eine nasse Zunge an einem tiefgefrorenen schmiedeeisernen Zaun. Er löste die Finger davon, verlor ein paar Hautfetzen und zerrte am Stoff, zog ihn heraus und stülpte die Hosentasche nach außen. Endlich erschien die Roger-Rabbit-Puppe und kullerte auf den Boden.

Aber sie schlug nicht auf. Stattdessen verharrte sie in der Luft, stieg hoch und schoss davon zur Mitte des Kellerraums. Dort schwebte sie in halber Höhe. Jack sah, wie Raureif auf den Gliedmaßen der Puppe entstand, dann am Kopf, und schließlich wurde die gesamte Figur davon eingehüllt.

Ein schrilles Jaulen erfüllte die Luft, nahm an Lautstärke und Höhe zu, während Jack sich auf die Füße hoch kämpfte. Die Eisschicht um die Roger-Rabbit-Puppe wurde dicker, und Jack glaubte hören zu können, wie das Plastikmaterial knackte und knirschte, als es durch die enorme Kälte spröde wurde.

Plötzlich mündete das Jaulen in einen wütenden Schrei. Der Kopf des Püppchens brach ab und raste durch den Keller. Er knallte gegen einen der Granitsteine und zerstob zu Pulver, das umherwirbelte und tanzte – wie vom Wind gepeitschte Schneeflocken. Dann brach ein Arm ab und entfernte sich in die entgegengesetzte Richtung, wobei er Charlies Kopf nur knapp verfehlte. Jack duckte sich, als der andere Arm auf ihn zuflog. Bruchstücke wirbelten durch die Luft, während der Schrei sich zu ohrenbetäubender Lautstärke steigerte. Und dann gab es keine Trümmer mehr, doch das wütende Heulen nahm zu, bis Jack die Hände auf die Ohren pressen musste. Der Lärm war wie eine riesige Faust, die rasend vor Wut auf ihn einschlug, bis …

… das Geschehen plötzlich abbrach.

Genauso unvermittelt, wie der Lärm aufgebrandet war, kehrte Stille ein. Das Eindruck einer *Präsenz* verflüchtigte sich, bis Jack die Empfindung hatte, dass nur noch sie drei sich in dem Keller aufhielten.

Er schüttelte den Kopf, um das störende Klingelgeräusch in seinen Ohren zu vertreiben. Es gelang ihm nicht.

Lyle und Charlie waren geschockt, aber Jack empfand eine geradezu gespenstische Ruhe. Eine tödliche Ruhe.

»Was zum Teufel hatte das zu bedeuten?«, fragte Lyle.

»Ja«, schloss Charlie sich an. »Was hatten Sie in der Hosentasche? Es sah aus wie dieser Comic-Hase...«

»Roger Rabbit.«

»Ja.«

Lyle lachte verkrampft und schüttelte den Kopf. »Roger Rabbit. Genau das Richtige, um den Durchschnittsdämon in Rage zu versetzen.«

Charlie machte einen Schritt auf seinen Bruder zu. »Ich warne dich, Lyle...«

Jack ergriff schnell das Wort. »Tara Portmans Vater hat Gia erzählt, dass seine Tochter ein großer Fan von Roger Rabbit war. Ich habe überlegt, ob dieser Schlüsselanhänger vielleicht ihr gehört hat.«

»Nach dem zu urteilen, was gerade geschehen ist«, sagte Lyle, bückte sich und rührte mit der Fingerspitze in den pulvrigen Resten eines Roger-Rabbit-Beins, »glaube ich, dass sie Ihre Frage mit einem klaren *Ja* beantwortet hat.«

»Das hat sie«, meinte Jack und nickte mit dem Kopf. »Und außerdem hat sie ihren Mörder identifiziert.«

Aber seine Genugtuung, das Rätsel gelöst zu haben, wurde durch die unbeantwortete Frage getrübt, wie und warum *er* in diese Affäre verwickelt war.

12

Gia saß in einer der hinteren Kirchenbänke ziemlich weit vom Altar entfernt und wartete auf Frieden.

Sie hatte einen Spaziergang vom Sutton Square hinunter zur St. Patrick's Cathedral gemacht. Warum sie hierher gekommen war, wusste sie nicht genau. Sie hatte die Richtung nicht bewusst eingeschlagen. Beim Malen hatte sie eine Pause eingelegt und sich lediglich die Füße vertreten wollen, als sie sich plötzlich auf der Fifth Avenue wiederfand. Vorbei an St. Pat's und gleich wieder zurück, um hineinzugehen – in der Hoffnung, etwas von der Ruhe und dem inneren Frieden zu finden, die die Religion dem Menschen eigentlich schenken sollte. Bislang hatte sich beides noch nicht bemerkbar gemacht.

Trotzdem war ihr dieses Gefühl der Isolation durchaus willkommen. Hier in diesem imposanten, von Steinen umhüllten Raum fühlte sie sich wie abgeschnitten von der hektischen Realität jenseits der hohen eichenen Kirchentüren. Und geschützt vor jener dringenden Not, die sie in dieses Haus in Astoria rief.

Sie saß allein in der Bank und beobachtete die Scharen von Touristen, die ein und aus gingen. Die Katholiken bekreuzigten sich mit Weihwasser, während der Rest herumstand und nur für die gotischen Bögen, die Stationen des Kreuzwegs an den Wänden ringsum, die überlebensgroßen Statuen, das mächtige Kruzifix und den vergoldeten Altar Augen hatte.

Diese Bilder versetzten Gia zurück in ihre Jahre auf der Oberschule Unserer hoffnungsvollen Mutter in Ottumwa. Es war keine ausgesprochen katholische Stadt, allerdings war Iowa auch kein ausgesprochen katholischer Staat. Es gab gerade genug katholische Kinder, um die örtliche Sonntagsschule zu füllen und die Nonnen des Klosters als Lehrerinnen zu beschäftigen. Von denen in der schwarzen Truppe erinnerte sie sich am besten an Schwester Mary Barbara – allen Kindern nur als Schwester Mary die Barbarin bekannt. Nicht weil sie die Nonne besonders gemocht hatte, ganz im Gegenteil. Sie hatte Gia immer schreckliche Angst eingejagt.

Schwester Mary die Barbarin war das katholische Äquivalent eines baptistischen Höllenfeuer-Predigers gewesen. Ständig redete sie nur von den furchtbaren Strafen, die die Sünder erwarteten, und von all den Schrecken, die der Gott der Liebe all denen schickte, die ihn enttäuschten. Ewige Qualen für das Versäumen der Messe am Sonntag, oder wenn man es nicht geschafft hatte, seine österliche Pflicht zu erfüllen. Die kleine Gia glaubte wirklich alles und lebte in ständigem Grauen davor, mit einer Todsünde auf der Seele sterben zu müssen.

Glücklicherweise betrieben die Schwestern von Unserer hoffnungsvollen Mutter keine Highschool. Dies gestattete Gia, in die säkulare Lasterhöhle, auch bekannt als das staatliche Schulsystem, zurückzukehren. Aber sie war trotzdem eine praktizierende Katholikin gewesen und besuchte Kurse für katholische Glaubenslehre und nahm an Tanzfesten der katholischen Jugendorganisation teil.

Irgendwann im Laufe der achtziger Jahre ging sie zu all dem auf Distanz und kam eigentlich nie mehr zurück. Nicht dass sie aufhörte, an Gott zu glauben. Sie konnte sich nicht mit dem Atheismus anfreunden, ja, noch nicht einmal mit dem Agnostizismus. Sie war überzeugt, dass Gott existierte. Genauso überzeugt war sie, dass er sich nicht viel darum scherte, was hier vor sich ging. Vielleicht beobachtete er es, aber er griff ganz sicher nicht ein.

Als Kind hatte sie den Gott des Alten Testaments als streng und Ehrfurcht gebietend empfunden, nun hingegen erschien er ihr wie ein quengeliger, trotziger Jugendlicher mit unzureichender Selbstkontrolle, der Katastrophen auslöste, Plagen sandte, die Erstgeborenen einer ganzen Nation niederstreckte. Sie fand das Neue Testament viel reizvoller, doch irgendwann hatte die ganze Erlösungs- und Verdammungsgeschichte für sie keinen Sinn mehr ergeben. Man bat nicht darum, geboren zu werden, aber sobald man das Licht der Welt erblickte, musste man voll und ganz auf die Glaubenslinie einschwenken oder für alle Ewigkeit in der Hölle schmoren. In den Zeiten des Alten Testaments war es relativ leicht, gläubig zu sein, denn Er ließ Büsche brennen, teilte Meere und schickte Gebote auf Steintafeln. Aber heutzutage hatte Gott sich zurückgezogen, kümmerte sich nicht länger um die Belange der Menschen, forderte aber weiter den blinden Glauben. Das war einfach nicht fair.

Natürlich, wenn man Gott ist, braucht man nicht fair zu sein. Man hatte alle Fäden in der Hand. Was man befahl, geschah.

Dennoch...

Gia hatte versucht, in den Schoß der Kirche zurückzukehren, nachdem Vicky geboren war. Ein Kind sollte eine moralische Basis haben, auf der es sein Leben aufbauen konnte, und die Kirche schien ein bewährter und zuverlässiger Ort zu sein, um diese Basis zu liefern. In ihrem Hinterkopf hatte die Vorstellung bestanden, dass, wenn Gia in die christliche Gemeinde zurückkehrte, Gott Vicky beschützen würde.

Doch Gia fand den Zugang nicht mehr. Und es war beängstigend offensichtlich, dass Gott Kinder nicht beschützte. Sie starben an Gehirntumoren, Leukämie und anderen Krebsarten, wurden von Automobilen überfahren, erschossen, erlitten Stromschläge, stürzten von Gebäuden, verkohlten in brennenden Häusern und fanden auf unzählige unvorstellbare Arten und Weisen den Tod. Unschuld war ganz eindeutig nicht genug, um sich den Schutz Gottes zu verdienen.

Wo war Gott bei all dem?

Hatten die Wiedergeborenen vielleicht doch Recht? War

Jesus ihr persönlicher Beschützer, der jeden ihrer Schritte verfolgte und ihre Gebete erhörte? Sie beteten zu Jesus Christus, dass ihre alte Mühle an einem kalten Morgen ansprang. Und wenn sie es tat, priesen sie Ihn und bedankten sich bei Ihm. Gia konnte sich nicht mit einer Gottessicht anfreunden, die den Schöpfer des Universums zu einer Art kosmischem Laufburschen für seine gläubigen Anhänger machte. Kinder verhungerten, Tara Portmans wurden entführt und ermordet, politische Gefangene folterte man, Ehefrauen wurden missbraucht, aber Gott ignorierte ihr Flehen um Hilfe, um die Gebete der Wahren Gläubigen zu erhören, die sich gutes Wetter für den Tag des nächsten Pfarrfestes wünschten. Ergab das einen Sinn?

Trotzdem, wenn sie die Wiedergeborenen betrachtete, die sie kannte – es waren nur ein paar, aber sie waren gute Menschen, die das, was sie beteten, auch in ihrem Alltagsleben praktizierten –, und wenn sie sich ihre innere Sicherheit, ihren inneren Frieden ansah, dann beneidete sie sie. Sie konnten sagen »So Gott will« und mit einem unerschütterlichen Vertrauen davon ausgehen, dass Gott sich ihrer annahm und am Ende alles wieder in Ordnung bringen würde. Gia wünschte sich diese Ruhe und Gelassenheit für sich selbst, aber die Fähigkeit – vielleicht die Überheblichkeit – zu glauben, dass sie für den Schöpfer des Universums wichtig war und bei ihm fast immer Gehör finden würde, blieb unerreichbar.

Das andere Extrem war der Gott, der den großen Knall ausgelöst hatte, dann kehrtgemacht und sich zurückgezogen hatte, um nie wieder zurückzukehren.

Gia ahnte, dass die Wahrheit irgendwo dazwischen lag. Aber wo?

Und wie passte Tara Portman in all das hinein? War sie von sich aus zurückgekehrt, oder war sie zurückgeschickt worden? Und warum? Warum spürte Gia diese Verbindung zu ihr?

Gia seufzte und erhob sich. Was immer die Gründe waren, hier würde sie keine Erklärung finden.

Sie trat hinaus in den sonnigen Nachmittag und machte sich auf den Heimweg. Als sie den Sutton Square erreichte, traf sie Rosa, die Hausangestellte der Silvermans. Deren Haus war von Gias zwei Türen weit entfernt.

»Hat dieser Polizist Sie gefunden?«, fragte Rosa. Sie hatte ein breites Gesicht und eine kompakte Figur und trug ihre Feierabendkleidung.

Gias Herz blieb fast stehen. »Welcher Polizist?«

»Der vor einer Weile an Ihre Tür geklopft hat.«

O Gott! Vicky! Es ist etwas passiert!

Sie suchte in ihrer Tasche nach den Schlüsseln. »Was hat er gesagt? Was wollte er?«

»Er erkundigte sich, ob Sie zu Hause sind. Er fragte, ob Sie Ihr kleines Mädchen allein zu Hause lassen, wenn Sie ausgehen.«

»Wie bitte?« Sie fand die Schlüssel und suchte den für die Haustür heraus. »Hat er auch gesagt, weshalb er das wissen wollte?«

»Nein. Ich erwiderte, niemals würden Sie so etwas tun. Ich sagte außerdem, die kleine Miss sei im Ferienlager. Er fragte, in welchem. Ich entgegnete, ich wüsste es nicht.«

Gias Knie gaben beinahe vor Erleichterung nach. Für einen Augenblick hatte sie angenommen, dass das Ferienlager einen Cop zu ihr geschickt hatte, um ihr schlimme Neuigkeiten über Vicky überbringen zu lassen. Aber wenn er nicht einmal gewusst hatte, dass sie weg ist...

Moment mal. Was hatte er hier zu suchen? Warum erkundigte sich ein Cop nach Vicky?

»Rosa, sind Sie sicher, dass er ein Cop war?«

»Natürlich. Er hatte einen Polizeiwagen und...« Sie fuhr mit den Händen vor dem Körper auf und ab. »Sie wissen schon.«

»Eine Uniform?«

»Hm-hm! Das war's. Dunkelblau. Er war ein Cop, ganz sicher.«

»Haben Sie vielleicht die Nummer auf seinem Abzeichen gesehen?«

Die Hausangestellte schüttelte den Kopf. »Nein. Ich habe auch nicht daran gedacht, sie mir anzusehen.« Sie verengte die Augen. »Jetzt, wo ich darüber nachdenke, erinnere ich mich nicht, überhaupt ein Abzeichen gesehen zu haben.«

»Hat er Vicky mit Namen erwähnt?«

»Nein... ich glaube nicht.«

»Danke, Rosa.« Gias erster Versuch, den Schlüssel ins Schlüsselloch zu schieben, schlug fehl. Sie schaffte es erst beim zweiten Mal. »Ich werde mich darum kümmern.«

Zuerst rief Gia das Lager an. Nein, sie hatten keinen Anruf vom NYPD bekommen. Vicky und allen anderen im Lager gehe es gut.

Der nächste Anruf galt ihrem zuständigen Revier, dem Siebzehnten. Nein, sie hatten keinen Anruf erhalten, jemanden zum Sutton Square rüberzuschicken. Er sei vielleicht von einem anderen Revier gekommen, aber niemand konnte ihr erklären, weshalb.

Gia legte auf, erleichtert, dass es Vicky offenbar gut ging. Was sie beunruhigte, war, dass jemand, egal ob Cop oder jemand anderer, sich nach ihrer Tochter erkundigte.

War er vielleicht ein Hochstapler gewesen? Nein. Rosa hatte erklärt, er sei in einem Polizeiwagen gekommen.

Gia dachte an Tara Portman. Was wäre, wenn Tara von einem Polizisten abgeholt worden war? Von einem Polizisten, der ihr erklärte, ihre Mutter habe einen Unfall gehabt, und dass er sie jetzt zu ihr bringen wolle. Vicky würde darauf hereinfallen. Das würde jedes Kind.

Wer immer der Polizist war, er hatte nichts anderes erfahren, als dass Vicky im Ferienlager war. Und er wusste nicht, in welchem, denn Rosa hatte es ihm nicht sagen können.

Sie wollte Jack anrufen, aber was könnte er schon tun? Er wäre wirklich der letzte Mensch auf Erden, der über enge Beziehungen zum NYPD verfügte, um herauszubekommen, was man dort im Schilde führte.

Alles, was sie tun konnte, war zu beten, dass ...

Gia runzelte die Stirn. Beten ... das war es, was man tat, wenn sich Schwierigkeiten einstellten. Selbst wenn man seinen Glauben verloren hatte, alte Gewohnheiten starben nicht so leicht.

Sie betete, dass alles nur eine Verwechslung gewesen war und dass der Polizist die falsche Adresse aufgeschrieben hatte.

Das würde reichen, bis Jack nach Hause käme.

13

»Mal sehen, ob ich mir die Reihenfolge richtig gemerkt habe«, sagte Lyle.

Sie hatten soeben das letzte Stück der Holzverkleidung von der Wand genommen und bearbeiteten nun die Befestigungsbolzen. Sie hatten noch immer keinen losen Stein gefunden. Bis jetzt war jeder Stein ausreichend mit Mörtel eingefügt worden.

Etwas an diesen Steinen erzeugte bei Jack ein tiefes Unbehagen. Sie gaben seltsame Schwingungen von sich, die den Wunsch in ihm weckten, sie sofort wieder zu verhüllen, sie vor den Augen der Menschen zu verbergen. Sie gehörten nicht hierher, und es schien fast, als wüssten sie das auch und wollten wieder dorthin zurückkehren, woher sie gekommen waren – nach Rumänien, nicht wahr? Diejenigen, die man ihres Kreuzes beraubt hatte, waren am schlimmsten. Die leeren Vertiefungen sahen wie tote Augenhöhlen aus, die ihn anstarrten.

Während sie arbeiteten, hatte Jack ihnen geschildert, wie er in den Besitz von Tara Portmans Schlüsselanhänger gelangt war. Dabei hatte er natürlich keinerlei Namen genannt und auch die Messerstecherei mit Eli Bellitto nicht erwähnt.

Lyle zählte die einzelnen Punkte an den Fingern auf. »Zuerst lernen Sie Junie Moon kennen, bringen sie hierher, betreten das Haus und wecken Tara Portman. Zwei Tage später engagiert Sie jemand, um auf jemanden anders aufzupassen, der angeblich sein Bruder ist. Doch dann erfahren Sie, dass Ihr Auftraggeber keine Geschwister hat. Und während Sie diesen Mann, der gar keinen Bruder hat, überwachen, können Sie ihm einen Schlüsselanhänger abluchsen, der zufälligerweise Tara Portman gehört.« Er schüttelte den Kopf. »Ein kompliziertes Durcheinander.«

Und keinerlei Zufälle, dachte Jack düster und fragte sich, welcher Sinn hinter all dem stecken konnte. Und warum war Gia darin verwickelt? Die ganze Situation beunruhigte ihn in höchstem Maße.

Lyle hebelte einen tellergroßen Rest Holztäfelung von einem Holzpfosten und schleuderte ihn auf einen wachsenden Schutthaufen am Ende des Kellers.

»Aber nur weil er Taras Schlüsselanhänger besitzt, braucht dieser Bursche nicht unbedingt ihr Mörder zu sein. Er könnte das Ding auf der Straße gefunden oder auf einem Flohmarkt gekauft haben.«

Jack überlegte, wie viel er den beiden wohl erzählen könnte. Da sie auf seiner Seite des Gesetzes lebten, entschied er, ihnen ein wenig mehr anzuvertrauen.

»Wenn ich Ihnen nun verrate, dass ich mit eigenen Augen gesehen habe, wie er ein Kind entführte, während ich ihn überwachte?«

Charlie starrte ihn mit großen Augen an. »Jetzt machen Sie aber Witze, oder?«

Jack schüttelte den Kopf. »Ich wünschte, es wäre so. Und

das ist noch nicht alles – dieser Kerl besitzt eine ganze Vitrine voller Kinderkram. Das ist fast so was wie ein Trophäenschrank.«

»O Mann.« Lyle wirkte trotz seiner dunklen Hautfarbe ziemlich blass um die Nase. »O Mann. Was ist mit diesem entführten Kind passiert?«

»Ich hab's re-entführt.«

»Hey! Hey!« Charlie richtete einen Finger auf Jack, als wollte er ihn damit durchlöchern. »Der vietnamesische Junge! Das waren Sie!«

»Dazu will ich mich lieber nicht äußern.«

»Sie *waren* es!« Charlie grinste. »Sie sind ein Held, Jack.«

Jack zuckte die Achseln und wandte sich wieder dem Balken zu, den er von den Steinen losgehebelt hatte. Worte wie »Held« waren ihm unangenehm. Genauso wie der Begriff »Kunst« schienen sie heutzutage viel zu oft benutzt zu werden.

»Sie hätten das Gleiche getan. Das hätte jeder.« Er lenkte das Gespräch von seiner Person weg. »Ich gehe jede Wette ein, dass zwischen diesem Burschen und dem großen Dimitri Menelaus irgendeine Verbindung besteht. Falls ich Recht habe, muss man befürchten, hier unten mehr als nur die sterblichen Überreste von Tara Portman zu finden.«

Was sich bestens in Lyles PR-Pläne einbauen ließe.

Lyle lehnte sich an die Wand. »Ein Serienmörder.« Er klang nicht sehr glücklich.

»Mehr als einer«, sagte Jack. »Eher ein ganzer Club von solchen Kerlen. Wenn ich eine Verbindung zu Dimitri herstellen kann…«

»Was dann?«

Zwischen zwei Steinblöcken fand er hinter dem Holzpfosten einen Spalt und schob das Stemmeisen hinein. Unter dem protestierenden Kreischen von Nägeln und dem Knirschen zersplitternden Holzes wuchtete er den Pfosten mit einem wütenden Ruck aus seiner Verankerung.

»Dann werden sich ein paar Leute wünschen, nie geboren worden zu sein.«

Lyle starrte ihn an. »Hat Sie jemand dafür engagiert?«

»Nein.«

Jack wollte noch immer wissen, wer es gewesen war, der ihm den Auftrag gegeben hatte, auf Eli Bellitto aufzupassen. Aber nein, niemand würde ihn für das bezahlen, was mit Bellitto und seiner Bande geschehen würde.

»Warum sind Sie dann hinter denen her? Ich dachte, Sie würden nur gegen Bezahlung was tun. Leistung gegen Dollars und so weiter. Weshalb dieser Gratiseinsatz?«

»Deshalb.«

»Das ist keine Antwort.«

»Doch, das ist sie.«

»Lobet den Herrn!«, sagte Charlie. Seine Augen leuchteten, als wäre in seinem Kopf eine Sonne aufgegangen. »Lobet den Herrn! Ihr erkennt doch hoffentlich, was hier unten im Gange ist, oder etwa nicht?«

Lyle schüttelte den Kopf. »Ich habe fast Angst, es zu hören.«

»Jack, Sie sind ein Instrument Gottes!«

»Tatsächlich?« Seit er seinen Problemlöser-Job aufgenommen hatte, hatte er sich die verschiedensten Bezeichnungen gefallen lassen müssen, aber so war er noch nie genannt worden.

»Natürlich! Der Typ, der Sie angeheuert hat, diesen Killer zur Strecke zu bringen? Das war ein Gesandter des Himmels, jawohl. Er hat Sie auf den Mörder angesetzt, damit Sie zugegen waren, als der kleine Junge Sie brauchte.«

»Soso. Was ist mit all den anderen Kindern, die der Kerl auf dem Gewissen hat? Wie Tara Portman und wer weiß wie viele andere noch?«

»Mann, erkennen Sie es denn nicht? Gott hat Sie hierher geschickt, um die Abrechnung vorzunehmen!«

»Das glauben Sie«, sagte Jack.

Lyle lachte. »Hey, das ist aber ein ganz schön lahmer Gott, für den du Werbung machst, Bruder. Wo war er, als Tara ihn brauchte? Ich meine, besonders aufmerksam ist er nicht gerade. Anderenfalls gäbe es nämlich keine Abrechnung. Zu nachlässig und zu spät, wenn du mich fragst.«

Charlie funkelte seinen Bruder wütend an. »Ich hab dich aber nicht gefragt.«

»Und was ist mit diesem Dämon passiert, von dem du die ganze Zeit geredet hast?«, wollte Lyle wissen. »Zuerst faselst du von einem Dämon, den der Satan geschickt hat, und jetzt haben wir plötzlich Jack als von Gott gesandten Boten. Womit haben wir es denn nun wirklich zu tun?«

Jack wollte Lyle bremsen. Er sollte seinen Bruder nicht auf diese Weise attackieren. Aber das ging ihn eigentlich gar nichts an. Was war überhaupt plötzlich mit Lyle los? Er schien unter höchster Anspannung zu stehen.

»Das war's.« Charlie warf seine Brechstange mit einem stählernen Klirren auf den Boden. »Ich steige aus.«

»Ganz bestimmt nicht. Wir haben eine Abmachung getroffen. Zwei Tage.«

»Sicher, aber ich brauche mir nicht anzuhören, wie du den Herrn beschimpfst. Gotteslästerung war nicht Teil unserer Abmachung.«

Jack beobachtete sie aufmerksam und fragte sich, von was zum Teufel die beiden eigentlich redeten.

Lyle hob beschwichtigend die Hände. »Okay, tut mir Leid. Mein Fehler. Ich bin ein bisschen ausgerastet. Es war schließlich ein harter Tag. Friede, okay?«

»Friede klingt gut«, sagte Jack. »Belassen wir es dabei. Wir müssen nur noch ein paar wenige Bretter entfernen, bis wir alles freigelegt haben.«

»In Ordnung«, willigte Charlie ein. »Belassen wir es dabei.«

»Wenn wir hier weitermachen, können wir dann wenigstens das Musikprogramm wechseln?« Die endlose Folge von Miles-Davis-, Charlie-Parker- und jetzt John-Coltrane-Titeln ging ihm allmählich auf die Nerven.

Lyle musterte ihn stirnrunzelnd. »Sagen Sie bloß nicht, Sie hätten was gegen Trane.«

»Ich schätze, für Jazz bin ich nicht cool genug. Oder vielleicht auch nicht intelligent genug.«

»Wie wäre es dann mit Gospel?«, fragte Charlie mit einem hinterhältigen Grinsen. »Ich hab eine ganze Sammlung oben auf meinem Zimmer.«

Jack lehnte sich an die Wand. »Wissen Sie ... wenn die Texte okay sind und man eine Melodie erkennen kann, dann soll es mir recht sein.«

»Warum verzichten wir nicht mal ganz auf Musik?«, schlug Lyle vor. »Nur der Klang von Männern bei der Arbeit?«

Jack nahm gerade den nächsten Holzpfosten in Angriff. »Dagegen habe ich auch nichts.«

Nach gut einer Minute glaubte Jack, Blicke auf seinem Rücken zu spüren. Er drehte sich um und sah Lyle, der wieder seine Blinzel-Nummer abzog. Das war jetzt schon das dritte oder vierte Mal, dass er ihn dabei ertappte.

»Finden Sie mich so toll, Lyle?«

Lyle blinzelte. »Ganz und gar nicht. Sie sind überhaupt nicht mein Typ.«

»Warum starren Sie mich dann ständig an?«

Lyle warf Charlie einen kurzen Blick zu, dann sah er wieder Jack an. »Wenn Sie es unbedingt wissen müssen, ich versuche, Sie zu erkennen.«

Jetzt war Jack mit Blinzeln an der Reihe. »Können Sie mir das näher erklären?«

»Wenn ich Sie ansehe, dann sind Sie irgendwie ... verschwommen.«

»Vielleicht sollten Sie sich mal eine Brille verpassen lassen.«

»So ist es nicht. Wenn ich Charlie ansehe, erkenne ich ihn

klar und deutlich. Aber sobald ich Sie aufs Korn nehme, sind Sie zwar auch scharf und deutlich zu sehen, aber am Rand... ich habe kein besseres Wort dafür, aber an den Rändern sind Sie verschwommen.«

Jack musste grinsen. »Sind Sie etwa auch noch Hobbypsychologe?«

»Das ist nicht lustig, Mann.« In Lyles Augen lag ein gehetzter Ausdruck.

»Wann hat das angefangen? Als wir bei dem Griechen waren, haben Sie mich noch nicht so seltsam angestarrt.«

»Zu dem Zeitpunkt ist es mir auch noch nicht aufgefallen. Vielleicht liegt es an diesem Haus. Ich weiß, dass es einige verdammt seltsame Dinge mit mir gemacht hat.«

»Was, zum Beispiel?« Charlie kam heran und starrte seinen Bruder an. Seine feindselige Haltung von kurz zuvor löste sich durch aufrichtige brüderliche Sorge ab. »Hat das etwas damit zu tun, dass du all diese Sitzungen abgesagt hast?«

Lyle nickte. Seine Miene wurde immer verkniffener. Angst flackerte jetzt in seinen Augen. »Irgendetwas ist mit mir geschehen. Ich glaube, es war dieses Baden im Blut gestern. Es... es hat irgendwas bei mir ausgelöst.«

»Und was?«, fragte Jack.

»Ich kann Dinge sehen, weiß Dinge, die ich eigentlich gar nicht sehen oder wissen darf oder kann.«

Er erzählte ihnen von seinen morgendlichen Kunden, dass er den durchgebrannten Mann einer Frau gesehen hatte, dann das entlaufene Haustier einer anderen Kundin – es war ein Hund, der in der Twenty-seventh Street unter ein Auto gekommen und verendet war. Dann konnte er keinen Kontakt mit der verstorbenen Ehefrau eines dritten Kunden aufnehmen. Ja, sie war tot, aber sie war einfach *weg*. Es gab keine Botschaften aus dem Jenseits.

»Es ist, als treibe irgendwer oder irgendwas sein Spiel mit mir. All diese Fähigkeiten, die ich in all den Jahren nur gespielt habe... jetzt scheine ich sie tatsächlich zu besitzen. Zumindest während ich mich in diesem Haus aufhalte.«

»Und ich komme Ihnen verschwommen vor.« Jack wusste nicht, wie er sich einen Reim darauf machen sollte, aber ihm war klar, dass es nichts Gutes bedeuten konnte.

Lyle nickte. »Nicht, als wir bei Kristadoulou waren, dafür aber hier, im Haus... ja. Und was die Kunden von heute Vormittag betrifft... ich glaube schon, dass ich mit dem, was ich bei ihnen gesehen und gespürt habe, hätte zurechtkommen können. Aber das war nicht alles. Ich konnte auch in ihre Zukunft blicken. Zumindest kam es mir so vor, aber...« Er schüttelte den Kopf. »Ich weiß nicht. Was ich sah, war irgendwie nicht richtig oder... möglich.«

»Da hast du ganz Recht, Bruder«, sagte Charlie. »Nur Gott kann in die Zukunft blicken.«

Wieder trat dieser gehetzte Ausdruck in Lyles Augen. »Ich hoffe, dass du Recht hast, denn wenn das, was ich gesehen habe, auch nur einen Hauch von Wahrheitsgehalt hat, dann ist von der Zukunft nicht mehr allzu viel übrig.«

»Was soll das heißen?«, fragte Jack.

Lyle zuckte die Achseln. »Ich wünschte, ich wüsste es. Die drei Klienten heute... als ich sie berührte, sah ich, wie ihr Leben sich im Laufe der nächsten anderthalb Jahre oder so entwickeln würde. Und sie unterschieden sich bis zu einem gewissen Punkt, aber danach entstand bei allen das Gleiche: Dunkelheit. Und wenn ich *Dunkelheit* sage, dann meine ich damit nicht nur das Fehlen von Licht, ich meine eine kalte, harte, *lebendige* Finsternis, die sie zu verschlingen schien.«

Jacks Magen verkrampfte sich, als er sich daran erinnerte, wie jemand, der ihm nahe gestanden und den er geliebt hatte, über etwas sehr Ähnliches gesprochen hatte. Es waren ihre letzten Worte gewesen, und sie hatte damals gesagt, dass eine drohend heraufziehende Finsternis schon bald »alles überrollen würde«, und dass nur eine Hand voll Menschen ihr würden standhalten können und dass er einer von diesen Menschen sei.

Sprach Lyle vielleicht von derselben Dunkelheit?

»Wann sollte das, nach dem, was Sie gesehen haben, denn höchstwahrscheinlich geschehen?«

»Sehr lange würde es nicht mehr dauern«, sagte Lyle. »Ich hatte bei allen drei Personen den Eindruck, dass dieses Ereignis in weniger als zwei Jahren eintreten wird.«

»Drei willkürlich ausgewählte Personen«, sagte Jack, »die alle etwa zur gleichen Zeit den Löffel abgeben und dazu noch auf die gleiche Art und Weise. Eine Erklärung könnte sein, dass Ihre plötzlich erworbene Fähigkeit des zweiten Gesichts ihre Grenzen hat, oder...«

»Oder dass doch eine entsetzliche Katastrophe im Anmarsch ist.«

»Lobet den Herrn!«, rief Charlie, dessen Augen wieder leuchteten. »Das ist die Verzückung! Du hast den Augenblick des Glücks gesehen! Wenn Gott die Gläubigen in den Himmel aufnimmt und den Rest in ewiger Finsternis zurücklässt! Diese Klienten, die du berührt hast, Lyle, sie gehören nicht zu den Geretteten – wenn sie es täten, würden sie sich nicht mit irgendwelchen Geistmedien abgeben. Du hast verlorene Seelen gesehen, Lyle.«

»Wenn du das unbedingt glauben willst...«

»Das Ende ist nahe! Reverend Sparks spricht ständig davon, dass alles auf ein nahes Ende hindeutet! Lobet den Herrn, er hat Recht!« Er streckte die Hände aus. »Da, Bruder. Berühre mich!«

Lyle machte keinerlei Anstalten, der Aufforderung zu folgen. Im Gegenteil, er schien sich regelrecht in sich selbst zu verkriechen. »Hey, Charlie, ich glaube, das tue ich nicht. Außerdem warst du es doch, der niemals an dieses Zeug geglaubt hat!«

»Wer kennt schon die Wege Gottes?« Charlie ging auf seinen Bruder zu. »In der Bibel steht, dass die Toten aus den Gräbern aufstehen, wenn das Ende naht. Vielleicht ist dies schon der Anfang. Komm her, Lyle. Berühre mich!«

Jack verfolgte, wie Lyle zögerte, dann nach der ausgestreckten Hand seines Bruders griff. Eine Ahnung höchster Gefahr durchlief ihn, drängte ihn, Lyle zurückzuhalten, ihn zu warnen, es nicht zu tun. Doch er verkniff sich seine Reaktion. Lyle und Charlie waren Brüder. Was konnte schon passieren? Welcher Schaden konnte entstehen?

Lyles Finger umschlossen Charlies Hand. Die beiden blickten einander in die Augen.

»Nun?«, fragte Charlie.

Lyles Mund bewegte sich, dann stieß er einen gequälten Schrei aus. Seine Augen verdrehten sich, während er auf die Knie sank und heftig hustete. Mit der freien Hand fasste er sich an den Hals, als glaubte er zu ersticken.

»Lassen Sie los!«, brüllte Jack Charlie an.

»Ich kann nicht!« Charlies Augen hatten einen wilden Ausdruck, während er an Lyles Fingern zerrte und versuchte, sie zu lösen. »Er zerquetscht meine Hand!«

Lyle zuckte und wand sich. Er sah aus wie jemand, der den Todeskampf ausfocht. Es war beängstigend. Jack machte Anstalten, Charlie dabei zu helfen, den Kontakt zu unterbrechen, als Lyle sich schlagartig beruhigte. Sein heftiges Atmen setzte für qualvolle Sekunden aus, dann rang er hustend nach Luft. Schließlich ließ er Charlies Hand los und sank vollends entkräftet zu Boden.

Jack beugte sich über ihn. »Lyle! Lyle! Können Sie mich hören?«

Lyle wälzte sich schwerfällig auf den Rücken und schlug die Augen auf. Sie waren blutunterlaufen, starrten ins Leere. Dann blinzelte Lyle, schüttelte den Kopf, als wäre er soeben aus einer unendlich tiefen Höhle aufgetaucht. Sein Blick festigte sich und richtete sich auf seinen Bruder, der starr vor Schreck vor ihm stand.

Charlies Stimme war kaum zu verstehen. »Lyle? Bist du okay?«

»Dämliche Frage«, krächzte Lyle, während er sich auf einen Ellbogen stützte und halb aufrichtete. »Sehe ich okay aus?«

Während er sich aufrichtete, schmatzte er, streckte immer wieder die Zunge heraus und zog sie zwischen den Zähnen zurück in den Mund.

»Was ist los?«, wollte Jack wissen.

»Ich habe einen ganz widerlichen Geschmack im Mund. Als hätte ich Erde gefressen.«

»Schlimm, nicht wahr?«, sagte Charlie mit ungewohnt zaghafter Stimme.

Lyle zog die Beine an und bettete den Kopf mit der Stirn auf die Knie. »Es fing ganz schrecklich an, das kann ich euch flüstern. Erst war es total verschwommen, und dann hatte ich kurz das Gefühl zu ersticken, wirklich und wahrhaftig zu Tode gewürgt zu werden – doch dieses Gefühl ging bald vorbei. Danach war alles immer noch völlig unklar, und es herrschte ein großes Durcheinander. Danach aber gelangte ich zu der gleichen gierigen Finsternis, die ich bei den anderen gesehen hatte.« Er blickte zu seinem Bruder hoch. »Aber wir kommen durch, wir beide. Jedenfalls scheint es so, denn wenn alles vorüber ist, sind wir noch immer zusammen.«

»Lobet den Herrn!«, sagte Charlie, jetzt mit deutlich kräftigerer Stimme. »Das kann nur heißen, dass du vor der Verdammnis gerettet wurdest.« Er hob die Arme und blickte nach oben. »Gott, du bist so großartig und gütig, dass du Gnade hast mit meinem Bruder und mir.«

Lyle schaute seinen Bruder an, seufzte, dann reichte er Jack die Hand, damit dieser ihm beim Aufstehen half.

Jack zögerte. »Sind Sie sicher, dass Sie das wollen?« Jack

wusste, dass er nicht wünschte, dass irgendjemand in seine Zukunft schaute. Und wenn sie schon mal dabei waren, konnten sie sich auch aus seiner Vergangenheit und seiner Gegenwart heraushalten.

»An dem, was Sie sagen, ist was dran.« Lyle kam aus eigener Kraft auf die Füße. Er machte einen unsicheren Schritt, als er vollends stand. »Mann.« Er schüttelte den Kopf. »Vielleicht sollten wir für heute lieber Feierabend machen.«

»Wahrscheinlich die beste Idee«, sagte Jack. »Wir haben in der ganzen verdammten Wand nicht einen einzigen losen Stein gefunden. Das heißt, dass wir morgen mit dem Boden anfangen. Wahrscheinlich hätten wir das ohnehin als Erstes tun sollen.«

Lyle nickte. »Ja. Wenn Dimitri in das Verschwinden von Tara Portman und weiteren vermissten Kindern verwickelt war, dann kann ich mir eigentlich nur einen Grund denken, weshalb in all den Jahren der Boden im Keller aus nacktem Erdreich bestanden hatte.«

Jack ging zur Öffnung im Boden und untersuchte den Rand der Zementplatte.

»Das dürfte nicht allzu schwierig werden. Der Zement ist nicht mehr als fünf Zentimeter dick. Man könnte sich einfach einen Presslufthammer mieten und kurzen Prozess machen.«

Lyle schüttelte den Kopf. »Lieber nicht, wenn ich es irgendwie vermeiden kann. Das macht zu viel Lärm. Und ich möchte mit dieser Aktion möglichst kein Aufsehen erregen.«

Jack warf ihm einen schnellen Blick zu. »Noch nicht, zumindest.«

Ein knappes Lächeln. »Richtig. Noch nicht. Was dagegen, wenn wir es erst mal mit Handarbeit versuchen?«

»Überhaupt nicht. Wenn Sie die Sache morgen in Angriff nehmen, bin ich dabei.«

»Ich bin bereit. Aber nur bis zum späten Nachmittag. Ich halte morgen eine Rede vor einem Damenclub in Forest Hills.«

Er hob einen kleinen Finger und schürzte die Lippen. »Ich soll die Ladys aufs Dinner einstimmen, wissen Sie.«

»Sie hoffen wohl, Ihren Kundenkreis zu erweitern, nicht wahr?«

Lyle seufzte. »Ja. Das war die Absicht, als ich den Auftritt arrangierte.« Er sah seinen Bruder an. »Jetzt hingegen glaube ich, dass ich meine Zeit vergeude.« Er gab sich einen Ruck und hob den Kopf, als er Jack ansah, doch es schien ihn einige Mühe zu kosten. »Wie dem auch sei, ich sage für morgen alle Sitzungen ab, und wir fangen schon in aller Frühe an. Auch wenn wir keinen Erfolg haben sollten, ein wenig körperliche Betätigung dürfte ganz gut tun.«

Eine Fitnessübung... Richtig. Ganz gut wäre es, aber natürlich alles andere als angenehm, wenn sie Tara Portmans sterbliche Überreste fänden und anständig begraben könnten. Vielleicht würde Gia dann das kleine Mädchen aus ihrem Bewusstsein streichen. Und Jack könnte endlich in Erfahrung bringen, was das alles zu bedeuten hatte und weshalb ausgerechnet er in diese Geschichte verwickelt war.

Vielleicht.

14

Jack marschierte mit forschen Schritten durch die Ditmars in Richtung U-Bahn und passierte dabei eine bunte Vielfalt von Folkloreläden in dreistöckigen Apartmenthäusern aus grauem Mauerwerk. Die Rushhour war in vollem Gange. Auf den Bürgersteigen herrschte dichtes Menschengewimmel, und für den Autoverkehr hieß es Stop-and-go. Er bog in die Thirty-first Street ein und näherte sich der Treppe, über die man den Hochbahnhof der Linie N erreichte, die an dieser Stelle auf Stelzen überirdisch geführt wurde, als sein Mobiltelefon piepte. Er angelte es aus seiner Hosentasche und schaltete es an.

»Hey, Schätzchen. Was ist los?«

Aber das war nicht Gia.

»Spreche ich mit Jack?«, fragte eine männliche Stimme mit leichtem Akzent. Sie stieß seinen Namen hervor wie einen Peitschenknall.

Jack blieb sofort stehen. »Wer ist da? Wen wollten Sie anrufen?«

»Ich rufe denjenigen an, der mich am Montagabend umbringen wollte. Könnten Sie das gewesen sein, *Jack*?«

Bellitto! Wie war er an seine Nummer gelangt? Das passte ihm gar nicht, aber die rasende Wut, die ihn packte, als ihm klar wurde, dass er mit dem Mörder Tara Portmans redete, fegte alle Sorge und Vorsicht hinweg. Er schaute sich um und zog sich in den Eingang eines griechischen Restaurants zurück.

»Eli!«, fauchte Jack. Er spürte, wie sich seine Lippen spannten, als er unwillkürlich die Zähne fletschte – wie ein gereiztes Raubtier. »Wenn ich Sie hätte umbringen wollen, dann würden Sie jetzt aus Ihrem Grab telefonieren. Ich habe Ihre Stimme nicht erkannt. Vielleicht weil Sie, als ich Sie das letzte Mal hörte, gejammert haben wie ein verängstigtes Kind. Und wie ein verängstigtes Kind klingt, das wissen Sie doch, nicht wahr?«

»Genauso wie Sie, denke ich.«

»Was soll das heißen?«

»Ich bitte Sie, Jack, oder wie immer Ihr richtiger Name lautet. Halten Sie mich nicht für einen Idioten. Ich weiß mehr über Sie, als Sie vermuten.«

Jacks Wut wurde durch eine aufkeimende Unsicherheit gedämpft. Bluffte Bellitto? Er kannte Jacks Namen – nein, Moment mal, Jack hatte Elis Angestellten seinen Namen neben dem Eintrag für Taras Schlüsselanhänger im Hauptbuch aufschreiben lassen. So war er zu dem Namen gekommen. Aber irgendwie hatte Eli Jacks Tracfone-Nummer herausbekommen. Was wusste er sonst noch?

»Also?«

»Ich weiß, dass Sie ebenfalls praktizieren.«

»Tatsächlich?« Worauf sollte das hinauslaufen? »Was?«

Ein kurzes Zögern, als wäre Bellitto sich nicht ganz sicher, wie viel er sagen sollte, dann: »Die Zeremonie, natürlich.«

Das Wort hatte für Jack keinerlei Bedeutung, doch Bellittos Tonfall hatte es mit derart viel Bedeutung und Gewicht aufgeladen, dass er wusste: Er musste darauf eingehen und mitspielen.

Er tat so, als verschlüge der Schock ihm kurzzeitig den Atem. »Woher ... woher wissen Sie das?«

Bellitto lachte leise. »Weil ich schon so viel länger als Sie praktiziere, so unendlich viel länger als jeder andere. Und Ihre Absichten sind so lächerlich offensichtlich.«

»Sind Sie das?«

»Ja. Sie wollen meinen Zirkel übernehmen.«

Jack hatte keine Ahnung, wovon der Mann redete, aber er wollte ihn am Sprechen halten, auf diese Weise vielleicht herauskriegen, was ihn antrieb, und es gegebenenfalls als Grundlage für einen Gegenangriff benutzen. Denn Eli Bellitto würde untergehen. Es war nur noch die Frage, wo und wann.

»Ich habe meinen eigenen Zirkel. Weshalb also sollte ich Ihren übernehmen wollen?«

»Weil meiner so viel mächtiger ist. Ich führe die Zeremonie seit Hunderten von Jahren durch ...«

»Warten Sie. Haben Sie tatsächlich ›Hunderte‹ gesagt?«

»Ja. Seit Hunderten von Jahren. Ich bin zweihundertzweiunddreißig Jahre alt.«

Jack schüttelte den Kopf. Dieser Typ schien gerade aus einer Irrenanstalt entsprungen zu sein.

»Davon hatte ich gar keine Ahnung.«

»Jetzt sehen Sie, mit was Sie es zu tun haben. Mein Zirkel hat engste Verbindungen in alle Kreise von Macht und Einfluss. Und Sie wollen das alles nur für sich selbst, nicht wahr?«

»Mein Zirkel unterhält ebenfalls weit reichende Kontakte und...«

Elis Stimme bekam einen harten Klang. »Ihr Zirkel ist nichts! Nichts! Sie haben mich am Montagabend überrumpelt, aber das wird nie wieder passieren. Ich habe meinen Zirkel die Netze nach Ihnen auswerfen lassen. Sie sind clever, aber Sie sind mir nicht gewachsen. Wir kennen Ihre Tracfone-Nummer, bald werden wir auch Ihren Namen kennen, und sobald das der Fall ist, sind Sie fertig!«

Jack hatte eine ziemlich gute Vorstellung, wie sie an seine Telefonnummer gelangt waren. Er hatte seit seinem *tête-à-tête* mit Bellitto nur einmal telefoniert, und das war sein Gespräch mit der 911 gewesen, um die versuchte Entführung des Jungen zu melden. Der Medizinische Notdienst hatte diesen Anruf wahrscheinlich mitsamt der Anruferidentifikation gespeichert. Daraus zu schließen, dass der Anruf von einem Tracfone gekommen war, dürfte keinerlei Schwierigkeiten gemacht haben. Aber an die Nummer heranzukommen, deutete auf beste Verbindungen zu amtlichen Stellen, wenn nicht gar zum NYPD selbst hin.

Vielleicht war Bellitto kein Schaumschläger. Vielleicht verfügte er tatsächlich über die guten Beziehungen, mit denen er sich brüstete.

Und vielleicht war es auch so, dass *er* Jack am Reden hielt – und nicht andersherum. Falls sein »Zirkel« zwei Prüfwagen durch die Gegend fahren ließ, um sein Telefon aufzuspüren, wäre es dann möglich, dass sie Jacks augenblickliche Position bestimmen und ihm auf die Pelle rücken konnten?

Ein Glück, dass er sich weit entfernt von zu Hause befand.

Jack trat aus dem Ladeneingang und ließ sich mit dem

Strom der Passanten in Richtung der Treppen zur hoch gelegenen U-Bahnstation mittreiben. Er wollte die Verbindung noch für einige Zeit aufrechterhalten, dann in den Zug steigen und von der Bildfläche verschwinden.

»Was ist los?«, fragte Bellitto. »Hat es Ihnen die Sprache verschlagen?«

Jack zwang sich zu einem Lachen. »Wenig originell. Sie haben nicht die geringste Ahnung, wer ich bin und was ich vorhabe. Sie werden es auch niemals wissen. Ihre Zeit ist zu Ende, Eli. Die neue Generation wartet schon darauf, Ihren Platz zu übernehmen. Treten Sie ab, oder sterben Sie!«

»Niemals! Die Zeremonie ist meine Domäne! Ich habe keine Ahnung, wie Sie davon erfahren haben, aber kein Anfänger wird mir meine Macht streitig machen!«

Anfänger? Macht streitig machen? Dieser Bursche war ein totaler Spinner.

Aber diese Zeremonie, von der er ständig faselte... Jack hatte das ungute Gefühl, dass sie etwas mit dem Töten von Kindern zu tun hatte. Wenn er mit seiner Vermutung Recht hatte, vielleicht könnte er die ganze Geschichte umdrehen, um Bellitto auf diesem Weg einen Tritt in seine bereits demolierten Eier zu verpassen.

»Die Zeremonie in ihrer alten Form mag Ihre Domäne sein, Eli, aber ich habe meine eigene Variante entwickelt. Die Zeremonie, Version Zwei-Punkt-Null, gehört mir.«

»Was?« Ein unsicherer Klang. »Was reden Sie da?«

»Ich habe die Zeremonie *umgedreht*, Eli.«

»Ich verstehe nicht.«

»Ich kann sie zurückholen.«

»Was? Unsinn! Das ist unmöglich!«

»Ist es das? Am Sonntag in Ihrem Laden, das war ich, als ich versucht habe, den Roger-Rabbit-Schlüsselanhänger zu kaufen.«

»Sie? Aber... aber warum wollten Sie ihn haben?«

»Nicht ich wollte ihn. Tara hat ihn sich gewünscht.«
»Wer?«
»Tara Portman.« Jack hätte schwören können, dass er da ein zischendes Einatmen hörte. »Sie erinnern sich an sie, nicht wahr? Die hübsche kleine neunjährige Blondine, die Sie 1988 bei den Reitställen in Kensington haben entführen lassen.« Jack hatte Mühe, seine auflodernde Wut im Zaum zu halten und nicht laut loszubrüllen. Er musste weiter völlig cool klingen und so tun, als wäre er mindestens genauso krank, genauso abartig wie dieser Typ am anderen Ende der Leitung. »Sie ist zurückgekommen und verlangt ihren Schlüsselanhänger. Also habe ich ihn für sie geholt. Tara ist zurück, Eli. Und sie ist ganz schön sauer.«

Damit unterbrach Jack die Verbindung und schaltete sein Mobiltelefon so heftig ab, dass er beim Betätigen der AUS-Taste das Gerät beinahe zerquetscht hätte.

So, *darüber* kannst du dir für den Rest des Tages deinen perversen Kopf zerbrechen, du Dreckschwein.

15

»Fahr langsamer«, befahl Eli, während er durch das Fenster auf der Beifahrerseite in die zunehmende Dunkelheit starrte. »Es ist nur noch ein kurzes Stück. Nummer siebenhundertfünfunddreißig.«

Adrian saß am Lenkrad von Elis Mercedes, einer schwarzen 1990er Limousine. Trotz seines Alters war der Wagen vergleichsweise wenige Kilometer gefahren. Eli benutzte ihn eher selten, und dann auch nur für kurze Strecken. Er bevorzugte diesen alten Klassiker wegen seiner Geräumigkeit, seines Komforts und seiner sprichwörtlichen Schönheit. Die neuen Modelle fand er reizlos.

Elis Wunden ging es heute viel besser, aber noch nicht gut genug, um damit fahren zu können. Sein Bein strecken und anziehen zu müssen, um Brems- und Gaspedal zu bedienen, hätte die Schmerzen wieder aufflammen lassen, daher hatte er Adrian die Wagenschlüssel gegeben. Adrian hatte zwar noch immer Probleme mit seinem Knie, doch glücklicherweise war das linke in Mitleidenschaft gezogen worden, so dass er trotzdem fahren konnte.

Es war ganz gut, dass Eli eine körperliche Begründung vorweisen konnte, nicht fahren zu können, denn er war auch emotional nicht dazu in der Lage. Nicht heute. Er war zu nervös, zu verwirrt ... in seiner augenblicklichen Verfassung hätte er nicht auf den Verkehr ringsum achten können und einen schweren Unfall riskiert.

Aber er konnte und durfte sich vor Adrian und Strauss nichts von seinem Unbehagen, seiner Unsicherheit anmerken lassen. Er hatte sich noch nie in einer solchen Situation befunden und empfand diese unerklärliche Entwicklung der Ereignisse als beinahe überwältigend. Alles war so lange so gut gegangen, und nun ...

Anfangs hatte er sich darüber gefreut, mit seinem Angreifer, diesem mysteriösen »Jack«, Kontakt aufzunehmen. Er hatte ihn mit der Absicht angerufen, ihn in Unruhe zu versetzen, ihm klar zu machen, dass er mit seiner hinterhältigen, dreisten Tat nicht ungeschoren davonkäme, dass Jagd auf ihn gemacht und dass er am Ende aufgestöbert würde.

Stattdessen war Eli es, der völlig durcheinander gebracht worden war.

Der Mann wusste, dass er Tara Portman gekidnappt hatte, wusste, dass der Schlüsselanhänger ihr gehört hatte. Wie? Woher? Er glaubte nicht für eine Sekunde, dass die Zeremonie umgekehrt werden konnte, und dennoch ... woher wusste der Mann über Tara Bescheid?

Die Frage hatte Eli gequält, bis er dem Antrieb nachgegeben

hatte, zu dem Haus zurückzukehren, in dem das Kind der Portmans gestorben war. Nur um es sich kurz anzusehen...

»Ich halte das Ganze immer noch für eine verdammt dumme Idee«, sagte Strauss vom Rücksitz. »Dumm deshalb, weil die ganze Geschichte ein Trick sein kann, uns dazu zu bringen, an diesen Ort zurückzukehren. Was wir nun auch tatsächlich tun. Und dumm auch, weil Tara Portman nicht zurückgekehrt ist und niemals zurückkehren wird. War es nicht so, dass wir ihr das Herz herausgeschnitten und verzehrt haben? Absolut unmöglich, dass das Kind wieder hier ist und seinen Schlüsselanhänger sucht.«

Eli krümmte sich innerlich, als Strauss die Einzelheiten der Zeremonie wie selbstverständlich erwähnte. Eigentlich wurde darüber niemals offen gesprochen.

»Zuerst einmal«, sagte Eli, »kehren wir nicht zu Dimitris Haus zurück, sondern wir fahren nur daran vorbei. So wie es viele Autos am Tag tun. Was diese andere Angelegenheit betrifft, so ist mir vollkommen klar, dass Tara Portman unmöglich zurückgekommen sein kann. Wir müssen jedoch irgendwie herausfinden, wie und woher dieser Mann von ihr erfahren hat.«

»Das ist einfach«, sagte Strauss, in dessen Stimme immer noch ein scharfer Unterton mitschwang. Er beugte sich vor und schob den Kopf über die Rückenlehne des Vordersitzes. Sein Atem roch nach Knoblauch. »Jemand hat gequatscht.«

»Niemand hat gequatscht«, widersprach Eli. »Ich habe mit unseren anderen Mitgliedern geredet, mit allen zehn, heute Nachmittag noch. Niemand wurde gekidnappt und gefoltert, bis er etwas gestanden hat. Allen geht es gut, und sie können es bis zur nächsten Zeremonie kaum erwarten. Und überlegt doch mal: Falls jemand geredet hat, warum ausgerechnet über Tara Portman? Warum nicht über das Lamm vom vergangenen Jahr oder von dem aus dem Jahr davor? Tara Portman liegt eine halbe Ewigkeit zurück.«

»Eine berechtigte Frage«, meldete sich Adrian zu Wort. Er war den ganzen Tag schon auffällig schweigsam gewesen. »Aber sie war das erste Lamm, das wir in Dimitris Haus geopfert haben.«

»Du hast Recht«, sagte Eli. »Und was seltsam ist: Erst neulich ist mir Tara Portman durch den Kopf gegangen.«

Deshalb war er auch so geschockt gewesen, als der Fremde ihren Namen erwähnt hatte. Es musste ein Zufall sein, aber ein höchst seltsamer.

»Tatsächlich?«, wunderte sich Adrian. »Warum ausgerechnet sie, von so vielen Lämmern?«

»Diese Frage beschäftigt mich seit meinem Gespräch mit unserem Angreifer heute Nachmittag.«

»Vielleicht weil dieser geheimnisvolle Kerl versucht hat, den Schlüsselanhänger zu kaufen.«

»Nein, das war nicht der Grund. Zu dem Zeitpunkt hatte ich längst vergessen, wem dieser Schlüsselanhänger gehörte. Um ganz ehrlich zu sein, ich glaube, ich könnte viele der Souvenirs in dieser Vitrine ihren ursprünglichen Besitzern gar nicht mehr zuordnen. Und außerdem hatte ich schon Tage vorher an Tara Portman gedacht.«

»Wann?«, wollte Strauss wissen.

»Am Freitagabend.«

Er erinnerte sich, dass er im Bett gelesen – Marcel Prousts *Auf der Suche nach der verlorenen Zeit* – und sich schläfrig gefühlt hatte, als sie ihm plötzlich in den Sinn kam. Ein kurzer Eindruck von ihrem Gesicht, ruhig und entspannt im Zustand tiefer Betäubung, und dann ihr dünner, bleicher, fast durchscheinender Körper, reglos auf dem Tisch liegend und auf die Liebkosung durch Elis Messer wartend. So schnell, wie die Erinnerungen sich gemeldet hatten, waren sie dann auch wieder verflogen. Eli hatte sie als zufällige Reminiszenzen, vielleicht durch die Sprache Prousts ausgelöst, abgeschrieben.

»Das ist das Haus«, meldete Adrian.

Sie verfielen in Schweigen, während sie am Menelaus Manor vorüberrollten. Es brannte Licht. Wer war dort zu Hause?

Mit einem Anflug von Melancholie erlebte Eli einen Proust'schen Moment, als ihn die Erinnerung an Dimitri Menelaus überfiel, jenen brillanten, besessenen, gequälten Mann, den er damals in den achtziger Jahren in den Zirkel aufgenommen hatte.

Dimitri war als ganz gewöhnlicher Kunde in Elis Laden gekommen, doch schon bald erwies er sich als Mensch mit einem wachen und kritischen Auge für das Seltene und Geheimnisvolle. Er begann, auf Quellen hinzuweisen, wo Eli noch seltenere und ungewöhnlichere Objekte bestellen konnte. Er und Eli lernten sich im Laufe der Zeit immer besser kennen, und Dimitri berichtete von seinen weltweiten Reisen zu dem, was er »Orte der Macht« nannte. Er hatte die üblichen Plätze aufgesucht – die Maya-Tempel von Chichen Itza in Yucatan, Macchu Picchu in den Anden, die vom Urwald teilweise verschlungenen Tempel von Angkor Wat in Kambodscha –, hatte diese jedoch tot und erkaltet vorgefunden. Was an Kraft in ihnen gebunden gewesen war, hatte sich durch die Einwirkung von Zeit und Scharen von Touristen verflüchtigt. Dabei hatte er von anderen, geheimen Orten erfahren und hatte auch diese besucht, allerdings ohne irgendwelchen Erfolg.

Doch dann hörte er Gerüchte, die seine Fantasie beflügelten, Geschichten von einer Felsenbastion auf einem obskuren Gebirgspass in Rumänien. Von einer uralten Festung, in der einst das unsagbar Böse gehaust haben sollte. Niemand konnte ihm die genaue Lage des Passes nennen, doch indem er entsprechende Aufzeichnungen sammelte und miteinander verglich, hatte Dimitri seine Suche auf eine Region konzentrieren können, auf die sämtliche Berichte hinzuweisen schienen. Er war den alten Wegen durch tiefe Schluchten gefolgt – in der Erwartung, dass diese Suche genauso enden würde wie so viele seiner Unternehmungen in den vorangegangen Jahren, nämlich mit einem Misserfolg und großer Enttäuschung.

Aber dieses Mal war es anders. Er fand die Festung in einem Tal, nicht weit von den Überresten eines kleinen Dorfes entfernt. Sobald er durch eine Mauerlücke das teilweise verfallene Bauwerk betrat und sich innerhalb seiner Mauern befand, wusste er, dass seine Suche zu Ende war.

Sofort ließ er eine größere Ladung lockerer Steine in die Vereinigten Staaten transportieren und stattete seinen Keller damit aus. Er sagte, die Steine hätten die Kraft der alten Festung absorbiert, und nun stünde ihm ein Teil dieser Kraft zur Verfügung. Sein eigenes Heim sei nun ebenfalls ein Ort der Kraft.

Schließlich erfuhr Eli auch den Grund für Dimitris Interesse an diesen Dingen: Er hatte schreckliche Angst, ebenso wie sein Vater an Bauchspeicheldrüsenkrebs sterben zu müssen. Er hatte miterlebt, wie der Mann von innen her regelrecht verfault war, und hatte sich geschworen, dass ihm so etwas niemals zustoßen würde.

Eli kannte einen besseren Weg, ihn zu schützen, viel besser und weitaus zuverlässiger, als Steine aus Festungen der Alten Welt nach Amerika schaffen zu lassen. Behutsam und möglichst unauffällig brachte er in Erfahrung, wie weit Dimitri bei seinen Bemühungen, sich vor dem Schicksal seines Vaters zu schützen, gehen würde. Nachdem er sich davon überzeugt hatte, dass es nichts gab, was Dimitri nicht täte, machte er ihn mit dem Zirkel bekannt. Dimitri wurde Elis zwölfter Jünger.

Er stieg bald in die Position von Elis rechter Hand auf, denn Eli spürte, dass seine Motive ganz und gar rein waren. Eli hatte den Verdacht, dass für zu viele Mitglieder des Zirkels das Entführen von Kindern und das, was mit ihnen geschah, fast genauso wichtig war wie die Zeremonie selbst und das, was sie am Ende dadurch gewinnen würden. Sie mochten zwar hohe und einflussreiche Positionen bekleiden, doch er spürte, dass sie von niederen Motiven getrieben wurden. Jahr für Jahr hatte er in ihren Augen das lüsterne Funkeln beobachten müssen, wenn die betäubten Lämmer nackt auf den Zeremonientisch gelegt wurden. Das hatte Eli derart gestört, dass er dazu übergegangen war, die Lämmer vollständig bekleidet zu belassen und nur so viel Haut zu entblößen, wie nötig war, um ihnen die Brust zu öffnen und das immer noch schlagende Herz zu entnehmen. Kein Mitglied des Zirkels wandte während dieser blutigen Prozedur den Blick ab. Einige gingen sogar so weit vorzuschlagen, das Lamm nur zu fesseln und die Zeremonie bei vollem Bewusstsein erleben zu lassen.

Wie konnten sie nur? Die Zeremonie musste durchgeführt werden, ohne dem Lamm Schmerzen zuzufügen. Dies würde das Ritual entweihen. Der entscheidende Punkt war nicht der Schmerz, sondern das Erringen ewigen Lebens. Der alljährliche Tod eines Kindes war der unglückliche, aber notwendige Preis, der dafür gezahlt werden musste.

Wie beklagenswert, dass er sich mit solchen Kreaturen verbünden musste, doch in diesen Zeiten, in denen der Slogan »Big Brother is watching you!« immer mehr an Bedeutung gewann, brauchte er ihre Macht und ihren Einfluss, um die Zeremonie zu schützen und ihre alljährliche Durchführung zu gewährleisten.

Aber Dimitri war anders. Seine Aufmerksamkeit galt nur dem Ergebnis, nicht den Mitteln, mit denen es erreicht wurde. Er wurde schon bald zu einem unersetzlichen Mitglied, vor allem von dem Zeitpunkt an, als die Zeremonie im Keller seines Hauses stattfand. Es war wunderbar. Die Steine strahlten tatsächlich Schwingungen einer seltsamen Kraft aus, und das Erdreich als Fußboden war der ideale Ort der letzten Ruhe für die Lämmer. Eine Leiche verschwinden zu lassen, auch wenn es nur einmal im Jahr geschehen musste, war immer eine gefährliche Angelegenheit gewesen.

Eli hätte die Zeremonie bis zu diesem Tag weiter im Menelaus Manor vorgenommen, wenn Dmitri noch am Leben gewesen wäre. Doch seine Ärzte stellten fest, dass er unter dem gleichen Krebs litt wie sein Vater – zu früh, um ihm mit Hilfe der medizinischen Wissenschaft zu helfen, und ebenfalls zu früh, um durch die Zeremonie geschützt zu werden, denn Dimitri hatte viel weniger als neunundzwanzigmal daran teilgenommen. Dies hätte er aber gemusst, um die Unsterblichkeit und Unverletzbarkeit zu erlangen.

Unfähig, sich dem gleichen qualvollen Tod zu stellen wie sein Vater, hatte er sich im Keller auf den Erdboden gesetzt und sich eine Kugel durch den Kopf geschossen. Was für ein Verlust ... ein schrecklicher, entsetzlicher Verlust. Dimitri war für Eli wie ein Sohn gewesen. Er trauerte noch immer um ihn.

»Ich möchte wissen, wer jetzt dort wohnt«, sagte Adrian, während er weiterfuhr.

»Das habe ich schon überprüft«, meinte Strauss. »Zwei Brüder namens Kenton. Sie haben das Haus vor einem Jahr gekauft.«

Eli verspürte eine wachsende Erregung. Hatten sie seinen Widersacher etwa gefunden? »Meinen Sie, einer von denen könnte unser ›Jack‹ sein?«

»Das bezweifle ich. Ich kenne hier im Einhundertvierzehner zwar kaum jemanden, aber ich habe erfahren, dass die beiden nicht nur leibliche Brüder, sondern auch Soul-Brüder sind – wenn Sie wissen, was ich meine.«

Erregung verwandelte sich in Enttäuschung. »Sie sind schwarz!«

»So wurde es mir mitgeteilt. Sie sagten doch, Ihr Angreifer wäre ein Weißer gewesen. Ist ein Irrtum ganz unmöglich?«

»Das weiß ich nicht«, sagte Adrian. »Ich kann mich nicht entsinnen. Das Letzte, woran ich mich erinnere ...«

»Er war weißhäutig«, sagte Eli schnell, ehe Adrian seinen Sermon noch einmal anstimmen konnte. »Damit fallen sie als mögliche Täter aus.«

»Wer weiß?«, gab Strauss zu bedenken. »Jemand, der Tara Portman von den Toten auferwecken kann, sollte sich auch in einen Weißen verwandeln können.«

Eli wollte Strauss schon darauf aufmerksam machen, dass das Ganze keine lächerliche Angelegenheit war, als Adrian wieder das Wort ergriff.

»Mir ist völlig egal, wer oder was sie sind, Hauptsache, sie fangen nicht an, den Keller umzugraben.«

Diese Bemerkung sorgte für allgemeines Schweigen im Wagen. Das war die große Befürchtung nach Dimitris Tod gewesen: dass die neuen Eigentümer den Keller ausschachten könnten. Eli hatte sich gewünscht, dass ein Mitglied des Zirkels das Haus kaufte, damit sie es weiter für ihre Zwecke benutzen könnten. Doch niemand wollte, dass sein Name mit einem Haus in Verbindung stand, in dem die sterblichen Überreste von acht ermordeten Kindern verscharrt worden waren.

»Die Möglichkeit ist derart gering«, erwiderte Eli, »dass ich längst aufgehört habe, mir deswegen Sorgen zu machen. Überlegt doch mal ganz nüchtern. Wie viele Hausbesitzer, ganz gleich wie umfangreich sie ein Haus renovieren, reißen ihren Kellerfußboden auf?«

»So gut wie keiner«, meinte Adrian.

Strauss nickte. »Es war ein Glück für uns, dass die Leute, die es gekauft haben, im Keller einen Zementboden gießen ließen.«

»Viel Glück hat es ihnen aber nicht gebracht«, sagte Eli.

Strauss lachte bellend. »Ja! Zwei aufgeschnittene Kehlen, und trotzdem hat niemand eine handfeste Spur gefunden. Wenn man einen Mord nicht innerhalb von achtundvierzig Stunden aufklärt, besteht die Chance, dass man den Täter niemals findet. Das liegt nun schon einige Jahre zurück. Ich schätze, man kann es mittlerweile als perfektes Verbrechen bezeichnen.«

Eli war geschockt gewesen, als er die Meldung von dem toten Ehepaar gelesen hatte, und er hatte sich große Sorgen gemacht, dass die polizeilichen Ermittlungen sich auch auf den Keller erstrecken würden.

Und dann war da die Verstümmelung des kleinen Jungen gewesen, der von den nächsten Besitzern adoptiert worden war. Eli hatte angefangen, sich die Frage zu stellen, ob die Kombination aus Zeremonie und jenen seltsamen Steinen, mit denen der Keller ausgekleidet war, das Anwesen vielleicht mit einem Fluch belegt hatte.

»Das andere, weshalb ich mir Sorgen mache«, sagte Adrian, »ist dieser Schlüsselanhänger.«

»Das tue ich auch, Eli.« Strauss tippte Eli auf die Schulter. »Er bringt Sie mit dem Mädchen in Verbindung, und über Sie kommt man auch gleich zu mir. Das ist nicht gut. Ganz und gar nicht gut.«

Adrian blieb vor einer roten Ampel stehen. Er starrte unverwandt geradeaus, während er redete. »Ich habe die schrecklichsten Albträume gehabt, dass so etwas irgendwann passieren würde, und zwar wegen dieses Trophäenschranks, der ganz offen in deinem Laden herumsteht, wo ihn jeder sehen kann. Ich war schon immer der Meinung, dass es sehr riskant ist... und verdammt arrogant.«

Eli starrte ihn an. Hatte er gerade richtig gehört? Hatte Adrian, der ihm trotz seiner Kraft und seiner imposanten Größe stets unterwürfig begegnete, tatsächlich gewagt, ihn als arrogant zu bezeichnen? Er musste furchtbar wütend und völlig verängstigt sein.

Arrogant? Eli brachte es nicht fertig, zornig zu sein. Adrian hatte Recht. Die Vitrine in den Laden zu stellen, war wirklich arrogant gewesen und sogar tollkühn. Aber nicht halb so arrogant und tollkühn wie das, was Eli am Samstag getan hatte.

Vielleicht waren die ungebetenen Gedanken an Tara Portman am vorangegangenen Abend der Auslöser gewesen, vielleicht war es nicht mehr als reine Langeweile gewesen. Was auch immer der Grund gewesen war, Eli hatte einem Drang nachgegeben, mit seiner Unverwundbarkeit zu prahlen. Daher hatte er am Samstagnachmittag jemandem erzählt, dass er Hunderte von Kindern getötet hätte und dass ein weiteres beim nächsten Neumond sterben würde, und das hatte er nur gesagt, um den Betreffenden herauszufordern, etwas dagegen zu unternehmen.

Eli gestattete sich ein flüchtiges Lächeln. Adrian würde vor Angst in die Hosen machen, wenn Eli ihm das offenbarte.

Stattdessen sagte Eli: »Sei es, wie es sei, der Trophäenschrank hat nichts mit unserer augenblicklichen Misere zu tun.«

Strauss lehnte sich zurück und nahm wieder seine entspannte Lümmelhaltung auf der Rückbank ein. »Vielleicht hat er es, vielleicht auch nicht, auf jeden Fall war es keine allzu gute Idee. Diese Art von dreister Mir-kann-keiner-was-anhaben-Demo bedroht uns alle. Ihnen macht das vielleicht nichts aus, uns anderen aber schon.«

»Ich habe Verständnis dafür und werde in Zukunft versuchen, auf Ihre Gefühle Rücksicht zu nehmen«, versprach Eli. Falls der Zirkel überhaupt noch eine Zukunft hatte.

Sie fielen wieder in Schweigen, während sich der Wagen in den fließenden Verkehr einfädelte. Dann räusperte sich Adrian.

»Eli, bin ich der Einzige, der darüber besorgt ist, dass dir Tara Portman am Freitag aus keinem besonderen Grund in den Sinn gekommen ist und dass am Samstag dieser Fremde in deinem Laden erschien und versucht hat, den Schlüsselanhänger zu kaufen? Dann greift uns jemand – wahrscheinlich derselbe Mann – am Montagabend an und stiehlt am Dienstag Taras Schlüsselanhänger. Und heute behauptet er, dass Tara ›zurückgekommen‹ ist – was immer das bedeutet. Könnte er sie am Freitagabend zurückgeholt haben?«

»Sie ist nicht zurück!«, sagte Eli, wobei er unwillkürlich die Stimme hob.

»Warum hast du dann von allen möglichen Lämmern ausgerechnet an Tara Portman gedacht?«

»Um welche Uhrzeit geschah das?«, fragte Strauss, beugte sich wieder vor und verpestete erneut mit seinem Atem die Luft über den Vordersitzen. »Dass Sie an sie dachten, meine ich.«

»Keine Ahnung. Ich habe nicht auf die Zeit geachtet. Spät, würde ich sagen.«

»Wissen Sie, was sonst noch am Freitag passierte? Das Erdbeben?«

Eli erinnerte sich, etwas darüber gelesen zu haben. »Ich habe nichts davon gespürt.«

»Aber die Einheimischen haben es. In der Zeitung stand, das Zentrum wäre in Astoria gewesen.«

»Du liebe Güte«, flüsterte Adrian.

»Ich bitte dich«, sagte Eli. »Du kannst doch nicht ernsthaft annehmen, dass das eine mit dem anderen etwas zu tun hat. Das ist absurd!«

Aber war es das wirklich? Eli hatte das Gefühl, ein eisiger Hauch würde durch die Kammern seines Herzens wehen. Er konnte nicht ausdrücken, wie sehr ihn das Szenario, das Adrian und Strauss beschrieben, beunruhigte. Es steigerte nur sein Empfinden, wie ausschließlich er der Willkür des Schicksals wie auch den Mächten der Natur ausgeliefert war.

»Vielleicht tut es das«, sagte Adrian. »Aber die Frage drängt sich doch auf, nicht wahr?«

Ja, dachte Eli. Das tut sie.

Er begriff, dass das Einzige, das dieses wachsende Unbehagen und die Unsicherheit lindern würde, eine weitere Zeremonie zur Stärkung seiner Abwehrkräfte wäre.

»Vergessen wir«, sagte er, »einstweilen die Lämmer der Vergangenheit, und konzentrieren wir uns stattdessen auf ein Lamm in der Gegenwart.« Er warf Strauss einen kurzen Seitenblick zu. »Gibt es irgendwelche Fortschritte im Zusammenhang mit Ms. DiLauros Kind, Freddy?«

»Einige. Ich habe heute für einige Zeit ihr Zuhause beobachtet.« Er lachte. »Ich trug meine alte blaue Uniform – sie passt mir immer noch, wissen Sie – und habe geklingelt, nachdem ich gesehen hatte, dass sie allein rausgegangen ist. Ich dachte, wenn die Kleine da ist, ziehe ich die alte Deine-Mammi-hatte-einen-Unfall-Nummer ab. Aber sie war nicht zu Haus. Vom Dienstmädchen eines Nachbarn erfuhr ich, dass sie zur Zeit in einem Ferienlager ist.«

»Tatsächlich?« Eli verspürte einen ersten Hoffnungsschimmer.

»Warum bist du ausgerechnet auf sie so scharf?«, wollte Adrian wissen. »Wir können uns doch jedes beliebige Kind holen...«

»Wir haben uns nur deshalb so lange halten können, weil wir kein Risiko eingehen. Diese Situation bietet interessante Möglichkeiten. Überlegt doch mal: Ein Mädchen verschwindet aus einem Ferienlager im Wald, und das Erste, was jeder annimmt, ist, dass sie sich verlaufen hat. Sie vergeuden wertvolle Zeit mit der Suche nach ihr, während sie schon bewusstlos in einem Automobil liegt, unterwegs in die City...«

»Das ist richtig.« Adrian nickte. »In welchem Ferienlager?«

»Das ist das Problem. Dieses Dienstmädchen wusste es nicht.«

Adrian stöhnte. »Wissen Sie, wie viele Ferienlager es hier in der Tristate-Region gibt? Wir finden sie nie.«

Eli wurde mutlos. Adrian hatte Recht. Es gab Hunderte, wenn nicht gar Tausende.

Strauss schlug mit der flachen Hand auf die Rückenlehne des Vordersitzes. »Sagen Sie niemals nie, mein Freund. Ich werde mich der Angelegenheit annehmen. Williamson habe ich schon darauf angesetzt. Er dürfte die Spur der kleinen Victoria Westphalen morgen aufnehmen.«

Wesley Williamson war ein langjähriges Mitglied des Zirkels und stellvertretender Direktor der staatlichen Bankenaufsicht. Eli hatte keine Ahnung, in welcher Weise er ihnen würde helfen können, aber das überließ er Strauss.

»Er sollte sich beeilen. Wenn wir die Zeremonie am Freitag nicht bis Mitternacht ausführen, müssen wir bis zum nächsten Monat warten.«

Eli konnte die Vorstellung nicht ertragen, einen ganzen Monat in seinem augenblicklichen Zustand ausharren zu müssen. Dabei dachte er nicht nur an die Angst und die Unsicherheit, sondern auch an die Verwundbarkeit, die noch viel schlimmer war. Sein namenloser Feind hätte unendlich viel Zeit, etwas gegen ihn zu unternehmen.

»Ich gebe mir alle Mühe, okay? Es ist schon kurz vor Toresschluss, aber wir kriegen sie. Also wetzen Sie für Freitagabend schon mal Ihre Messer.«

In der Zwischenwelt

Das Wesen, das Tara Portman war, treibt in der Dunkelheit und befindet sich in einem Zustand tiefer Enttäuschung. Diejenige, für die sie hierher geschickt wurde, ist weggeblieben. Sie hat etwas, das Tara sich wünscht, das Tara dringend braucht.

Sie muss irgendeinen Weg finden, sie hierher zu holen. Sie glaubt, einen Weg zu kennen. Tara hat den Kontakt zu ihr hergestellt, während sie hier war, vielleicht kann sie auch noch auf andere Art und Weise – außerhalb dieser Mauern – einen Kontakt herstellen. Vielleicht kann sie sie erreichen und dazu bringen zurückzukommen.

Und was dann? Was geschieht mit Tara, wenn ihr Zweck erfüllt wurde? Wird sie ins Nichts zurückgeschickt? Alles, sogar dieses Halbdasein, wäre besser als das.

Hier bleiben. Ja..., aber nicht allein. Sie möchte nicht allein hier bleiben...

Donnerstag

1

Zeit für eine Pause.

Jack sah auf die Uhr über der Küchenspüle der Kentons: 10.15. War das alles? Ihm schien, als hätten sie viel länger als nur zwei Stunden gearbeitet. Er trank seine Gatorade und begutachtete, welche Fortschritte sie gemacht hatten.

Als er eingetroffen war, hatten Lyle und Charlie bereits damit begonnen, den Zement an den Rändern des Spalts wegzuschlagen. Falls nach dem Erdbeben unter dem Zement ein tiefer Riss im Erdreich existiert hatte, so war er jetzt verschwunden. Zu sehen war nicht mehr als eine flache Rinne. Jack hatte als Kompromiss zwischen seiner bevorzugten Musik und dem, was die Kentons am liebsten hörten, ein paar Blues-Alben mitgebracht. Er hörte auch keinen Protest, als er eine CD von Jimmy Reed auflegte. Also ergriff er eine Spitzhacke und machte mit, wobei er das Werkzeug im Takt auf und nieder schwingen ließ, als gehörte er zu einem der gewöhnlich mit Ketten aneinander gefesselten Sträflingstrupps – daher der Name »chain-gang« –, wie sie früher vor allem in ländlichen Gegenden im Straßenbau eingesetzt wurden.

Er begann ein wenig schwerfällig und unter Schmerzen. Am Vortag hatte er Muskeln angestrengt, die er unter normalen Umständen eher selten benutzte, und sie waren noch verkrampft und wehrten sich gegen eine erneute Belastung. Aber nach zehn Minuten Arbeit mit der Spitzhacke lockerten sie sich allmählich.

Zwei Stunden später war der Spalt auf gut einen Meter verbreitert worden. Es war eine mühsame, harte Arbeit. Und es war heiß. Anfangs war es im Keller ausgesprochen kühl gewesen, doch die Wärme, die von den drei Körpern durch die Anstrengungen entwickelt und abgestrahlt wurde, hatte die Temperatur schnell ansteigen lassen. Mittlerweile herrschte im Keller ein Klima wie in einer Sauna. Jack konnte sich ausrechnen, dass er, ehe der Tag zu Ende war, eine Menge Gatorade brauchen würde, und anschließend mindestens ebenso viel Bier.

Er und Lyle setzten sich in ihren schweißnassen T-Shirts an den Küchentisch, um etwas zu trinken. Die leichte Brise, die durch die Fenster und die offene Hintertür wehte, zeitigte kaum eine abkühlende Wirkung. Charlie hatte sich eine Serviette und ein Doughnut geschnappt und sich mitsamt der Morgenzeitung in den Schatten des Gartens verzogen. Er hatte im Laufe des Vormittags fast nichts gesagt.

»Stimmt mit Charlie irgendwas nicht?«

Lyles Gesichtsausdruck verriet nichts. »Warum fragen Sie?«

»Er ist ziemlich still.«

»Er hat manchmal solche Phasen. Sie brauchen sich keine Sorgen deshalb zu machen.«

Richtig. Es ging Jack eigentlich nichts an, weshalb die Kenton-Brüder nicht so richtig miteinander zurechtkamen. Aber er mochte die beiden, und es störte ihn ein wenig.

Er wechselte das Thema. Mit der Vorderseite seines T-Shirts trocknete er sich das Gesicht ab. »Schon mal was von einer Klimaanlage gehört?«

»Die hätte nicht viel Sinn, wenn die Fenster und die Türen nicht ständig geschlossen bleiben.«

»Immer noch?«

Lyle nickte. »Immer noch. Wenn ich sie schließe, dann öffnen sie sich zwar nicht mehr so schnell wie vorher, aber am Ende passiert es doch.«

»Meinen Sie, das ist Tara?«

Ein neuerliches Kopfnicken. »Ich habe das Gefühl, dass sie hier gefangen ist. Sie möchte raus – vielleicht versucht sie es auch. Aber sie schafft es nicht.«

In diesem Augenblick stürmte Charlie durch die Tür herein und schwenkte wild die Morgenzeitung hin und her. »Hey, Jack! Sehen Sie sich das mal an!« Er hatte die *Post* aufgeschlagen und auf die Hälfte gefaltet, wie man es bei den Fahrgästen in der U-Bahn und den Pendlerzügen beobachten kann. Er warf sie auf den Tisch und deutete auf eine Artikelüberschrift. »Waren Sie das, großer Meister? Haben Sie das arrangiert?«

Jack zog die Zeitung zu sich herüber. Lyle kam um den Tisch herum und schaute über seine Schulter.

SIE HÄTTE GEWARNT SEIN MÜSSEN

Elizabeth Foster, besser bekannt als Medium und spiritistische Beraterin Madame Pomerol, hatte in dieser Woche bereits ihre zweite Begegnung von der unerfreulichen Art mit dem NYPD. Erst letzten Sonntag wurden sie und ihr Mann dabei angetroffen, wie sie unbekleidet durch das Bankenviertel irrten. Doch diesmal geht es nicht um die Erregung öffentlichen Ärgernisses, sondern um einen ungleich schwerwiegenderen Vorwurf: Die Bundesregierung selbst ist betroffen. Foster und ihr Ehemann Carl fielen gestern Nachmittag auf, als sie ihre Einkäufe in der La Belle Boutique auf der Madison Avenue mit falschen Hundertdollarnoten bezahlen wollten. Das Finanzministerium hat umfangreiche Ermittlungen aufgenommen.

Aber es kommt noch schlimmer. Eine Durchsuchung ihrer Wohnung auf der Upper East Side – auch bekannt als »Madame Pomerols Tempel der Ewigen Weisheit« –

förderte nicht nur weiteres Falschgeld im Wert von mehreren tausend Dollar zu Tage, sondern lieferte unwiderlegbare Beweise dafür, dass dieses prominente parapsychologische Medium nicht mehr ist als eine gewöhnliche Betrügerin.

Jack musste grinsen, als er den Artikel weiterlas, in dem sämtliche »Zusatzeinrichtungen« ausführlich beschrieben wurden, die er teilweise selbst in Betrieb erlebt hatte: die Abhöreinrichtungen in ihrem Wartezimmer, die drahtlosen Ohrhörer in ihren Kopfbedeckungen, die Monitorschirme, die Geheimtüren und – am allerschlimmsten – die Akten über ihre Klienten, die mit Fotokopien von Führerscheinen, Sozialversicherungsausweisen, Bankkontoauszügen und umfangreichen Notizen inklusive stellenweise beleidigenden Kommentaren über ihre Schwächen, Vorlieben und Laster gefüllt waren. Infolgedessen bereitete der Bezirksstaatsanwalt von Manhattan zusätzlich zur bundesgerichtlichen Anklage wegen Verbreitung von Falschgeld eine Anklage wegen Betrugs und Verschwörung zu gemeinschaftlich begangener Steuerhinterziehung vor.

»Sie sind geliefert!«, freute sich Lyle. »Weg vom Fenster! Abserviert! Finito! Nicht mehr lange, und Madame Pomerol liest entweder in Rykers oder in irgendeinem anderen Bundesgefängnis ihren Mithäftlingen für ein paar Zigaretten aus der Hand! Ist das Ihr Werk?«

»Könnte schon sein.«

»Auch das Falschgeld? Wie haben Sie das denn geschafft? Haben Sie es ihnen untergeschoben?«

»Ich fürchte, das ist ein Berufsgeheimnis.«

»Sie haben es geschafft, Jack!«, sagte Charlie und grinste zum ersten Mal an diesem Vormittag. »Sie haben sie erwischt!«

Jack zuckte die Achseln. »Manchmal läuft alles nach Plan, manchmal nicht. Diesmal ist alles nach Plan gelaufen.«

Er betrachtete den Artikel und genoss das Gefühl der Zufriedenheit über einen in jeder Hinsicht erfolgreich erledigten Job. Er hatte von Anfang an geplant, die Fosters aus dem Verkehr zu ziehen, und er war sich sicher gewesen, dass es ihm früher oder später gelingen würde. Nun konnte er sich freuen, dass es schon früher dazu gekommen war.

Der große Unsicherheitsfaktor war in diesem Fall die Frage gewesen, was sie mit dem Geld taten, das sie bar erhielten. Zahlten sie es auf ein Konto ein und bezahlten sie mit Schecks, oder gaben sie es direkt aus? Jack hatte mit Letzterem gerechnet. Angesichts ihrer reichlichen Einnahmen – und zwar Bargeld, keine Schecks oder Kontoüberweisungen –, die sie wahrscheinlich nicht ordnungsgemäß verbuchten, bezahlten sie bei ihren Einkäufen höchstwahrscheinlich in bar, um so wenig Spuren wie möglich zu hinterlassen, für den Fall, dass die Finanzbehörden sie genauer unter die Lupe nehmen sollten.

Lyle klopfte Jack auf die Schulter. »Erinnern Sie mich daran, Jack, dass ich mich niemals mit Ihnen anlege. Es tut ganz sicher nicht gut, es sich mit Ihnen zu verderben.«

Wenn es nach Jack ging, dann würde auch Eli Bellitto das schon bald zu spüren bekommen. Und zwar erheblich drastischer.

Während sie in den Keller zurückkehrten, nahm Jack eine weitaus bessere Stimmung wahr als zu Beginn ihrer Pause. Sie holten sich ihre Spitzhacken, nahmen die Zementplatte wieder vereint in Angriff und warfen die abgebrochenen Trümmer auf den Haufen mit den Überresten der Holztäfelung.

Gegen Mittag hatten sie die Zementplatte etwa zur Hälfte zerschlagen. Nachdem jeder in einem griechischen Restaurant auf der Ditmars eine Portion saftiges Gyros verzehrt hatte, kehrten sie an ihre Arbeit zurück.

»Wisst ihr was?« Lyle betrachtete die Baustelle, die früher der Keller seines Hauses gewesen war. »Ich glaube, zwei von uns sollten schon mal anfangen, sich ins Erdreich zu graben, während sich der Dritte weiter mit der Zementplatte beschäftigt.«

Jack bohrte die Schuhspitze in die festgestampfte rötlich braune Erde. Sie wirkte um keinen Deut weicher als der Zement.

»Sie meinen, wir sollten schon mal anfangen, Tara zu suchen?«

»Genau. Je eher wir sie finden, desto eher können wir aufhören, den Bautrupp vom Dienst zu mimen, und wieder Gentlemen mit gehobener Lebensart sein.«

»Woher wissen wir, dass sie es ist, wenn wir etwas finden?«

Lyle starrte auf das Erdreich. »Glauben Sie noch immer, dass sie da unten Gesellschaft hat?«

»Darauf gehe ich jede Wette ein.«

»Nun, das werden wir sehen, wenn wir fündig geworden sind.« Lyle schaute zu Jack hoch. »Was dagegen, ein wenig Maulwurf zu spielen?«

»Das ist nicht unbedingt meine Vorstellung von einer Schatzsuche«, sagte Jack, »aber ich will's versuchen.«

Lyle wandte sich an seinen Bruder. »Was ist mit dir, Charlie? Erdreich oder Zement?«

Charlie zuckte die Achseln. »Ich bleibe bei der Platte.«

»Okay. Wir rotieren, falls jemand wechseln möchte.« Er beugte sich zu Jack vor und tat so, als flüstere er. »Und falls Sie die Überreste des Missing Links finden sollten, sagen Sie Charlie nichts davon. Er glaubt nicht an die Evolution, und es würde ihn nur aufregen.«

Charlie fand das gar nicht lustig. »Hör endlich auf, Lyle.«

Finde ich auch, dachte Jack.

Lyle packte die Schaufel und rammte sie in das Erdreich. »Nun, es stimmt doch, oder etwa nicht? Du glaubst, dass das Universum in sechs Tagen geschaffen wurde, richtig?«

»So steht es in der Bibel, also glaube ich es.«

»Das tat auch Bischof Usher, der alle in der Bibel genannten Daten und das Alter aller dort erwähnten Personen überprüft hat. Nach seinen Berechnungen wurde die Erde am 26. Oktober 4004 vor Christus erschaffen.« Er schleuderte eine Schaufel voll Erde zur Seite und nahm eine nachdenkliche Haltung ein. »Ich frage mich, ob es am Vormittag oder am Nachmittag geschah. Wie dem auch sei, mir scheint, die Erde hat in sechstausend Jahren eine verdammt schnelle Entwicklung durchlaufen.«

Jack ergriff ebenfalls eine Schaufel. »Faszinierend. Graben wir lieber.«

»Wenn es so da steht, dann glaube ich es auch. Schließlich ist es das Wort Gottes.«

»Ist es das?« Lyle hob einen Finger. »Ich habe auch ein paar Worte zu sagen...«

O nein, dachte Jack. Jetzt geht das schon wieder los.

»Hey, was soll das?«, fragte er, ehe die beiden anfingen, sich zu streiten. »Ich habe nicht immer mein Geld damit verdient, die Probleme meiner lieben Mitmenschen zu lösen. Ich habe als Gärtner und im Abbruchgewerbe gearbeitet, und alles, worüber meine Kollegen sich unterhielten, waren Bier und Bräute. Aber Sie beide – was ist eigentlich mit Ihnen los, verdammt noch mal?«

Lyle grinste. »Vielleicht liegt es daran, dass Charlie keinen Alkohol trinkt und wir beide schon zu lange im Totalzölibat leben.«

»Hm. Wie ist es denn mit Ihnen, Jack?«, wollte Charlie wissen. »Woran glauben Sie?«

»Was meinen Sie?«, konterte er, obgleich er genau wusste, wovon die Rede war.

»Na was schon«, sagte Lyle. »Religion, Gott und so weiter.«

Das war für Jack ein wenig zu persönlich. Er verriet anderen Leuten noch nicht einmal seinen Nachnamen, also würde er erst recht nicht mit Typen, die er noch nicht einmal seit einer Woche kannte, über Religion diskutieren. Außerdem war dies ein Thema, über das er ohnehin kaum nachdachte. In seiner Welt hatte das, was nicht zu sehen war und was man nicht wusste, wenig Bedeutung.

Bis vor kurzem.

»Ich bin im Prinzip für alles, was einen durch den Tag bringt, solange man nicht darauf besteht, dass es der Weg ist, auf dem jeder durch den Tag gebracht werden soll.«

»Das ist eine ziemlich nichts sagende Antwort.«

»Okay, dann kann ich dazu so viel sagen: Alles, was ich jemals geglaubt habe, wurde während der letzten Monate ziemlich auf den Kopf gestellt.«

Lyle sah ihn prüfend an. »Sie meinen all das, was Sie uns über die Andersheit erzählt haben?«

Jack nickte.

»Und das ist mein Problem«, sagte Lyle. »An Ihre Andersheit zu glauben, fällt mir ebenso schwer, wie an Charlies Gott etwas zu finden.«

»Und wie steht es mit Tara Portman?«, sagte Jack. »Und mit dem, was sich hier in diesem Haus abgespielt hat? Das war und ist kein Hörensagen. Sie waren dabei. Sie haben es hautnah erlebt.«

Lyle blies die Backen auf und atmete zischend aus. »Ja, ich weiß. Das alles ist für mich sozusagen *terra nova*. Ich habe niemals an Geister oder an ein Leben nach dem Tod oder gar an eine Seele geglaubt. Ich bin immer davon ausgegangen, dass alles vorbei ist, wenn man stirbt. Jetzt ... jetzt bin ich mir da schon nicht mehr so sicher.«

Jack nickte. »Dann sollten wir vielleicht aufhören zu quatschen und endlich diese *terra nova* aufgraben.«

Lyle lachte. »Eine hervorragende Idee!«

The Best of Muddy Waters lief im CD-Player. Jack drehte den Titel »Mannish Boy« laut genug, um eine Unterhaltung fast unmöglich zu machen. Dann stürzte er sich wieder in die Arbeit.

Am späten Nachmittag, nach einer weiteren Gatorade-Pause irgendwann vorher, hatten sie an mehreren Stellen Löcher ins Erdreich gewühlt, ohne jedoch auf einen einzigen Knochen gestoßen zu sein.

»Wir haben nicht mehr als einen Meter tief gegraben«, stellte Lyle fest. »Vielleicht ist das nicht tief genug.«

Jack stützte sich auf seine Schaufel. »Ich wage gar nicht, mir vorzustellen, dass sie die traditionellen zwei Meter tief runtergegangen sind.«

»Durchaus möglich. Vor allem wenn sie ganz sichergehen wollten, dass es keine verräterischen Gerüche geben würde. Was bedeutet, dass wir noch einiges an Grabarbeit vor uns haben.«

Jacks T-Shirt war schweißgetränkt. Er sah sich um. Der Haufen aus geborstener Holztäfelung und Zementtrümmern füllte bereits ein Ende des Kellerraums. Sie hatten dort auch schon einen Teil der ausgehobenen Erde abgekippt, doch bald gäbe es dafür keinen Platz mehr.

»Da wird noch eine Menge Erde zusammenkommen.«

»Wem sagen Sie das! Hören Sie, es war ein langer Tag, aber ich würde trotzdem gerne weitermachen.«

»Morgen ist auch noch ein Tag«, gab Jack zu bedenken.

Charlie hörte auf zu graben und sah seinen Bruder an. »Nein, das ist er nicht.«

Jack wollte etwas erwidern, aber Lyle kam ihm zuvor.

»Ersparen Sie sich Ihre Frage. Hört mal, warum legen wir keine Pause ein und überlegen uns bei dieser Gelegenheit, ob wir bei unserer Suche nach dem Mädchen nicht ein wenig systematischer vorgehen können.«

Jack blickte auf seine Armbanduhr. »Ich muss noch etwas erledigen, aber in spätestens anderthalb Stunden müsste ich wieder zurück sein.«

»Ich muss mich auch schon bald verabschieden. Der Frauenclub in Forest Hill wartet auf mich.«

»So ist es richtig«, beschwerte sich Charlie. »Jeder macht sich aus dem Staub und überlässt die ganze Schufterei dem kleinen Bruder.«

Jack lachte. »Ich komme so schnell wie möglich zurück, um zu helfen.«

»Was haben Sie vor?«, fragte Lyle.

»Das letzte Stück des Tara-Portman-Puzzles suchen und es dort einfügen, wo ich meine, dass es hingehört.«

2

Während Jack mit der Linie N nach Manhattan zurückfuhr, überlegte er, ob er in seine Wohnung oder bei Gia vorbeischauen sollte, um zu duschen. Er hatte es verdammt nötig. Doch in Höhe der Fifty-ninth Street, wo er sich hätte entscheiden müssen, kam er zu dem Schluss, dass er damit zu viel Zeit verlieren würde. Daher blieb er sitzen, als der Zug die Fahrt in Richtung City fortsetzte.

In SoHo angekommen, machte er einen kurzen Abstecher zu Bellittos Laden und stellte fest, dass der ausgestopfte Stör nicht mehr im Schaufenster hing. Eigentlich schade. Er hatte das Ungetüm irgendwie gemocht. Er warf einen Blick durch die Glasscheibe der Tür und sah, dass die ältere Frau mit dem schwarzen Haar soeben einen Kunden bediente. Sie war es, mit der er reden wollte. Er hatte den Eindruck, dass sie in dem Laden alt geworden war. Aber Kevin war ebenfalls anwesend. Er stand hinter der Theke.

Enttäuscht setzte Jack den Weg fort.

Verdammt. Er hatte gehofft, der Junge hätte heute seinen freien Tag. Von Bellitto oder Minkin mit seinen langen Gorillaarmen war jedoch nichts zu sehen. Er bezweifelte, dass sie ihn nach ihrer heftigen Begegnung in der Dunkelheit wiedererkennen würden. Aber er wollte kein unnötiges Risiko eingehen. Ihm ging es im Augenblick nur darum, Informationen zu sammeln, und vielleicht ergab sich sogar die Möglichkeit, auf der Gegenseite für ein gerüttelt Maß an Nervosität zu sorgen. Er wusste, dass er sich mit den beiden irgendwann direkt auseinander setzen müsste, ehe sie ein weiteres Kind ins Visier nahmen. Doch Bellitto war im Augenblick außer Gefecht gesetzt, daher hatte Jack etwas Zeit, seine weiteren Schritte sorgfältig zu planen.

Er fand einen schattigen Hauseingang mit ungehinderter Sicht auf den Ladeneingang, richtete es sich dort ein wenig ein und wartete. Dabei konnte er verfolgen, wie die Schatten länger wurden und der Verkehr stetig zunahm. Es wurde Abend, und er hatte nicht mehr allzu viel Zeit, doch es bestand immerhin die Möglichkeit, dass Kevin Feierabend machte oder die nächste Starbucks-Filiale aufsuchte, um Kaffee zu holen. Er musste mit der Frau alleine sprechen. Falls ein persönliches Gespräch nicht möglich wäre, würde er es per Telefon versuchen müssen. Doch das wäre auf jeden Fall die schlechtere der beiden Möglichkeiten.

Er dachte an das, was ihm Gia über den rätselhaften Polizisten aus dem bislang unbekannten Revier erzählt hatte. Er hatte etwas gegen jeden, vielleicht sogar speziell gegen Cops, die vor Gias Wohnungstür auftauchten und sich nach dem Verbleib ihrer Tochter erkundigten. Das ging nur Gia etwas an. Und manchmal Jack.

Er holte sein Tracfone aus der Tasche und wählte ihre Nummer, um sich zu erkundigen, ob der Cop sich noch einmal hatte blicken lassen. Sie verneinte. Auf der East Side gäbe es nichts Neues. Er berichtete ihr, sie hätten im Menelaus Manor bisher nichts gefunden, und meinte, sie solle mit dem Abendessen nicht auf ihn warten – er käme an diesem Abend erst spät nach Hause. Sie klang müde. Sie schien nicht sehr gut geschlafen zu haben. Er riet ihr, ein Nickerchen zu machen, und sie erwiderte, dies sei ein guter Tipp, den sie wahrscheinlich befolgen würde.

Nachdem er sich verabschiedet hatte, schaltete Jack das Telefon aus. Er wollte nicht, dass Bellitto ihn noch einmal anrief. Er sollte ruhig weiterhin im Dunkeln tappen und vor sich hin schmoren.

Jacks Geduld wurde schließlich durch den Anblick Kevins belohnt, der den Laden verließ und sich eilig entfernte. Nichts deutete darauf hin, wie lange er wegbleiben würde, daher sah Jack zu, schnellstens in den Laden zu kommen.

»Ja, bitte, Sir?« Die Frau hinter der Ladentheke strahlte ihn an, während er eintrat. Sie hatte einen maskulinen Körperbau mit breiten Schultern und einer kräftigen Figur. Die schwarzen Haare über ihrem dunklen Gesicht sahen aus wie mit Pomade zum Glänzen gebracht. Sie betrachtete sein verschwitztes T-Shirt, die schmuddelige Jeans und die nicht sehr sauberen Hände mit einem Ausdruck unverhohlener Missbilligung. Ganz offensichtlich sah er nicht so aus wie der typische Kunde des Shurio Coppe.

Ich hätte doch lieber duschen sollen, dachte er.

Um seiner äußeren Erscheinung die eher abstoßende Wirkung ein wenig zu nehmen, verfiel er in eine dazu passende Rolle. Er zog sichtlich verlegen die Schultern hoch und brachte mit der Verkäuferin nur einen kurzen Augenkontakt zustande.

»Ähm...«

»Wollen Sie möglicherweise etwas *kaufen*, Sir?«

»Äh, naja, nein, also«, stotterte er mit leiser, unsicherer Stimme. »Ich habe mich gefragt, ob...«

Jack hörte hinter sich das Bimmeln der Türglocke und drehte sich um. Dabei erblickte er einen massigen Mann mit geradezu abartig langen Armen durch den Laden gehen. Adrian Minkin in Fleisch und Blut. Jack spannte sich innerlich und wandte den Kopf ab, während sich der Mann näherte.

»Eli will noch mal das Hauptbuch sehen«, erklärte Minkin, drängte sich an Jack vorbei und ging zur Theke.

Er war mit einer schwarzen langen Hose und einem langärmeligen weißen Oberhemd bekleidet.

Die Frau verzog ungehalten das Gesicht. »Das ist heute schon das dritte Mal«, beschwerte sie sich. »Warum ruft er nicht einfach hier unten an, wenn er etwas wissen will?«

Minkin stützte sich auf die Theke, nur ein paar Schritte entfernt, und gestattete Jack zu ersten Mal bei ausreichenden Lichtverhältnissen einen Blick auf seine Hände. Sie waren massig und mit drahtartigen schwarzen Haaren bewachsen, die bis zum dritten Knöchel der langen, dicken Finger reichten.

»Sie wissen doch, wie er ist, Gert.« Minkin beugte sich ein wenig vor und senkte die Stimme. »Er steht ziemlich unter Spannung, weil er dringend auf einen Anruf wartet. Außerdem glaube ich, dass er sich tödlich langweilt.«

»Das ist eine schlechte Mischung«, stellte Gert fest und reichte ein schwarzes großes Geschäftsbuch über die Theke. »Bringen Sie es mir aber gleich wieder zurück, sobald er es nicht mehr braucht.«

»Natürlich.«

Als er sich umwandte, stand er Jack Auge in Auge gegenüber. Er hielt inne und starrte ihn ein paar Herzschläge lang an, die sich zu Minuten zu dehnen schienen. Jack erwiderte den Blick seiner kalten blauen Augen, wartete auf eine Reaktion des Wiedererkennens und hielt sich bereit, sofort aktiv zu werden, sobald er auch nur ein erstes flüchtiges Anzeichen bemerken sollte. Doch Minkin blinzelte nur, nickte grüßend und ging weiter.

»Entschuldigen Sie die Störung, Sir«, sagte Gert. »Womit kann ich Ihnen helfen? Suchen Sie etwas Bestimmtes?«

»Ja, nun, also, ich...« Jack schlurfte näher zur Theke, ließ sich Zeit, bis er erneut den Klang der Türglocke hörte und die

Tür hinter Minkin ins Schloss fiel. Er warf einen kurzen Blick über die Schulter, um sich zu vergewissern, dass der Gorilla tatsächlich hinausgegangen war. Dabei setzte er eine furchtsame Miene auf. »Ich wollte zu Mr. Menelaus. Mr. Dimitri Menelaus.«

Gert zwinkerte irritiert. »Mr. Menelaus? Was wollen Sie denn von dem?«

Jack wünschte sich, sie würde ihre Lautstärke ein wenig herunterdrehen. Es würde ihn nicht wundern, wenn Bellitto und Minkin sie oben im ersten Stock hören konnten.

»Ich, ähm, habe vor ein paar Jahren einiges an Maurerarbeiten erledigt, wissen Sie, in seinem Keller, und er sagte, ich solle ihn hier treffen.«

Gerts Augen verengten sich. »Hat er das? Wann soll das gewesen sein?«

»Oh, ähm, heute Morgen, am Telefon.«

»Heute Morgen? Oh, da habe ich aber gewisse Zweifel. Er ist nämlich schon seit einigen Jahren tot.«

»Unmöglich! Sie lügen!«

»Sir, ich lüge nicht. Er war einer unserer Stammkunden. Er und der Inhaber dieses Ladens waren miteinander befreundet.«

»So was habe ich mir fast gedacht.«

Jack holte tief Luft und atmete zischend aus. Da war sie. Die letzte noch fehlende Verbindung zwischen der Menelaus-Villa, Tara Portman und Eli Bellitto.

Gert schüttelte den Kopf. »Es war sehr tragisch, wie er gestorben ist.«

»Ganz und gar nicht tragisch«, widersprach Jack und ließ seine Rolle fallen. »Ich bin mir ziemlich sicher, dass sein Tod längst überfällig war.«

Gerts Augen weiteten sich, während sie ihre breiten Schultern straffte. »Wie bitte?«

Jack machte kehrt und ging zur Tür. »Vielen Dank, Lady. Sagen Sie Eli, ich hätte nach Dimitri gefragt.«

»Sie kennen Mr. Bellitto? Wer sind Sie?«
»Sagen Sie es ihm. Er weiß dann Bescheid.«

Jack trat hinaus auf den Bürgersteig und machte sich sofort auf den Weg zur U-Bahn.

3

»Das ist doch nicht zu fassen!«

Eli knallte den Telefonhörer auf die Gabel. Er brachte kaum ein zusammenhängendes Wort heraus. Die Dreistigkeit dieses Kerls verschlug ihm die Sprache. Was für eine bodenlose Frechheit!

»Was ist los?«, wollte Adrian wissen. Er stand abwartend da.

»Er war es! Dieser geheimnisvolle ›Jack‹! Er war gerade im Laden und hat Gert nach Dimitri gefragt!«

Adrian glotzte ihn an. »Gerade eben? Dann habe ich ihn gesehen. Ich hab ihn direkt vor mir gehabt und habe ihn nicht erkannt. Aber wie sollte ich auch? Ich weiß ja nicht mal mehr, was am Montagabend überhaupt passiert ist. Das Letzte, woran ich mich erinnere…«

»Wie sah er aus?«

»Wie ein… wie ein ganz normaler Arbeiter. Er war schmutzig und roch nach Schweiß. Ich kann nicht glauben…«

»Glaub es ruhig! Er sagte, Dimitri hätte ihn angerufen und ihm erklärt, er solle ihn im Laden treffen.«

Adrian erbleichte. »Aber Dimitri ist tot!«

Eli sah seinen Assistenten mitleidig und zugleich irritiert an. Was ihn an Adrian am meisten beeindruckt hatte, war außer seiner Größe und Kraft sein wacher Geist. Aber seit den Schlägen auf seinen Schädel schienen seine mentalen Funktionen nur noch im Zeitlupentempo abzulaufen.

»Dessen bin ich mir durchaus bewusst. Er versucht, uns

durcheinander zu bringen.« Obwohl Eli »uns« sagte, meinte er *mich*. »Er will uns aus dem Konzept bringen.«

»Aber weshalb?«

Plötzlich erkannte Eli alles, er begriff den Plan des geheimnisvollen Mannes in all seiner schrecklichen Einfachheit.

»Er wollte uns davon abhalten, in diesem Zyklus die Zeremonie durchzuführen. Das setzt uns erheblich unter Druck, denn dann sind wir gezwungen, die Zeremonie um jeden Preis während des nächsten Zyklus abzuhalten, zum letzten Neumond vor der Tagundnachtgleiche, oder...«

Seine Stimme versiegte, als er sich die Konsequenzen bewusst machte.

Adrian starrte ihn an. »Oder was? Was wird geschehen?«

»Dir? Nicht viel. Deine Zeremonienfolge wird unterbrochen, und du musst wieder von vorne anfangen.«

Adrian stöhnte. »O mein Gott, nein!«

»Aber für mich wird es viel, viel schlimmer sein. Wenn ich versage, dann werden sämtliche Krankheiten und Traumata, vor denen ich während der letzten zwei Jahrhunderte geschützt war, auf einmal auf mich einstürzen und mich zermalmen.«

Das Grauen schien sich wie eine eisige Faust um sein Herz zu legen und brutal zuzudrücken. Er würde langsam und unter unsäglichen Qualen sterben. Und dann hätte dieser Eindringling freie Hand und könnte ohne Schwierigkeiten den Zirkel übernehmen.

Genau deshalb hatte dieser Jack ihn nicht schon am Montagabend getötet. Er wollte, dass Eli einen Monat der Schmerzen und der Angst durchlebte, ehe ihn ein grässlicher Tod heimsuchte.

»Wenn ich mir vorstelle, wie nahe ich dran war!« Adrian knirschte mit den Zähnen. »Wenn ich es gewusst hätte, dann wäre ich...« Er ballte die Hände zu Fäusten, als wollte er seinen unsichtbaren Gegner mit ihnen zerquetschen.

»Er wird nicht gewinnen!«, rief Eli. »Er glaubt, weil er unser Lamm gestohlen hat, hätte er unsere Zeremonie für diesen Zyklus erfolgreich sabotiert. Er kann nichts von dem Kind dieser DiLauro wissen – bis gestern wussten wir ja auch nichts davon. Wir können ihn noch immer besiegen.«

Er schnappte sich den Telefonhörer, tastete Strauss' Pieper-Nummer ein und hinterließ als Nachricht die Bitte, er solle ihn baldmöglichst zurückrufen. Nur wenige Minuten später klingelte das Telefon.

»Fortschritte?«, schnappte Eli, sobald er Strauss' Stimme erkannte.

»Einige. Aber es geht nicht so schnell, wie ich es mir wünschen würde. Was ist los?«

Er unterrichtete Strauss über den letzten Coup des geheimnisvollen Mannes, ohne etwas von seiner Theorie hinsichtlich der möglichen weiteren Pläne des Unbekannten verlauten zu lassen. »Welche Schwierigkeiten gibt es? Was tun Sie gerade?«

»Ich weiß nicht, ob ich das sagen soll«, entgegnete Strauss. »Bei allem, was dieser Kerl weiß, wie können Sie sich da sicher sein, dass Ihre Telefonleitung nicht abgehört wird?«

Eli hatte plötzliche leichte Atemstörungen. Diese Möglichkeit war ihm noch nicht in den Sinn gekommen.

»Können Sie die Leitung überprüfen?«

»Klar, aber nicht heute. Hier sind einige Dinge zu erledigen, so dass ich heute Nacht erst sehr spät wieder zurück bin.«

Das reichte nicht. Eli musste es jetzt gleich erfahren. Dann hatte er eine Idee.

»Schicken Sie mir ein Fax.«

»Wie bitte?«

»Sie haben richtig gehört. Schreiben Sie alles per Hand auf oder tippen Sie es. Drücken Sie sich so vage aus, wie Sie wollen – ich werde es schon verstehen –, und dann faxen Sie mir den Bericht. Anschließend vernichten Sie das Original, ich werde die an mich gesandte Kopie verbrennen, und niemand außer uns wird Bescheid wissen.«

Am anderen Ende trat eine Pause ein, dann: »Na schön. Das könnte funktionieren. Denken Sie nur daran, das Blatt sofort verschwinden zu lassen.«

»Ich habe die Zündhölzer schon bereitgelegt.«

Er nannte Strauss seine Faxnummer, dann legte er auf. Zwölf Minuten später klingelte das Faxgerät und begann dann mit dem Ausdrucken einer kurzen handschriftlichen Nachricht.

> Unser Freund in der Bank hat sich die Kontodaten der Lady besorgt, doch bis jetzt gibt es keinen Scheck, der auf ein Ferienlager ausgestellt wurde. Er wirft auch noch einen Blick auf das Kreditkartenkonto, aber das dauert ein wenig länger. Bis heute Abend weiß ich Bescheid und schickte so schnell wie möglich ein Fax.
>
> VERBRENNEN SIE DIESE NACHRICHT!

Paranoid wie er war, hatte Strauss die Nachricht nicht unterschrieben.

Eli gab das Blatt an Adrian weiter. »Besorg dir Zündhölzer, und tu, was der Mann verlangt.«

Bankkonten und Kreditkarten..., wie clever. Warum soll man auch die Namenslisten tausender Ferienlager auf der Suche nach einem bestimmten Kind durchgehen, wenn man zu diesem Zweck die persönlichen Daten der Mutter zu Rate ziehen kann. Big Brother hatte gewiss seine Schattenseiten, aber in dieser Situation könnte er sich als Gottesgeschenk entpuppen.

Eli fühlte sich gleich besser. Bis zum Abend würden sie den Aufenthaltsort des Lamms erfahren und konnten dann darüber nachdenken, wie man sich das Mädchen am besten holen konnte. Wenn alles gut ging, wäre die Kleine bis zum nächsten Morgen in ihrer Gewalt.

4

Lyle stand auf der untersten Stufe der Kellertreppe und warf sich in die Brust. Er hatte sich rasiert, geduscht und sich in seinen schwarzen Seidenanzug geworfen. Ifasen war bereit für seinen Auftritt in Forest Hills.

»Wie sehe ich aus?«

Charlie blickte von seiner Arbeit auf. »Aufgeschrillt wie ein Wolf im Schafspelz.«

»Tausend Dank.«

Überhaupt nicht das Bild, das Lyle vorschwebte, aber er wusste, dass Charlies Beurteilungen, soweit es ihn betraf, zu Spott und Zynismus neigten.

Lyle ging nicht weiter darauf ein, sondern wechselte das Thema. »Jack hat angerufen. Er wurde aufgehalten. Er will noch eine Kleinigkeit essen, ehe er wieder herkommt. Mach doch eine Pause, bis er hier ist. Ich werde auch nicht allzu lange wegbleiben, so dass wir zu dritt noch gut zwei Stunden weiterarbeiten können.«

Charlie schüttelte den Kopf. »Nichts zu machen. Ich habe dir gesagt, ich würde dir noch zwei Tage geben, und genau das tue ich. Ich will nicht, dass du mir vorwirfst, ich hätte mein Versprechen nicht eingehalten. Geh nur. Ich grabe weiter.«

»Charlie...«

»Geh schon, Mann. Wenn ich was finde, meld ich mich bei dir. Wenn wir bis Mitternacht keinen Erfolg hatten, hauen wir ab, okay? So lautete die Abmachung, stimmt's? Oder etwa nicht?«

Lyle seufzte. »Stimmt.«

Ihm wurde klar, dass er den Vortrag vor dem Frauenclub lieber hätte verschieben oder gar ganz absagen sollen. Welchen Sinn hätte es, neue Kundinnen zu werben, ganz gleich, wie betucht sie waren, wenn er nach heute Abend überhaupt nicht mehr im Geschäft sein würde? Er hätte niemals diese Abmachung mit Charlie treffen dürfen, oder zumindest hätte er auf drei anstatt nur zwei Tagen bestehen sollen.

Hör endlich auf, alles nur negativ zu sehen, sagte er sich. Wir werden Tara heute Abend finden. Ich weiß es.

Und dann würden diese Forest-Hills-Ladys sich geradezu überschlagen, um Termine für diverse Sitzungen mit ihm zu vereinbaren.

5

Das in Frischhaltefolie eingewickelte Sandwich klemmte kühl unter Jacks Arm, als er bei Julio's erschien. Die Feierabendbelegschaft trudelte nach und nach ein, und dicke Rauchschwaden hingen bereits über den Köpfen der Durstigen. Während sich Jack einen Weg zu einem der hinteren Tische suchte, winkte er Julio zu und deutete ihm mit einem in die Höhe gereckten Daumen an, er solle ihm ein Bier bringen.

Eine Minute später stellte ihm Julio eine offene Langhalsflasche Rolling Rock auf den Tisch und sah zu, wie Jack seinen Imbiss aus der fettigen Folie auspackte. Ein würziger Essiggeruch breitete sich aus. Er hatte bei Costin's-Mom-and-Pop-Imbiss im letzten Block reingeschaut und sich das Sandwich, ohne lange zu suchen, aus der Kühltheke gefischt. Es war eine vorgefertigte Konstruktion aus schwammartigem Brot, gefüllt mit in Scheiben geschnittenen Fleischnebenprodukten, garniert mit einer käseähnlichen Substanz, die niemals auch nur in der Nähe einer Kuh zu finden gewesen war. Aber es war schnell verfügbar und versprach, das Loch in seinem Magen hinreichend auszufüllen.

»Hey, Mann, wenn die Leute das sehen, dann meinen sie, man könnte sich sein eigenes Essen hierher mitbringen.«

Jack trank einen tiefen Schluck von seinem Bier. Verdammt, schmeckte das gut. Er war zu Hause vorbeigefahren, um zu duschen und sich umzuziehen. Eine frische Jeans, ein frisches Hemd – ein T-Shirt von einem Konzert der Allman Bros., das er in einem Trödelladen gefunden hatte –, und schon fühlte er sich fast wie neugeboren und bereit, sich wieder als Maulwurf zu betätigen.

»Niemand schaut hierher, und ich bin zu hungrig und habe zu wenig Zeit, um mich mit diesen Hühnerflügeln und den anderen Appetithäppchen rumzuschlagen, die du deinen Gästen auftischst.«

Der kleine Mann wurde ernsthaft wütend und pumpte seine beachtlichen Bizeps auf. »Hey, wir servieren das beste Essen, das man für Geld zubereiten kann.«

»Aus deiner Nachricht ging hervor, dass du irgendwas für mich hast, hm?«

Während Julio einen Briefumschlag aus der Gesäßtasche fischte, biss Jack in sein Sandwich. Eine teigige Masse, die nach Olivenöl und Essig schmeckte. Gut. Wenigstens wäre er nicht mehr hungrig, wenn er fertig war.

»Ein alter Knabe hat das heute Morgen abgegeben.« Er hielt sich den Umschlag unter die Nase und schnüffelte daran. »Mmm. Das riecht nach Geld.«

»Ein alter Knabe?«

»Ja. Der, mit dem du am Sonntag hier gesessen hast.«

Jack verschluckte sich beinahe an seinem Sandwich, während er von seinem Platz halb aufsprang und sich umsah. »Ist er noch da?«

»Nee.« Julio schnippte mit den Fingern. »Er kam rein und war gleich wieder weg. Als wollte er nicht gesehen werden.«
»Scheiße!«
»Suchst du ihn?«
»Ja. Dringend.«
»Hat er dich beschummelt?«
Jack öffnete den Umschlag und blätterte die Banknoten durch. Die Summe schien die richtige zu sein.
»Nein. Aber er ist mir einige Antworten schuldig.«
Zum Beispiel, warum er mich engagiert hat und weshalb er mich angelogen hat, was seinen Namen betrifft. Wahrscheinlich werde ich das jetzt nie erfahren.
Jack entdeckte einen gelben Notizzettel zwischen den Geldscheinen. Er zog ihn heraus, faltete ihn auseinander und las die handschriftliche Nachricht:

Danke, dass Sie sich um meinen Bruder gekümmert haben.
Edward

Machte er sich über ihn lustig, oder meinte er das ernst? Jack konnte und wollte es nicht entscheiden. Trotz seiner Enttäuschung widerstand er dem Impuls, den Zettel zusammenzuknüllen und quer durch den Raum zu schleudern. Stattdessen schob er ihn zurück in den Briefumschlag.
»Weißt du«, sagte Julio. »Ich glaube, Barney hat ihn erkannt. Ich meine gehört zu haben, wie er rief: ›Sieh mal an, wer da ist.‹ Oder so was Ähnliches.«
»Barney?« Jack suchte den Raum ab. Gewöhnlich hing Barney zusammen mit Lou an der Bar herum. »Wo ist er?«
»Arbeiten. Er hat diese Woche Nachtschicht. Morgen früh ist er wieder hier.«
»Ich auch.« Jack stopfte sich den Rest seines Sandwiches in den Mund, spülte ihn mit dem letzten Schluck Bier hinunter und erhob sich dann.

»Ich muss mich beeilen. Lass Barney ja nicht weg, ehe ich morgen hier erschienen bin. Gib ihm was zu essen, lass ihn auf meine Rechnung trinken, was er will, tu alles, was nötig ist, um ihn hier festzuhalten, bis ich komme.«

Jack eilte zurück auf die Straße. Es wurde Zeit, mit dem Graben fortzufahren. Er empfand eine gewisse Zufriedenheit. Jetzt waren nur noch zwei Fragen offen: War Tara Portman tatsächlich unter dem Menelaus Manor begraben worden, und wer hatte ihn angeheuert, um Eli Bellitto zu überwachen? Am nächsten Tag um diese Uhrzeit hoffte er, die Antworten auf beide Fragen zu kennen.

6

Trotz des wuchtigen Rhythmus und mehrstimmigen Gesangs von der Point of Grace-CD hörte Charlie das Geräusch. Er hörte auf zu graben. Es kam von oben. Ein dumpfes, wiederholtes Dröhnen, als schlüge ein Riese ohne Rhythmusgefühl mit einem Kantholz auf das Haus ein.

Charlie ließ die Schaufel fallen und rannte die Kellertreppe hinauf. Er erreichte die Küche gerade noch rechtzeitig, um mit ansehen zu können, wie die Fenster sich mit lautem Knallen schlossen. Dann fiel die Hintertür zu.

Für einen kurzen Moment namenloser Panik glaubte Charlie, eingesperrt zu werden. Er machte einen Satz zur Tür, legte die Hand um den Knauf, drehte und zog gleichzeitig, und die Tür schwang auf. Erleichtert atmete er aus. Als er den Knauf losließ, fiel die Tür abermals ins Schloss.

Was hatte das zu bedeuten? Was immer den Wunsch gehabt hatte, dass Türen und Fenster offen standen, es musste es sich anders überlegt haben. Jetzt sollte offenbar alles geschlossen sein.

Nun ja, nicht alles, dachte er, als er einen Blick in den Wohnraum warf. Die Fenster waren zwar geschlossen, doch die Haustür stand sperrangelweit offen. Er drückte sie zu, doch sie entriegelte sich selbst und pendelte wieder auf.

Seltsam, wie diese Sache ihm noch vor zwei Tagen schreckliche Angst eingejagt hatte. Mittlerweile betrachtete er sie als etwas völlig Alltägliches. Es zeigte, dass man sich an so gut wie alles gewöhnen konnte.

Charlie fragte sich, weshalb diese Tür offen stand, während alle anderen Öffnungen verschlossen waren, und entschied, dass es im Grunde egal war. Nach dem heutigen Tag wäre es sowieso nicht mehr seine Sorge. Und Lyles auch nicht.

Er kehrte in den Keller und zu dem Loch zurück, das er gegraben hatte. Er war bis in eine Tiefe von knapp eins fünfzig vorgestoßen und hatte bislang das Gleiche gefunden wie in den anderen Löchern: nichts. Er würde noch gut dreißig Zentimeter tiefer graben und dann an dieser Stelle Schluss machen.

Während die Schaufel sich ins Erdreich fraß, verstummte die Musik.

»Dir wird ja richtig warm.«

Charlie schrie beim Klang der Kleinmädchenstimme hinter ihm vor Schreck auf. Er ließ die Schaufel fallen und wirbelte so schnell herum, dass seine Füße sich verhedderten und er rücklings zu Boden stürzte.

»Nein!«, schrie er, während er hingestreckt auf der Erde lag und zu dem blonden Mädchen hochstarrte, das in Reitkleidung über ihm stand. Er wusste, wer sie war und was es in Wirklichkeit war, das ihre Rolle spielte. »Der Dämon! Heiliger Jesus, schütze mich!«

»Vor mir?«, fragte sie. Dabei lächelte sie und spielte mit einer Strähne ihres golden glänzenden Haars. »Sei nicht albern.«

»Bleib weg von mir!«

Charlies Herz schien in seiner Brust wild um sich zu treten. Er rammte die Absätze ins Erdreich, krallte sich mit den Fingern fest und krabbelte wie ein Krebs rückwärts, auf der Flucht vor einem zu mächtigen Gegner.

Das Gesicht des kleinen Mädchens verzog sich, und ihre blauen Augen funkelten vergnügt, während sie lauthals loskicherte. Ihr Lachen war ansteckend und glockenhell. »Du siehst vielleicht lustig aus!«

»Du kannst mich nicht täuschen! Ich weiß genau, was du bist!«

Sie trat auf ihn zu. »Weißt du das wirklich?«

Charlie zog sich weiter zurück, dann stieß er mit dem Kopf gegen die Mauer, und das war das Ende. Seine Fluchtmöglichkeiten waren erschöpft.

»Du – du bist ein Dämon!«

Sie lachte wieder. »Jetzt machst du dich wirklich lächerlich.«

Sein Verstand schrie: Was soll ich tun, was soll ich tun?

Er konnte keinen klaren Gedanken fassen. Das hatte er nicht erwartet, darauf war er nicht vorbereitet. Niemals hätte er in seinen schlimmsten Albträumen auch nur angenommen, dass ihm ein leibhaftiger Dämon erscheinen würde. Ich hätte auf den Reverend hören sollen, hätte seinen Rat befolgen und meine Sachen zusammenpacken und das Weite suchen sollen.

Beten! Natürlich! Worte aus dem dreiundzwanzigsten Psalm kamen ihm in den Sinn.

Er erhob die Stimme. »Und ob ich schon wanderte im finstern Tal, fürchte ich kein Unglück; denn du bist bei mir, dein Stecken und Stab…«

»›Im finstern Tal‹«, sagte sie, sah sich um und nickte. »Ja. Genau dort sind wir.« Sie deutete auf das Loch, das er gegraben hatte. »Du bist nur noch knapp zwanzig Zentimeter von meinem Kopf entfernt. Wenn du weitergräbst, wirst du mich finden.«

Charlie fuchtelte mit den Händen in der Luft herum, als wollte er sie vertreiben. »Nein! Du kannst mich nicht zum Narren halten! Du bist nicht Tara Portman!«

Das Kind runzelte die Stirn. »Warum gräbst du dann?«

Die Frage überrumpelte Charlie regelrecht. Ja, warum grub er eigentlich? Weil er mit Lyle eine Abmachung getroffen hatte. Und weil...

»Weil Tara Portman hier begraben sein könnte. Aber du bist es nicht.«

Ihre blauen Augen wurden eisig. »Oh, aber ich bin es. Ich bin nicht die Einzige, die hier unten liegt. Dort.« Sie deutete auf ein Loch, das Jack etwa zwei Meter links von Charlie gegraben hatte. »Dreißig Zentimeter tiefer, und ihr hättet Jerry Schwartz gefunden. Er war erst sieben. Und genau dort wo du sitzt, anderthalb Meter tiefer, liegt Rose Howard. Sie war neun, so wie ich.«

Charlie wäre am liebsten aufgesprungen und hätte den Platz schnellstens verlassen, doch er schaffte es nicht, auch nur ein Glied zu rühren.

Plötzlich verschwand sie, tauchte aber praktisch gleichzeitig in einer weiter entfernten Ecke des Raums wieder auf.

»Hier liegt Jason Moskowski.«

Charlie blinzelte. Und sie befand sich in einer anderen Ecke des Kellers.

»An dieser Stelle liegt Carrie Martin.«

Sie sprang zu drei anderen Punkten und nannte jedes Mal den Namen eines anderen Kindes. Und mit jedem Namen wurde der Ausdruck ihrer Augen eisiger, und die Temperatur im Keller sank.

Plötzlich stand sie vor ihm, keinen Meter entfernt.

»Es sind acht von uns«, sagte sie, und ihre Stimme war kaum mehr als ein Flüstern.

Der Herr mochte ihm verzeihen, aber er fing an, ihrer Erzählung zu glauben. Vielleicht irrte sich der Reverend. Vielleicht war das gar kein Dämon. Vielleicht war das tatsächlich der Geist eines ermordeten Kindes.

Oder vielleicht war es das, was der Dämon, Gesandter des Vaters aller Lügen, ihn glauben machen wollte.

Im Keller herrschte jetzt eine arktische Kälte. Seine Atemzüge gestalteten sich zu einer Folge weißer Dampfwolken in der Luft. Er massierte seine nackten Arme. Sein verschwitztes T-Shirt schien an seiner Wirbelsäule festzufrieren. Er sah sein Sweatshirt zusammengerollt neben dem Schutthaufen liegen.

Er erhob sich schwankend. »Ich hole eben meinen Sweater, okay?«

»Warum fragst du mich?«, wollte sie wissen.

Gute Frage. Sie hatte ihn nicht bedroht oder sonstwie bedrängt. Allein ihr Anblick hatte ihn in ein Häuflein Elend verwandelt.

Er hob sein Kapuzenshirt auf und schlüpfte hinein. Das war schon besser, auch wenn ihm noch immer kalt war.

»Du willst, dass wir deinen Körper und die der anderen finden. Das ist es doch, nicht wahr? Deshalb bist du zurückgekommen, stimmt's?«

Sie schüttelte den Kopf.

»Warum dann?« Eine Woge der Angst drohte Charlie zu verschlingen. »Du willst meine Seele!«

Sie lachte, als wäre das eine ganz verrückte Idee. Aber der silberhelle Klang ihrer Stimme wollte nicht zu dem harten Ausdruck ihrer eisigen Augen passen.

Charlies Hand berührte die Anstecknadel in seinem Hemd. WWJD – was würde Jesus in einem Fall wie diesem tun?

Das war einfach: Er würde diesem Spuk oder Dämon befehlen, dorthin zurückzukehren, wohin er gehörte. Aber Charlie hatte wohl kaum die gleiche Macht wie Jesus Christus. Dennoch... einen Versuch war es wert.

»Geh dorthin zurück, woher du gekommen bist!«, rief er.

Das kleine Mädchen blinzelte. »Aber ich weiß nicht, woher ich gekommen bin.«

Das schockte ihn. »Lüge! Du warst im Himmel oder in der Hölle, in einem von beiden! Das musst du wissen!«

Sie schüttelte den Kopf. »Ich erinnere mich nicht.«

Vielleicht sagte sie die Wahrheit, vielleicht log sie auch, aber Charlie hatte nicht vor, dazubleiben und es herauszufinden. Wenn sie nicht weggehen wollte, dann würde er es tun. Die Kellertreppe hinauf, das war es, was Jesus sagen würde: Halte dich fern vom Bösen. Lass dich auf nichts ein.

Er machte Anstalten, um sie herumzugehen, doch sie löste sich blitzartig auf und erschien gleichzeitig an der Kellertreppe.

»Da darfst nicht weggehen. Noch nicht.«

»Warum nicht?«

»Du könntest einiges verderben.«

Er könnte auf sie zurennen, aber was dann? Könnte er sie umwerfen, aus dem Weg räumen? Wenn sie ein echtes Kind war, dann wäre das kein Problem. Sie brachte sicherlich nicht mehr als fünfunddreißig Kilo auf die Waage. Aber genau das tat sie nicht. Gab es überhaupt etwas, das er würde beiseite schieben können? Oder würde er einfach durch sie hindurchlaufen – oder sie durch ihn? Auf diese Weise wäre sie in ihm. Damit würde er nicht so leicht fertig werden. Und wenn sie sich entschied, für immer so nahe bei ihm zu bleiben?

Charlie erschauerte und machte einen Schritt rückwärts. Dieses kleine Mädchen hatte ihn in seiner Gewalt. Er hätte nicht die geringste Chance gegen sie.

»Was willst du von mir?« Ihm gefiel der Klang seiner Stimme ganz und gar nicht – schrill und fast weinerlich.

Sie sah ihn an. »Von dir? Nichts.«

»Dann...?«

Sie hob eine Hand, und seine Stimme versiegte. Er wollte etwas sagen, brachte aber keinen Laut hervor.

»Sei jetzt still. Ich warte auf jemanden anderen, und ich will nicht, dass du sie vertreibst.«

Und schon erklangen wieder die Stimmen von Point of Grace.

7

Gia hört die Stimmen, kaum dass sie durch die Tür getreten ist. Kinderstimmen, schluchzend... verzweifelte Laute, die ihr das Herz zerreißen. Sie erkennt das Wartezimmer des Menelaus Manor, die Stimmen aber dringen aus dem zweiten Stock zu ihr herab. Sie eilt die Treppe hinauf und kommt in einen langen Flur, der mit Türen gesäumt ist. Insgesamt acht. Die Stimmen sind hier lauter, und ihre Lautstärke nimmt zu, während Gia durch den Flur geht. Bis auf eine stehen alle Türen offen, und während sie daran vorbeigeht, sieht sie jedes Mal ein Kind, einen Jungen oder ein Mädchen, das allein in der Mitte eines leeren Zimmers steht und weint. Einige rufen nach ihren Mamis. Gia hat das Gefühl, ihr zerspringe die Kehle, während sie versucht, die Zimmer zu betreten, um die Kinder zu trösten. Aber sie kann nicht stehen bleiben. Sie muss weitergehen bis zur geschlossenen Tür am Ende des Flurs. Sie verharrt davor, greift nach dem Türknauf, doch ehe sie ihn berührt, fliegt die Tür auf, und da ist Tara Portman, der Vorderteil ihrer Bluse mit Blut getränkt. Sie hat die Augen vor Angst weit aufgerissen und schreit: »Hilfe! Hilfe! Jemand ist verletzt! Du musst herkommen! Komm endlich! JETZT!«

Gia schreckte aus dem Schlaf hoch. Das Wort *JETZT!* hallte durch ihren Geist. Sie sah sich im dunklen Schlafzimmer um. Durchs Fenster konnte sie erkennen, dass die Sonne untergegangen war und die Dämmerung rasch zunahm.

Bloß ein Nickerchen. Sie hatte in der vergangenen Nacht

nicht gut geschlafen. Immer wieder war sie aus allen möglichen Träumen hochgeschreckt, hatte sich aber kaum an irgendwelche Einzelheiten erinnern können, außer dass sie teilweise beängstigend waren. Schwanger zu sein, trug sicherlich zu ihrer allgemeinen Erschöpfung bei. Aber so müde sie sich auch den ganzen Nachmittag über gefühlt hatte, so hatte sie sich trotzdem gegen Jacks Empfehlung gewehrt, ein Schläfchen zu machen, bis sie kaum noch die Augen offen halten konnte. Schließlich hatte sie sich kurz aufs Bett gelegt, nur ein paar Minuten lang... Sie hatte soeben schon wieder einen schlimmen Traum gehabt. Was war darin passiert? Sie schien sich zu erinnern, dass es irgendetwas mit dem Menelaus Manor zu tun gehabt hatte...

Gia sprang auf, als der Traum plötzlich wieder vor ihrem geistigen Auge erschien: Taras vor Grauen verzerrtes Gesicht, während sie schrie, dass jemand schrecklich verletzt würde und dass Gia zu ihr kommen müsste. *Jetzt!*

»Jack!«

Ein eisiger Schreck fuhr durch ihre Brust, während sie durch das dunkle Haus nach unten in die Küche rannte, wo sie Jacks Handynummer mit einem Magneten an die Kühlschranktür geheftet hatte. Sie fand den Zettel, wählte die Nummer und erfuhr von einer mechanischen Stimme, dass er im Augenblick nicht zu erreichen sei. Sie knipste die Küchenbeleuchtung an, ergriff ihre Handtasche und kippte ihren Inhalt auf die Frühstücksbar. Dann wühlte sie in dem Durcheinander herum, bis sie die Ifasen-Broschüre fand, die sie im Menelaus Manor eingesteckt hatte. Sie wählte die dort angegebene Telefonnummer und wartete mehrere Rufzeichen lang, bis sich der Anrufbeantworter der Kentons einschaltete. Dann legte sie auf, ohne eine Nachricht zu hinterlassen.

Gia hatte keine Ahnung, ob tatsächlich jemand verletzt war oder ob der Traum ohne Bedeutung war. Doch sie hatte das schreckliche Gefühl, irgendetwas wäre nicht in Ordnung. Was immer der Fall sein mochte, sie konnte unmöglich tatenlos dasitzen. Sie wusste, dass sie versprochen hatte, sich von dem Haus fern zu halten, aber wenn Jack etwas zugestoßen war, dann wollte sie dort sein. Wenn nicht, dann würde sie sich nur kurze Zeit dort aufhalten und wieder nach Hause zurückkehren. Ganz gleich, was sie versprochen hatte, sie würde sich auf den Weg zum Menelaus Manor machen. Und zwar auf der Stelle.

Sie nahm den Telefonhörer wieder ab und bestellte ein Taxi.

8

Indem er einem Impuls, Gia einen kurzen Besuch zu machen, nachgab, verließ Jack den Linie-N-Zug an der Station Fiftyninth Street und ging die paar Schritte bis zum Sutton Square. Er hatte sie den ganzen Tag noch nicht gesehen.

Obwohl er einen Haus- und einen Wohnungsschlüssel hatte, klopfte er an. Und klopfte noch einmal, als sie nicht reagierte. Er sah, dass drinnen Licht brannte. Er benutzte seinen Schlüssel und trat ein. Als er sah, dass die Alarmanlage aktiviert war, wusste er, dass Gia nicht zu Hause war. Er gab den Code ein, mit dem die Anlage ausgeschaltet wurde, und blieb im Foyer stehen. Er fragte sich, wo sie sein konnte. Er hatte ihr erzählt, er würde das Abendessen ausfallen lassen, daher war sie vielleicht alleine ausgegangen. Aber sich allein zum Dinner in ein Restaurant zu setzen... das sah Gia überhaupt nicht ähnlich.

Er ging durch die Diele in die Küche, um nachzusehen, ob sie eine Nachricht für ihn hinterlassen hatte, und bekam einen eisigen Schreck, als er eine von Lyles Ifasen-Broschüren auf der Frühstücksbar entdeckte.

O nein! Sie hatte versprochen, sich von dieser Adresse fern zu halten. Hatte sie etwa …?

Er griff nach dem Telefon, betätigte die Wahlwiederholungstaste und hörte schließlich Lyles Stimme auf seinem Anrufbeantworter.

Das war es also. Sie war unterwegs zum Menelaus Manor. Vielleicht war sie sogar schon dort eingetroffen.

Jack eilte zur Haustür. Das gefiel ihm gar nicht. Gia würde niemals ohne einen absolut triftigen Grund ein Versprechen brechen. Irgendetwas stimmte nicht.

9

Gia zögerte, als sie eine schattenhafte Gestalt etwa auf der Hälfte des Weges durch den Vorgarten zur Haustür der Kentons stehen sah. Der Himmel war mondlos, doch das Haus wirkte so erleuchtet, als wäre dort eine Party in vollem Gang. Die Gestalt war für Jack oder Lyle oder Charlie viel zu klein.

Dann entdeckte sie den Hund.

O nein, dachte Gia. Nicht die schon wieder.

»Bitte, bleib weg«, sagte die Frau mit einer Stimme, die abgehackt und weich zugleich klang. Im Widerschein des Lichts aus dem Haus konnte Gia sehen, dass sie heute einen orangen Sari trug. Ihr Nasenring war durch einen winzigen Brillantstecker ersetzt worden. »Ich habe dich schon früher gewarnt, aber du hast nicht darauf reagiert. Diesmal aber musst du auf mich hören.«

Gias Ärger gewann die Oberhand, während sie sich an der Frau vorbeidrängte. Sie musste um jeden Preis in dieses Haus gelangen, anstatt hier draußen herumzustehen und einer Frau zuzuhören, die offenbar nicht ganz bei Verstand war.

»Was ist los? Warum sind Sie ständig hinter mir her?«

Die mit silbernen Ringen geschmückten Finger der Frau spielten mit einem langen Haarzopf, der über ihre Schulter herabhing. »Weil dieses Haus gefährlich für dich ist.«

»Das haben Sie schon einmal behauptet, aber bis jetzt ist mir nichts zugestoßen.«

Die dunklen Augen der Frau musterten sie beschwörend. »Wenn du schon nicht auf dich selbst Rücksicht nimmst, dann denk wenigstens an dein Baby.«

Gia taumelte rückwärts. Sie war zutiefst erschüttert. »Wie bitte?« Wie konnte sie das wissen? »*Wer sind Sie?*«

»Ich bin deine Mutter.« Sie sagte es absolut beiläufig, so als stellte sie etwas Selbstverständliches fest. »Eine Mutter weiß solche Dinge.«

Das klärte die Angelegenheit. Gias Mutter befand sich in Iowa, und diese Frau war verrückt. Für einen kurzen Augenblick hatte sie sie mit dieser Bemerkung über das Baby beinahe überzeugt... dabei war es nicht mehr als eine wilde Vermutung gewesen.

»Vielen Dank für Ihre Fürsorge«, sagte sie und ging rückwärts zum Haus. Man sollte sich niemals ernsthaft mit einer Geisteskranken auseinander setzen. »Ich muss wirklich ganz dringend ins Haus hinein.«

Die Frau kam näher. »O bitte«, sagte sie mit einer Stimme, die vor Qual zitterte. Sie hatte den Zopf jetzt mit beiden Händen umfasst und drehte ihn hin und her. Ihre Besorgnis schien nicht gespielt zu sein. »Geh nicht dort hinein. Nicht heute Abend.«

Gias Schritte wurden langsamer, als etwas in ihr sie geradezu anflehte, auf die Frau zu hören. Aber sie konnte unmöglich draußen bleiben, wenn Jack im Haus war und vielleicht sogar in Gefahr schwebte. Sie zwang sich, kehrtzumachen und die Stufen zum Haupteingang hinaufzueilen. Die Tür stand offen. Ohne anzuklopfen trat sie über die Schwelle, schloss die Tür hinter sich und fühlte sich...

... willkommen.

Wie seltsam. Fast, als wäre das Haus außer sich vor Freude, sie wiederzusehen. Aber das war nicht möglich. Wahrscheinlicher schien, dass sie nur erleichtert war, der verrückten Frau entkommen zu sein.

»Hallo?«, rief sie. »Jack? Lyle? Charlie?«

Dann hörte Gia die Musik. Den Text konnte sie nicht verstehen, aber es klang rhythmisch und gefühlvoll. Und die Klänge kamen aus dem Keller. Sie eilte die Treppe hinunter, blieb jedoch stehen, als sie die Verwüstung bemerkte. Es sah aus, als wäre hier eine Bombe explodiert – die Wandtäfelung und der Zementboden waren zerschlagen und verstreut worden. Ins Erdreich waren wahllos Löcher gegraben worden.

Und dann entdeckte sie Charlie, der zusammengekauert vor der gegenüberliegenden Wand hockte. Sein Gesicht drückte namenloses Entsetzen aus, er schien ihr mit hektischen Gesten etwas mitteilen zu wollen. Sein Mund bewegte sich, formte Worte, doch er sprach nicht. Was versuchte er, ihr zu sagen? Er sah wie geistig verwirrt aus. Zuerst die indische Frau und jetzt Charlie. Hatte denn mittlerweile jeder den Verstand verloren?

»Charlie? Wo ist Jack?«

Die Musik verstummte. Gleichzeitig begann Charlie zu reden.

»Gia!« Er deutete auf einen Punkt links von ihr. »Sie – es ist da!«

Gia machte zwei Schritte in den Kellerraum und sog zischend die Luft ein, als sie das kleine Mädchen bemerkte.

»Tara?« Nachdem sie mit ihrem Vater gesprochen, ihre Fotos gesehen und ihre Geschichte gehört hatte, kam es Gia vor, als würde sie das Kind genau kennen. »Du bist es wirklich, nicht wahr?«

Die Kleine nickte so heftig, dass ihre blonden Haare flogen. »Hallo, Mutter.«

Mutter? Hier schien einiges völlig durcheinander geraten zu sein.

»Nein. Ich bin nicht deine Mutter.«

»Oh, das weiß ich.«

»Warum sagst du dann...?«

Charlie stieß sich von der Wand ab und kam auf sie zu. »Hauen Sie ab, Gia! Schnell! Sie hat auf Sie gewartet!«

»Es ist schon okay, Charlie.« Trotz der feuchten Kälte im Keller empfand Gia Wärme und Geborgenheit. »Ich habe keine Angst. Wo ist Jack?«

»Er und Lyle haben mich allein zurückgelassen.« Er deutete auf Tara. »Dann ist das da plötzlich erschienen.«

»Meine Mutter...« Tara runzelte die Stirn. »Sie denkt nicht mehr an mich.«

»Das liegt nur daran, dass sie es nicht kann, Liebling. Sie...«

»Ich weiß.« Die Worte kamen gleichgültig, ohne Gefühl heraus.

Charlie hatte sie mittlerweile erreicht und stand neben ihr. Er fasste mit einer kalten, zitternden Hand nach ihrem Arm. Seine Stimme klang rau und war kaum mehr als ein Flüstern.

»Wir müssen hier raus. Wenn sie uns lässt.«

Gia sah Tara fragend an. »Du hältst uns doch nicht hier fest, oder?«

Das Kind lächelte versonnen. »Ich möchte, dass die Mutter noch ein wenig bleibt.«

»Das ist nicht gut!«, protestierte Charlie. »Tote und Lebende passen nicht zusammen!«

»Warum gehen Sie nicht schon«, sagte Gia. »Ich bleibe hier.«

»Hm-hm.« Charlie schüttelte den Kopf. »Ohne Sie gehe ich nicht. Das ist schlecht – *sie* ist schlecht. Spüren Sie das nicht?«

Gia hatte Mitleid mit ihm. Er war derart verängstigt, dass er am ganzen Leib zitterte. Seltsamerweise war sie selbst völlig ruhig. Kaum zu glauben, dass sie mit dem Geist eines ermordeten Kindes sprach und nicht die geringste Angst verspürte. Der Grund war, dass sie diese arme, einsame Seele verstand, dass sie genau wusste, was sie in diesem Augenblick brauchte.

»Mir passiert schon nichts.«

Er schüttelte wieder den Kopf. »Wir gehen beide, oder wir bleiben.«

»Wissen Sie was?« Sie ergriff Charlies Arm und führte ihn zur Treppe. »Wir gehen beide hinauf, und dann komme ich für ein paar Minuten hierher zurück.«

Doch als sie die Treppe erreichten, blieb Gia stehen – nicht weil sie es wollte, sondern weil etwas ihr den Weg versperrte. Eine unsichtbare Wand.

Eine böse Vorahnung ließ sie heftig frösteln, und sie wandte sich um. »Tara?«

»Du kannst nicht weggehen«, sagte Tara. »Die Mutter muss hierbleiben.«

Das ist der eigentliche Punkt, dachte Gia. Sie wünscht sich eine Mutter – sie *braucht* eine Mutter.

Sie spürte, wie sich die Ernährerin in ihr meldete, wie sie bereits nach Wegen suchte, dieses Bedürfnis zu stillen. Doch sie musste realistisch sein.

Als Gia sich dazu äußerte, tat sie es so behutsam wie möglich. »Sieh mal, Tara, ich weiß, dass du deine Mutter bei dir haben willst, aber sie kann nicht kommen. Und ich kann ihren Platz nicht einnehmen, doch wenn ich irgendetwas tun kann…«

Tara schüttelte den Kopf. »Nein. Du verstehst nicht. ich will keine Mutter.«

Gia starrte sie verblüfft an. »Was willst du denn…?«

Plötzlich veränderte sich alles. Eine eiskalte Woge wallte durch die Luft, und Taras Gesichtsausdruck verwandelte sich von kindlicher Unschuld in rasende Wut. Sie fletschte die Zähne.

»Ich will eine Mutter *sein*.«

Plötzlich gab der Boden unter Gias Füßen nach. Sie schrie entsetzt auf, während sie und Charlie in den schwarzen Schacht stürzten, der unter ihnen aufklaffte.

10

Sobald Lyle aus dem Taxi stieg, spürte er, dass irgendetwas absolut nicht in Ordnung war.

Dann sah er jemanden auf dem Bürgersteig auf sich zurennen. Er hielt inne, spannte sich, bereit, sofort wieder ins Taxi zu springen, bis er Jack erkannte.

»Hey, Jack. Wohin so eilig?«

Jack blieb ein wenig außer Atem vor ihm stehen. »Es geht um Gia. Ich glaube, sie ist hier.«

»Warum sollte...?« Er brach die Frage ab. »Schon gut. Gehen wir rein und sehen nach.«

Während sie zum Haus gingen, fragte Lyle: »Sind Sie den ganzen Weg von Manhattan hierher gerannt?«

»Nur von der U-Bahn-Station.«

»Warum haben Sie kein Taxi genommen?«

»Die U-Bahn ist um diese Uhrzeit schneller.«

Lyle sah Jack an und stellte fest, dass seine Umrisse nicht mehr verschwommen waren. Vielleicht hatte sein besonderes Wahrnehmungsvermögen sich verflüchtigt, vielleicht machte es sich aber auch nur im Haus bemerkbar. Doch je näher Lyle dem Haus kam, desto stärker wurde das Gefühl, dass etwas nicht in Ordnung war. Er konnte es nicht genau identifizieren, bis...

»Verdammt noch mal!« Er blieb sofort stehen.

Jack stoppte ebenfalls. »Was ist?«

»Die Fenster... die Türen... sie sind zu!« Er lachte. »Das

ist ja wunderbar! Jetzt können wir endlich wieder die Klimaanlage einschalten.«

»Das gefällt mir nicht«, sagte Jack und machte Anstalten weiterzugehen.

»Warum nicht? Vielleicht bedeutet es, dass was immer auch hier war, sich endlich verzogen hat.«

»Das bezweifle ich.«

Lyle folgte Jack, sah, wie er die Treppe zum Vorbau betreten wollte, doch dann zurückzuckte.

»Was zum Teufel...?«

Lyle kam zu ihm. »Was ist passiert? Sind Sie ausgerutscht?«

Und dann konnte Lyle nicht weitergehen. Er starrte auf seinen Fuß, der mitten in der Luft auf halbem Weg zur ersten Stufe regelrecht gestrandet war. Ein eisiges Frösteln lief über seinen Rücken, während er den Fuß nach vorne schob und dabei einiges an Kraft aufwendete. Er kam aber keinen Millimeter weiter als vorher.

»O Mann!«, stieß er hervor, während es ihm so vorkam, als wühlten eisige Finger in seinen Eingeweiden herum. »O Mann, o Mann, o Mann! Was soll dieser Scheiß?«

»Keine Ahnung«, antwortete Jack wahrheitsgemäß.

Er holte aus und schlug in die Luft, doch seine Faust wurde unvermittelt aufgehalten. Lyle versuchte, es ihm nachzumachen. Ein heftiger Schmerz zuckte durch seine Schulter, als seine Hand etwa in gleicher Höhe wie Jacks Hand gestoppt wurde.

Es war nicht so, als träfe man eine Wand. Es war nicht so, als träfe man auf etwas Konkretes. Es gab keinen Zusammenprall. Seine Hand... stoppte ganz einfach. Und ganz gleich, wie sehr er sich anstrengte, das unsichtbare Hindernis zu überwinden, seine Hand bewegte sich keinen Millimeter weiter vor.

Lyle schaute Jack an und sah, wie er zurückwich und den Boden absuchte. Er bückte sich, hob einen Stein auf und schleuderte ihn. Lyle verfolgte, wie er in hohem Bogen in

Richtung Haus flog, dann mitten in der Luft stehen blieb und senkrecht zu Boden fiel.

Mit einem kehligen Laut warf sich Jack nach vorne auf die Treppe zu, nur um aufgehalten zu werden und rückwärts zu taumeln.

»Vorsicht, Jack.«

»Gia ist da drin!«

»Das wissen Sie nicht.«

»Doch, ich weiß es! Verdammt! Das ist es, was Tara die ganze Zeit gewollt hat – dass Gia alleine ins Haus kommt.«

»Aber sie ist nicht alleine. Char...« Lyles Herzschlag stolperte und übersprang einen Schlag. »O Scheiße! Charlie ist auch da drin. Was meinen Sie, was dort gerade geschieht?«

»Das weiß ich nicht, aber es kann nichts Gutes sein, wenn sie dazu den gesamten Bau zusperrt.« Er schlug die Richtung zur Hausseite ein. »Mal sehen, ob diese Erscheinung um das ganze Haus herumreicht.«

Sie tat es. Sie umkreisten das Haus, attackierten die Fenster und die Hintertür und bewarfen beides mit Steinen. Jeder Fremde, der sie beobachtete, hätte annehmen müssen, dass sie betrunken waren und dass man sie ausgesperrt hatte. Sie riefen nach Gia und Charlie, doch niemand antwortete.

Dann kamen sie zur Garage – und gelangten ungehindert hinein. Aber sie erreichten nicht die Tür. Die von der Garage ins Haus führte.

Lyle lehnte sich gegen die undurchdringliche Luftbarriere und fühlte sich alles andere als wohl. Das konnte – nein, durfte – nicht sein. Was geschah mit der Welt?

»Jack...«

Sein Gesicht lief bei dem Versuch, einen Besenstiel durch die Barriere zu stoßen, rot an. »Das macht einen fertig, nicht wahr? Unten ist oben, und oben ist unten, Naturgesetze gelten nicht mehr. Dinge, die man nie für möglich gehalten hat, finden wie selbstverständlich statt.« Mit einem Laut hilfloser

Wut schleuderte er den Besen quer durch die Garage. »Willkommen in meiner Welt.«

Lyle entdeckte eine Leiter, die an der Wand lehnte. »Hey, wenn wir nicht durch die Barriere dringen können, vielleicht schaffen wir es, darüber hinwegzuklettern.«

»Vergeudet eure Zeit nicht«, sagte eine Frauenstimme. »Das schafft ihr nicht.«

Lyle fuhr herum und erblickte die indische Frau in einem orangen Sari. Ihre dunklen Augen und die des Deutschen Schäferhundes, der neben ihr stand, waren auf Jack gerichtet.

»Warum nicht?«, wollte Lyle wissen.

»Weil sie hoch hinauf reicht.«

»Wie hoch?«

»Unendlich hoch.«

Wer war diese Frau? Woher war sie so plötzlich gekommen?

»Woher wissen Sie so viel über diese Erscheinung?«, fragte Lyle.

»Ich weiß es eben.«

So selbstverständlich, wie sie dies behauptete, glaubte Lyle ihr aufs Wort.

»Da müssen Sie sich schon etwas Besseres einfallen lassen«, sagte Jack.

Er machte einen Schritt vorwärts auf sie zu, blieb jedoch sofort stocksteif stehen, als der Hund drohend knurrte.

Ihre Augen funkelten ihn an. »Habe ich Sie nicht vor diesem Haus und seinen Gefahren für Sie und Ihre Frau gewarnt? Habe ich das nicht ganz unmissverständlich getan? Und keiner von Ihnen wollte auf mich hören!«

Warum habe ich davon nichts gewusst, dachte Lyle.

»Doch, das haben Sie. Und offensichtlich hätten wir gehorchen sollen. Aber was nun? Mit Ich-habe-Sie-rechtzeitig-gewarnt wird das Problem nicht gelöst. Wenn Sie so viel wissen, können Sie uns dann verraten, was hier vor sich geht?«

»Ihre Frau und Ihr Baby schweben in größter Gefahr.«

Baby? War Gia schwanger? Lyle sah, wie Jack kreidebleich wurde. Er sah plötzlich richtig ängstlich aus, was Lyle niemals für möglich gehalten hätte.

»Woher wissen Sie ...? Ist schon gut. Welche Art von Gefahr? Warum?«

»Das *Warum* ist nicht von Bedeutung, weil das *Warum* sich geändert hat. Doch die Gefahr ist tödlich.«

Lyles Mund war plötzlich wie ausgetrocknet. »Auch Charlie?«

Sie sah ihn nicht an. »Jeder im Haus schwebt im Augenblick in Gefahr.«

Wie konnte sie das alles wissen – wie konnte sie überhaupt irgendetwas davon wissen? Sie konnte sich irren oder sogar vollkommen verrückt sein.

Jack schien ihr Glauben zu schenken. Er drehte sich um die eigene Achse, hatte die Hände zu Fäusten geballt. Er sah aus, als würde er jeden Moment explodieren.

»Es muss doch einen Weg hinein geben. Irgendeinen!«

Die Augen der Frau blieben auf Jack gerichtet. Lyle schenkte sie nicht mehr Aufmerksamkeit als einem Möbelstück.

»Sie kommen nicht hinein, und niemand von denen, die drin sind, kommt heraus. Sie brauchen die *Erlaubnis*, um hinein- oder herauszugelangen.«

»Die Erlaubnis? Wie bekommt man so etwas?«

»Das weiß ich nicht genau. Vielleicht indem man dieser Wesenheit etwas anbietet, das sie sich noch mehr wünscht als Ihre Frau.«

Jack sagte nichts, sondern stand nur da und starrte die Frau an.

»Sagen Sie es schon, was meinen Sie?«, verlangte Lyle von der Frau. Es ging um Charlie, auch er schwebte in Gefahr. Da waren ihren Wünschen keine Grenzen gesetzt. »Egal, was es ist, nennen Sie es, und wir werden alles tun, um es zu beschaffen.«

»Es ist kein es«, sagte Jack. Er ging mit einem seltsamen Leuchten in den Augen auf die Tür zu. Es war ein freudiges Leuchten, aber es lag auch etwas verstörend Böses darin. Es ließ Lyle instinktiv zurückweichen. »Es ist ein er. Und ich weiß, wer gemeint ist. Beeilen wir uns.«

Lyle hatte eine plötzliche Eingebung, wer dieser »Er« sein könnte, und war froh, dass nicht er selbst damit gemeint war.

11

»Sind Sie okay?«, fragte Charlie, der ausgestreckt neben ihr lag.

Gia war heftiger auf ihrem linken Bein als auf dem rechten gelandet, und es tat weh. Sie zog das Bein an und versuchte aufzustehen. Dabei lehnte sie sich mit dem Rücken an die Wand, um eine Stütze zu haben. Das Bein trug ihr Gewicht, ohne nachzugeben.

»Ich glaube schon.« Sie klopfte ihre Jeans ab. »Und wie geht es Ihnen?«

Charlie erhob sich ohne Mühe. »Gut.«

Licht drang von oben herab. Gia schaute hoch. Sie konnte die Täfelung der Kellerdecke sehen, aber ringsum war nacktes Erdreich. Sie und Charlie waren in einen brunnenähnlichen Schacht gestürzt, der etwa vier Meter tief war und einen Durchmesser von zwei Metern hatte.

Sie kämpfte gegen eine aufkeimende Panik an, als die Wände auf sie einzustürzen schienen. Sie schloss die Augen und biss die Zähne zusammen, damit dieser Moment vorbeiging. Sie hatte noch nie unter Klaustrophobie gelitten, allerdings war sie auch noch nie zuvor in ein solches Verlies gestoßen worden.

»Tara!«, rief sie. Ihre ausgetrocknete Kehle ließ den Ruf

eher wie ein heiseres Krächzen klingen als wie einen Namen.
»Tara!«
Keine Antwort.
»Tara, warum tust du das mit uns? Wir haben dir nichts getan. Wir können dir helfen, deinen Mörder zu bestrafen. Bitte, lass uns raus!«
Oben blieb es still.

Gias Herz schlug heftig, während sie mit den Händen über die glatte gerundete Wand strich. Die Erde war festgestampft und wies keinerlei Unebenheiten auf, an denen man irgendeinen Halt hätte finden können.

Sie sah Charlie an. Sein Blick zuckte wild hin und her. Er befeuchtete seine Lippen, während er den rechten Turnschuh gegen die Wand stemmte, dann die Arme ausstreckte und gegen die gegenüberliegende Seite stützte. Als er den linken Fuß anhob und neben den rechten setzte, hing er quer im Schacht. Dann schob er abwechselnd die Hände und Füße nach oben in Richtung Licht und Freiheit.

Aber nach zwanzig Zentimetern rutschten seine Hände von der Wand ab, und er stürzte und landete wie eine Katze auf allen vieren. Wortlos versuchte er es gleich noch einmal, jedoch mit dem gleichen Ergebnis.

Er stand auf und lehnte sich an die Wand. Seine Augen waren geschlossen, er legte den Kopf nach hinten und atmete schwer.

»Herr, gib mir die nötige Kraft, ich flehe dich an. Bitte.«

Er versuchte es erneut und kam diesmal etwa einen halben Meter hoch, ehe er abermals abstürzte. Er blieb zusammengekauert und an die Wand gelehnt sitzen, hatte die Knie angezogen und bot einen Anblick vollständiger Niederlage.

»Wenn der Durchmesser dieser Grube nur einen halben Meter kleiner wäre – sogar ein Viertelmeter würde reichen –, dann könnte ich es schaffen. Da bin ich mir ganz sicher.«

»Es ist okay«, versuchte ihn Gia zu trösten. »Sie haben Ihr Bestes gegeben.«

»Es war nicht gut genug.« Er erhob sich und sah sie an. »Wir sitzen in der Falle.«

Gia blickte nach oben und überlegte, ob sie nicht auf Charlies Schultern steigen könnte. Aber selbst dann würde sie den oberen Rand nicht erreichen.

»Vielleicht holt Tara uns heraus, wenn sie mit dem fertig ist, was immer sie tun will oder muss.«

»Wann soll das sein? Und warum sind wir überhaupt hier unten?«

Gia zuckte die Achseln. »Keine Ahnung. Vielleicht wollte sie uns nur aus dem Weg haben.«

»Das ergibt keinen Sinn.«

Gia gab ihm Recht, aber musste ein Geist Sinn ergeben? Man brauchte sich nur vor Augen zu halten, was sie gesagt hatte, ehe sich die Erde auftat: *Ich will eine Mutter sein.* Was bedeutete das? Wie konnte sie eine Mutter sein? Sie war tot. Doch das hielt sie nicht davon ab, sich etwas zu wünschen, das sie niemals bekommen würde, vermutete Gia.

»Wenigstens sind wir nicht verletzt.« Sie deutete auf ihre Tasche, die ein Stück entfernt auf dem Boden lag. Sie hatte sie, als sie abgestürzt waren, fallen gelassen. »Und verhungern müssen wir auch nicht, weil ich ein paar Energieriegel in meiner…« Sie sank neben der Tasche auf die Knie, als es ihr einfiel. »Mein Gott. Mein Telefon!«

Sie wühlte in der Tasche herum und holte es heraus, doch als sie es einschaltete, tat sich nichts. Kein Licht, kein Piepen, keine Energie.

»Verdammt, es ist tot.«

Charlie ging neben ihr in die Hocke. »Wie ich schon sagte. Wir sitzen in der Falle. Sie hat uns nicht gestattet, die Treppe hinaufzusteigen, und ich wette, dass sie niemanden zu uns herunterkommen lässt. Alles, was wir tun können, ist beten.«

»Und zu hoffen, dass Jack irgendwie zu dem Schluss kommt, dass ich hier bin.« Gia ärgerte sich über sich selbst, ihm keine Nachricht hinterlassen zu haben, aber sie hatte ja angenommen, dass sie sich irgendwohin begab, wo sie ihn treffen würde. »Sobald er Bescheid weiß, holt er uns raus.«

Charlie sah sie zweifelnd an. »Sie sagen das, als wäre es absolut selbstverständlich und nur noch eine Frage der Zeit.«

»Auf gewisse Weise ist es auch so. Er ist sehr einfallsreich und hartnäckig, und er lässt mich nicht im Stich. Niemals.« Diese unbezweifelbare Tatsache war reiner Balsam für ihre angegriffenen Nerven.

»Es ist alles andere als selbstverständlich. Es ist im Grunde nicht mehr als eine Hoffnung.«

Gia lächelte. »Nein... es ist Vertrauen, Glaube.« Sie betrachtete die hohen Erdwände. »Aber wir sollten versuchen, uns aus eigener Kraft aus dieser Lage zu befreien.« Sie streckte die Hand aus und berührte die Anstecknadel an Charlies Sweatshirt. »WWJD. Keine schlechte Idee in einer Situation wie dieser.«

»Das stimmt. Was würde Jesus tun?«

»Ich dachte eher in eine andere Richtung, nämlich: Was würde Jack tun?« Ihr fiel etwas ein. »Übrigens, wo ist Lyle?«

»Er ist gerade dabei, einen Frauen-Club einzuwickeln. Er müsste eigentlich längst zurück sein.«

»Ich nehme doch an, dass man sich darauf verlassen kann, dass er alles tut, um Sie hier rauszuholen, oder? WWLD – was würde Lyle tun?«

Charlie wandte den Blick ab. »Alles, was in seiner Macht steht. Er hat mich noch nie im Stich gelassen, und er wird jetzt ganz gewiss nicht damit anfangen.« Gia hörte ein Zittern in seiner Stimme. »Das ist mehr, als er von mir behaupten kann.«

»Verstehe ich nicht.«

»Es ist eine lange Geschichte.«

»Ich glaube, wir haben genug Zeit.«

Er schüttelte den Kopf, und seine Miene verriet, dass er sich schämte. »Hm-hm.«

Während Charlie die Hände faltete und den Kopf senkte, um zu beten, betrachtete Gia erneut die Erdwände und hielt nach irgendetwas Ausschau. Sie erinnerte sich, dass Jack sie mal gefragt hatte, ob sie nicht Lust hätte, mit dem Felsklettern anzufangen. Sie hatte ihn ausgelacht. Das Letzte, was sie in ihrer Freizeit tun würde, war, wie ein Insekt an einer senkrechten Felswand zu kleben. Jetzt wünschte sie sich, sie hätte seine Idee aufgegriffen. Nicht dass diese Wand irgendwelche Handgriffe zu bieten hatte, aber zumindest ...

Was war das?

Sie entdeckte etwas Glänzendes oben an der Wand. Ein Punkt. Gut fünfzehn Zentimeter über ihrem Kopf. Sie behielt das Glänzen genau im Auge, streckte die Hand danach aus und berührte es. Irgendetwas Hartes steckte im Erdreich. Es fühlte sich metallisch an. Sie versuchte, mit den Fingernägeln neben dem Gegenstand ins Erdreich einzudringen, schaffte es auch, ein paar Krumen wegzukratzen, aber die Erde war zu hart.

»Charlie? Ich habe etwas gefunden.«

Blitzartig stand er neben ihr. »Was? Wo?«

»Irgendetwas aus Metall.«

Charlie war größer als sie und konnte den Fund eingehend betrachten. »Es sieht aus, als wäre es aus Messing oder Kupfer. Wahrscheinlich irgendein Schrott aus der Zeit, als dieses Haus erbaut wurde.«

»Graben wir es aus. Wer weiß? Vielleicht ist es etwas, das wir brauchen können.«

»Okay. Mal sehen.«

Während Charlie mit den Händen im Erdreich herumkratzte, kniete sich Gia hin und wühlte wieder in ihrer Schultertasche herum. Schließlich fand sie, was sie suchte.

»Da«, sagte sie und hielt eine Nagelfeile aus Stahl hoch. »Versuchen Sie es damit.«

Er nahm sie und hackte damit auf die festgebackene Erde ein, lockerte sie und entfernte sie mit der anderen Hand. Schon bald war zu erkennen, dass sie ein längliches Stück Metall gefunden hatten. Als er davon genug freigelegt hatte, packte Charlie das Ende und zerrte daran herum.

»Achtung!«, warnte er, während sich Erdbrocken lösten und durch die Luft flogen. »Gleich habe ich es!«

Plötzlich löste sich der Gegenstand, und Charlie taumelte nach hinten und prallte gegen die gegenüberliegende Schachtwand. Er schüttelte die Erde von seinem Fund ab und hielt ihn hoch.

Gia stockte der Atem. »Ein Kreuz!«

Ein Kreuz, dessen vertikaler Balken nur unwesentlich über den horizontalen hinausragte. Es sah genauso aus wie die Kreuze auf den Wänden, nachdem der Bluttümpel versickert war. Bei diesem war der Querbalken leicht verbogen und verdreht, und es schien, als bestünde er aus Nickel oder Silber. Der vertikale Balken musste aus Messing oder einem Metall sein, das zumindest große Ähnlichkeit damit hatte.

Charlie starrte seinen Fund an. »Das könnte eins dieser *Tau*-Kreuze auf den Steinblöcken in der Wand sein. Sie müssen sie vergraben haben, nachdem sie sie von den Steinen entfernten. Aber wir haben eins davon gefunden!« Er hielt es hoch über seinen Kopf. »Es ist ein Zeichen!«

»Es ist ein Werkzeug zum Graben.«

»Graben? Ich finde, das Loch, in dem wir stecken, ist tief genug.«

»Ich rede nicht davon, noch tiefer zu graben. Aber wir können damit Löcher in die Wand kratzen, die sich als Stufen benutzen lassen und mit deren Hilfe wir uns befreien können.«

Charlie grinste. »Warum ist mir das nicht eingefallen?« Er

packte das lange Ende und attackierte die Schachtwand. Der Querbalken fraß sich ins Erdreich, dass die Brocken flogen.
»O ja! Wir sind wieder im Kommen. Zumindest diese Runde gegen den Geist geht an uns.«

12

»Mist!« Jack erhob sich und trat von der Tür zurück. »Das Schloss gibt nicht nach. Wir werden es wohl auf die harte Tour tun müssen.«

Auf die harte Tour? Lyle hatte angenommen, sie machten es schon längst auf die harte Tour. Im Augenblick stand er in Socken auf einem Dach in SoHo, während der Typ, der ihn begleitete, in das Gebäude unter ihnen einzubrechen versuchte. Er kam sich vor wie auf einer Freiluftbühne. Wenigstens stand der Mond nicht am Himmel, aber das Licht, das die City ringsum abstrahlte, war ihm verdammt noch mal mehr als hell genug. Jemand in einem der höheren Gebäude in der Nähe brauchte nur aus dem Fenster zu blicken, und schon würde er sie sehen, wie sie gerade im Begriff waren, das Schloss der Tür zum Dach aufzubrechen. Danach würde ein kurzer Anruf bei der Polizei ihnen eine Verhaftung wegen Hausfriedensbruchs, versuchten Einbruchs und wer weiß was sonst noch einbringen.

Dennoch, besser man schnappte sie schon jetzt als später, nachdem sie sich geholt hatten, weshalb sie hergekommen waren. Kidnapping war schließlich ein Kapitalverbrechen.

Vor einer halben Stunde hatte Jack Lyle in einer Bar namens Julio's geparkt und war verschwunden. Nur ein paar Minuten später war er umgezogen und mit einem Sportbeutel über der Schulter zurückgekehrt, in dem eine Kollektion der verschiedensten Werkzeuge klimperte. Dann waren sie mit Jacks Wagen hergefahren. Jack hatte ein paar Minuten lang auf der gegenüberliegenden Straßenseite gestanden und das Gebäude studiert, dann war er weitergegangen. Einen halben Block später waren sie eine Feuerleiter hinaufgeschlichen und über drei Dächer hinweg bis zu diesem Dach geturnt. Für Jack war das ein Kinderspiel gewesen: Er hatte sich die für diese Art von Unternehmung passende Kleidung ausgesucht. Lyle hingegen trug noch immer ein elegantes Oberhemd, eine Anzughose und dazu schwarze Lacklederschuhe. Jack hatte, als sie dieses Dach erreichten, von ihm verlangt, sie auszuziehen.

Wenn das, was sie bisher getan hatten, die sanfte Tour war, wie sah dann die harte Tour aus?

Jack raffte sein Sweatshirt hoch und wickelte ein Nylonseil ab, das er um seine Taille geschlungen hatte. Wo kam das denn her?

Er reichte Lyle das freie Ende und flüsterte: »Binden Sie es an dem Lüftungsrohr da drüben fest.«

Lyle war eher daran gewöhnt, Anweisungen zu erteilen als sie anzunehmen und auszuführen, aber dies hier war Jacks Show, daher beugte er sich seiner Erfahrung. Jack schien genau zu wissen, was er tat. Mit jemand anderem hätte sich dieses Unternehmen zu einem Abenteuer entwickeln können, das eine Männerfreundschaft begründete, doch nachdem sie das Haus verlassen hatten, hatte sich Jack deutlich verändert. Er war auffallend still geworden und schien sich regelrecht in sich selbst zurückgezogen zu haben. Seine lockere Art hatte sich verflüchtigt und war durch kühle, konzentrierte Effizienz hinter einer undurchdringlichen Fassade ersetzt worden. Was sich darbot, war ein Mann mit einer Mission, entschlossen, sein Ziel zu erreichen, koste es, was es wolle. Lyle stellte fest, dass er einem mit dieser Art regelrecht Angst machen konnte. Es schien, als hätte er seine sämtlichen menschlichen Regungen in ein kleines Hinterzimmer verbannt, so dass nur seine düstere und rohe Seite zu Tage trat.

»Warum festbinden?«

»Ich gehe an der Hauswand runter.«

Lyle hatte für einen kurzen Moment Atemprobleme. Er trat zur Brüstung und wagte einen Blick in die Tiefe. Sie standen auf einem dreistöckigen Gebäude. Von hier abzustürzen wäre genauso, als spränge man aus einem in der vierten Etage gelegenen Fenster. Ein Schwindel erfasste ihn und drohte, ihn über die niedrige Begrenzungsmauer zu ziehen. Doch er konnte dem Sog widerstehen, bis die Umgebung aufhörte, sich um ihn zu drehen. Er hatte mit einer rauen Ziegelwand gerechnet. Stattdessen sah er glatte Flächen und reliefartige Verzierungen.

Er drehte sich zu Jack um. »Sie sind verrückt. Es gibt nichts, woran Sie sich festhalten könnten.«

»Ja. Diese alten Bauten können selbst einem geübten Fassadenkletterer manchmal einiges Kopfzerbrechen bereiten.«

Lyle spürte, wie er von einem Zittern erfasst wurde, das seinen Ursprung in seiner Magengrube hatte und bis in die äußersten Spitzen seiner Gliedmaßen ausstrahlte.

»Ich glaube, das schaffe ich nicht, Jack.« Genau genommen war er sich sogar absolut sicher, nicht über die Brüstung klettern zu können.

Jack musterte ihn streng. »Sie wollen sich drücken?«

»Nein, es ist nur… diese Höhe. Ich werde leicht…«

»Dachten Sie etwa, Sie würden über diese Mauer steigen?« Er schüttelte den Kopf. »Keine Chance. Sie bleiben hier, um auf das Seil zu achten und aufzupassen, dass sich dieses Rohr nicht verbiegt.«

Lyle atmete erleichtert auf. Das konnte er tun.

Jack holte ein Paar Arbeitshandschuhe hervor und nahm Lyle das Seil aus der Hand. Er band es um eine Stahlröhre, die senkrecht aus dem Hausdach hervorragte, prüfte die Festigkeit des Knotens, ließ das Seil durch die Hand gleiten, während er zum Rand des Daches ging, und setzte sich auf die Brüstung.

»Woher wissen wir, ob dieser Kerl überhaupt zu Hause ist?«

»Das wissen wir nicht. Aber der dritte Stock – wo ich die Schlafzimmer vermute – ist dunkel. Dafür brennt im zweiten Stock Licht, und es läuft ein Fernseher.«

»Wie können Sie das feststellen?«

Jack machte eine ungeduldige Geste. »Unterschiedliche Arten von Licht. Und außerdem war er seit unserer letzten Begegnung nicht allzu mobil.« Er blickte nach unten. »Mein Plan sieht folgendermaßen aus ...«

Lyle hörte zu, nickte ein paar Mal, dann half er Jack, über die Mauer zu klettern. Indem sein Blick zwischen Jack und dem Lüftungsrohr hin- und hersprang, verfolgte Lyle, wie er sich an der gusseisernen Fassade abwärts gleiten ließ und neben einem Fenster direkt unter ihm stoppte. Weiter unten sah Lyle vorbeifahrende Automobile und bummelnde Fußgänger.

Bitte, schaut auf keinen Fall nach oben.

Jack stellte einen Fuß auf den Sims und schob behutsam das Fenster hoch. Gut. Es war nicht verriegelt. Andererseits, wer macht sich schon die Mühe, ein Fenster im dritten Stock zu verriegeln? Und dann auch noch im Sommer?

Jack verschwand in der Öffnung, und Sekunden später pendelte das freie Ende des Seils nach draußen. Lyle zog es schnell hoch und band das andere Ende vom Lüftungsrohr los. Er legte das Seil zusammen, während er sich zur Dachtür tastete, dann stopfte er es in Jacks Sportsack. Jacks Anweisungen folgend streifte er sich ein Paar Latexhandschuhe über und war bereit, als Jack die Tür von innen öffnete.

Während Jack seine Arbeitshandschuhe gegen ein Paar aus Latex austauschte, flüsterte er: »Jetzt könnte es ein wenig heikel werden. Wenn Bellitto allein ist, haben wir Glück. Aber wenn dieser kräftige Kerl, von dem ich Ihnen schon erzählt habe, in der Nähe ist...«

Er griff in den Sportsack und zog eine Pistole mit schwarzem matt glänzendem Finish heraus. Lyle hatte nicht viel Ahnung von Waffen, aber eine Halbautomatik erkannte er auf den ersten Blick und schätzte sie auf Kaliber 9 mm. Und er wusste, dass der dicke Zylinder am Ende des Laufs ein Schalldämpfer war.

Der Anblick und die lässige Art und Weise, mit der Jack mit der Waffe herumhantierte, lösten bei ihm eine leichte Übelkeit aus.

Zu Hause hatte das Ganze noch wie ein einfacher, effizienter Plan ausgesehen: der Austausch von Taras Mörder gegen Charlie und Gia. Doch je weiter sie die unwirkliche Atmosphäre des Menelaus Manor hinter sich ließen und in die harte Wirklichkeit Manhattans eintauchten, die das Gefühl von Sicherheit vermittelte, desto irrsinniger erschien die Idee, einen Kindermörder, einen *mutmaßlichen* Kindermörder – sie hatten ja keinen richtigen Beweis für seine Tat – aus seiner eigenen Wohnung zu entführen.

Und jetzt... eine Schusswaffe.

Lyle schluckte. »Sie haben doch nicht etwa vor, das Ding zu benutzen, oder?«

Jacks Stimme war ausdruckslos. »Ich benutze, was ich benutzen muss. Als Toter hat er keinen Wert für uns, daher will ich ihn lebend, wenn es das ist, weshalb Sie sich Sorgen machen. Aber ich werde tun, was nötig ist, um ihn in meine Gewalt zu bekommen.« Seine kalten, dunklen Augen, die an diesem Morgen in einem milden Braun erschienen waren, fixierten Lyle skeptisch. »Vielleicht sollten Sie lieber hier warten.«

»Nein.« Schließlich war Charlie in dem Haus gefangen. Sein Bruder. Sein Fleisch und Blut. Lyle würde Jack tatkräftig helfen und sich erst später den Kopf über Moral und Gesetz zerbrechen. »Ich bin bis hierher mitgekommen. Jetzt gehe ich auch den ganzen Weg.«

Jack nickte knapp. »Wollen Sie die Glock?«

Glock? Ach so, die Pistole.

»Lieber nicht.«

»Nun, auf keinen Fall wagen Sie sich mit leeren Händen in die Höhle des Löwen.«

Er griff wieder in seinen Sportsack und holte einen Gegenstand heraus, den Lyle sofort erkannte: Es war ein mit schwarzem Leder bezogener Totschläger.

»Fühlen Sie sich damit wohler?«

Lyle konnte nur mit dem Kopf nicken. Er fühlte sich ganz und gar nicht wohl und bezweifelte, dass er mit dem schweren Ding jemanden auf den Schädel schlagen könnte, ganz gleich, wer der Betreffende war. Doch er nahm die Waffe an sich und verstaute sie in der Hosentasche.

Als Nächstes holte Jack eine Rolle Klebeband aus dem Sack und riss verschieden lange Streifen ab. Diese klebte er sich vorne auf ein T-Shirt.

Dann waren sie bereit. Jack zog den Schlitten der Pistole nach hinten, ergriff den Sportsack und stieg schon die Treppe hinunter.

»Hey, warten Sie«, flüsterte Lyle, als ihm etwas auffiel. »Sollten wir uns nicht lieber maskieren? Sie wissen, ein Damenstrumpf über den Kopf ziehen oder so etwas.«

»Warum?«

Der Grund war so offensichtlich, dass es ihn zutiefst überraschte, dass Jack nicht daran gedacht hatte. Dabei schien er alles andere berücksichtigt zu haben.

»Damit dieser Kerl unsere Gesichter nicht sieht.«

»Warum sollten wir uns deshalb Sorgen machen?«

»Zum Beispiel, wenn Tara zu dem Tauschhandel nicht bereit ist. Dann haben wir einen Kerl am Bein, den wir entführt haben und der weiß, wie wir aussehen. Er kann zur Polizei gehen und...«

»Er wird nicht zur Polizei gehen.«

»Warum nicht? Weil er ein Kindermörder ist und mehr als wir zu verbergen hat? Schon möglich. Aber wir bringen ihn in *mein* Haus, nicht in Ihres. Er weiß dann, wo *ich* wohne, und nicht...«

»Es ist völlig egal, was er weiß.«

»Mir ist es nicht egal, verdammt noch mal.«

Jack sah ihn an. Seine Augen waren kälter und düsterer als je zuvor und sprachen eine unmissverständliche Sprache. »Es... ist... egal.«

Die volle Bedeutung dieser Worte traf Lyle wie ein führerlos dahinrasender D-Zug.

»Hey, Moment mal. Jack, ich möchte nicht beteiligt sein, wenn Sie...«

Jack wandte sich ab. »Das werden Sie auch nicht, das ist nicht Ihr Problem. Kommen Sie endlich. Schnappen wir uns dieses Monster.«

Jack schlich die Treppe hinunter. Lyle blieb zurück, vorwiegend gebremst durch den schweren Bleiklumpen, in den sein Magen sich verwandelt zu haben schien. Aber der Gedanke an Charlie trieb ihn an, sich zu beeilen.

Am Ende der Treppe gelangten sie in einen dunklen Korridor, von dem eine Reihe Türen abgingen, die alle geschlossen waren. Kein Lichtschein drang durch einen Türspalt heraus. Hier war es merklich kühler. Das war eindeutig der Klimaanlage zu verdanken. Dafür lag der Geruch nach gebratenen Zwiebeln in der Luft. Matter Lichtschein erhellte eine Treppe am Ende des Korridors, außerdem war konserviertes Gelächter von dort zu hören – im Fernseher lief offensichtlich eine Sitcom.

Jack reichte Lyle den Sportsack und schlich mit gezückter Pistole zur Treppe. Lyle folgte ihm. Am Beginn der Treppe bedeutete er Lyle mit Handzeichen zu warten, dann stieg er geradezu quälend langsam Stufe für Stufe hinunter und achtete darauf, den Fuß jeweils auf den äußersten an der Wand gelegenen Rand der Stufe zu setzen. Er erreichte das Ende der Treppe, verschwand für einen kurzen Augenblick und tauchte dann wieder auf, um Lyle zu sich herunterzuwinken. Auf Socken – er hatte seine lederbesohlten Schuhe, die zu geräuschvoll waren, im Sportsack verstaut – folgte Lyle Jacks Beispiel und hielt sich ebenfalls dicht an der Wand.

Unten angekommen schaute er sich um. Sie befanden sich in einem kleinen Raum, der offensichtlich als Esszimmer diente. Benutzte Teller standen auf dem Mahagonitisch. Links davon befanden sich die Küche sowie ein weiterer Nebenraum. Lyle vermutete angesichts des eingeschalteten Computermonitors, dass es sich um eine Art Büro handeln musste. Das Wohnzimmer war der Raum zur Rechten. Von dort drang auch der Fernsehlärm zu ihnen.

Lyle zuckte zusammen, als im Büro ein Telefon klingelte. Er drehte sich zu Jack um und wollte in Erfahrung bringen, was er tun sollte, doch Jack huschte bereits geschmeidig wie eine Raubkatze in Richtung Wohnzimmer. Er erreichte es zur gleichen Zeit, als ein Mann in grauer Anzughose und weißem Oberhemd mit Umschlagmanschetten herauskam. Er war schon älter, maß ungefähr eins achtzig und hatte bleiche Haut und dunkles schütteres Haar. Er ging ein wenig schwerfällig, als wäre ihm diese Art von Bewegung unangenehm. Das musste der Mann sein, wegen dem sie hergekommen waren, dieser Eli Bellitto, von dem Jack erzählt hatte.

Jack rammte dem Mann den Schalldämpfer unters Kinn, packte eine Hand voll Haare in seinem Nacken, riss damit seinen Kopf nach hinten, so dass seine Kehle freilag.

»Hallo, Eli«, sagte er mit leiser, heiserer Stimme. »Heute schon ein paar kleine Jungs missbraucht?«

Lyle hatte noch nie jemanden gesehen, der entsetzter gewesen war. Der Mann sah aus, als würde er jeden Augenblick vor Schreck und Angst zusammenbrechen, während Jack ihn in das Wohnzimmer zurückschob.

»W-was? Wie...?«

Lyle, der noch immer den Sportsack trug, folgte in einigem Abstand. Im Wohnzimmer stand ein riesiger Sony-Fernseher – mit mindestens einem Siebziger-Bildschirm – der soeben eine Folge der *Seinfeld*-Serie übertrug.

»Runter! Auf den Fußboden!«

Bellittos Gesicht verzerrte sich vor Schmerzen, als ihm Jack in die Kniekehlen trat, so dass er auf die Knie sank und eine Bethaltung einnahm.

»Nein! Bitte! Ich bin verletzt!«

Das *Seinfeld*-Publikum lachte.

»Das sollte Ihre geringste Sorge sein«, sagte Jack immer noch mit leiser, kontrollierter Stimme.

Er stieß Bellitto bäuchlings auf den nackten Parkettboden, dann hockte er sich rittlings auf ihn und rammte ihm in Gürtelhöhe ein Knie in den Rücken. Bellitto stöhnte schmerzgepeinigt auf.

Lyle rief sich ins Gedächtnis, dass dieser Kerl Tara Portman und wer weiß wie viele andere Kinder getötet hatte und dass Jack diese ganze Affäre viel näher ging als ihm – immerhin hatte er mit eigenen Augen gesehen, wie sich dieser Bursche einen kleinen Jungen von der Straße hatte holen wollen. Jack sprang ausgesprochen grob mit ihm um, aber wenn jemand eine solche Behandlung verdient hatte ...

Jack zupfte einen kurzen Streifen Klebeband von seinem Sweatshirt und klebte ihn auf den Mund des Mannes. Dann blickte er zu Lyle hoch.

»Kommen Sie her.«

Lyle zögerte, dann näherte er sich. Jack reichte ihm die Pistole.

Er zwinkerte Lyle zu. »Wenn er irgendwas Dummes versuchen will, dann jagen Sie ihm eine Kugel in den Hintern.

Das *Seinfeld*-Publikum lachte abermals schallend.

»Ja.« Lyle räusperte sich. Sein Speichel fühlte sich wie Kleister an. »Aber sicher doch. Welche Backe?«

Jack lächelte – es war ein knappes Lächeln, das erste, das Lyle an diesem Tag bei ihm sah – und stieß einen Daumen nach oben. Dann zog er Bellittos Arme nach hinten und benutzte längere Klebebandstreifen, um ihm die Hände zu fesseln. Danach streckte er fordernd die Hand aus: Froh, von seiner Wächteraufgabe erlöst zu sein, gab Lyle die Pistole zurück.

»Einen hätten wir.« Jack schaute sich um. »Vielleicht wartet noch ein Zweiter auf uns. Vielleicht auch nicht.«

Lyle hoffte, dass dies nicht der Fall wäre. Knapp dreißig Sekunden waren verstrichen, seit das Telefon geklingelt hatte, aber er wusste, dass er in dieser kurzen Zeitspanne den Sprung vom mehr oder weniger harmlosen Bauernfänger zum Schwer- oder Gewohnheitsverbrecher vollzogen hatte. Er war für wüste Keilereien, für Schusswaffen und Gewalt nicht geschaffen. So etwas verwandelte ihn in ein zitterndes Nervenbündel.

Jack deutete mit der Pistole auf Bellitto. »Helfen Sie mir, ihn hochzuhieven.«

Sie packten den gefesselten Mann unter den Armen und wuchteten ihn in einen weichen cremefarbenen Sessel. Bellitto krümmte sich vor Schmerzen, doch Jack schien das gleichgültig zu sein.

Lyle holte seine Schuhe aus dem Sportsack und schlüpfte hinein. Soweit er es beurteilen konnte, bestand für ein möglichst lautloses Auftreten keine Notwendigkeit mehr, und außerdem wäre es ein gutes Gefühl, mehr als nur Socken an den Füßen zu haben.

»Ist sonst noch jemand hier, Eli?«

Als Bellitto nicht reagierte, bückte sich Jack zu ihm hinunter, packte sein Haar und zog seinen Kopf hoch, so dass er ihm in die Augen schauen konnte.

»Wo ist Ihr Kumpel Minkin? Treibt er sich in der Nähe rum? Sie können nicken oder den Kopf schütteln, Eli. *Sofort!*«

Bellitto schüttelte den Kopf.

»Erwarten Sie ihn oder jemanden anderen in allernächster Zeit?«

Ein neuerliches Kopfschütteln.

Jack stieß ihn zurück. »Okay. Ich will Ihnen mal glauben.« Er wandte sich an Lyle. »Zücken Sie Ihren Totschläger und halten Sie sich in seiner Nähe. Wenn er aufstehen will, schicken Sie ihn auf die Bretter.«

Lyle wollte mit dem Mann nicht allein zurückbleiben. »Wo gehen Sie hin?«

»Ich schaue mal in den anderen Zimmern nach. Nur um auf Nummer Sicher zu gehen. Ich habe das ungute Gefühl, dass Minkin sich irgendwo, vielleicht in der Etage über uns, versteckt. Ich möchte ihn nur ungern zurücklassen, sollte er hier sein. Und während ich schon mal dabei bin, kann ich auch gleich nachschauen, ob ich etwas finde, um dieses Stück Müll sicher zu verpacken.« Er ließ den Blick durch das kahle Wohnzimmer wandern. »Mein Gott, Eli, haben Sie schon mal was von einem Teppich gehört?«

Während Jack sich mit der Pistole im Anschlag entfernte, zog Lyle den Totschläger aus der Tasche und suchte sich eine Position hinter Bellitto, wo er nicht ständig in seine kalten Augen blicken musste. Er war froh, dass der Mund des Mannes zugeklebt war und er nicht reden oder um Gnade winseln konnte. Ahnte er vielleicht, dass dies die letzte Nacht war, die er unter den Lebenden verbringen würde?

Plötzlich vernahm Lyle einen heiseren Schrei – es war Jacks Stimme – vom anderen Ende des Hauses.

Oh, Scheiße, was nun?

Er krampfte die verschwitzte Hand um den Griff des Totschlägers, während sich sein Herzschlag mindestens auf das Dreifache beschleunigte. Verdammt noch mal, er hätte die Pistole nehmen sollen, als Jack sie ihm angeboten hatte.

Und dann kam Jack regelrecht ins Zimmer geflogen, das Gesicht schneeweiß, die Zähne gefletscht, in der einen Hand die Pistole, in der anderen ein Bogen Papier.

Lyle erschrak, als er den Ausdruck seiner Augen gewahrte. Er hätte niemals erwartet, dass ein Mensch so aussehen konnte – wie der personifizierte Tod.

Er tat einen hastigen Schritt rückwärts, während Jack Bellitto mit der Pistole eins über den Schädel verpasste und ihm das Stück Papier unter die Nase hielt.

»Was ist das? Wer hat das geschickt?« Er ließ das Blatt Papier in Bellittos Schoß fallen und riss das Klebeband von seinem Mund ab. Dann senkte er die Pistole, bis die Mündung auf ein Bein des Mannes zielte. »Reden Sie endlich, Bellitto, oder ich schieße Ihre Knie zu Brei, und zwar eins nach dem anderen, bis ich alles weiß, was Sie mir zu erzählen haben.«

13

»So gerne ich Jack hier sehen würde«, sagte Charlie, »so hoffe ich doch, dass er nicht ausgerechnet in diesem Augenblick hereinplatzt. Ich glaube, dies hier wäre ein wenig schwierig zu erklären.«

Gia lachte. »Ich würde es gar nicht erst versuchen. Eher würde ich ihm den Kopf waschen, weshalb er so lange gebraucht hat herzukommen.«

Gias Fuß steckte in einer Art Stufe etwa ein Meter zwanzig über dem Boden ihres Gefängnisses, und ihr Arm schmerzte von der ungewohnten Anstrengung, während sie ein weiteres Loch über ihrem Kopf in die Erdwand grub. Charlie befand sich hinter ihr und hielt sie in Position, indem er sich gegen die Rückseiten ihrer Oberschenkel stemmte. Er hatte die ersten vier Löcher in Rekordzeit gegraben – die Fähigkeit, etwas zu tun, das ihnen beiden zur Freiheit verhelfen konnte, hatte ihn in den reinsten menschlichen Bagger verwandelt –, und hatte sich dabei beim letzten Loch so weit wie möglich gestreckt. Dann war Gia an die Reihe gekommen. Man musste die Stufen benutzen, um sich weiter in die Höhe zu arbeiten. Da sie kleiner und leichter war, schien es einfacher, wenn Charlie sie festhielt.

»Mein Gott, ist die Erde hart!«

Sie hatte die Augen geschlossen und drehte das Gesicht zur Seite, um es vor der losen Erde zu schützen, die herunterrieselte, sobald sie das Kreuz in die Schachtwand bohrte. Sie selbst war mit Erde bedeckt. Vor allem ihr blondes Haar war voller Erdkrumen. Sie fühlte sich schmutzig und unansehnlich, arbeitete aber beharrlich weiter. Sie machten deutliche Fortschritte, was bedeutete, dass sie sich am Ende aus ihrem Gefängnis befreien würden.

Das Kreuz schlug klirrend gegen etwas Solides in dem Loch. Ein weiteres Ausholen, erneutes Klirren, und nur wenig Erde rieselte heraus.

»Hm-hm. Ich glaube, ich bin auf festes Gestein gestoßen.«

»Ist das Loch denn groß genug für einen Fuß?«

Gia schätzte, dass die Öffnung höchstens knapp fünf Zentimeter tief war. »Noch nicht.«

»Versuchen Sie, um das Hindernis herumzugraben.«

»Und wenn es zu groß ist?«

Sie spürte, wie Charlie unter ihr seine Haltung veränderte.

»Los. Klettern Sie auf meine Schultern und sehen Sie sich genauer an, worauf Sie gestoßen sind. Wenn es wirklich zu groß ist, müssen wir das Loch ein Stück zur Seite verschieben.

Wenn nicht, versuchen Sie, was immer es ist, aus dem Loch herauszuholen.«

»Sind Sie sicher?«

»Tun Sie's. Sorgen Sie aber bloß dafür, dass es mir nicht auf den Kopf fällt.«

Indem sie in der flachen Vertiefung, die sie gegraben hatte, Halt suchte, stellte Gia einen Fuß zögernd auf Charlies Schulter, dann den anderen. Sie streckte die Knie, so dass ihr Kopf in die Höhe stieg, auf gleiche Höhe mit der Öffnung gelangte, und sie ...

... in die leeren Augenhöhlen eines Kinderschädels blickte.

Gia stieß einen entsetzten Schrei aus und wich zurück. Sie verlor den Halt und stürzte. Verzweifelt ruderte sie mit den Armen, fand aber nichts, woran sie sich hätte abstützen können. Irgendwie schaffte Charlie es, sie aufzufangen und vor einem schlimmeren Schaden zu bewahren.

»Was ist los?«

Gia schluchzte. »Das Skelett eines Kindes. Vielleicht ist es sogar Taras. Oh. Ich hasse das alles!«, rief sie und ließ ihren Tränen freien Lauf. Sie dachte an Vicky. Es war nichts als reines Glück, dass es nicht ihr Schädel war. »So etwas sollte niemandem zustoßen, vor allem keinem Kind!« Sie wischte sich die Tränen mit dem Handrücken ab, der anschließend schwarz von Erde war. »Was für ein Monstrum ...?«

In diesem Augenblick erbebte die Erde. Nur wenig, aber es reichte aus, um sie aus ihrer Verzweiflung zu reißen und in die Gegenwart zurückzuholen.

Charlie starrte zu den Schachtwänden empor. »Haben Sie das auch gespürt?«

Gia nickte. »Natürlich ...«

Aus der Wand über ihnen löste sich ein Erdbrocken und fiel herab. Gia hustete und würgte, als sie in der Staubwolke einatmete. Eine weitere Ladung landete auf ihrem Rücken und ließ sie in die Knie gehen.

»Hier bricht alles zusammen! Wir werden lebendig begraben!«

Der Erdregen dauerte an, während Charlie ihren Arm packte und sie auf die Füße hochzog. »Bewegen Sie Ihre Beine! Sehen Sie zu, dass Sie oben bleiben, während sich der Schacht füllt!«

Es war, als befänden sie sich unter einem Wasserfall aus Geröll und Staub, aber Gia begriff, was er meinte. So lange nicht zu viel auf einmal herunterkam, hätten sie die Chance...

Sie schrie auf, als sich etwas Kaltes um ihr Fußgelenk legte. Sie blickte nach unten und sah eine kleine, geisterhaft bleiche Hand nach ihrem Fuß greifen. Sie versuchte, den Fuß wegzuziehen, konnte sich aber nicht befreien. Die kleinen Finger hielten sie so fest wie stählerne Fesseln.

Charlie stieß einen lauten Ruf aus. Gias Kopf zuckte herum, und sie sah, wie eine andere Hand sich aus dem Erdreich wühlte und seinen Fuß packte. Ringsum stieg der Erdpegel, und sein Gesicht bekam einen zunehmend verzweifelten Ausdruck, während er versuchte, sich zu befreien.

»Es ist Tara!«

Charlie starrte sie an. »Warum? Wir haben ihr nichts getan!«

»Tara!«, schrie Gia und bewegte hektisch ihren Fuß hin und her, um der erbarmungslosen Umklammerung zu entkommen. »Tara, hör auf! Wir sind nicht deine Feinde!«

Sie hielt noch immer das Kreuz in der Hand. In äußerster Not holte sie damit aus und traf die kleine Hand dicht über dem Gelenk. Es glitt durch das geisterhafte Fleisch, als wäre es nichts als Luft, und dann...

Die Hand verschwand, und sie war frei.

»Charlie! Das Kreuz! Es löst den Griff!«

Charlies Fußknöchel war bereits im Erdreich versunken. Gia ging in die Hocke und grub sich durch das Geröll, bis sie die Geisterhand sah. Sie rammte das Kreuz dagegen, und die Hand löste sich auf.

»Dem Herrn im Himmel sei Dank!«, rief Charlie, während er mit einem Sprung den Punkt verließ, an dem er festgehalten worden war. »Nichts kann der Kraft Seines Kreuzes widerstehen!«

Genau in diesem Augenblick spürte Gia, wie eine andere Hand ihr linkes Fußgelenk umklammerte und eine weitere Hand nach ihrem rechten Knöchel griff. Sie blickte zu Charlie und sah, dass sich zwei Arme aus der Schachtwand herausschlängelten, um seine Unterschenkel festzuhalten.

Der Erdrutsch nahm an Intensität um das Doppelte zu.

Gia zögerte keine Sekunde. Sie schlug nach der einen kleinen Hand und dann nach der anderen. Sobald sich deren Haltegriff gelöst hatte, durchquerte sie den Schacht, um Charlie zu helfen. Dabei rutschte sie aus, und das Gewicht der herabstürzenden Erde drückte sie auf die Knie. Für einen Moment voller Panik glaubte sie, nicht mehr hochzukommen, doch sie kämpfte sich auf die Füße und gelangte tatsächlich bis zu Charlie. Hustend und nach Luft schnappend attackierte sie die geisterhaften Hände. Aber kaum hatte sie ihren Leidensgefährten befreit, wurden sie beide sofort wieder festgehalten – diesmal gleich von jeweils drei oder vier Händen.

»Sie ist wie eine Hydra!«, kreischte Gia, während sie sich gegen die neuen Hände wehrte – und zwar sowohl die, die sie gepackt hatten, wie auch die, die Charlie umklammerten –, aber es tauchten ständig neue auf, kaum dass sie die alten abgetrennt hatte.

»Mit Hydras kenne ich mich nicht aus«, sagte Charlie mit gepresster Stimme. »Aber ich sehe uns beide nicht lebend hier rauskommen. Zumindest nicht zusammen.«

Gia warf ihm einen Seitenblick zu. Seine Miene spiegelte Verzweiflung und Hilflosigkeit wider, so als würde er jeden Augenblick anfangen zu weinen.

»Es ist schon okay, Charlie. Wir schaffen es. Wir müssen nur dafür sorgen...«

Sein Gesichtsausdruck verhärtete sich, als wäre er zu einem Entschluss gelangt. Er streckte die Hand aus. »Geben Sie mir das Kreuz.«

»Ich komme damit ganz gut zurecht.«

»Nein, das tun Sie nicht.« Er packte ihren Arm. Ein seltsamer Glanz lag in seinen Augen. »Ganz und gar nicht. Geben Sie her.«

»Charlie? Was haben Sie vor?« Gia wich vor ihm zurück, doch er war stärker und hatte eine größere Reichweite. Er bekam das Kreuz zu fassen und entriss es ihrer Hand. »Charlie!«

Wortlos bückte er sich und hackte auf die Hände ein, die ihr linkes Bein festhielten. Sobald es befreit war, hob er den Fuß hoch und stellte ihn sich auf den Rücken. Dann nahm er sich ihr rechtes Bein vor. Als auch das seiner Fesseln ledig war, hob er die Frau hoch und stellte sie auf das Erdreich, das mittlerweile bis über seine Knie reichte.

Sobald Gia die Erde berührte, wanden sich neue Arme wie Schlangen hervor und legten sich um sie. Charlie begann sofort, auch diese Fesseln zu zerstören.

Der Strom aus lockerem Erdreich wurde noch dichter, so dass Gia ihren Partner in der Not kaum mehr sehen konnte.

»Was ist mit Ihnen?« Die Worte blieben ihr beinahe in der Kehle stecken, als ihr klar wurde, was er vorhatte. »Charlie, Sie müssen Ihre eigenen Füße befreien!«

»Zu spät«, erwiderte er, ohne aufzublicken. Er stand bis zur Taille im Erdreich und hackte weiterhin auf die neuen Hände ein, sobald sie sich ans Licht schoben, und sorgte dafür, dass Gia auf der Kuppe des ständig wachsenden Erdhügels blieb. »Ich komme nicht mehr an sie heran.«

»Sie schaffen es, wenn Sie es sofort versuchen! Dann kommen wir beide aus dieser Grube heraus!«

Er schüttelte den Kopf. »Hm-hm. Dann sitzen wir beide im selben absaufenden Boot.«

»Nein!« Gia konnte und wollte das nicht zulassen. Sie

scharrte mit den Händen in der Erde um seinen Körper. »Wir wechseln uns ab! Wir...«

Eine Geisterhand schoss aus der lockeren Erde hoch, ergriff ihr Handgelenk und riss es nach unten. Sie schrie erstickt auf, als ihr Gesicht ins Erdreich gepresst wurde.

Charlie schlug auf die Hand ein, befreite die Frau und stieß sie dann grob zurück.

»Sehen Sie?« Er schaute sie jetzt an, und sie konnte Tränen in seinen Augen erkennen. Seine Lippen zitterten, als er weitersprach. »Ich weiß, was ich tue, okay? Ich will es nicht für nichts und wieder nichts tun! Es soll einen Sinn haben, klar?«

»Aber Charlie...«

In diesem Moment versiegte der Erdrutsch.

Gia sah hoch, drehte den Kopf, blickte zu Charlie. Der Geröllregen hatte genauso plötzlich aufgehört, wie er begonnen hatte. Aber warum?

»Lobet den Herrn!« Charlie kippte erschöpft nach vorne. Das Erdreich erreichte bereits den unteren Teil seines Brustkorbs. Er legte den Kopf auf seine Arme und sagte halblaut: »Er hat uns vom Bösen erlöst!«

In diesem Augenblick spürte Gia, wie die Erde unter ihr zu wogen begann, wie sie sich veränderte, feiner, körniger wurde. Sie bewegte sich, wogte und wallte wie eine zähflüssige Masse.

Und sie stieg.

»O nein!«, stöhnte Gia. »Was geschieht hier?«

Charlie richtete sich auf und trommelte mit den Fäusten auf das Erdreich ein, während es bis zu seinen Achselhöhlen stieg.

»Keine Ahnung! Bitte, lieber Gott, mach, dass es aufhört! Bitte!«

Die Erde, obgleich pulvertrocken, schwappte gegen ihn wie Wasser, verschluckte ihn, doch Gia versank nicht, sondern schwamm irgendwie auf dem körnigen Gewoge. Sie schrie auf, erwischte die freie Hand ihres Leidensgenossen und versuchte, ihn zu sich hochzuziehen, doch er rührte sich nicht. Seine Füße waren unverrückbar in der Tiefe verankert.

Während die Erdflut an seinem Hals leckte, fand sein verzweifelter Blick ihre Augen und schien sie regelrecht festzuhalten, sich daran zu klammern. »O bitte, bitte, Herr! Ich will nicht sterben!«

Und dann schwappte die Erde in seinen offenen Mund, und er hustete und würgte und schnappte nach Luft und wand sich, wobei er den Hals, so gut es ging, reckte. Gia weinte und wimmerte vor Grauen, zerrte an seinem Arm, bewegte ihn aber um keinen Millimeter aus seiner misslichen Lage. Der Geröllpegel stieg über seinen Mund, die ersten Krumen drangen in seine Nasenlöcher, und seine Augen weiteten sich, quollen hervor und waren ein einziges stummes Flehen. Mit einem letzten Aufwallen wogte die lockere Erde hoch und bedeckte seinen Kopf, so dass nur noch seine hochgereckten Arme zu sehen waren.

Gia schrie und wühlte ihre nackten Hände in die Erde, scharrte wild und hektisch wie ein Hund, um sein Gesicht von der unheimlichen Flut zu befreien.

»Charlie, Charlie! Halten Sie durch!«

Aber es war, als versuchte man, mit bloßen Händen eine Springflut aufzuhalten. Das lockere Erdreich umspülte ihre Finger und füllte sofort jede noch so winzige Lücke, die sie mit ihren hektischen Bewegungen geschaffen hatte. Sie konnte sein Gesicht ertasten, berührte seine Haare, vermochte aber nicht, genug von der lockeren Masse wegzuräumen, um ihn richtig zu sehen. Wenn sie doch nur einen Schlauch oder ein Rohr hätte, etwas, um ihm ungehinderten Zugang zu frischer Luft zu verschaffen, bis...

Plötzlich brach Charlies andere Hand durch die Erdflut. Sie hielt immer noch das Kreuz. Gia ergriff sein Handgelenk und zog mit aller Kraft, stemmte sich mit ihrem gesamten Gewicht gegen den Sog des Erdreichs, aber sie bewirkte nichts! Gar nichts!

Und dann, während ihre Finger seine Hand festhielten, spürte sie, wie ein Zittern durch seine Arme lief und sich bis in seine Hände fortsetzte. Sie musste verfolgen, wie seine Finger sich streckten, versteiften, das Kreuz fallen ließen, für einige wenige Sekunden in der Luft zuckten, dann schlaff wurden, herabsanken, sich noch einmal aufbäumten, ein zweites Mal, und sich dann nicht mehr rührten.

»Nein!« Trauer und Schmerz wallten in Gia hoch wie eine alles verschlingende Flut. Sie war Charlie nur zweimal begegnet, kannte ihn so gut wie gar nicht, und trotzdem hatte er sein Leben für sie geopfert. Sie kniete sich hin und ergriff seine erkaltenden Hände, gab einen verzweifelten Klagelaut von sich, der in ein haltloses Schluchzen überging. »Nein!«

»Es tut mir Leid.« Das war Taras Stimme.

Gia blickte auf. Wo gerade eben noch ein tiefer Schacht gegähnt hatte, befand sich jetzt eine vollkommen glatte, seichte Vertiefung in der Erde. Tara stand ein paar Schritte entfernt, sah sie an und wirkte so reizend und unschuldig wie zuvor, aber ganz und gar nicht so, als täte ihr wirklich Leid, was geschehen war.

»Warum? Das war ein guter Mensch! Er hat weder dir noch irgendjemand anderem jemals geschadet! Wie konntest du ihn nur töten?«

Tara kam näher. Ihr Blick heftete sich auf Gia – aber nicht auf ihr Gesicht, sondern auf ihren Bauch.

»Weil er nur im Weg gewesen wäre.«

Es rieselte Gia eiskalt über den Rücken. Ein tiefes Unbehagen ergriff allmählich Besitz von ihr. »Im Weg... wem im Weg?«

»Er hätte bei dem, was als Nächstes geschieht, nur gestört.«

Das Blut in Gias Adern erstarrte zu Eis, während sie mit unsicheren Bewegungen auf die Füße kam.
»Ich verstehe nicht.«
Tara lächelte. »Dein Baby wird mein Baby.«

14

»Nein-bitte-nicht!«, jammerte Bellitto und wand sich im Sessel, während Jack die Mündung des Schalldämpfers auf eine Stelle dicht über seinem linken Knie presste. Er starrte auf den Bogen Papier auf seinem Schoß. »Bitte! Das habe ich noch nie im Leben gesehen!«
»Lügner!«
»Nein! Ich schwöre!«
»Dann lesen Sie es jetzt. Sie haben zehn Sekunden Zeit.«
Die dunklen Kräfte in Jacks Innerem rüttelten an den Gitterstäben ihres Käfigs, um freigelassen zu werden und den Abzug zu betätigen und die Kniescheibe dieses Mistkerls zu zertrümmern. Aber Jack behielt sich in der Gewalt. Bellitto war nicht mehr der Jüngste. Auf keinen Fall wollte er ihn durch einen Herzinfarkt oder einen Schlaganfall verlieren.
Er hätte beinahe selbst einen Herzinfarkt bekommen, als er das Büro am anderen Ende der Wohnung betreten hatte. Ein kleines Zimmer, kein Platz für einen Zeitgenossen von Minkins Körperbau, um sich dort zu verstecken, aber Jack hatte trotzdem im Wandschrank nachgeschaut. Leer. Auf dem Weg nach draußen hatte er zufällig einen Blick auf den Bogen Papier geworfen, der im Auffangkorb des Faxgeräts lag. Sein Blick huschte über die handgeschriebenen Zeilen, während er an dem Gerät vorbeiging. Und er war bereits durch die Tür nach draußen getreten, als eins der Worte, die er gesehen hatte, in seinem Bewusstsein hängen blieb...

...Westphalen...

Mit einem entsetzten Aufschrei war er zu dem Faxgerät zurückgekehrt, hatte das Papier aus dem Korb geangelt und den Text gelesen:

Erfolg! Die Kontoauszüge ihrer Visa-Karte weisen eine umfangreichere Abbuchung durch eine Einrichtung namens Pint-Size Picassos auf, bei der es sich um ein Sommerferienlager in der Nähe von Monticello handelt. Ich habe dort nachgefragt, und das Westphalen-Paket ist dort zu finden. Es braucht nur abgeholt zu werden, und schon sind wir im Geschäft. A. kann den Auftrag ohne größere Probleme durchführen.

DIESE NACHRICHT SOFORT VERBRENNEN!

Jack las die Zeilen noch einmal, dann ein drittes Mal, und konnte es noch immer nicht glauben... Westphalen... Pint-Size Picassos... Das war Vicky. Bellitto und seine Bande hatten Vicky im Visier!

Wie? Warum? Sie konnten unmöglich über Vickys Verbindung zu ihm Bescheid wissen – sie wussten ja noch nicht einmal, wer er überhaupt war!

Oder etwa doch?

Er brauchte dringend einige Antworten.

Bellitto sah von der Notiz hoch. »Ich weiß nicht, was das ist! Ich habe es noch nie gesehen! Es muss sich um einen Irrtum handeln!«

»Das reicht jetzt.« Er drückte den Schalldämpfer härter gegen Bellittos Knie.

»Mein Gott, Jack!« Lyle stand hinter Bellitto und verfolgte das Geschehen mit einer Mischung aus Abscheu und Entsetzen.

»Hey, ich bin kein Unmensch.« Er wollte hier und jetzt

keinesfalls eine Schießerei anfangen. Wenn man sich zu so etwas hinreißen ließ, wusste man nie, wo das Ganze endete. Aber er musste es *wissen*. Er hatte nämlich das Gefühl, dass Bellitto kurz davor stand, den Mund aufzumachen. »Ich überlasse ihm die Wahl, welches Knie ich mir zuerst vornehme.«

Bellitto versuchte, sich wegzudrehen. »Nein! Bitte! Sie müssen mir glauben, dass ich dieses Papier nie gesehen habe! Sehen Sie sich doch die Uhrzeit oben am Rand an! Es ist gerade erst angekommen! Das Fax hatte sich gemeldet, und ich war gerade unterwegs, um nachzuschauen, als Sie reinkamen.«

Er nahm das Blatt Papier und reichte es Lyle – dabei ließ er Bellitto nicht aus den Augen. »Stimmt das?«

Lyle musste die Augen zusammenkneifen, um die winzige Druckschrift lesen zu können, dann nickte er. »Ja. Die Sendezeit war vor zwei Minuten.« Er ließ die Mitteilung wieder auf Bellittos Schoß flattern. »Warum regen Sie sich so sehr über ein Paket auf?«

Na schön. Dann hatte Bellitto das Papier nicht gesehen. Das bedeutete jedoch nicht, dass er nichts darüber wusste. Jack hob die Pistole und setzte die Mündung genau auf Bellittos Herzgrube.

»Vicky Westphalen – was bedeutet sie für Sie?«

Mit Bellittos Reaktion auf diese Frage hatte er nicht gerechnet – die Miene des Mannes zeigte, dass er zutiefst geschockt war. Er blickte wieder auf das Papier.

Jack fiel in diesem Augenblick ein, dass Vickys Vorname in der Mitteilung gar nicht genannt worden war. Und Bellitto schaute reichlich verwirrt drein, als versuchte er, dahinter zu kommen, woher Jack ihn kannte.

Er weiß nicht, welche Verbindung zwischen uns besteht!

Wie, zum Teufel, konnte er dann...?

Lyle beugte sich vor und warf noch einmal einen Blick über Bellittos Schulter auf die Nachricht. »Sie meinen, es geht in diesem Fax um ein Kind? Ein Kind, das Sie kennen?« Er schüttelte voller Abscheu den Kopf. »Das ist ja grässlich, Mann! Wirklich schlimm!«

Jack dachte daran, dass es in seinem Leben keine Zufälle mehr gab und dass diese Angelegenheit mit Begriffen wie »abscheulich« und »hässlich« keinesfalls zu beschreiben war.

Und dann erinnerte er sich an den Polizisten, der in der Umgebung von Gias Wohnung herumgeschnüffelt und sich nach Vicky erkundigt hatte. War er ein Mitglied von Elis »Zirkel«?

Es gab nur einen Weg, das in Erfahrung zu bringen.

Er wedelte mit dem Fax vor Bellittos Gesicht herum. »Das kommt von Ihrem Freund bei der Polizei, nicht wahr?«

Bellitto zuckte zusammen und starrte Jack an. Seine Augen gaben eine eindeutige Antwort.

»Ich kenne Ihren gesamten Zirkel, Eli.«

Nicht ganz, aber die anderen Mitglieder waren unwichtig. Vor allem in diesem Augenblick. Er schnappte sich das Klebeband und pappte es Eli wieder auf den Mund.

»Ich muss los.«

Lyle blinzelte. »Los? Wohin?«

»In die Catskills. Ich muss zu diesem Sommerlager und mich vergewissern, dass es Vicky gut geht.«

Und wenn dies nicht das einzige Gerät war, an das das Fax geschickt worden war? Bellitto hatte von seinem »Zirkel« gesprochen. Das konnte bedeuten, dass neben Minkin noch beliebig viele andere Personen dazu gehörten. Mit »A.« war vermutlich genau er gemeint: Adrian Minkin. Er könnte das gleiche Fax empfangen haben – und in diesem Moment bereits unterwegs sein. Vielleicht nimmt er sogar noch andere Angehörige des Zirkels mit, wie diesen Polizisten. Und alle haben es auf Vicky abgesehen…

»Sie brauchen doch gar nicht selbst die Reise zu machen!«, meinte Lyle. Er klang aufrichtig besorgt. »Sie können anrufen!«

»Das weiß ich, aber es reicht nicht.«

Er würde sofort telefonieren, im Lager Bescheid sagen, dass Vicky in Gefahr schwebte, dass man auf sie aufpassen und sie mit niemandem außer ihrer Mutter mitgehen lassen solle. Dann würde er hinfahren und sich im Wald auf die Lauer legen und darauf achten, dass niemand etwas vermasselte.

»Aber was ist mit diesem Kerl? Was machen wir mit ihm?«

»Ich helfe Ihnen, ihn in den Wagen zu verfrachten. Sie bringen ihn zum Haus und führen den Tausch durch. Sagen Sie Gia, dass wir uns im Lager treffen und Vicky gemeinsam nach Hause bringen.« Er bemerkte, wie Bellitto ihn verwirrt ansah. Das brachte ihn dazu, ihm etwas zu liefern, worüber er sich den Kopf zerbrechen konnte. »Ja, Sie haben richtig gehört, Eli. Wir überlassen Sie Tara Portman – für jemand anderen.« Zumindest hoffte Jack, dass es so laufen würde. »Sie erwartet Sie im Haus Ihres alten Freundes Dimitri. Sie hat sich etwas ganz Besonderes für Sie ausgedacht.«

Das müsste eigentlich ausreichen, um ihm Probleme mit seinem Schließmuskel zu bereiten.

Und jetzt brauchte er schnellstens ein Telefon. In dem kleinen Büro hatte er eins gesehen.

»Ich bin gleich zurück«, gab er Lyle Bescheid, während er hinausging. Er deutete auf Bellitto. »Achten Sie darauf, dass er sich keinen Millimeter rührt.«

Lyle nickte. »Okay, aber beeilen Sie sich. Wir wissen nicht, wie viel Zeit uns bleibt.«

Jack hatte das Esszimmer zur Hälfte durchquert, als er ein Geräusch vernahm und im Bereich der Treppe zu seiner Linken eine Bewegung wahrnahm. Er war nicht darauf vorbereitet, doch er schaffte es, die Hände schnell und weit genug zu heben, um die Pistole zwischen seinen Kopf und den Schürhaken zu bringen, mit dem ein wahrer Gorilla von einem Mann zuschlug. Die Waffe wirbelte durch die Luft. Jack taumelte zurück, prallte gegen den Esstisch, so dass Geschirr und andere Utensilien zu Boden polterten. Dann rollte er sich zur Seite, um einem weiteren Angriff Adrian Minkins zu entgehen, der erneut mit dem Schürhaken zuschlug.

15

Gia legte schützend die Hände auf ihren Leib, als ihr klar wurde, welchen grässlichen Wunsch Tara soeben geäußert hatte.

»Mein Baby? Nein… das kann nicht dein Ernst sein.«

Tara nickte und schwebte auf sie zu. »Doch, das ist es. Ich will dieses Baby. Ich brauche es.«

»Nein!«

Gia entdeckte das Kreuz, das Charlie aus der Hand gefallen war. Sie bückte sich, ergriff es und hielt es hoch. Sie konnte kaum fassen, tatsächlich so zu reagieren. Es war, als spielte sie eine Szene aus einem dieser alten Vampirfilme nach, die Jack sich immer so gerne ansah.

Tara schien verwirrt. »Nehmen Sie das herunter.«

»Du hast Angst. Du fürchtest dich vor dem Kreuz!«

»Ich fürchte mich vor gar nichts.« Sie sagte es ein wenig zu schnell. »Es ist nur…«

»Nur was?«

»Es ist nur so, dass die Kreuze, die in diese Steine eingelassen waren, sich zu lange in nächster Nähe eines falschen Einflusses befanden. Einige Jahrhunderte zu lange. Daher haben Sie einiges von diesem Einfluss angenommen.«

»Was soll das heißen? Was haben sie angenommen?«

Tara schüttelte den Kopf. »Das weiß ich nicht. Etwas Giftiges. Denke ich.«

»Für dich vielleicht etwas Giftiges, aber Kirchen sind für mich kein Gift.«

»Eine Kirche?« Tara runzelte die Stirn. »Wie kommst du darauf, dass sie in einer Kirche waren? Sie befanden sich an der Wand eines Raumes, den man eher ein Gefängnis nennen könnte.«

Gia verstand nichts von dem, was die Erscheinung da sagte, aber sie hatte wenigstens eine Waffe, konnte sich immerhin verteidigen. Sie atmete mehrmals tief durch und versuchte, sich zu beruhigen. Es gelang ihr nur teilweise.

Gia wandte sich zur Treppe. »Ich gehe jetzt. Ich werde diese Stufen hinaufsteigen und das Haus verlassen.«

Um nie wieder hierher zurückzukehren. Lieber Himmel, warum hatte sie nicht auf Jack gehört und sich von diesem Ort fern gehalten?

Tara schüttelte den Kopf. »Nein, das wirst du nicht.«

Ihre Selbstsicherheit jagte Gia Angst ein, aber sie ließ sich davon nichts anmerken.

»Pass gut auf.«

Indem sie das Kreuz mit gestreckten Armen vor sich hoch hielt, bewegte sie sich nach rechts in Richtung Kellertreppe. Tara beobachtete sie aufmerksam und machte keinerlei Anstalten, sie daran zu hindern. Als Gia die Treppe erreichte, wurde sie gestoppt – sie konnte nicht weitergehen. Wie schon zuvor hielt etwas wie eine unsichtbare Wand aus Stoff sie auf. Sie stieß das Kreuz nach vorne – es drang ungehindert durch die Barriere, aber ganz gleich wie sehr sie sich auch anstrengte, sie konnte ihm nicht folgen.

Sie drehte sich um und glaubte fast zu ersticken, als sie sah, dass Tara unmittelbar hinter ihr stand. Sie hob das Kreuz, Tara wich zurück.

»Seien wir doch vernünftig«, sagte das Kind. »Du kannst andere Babys haben. Ich aber kann keins haben. Niemals. Darum gib mir deines und ...«

»Das kannst du dir aus dem Kopf schlagen. Du bist noch nicht mal zehn Jahre alt! Warum sollte ich ...?«

»Ich wäre jetzt über zwanzig!« Wut verzerrte die Miene des kleinen Mädchens. »Ich will ein Kind! Da ich kein eigenes haben kann, adoptiere ich deines!«
»Wie?«, fragte Gia. »Das ist doch Wahnsinn!«
»Nein. Kein Wahnsinn. Ganz einfach. Wenn das Baby hier stirbt, innerhalb dieser Mauern, zwischen diesen Steinen, dann bleibt es hier. Ich kann es behalten.«
»Aber es ist nicht deins!«
Taras Stimme steigerte sich zu einem Schrei, der den Boden unter Gias Füßen beben ließ. »Das ist mir egal!«
Gia hatte zunehmend Schwierigkeiten zu atmen. Tara… der Erdrutsch… die Granitblöcke… das seltsame Kreuz in ihrer Hand… ihr Baby…
»Tara, so bist du nicht.«
Das Gesicht des Mädchens verzerrte sich. »Was weißt du schon über mich? Nichts!«
»Ich habe mit deinem Vater gesprochen.«
»Er hat mich im Stich gelassen, genauso wie meine Mutter.«
»Nein! Deine Mutter…«
»Ich weiß über meine Mutter Bescheid. Sie hat mich zuerst aufgegeben!«
Gia suchte verzweifelt nach einem Weg, an das Kind heranzukommen. Wenn es nicht über ihre Eltern möglich war, wie dann?
»Tara, du wurdest geliebt. Ich habe die Familienfotos gesehen. Du mit deinem Pferd…«
Der Anflug eines Lächelns. »Rhonda.«
»…und mit deinem Bruder.«
Eine abweisende Miene. »Dieses kleine Gör. Was für ein Versager.«
»Tara, wie kannst du nur so reden?« Jegliches menschliche Gefühl, jede menschliche Regung schien ihr abhanden gekommen zu sein. »Dich verloren zu haben hat ihrer aller

Leben zerstört. So wichtig bist du ihnen gewesen. Ich kann nicht glauben, dass du das wirklich ernst meinst.«

»Glaub es ruhig.« Kalte Wut entstellte ihre Züge. »Ich wurde mitten aus meinem Leben gerissen und hierher gebracht, wo dreizehn Männer auf mich warteten. Einer von ihnen hat mein Herz, als es noch schlug, herausgeschnitten, und die anderen haben dabei zugeschaut.«

Gia presste eine Hand auf den Mund. »Gnädiger Gott!«

»Und nicht einer von ihnen hat Anstalten gemacht, ihn daran zu hindern.« Ihre Stimme klang eisig, ausdruckslos. »Keiner ist gekommen, um mich zu retten. Danach haben sie mein Herz in dreizehn Stücke zerteilt – und gegessen.«

Das Grauen verursachte Gia Übelkeit und ließ Galle in ihrer Kehle hochsteigen. »Und du warst wach... die ganze Zeit?«

»Nein. Ich war betäubt worden. Aber ich weiß, was geschah. Also sag mir nicht, wie ich bin und wie nicht. Du glaubst vielleicht, mich zu kennen, aber du tust es nicht. Ich war ein glückliches Kind. Ich hatte mein ganzes Leben mit unzähligen Möglichkeiten vor mir. Und jetzt habe ich keins mehr.«

»Es tut mir Leid, Tara. Aber dennoch...«

»Die Tara, die du auf diesen Bildern gesehen hast, ist tot. Schon lange. Sie ist damals unter jenem Messer gestorben.« Sie riss ihre Bluse auf und entblößte dort eine leere Höhle, wo sich eigentlich ihre Brust hätte befinden müssen. »Die neue Tara hat kein Herz mehr.«

Gia taumelte zurück. »Aber ich habe dir nichts getan. Warum willst du mir wehtun?«

»Ich bin das nicht. Ich habe kein Interesse an dir. *Es* will deinen Tod.«

»Es? Welches Es?« Alles, was Gia in diesem Augenblick einfiel, war Jacks Andersheit.

»Das weiß ich nicht. Ich weiß nur, dass es mich zurückgeholt hat, um dich zu töten.«

Sie zu töten... allmächtiger Gott, jemand, etwas wollte ihren Tod.

»Warum?« Was hatte sie getan?

»Das weiß ich nicht, und es interessiert mich auch nicht. Ich würde dich aus reiner Bosheit viel lieber am Leben lassen. Alles, was ich will, ist dein Baby.«

»Aber du hast versucht, mich zu töten, mich zu verschütten wie... wie Charlie.«

Gia unterdrückte ein Schluchzen. O Gott, der arme Charlie.

»Das habe ich. Aber dann wurde mir klar, dass wenn du hier stirbst, du dein Baby behältst. Dass ich es niemals bekommen würde.«

»Aber das Baby ist im Augenblick nicht mehr als ein Zellklumpen. Was willst du mit...?«

»Es wäre *meins*! Ich hätte etwas Eigenes! Jetzt habe ich nichts!« Tara kam näher. Ihre Stimme wurde weinerlich. »Komm schon, schöne Lady. Du kannst ein anderes kriegen. Lass mich in dich hineingreifen und es nur einmal drücken. Du wirst gar nichts spüren. Danach kannst du gehen.«

Ihre Hand zuckte vor, aber Gia schlug mit dem Kreuz danach, und Tara zog sie schnell zurück.

»Das ist nicht fair!«, schrie Tara. »Du kannst so viele Kinder haben, wie du willst, und du willst mir nicht mal eins abgeben! Ich hasse dich!« Sie trat zurück und beruhigte sich schlagartig, als hätte sie einen inneren Schalter umgelegt. »Na schön. Du willst dieses Kreuz nicht weglegen? Okay. Ich weiß, wie ich es dir abnehmen kann.«

Tara verschwand, dann erschien sie ein Dutzend Schritte weiter entfernt. Gia wartete ab, abwehrbereit, hielt das Kreuz gezückt und rechnete mit einer List. Dann bemerkte sie links von sich eine Bewegung... Charlies Hände schoben sich aus der Erde... schlaff und kalt und gespreizt, wie sie sie zurückgelassen hatte... die Finger zuckten jetzt... streckten sich... krümmten sich... wühlten sich aus dem Erdreich...

16

Lyle zuckte zusammen, als er aus dem Nebenraum einen Schrei vernahm, der an ein wütendes Raubtier erinnerte. Er hörte, wie der Esstisch umkippte, und dann sah er, wie sich Jack gegen einen riesigen Mann wehrte, der mit einem Schürhaken auf ihn eindrang. Er blickte auf den Totschläger in seiner Hand. Er konnte helfen. Und verdammt noch mal, das sollte er lieber auch schnellstens tun.

Während sich Lyle anschickte, in den Zweikampf einzugreifen, streckte Bellitto blitzartig ein Bein aus und erwischte ihn am Fuß. Lyle stolperte, doch ehe er sein Gleichgewicht wiederfand, trat Bellitto gegen sein Bein. Lyle ging zu Boden und verspürte einen grauenhaften Schmerz in seinem Rücken. Ein weiterer Tritt. Aber wie…?

Er blickte sich um und sah, dass Bellitto aus dem Sessel hochgekommen war. Er stand über ihm, das Gesicht eine wütende Fratze. Erstickte Schreie kämpften gegen das Klebeband auf seinem Mund an, Luft fegte pfeifend durch die aufgeblähten Nasenlöcher darüber.

Er holte zu einem weiteren Tritt aus und zielte diesmal auf Lyles Magen, doch Lyle rollte sich weg und bekam den Fuß in die Seite. Er ächzte vor Schmerzen. Gleichzeitig glaubte er zu hören, dass eine Rippe knirschend brach.

Der nächste Tritt galt Lyles Kopf und traf mitten ins Schwarze. Der Raum rotierte plötzlich wie ein außer Kontrolle geratenes Karussell…

»Sie!«, kreischte Minkin mit zusammengebissenen und gefletschten Zähnen. »Sie ahnen gar nicht, wie sehr ich diesen Moment herbeigesehnt habe!«

Jack lag auf dem Rücken. Die Kante eines zerbrochenen Tellers bohrte sich in sein Schulterblatt, während Minkin rittlings auf ihm saß, seine mächtigen Hände um Jacks Kehle, und versuchte, mit den dicken Daumen seinen Kehlkopf zu zerquetschen.

Trottel. Er hatte sich durch das Fax ablenken lassen. Der Überraschungsangriff sowie sein Mangel an praktischem Training während der letzten Monate hatten dafür gesorgt, dass er im Nachteil war. Er hatte es zwar geschafft, den Schürhaken aus Minkins Hand zu treten, doch während des darauf folgenden Nahkampfs hatte der große Mann seine enorme Körpermasse erfolgreich einsetzen können.

Jack hoffte, dass seine Halsmuskulatur dem Druck standhielt. Bisher hatte sie sich dem Druck von Minkins Daumen widersetzen können, aber auf Dauer würde sie nicht durchhalten. Er warf sich hin und her, versuchte sich aufzubäumen, doch der schwerere Mann hatte ihn fest im Griff. Jacks Glock war nirgendwo zu sehen, und er kam weder an das Spyderco-Messer in seiner Tasche noch erreichte er die Reserve-.38er im Halfter an seinem Fußknöchel.

Am Rand bekam er ein Poltern, laute Rufe und Schleifgeräusche aus dem Nebenzimmer mit. Lyle?

Sein Kopf schien anzuschwellen, als wollte er jeden Moment explodieren. Allmählich ging ihm die Luft aus. Das konnte man von Minkin nicht sagen. Er hatte alle Luft der Welt zur freien Verfügung.

»So..., das ist also der Dieb, der im Dunkeln von hinten angreift..., der Eli mit dem Messer angestochen und mir einen Teil meiner Erinnerung gestohlen hat... Das ist also der harte Bursche, der dachte, er könnte Eli umbringen und den Zirkel übernehmen.« Er grinste. »Du bist ja gar nicht so hart. Genau genommen bist du ein jämmerliches Stück Scheiße!«

Jack versuchte, die Finger von seinem Hals wegzubiegen, doch er fand keinen Ansatz, um so etwas wie eine Hebelwirkung zu erzeugen. Er stieß mit den eigenen Daumen nach Minkins Augen – er ließ sich die Nägel für solche Aktionen immer etwas länger wachsen – aber seine Arme waren einfach zu kurz.

Minkin lachte spöttisch. »Das klappt nicht, kleiner Mann.« Er brauchte Hilfe. Wo zum Teufel war Lyle?

Während er den Schmerz und die Benommenheit abschüttelte, tat Lyle das Einzige, wozu er in diesem Augenblick fähig war: Er rollte sich weg.

Aber Bellitto folgte ihm. Seine Hände waren zwar auf dem Rücken mit Klebeband gefesselt, doch er brauchte sie gar nicht. Seine Füße machten diesen Mangel mehr als wett und landeten einen wütenden Tritt nach dem anderen. Lyle versuchte, den Totschläger gegen die fliegenden Füße einzusetzen, erzielte aber keine entscheidende Wirkung, weil er die Waffe nur eingeschränkt benutzen konnte.

In seiner Verzweiflung drehte er sich auf der Hüfte und versuchte seinerseits, einen gezielten Tritt anzubringen. Er erwischte Bellitto am Oberschenkel, und das bremste diesen ein wenig. Angetrieben von seinem kleinen Sieg, trat Lyle erneut zu, diesmal um einiges härter. Seine Ferse traf Bellittos Schienbein.

Während der Mann rückwärts taumelte, kämpfte Lyle sich auf Hände und Knie hoch – Herrgott im Himmel, sein ganzer Körper schmerzte – und streckte sich. Er bekam einen von Bellittos Knöcheln zu fassen und riss ihn hoch.

Da er seine Hände nicht benutzen konnte, um sich abzufangen, stürzte Bellitto schwer. Lyle war sofort über ihm. Er hatte den Totschläger noch in der Hand und zögerte nicht. Bellitto hob den Kopf, und Lyle schlug zu, so dass er gleich wieder nach unten sackte. In dieser Stellung blieb er.

Lyle starrte auf den halb bewusstlosen Mann und betrachtete dann den Totschläger in seiner eigenen Hand. Er hatte sich gefragt, ob er wohl fähig wäre, ihn gegen einen Mitmenschen zu benutzen. Kein Problem. Natürlich konnte Bellitto nicht unbedingt als vollwertiges menschliches Wesen betrachtet werden.

Dann hörte er eine gehässige Stimme aus dem Nebenzimmer. Sie gehörte nicht Jack. Den Totschläger in der Hand wiegend, ließ Lyle Bellitto liegen und begab sich zum Esszimmer.

»Du solltest mal dein Gesicht sehen«, sagte Minkin. »Rot wie 'ne Tomate.«

Jack hatte es aufgegeben, an Minkins Gesicht heranzukommen oder ihn von sich abzuwerfen. Seine Halsmuskeln quittierten allmählich den Dienst, dunkle Flecken engten zunehmend seinen Gesichtskreis ein, wurden zahlreicher, größer…

Er tastete mit den Händen über den Fußboden – auf der Suche nach irgendetwas, das er als Waffe nutzen könnte.

»Ach, was ich noch sagen wollte… Ich habe etwas für dich, das du auf deine Reise ins Jenseits mitnehmen kannst. Ich habe gelauscht… Ich konnte dich hören… Es scheint, als würdest du diese DiLauro-Lady und ihr kleines Mädchen kennen… Du weißt sogar den Vornamen des Lamms. Was für ein Zufall…, einfach allerliebst. Eli lässt mich vor der Zeremonie niemals mit den Lämmern spielen, aber mit diesem mache ich eine Ausnahme. O ja, ich werde großen Spaß mit deiner kleinen Freundin ›Vicky‹ haben, ehe sie geopfert wird.«

Die Kräfte erlahmten. Die tastenden Finger der rechten Hand berührten etwas. Einen Griff. Ein Messer? Bitte, ein Messer, auch wenn es nur ein Buttermesser ist. Nein. Eine Gabel. Egal… Die Fingerspitzen gleiten über den Griff.

Das Licht verblasste. Die linke Hand kam hoch, Finger krümmten sich, zielten nach Minkins Gesicht. Unmöglich. Zu weit weg.

»Ist das alles, was du zustande bringst?« Minkins lachte und senkte den Kopf ein wenig, so dass Jacks Finger seine Wange spürten. »Hey, Jammerlappen. Mich juckt es dort. Kannst mich gerne kratzen.«

Die rechte Hand schoss hoch und rammte die Gabelzinken in Minkins linkes Auge.

»*Aah! Aah! Aah!*«

Schlagartig ließ der Druck nach, und Jack konnte wieder atmen. Seine Sicht klärte sich, während er seine Lungen gierig füllte. Minkin hockte noch immer rittlings auf ihm, gab tierhafte Laute des Schmerzes und des Schreckens von sich, während seine massigen Hände wie aufgeregte Schmetterlinge um die Gabel, die aus seinem Augapfel ragte, herumflatterten, unschlüssig, ob sie die Gabel herausziehen oder an Ort und Stelle lassen sollten.

Jack richtete sich halb auf und schlug mit der flachen Hand kraftvoll auf den Gabelstiel und spürte, wie die Zinken über die Knochenwölbung auf der Rückseite der Augenhöhle kratzten.

Minkin kreischte auf, kippte von Jack herunter und landete mit dem Rücken auf dem Fußboden, wo er sich zuckend und würgend hin und her wand. In nächster Nahe stand Lyle, das Gesicht trotz der dunklen Hautfarbe grau, den Totschläger in der Hand.

»O Mann«, stotterte er. »O Mann, o Mann, o Mann!«

Jack kam mühsam auf die Füße und stolperte in Richtung Wohnzimmer. Er glaubte immer noch, Minkins Daumen an seiner Kehle zu spüren. Sein Kopf pulsierte, begleitet von einem Feuerwerk stechender Schmerzen.

»Los...« Seine Stimme war nur ein heiseres Flüstern, das noch nicht einmal er selbst richtig verstehen konnte. Er winkte Lyle zu sich. »Gehen Sie rauf. Schnappen Sie sich einen Teppich, und wenn Sie keinen finden können, dann eine Decke oder ein Laken. Beeilen Sie sich. Wir haben schon viel zu viel Zeit verloren.«

Lyle rannte die Treppe hinauf. Jack fand seine Pistole und schleppte sich ins Wohnzimmer. Seine Körperseite fühlte sich feucht an. Er senkte den Kopf und sah in Höhe der Messerwunde Blut durch den Stoff seines Oberhemdes sickern. Schmerzen verspürte er jedoch keine. Die konzentrierten sich ausschließlich auf den Bereich oberhalb seines Halses.

Bellitto lag stöhnend auf der Seite. Jack entdeckte das Fax, hob es auf und las es wieder.

Diese Nachricht sofort verbrennen? Noch nicht.

Er stopfte das Blatt Papier in die Hosentasche.

»A.« würde heute niemanden abholen. Und Bellitto?

Jack stellte fest, dass immer noch ein Streifen Klebeband an seinem Hemd klebte. Er benutzte es, um Bellittos Füße zu fesseln.

Ein Blick auf die Uhr. Er musste sich beeilen. Dieses Intermezzo dauerte schon viel zu lange.

Gia...

Halte durch, Baby. Ich bin unterwegs.

Lyle kam herein, unterm Arm eine Sommerdecke. Sie breiteten sie neben Bellitto auf dem Fußboden aus und wickelten ihn darin ein wie ein Burrito.

Der Plan sah vor, ihn nach unten zu schleppen. Lyle würde den Wagen vor die Haustür fahren, und sie würden ihn in den Kofferraum packen und auf schnellstem Weg nach Astoria brausen.

Während sie Bellitto durchs Esszimmer trugen, sah Jack Minkin auf Händen und Knien auf dem Fußboden kauern. Die Gabel ragte noch immer aus seinem linken Auge, und Blut verschmierte seine Wangen, während er die hechelnden Geräusche einer läufigen Hündin von sich gab. Sein heiles Auge fand Jack, und er fletschte die Zähne.

Minkins Bemerkungen über Vicky, als er wehrlos unter ihm lag, zuckten Jack durch den Kopf. Die düstere Bestie in seinem Innern brach aus dem Käfig aus und übernahm das Regiment. Niemand wagte es, seiner Vicky auf diese Art und Weise zu drohen. Niemand!

Obwohl seine innere Uhr ihn zu äußerster Eile antrieb,

war er gewillt, ein paar weitere Sekunden zu vergeuden. Er ließ Bellittos Beine fallen und ging zu Minkin hinüber.

»Du willst also mit dem Lamm spielen, hm?« Seine Stimme hatte sich noch nicht erholt. Sie klang noch immer rau und kratzig wie ein Holzbrett, das über rauen Zement schleift. »Du wolltest viel Spaß mit meiner kleinen Freundin Vicky haben, ehe sie geopfert wird, stimmt's? Keine Chance, Kumpel. Nicht heute, nicht morgen, niemals.«

Gleichzeitig holte er mit dem Fuß aus und trat zu. Die Schuhsohle traf das herausragende Ende der Gabel und trieb die Zinken durch die knöcherne Augenhöhle bis tief in Minkins Gehirn.

Er hörte, wie Lyle entsetzt aufschrie, aber Adrian Minkin, perverser Liebhaber menschlicher Lämmer, gab keinen Laut von sich. Er sah aus, als wollte er schreien, während er sich auf den Knien kerzengerade aufrichtete, dann auf die Füße kam und den Mund weit aufriss. Seine Arme kamen krampfartig hoch, dann kippte er langsam nach hinten und schlug schwer mit dem Kopf auf den Fußboden. Ein paar Herzschläge lang spannte sich sein Körper, krümmte sich hoch, so dass er den Boden nur noch mit Hinterkopf und Fersen berührte.

Jack beobachtete das Geschehen fast gelangweilt. Er empfand nichts anderes als die beruhigende Genugtuung, dass die Welt um eine Bedrohung für Vicky und ihresgleichen ärmer war.

Schließlich erschlaffte Adrian Minkin und rührte sich nicht mehr. Reglos lag er da, kein Atem mehr, der seine Brust hätte füllen können.

Jack wandte sich um und gewahrte Lyle, der ihn mit weit aufgerissenen Augen anstarrte. Sein Mund bewegte sich hektisch.

»O, Scheiße, Jack! O Mann! Was...?«

»Ich weiß. Und das ausgerechnet in dem Moment, als Sie

anfingen, mich für einen netten Menschen zu halten, nicht wahr?«

»Nein, ich...«

»Hören Sie auf mit dem Gestaune.« Er packte Bellittos Beine. »Wir müssen diesen Sperrmüll rausschaffen und uns auf den Weg machen. Und drücken Sie verdammt noch mal die Daumen, dass wir nicht zu spät kommen.«

17

»Charlie?«

Gia zog sich bis zu den kalten Granitblöcken zurück und verfolgte mit einer Mischung aus Entsetzen und Faszination, wie Charlie begann, sich aus der weichen Erde zu befreien, die ihn gerade eben noch verschlungen hatte. Es hätte ein Grund zur Freude sein können, wenn Charlie noch am Leben war, aber sobald sein Kopf auftauchte, wusste Gia, dass dies nicht Charlie war, sondern nur seine Hülle. Sein Gesicht war schlaff, ausdruckslos. Und seine Augen – Erde klebte zwischen den Wimpern, sogar an den Augäpfeln, und er blinzelte nicht.

Er kroch aus dem Erdloch heraus und kam schwankend auf die Füße. Während er einen unsicheren Schritt in Gias Richtung tat, presste sie sich mit dem Rücken gegen die Granitsteine und wünschte sich, sie könnte sich unsichtbar machen.

»Charlie, nein! Bitte!«

Er hielt inne, wobei seine toten Augen einen Punkt über ihr fixierten.

Tara, die während seiner Wiederauferstehung ein Stück entfernt gestanden hatte, schwebte nun vorwärts. Sie gab keinen Laut von sich, aber ihr Blick, mit dem sie Charlies Leiche anstarrte, spiegelte namenlose Wut wider.

Charlie schüttelte den Kopf.

Gia verfolgte atemlos dieses augenscheinliche Duell des Willens.

Tara entblößte die Zähne und stieß einen verzweifelt hilflosen Schrei aus.

Wieder schüttelte Charlie den Kopf. Dann machte seine Leiche kehrt und stakste schwerfällig zur anderen Seite des Kellers, wo er sich an die Wand lehnte, dann in eine sitzende Position herabrutschte und reglos sitzen blieb. Seine toten Augen blickten ins Leere.

»Er tut es nicht«, flüsterte Gia. Die Worte waren mehr für sie selbst als für Tara bestimmt.

In seiner Leiche steckte noch zu viel von dem guten Menschen, der er gewesen war, um Taras Forderung nachzukommen.

Tara drehte sich zu Gia um. Ihre Augen funkelten. »Das ist so unfair!«

»Du redest von fair? Was ist fair daran, dass du mein Baby haben willst?«

Ihr Gesicht verzerrte sich. Gleich würde sie anfangen zu weinen. »Weil du alles hast und ich nichts!«

Gia empfand einen Anflug von Mitleid. Ja, sie hatte alles, oder fast alles, was sie sich vom Leben wünschte, Dinge, die Tara niemals hatte und die sie auch niemals haben würde. Aber das hieß noch lange nicht, dass Tara ein Anrecht auf das neue Leben hatte, das in ihrem Leib heranwuchs.

»Es tut mir Leid, Tara. Wirklich und wahrhaftig Leid. Und wenn ich ungeschehen machen könnte, was dir angetan wurde, dann würde ich es ganz gewiss tun. Aber das liegt nicht in meiner Macht.«

»Das Baby«, sagte Tara. »Gib mir nur das Baby, und du kannst gehen.«

»Nein.« Gia drückte sich wieder gegen die Wand und hob das Kreuz, so dass es sich zwischen ihnen befand.

»Ich soll zulassen, dass du mein Baby tötest? Du verlangst etwas Unmögliches. Das werde ich nicht tun. Ich kann es nicht. Niemals.«

Tara sah sie einen Moment lang stumm an, dann wich sie zurück. Sie verschwand kurz und erschien erneut in der Mitte des Kellers. Auch jetzt sagte sie nichts, sondern musterte Gia nur von weitem.

Gia senkte das Kreuz und blickte verstohlen zur Kellertreppe. War sie immer noch durch die unsichtbare Wand versperrt? Sollte sie versuchen...?

Dann spürte sie, wie etwas Kaltes sich um ihren rechten Unterarm schlang – den Arm, der das Kreuz festhielt. Eine der Geisterhände hatte sie mit eisernem Griff gepackt. Sie wollte den anderen Arm ausstrecken, um das Kreuz mit der anderen Hand zu ergreifen, doch er wurde festgehalten, ehe sie ihn rühren konnte.

Und nun stand Tara direkt vor ihr und grinste sie spöttisch an. »Ich weiß gar nicht, warum mir das nicht schon früher eingefallen ist. So ist es viel einfacher.«

Gia schrie auf und versuchte verzweifelt, sich zu befreien. Sie drehte das Kreuz, um die Geisterhand damit zu berühren, die ihren rechten Arm gepackt hatte, doch ihr Handgelenk ließ sich nicht weit genug nach hinten biegen.

»Beruhige dich«, säuselte Tara nun besänftigend, während sie näher kam. »Halte still. Es tut nicht weh. Du wirst nicht das Geringste spüren, das verspreche ich dir.«

Zwei weitere Geisterarme legten sich um Gias Beine und fesselten sie.

»Tara, nein! Bitte! Tu das nicht!«

Tara sagte nichts. Ihre Augen leuchteten, und sie wirkte wie entrückt, während sie die rechte Hand nach Gias Leib ausstreckte.

Gefesselt, zur Bewegungslosigkeit verurteilt, verkrampfte sich Gia vor Grauen, während die Fingerspitzen des kleinen

Mädchens durch den Hosenbund ihrer Jeans drangen. Sie schrie auf, als ein Impuls eisiger Kälte durch ihren Leib schnitt, während die Finger in ihre Haut eindrangen.

»Nur ein kleines Stück«, flüsterte Tara. »Ein winziger Druck, nicht mehr als ein harmloser Stich, und alles ist...«

Sie hielt inne und legte den Kopf schief, als lauschte sie. Sie machte einen Schritt zurück, zog die Hand weg, lauschte immer noch.

»Ja«, flüsterte das Mädchen dann und nickte, während ihr Mund sich zum Anflug eines Lächelns verzog.

Gia konnte nicht hören, wer sich mit Tara verständigte, aber sie wusste, dass es eigentlich nur eine Person sein konnte.

Jack.

Sie schluchzte auf und sank auf die Knie, während die Geisterhände sie freigaben.

»O ja!«, rief Tara.

Gia blickte hoch und erschauerte, als sie das absolute Böse in dem hässlichen Grinsen erkannte, das Taras Kindergesicht zu einer Fratze entstellte.

18

»Hörst du mich, Tara?«, rief Lyle vor der geschlossenen Tür. »Ein Tausch! Dein Mörder gegen Gia und Charlie!«

Es kann nicht zu spät sein, dachte Jack und wehrte sich dagegen, das Undenkbare zu denken, während er verzweifelt auf ein Zeichen Taras wartete, dass sie zu dem Tauschhandel bereit war. Es darf nicht zu spät sein!

Wenn seine Stimme dazu in der Lage gewesen wäre, hätte er brüllen und mit Tara verhandeln können.

Er und Lyle standen in der Garage und stützten Bellitto zwischen ihnen, so dass er halbwegs aufrecht stand. Sie hat-

Jack wusste, worauf er hinauswollte: Es könnte längst zu spät sein.

»Mir gefällt es auch nicht«, gab Jack zu. »Aber wir müssen das Risiko eingehen. Sie hat alle Trümpfe in der Hand.«

Und wenn es nicht so lief, wie er es sich erhoffte? Was dann? Seine Möglichkeiten waren erschöpft.

Er schaute sich suchend um. Die indische Frau, die immer alles zu wissen schien – wo war sie, wenn er sie am dringendsten brauchte? Seit er und Lyle nach Manhattan gestartet waren, hatte er sie nicht mehr gesehen.

Bellittos Beine gaben nach, als sie die Türöffnung erreichten. Er sackte zwischen ihnen zusammen.

»Passiver Widerstand wird Ihnen nichts nützen, Eli.« Jack sah Lyle an. »Packen Sie ihn hinten am Gürtel.«

Lyle befolgte den Vorschlag, und gemeinsam verhalfen sie ihrer lebendigen Last auf altbewährte Art zu einem beschleunigten Fortkommen.

Jack rechnete schon fast damit, dass er wieder zurückgeworfen würde, doch er segelte tatsächlich über die Türschwelle und landete bäuchlings in der Diele.

»Sie hatten Recht!«, rief Lyle.

Jack versuchte, ihrem Wurfgeschoss zu folgen, traf jedoch auf den gleichen Widerstand wie vorher schon. Er stand da und stemmte sich erfolglos gegen die Barriere aus undurchdringlicher Luft, die ihm den Weg versperrte.

Bitte, Tara, dachte er. Verschaukle uns nicht. Wir haben unseren Teil der Abmachung eingehalten. Du hast jetzt den Kerl, der dich ermordet hat, in deiner Gewalt. Jetzt bist du an der Reihe.

Jack konnte verfolgen, wie Bellitto auf der anderen Seite der Schranke mühsam auf die Füße kam. Das Klebeband um seine Handgelenke hatte sich gelöst. Er kämpfte hektisch dagegen, zerrte die Arme hinter seinem Rücken hin und her, bis seine Hände vollends freikamen. Dann entfernte er das Klebeband aus seinem Gesicht und machte einen wilden Satz in Richtung Tür und Jack. Dieser ballte die Hand zur Faust und hielt sich bereit, den Kerl gleich wieder zurückzuschicken, doch diese Mühe blieb ihm erspart. Bellitto prallte von der anderen Seite gegen die Barriere und taumelte zurück.

In diesem Augenblick erschien das kleine Mädchen hinter ihm. Jack hatte ihr Bild nur einmal auf der Website im Internet gesehen, doch er erkannte sie auf Anhieb.

Tara Portman.

Jack sah, wie sich ihr Mund bewegte, er hörte jedoch nichts. Bellitto wirbelte zu ihr herum, dann wich er zurück. Jack schloss aus Bellittos entsetzter Miene, dass er sie ebenfalls erkannte. Er warf sich gegen die Tür und wurde wieder einige Zentimeter vor Jack aufgehalten. Sein Mund arbeitete, schrie zweifellos, während seine Finger versuchten, die undurchdringliche Luft vor ihm zu zerreißen. Jack hörte nichts und empfand noch weniger.

»Manchmal«, flüsterte er, »passiert es, dass man zurückbekommt, was man ausgeteilt hat. Es passiert nur selten ganz von selbst, aber manchmal können wir einiges dazu tun. Deshalb bin ich hier.«

Tara, die hinter ihm stand, lächelte geradezu selig, dann verschwand sie.

Als Nächstes sah Jack Bellitto nach hinten kippen. Er ruderte mit den Armen, als könnte er den Sturz noch aufhalten, doch er landete auf dem Rücken und wurde von einer Macht weggeschleift, die für Jack unsichtbar blieb. Er rutschte um sich schlagend und tretend die Diele hinunter und verschwand außer Sicht.

Jack und Lyle lehnten sich an die Barriere und warteten.

»Komm schon, Tara«, flüsterte Jack. »Wir haben unseren Teil geleistet. Lass uns nicht im Stich. Wir ...«

Dann bemerkte Jack eine Bewegung in dem Gang. Etwas kam auf sie zu. Bellitto? Wie hatte er sich befreien können?

Nein. Jemand anderer. Jack vergaß alle Schmerzen und Verzweiflung, als er Gia erkannte – allerdings in einem Zustand, in dem er sie noch nie gesehen hatte. Haare, Kleider und Hände waren völlig verdreckt, das Gesicht von Tränen und Erde verschmiert. In ihren Augen lag ein fast irrer Glanz, während sie auf ihn zustolperte, die Arme ausbreitete und sofort zu rennen begann, als sie ihn erblickte.

Tu's nicht, wollte er ihr zurufen. Sie könnte mit voller Wucht gegen die Barriere prallen und sich unter Umständen verletzen.

Aber sie setzte über die Schwelle und flog in seine Arme, und dann hatte er sie, hielt sie fest, schlang die Arme um sie, wirbelte sie herum, ihre abgehackten Schluchzer spielten eine wahre Himmelsmusik in seinen Ohren, und er selbst schien unfähig, auch nur einen Laut hervorzubringen, so dick war der Kloß in seinem Hals.

Sie klammerten sich aneinander, Gia mit angewinkelten Beinen, so dass ihre Füße den Boden nicht mehr berührten. So wären sie wohl noch viel länger stehen geblieben, wenn Lyle sie nicht mit einer Frage aus ihrer Verzückung gerissen hätte.

»Wo ist Charlie? Wo ist mein Bruder?«

O nein, dachte Jack, ließ den Blick umherschweifen und sah nur sie drei. Sag bloß nicht... Bitte nicht Charlie...

Gia schien in sich zusammenzufallen, dann streckte sie eine Hand nach Lyle aus. Unterbrochen von heftigem Schluchzen berichtete sie, wie sie und Charlie in den Erdschacht gestürzt waren, wie dieser plötzlich eingestürzt war und wie Charlie sich geopfert hatte, um sie zu retten.

»Charlie?«, flüsterte Lyle kraftlos, das Gesicht ein einziger Schmerz. »Charlie ist tot?«

Seine Gesichtszüge verhärteten sich, wurden kantig, während Tränen an seinen Wangen herabrannen. Er stolperte zur Tür, aber auch jetzt wurde ihm ein Betreten des Hauses verwehrt. Er lehnte sich gegen das unsichtbare Hindernis und trommelte mit den Fäusten gegen diese undurchdringliche Wand aus Luft. Dabei weinte er wie ein kleines Kind und rief immer wieder den Namen seines Bruders.

Freitag

1

Jack ließ Gia schlafen, während er schon früh aufstand, um nach Astoria zu fahren und nachzusehen, was er für Lyle tun konnte. Doch als er die Nachrichten hörte, änderte er seine Pläne. »Das Grauen von Astoria« tauchte bei sämtlichen Radiosendern auf. Er schaltete den Fernseher ein, und auch dort berichteten die lokalen Sender von nichts anderem.

Gia kam in einem hellgelben Frotteebademantel herunter, immer noch müde und erschöpft aussehend, aber nach einer Dusche und einigen Stunden Schlaf doch schon viel besser.

Er gab ihr einen Kuss und nahm sie in den Arm. »Ich hatte gehofft, du würdest ein wenig länger schlafen«, sagte er.

»Ich bin aufgewacht und musste an gestern denken.« Sie erschauerte in seinem Arm. »Wie kann ich schlafen, wenn ich immer wieder Charlie vor mir sehe, wie er...?« Sie biss sich auf die Unterlippe und schüttelte den Kopf. Dann hob sie den Kopf und berührte behutsam seinen Hals. »Er sieht noch immer schlimm aus. Und das Auge...«

»Ich werde mich schon erholen.«

Er hatte ihr von dem Tausch Bellittos gegen sie und Charlie erzählt und wie einer von Bellittos Freunden ihn hatte erwürgen wollen, hatte jedoch entschieden, ihr von dem Fax, das sich auf Vicky bezog, lieber nichts zu sagen. Sie hatte schon genug Schrecken verarbeiten müssen.

Sie wurde starr und deutete auf den Fernseher. »Sag mal, ist das nicht...?«

»Ja, das Menelaus Manor. Es sieht so aus, als hätte Lyle die Polizei gerufen.«

Jack sprang von einem Kanal zum anderen, bis er einen Nachrichtensprecher fand, der einen Abriss der Ereignisse brachte.

Für alle jene, die sich soeben erst eingeschaltet haben, folgt nun eine Zusammenfassung aller Fakten, soweit sie uns bekannt sind: Um 1.37 heute Morgen erreichte die Polizei ein Notruf von Lyle Kenton, dem Eigentümer des Hauses in Astoria, von dem Sie hier eine Archivaufnahme sehen. Er meldete, er sei nach Hause gekommen und habe seinen Bruder Charlie tot in einer Grube aufgefunden, die sie in ihrem Keller ausgehoben hätten. Die Seitenwände der Grube seien offenbar eingestürzt und hätten ihn verschüttet.

Sicherlich werden Sie fragen, weshalb sie in ihrem Keller eine Grube ausgehoben haben. Eine gute Frage – und genau der Punkt, wo die ganze Geschichte ins Reich des Phantastischen abgleitet. Lyle Kenton behauptet, ein Geistmedium zu sein, das unter dem Namen Ifasen ›praktiziert‹. Er erklärt, er und sein Bruder hätten Kontakt mit einem Geistwesen aufgenommen, das sich ›Tara Portman‹ nannte und behauptete, sie wäre ermordet und vom Vorbesitzer des Hauses in seinem Keller verscharrt worden. Während der vergangenen Tage hätten er und Charlie in besagtem Keller Grabungen durchgeführt und nach ihren Gebeinen gesucht. In der vergangenen Nacht sei der Schacht dann eingestürzt und hätte Charlie begraben. Als die Polizei eintraf, hatte Lyle seinen Bruder bereits ausgegraben, doch es war zu spät gewesen.

Wenn dies schon die ganze Geschichte wäre, dann wäre es sicherlich eine Sensation. Aber das Ganze wird noch seltsamer. Die Polizei hat nun ebenfalls Grabungen durchgeführt und bislang die Skelette von zwei Kindern freigelegt. Im Augenblick dauert die Suche nach weiteren sterblichen Überresten an.

Die Polizei möchte jedoch unmissverständlich darauf hinweisen, dass Mr. Kenton keines Verbrechens verdächtigt wird. Er wohnt noch kein ganzes Jahr in diesem Haus, und die Leichenreste, die im Keller gefunden wurden, scheinen nach einer ersten Überprüfung schon viel länger dort zu liegen.

Zurück zum Schauplatz des Geschehens, Chet, was kannst du uns über die jüngste Entwicklung berichten...«

Jack zappte weiter und hielt Ausschau nach einer Meldung über Eli Bellitto, doch sein Name tauchte nirgendwo auf. Wo war er geblieben? Was hatte Tara mit ihm getan?

Er schaltete den Fernseher aus. »Die Barriere muss sich aufgelöst haben, kurz nachdem wir das Haus verlassen haben.«

»Der arme Lyle«, sagte Gia. »Ich komme mir richtig schäbig vor, weil wir ihn mit dieser tragischen Geschichte ganz allein gelassen haben.«

Die drei hatten gemeinsam darauf gewartet, dass die Barriere endlich verschwand, aber nach ungefähr einer Stunde hatte bei Gia ein heftiger Schüttelfrost eingesetzt. Jack hatte sie schnellstens nach Hause bringen müssen und Lyle für die Nacht ein Bett angeboten. Lyle hingegen hatte verzichtet und gemeint, sie sollten sich ruhig auf den Weg machen, er würde weiter warten. Jack hatte ihm noch versprochen, am Morgen wieder zurückzukommen.

»Die einzige Möglichkeit, wie er mit diesem Schicksalsschlag fertig werden kann, ist die, es allein durchzustehen. Wir dürfen uns dort nicht blicken lassen – zumindest ich nicht. Und es gibt keinen Grund, weshalb du es tun müsstest. Wir können zur Aufklärung der Geschichte nicht das Geringste beitragen.«

»Wir könnten für ihn dort sein. Er und sein Bruder schienen ein sehr inniges Verhältnis gehabt zu haben.«

»Sie hatten ihre Differenzen, so viel kann ich dir verraten, aber zwischen ihnen bestand eine Bindung, die über die Blutsbande hinausging. Sie haben gemeinsam eine ganze Menge durchgemacht.«

»Ich bin trotzdem froh, dass er die Polizei gerufen hat. Sie werden die restlichen Leichen sicherlich finden. Dann werden die Eltern dieser armen Kinder endlich in der Lage sein, die noch vorhandenen sterblichen Überreste in aller Würde zu beerdigen und so ein zutiefst schmerzliches Kapitel ihres Lebens abzuschließen.«

Ihr Blick schien in die Ferne zu wandern.

»Denkst du an Taras Vater?«

Sie nickte. »Ich frage mich, ob es für ihn und seinen Sohn irgendetwas ändert, wenn er Tara begraben kann.« Sie seufzte. »Ich habe da meine Zweifel. Ich glaube, sie haben zu viel durchleiden müssen, um wieder zu einem halbwegs normalen Leben zurückzufinden.«

»Ich habe eine Idee«, sagte Jack. »Warum kehren wir der Stadt nicht für ein paar Tage den Rücken? Zum Beispiel könnten wir einen Abstecher nach Monticello machen und Vicky in ihrem Ferienlager besuchen.«

»Aber sie kommt schon morgen wieder nach Hause.«

Jack wusste das, Gias strahlende Miene aber verriet ihm, dass ihr diese Idee bestens gefiel. Nach ihrer qualvollen Begegnung mit Tara wäre ein Zusammentreffen mir ihrer kleinen Tochter genau der Trost, den sie in diesem Augenblick brauchte.

»Mir fällt noch was Besseres ein. Wir beide suchen uns ein Motel, übernachten dort, frühstücken mit ihr am Morgen in diesem altmodischen Restaurant in der Nähe des Lagers, und nachher fahren wir gemeinsam zurück nach Hause. Das wäre doch ein großer Spaß.«

Gia lächelte. »Okay, ich glaube, das könnte mir gefallen. Wann starten wir?«

Jack unterdrückte einen Seufzer der Erleichterung. Er hatte die ganze Zeit nach einer Möglichkeit gesucht, Vickys Ferienlager aufzusuchen, ohne Gia nervös zu machen. Dies war eine solche Möglichkeit. Am Abend vorher, als Gia unter der Dusche stand, hatte er zweimal im Lager angerufen. Der eine Anruf war ein anonymer Hinweis an die Lagerleitung gewesen, dass eins der Kinder – er erwähnte den Namen nicht – in Gefahr sei, im Zusammenhang mit gewissen Sorgerechtsstreitigkeiten entführt zu werden. Das Gleiche erzählte er im Verlauf eines weiteren Telefonats auch der Polizei von Monticello und empfahl gleichzeitig den Einsatz zusätzlicher Polizeistreifen in der näheren Umgebung des Ferienlagers.

Nachdem der Anführer nicht mehr unter den Lebenden weilte, war Bellittos Zirkel so etwas wie eine Schlange ohne Kopf. Doch selbst das war Jack noch nicht genug. Er würde erst beruhigt sein, wenn sich Vicky unter seinem persönlichen Schutz befand.

Das Gleiche galt auch für Gia. Sie hatte Jack erzählt, was Tara gesagt hatte: *Es will deinen Tod.* Wer konnte entscheiden, ob Tara die Wahrheit sagte, aber Jack war sich ziemlich sicher, dass Taras Aussage den Tatsachen entsprach. Mit »es« konnte nur die Andersheit gemeint sein. Was führte sie im Schilde? Die Vernichtung von allem, was ihm wert und teuer war?

Dieser quälende Gedanke hatte ihn fast die ganze Nacht wach gehalten. Wie wehrt man sich gegen etwas, das man nicht sehen kann, das so weit entfernt ist und seine Fäden spinnt, dass man es nicht erreichen kann?

Das Einzige, was ihm dazu einfiel, war, dass er die Augen wachsam offen hielt und dafür sorgte, dass Gia und Vicky ständig so nahe wie möglich bei ihm blieben.

»Pack ein paar Sachen zusammen, während ich noch schnell was erledige. Wir fahren los, sobald ich wieder zurück bin.«

»Was willst du erledigen?«, fragte sie, und ihre Miene wurde schlagartig ernst.

»Ich will nur kurz bei Julio's vorbeischauen. Ich muss im Zusammenhang mit einem seiner Stammkunden etwas nachprüfen.«

2

Jack saß an der Bar, trank Kaffee und verfolgte das Fernsehprogramm, während er auf Barneys Erscheinen wartete. Er hatte einen grauen Rollkragenpullover angezogen, um die Blutergüsse und Striemen an seinem Hals zu verbergen, und er trug trotz der gedämpften Beleuchtung der Bar eine Sonnenbrille. Jedermann, inklusive Julio, achtete auf nichts anderes als auf die Reportagen über das, was jetzt allgemein als »Haus des Schreckens« bezeichnet wurde.

Er dachte an Lyle und überlegte, wie er wohl mit dem Tod seines Bruders zurechtkam. Er war zum ersten Mal in seinem Leben völlig allein. Jack kannte diesen Zustand. Er war damit klargekommen, aber er war dafür wahrscheinlich auch um einiges besser geeignet als andere. Er fragte sich, wie Lyle sich damit arrangieren würde. Er war ein zäher Bursche. Am Vortag hatte er sich ganz gut gehalten. Das Ganze hatte ihm zwar nicht gefallen, aber er hatte seinen Mann gestanden.

Er würde sich schon von dem Schicksalsschlag erholen.

Bellitto. Bei ihm gab es weitaus mehr Fragen als nur die, wo zur Hölle er geblieben war.

Hölle ... ja, wenn so etwas existierte, dann war er ganz sicher dort gelandet.

Er hatte behauptet, einige hundert Jahre alt zu sein, und hatte nicht den Eindruck erweckt, als würde er lügen. Konnte das sein? Wahrscheinlich nicht. Vielleicht hatte er nur geglaubt, die Wahrheit zu sagen. Vielleicht hatte er sich schon so lange eingeredet, dass er so alt war, dass er es am Ende selbst glaubte.

Dennoch fragte sich Jack immer wieder, wohin Tara ihn gebracht haben konnte. Durch das lockere Erdreich bis hinunter zu der Erdspalte? Irgendwohin, wo sie mit ihm so lange sie wollte spielen konnte, ohne jemals gestört zu werden?

Das war Jack nur recht.

Und dann kam die Frage nach Edward, Elis »Ersatzbruder«. Anfangs hätte Jack ihm den Hals umdrehen können. Aber gegen Ende des letzten Tages hätte er sich doch am liebsten bei ihm bedankt. Wenn Edward ihn nicht auf Eli aufmerksam gemacht hätte, wäre Adrian wahrscheinlich an Vicky herangekommen …

Sein Geist weigerte sich, diesen Gedanken zu Ende zu denken.

Ein vertrautes Gesicht kam in diesem Moment durch die Tür herein und setzte sich drei Hocker weiter an die Bar.

»Barney!«, rief Jack und winkte ihm. »Setz dich hierher. Ich gebe dir einen aus.«

Barney grinste und kam heran. »Man sollte niemals jemanden zurückweisen, der in Spendierlaune ist, sage ich immer.«

Er war gerade von der Arbeit gekommen und brauchte dringend eine Rasur. Die Ausdünstungen seines Willie-Nelson-T-Shirts kündigten sein Erscheinen schon frühzeitig an, und er besaß zahlenmäßig und qualitativ genau jene Art von Zähnen, die man bei einem Willie-Nelson-Fan erwarten würde.

»Was bekommst du?«

»Einen Johnny Walker Red und ein großes Heinie.«

Jack nickte Julio zu, der schallend lachte. »Hey, Mann, was ist mit deinem üblichen Old Smuggler und deinem Eimer Bud?«

»Das gibt es nur, wenn ich selbst bezahle.« Barney wandte sich an Jack. »Welchem Umstand verdanke ich diese Demonstration von Freigebigkeit?«

»Julio hat mir erzählt, du hättest einen älteren Knaben erkannt, der neulich einen Briefumschlag für mich abgegeben hat.«

Barney trank einen Schluck von seinem Scotch. »Das war kein normaler Knabe, es war ein Priester.«

Das hatte Jack nicht erwartet. »Du meinst einen katholischen Geistlichen?«

»Genau. Es war Father Ed von St. Joseph's. Hast du etwa vor, zu diesem Verein zu wechseln, Jack?«

»Nicht in diesem Monat.« Ed... nun, wenigstens hatte er nicht gelogen, was seinen Vornamen betraf. »Bist du ganz sicher, dass es dieser Priester war?«

»Natürlich bin ich sicher. St. Joe war meine Kirche, als ich noch in Alphabet City wohnte. Father Edward Halloran war dort Pastor. Jedenfalls ist er es damals gewesen. Soll das heißen, du weißt nicht, wer er ist, obgleich er einen Brief für dich hatte?« Grinsend senkte er die Stimme und rückte dichter an Jack heran. »Was war es denn? Eine Nachricht aus dem Vatikan? Hat der Papst ein Problem, das gelöst werden muss?«

Jack sah ihn drohend an. »Woher weißt du das? Hast du meine Post gelesen?«

Barney erstarrte sichtlich. »Hey, verdammt, nein, Jack. Ich würde doch niemals...« Er hielt inne, dann entblößte er wieder seine Zahnlücken – in einem Grinsen. »Du Mistkerl. Jetzt hast du mich beinahe ausgetrickst!«

Jack rutschte von seinem Barhocker und gab Barney einen freundschaftlichen Klaps auf den Rücken. »Vielen Dank für die Auskunft, Kumpel.« Er gab Julio mit der Hand ein Zeichen. »Gib Barney noch einen Drink auf meine Rechnung.«

»Hey, danke, Jack. Bleib doch noch, dann kann ich dir auch einen ausgeben.«

»Ein andermal, Barney. Ich muss jetzt in die Kirche.«

3

Jack fand die Kirche St. Joseph in einer Straße auf der Lower East Side inmitten einer Ansammlung heruntergekommener Mietskasernen. Der alte neugotische Granitbau mit seinen reich verzierten Zwillingstürmen und dem großen Rosettenfenster gefiel ihm auf Anhieb. Allerdings hätte ihm eine Generalreinigung sicherlich gut getan. Links stand ein Klostergebäude, und der kleinere Bau auf der rechten Seite war das Pfarrhaus.

An die Tür des Letzteren klopfte Jack. Eine hagere ältere Frau mit fleckiger Schürze öffnete. Als er sie fragte, ob er Father Ed sprechen könne, versuchte sie ihm zu erklären, dass er bis zum Nachmittag niemanden empfangen könne. Da er sich jedoch nicht so leicht abwimmeln ließ, meinte Jack, sie solle ihrem Chef bestellen, dass Jack – nur Jack – zu ihm wolle.

Das brachte den gewünschten Erfolg.

Father Edward Halloran – der Edward, der Jack engagiert hatte, um auf seinen »Bruder« Eli aufzupassen – begrüßte ihn in seinem kleinen unaufgeräumten Büro mit einer Mischung aus Herzlichkeit und Misstrauen.

»Ich hätte mir eigentlich denken können, dass Sie mich irgendwann finden würden«, sagte er, während er ihm die Hand entgegenstreckte.

Jack schüttelte sie, wobei er sich über seine Gefühle nicht ganz im Klaren war. Als er Edward in seinem Priesterkragen vor sich sah und seinen kräftigen irischen Akzent hörte, kam er sich vor wie in einer Szene von *Der Weg zum Glück*. Jeden Moment würde Bing Crosby durch die Tür hereinrauschen. Trotzdem hatte er Jack angelogen. Und zwar gründlich.

»Ich dachte immer, Priester müssten stets die Wahrheit sagen.«

»Das stimmt auch.« Der kleine Mann nahm hinter seinem

Schreibtisch Platz und deutete einladend auf einen Stuhl. »Und genau das habe ich getan.«

Jack blieb stehen. »Sie haben Bellitto als Ihren Nachnamen angegeben, Father Halloran.«

»Niemals. So etwas ist nicht über meine Lippen gekommen.«

»Sie sagten, Eli Bellitto sei Ihr Bruder. Das ist dasselbe.«

Father Ed lächelte Jack wie ein leibhaftiger Weihnachtsengel an. »Der Herr sagt, alle Menschen sind Brüder, wussten Sie das nicht?«

»Können wir vorläufig auf derartige Wortspielereien verzichten?« Jack stützte sich auf den Schreibtisch und fixierte den Priester ungehalten. »Ich bin nicht hergekommen, um Ihnen irgendwelchen Ärger zu machen. Ich wollte nur wissen, was das alles zu bedeuten hatte. Woher wussten Sie, dass Eli Bellitto ein Kind entführen würde?«

Father Ed blickte an Jack vorbei, als wollte er sich vergewissern, dass die Tür geschlossen war, dann seufzte er. Er drehte sich in seinem Sessel und starrte ins Leere.

»Er hat es mir erzählt.«

»Warum? Kannten Sie ihn?«

Der Kopf des Priesters zuckte herum. »Kannten?«

»Verzichten wir darauf, näher auf diesen Punkt einzugehen. Warum hat er es Ihnen mitgeteilt?«

»Keine Ahnung. Vergangenen Samstag hörte ich nebenan die Beichte, als plötzlich dieser Mann in meinen Beichtstuhl kam und erzählte, er habe Hunderte von Kindern umgebracht und wolle jetzt die Absolution.«

»Haben Sie ihm geglaubt?«

Der Priester zuckte die Achseln. »Im Beichtstuhl hört man oft die verrücktesten Geschichten. Ich glaube ihm natürlich und erklärte ihm, um die Absolution zu erhalten, müsse er sich den Behörden stellen. Er lachte und erwiderte, das könne er unmöglich tun. Tatsächlich würde er in der nächsten

Woche, wenn der Mond am Himmel steht, ein weiteres Kind töten. Dann verschwand er.«

»Woher wussten Sie, dass es Eli Bellitto war?«

»Ich bin ihm gefolgt«, sagte er und sah aus, als schämte er sich. »Ich wusste nicht, ob er gesponnen oder die Wahrheit gesagt hatte. So oder so wirkte er ziemlich verrückt. Ich verließ den Beichtstuhl, nahm den Kragen ab und folgte ihm bis zu seinem Laden. Weit hatte ich nicht zu gehen. Doch während ich vor dem Laden stand, fiel mir eine dritte Möglichkeit ein. Vielleicht hegte er irgendeinen Groll gegen die Kirche und wollte versuchen, einen Priester dazu zu bringen, das Beichtgeheimnis zu brechen. Ich brauchte eine Möglichkeit, die Kirche zu schützen und jedes Kind in der Umgebung davor zu bewahren, dass er ihm einen Schaden zufügte. So kam ich auf Sie.«

»Auf mich? Wie kann ein Priester wissen, dass es mich gibt?«

»Eins meiner Gemeindemitglieder hat einmal gebeichtet, Sie engagiert zu haben.«

»Gebeichtet? Sie meinen, ich sei eine Sünde?« Jack wusste nicht, ob er beleidigt oder geschmeichelt sein sollte. »Wer war das?«

»Das kann ich Ihnen natürlich nicht verraten.«

»Ach ja. Ich vergaß.«

Er fand, dass es ziemlich cool war, eine leibhaftige Sünde zu sein.

»Jemand war infolge der Tatsache, dass mein Gemeindemitglied Sie engagiert hatte, verletzt worden, und der Mann befürchtete, eine schwere Sünde begangen zu haben. Wie dem auch sei, ich kaufte eine dieser Einwegkameras und fotografierte Mr. Bellitto, als er seinen Laden verließ. Ich brachte so viel wie möglich über ihn in Erfahrung – viel war es nicht, fürchte ich –, dann setzte ich mich mit Ihnen in Verbindung.« Father Ed beugte sich vor. »Verraten Sie mir eins: Stimmt es, was er über die Morde an den Kindern gesagt hat?«

»Das stimmte«, sagte Jack. »Ich weiß nicht, ob es Hunderte waren, wie er Ihnen gegenüber behauptete, aber es war mehr als eins, viel mehr.«

Father Ed bekreuzigte sich. »Der Himmel bewahre uns.«

»Sicherlich haben Sie heute Morgen von diesem Haus in Astoria gehört, nicht wahr? Er hatte damit zu tun.«

»Dann habe ich richtig gehandelt. Aber warum hat er mir davon erzählt? Warum hat er die Beichte abgelegt?«

»Aus reiner Arroganz, vermute ich. Er hat Gegenstände aus dem Besitz seiner Opfer wie Trophäen in seinem Laden aufbewahrt und ausgestellt. Ich nehme an, er hat sich für eine Art überlegenes Wesen gehalten und es demonstrieren wollen.«

»Hochmut.« Der Priester schüttelte den Kopf. »Manchmal können wir tatsächlich dankbar sein, dass es so etwas gibt, glaube ich.« Er sah Jack an. »Und wo ist Mr. Bellitto jetzt?«

»Weg.«

»Wohin weg?«

»Das weiß ich nicht genau. Er ist einfach... weg. Und machen Sie sich keine Sorgen. Er kommt nicht mehr zurück. Niemals.«

Father Ed machte einen tiefen Atemzug. »Genauso wie mein Gemeindemitglied habe ich das Gefühl, ich müsste beichten. Ist das berechtigt?«

Jack zuckte die Achseln. »Das kann ich nicht entscheiden.«

»Wie ist es mit Ihnen? Brauchen Sie eine Beichte?«

»Ich glaube nicht. Man hat mir glaubhaft versichert, ich hätte ein gutes Werk getan, das vor Gott bestehen kann.«

Epilog

Als Jack dem Menelaus Manor zwei Wochen später einen Besuch abstattete, hielt Lyle sich gerade im Vorgarten auf und schaute zu, wie ein Gärtner die abgestorbenen Pflanzen ersetzte. Er begrüßte Jack mit einem beidseitigen herzlichen Händedruck.

»Jack, wie geht es Ihnen? Kommen Sie doch herein.«

Jack folgte ihm bis in die Küche, wo Lyle zwei Miller Genuine Drafts öffnete.

Jack hob seine Dose. »Auf Charlie.«

Er war gestorben, um Gia das Leben zu retten. Jack würde für alle Ewigkeit auf ihn trinken.

»Ich schließe mich an.« Nachdem jeder einen tiefen Schluck getrunken hatte, sagte Lyle: »Wie geht es Gia?«

»Sie ist immer noch ziemlich von der Rolle, aber sie erholt sich zusehends. Dass Vicky zurück ist, hat erheblich dazu beigetragen.«

»Und das Baby?«

Jack grinste. »Dem geht es wunderbar.«

Gia hatte vor zwei Tagen eine Ultraschalluntersuchung vornehmen lassen. Es war noch zu früh, um das Geschlecht des Embryos feststellen zu können, aber alles andere war so, wie es sein sollte. Die Eltern in spe hatten es voller Erleichterung zur Kenntnis genommen.

Doch er hatte noch immer keine Idee, wie er der gesetzliche Vater des Kindes werden sollte, ohne allzu große Nachteile für seinen augenblicklichen Status in Kauf nehmen zu müssen.

»Ich bin wirklich froh, dass Sie rüberkommen konnten, Jack.«

»Es war und ist mir ein Vergnügen.« Er meinte es so, wie er es sagte. »Ich wäre schon eher gekommen, wenn bei Ihnen nicht so viel Betrieb gewesen wäre.«

In den Wochen nach Charlies Tod hatte die Polizei unter Verwendung einer Art Bodensonargerät acht Leichen im Keller ausgegraben. Sie waren überzeugt, alle sterblichen Hüllen gefunden zu haben. Überprüfungen des umliegenden Geländes hatten nichts ergeben.

Lyle lächelte. »Ja, die Polizei hat ihre Zelte abgebrochen. Endlich bin ich wieder alleiniger Herr im Haus.«

»Nicht dass Sie viel Zeit in diesem Haus verbracht haben.«

Während der vorangegangenen Woche war Lyle ständig im Fernsehen zu sehen gewesen. Jede Talkshow, von *Today* und *GMA* am Vormittag über *Oprah* am Nachmittag bis hin zur *Rose-Leno-Letterman-O'Brien-*»Achse« am Abend hatte ihn als Stargast eingeladen.

»Ja, ich glaube, ich bin ziemlich viel unterwegs gewesen.«

»Sie machen sich auf dem Bildschirm richtig gut.« Das stimmte. Seine Ausstrahlung war die eines durch und durch liebenswerten, entgegenkommenden Zeitgenossen. »Sie sollten Ihre eigene Show bekommen.«

Er lachte. »In dieser Richtung habe ich bereits zwei Angebote erhalten.« Sein Lächeln versiegte. »Aber wenn ich mit Adrian Minkin in Verbindung gebracht werde, muss ich wohl aus dem Knast senden.«

Minkins Leiche war am nächsten Tag gefunden worden, als Angestellte aus Bellittos Laden nach ihm suchten.

»Das wird nicht passieren. Wir haben keinerlei verräterische Spuren am Ort des Geschehens hinterlassen.«

Lyle schüttelte den Kopf. »Was für eine Nacht. Ich kann

noch immer nicht glauben, dass ich tatsächlich dort gewesen bin. Haben Sie schon das Neueste gehört? Eli Bellitto wird als möglicher Verdächtiger gehandelt.«

»Apropos Eli«, sagte Jack. »Wo ist er?«

»Ich habe keine Ahnung. Im Haus gibt es keine Spur von ihm.«

»Sollte er wirklich verschwunden sein?«

»Tara hat ihn sich geholt.«

Jack staunte über die Gewissheit, die sein Tonfall vermittelte.

»Hoffentlich hat sie ihren Spaß mit ihm.«

Lyle nickte. »Den hat sie. Ganz bestimmt.«

Wieder diese Gewissheit. »Gab es noch irgendwelche Besuche von Tara?«

»Keinen einzigen. Sie ist ein für alle Mal abgetaucht.« Lyle runzelte die Stirn. »Aber Bellittos Zirkel von Kindermördern existiert noch. Ich wünschte, man könnte ihnen zum gleichen Schicksal verhelfen, das ihren Anführer ereilt hat.«

»Darum habe ich mich schon gekümmert«, sagte Jack.

»Wie das?«

»Ich habe zwei Brüder angerufen, die ich kenne.« Die Mikulski-Brüder. Jack wusste keinen Grund, weshalb Lyle ihren Namen erfahren sollte. »Ich habe ihnen Bellittos Adresse genannt und angedeutet, dass ich die Tür offen gelassen habe. Sie haben mich am nächsten Tag zurückgerufen. Sie hatten ihm einen Besuch abgestattet, haben seine sämtlichen Papiere gefilzt und die Festplatte seines Computers mitgehen lassen. Sie enthielt eine ganze Reihe interessanter Informationen inklusive Namen und Adressen der Mitglieder von Elis Zirkel.«

»Sind diese Brüder vielleicht Detektive?«

»Nein.« Jack wusste nichts über den Hintergrund der Mikulskis und fand, dass er sicher besser dran war, wenn es auch so bliebe. »Aber sie haben was gegen Pädophile.«

»Tatsächlich.«

»Ja.« Jack lehnte sich gegen die Frühstücksbar und trank von seinem Bier. »Sie sind in diesem Punkt sehr konsequent. Sie wissen, dass meine Angaben stets zutreffend sind, aber sie geben sich nicht damit zufrieden. Sie werden die Personen auf Elis Liste selbst überprüfen – sie beobachten, bei ihnen eindringen und alles durchkämmen. Sobald sie sicher sein können, dass sie einen Täter vor sich haben, werden sie aktiv. Dann verschwinden die Betreffenden.«

»Sie meinen, sie töten sie?«

»Ja. Am Ende sterben sie.«

Lyle zog die Schultern hoch, als fröstelte er. »Was haben Sie sonst noch in Erfahrung gebracht?«

»Ich versuche weiter, mir ein Bild von dem zu machen, was hier vor sich gegangen ist. Vor allem was Tara damit gemeint haben könnte, als sie zu Gia sagte, dass irgendetwas ihren Tod wünscht.«

»Das hat mich auch beschäftigt. Es kann eigentlich nur diese Andersheit sein, von der Sie uns erzählt haben.«

»Ich dachte, diesen Punkt könnten Sie niemals akzeptieren.«

Lyle sah ihn an. »Ich akzeptiere mittlerweile einiges mehr als früher. Sie sagten, die Andersheit habe mit Ihnen noch eine Rechnung offen. So wie ich es sehe, kann sie Ihnen offenbar direkt nichts anhaben. Vielleicht werden Sie durch irgendwas geschützt. Daher versucht sie, Sie indirekt zu treffen, zum Beispiel durch die Menschen, die Ihnen nahe stehen.«

Jack hatte sich diese Möglichkeit bereits ausgiebig durch den Kopf gehen lassen. Kate war gestorben, und die Andersheit war vermutlich dafür verantwortlich. Und wenn vor zwei Wochen einiges anders verlaufen wäre, dann hätte er jetzt auch Gia, Vicky und sein ungeborenes Kind zu beklagen.

Lyle trank einen Schluck Bier und setzte die Dose wieder

ab. »Sehen wir uns an, was Tara erklärt hat, nämlich dass die Andersheit sie zurückgeholt habe, damit sie sich an Gia heranmacht. Wahrscheinlich hatte sie es schon lange auf Gia abgesehen. Aber irgendwann im Laufe der Zeit hat Tara eigene Pläne entwickelt. Ich vermute, dass die Andersheit nicht immer die Kräfte kontrollieren kann, die sie in Marsch setzt.«

»Aber was ist mit Bellitto? Am Tag nach dem Erdbeben, als unserer Meinung nach Tara zurückkehrte, beschließt er, einem Priester von seinen verflossenen und in Zukunft geplanten Kindesmorden zu erzählen.«

»Das passt durchaus ins Bild.«

»Aber er sucht sich einen Priester aus, der, ebenfalls im Rahmen einer Beichte, von meiner Existenz erfahren hat.«

Lyle zuckte die Achseln. »Das ist schon seltsam. Seltsamer, als man unter normalen Umständen für möglich halten würde. Vielleicht ist die Andersheit nicht die einzige Macht, die hier tätig ist. Wie steht es denn mit dieser indischen Lady, die plötzlich in der Garage erschien und bestens über alles Bescheid wusste, was geschah? Auf welcher Seite steht sie? Für wen setzt sie sich ein?«

»Für sich selbst, soweit ich es beurteilen kann. Haben Sie sie seitdem gesehen?«

»Keine Spur. Ich habe sie öfter mit ihrem Hund am Haus vorbeigehen sehen, aber seit jener Nacht nicht mehr.«

Jack hatte über die Inderin nachgedacht. Etwas an ihr erinnerte ihn an eine andere Frau, die ihm ein paar Monate zuvor ebenfalls mit einigen eindringlichen Warnungen erschienen, dann aber verschwunden war. Sie hatte ebenfalls einen Hund bei sich gehabt, doch sie war um einiges älter gewesen, und sie hatte einen russischen Akzent gehabt.

Was geschieht mit mir?, dachte Jack. Am liebsten hätte er diese Frage laut hinausgeschrien. Es war schon schlimm genug, dass ihn irgendeine Macht auf einem kosmischen Schachbrett hin und her schob, aber Gia und Vicky ... sie waren an den Auseinandersetzungen nicht beteiligt, waren sozusagen Nichtkombattanten... Sie sollten in diesen Konflikt nicht hineingezogen werden.

Aber vielleicht waren sie doch in diese Auseinandersetzung verwickelt.

»Wie mag die Antwort aussehen?«

»Ich wünschte, ich wüsste es«, sagte Lyle. »Wir scheinen unbekannten Mächten ausgeliefert zu sein. Wir können nichts anderes tun, als uns mittreiben zu lassen und dafür zu sorgen, den Kopf über Wasser zu halten.«

»Wir?«

»Ja. Wir alle. Erinnern Sie sich an diese Finsternis, die ich auf uns zukommen sah? Nun, sie droht uns noch immer.«

Jack wollte Lyle gegenüber nicht erwähnen, dass er einmal erklärt hatte, sich und seinen Bruder in friedlicher Eintracht gesehen zu haben, nachdem die Finsternis sich verflüchtigt hätte.

»Wo wollen Sie dieses Ereignis erleben? In Ihrer Heimat Michigan?«

Lyle schüttelte den Kopf. »Bestimmt nicht. Ich bleibe hier und tue, was ich immer getan habe.«

»Ohne Charlie?«

»Das ist der Punkt, über den ich mit Ihnen sprechen wollte. Kommen Sie mal mit in den Channeling-Raum.«

Jack folgte ihm, blieb aber in der Türöffnung stehen, als er den Sarg erblickte – es war ein schlichter Sarg aus Tannenholz –, der in der Mitte des Raums auf dem Boden stand.

»Ist das...?«

Lyle nickte. »Charlie. Die Autopsie hat bestätigt, dass er tatsächlich erstickt ist, daher hat die Polizei seine sterbliche Hülle freigegeben. Ich habe sie herbringen lassen. Angeblich um eine Totenwache abzuhalten und sie dann nach Michigan zu überführen. Aber tatsächlich möchte ich Charlie im Keller beerdigen. Ich möchte, dass Sie mir dabei helfen.«

Die Bitte überrumpelte Jack regelrecht. »Was? Ich meine, natürlich helfe ich Ihnen, aber...«

»Das ist es, was Charlie sich gewünscht hätte. Er möchte hier bleiben.«

»Tatsächlich?« Begann Lyle etwa den Verstand zu verlieren? »Woher wissen Sie das?«

»Er hat es mir mitgeteilt.«

»Wirklich?«

Lyle lachte. »Sie sollten jetzt Ihr Gesicht sehen, Mann! Sie glauben wohl, nun hätte es mich endgültig erwischt, oder?« Er sah sich um. »Charlie? Sieh mal, wer hier ist, um dich zu besuchen. Sag hallo!«

Jack lauschte, rechnete mit einem Trick, doch er hörte nichts. Dann bemerkte er allerdings, wie sich Charlies Sarg bewegte. Er verfolgte, wie er hochstieg, etwa anderthalb Meter über dem Fußboden in der Luft verharrte, eine Drehung um 360 Grad machte und auf den Teppich zurücksank.

»Sehr schön«, lobte Jack. »Wie haben Sie das geschafft?«

»Es ist kein Trick, Jack.« Er ging zum Séancetisch und deutete auf den Stapel Tarotkarten, der darauf lag. »Am Tag nachdem Charlie gestorben war, saß ich hier und trauerte um ihn, als die Tarotkarten sich aus eigener Kraft umdrehten, sich auffächerten und die Eremiten-Karte plötzlich vor mir schwebte. Der Eremit. Das war Charlies Karte. So hatte er sich selbst genannt.«

Und dann tat das Kartenspiel genau das, was Lyle soeben beschrieben hatte, und am Ende schwebte die Eremiten-Karte vor Jacks Augen.

Jack fischte sie aus der Luft und untersuchte sie auf irgendwelche unsichtbaren Fäden. Er fand aber nichts dergleichen.

»Das muss ich Ihnen lassen, Lyle. Diese Nummer ist erstklassig.«

»Es ist kein Trick dabei. Ich schwöre es Ihnen, Jack.« Er hatte Tränen in den Augen. »Charlie ist zurück. Ich meine, er ist niemals wirklich weg gewesen. Kommen Sie, sehen Sie selbst.«

Er ergriff Jacks Arm und führte ihn in Charlies ehemaligen Kontrollraum. Er war fast leer. »Als die Polizei im Keller zu graben anfing, dachte ich, dass es nur eine Frage der Zeit sei, bis sie sich auch im ganzen Haus umschauen würden. Ich erinnerte mich daran, was mit Madame Pomerol passierte, nachdem ihre Räumlichkeiten durchsucht worden waren, und dachte, dass ich gut darauf verzichten könne. Also fing ich an, Charlies Ausrüstung abzubauen und zu entfernen. Hinzu kam, dass wir sie ohnehin nicht mehr brauchen würden.«

Jack hörte einen Glockenton und drehte sich um. Die alte Tempelglocke, die Charlie bei Jacks erstem Besuch herumgetragen hatte, um die Briefumschläge einzusammeln, schwebte durch die Luft auf ihn zu.

»Ich verfüge in diesem Haus über ganz besondere Kräfte, Jack, und ich werde sie einsetzen. Ich verzichte auf die Rolle Ifasens, des Wahrsagers, und bin nur noch ich selbst. Charlie wird mich weiterhin unterstützen – aber nur unter der Bedingung, dass wir unseren Kunden für ihr Geld etwas Echtes bieten. Keine Tricks mehr, kein Hokuspokus.«

Der Stapel Tarotkarten, der von dem Séancetisch aufgestiegen war, regnete auf Jack herab.

Lyle lachte. »Die Kenton-Brüder sind noch immer ein Team, Jack. Aber jetzt sind wir die erste Adresse. Genau genommen sogar die einzige Adresse in der ganzen Stadt.«

Danksagungen

Dank schulde ich Werken von James Randi (*An Encyclopedia of Claims, Frauds, and Hoaxes of the Occult and Supernatural*, *The Psychic Healers* und *Flim-Flam!*) und M. Lamar Keene (*The Psychic Mafia*). Diese Bücher erwiesen sich als unschätzbar wertvolle Ratgeber, indem sie mir Anhaltspunkte lieferten, worauf bei meinen Recherchen in Spiritistenkreisen und bei medial veranlagten Personen besonders zu achten sei.

blanvalet

Tess Gerritsen bei Blanvalet

Ein Psychothriller der Extraklasse –
brillant konstruiert, glänzend geschrieben
und nervenzerreißend spannend!

36284

www.blanvalet-verlag.de

blanvalet

Eileen Dreyer bei Blanvalet

»Ich habe diesen Thriller Seite für Seite verschlungen und konnte von Maggie O'Brien, der Heldin des Buches, einfach nicht genug bekommen!«
Tess Gerritsen

36143

www.blanvalet-verlag.de

blanvalet

Jeffery Deaver bei Blanvalet

»Deaver ist ein grandioser Erzähler, der den Leser auf eine Achterbahn der Spannung schickt. Beste Unterhaltung!«

Daily Telegraph

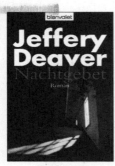

36037

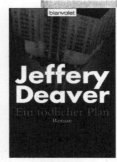

36036

35947

36091

www.blanvalet-verlag.de